HEYNE ‹

AF178193

DAS BUCH

Cyberattacken bedrohen weiterhin die globale Sicherheit, und nur Net Force, ins Leben gerufen von der US-amerikanischen Präsidentin höchstpersönlich, kann sich der Gefahr in den Weg stellen. Mit unermüdlichem Einsatz und unorthodoxen Methoden tun die Agenten alles, um die Menschheit vor einer globalen Katastrophe zu bewahren.

DER AUTOR

Jerome Preisler ist der Autor von Tom Clancys New-York-Times-Bestsellerreihe »Power Play«. Er hat bisher mehr als dreißig Bücher veröffentlicht und als Experte für Militärgeschichte zahlreiche Vorträge an Schulen, in Museen und an Militärstützpunkten gehalten. Preisler lebt in New York.

ENTWICKELT VON
TOM CLANCY
UND
STEVE PIECZENIK
GESCHRIEBEN VON
JEROME PREISLER

NET FORCE

BLOOD LIGHTNING

Aus dem Englischen
von Frank Dabrock

WILHELM HEYNE VERLAG
MÜNCHEN

Die Originalausgabe NET FORCE – Moving Target
erschien erstmals 2023 bei Hanover Square Press, Toronto.

Penguin Random House Verlagsgruppe FSC® N001967

Deutsche Erstausgabe 09/2024
Copyright © 2023 by Jerome Preisler
Copyright © 2024 der deutschsprachigen Ausgabe
by Wilhelm Heyne Verlag, München,
in der Penguin Random House Verlagsgruppe GmbH,
Neumarkter Str. 28, 81673 München
Redaktion: Florian Oppermann
Umschlaggestaltung: Nele Schütz Design
unter Verwendung von shutterstock.com
(Alejandro Carnicero, Syda Productions, Sue Robinson)
Satz: satz-bau Leingärtner, Nabburg
Druck und Bindung: GGP Media GmbH, Pößneck
Printed in Germany
ISBN: 978-3-453-44123-1

www.heyne.de

In liebevollem Gedenken an meinen Vater Sam.
1927–2021

Hier ist kein Wasser, sondern nur Fels
Fels und kein Wasser und die sandige Straße

T.S. ELIOT, »DAS WÜSTE LAND«

TEIL EINS

EINE PARTIE SCHACH

1

Franz Scholl entdeckte den Mann auf einer Parkbank oberhalb der Kurve, wo die Treppe der Rue Michel Tagrine von der Rue Georges Lardennois steil nach oben führte. Der kräftige, breitschultrige Mann mit Augenklappe trug eine Schiebermütze und eine Cordjacke. Er saß allein in der Abenddämmerung auf der Butte Bergeyre, einer Anhöhe im Herzen von Paris.

Im April waren die Nächte in der französischen Metropole noch kühl, und hier oben, wo eine steife Brise über die kahlen braunen Efeuranken zur linken Seite der Treppe fegte, war es noch kühler. Der Blauregen, der die gegenüberliegende Wand bedeckte, war bereits grün und wucherte üppig. Doch Scholl mochte ihn nicht. Es handelte sich um eine aggressive, invasive Pflanze, die großen Schaden anrichten konnte, wenn man sie unkontrolliert wachsen ließ. Als Restaurator vergessener Technologien, entsorgter Fantasien und alter Softwarecodes verabscheute er Chaos und Stückwerk und legte Wert auf äußerste Präzision.

Mit den Händen in den Taschen war Scholl, zwei, drei Stufen gleichzeitig nehmend, keuchend die Treppe emporgestiegen. Bei einem früheren Besuch hatte er von der Straße bis zur Hügelspitze 177 Stufen gezählt.

An berühmten Orten die Treppenstufen zu zählen, war für ihn ein innerer Zwang, den er jedoch als ausgefallenes Hobby ausgab.

Am oberen Absatz war Scholl nach rechts in den öffentlichen Park gelaufen. Im Sommer erinnerte er ihn immer an Renoirs Gemälde *Bal du moulin de la Galette*, auf dem sich eine pulsierende Menschenmenge unter freiem Himmel amüsierte. Aber als er an diesem Abend den Park betreten hatte, war er ruhig und verlassen gewesen. Abgesehen von dem Mann auf der Bank.

Er saß ein paar Meter von einem der Wege entfernt und starrte zur kunstvoll verzierten Sacré-Cœur im Nordwesten hinüber – der Basilika des Heiligen Herzens –, die auf dem Montmartre, der höchsten natürlichen Erhebung der Stadt, emporragte. Entlang der benachbarten Straßen, Gassen und Plätze drängten sich die stattlichen Altbauten des 19. Arrondissements mit ihren eleganten Fassaden und Steinbrüstungen.

Scholl war zunächst dem Weg zur Bank gefolgt, hatte ihn dann verlassen und war mehrere Meter dahinter über den zart sprießenden Rasen daran vorbeigelaufen. Hätte sich der Mann mit der Augenklappe umgedreht, hätte er einen etwa sechzigjährigen Mann mit einem langen weißen Pferdeschwanz und Brille gesehen, der eine mit Fleece gefütterte Arbeitsjacke und eine Jeans trug. Obwohl Scholl wie ein in die Jahre gekommener Folksänger wirkte, wie ein linker Basisdemokrat, vertrat er weder linke noch rechte Ansichten. Sein schlichtes Ideal war die Freiheit des Einzelnen, und er hatte es sich zum Ziel gesetzt, sie dauerhaft zu verwirklichen.

In diesem Moment hallte das Knattern eines Motorrads von unten herauf, und der Mann auf der Bank beugte sich leicht vor, um zu sehen, wo das Geräusch herkam. Als Scholl die Tätowierung in seinem Nacken bemerkte, erstarrte er vor Anspannung. Es handelte sich um den blutroten Blitz der *Krowawaja Molnija*, der russischen Elitetruppe, deren Mitglieder angeblich mit neuronalen Implantaten ausgestattet waren.

Genau das hatte Scholl bei seiner Ankunft an der Butte Bergeyre befürchtet, nachdem ihn die Datenerfassungsapp der Stadt auf den Mann aufmerksam gemacht hatte. Da Paris großen Wert auf seine Tradition legte, war es zwar im Gegensatz zu anderen europäischen Städten noch nicht vollständig vernetzt, aber die Stadtplaner testeten ein passives Ortungssystem, das die Nutzung öffentlicher Bänke erfasste und aufzeichnete. Wenn ein Besucher eine Bluetooth-App auf seinem Handy installiert hatte, sammelte und sendete das System alle möglichen Informationen über ihn. Angeblich wollte man auf diese Weise feststellen, wie viele Personen sich an einem bestimmten Ort aufhielten, um gegebenenfalls weitere Bänke aufzustellen oder welche zu entfernen oder um den Bereich attraktiver zu gestalten und so mehr Besucher anzulocken.

Aber Scholl hatte die Daten der Regierung aus einem anderen Grund auf sein Handy abgezweigt, während er in seinem wenige Straßen entfernten Hotel den Hügel beobachtet hatte. Als er bemerkt hatte, dass der Mann über eine Stunde lang bei sieben Grad Kälte auf der Bank saß, ohne sich auch nur einen Zentimeter zu bewegen, war ihm das verdächtig vorgekommen. Seiner Intuition folgend hatte er beschlossen, das Hotel zu verlassen, um vor Kalis Ankunft die Lage genauer zu inspizieren.

Zum Glück, dachte er.

»Engel«, sagte er jetzt mit gedämpfter Stimme auf Deutsch. Seine Worte wurden von dem empfindlichen Schädelmikrofon im Bügel seiner Datenbrille erfasst. »Das Haus wird überwacht.«

»Wie erwartet.«

»Noch schlimmer. Der Mann hat einen blutroten Blitz tätowiert. Sieh selbst.« Franz blinzelte, um das Kamerabild zu übertragen. »Wir wissen nicht, wer ihn geschickt hat. Jedenfalls nicht Moskau. Ich habe gehört, dass sie jetzt auf eigene Rechnung arbeiten.«

»Das habe ich auch gehört«, sagte sie. »Aber das macht keinen Unterschied. Ich gehe jetzt rein.«

»Engel, hör zu …«

Die dumpfe Stille einer beendeten Verbindung. Scholl runzelte die Stirn.

Ich kann sie nicht aufhalten.

Plötzlich zuckte eine Erinnerung vor ihm auf. Die neunjährige Kali im Dojo mit einem Trainingsschwert aus Bambus in der Hand, nachdem sie damit ihren Sensei auf den Rücken befördert hatte. Sie war ihrer Großmutter in vielerlei Hinsicht ähnlich. Das konnte er nicht leugnen – genauso wenig, dass er Norma von ganzem Herzen geliebt hatte, trotz ihres eigensinnigen, kompromisslosen Charakters. Vielleicht aber auch gerade deswegen.

Er öffnete den Mund, um Luft zu holen, sodass der kalte Wind durch seinen Rachen fegte.

»Möge Gott dich beschützen«, flüsterte er und setzte seinen Weg über die verlassene Rasenfläche fort.

Kali stieg von ihrem Motorrad und ließ das Lenkerschloss einrasten, nahm ihren Helm ab, schüttelte ihr rabenschwarzes Haar und schloss den Helm am Rahmen an. Die Ducati Diavel 1260 S Black and Steel mit maßgefertigten roten Radaufhängungen und Verzierungen stand zwischen zwei Autos unmittelbar südlich der Rue Michel Tagrine.

Kali – großgewachsen, aufrechte Haltung und durchtrainiert – war ganz in Schwarz gekleidet, angefangen bei ihrer Motorradjacke und den fingerlosen Handschuhen bis hin zu ihren Leggings und den wasserdichten Stiefeln. Um ihr Handgelenk trug sie an einem Armband einen alten silbernen Kompass, auf dem Rücken einen verkratzten Lederrucksack und um die Taille einen viktorianischen Abenteuergürtel mit einem Beutel, in dem eine dreiteilige *Manriki* – eine japanische Kettenpeitsche – steckte.

Sie blieb einen Moment neben dem Motorrad stehen und ließ ihre dunklen Augen, die hinter einer KI/Mixed-Reality-Datenbrille verborgen waren, über die Straße wandern. Der Bluetooth-Ohrhörer, über den Franz mit ihr gesprochen hatte, war mit der Brille synchronisiert.

Kali, die allein auf dem Gehweg war, lief ein kurzes Stück in nördlicher Richtung, zur Ecke Rue Edgar Poe. Die Glock, die unter ihrer Jacke gegen ihre Rippen drückte, fühlte sich ungewohnt an … genauso ungewohnt wie die, wenn auch leichteren, Ersatzpatronen in ihrer Tasche. Sie hatte nur einmal zuvor eine Schusswaffe getragen, in Rumänien, auf der Jagd nach ihrem kriminellen Ex-Freund. Mike Carmody hatte sie in jener Nacht im Schnee vor eine einfache, unmissverständliche Wahl gestellt. Wenn sie ihn begleiten wollte, musste sie die Waffe nehmen, oder er würde ohne sie weitermachen.

Ich will sie nicht, hatte sie gesagt.

Nimm sie trotzdem … du hast damit nicht ohne Grund trainiert.

Kali hatte immer noch seine Stimme im Ohr. Widerwillig hatte sie die Waffe genommen, ohne sie jedoch zu benutzen. Mit Carmody an ihrer Seite war das nicht nötig gewesen. Aber heute Nacht, das wusste sie, könnten die Dinge völlig anders laufen.

Lucien Navarros Haus befand sich zu ihrer Linken. Es handelte sich um ein dreistöckiges Stadthaus mit rosafarbener Kalksteinfassade, einer hohen gewölbten Flügeltür, Balkonen mit kunstvollen Geländern und großen Fenstern mit Läden und Metallgittern. Draußen auf dem Kopfsteinpflaster standen zwei große Blumenkübel vor einem zwei Meter hohen schmiedeeisernen Tor. Hinter den Holzläden brannte kein Licht.

Kali blieb vor dem Tor stehen. Es verfügte über ein schlüsselloses Verriegelungssystem.

»Cas«, murmelte sie. »Klone System.«

Cas war die Kurzform von Castor. Ihrem Leitstern. Sie hatte ihre persönliche KI danach benannt.

»Klonprozess wurde eingeleitet.« Die Männerstimme der KI mit leicht britischem Akzent, die in ihrem Ohr ertönte, klang vollkommen menschlich. »Das Zeitfenster?«

»Fünf Minuten. Danach alles löschen.«

»Bestätige.«

Kali wischte mit der Handfläche über den biometrischen Scanner des Verriegelungssystems und tippte den Zugangscode ein. Mit einem leisen Klicken öffnete sich das Schloss.

Sie verspürte ein Gefühl der Zuversicht und Erleichterung. Sie hatte befürchtet, vor verschlossener Tür zu stehen. Navarros rätselhaftes Verschwinden hatte ihr seit Wochen keine Ruhe mehr gelassen, und sie hatte deswegen Tausende Meilen von Hawaii hierher zurückgelegt.

Aber ihr blieb keine Zeit zu entspannen. Alles deutete darauf hin, dass man das Sicherheitssystem gehackt hatte. Cas würde ihr fünf Minuten geben, bevor er sämtliche Daten löschte, einschließlich der biometrischen Daten und Backdoor-Zugriffscodes, die irgendwelche Hacker womöglich installiert hatten, um sich Zugang zu verschaffen. Allerdings wusste Kali, dass sie vielleicht einen Alarm ausgelöst hatte. Einen Software-Alarm. Dass man sie im Haus vielleicht bereits erwartete.

Aber sie würde es trotzdem betreten. Lucien zuliebe musste sie dieses Risiko eingehen.

Sie ging durch das Tor, schob es hinter sich zu und marschierte über den Vorhof zum Eingang. An der Flügeltür befand sich ein weiteres biometrisches Verriegelungssystem. Sie hielt die Hand an den Scanner, tippte auf mehrere Tasten, und die Türen öffneten sich.

In der Eingangshalle war es dunkel. Kali tastete an der Wand nach dem Lichtschalter und drückte darauf. Ein weiches gelbliches Licht erfüllte den Raum.

Sie ging weiter und trat auf einen dicken Perserteppich. Die Eingangshalle sah genauso aus, wie sie sie in Erinnerung hatte. Mit der gewölbten Decke, dem Marmorkamin und dem runden Mahagonitisch in der Mitte. Darauf stand eine Lampe aus einer blau-weißen Ming-Vase. Kali atmete den intensiven Geruch von altem Holz ein.

Hinter der Eingangshalle befand sich ein kleiner Salon. Er lag im Dunkeln, aber im Schein der Vasen-Lampe konnte Kali Navarros Flügel erkennen. Er hatte den elektronischen Flügel so umbauen lassen, dass er ihn im Rollstuhl spielen konnte.

Plötzlich zuckte eine Erinnerung vor ihr auf: wie Lucien sie verzückt angerufen hatte, um ihr mitzuteilen, dass er ein Gerät gefunden habe, das dieselben Effekte wie die Pedale eines akustischen Flügels – Haltepedal, Una-Corda- und Sostenuto-Pedal – erzeugte und sich durch ein leichtes Kopfnicken steuern ließ. *Vive la technologie!*, hatte er begeistert gerufen. Er war damals siebzehn Jahre alt und eine Waise, nachdem seine Eltern bei demselben Autounfall gestorben waren, der seine Beine und einen seiner Arme teilweise gelähmt hatte.

Die Erinnerung verflog wieder, und Kali blickte nach links, wo eine geschwungene Treppe in den ersten Stock führte. Neben der untersten Stufe befand sich ein computergesteuerter Rollstuhllift. Sie wäre am liebsten direkt nach oben gegangen, doch sie wollte sich erst gründlich umsehen. Also betrat sie den Salon, lief in das Zimmer, das direkt davon abging, und weiter in die Küche, das Esszimmer und das Wohnzimmer mit seinem Damastsofa, den Veraseta-Vorhängen und antiken Skulpturen. Alles schien an seinem Platz. Die Wertgegenstände waren alle noch da.

Bevor Kali das Zimmer verließ, blieb sie vor einem Spiegel mit vergoldetem Holzrahmen stehen und betrachtete in der blanken Oberfläche ihr Gesicht. Es wirkte ernst und besorgt.

Sie ging die Treppe nach oben. Navarros großes Schlafzimmer war aufgeräumt. Das kleinere Gästezimmer ebenfalls. Sie lief den langen mit Teppich ausgelegten Flur zur Bibliothek hinunter und machte Licht.

Aus mehreren Reihen bronzener Hängelampen ergoss sich ein gleichmäßiges Licht. Die mit Roteiche vertäfelten Wände wurden vom Boden bis zur Decke von Bücherregalen gesäumt. Das Lesepult in der Mitte des Raums war mit Büchern, Partituren, Zeitschriften und Zeitungsausschnitten übersät, und auf einem kunstvoll verzierten Balkon bewahrte Lucien seine wertvollsten Ausgaben auf.

Kali stand da und lauschte in die Stille. Es war kein Geräusch zu hören. Wie die Haupttreppe war die Balkontreppe mit einem Rollstuhllift ausgestattet. Kali durchquerte das Zimmer und kniete sich hin, um einen Blick auf die Plattform zu werfen. Sie war mit einer kaum sichtbaren Staubschicht überzogen.

Lucien, was ist mit dir passiert?

Sie rannte zum Balkon hinauf. Dort befanden sich in einer Glasvitrine mehrere kostbare Raritäten. Ein in Leinen gebundenes Buch mit den wöchentlichen Folgen von *Eine Geschichte aus zwei Städten*. Eine zweibändige Erstausgabe von *Der Glöckner von Notre-Dame,* signiert von Victor Hugo. Eine Erstausgabe von Voltaires *Candide oder der Optimismus*. Und weitere Stücke der wertvollen Sammlung. Alles schien unverändert. Nichts fehlte. Falls jemand eingebrochen war, hatte er nichts stehlen wollen.

»Outlier.«

Kali hob leicht das Kinn. Das in ihrem Ohrhörer war Cas, und er benutzte ihren Decknamen fürs Dark Web.

»Ja?«

»Ich kann das System nicht löschen.«

»Warum nicht?«

»Datenmigration ist unzulässig. Ich habe keinerlei Zugriff auf alle bekannten Bereiche.«

19

»Kannst du einen Dialog zur KI herstellen?«

»Das habe ich schon versucht, ohne Erfolg.«

»Gibt es eine Fehlermeldung?«

»Ja. *Zugriff aus unbekanntem Grund verweigert.*«

»Das ist alles?«

»Ja.«

Kali fiel Franz' Warnung ein. *Er ist nicht allein.* Sie hatte es ebenfalls für wahrscheinlich gehalten, dass jemand ins Alarmsystem eingedrungen war. Mit ein paar Zeilen Malware konnte man eine Web Shell erzeugen – eine Schnittstelle, über die man sich problemlos durch die Hintertür Zugang verschaffen konnte. Es hatte keinen Zweck, das zu überprüfen, auch nur eine Sekunde zu verlieren. Sie musste jetzt schnell handeln.

Sie eilte über den Balkon zu der Wand mit Büchern. Sie waren nach Themen und in alphabetischer Reihenfolge der Autoren geordnet.

Der Bereich mit der Staatsphilosophie belegte das dritte Regalfach von unten. Kali beugte sich hinunter und entdeckte Montesquieus *De l'esprit des loix. Vom Geist der Gesetze.* Das Buch, das früher von der französischen Obrigkeit und der katholischen Kirche auf den Index gesetzt worden war, bildete die ideologische Grundlage für die Französische Revolution und beeinflusste die amerikanischen Gründungsväter. Montesquieu hatte das Werk anonym in französischer Sprache veröffentlicht und dafür gesorgt, dass es rasch ins Englische und Deutsche übersetzt wurde, um zu verhindern, dass seine Ideen unterdrückt wurden.

Was hatte Lucien noch über ihn gesagt? *Oh, was für ein Chaos unser Baron unter den königlichen Nasen hätte anrichten können, wenn er das Internet gehabt hätte. Allerdings hatten sie die Guillotine.*

Kali ließ ihren Blick an den säuberlich aufgereihten Büchern entlangwandern. Das Buch, nach dem sie suchte, stand rechts von Montesquieus Werk und Rousseaus wichtigsten Abhandlungen. Sie waren absichtlich in falscher Reihenfolge angeordnet.

Sie zog das Buch aus dem Fach. Es war in dickes Buckram gebunden, und der Titel war in schlichten schwarzen Lettern gedruckt. Ihr fielen die Abweichungen von der üblichen amerikanischen Rechtschreibung auf: *The Key of Libberty: Shewing the Causes Why A Free Government Has Always Failed, and a Remidy Against It, Written in the Year 1798, by William Manning of Billerica Massachusetts, a Laborer.*

»Engel. Hörst du mich?«

Das war erneut Franz.

»Ja«, erwiderte sie.

»Der Mann von der Butte Bergeyre nähert sich deinem Standort. Bei ihm ist ein weiterer Mann.«

»Wo sind sie jetzt?«

»Auf der Avenue Simon Bolivar.«

»Und du?«

»Auf halbem Weg die Rue Manin runter. Ich habe einen Bogen um den Park gemacht und bin dann nach unten gelaufen«, sagte Scholl. »Der zweite Mann kam vom Parc des Buttes-Chaumont.«

Kali sprang aus der Hocke hoch. Die Zeit wurde langsam knapp.

Sie rannte wieder nach unten, trat rasch auf den ovalen Teppich und blieb dort stehen, während sie das Buch des William Manning mit der Vorderseite Richtung Decke hielt. Sie konnte förmlich spüren, wie die Kamera ein Foto machte und die Scanner ihre Wangenknochen abtasteten – aber das bildete sie sich nur ein.

Die Stimme, die kurz darauf irgendwo über ihr ertönte, gehörte weder Franz noch Cas. Es war Luciens Stimme. Das heißt, die von Luciens KI, die seine Sprachmuster und Klangfarben imitierte.

»Was ist eine freie Regierung?«, fragte die Stimme.

Kali kannte den Frage-Antwort-Code auswendig. »Eine, die alle Gesetze gemäß dem Willen und den Interessen der Bevölkerungsmehrheit erlässt, anwendet und vollstreckt.«

»Was ist der Schlüssel zu einer freien Regierung?«

»Der Schlüssel ist Wissen.«

»Über welches Wissen muss ein freier Mensch verfügen?«

»Wissen über die Menschheit. Und über die verschiedenen Interessen, die alle menschlichen Stände betreffen.«

»Was ist der Schlüssel zur Freiheit?«

»Der Schlüssel ist demokratische Opposition.«

»Zu guter Letzt … welches von all den Büchern, die du mir stibitzt hast, magst du am liebsten? Nenne Titel, Untertitel, Autor sowie Erscheinungsort und Veröffentlichungsdatum.«

Kali konnte sich ein Lächeln nicht verkneifen. Lucien hatte die KI nicht nur mit seinen stimmlichen Eigenschaften ausgestattet.

»*Modern Magic. A Practical Treatise in the Art of Conjuring*. Von Professor Hoffmann, London 1876.«

»Kali. Willkommen daheim, liebste Freundin und begnadete Zauberkünstlerin. Du hast vollen Zugriff.«

Ein schmaler Bereich der Wandvertäfelung glitt zur Seite, und Kali ging durch die Bibliothek zu der Öffnung. Dahinter,

in fast völliger Dunkelheit, befand sich der Absatz einer Stein-
treppe, die nach unten führte.

»Tinkerer«, sagte sie. Das war Franz' Benutzername im
Internet. »Siehst du das?«

»Ja. Das gefällt mir nicht. Dort bist du allein. Ohne Verbindung nach draußen.«

»Ich glaube, dass ich dort unten weitere Leute treffen
werde.«

»Dummköpfe und Narren. Gauner. Oarsmans Leute im
Untergrund.«

»Mach unsere Verbündeten nicht schlecht.«

Kali stopfte das Buch in ihren Rucksack und schob sich
durch den Spalt in der Wand auf den Absatz. Die Treppe
schien fast senkrecht in die Dunkelheit hinabzuführen.
»Warte im Hotel«, sagte sie. »Ich melde mich.«

Und dann verstummte sie. Die Zeit drängte.

Kali trat vom Absatz und begann die Treppe hinunterzusteigen. Die Wandvertäfelung hinter ihr glitt nahtlos wieder zu.

Als der einäugige Mann mit der Schiebermütze von der Butte
Bergeyre herunterkam, warf er einen flüchtigen Blick auf die
Ducati, die neben der Treppe parkte. Dann wandte er sich
nach links und schlug denselben Weg ein wie seine Zielperson.

Der Mann hieß Matyas.

An der Ecke Rue Edgar Poe gesellte sich ein weiterer Mann
wortlos zu ihm. Er war großgewachsen, glatzköpfig und mit
seinen achtundzwanzig Jahren etwa zehn Jahre jünger als
Matyas; er trug einen kurzen braunen Ledermantel und hatte
ebenfalls einen Blitz auf den Nacken tätowiert.

Er hieß Stefan.

Die beiden bildeten die erste Einheit.

Vor Lucien Navarros Stadthaus hielt Matyas seine Hand an den biometrischen Scanner am Torpfosten. Das Tor öffnete sich, und die beiden liefen zur Flügeltür. Nach einem weiteren Scan wurde auch sie entriegelt.

Die Männer eilten direkt zu der geschwungenen Treppe und stiegen zur Bibliothek empor. Sie gehörten nicht zu der Art von Leuten, die sich etwas aus Büchern machten oder bemerkt hätten, dass unter den Tausenden von Büchern aus Navarros Sammlung *The Key of Libberty* fehlte. Sie mussten nur wissen, dass in diesem Raum zum letzten Mal die biometrischen Daten der Frau gescannt worden waren. Sie war genau dort, wo die beiden sie haben wollten.

Matyas trat auf den Teppich in der Mitte des Raums. Sein Auge blitzte kurz auf, und einen Moment später ertönte eine Stimme, die aus allen vier Wänden gleichzeitig zu kommen schien.

»Was ist eine freie Regierung?«, fragte sie.

»Lass uns rein, du beschissener Drecksack«, sagte der Mann.

Die Platte in der Wand glitt zurück.

Und die Stimme sagte: »Kali. Willkommen daheim, liebste Freundin. Du hast vollen Zugriff.«

Matyas wechselte mit seinem Begleiter einen Blick. Er würde eine manipulierte KI jederzeit einem menschlichen Maulwurf vorziehen. Eine KI ließ sich leichter austricksen. Sie kannte keinerlei Skrupel. Empfand weder Schuldgefühle noch Gewissensbisse wegen ihres Verrats. Außerdem verfügte sie oft über weitreichendere Zugriffsmöglichkeiten.

Matyas deutete mit dem Kinn auf den Eingang und eilte, dicht gefolgt von Stefan, zum Treppenabsatz auf der anderen Seite. Ehe sie überhaupt einen Fuß auf die Stufen gesetzt hatten, schloss sich die Wandplatte hinter ihnen wieder.

Franz Scholl hatte von einem erhöhten Aussichtspunkt auf der Rue Michel Tagrine aus beobachtet, wie der Einäugige und sein Begleiter um die Ecke gebogen waren. Anschließend hatte er sicherheitshalber kurz gewartet, bevor er die verbliebenen Stufen zur Rue Georges Lardennois hinuntergestiegen und Richtung Nordosten marschiert war, auf dem Weg, den die beiden – und Kali ein paar Minuten zuvor – zu Navarros Stadthaus zurückgelegt hatten. Als er um die Ecke zur Rue Edgar Poe bog, blickte er die Straße hinauf und sah, wie die Männer vor dem Tor stehen blieben.

Scholl sprach ein stummes Gebet und lief dann mit unverminderter Geschwindigkeit weiter. Er hatte Kali versprochen, im Hotel zu warten. Und er wollte sich daran halten.

Ein grauer BMW iX Flow, der zehn Meter weiter die Straße hinunter parkte, als Scholl die Treppe verlassen hatte, folgte ihm jetzt unbemerkt.

Ein paar Minuten später bog Scholl von der Avenue Mathurin Moreau nach rechts auf die Avenue Simon Bolivar, mit ihren alten Wohnhäusern ohne Aufzug. Der BMW, der ihm im Schritttempo folgte, war jetzt schwarz und hatte auf jeder Seite einen schmalen weißen Rallyestreifen. Der teure Luxuswagen schien für diese Arbeitergegend etwas auffällig, aber die angesagten Bars und Nachtklubs, die hier im Zuge der fortschreitenden Gentrifizierung eröffnet hatten, lockten Pariser aller sozialen Schichten an.

Zehn Minuten nachdem Scholl die Treppe verlassen hatte, kam er an eine Querstraße der Avenue Simon Bolivar. Er hatte das Hotel Aries jetzt fast erreicht, wo er für die nächsten Nächte ein schlichtes Zimmer gebucht hatte.

Durch den Eingang auf der Avenue Secrétan betrat er das Hotel. Der BMW fuhr daran vorbei; er war jetzt weiß und hatte auf der Motorhaube zwei schwarze Längsstreifen.

Als der Wagen um elf Uhr auf einen leeren Parkplatz bog, waren auf der Straße immer noch eine ganze Menge Autos und Passanten unterwegs. Und der Mann hinterm Steuer wartete geduldig, dass sie sich leerte.

Zwei Männer und eine Frau verließen die Metrostation Strasbourg–Saint-Denis und liefen auf dem Boulevard Saint-Martin Richtung Place de la République, mit seinen erleuchteten Denkmälern, Spaziergängern, Joggern, Hundebesitzern, Kiffern und den Obdachlosen auf den Bänken am Rand des Platzes. Alle drei hatten eine sportliche Figur. Der Mann rechts neben der Frau war wie ein Wettkampfschwimmer gebaut; mit seinen langen Armen, dem breiten Rücken und der schmalen Taille wirkte sein Körper wie in die Länge gezogen. Der Mann links neben der Frau war stämmiger und hatte den muskulösen Brustkorb eines Gewichthebers. Beide Männer waren Ende zwanzig, großgewachsen und hatten blondes Haar.

Die Frau, mit ihrem Schwanenhals und ihrem festen, geschmeidigen Körper, sah aus wie eine Turnerin. Tatsächlich hatte sie bei den Olympischen Spielen 2016 in Rio de Janeiro eine Goldmedaille gewonnen, in dem Jahr, in dem der SVR sie als Auslandsagentin rekrutiert hatte, ein knappes Jahrzehnt bevor sie im Geheimdienst in den hohen Rang eines *Pulkownik*, eines Obersts, aufgestiegen war. Sie hieß Reva, hatte eine blaugrüne Igelfrisur und trug eine eng anliegende Krokodillederjacke, die mit jeder Menge Reißverschlüssen und Nieten besetzt war. Mit ihren vierunddreißig Jahren war sie das älteste und ranghöchste Mitglied der zweiten Einheit.

Reva hatte sich bei dem stämmigen Mann untergehakt. Er hieß Zoltan, trug einen Lederblazer, seine Ohren zierten schwarze Emaille-Tunnelstecker, und in seinem Nacken zeichnete sich deutlich ein roter Blitz ab. Sein rechtes Handgelenk zierte die Tätowierung eines Sterns mit acht Spitzen, aus seiner Zeit in einer Besserungsanstalt für jugendliche Straftäter.

Der andere Mann, Dominik, hatte den Kragen seiner Bomberjacke gegen den kalten Nachtwind nach oben geschlagen. Dass sie seinen tätowierten Blitz bedeckte, war Zufall. Selbst in der Heimat kannten nur wenige die Bedeutung dieses Zeichens. Die Führung in Moskau hatte die Anwendung transhumanistischer Technologien für Zivilisten strengstens verboten, und die Existenz der *Krowawaja Molnija* war ein gut gehütetes Regierungsgeheimnis.

Nach einem fünfminütigen Fußmarsch erreichten die drei die Metrostation Saint-Martin, ein *fantôme*, wie die Pariser die stillgelegten Metrostationen nannten. Seit Beginn des Zweiten Weltkriegs wurde die Station nicht mehr genutzt, und der verriegelte Eingang befand sich unter dem Gehweg vor dem alten Säulenbau des Théâtre du Petit Saint-Martin. Am Geländer rings um die Treppe waren mehrere Fahrräder angekettet. Zwei Eisentore in einer mit Graffitis besprühten Fliesenwand versperrten den Zugang zur Zwischenetage und dem Bahnsteig. Die Treppe war mit zerknüllten Essensverpackungen übersät, und von unten stieg ein Gemisch widerlicher Gerüche empor.

Dominik schnupperte und verzog angewidert das Gesicht. »Man schickt uns immer an die schönsten Orte«, sagte er.

Reva löste ihren Arm aus Zoltans Umklammerung und ging vor den beiden Männern zum verriegelten Eingang hinunter. Die Radfahrer und demonstrativ hippen Cafégäste, die auf der Straße vorbeiliefen, schenkten den dreien keinerlei Beachtung. Es war typisch für die Mentalität der Pariser, dass sie sich nur um ihre eigenen Angelegenheiten kümmerten.

Der Gestank von Urin war unerträglich. Er klebte unter ihren Füßen. Reva trat vorsichtig an den Eingang. Dank ihrer Augenimplantate konnte sie wie ein nachtaktives Raubtier im Schatten alles deutlich erkennen.

Für sie waren die Graffitis an der Wand keine Kunst, sondern ein wütendes Bombardement. Die Schichten aus Sprühfarbe waren wahrscheinlich schon mehrere Jahre alt und bedeckten die Tore und den biometrischen Scanner daneben. Reva erkannte auf einen Blick, dass es sich um ein älteres Modell handelte. *Ein Portal.*

»Auf geht's«, sagte sie.

Sie blieb einen Moment davor stehen, und ihre Augen zuckten leicht nach hinten. Die Brainport-Schnittstelle in der Nähe des Innenohrs erzeugte jedes Mal eine kurze, unwillkürliche Augenbewegung, wenn der Sehnerv stimuliert wurde, eine häufige Nebenwirkung, die vierzig Prozent der Personen mit Neurotech-Implantaten betraf. Sie waren nicht mehr so schlimm wie direkt nach dem Eingriff, und die Ärzte waren zuversichtlich, dass sie im Lauf der Zeit weiter nachlassen würden. Aber momentan nahm sie die Nebenwirkungen für ihre erweiterten Fähigkeiten gerne in Kauf.

Reva wartete, während das Display anging. Darunter leuchtete eine winzige grüne Anzeige auf, und sie hörte, wie sich das Schloss klickend öffnete. Einen Augenblick später trat Zoltan zu ihr, packte einen der Türgriffe und zog daran. Mit einem rostigen Knirschen schwang die Tür zur Seite.

»Folgt mir«, sagte Reva und trat in die Dunkelheit.

Und die Männer folgten ihr.

Die Krim, Ukraine

Die Villa stand auf einem Felsvorsprung, hoch über einem Ausläufer des Schwarzen Meers, und dahinter erhob sich ein Steilhang hundert Meter in die Höhe. Das fünfhundert Jahre alte Steingebäude hatte ein Terrakottadach und ein rundes Türmchen mit Fenstern zu allen Seiten, durch die man in drei Richtungen meilenweit die Landschaft überblickte. Im Osten wurde die Sicht von der steilen Felswand versperrt, die nach oben hin spitz zulief. Im Süden führte eine Tür zu einer Terrasse, die Drajan hin und wieder aufsuchte, um nachzudenken; manchmal stieg er auch die lange Treppe von der Brüstung hinunter, um alleine eine Runde über den Berg zu machen.

Aber an diesem Abend, wie an den meisten Abenden, spiegelte sich der trübe blaue Schein eines Computerbildschirms in den Fenstern des Türmchens. Drajan Petrovik saß hinter den gewölbten Wänden vor seinem Laptop, und seine Finger huschten leise über die Tastatur. Seit Wochen war er zum ersten Mal wieder allein, und er fühlte sich fast wie als junger

Mann, bevor er der Wolf der *technologie vampiri* geworden war; bevor er sich mit Quintessa Leonides und seinen russischen Geldgebern eingelassen hatte; bevor er mit Kali Alcazar zusammengekommen war, deren fast schwarze Augen wie glänzende Onyx-Splitter aussahen.

Augen, die ihn immer noch in seinen Träumen verfolgten, falls er es denn schaffte zu schlafen.

Er hatte seine Jugendjahre in einem entlegenen Kaff verbracht und gewartet, dass etwas passierte. Irgendetwas. Der Cyberspace war das Tor zu einer Welt gewesen, die sich seinem direkten Zugriff entzog, und bald schon hatte er gelernt, sie nach Belieben zu manipulieren, um zu sehen, was dabei herauskam. Chaosmagie, jederzeit verfügbar. Irgendwann brachte ihm das Geld und Macht ein, aber anfangs hatte er nur danach gestrebt, Freiheit zu erlangen. Rückblickend betrachtete Drajan es als Fluch, dass er das überhaupt für möglich gehalten hatte, und inzwischen hatte er sich von dieser Vorstellung verabschiedet.

Er richtete sich jetzt in seinem Stuhl auf; im blassen Schein des Bildschirms wirkten seine Gesichtszüge schmal und geisterhaft. Man hatte ihn benachrichtigt, dass Kali Lucien Navarros Haus in der Rue Edgar Poe betreten hatte und dass ihr zwei Mitglieder der *Krowawaja Molnija* gefolgt waren. Der Stadtplan von Paris vor ihm zeigte die anderen Söldner des Blutigen Blitzes als Icons, während sie in den vorgesehenen Bereichen in die Katakomben der Stadt hinabstiegen. Er hatte Kali eine Falle gestellt sowie ihren alten Verbündeten und neuen Freunden, vor allem jenem Mann, der ihm in Bukarest eine Pistole an den Kopf gehalten hatte, dem Hünen, der ihn in dem blutbespritzten Flur über dem Nachtklub beinahe getötet hätte. Er würde sie ordentlich aufmischen, bevor er sich wieder den USA und anderen unerledigten Aufgaben widmete.

Er wandte sich vom Computer ab und blickte durch das Turmfenster zum Strand, zu der riesigen russischen Stadt hinüber, die sich im Innern des Bergs befand.

In gewisser Weise war er wieder an seinem Ausgangspunkt angelangt. Erneut fühlte er sich wie ein Gefangener, und die Krim und dieses anheimelnde Türmchen waren das Sinnbild dafür. Zwar machte er sich keine Illusionen mehr, was seine persönliche Freiheit betraf, aber es war etwas völlig anderes, sich von seinen Zwängen zu befreien.

Die Chaosmagie war sein Ticket hier raus. Ob man nun fand, er würde nur seine alte Masche abziehen oder etwas Neues aus dem Hut zaubern – das änderte nichts am Ergebnis. Und wenn die Öffentlichkeit davon erfuhr, würde sie den Atem anhalten.

2

*D*assault oscar three india six, erteile Erlaubnis zum Eintritt in den Luftraum der FOB Băneasa. Bleiben Sie auf dreitausend Fuß ...«

Die dreistrahlige Falcon 8X steuerte auf einem gleichmäßigen Gleitpfad von drei Grad die beiden Funkfeuer auf der erleuchteten Landebahn vor sich an. Während Nick DeBattista auf dem Pilotensitz über sein Headset den Anweisungen der Fluglotsin lauschte, sagte er sich, dass die Abwesenheit eines Towers kein Problem sei, obwohl er in seinen zehn Jahren als professioneller Pilot noch nie auf einem Flugplatz ohne gelandet war.

Genau genommen verfügte der Stützpunkt allerdings schon über einen Tower. Hundertdreißig Meilen westlich, auf dem Flughafen Constanţa, gab es einen *virtuellen* Tower, wo die Lotsin mit der sexy Stimme in einem fensterlosen Raum mit Reihen von Augmented-Reality-Monitoren saß, die von hochmodernen Sensoren am Boden mit Informationen gefüttert wurden. Dennoch war DeBattista ein wenig nervös.

Genau das passierte, wenn man sich mit Carmody einließ, dachte er. Bei ihm gab es keine Routine.

Er blickte zu dem Mann auf dem Sitz des Co-Piloten. Scott Dixon war einer von Carmodys Männern. Einer jener wohlgenährten Farmerjungen aus dem Mittleren Westen, die die Rekrutierungsbüros direkt von der Highschool anwarben. Er hatte braune Haare, grobe Gesichtszüge und erinnerte an eine Dampfwalze; er trug ein schwarzes kurzärmeliges T-Shirt, und an einer Goldkette baumelte das Abzeichen der Navy SEALs mit dem Dreizack. Seinen rechten Arm zierte die Tätowierung eines General-Electric-Fernsehers aus den 1960ern mit den Farbbalken des Testbilds. Darauf stand in großen Buchstaben der Name *ELSE*. DeBattista vermutete, dass es sich entweder um seine Lieblings-Sitcom oder seine Herzallerliebste handelte, aber er hatte ihn noch nicht danach gefragt.

»In ein paar Minuten sind Sie wieder zu Hause«, sagte er.

Dixon warf ihm einen Blick zu. »Ganz sicher nicht.«

»Was?«

»Dieser Ort ist sicher nicht mein Zuhause«, sagte Dixon.

DeBattista prustete. »Ihr *zweites* Zuhause?«

»Nicht in einer Million Jahren.«

»Nur aus Neugier: Wo kommen Sie her?«

»Indiana.«

DeBattista musste innerlich grinsen. Er hatte also richtig getippt. »Sind Sie auf einer Farm aufgewachsen?«

Dixon schüttelte den Kopf. »Mein Vater hat ein Luftfrachtunternehmen betrieben.«

»Sie verarschen mich.«

»Nein. Whistle Stop Air Transport. Dort habe ich fliegen gelernt.«

DeBattista schwieg, die Hände am Steuerhorn. Er und Dixon hatten also etwas gemeinsam. Vielleicht kamen sie sich darüber näher, und er konnte ihn nach Else fragen. Sein Gefühl sagte ihm, dass er eine interessante Geschichte zu hören bekäme.

»Dassault oscar three india six, Landebahn 1 ist jetzt freigegeben. Landebahn 1. Gehen Sie auf fünfzehnhundert Fuß runter, Kurs zwei sechs null. Im Landebereich herrscht leichter Bodennebel.«

Das war erneut die Fluglotsin. DeBattista mochte ihre persönliche Art noch mehr als ihre Stimme. Sie war weiblich und selbstbewusst. Eine Frau, die das Kommando übernahm.

Er wollte versuchen, ihren Namen in Erfahrung zu bringen. Da es vielleicht zwei Wochen dauern würde, bis Carmody seine nächste Eskapade vorbereitet hatte, musste er eine Möglichkeit finden, sich in der Zwischenzeit nicht zu Tode zu langweilen.

»Roger, Trimmung aktiviert«, sagte er. »Spreche ich mit Sandy?«

»Nein.«

»Mit Kaitlin?«

»Nein.«

»Leah.«

»Nein, ich heiße nicht Leah.«

»Also Tonia. Tonia mit o. Ich wette, Sie sind Tonia aus Rumänien.«

»Wieder falsch.«

»Rumänien? Oder Tonia?«

»Tonia.«

»Also gut. Wo aus Rumänien kommen Sie her?«

»Bukarest.«

»Sagen wir, ich lerne über Funk eine wunderschöne Frau aus Bukarest kennen. Wie frage ich sie höflich nach ihrem Namen?«

»*So etwas tut man nicht*«, sagte sie. »*Wind aus dreihundert Grad mit zwei Knoten, Böen bis zu sechs Knoten.*«

Sie ist garantiert attraktiv, dachte DeBattista. Außerdem fand er ihren leicht osteuropäischen Akzent ziemlich ansprechend.

»Danke. Sind Sie sicher, dass Sie mir Ihren Namen nicht verraten wollen, Bukarest? Ich heiße DeBattista. Habe ich das schon erwähnt?«

»*Die Verbindung wird schwächer. Gute Nacht, DeBattista. Und herzlich willkommen. Wir sind für Sie da, wenn Sie uns brauchen.*«

Er lächelte. *Wow!* Hatte sie etwa zurückgeflirtet? Er musste später versuchen, sie anzuquatschen. Aber momentan wartete die Landebahnbeleuchtung auf ihn.

»Also gut, Leute«, sagte er über den Kabinenlautsprecher. »In einer Minute landen wir.«

Er fuhr die Landeklappen aus und ging mit der Maschine runter.

Mit einem heftigen Ruckler setzten die Räder der Falcon auf dem Boden auf, und DeBattista betätigte die Bremse und fuhr auf das Rollfeld.

Carmody, der in der Passagierkabine seit dem Start in New York schweigend aus dem Fenster gestarrt hatte, streifte jetzt die Gurte ab und erhob sich. Einen Moment später liefen Schultz und Natasha Mori von hinten nebeneinander den geräumigen Gang des Luxusjets hinunter.

»Da wären wir also wieder«, sagte Schultz. »Im Land der

Cyber-Vampire, der Burgen sadistischer Folterknechte, der Psycho-Roboter und von Colonel John Howard. Ich weiß nicht, was ich davon am meisten hasse oder am wenigsten vermisst habe.«

Vor ihm drehte Carmody kaum merklich den Kopf. »Überlass Howard mir«, sagte er.

Das hatte Schultz mit seiner Bemerkung nicht gemeint. Er wechselte mit Mori Blicke. Sie war großgewachsen und knochig und hatte transparente weiße Haut. Sie zuckte nur mit den Schultern und deutete mit dem Kopf Richtung Tür.

Die Passagiere stiegen als Erste aus, und Dixon und DeBattista folgten ihnen die Treppe hinunter.

Plötzlich durchdrang ein helles Licht die Nacht. Es kam von der Randbefeuerung des Rollfelds. Auf einer Zufahrt daneben standen zwei JLTVs. Das Licht erleuchtete und zerschnitt den zarten Bodennebel, und mehrere Gestalten, die sich am Rollfeld versammelt hatten, zeichneten sich davor deutlich als Silhouetten ab.

Als Dixon sie sah, blieb er verwundert stehen.

»Was ist das?«, sagte er.

»Was zum *Henker*?«, sagte DeBattista.

Die beiden Männer schauten sich um. Dixon nahm an, dass es sich bei den Gestalten um Hunde handelte. Riesige, schlanke Hunde mit langen Beinen. Er zählte ein Dutzend oder mehr.

Die beiden Männer standen neben der Treppe, und ein paar Schritte entfernt hatten sich Carmody, Schultz und Mori zu einem losen Grüppchen zusammengefunden. Die Hunde – falls es tatsächlich welche waren – verharrten regungslos im diffusen Licht und wabernden Nebel.

Carmody schob eine Hand unter seine Bomberjacke. In einem Schulterholster trug er eine Sig P225. Er zog die Pistole heraus und hielt sie neben sein Bein.

»Das ist völlig irre«, sagte Schultz. »Was glaubst du, wo die herkommen?«

Carmody starrte die Hunde an. Sie hatten schmale Köpfe, lange Schnauzen und abstehende dreieckige Ohren, die spitz zuliefen. Sie hielten sich vollkommen aufrecht auf den Ballen ihrer Vorderpfoten, wie Dobermänner. Die zwei JLTVs parkten nebeneinander mehrere Meter hinter ihnen, mit dem Kühlergrill Richtung Flugzeug. Scheinwerfer und Innenbeleuchtung waren ausgeschaltet. Er konnte nicht erkennen, ob in einem der Fahrzeuge jemand saß.

Während er dastand, dachte er weiter nach. Die LED-Flutlichter rings um das Rollfeld waren zwar eingeschaltet, aber ihr Licht wirkte etwas zu schwach. Und dort draußen im Schatten stand ein Rudel Hunde, die zum Flugzeug und den ausgestiegenen Passagieren hinüberschauten.

»Genug, Fernandez«, sagte Carmody mit lauter, aber ruhiger Stimme. »Es reicht.«

Plötzlich flackerten die Flutlichter auf und erleuchteten das Rollfeld. Dann ertönte ein dröhnender Schlag – von Trommel und Becken –, der das Grüppchen vor dem Flugzeug bis ins Mark erschütterte. Gleichzeitig erklang eine Fuzz-Gitarre, und nach einem weiteren Schlag steigerte sich der hämmernde, pulsierende Beat zu einem lauten Stampfen, und ein Bass setzte ein, gefolgt von einem schrillen »Oooaaa-yeah ...«

Natasha spähte über das Rollfeld, während der ohrenbetäubende Gesang zu ihr herüberhallte.

»Grauenhaft. AC/DC, ›Givin the Dog a Bone‹«, sagte sie. »Bitte, erlöst mich von meinem Elend und jagt mir eine Kugel in den Kopf.«

Sie hob eine Hand an die Stirn, um ihre Augen gegen das grelle Licht abzuschirmen. Und dann klappte ihr vor Staunen die Kinnlade herunter.

Die Hunde auf dem Rollfeld hatten angefangen, in dem hellen Licht umherzutanzen. Natasha, die sie mit den anderen von der Maschine aus beobachtete, brauchte eine Weile, um zu begreifen, dass es sich nicht um Hunde handelte, jedenfalls nicht aus Fleisch und Blut, sondern um vierbeinige Roboter. Ihre Körper waren aus glänzendem Metall, und ihre mehrgliedrigen Beine federten an den Gelenken, während sie sich synchron im Rhythmus bewegten und mit den Füßen einen hämmernden Beat auf den Asphalt klopften.

Es war eine ausgefeilte, durchchoreografierte Darbietung. Die Roboter wiegten sich vor und zurück und drehten sich zur Musik akrobatisch im Kreis. Sie stellten sich wie Revuetänzer in Doppelreihen auf, einer hinter dem anderen, wechselten die Positionen, bildeten eine X-Formation, schlugen mit den Hinterbeinen aus und schwangen ihre Vorderbeine hin und her. Drei von ihnen vollführten gleichzeitig einen Rückwärtssalto, während drei andere einen Vorwärtssalto machten. Drei weitere Hunde ließen sich zu Boden fallen, rollten sich auf den Rücken, verdrehten ihre Beine um hundertachtzig Grad, um sich aufzurichten, und tanzten kopfüber weiter, ohne auch nur ein bisschen aus dem Takt zu geraten.

Nach etwa zwei Minuten bildeten sie erneut eine Reihe und verharrten in ihrer Position. Alle gleichzeitig. Abrupt und präzise. Im selben Moment verstummte die Musik.

Dann dröhnte aus einem der JLTVs über Lautsprecher eine Durchsage.

»Willkommen auf dem Janus-Stützpunkt, Heimatbasis der schnellen Eingreiftruppe der Net Force!«

Carmody steckte seine Sig zurück ins Holster, als er sah, dass Julio Fernandez aus dem rechten Fahrzeug stieg. Er war eins fünfundsiebzig groß und kräftig gebaut, hatte ein breites, kantiges Gesicht, ein ausgeprägtes Kinn und einen dichten Haarschopf, der an den Seiten kurz rasiert war. Seinen Arm zierte das Abzeichen eines Sergeant Major, mit den zwei Sternen, die das Dienstwappen umrahmten.

Als er sah, dass Carmody es bemerkt hatte, strahlte er übers ganze Gesicht und streckte seine Hand aus. »Schön, Sie zu sehen. Man hat mich befördert, während Sie in New York waren!«

Carmody erwiderte nichts und schüttelte auch nicht die Hand, die Fernandez ihm hinhielt.

»Ich hoffe, Ihnen hat das Unterhaltungsprogramm gefallen.« Er deutete mit dem Kinn auf die Roboter. »Das sind unsere neuen, verbesserten Patrouillenroboter. Adrian Soto hat sie entwickelt. Tanzende Wachhunde für uns Cyber Dogs. *Ha!*«

Carmody sah ihn bloß an.

»Wir haben einen langen Flug hinter uns. Und wir sind müde. Warum zeigen Sie uns nicht einfach unsere Unterkünfte?«

Fernandez ließ seinen Arm sinken. Er wirkte enttäuscht.

»Sicher«, sagte er. »Wir fahren Sie direkt hin.«

Carmody nickte und lief hinter ihm her, ohne den regungslosen Roboterhunden Beachtung zu schenken. Fernandez sah dabei zu, wie er in eines der JLTVs stieg, und einen Moment später folgten ihm die anderen Ankömmlinge.

Als Natasha seinen verwunderten Gesichtsausdruck bemerkte, blieb sie stehen, und ihre Blicke trafen sich.

»Abgesehen von dem frauenfeindlichen Song, fand ich es echt toll, wie diese gruseligen Köter mit ihren Metallärschen gewackelt haben«, sagte sie. »Ich heiße Natasha, und ich habe Sinn für Humor.«

Fernandez lächelte sie schwach an. Dann deutete er mit dem Kopf auf das Fahrzeug, das Carmody bestiegen hatte. »Was ist sein Problem?«

Sie trat näher.

»Kali«, sagte sie leise und folgte den anderen zügig in den Wagen.

3

25. April 2024
Paris, Frankreich

K ali stand am unteren Ende der Treppe und spähte in die Dunkelheit. Sie hatte aus ihrem Rucksack eine lichtstarke Stirnlampe hervorgeholt und schob den Riemen rasch über ihr Haar.

Sie war auf der Treppe dreißig Meter nach unten gestiegen und befand sich ein gutes Stück unterhalb des Kellers von Luciens Haus. Sie konnte einen schmalen Gang erkennen, der zu ihrer Rechten im spitzen Winkel abzweigte, und zur Linken eine massive Felswand. Franz' Mann mit der Augenklappe und dem tätowierten roten Blitz war ihr wahrscheinlich ins Haus gefolgt – der unerlaubte Zugriff aufs Sicherheitssystem und der Umstand, dass der Mann auf der Butte Bergeyre einen Beobachtungsposten bezogen hatte, deuteten darauf hin, dass man ihre Ankunft erwartet hatte. Außerdem konnte man davon ausgehen, dass er nicht allein war.

Sie durfte keine Zeit verlieren.

Sie holte tief Luft und eilte in den Gang. Er war vollkommen rechteckig, Wände und Decke waren flach und ebenmäßig,

und der leicht abschüssige Boden war mit einer feinen krei-
deartigen Sandschicht bedeckt. Was hatte Lucien ihr mal gesagt? Die Steinbrüche im Pariser Norden waren die ältesten
der Stadt; man hatte ihren Gips zu einem Pulver gemahlen,
das im alten Rom als Mörtel benutzt worden war. Sie bekam
davon eine trockene Nase.

Schließlich erreichte sie eine Biegung, dann eine weitere.
Und noch eine. Rechts, links, rechts, rechts, links. Nach
ein paar Biegungen wurde der Stollen enger, seine Wände
rückten näher, die Decke wurde niedriger. Bald schon
musste sie den Kopf einziehen, während ihr Rucksack über
die Decke scheuerte und unter ihren Füßen winzige Gesteinsbrocken knirschten. Das Gefühl von Klaustropho-
bie wurde durch die abgestandene, verbrauchte Luft noch
verstärkt.

Kali lief mehrere Minuten so weiter, bis der Schein ihrer
Lampe auf eine Wand vor ihr traf und sie wie angewurzelt
stehen blieb.

Etwa zehn Meter weiter vorne endete der Tunnel plötzlich. Ihre Lampe erleuchtete ein rundes Metallschild, das
an die kahle Felswand geschraubt war; auf einem leuchtend
gelben Untergrund prangte das schwarze Strahlenwarnzeichen. Darunter stand nur ein einzelnes Wort, gefolgt von
einer Zahl.

Plutonium 241

Nach ein paar Sekunden wich Kalis überraschter Gesichtsausdruck einem amüsierten Schmunzeln. Damit hatte sie nicht gerechnet, aber das war typisch Lucien; sein Humor war so trocken wie das Felsgestein ringsum. Er hätte seine helle Freude daran gehabt, wenn ein Eindringling glaubte, er sei auf ein atomares Endlager gestoßen. Aber Kali wusste, dass das Schild nur eines seiner Täuschungsmanöver war. Es bezog sich nicht auf das chemische Element.

Plutonium, dachte sie. Lateinisch für Plutos Tor. Im alten Rom der Name für den Zugang zur Unterwelt.

Sie richtete den Blick von der Wand nach unten. Im Schein der Stirnlampe war noch etwas anderes aufgetaucht … ein runder Metalldeckel im Boden direkt vor der Wand. Er war fünfzehn Zentimeter hoch, hatte einen Durchmesser von anderthalb Metern, und auf einer Seite befand sich etwas, das wie ein großes gusseisernes Scharnier aussah.

Kali rannte zum Deckel und kniete sich hin, schob ihre Finger unter den Rand und zog ihn nach oben. Es ertönte ein leises Zischen, als sich der Deckel auf einer Gasdruckfeder sanft in die Höhe hob. Darunter befand sich eine runde Öffnung mit einer weiteren Treppe. Eine Wendeltreppe aus Metall, die zwischen rohrförmigen Geländern nach unten führte. Der senkrechte Schacht war in denselben kalkartigen Stein gehauen wie der Gang.

Sie griff nach dem Geländer, ließ sich auf die oberste Stufe hinunter und machte zwei Schritte. Dann streckte sie eine Hand nach dem offenen Deckel aus und zog vorsichtig an der Unterseite, um den Federmechanismus zu aktivieren. Leise senkte sich der Deckel, und sie wurde in Dunkelheit getaucht.

Die Treppe wand sich immer weiter den Schacht hinab. Während sie darauf hinunterstieg, zählte sie jede Stufe und dachte, Franz wäre erfreut über den Einfluss, den er auf sie ausübte. *Fünfzehn, fünfundzwanzig, dreißig. Vierzig, fünfzig, sechzig, siebzig. Neunzig. Hundert …*

Es ging schwindelerregend und scheinbar endlos in die Tiefe. Aber sie spürte einen leichten Windhauch, der von unten heraufwehte. Dort gab es Luft zum Atmen. Mit der Hand am Geländer lief sie die Windungen hinunter und zählte, während sie nicht weiter als vier oder fünf Stufen sehen konnte und die Sohlen ihrer Stiefel ein dumpfes, rhythmisches Geräusch machten.

Hundertzwanzig … hundertfünfundsiebzig … zweihundert …

Auf der zweihundertsechzehnten Stufe blieb Kali stehen und schaute zum Boden des Schachts hinunter. Er befand sich vier Stufen unter ihr, insgesamt zweihundertzwanzig Stufen von dem Metalldeckel entfernt. Das überraschte sie zunächst. Sie hatte damit gerechnet, dass es zweihunderteinundvierzig Stufen seien. Aber dann wurde ihr klar, dass Lucien keinen derart eindeutigen Hinweis geben würde.

Sie stieg den Rest der Treppe hinunter und kam in einen ovalen Raum mit einem Durchmesser von sieben Metern, dessen Boden mit demselben puderartigen Staub bedeckt war wie der Gang oben. In den Wänden des Raums gab es drei niedrige Torbögen – einen zu ihrer Linken, einen zu ihrer Rechten und einen weiteren ziemlich genau in der Mitte, direkt vor ihr. Sie waren etwa anderthalb Meter hoch, als wären sie von Zwergen gegraben worden. Kali spürte die kalte, trockene Luft, die sanft durch die Torbögen hereinwehte, und erinnerte sich an den Windhauch weiter oben.

Sie setzte sich auf eine der unteren Stufen, zog die Wasserflasche von ihrem Gürtel und nahm zwei hastige Schlucke. Sie konnte hier nicht lange bleiben. Wenn eine unbefugte Person die versteckte Wandplatte in Luciens Bibliothek öffnen wollte, musste sie fast seine gesamte KI manipulieren, sie sehr viel stärker infiltrieren als nötig war, um das Sicherheitssystem zu überlisten und zu kontrollieren. Und Lucien hatte bestimmt dafür gesorgt, dass das nicht so einfach war. Aber etwas Ähnliches war vor fünf Monaten auf dem Janus-Stützpunkt passiert, und man hatte ihn in Schutt und Asche gelegt. Sie musste also mit dem Schlimmsten rechnen. Und sie musste sich beeilen.

Sie nahm den Manning aus ihrer Tasche und legte ihn in ihren Schoß. Dann zog sie ein kleines Schweizer Armeetaschenmesser aus ihrer Jacke und schlug das Buch am vorderen Spiegelblatt und Vorsatzblatt auf. Sie bestanden aus altem, dickem Marmorpapier. Kali klappte die kleinste Klinge des Messers aus und ließ die Spitze langsam über den oberen Rand des Spiegelblatts gleiten. Dann trennte sie den äußeren Rand von oben nach unten auf. Nachdem sie die beiden Seiten des Spiegelblatts vom Buchdeckel gelöst hatte, steckte sie das Messer wieder ein, hob vorsichtig das Blatt an und schob zwei Finger darunter.

Als sie sie wieder herauszog, umklammerten sie ein hauchdünnes Blatt Papier. Es war wächsern und durchscheinend wie Transparentpapier und sorgfältig in der Mitte zusammengefaltet, und auf die Rückseite war in schwarzer Farbe eine Rosenblüte aufgeprägt.

Sie faltete das Blatt auseinander. Auf der Vorderseite war eine gezeichnete alte Karte von Paris zu sehen. Aber Kali wusste, dass es sehr viel mehr war. Der oberirdische Bereich der Stadt war nur mit schwachen Linien skizziert, während mehrere Ebenen das verzweigte Labyrinth aus Stollen, Kammern, Katakomben, Kanälen und Aquädukten darunter zeigten. Das Stollensystem südlich der Seine – am linken Flussufer – hieß Le Grand Réseau Sud, das große südliche Netzwerk. Oberhalb des Flusses befand sich Le Réseau Nord, das nördliche Netzwerk, ein sehr viel kleinerer Bereich, der aus zwei getrennten unterirdischen Stollensystemen bestand. Eines erstreckte sich Richtung Westen, bis zum Rand des achtzehnten und siebzehnten Arrondissements, und umschloss Luciens Viertel. Das andere, unterhalb des auf einem Hügel gelegenen Bezirks Montmartre, reichte drei Meilen Richtung Osten. Zwischen den beiden Systemen verlief im Zickzack der eine Meile lange Stollen, den Kali von der Treppe aus entlanggelaufen war. Ein großes rotes handgemaltes X am Ende des Stollens markierte den Deckel über dem Schacht … und der runde Raum darunter war ihr momentaner Aufenthaltsort, eine Art Knotenpunkt, von dem drei gerade Gänge abzweigten.

Einer der Gänge war rot hervorgehoben, ein anderer mit Blau markiert. Der rote Gang führte nach Osten, zum Stollensystem in Montmartre, und endete nach einigen Biegungen unterhalb des Hügels in der Zeichnung einer Rose. Der blaue Gang war sehr viel länger. Er verlief ebenfalls ein Stück Richtung Osten, knickte dann aber unter dem Parc des Buttes-Chaumont scharf nach Süden ab. Auf diesem Abschnitt, der zur Seine führte, gab es zahlreiche Abzweigungen.

La Route de Sable, las Kali. Die Sandige Straße. Das war der Untergrund-Highway, der die beiden Teile des nördlichen

Netzwerks mit dem großen südlichen Netzwerk verband. Sie schätzte seine Länge auf sechs Meilen. Er kreuzte im fünften Arrondissement unterhalb des Place de la Bastille die Seine und führte dann in den südlicheren Arrondissements in einem Bogen, der die Form eines U oder Hufeisens hatte, Richtung Nordwesten. Kali folgte mit dem Zeigefinger seinem ungefähren Verlauf und las die Namen der verschiedenen Wegpunkte. Sie waren in Luciens akkurater Handschrift geschrieben. Rattengasse (Wo die toten Menschen ihre Knochen verloren), Halle des Wilden Königs, Der Thron. Moorgate.

Ihr Finger verharrte auf einem Ort namens *Die Leere Kapelle* zwischen den beiden Enden des U ... der sehr viel näher am östlichen als am westlichen Ende lag. Offensichtlich handelte es sich um eine große, rechteckige Kammer. Darin stand in Blau eine Anmerkung:

Der hagere Notar ;-)

Kali lächelte schwach. Dieses Emoticon war typisch Lucien. Und natürlich die Namen der Orte. Er liebte T. S. Eliot. Aber seine hintersinnigen Scherze waren jetzt nicht wichtig.

Kali überflog noch einmal kurz die Karte und richtete den Blick dann auf die drei Torbögen. Wenn sie es richtig gesehen hatte, führte der linke in die nördlichen Vororte von Levallois-Perret und der mittlere auf den Weg, den Lucien rot markiert hatte. Sie war sich sicher, dass sie darauf am direktesten zu ihm gelangen würde. *Falls* er sich hier unten in Sicherheit gebracht hatte. Aber ...

Aber der Typ mit der Augenklappe und seine Kumpels rechnen damit, dass du ihn aufsuchst. Genau das wollen sie doch. Begreifst du nicht, dass sie ein Spielchen mit dir spielen? Sie haben deine Ankunft abgewartet, bevor sie etwas unternommen haben.

Sie hörte diese Gedanken mit Carmodys Stimme. So deutlich, dass sie vor Verwunderung beinahe geblinzelt hätte. Es schien, als hätte er über die Schulter hinweg mit ihr gesprochen.

Sie holte tief Luft, blickte zu dem Torbogen rechts von sich und schaute erneut auf die Karte.

Nach einem Moment faltete Kali sie wieder zusammen und steckte sie in ihre Jackentasche, nahm ihren Rucksack ab, verstaute das Buch darin und wickelte einen der Riemen um ihre Hand. Dann erhob sie sich von der Metallstufe, rannte zum Torbogen und legte sich auf den Bauch.

Es wäre für den querschnittsgelähmten Lucien nicht leicht gewesen, sich durch eine dieser Öffnungen zu zwängen. Auch mit Unterstützung. Sie selbst würde es kaum schaffen, und sie wog nicht mal sechzig Kilo.

Sie schob den Rucksack hinein und krabbelte hinterher. Der Torbogen war niedrig und eng, führte aber in eine geräumigere Kammer. Kali sprang auf und sah sich im Schein ihrer Stirnlampe um. *Sehr viel geräumiger ... und höher.* Die Decke war gut und gerne zehn Meter hoch, und die Wände genauso weit voneinander entfernt.

Sie schnallte den Rucksack um und marschierte weiter. Nach einigen hundert Metern kam sie an eine Abzweigung und folgte ihr.

Der Gang verlief, wie auf der Karte eingezeichnet, Richtung Süden. Kali rannte weiter. Der Boden unter ihren Füßen war weich und weiß wie Talkumpuder.

Die Sandige Straße. Statt Richtung Osten zu laufen, wo sie Lucien zu finden hoffte, bewegte sie sich von ihm fort, auf das große südliche Netzwerk zu, um ihrerseits ein kleines Spielchen zu spielen.

Die *Ligne de Petite Ceinture* – die kleine Ringbahn – war eine zweihundert Jahre alte Eisenbahnstrecke, die Paris früher vollständig umrundet hatte, um zwischen fast dreißig Bahnhöfen Passagiere und Güter zu transportieren. Wie die Geisterstationen der Metro waren die Bahnsteige und Gleise schon vor Jahrzehnten stillgelegt worden, und man hatte die von der Vegetation überwucherten Gleisbetten zum Schutz der Bevölkerung abgesperrt. Einige Teilbereiche hatte man saniert und zu freundlichen Grünflächen umgewandelt, aber viele längere Streckenabschnitte hatte man einfach sich selbst überlassen.

Am Rand des im Süden gelegenen Quartier du Bel-Air im zwölften Arrondissement marschierten jetzt zwei Männer durch einen Teppich aus trockenem braunem Unkraut und Gestrüpp die Gleise entlang. Sie waren auf dem Hintern durch ein Loch im Absperrzaun gerutscht und hatten sich auf das Kiesbett hinuntergelassen.

Sie bildeten die dritte Einheit.

Die beiden Männer liefen in einem gleichmäßigen Tempo zwischen den Bahngleisen entlang. Einer von ihnen, ein dunkelhäutiger Sibirier tatarischer Abstammung namens Luka, war drahtig und kleinwüchsig wie ein Jockey. Er trug eine blaue Strickmütze, an deren Bund eine Stirnlampe befestigt war, und hatte kurz geschorenes, gekräuseltes schwarzes Haar. Sein Begleiter, Oleg, war ein rotwangiger Weißrusse mit dem massigen, hochgewachsenen Körper eines Holzfällers. Er hatte schulterlanges blondes Haar, das lose unter einer Rennfahrerkappe hervorwallte. Er trug ebenfalls eine Stirnleuchte.

Das Unkraut auf dem Gleisbett, das knapp bis über Lukas Knie und bis über Olegs Waden reichte, strich raschelnd über ihre Beine. Die Männer trugen für ihre Mission heute Nacht warme Steppwesten, dicke Jeans und Arbeitsstiefel mit breiten Kappen. Wie die übrigen Teams in Paris waren die beiden ehemalige Mitglieder der GRU, aber im Gegensatz zu den anderen waren sie im Nacken nicht mit einem roten Blitz tätowiert.

Das war kein Zufall. Denn sie gehörten innerhalb der Elite einer Elite an: der *Tschornaja sotnja*, der Schwarzen Hundert, einer geheimen Bruderschaft von Killern, die unter der Herrschaft von Zar Alexander dem Zweiten gegründet worden und fast zwei Jahrhunderte später Teil der russischen Spezialkräfte war … wobei die Zahl der Mitglieder inzwischen auf dreißig geschrumpft war.

Sie teilten ein einzigartiges Erbe. Die Mitgliedschaft in der Schwarzen Hundert war ein Geburtsrecht. Bereits ihre Väter waren Killer gewesen. Genau wie ihre Großväter, Urgroßväter und Ururgroßväter. Die Ausbildung begann bereits im Kindesalter.

Da die Führung der Bruderschaft jede Form von neuronaler Modifikation strikt ablehnte, hatte man Oleg und Luka vom Programm des Kremls, das die Mitglieder des Blutigen Blitzes ausbildete, freigestellt. Doch das schmälerte keineswegs ihren Wert für das Direktorat. Oder für die Wagner-Gruppe, die sie sofort nach Beendigung ihres Militärdienstes angeheuert hatte. Bei der paramilitärischen Organisation handelte es sich nur auf dem Papier um ein Privatunternehmen, da sie unter der Hand vollständig vom Verteidigungsministerium finanziert wurde – was sie faktisch zu Russlands Schattenarmee machte.

Bei der Wagner-Gruppe erwarben sich die beiden weitere Verdienste, als man sie der Spezialeinheit *Rusitsch* zuteilte. Die Einheit erledigte die Drecksarbeit, mit der sich sonst niemand die Hände schmutzig machen wollte – Giftmorde und Einsätze mit Kampfgas und Massenvernichtungswaffen, die für die Mehrheit der internationalen Staatengemeinschaft Kriegsverbrechen darstellten. Im Zuge von Putins Kriegseinsätzen in Syrien und der Ukraine hatten die beiden ihre Aufträge zu hundert Prozent erfüllt.

Aber die Belobigung, die sie für ihre Verdienste erhielten, war kein Ersatz für Geld. Nachdem sie erfahren hatten, was Braithwaite Global ehemaligen *Rusitsch*-Söldnern zahlte, beschlossen sie, trotz ihres Vertrags mit der Wagner-Gruppe Russland zu verlassen. Sie überquerten die Grenze zur Ukraine und reisten weiter über Polen nach Norddeutschland. Von dort aus kontaktierten sie dann das australische Unternehmen, das ihnen sofort einen äußerst lukrativen Exklusivvertrag anbot.

Trotz der Ablehnung neuronaler Modifikationen durch ihre Bruderschaft trugen Luka und Oleg jeder eine Daten-Kontaktlinse mit Mikro-LED-Display, Wärmesensoren, Breitbandfunk und einem Augmented-Reality-Display von der Größe eines Sandkorns. Die puckförmigen Computer an der Vorderseite ihrer schwarzen Lederhalsbänder verfügten über Prozessoren, GPUs und kabellose Transceiver, die ihre Daten mit einer Bildwiederholfrequenz von tausend Bit pro Sekunde an die Kontaktlinsen übertrugen. Auf diese Weise hatten sie viele der taktischen Vorteile der Cybermodifikation, ohne sich einem irreversiblen Eingriff zu unterziehen und, wie sie glaubten, unter den entsprechenden Nebenwirkungen zu leiden.

Die beiden Männer folgten den Gleisen jetzt für etwa dreihundert Meter, bogen um eine Kurve und erblickten vor sich einen großen, gewölbten Tunneleingang. Ein paar Schritte im Tunnel stand ihr Führer mit einer flackernden altmodischen Karbidlampe in der Hand, hinter der er sich als zuckende Silhouette abzeichnete.

»*Bonsoir*, meine Herren«, sagte er. »Gab es irgendwelche Probleme?«

»Wir haben mühelos hergefunden, falls du das meinst«, sagte Oleg.

Der Führer nickte. Er hieß Anton – zumindest hatte er ihnen diesen Namen genannt –, war eins siebzig groß, schmächtig und wog siebzig Kilo. Er trug einen Fischerhut aus Ölhaut, dessen Krempe er in die Stirn gezogen hatte, dazu Arbeitshosen und Watstiefel. Auf den Rücken hatte er einen großen Rucksack geschnallt und um die Taille eine Bauchtasche.

Luka deutete auf die Lampe. »Willst du wirklich dieses alte Ding da benutzen?«

Anton lächelte. »Sie brennt zwölf Stunden lang. Ich mag es gerne unkompliziert.«

»Also, wie geht's weiter?«

Der Führer griff in seine Jacke und zog ein überdimensionales Blatt Papier heraus. Es war zweimal gefaltet.

»Hier. Werft einen Blick darauf. Aber ich brauche sie gleich wieder.«

Es handelte sich um eine Karte mit Ortsnamen und kartografischen Zeichen. Sie waren in einem kursiven, stilisierten Zeichensatz gedruckt, um den Eindruck zu erwecken, sie wären von Hand geschrieben.

»Sie basiert auf der Karte Guillemots für die Inspection générale des carrières. Aus den 1770ern. Aber schaut mal auf die Rückseite.«

Luka drehte die Karte um. Im Schein seiner Stirnlampe war eine aufgestempelte Rosenblüte zu erkennen.

»Dieser Stempel weist sie als eine der wenigen Karten aus, die das nördliche Netzwerk in allen Einzelheiten präzise darstellen. Die meisten Karten zeigen nur die Stollen im Süden.«

»Und was meintest du, wo du sie her hast?«

»Das habe ich nicht gesagt. Aber ich kann mich glücklich schätzen, sie zu besitzen.«

Luka tauschte mit Oleg Blicke aus und gab Anton die Karte zurück. Der Führer faltete sie wieder ordentlich zusammen und steckte sie in seine vordere Westentasche.

»Okay, bleibt dicht bei mir. Und passt auf der linken Seite auf, wo ihr hintretet.« Der Führer hielt seine Karbidlampe über einen schmalen Graben, der längs der Tunnelwand verlief. Er war etwa zwei Meter tief und einen Meter breit. »Der Kanal soll verhindern, dass es nach einem Unwetter zu einer Überschwemmung kommt«, erklärte er. »Aber wie ihr sehen werdet, dient er noch anderen Zwecken.«

Er drehte sich um und führte die beiden weiter in den Tunnel, wobei er genau zwischen Gleisen und Wand entlanglief. Nach etwa fünfzig Metern blieb er stehen und hielt erneut seine Lampe über den Kanal.

»Seht ihr, wo der Fels wie eine Art Vorsprung von der Tunnelwand absteht? Direkt darunter befindet sich die *chatière*.«

Die Männer spähten nach unten, in den orangen Schein der Lampe. Die Öffnung befand sich auf der linken Seite des Grabens. Da sie von dem Felsvorsprung verdeckt wurde, würde man sie nicht bemerken, wenn man nicht gezielt danach suchte.

»Wir können froh sein, dass der verdammte Regen aufgehört hat«, sagte Oleg. »Ich habe gesehen, wie der Kanal hüfthoch mit Wasser vollgelaufen war. Aber jetzt ist er schön trocken.«

Der langhaarige Russe gab ein Knurren von sich. »Die Öffnung ist ziemlich eng.«

Anton ging am Rand des Grabens in die Hocke. »Alles ist relativ. Wusstet ihr, dass ein normaler Sarg gerade mal sechzig Zentimeter breit ist? Verglichen damit, ist hier noch Luft.«

»So kann man es auch sehen«, sagte Oleg. »Du bist ein aufgeweckter Bursche, Anton.«

Der Führer lachte. »Schwarzer Humor ist hier unerlässlich. Ihr werdet sehen.« Er gab dem bärtigen Mann die Lampe und ließ sich in den Kanal hinunter. »Kannst du mir die Lampe reichen? Danke.«

Luka gab ihm die Lampe zurück und folgte ihm, sein Kamerad kletterte als Letzter hinunter. Tatsächlich war dort unten genug Platz, um sich ungehindert zu bewegen.

Die *chatière*, die Katzenklappe, war ebenfalls etwas größer, als es von oben den Anschein hatte. Anton deutete mit dem Kinn auf die Öffnung. »Wir werden mit den Beinen voran da reinsteigen. Zum Glück verlaufen die Gleise zwanzig Meter tiefer als die Straße, sodass wir mit der Kammer auf der anderen Seite auf einer Höhe sind. Es geht gerade mal dreißig Zentimeter nach unten.«

Die beiden Männer erwiderten nichts. Anton ging erneut voraus, steckte seine Beine in die Öffnung und schob sich auf dem Rücken hindurch. Die beiden Männer folgten ihm ohne

Schwierigkeiten. Einen Moment später waren sie alle auf der anderen Seite.

Die Russen schauten sich um; ihre LEDs und Antons Karbidlampe tauchten alles ringsum in einen weitläufigen Schein. Sie standen jetzt in einer großen Kammer, in deren Schatten sich die nackten Felswände abzeichneten.

»Das hier ist ein fünfhundert Jahre alter Lagerraum, in dem die Bergleute ihre Ausrüstung aufbewahrt haben«, sagte Anton. »Heutzutage wird er nur noch von *Cataphiles* wie mir und ihren geschätzten Kunden aufgesucht.«

»Und den Ratten der Stadt, schätze ich«, sagte Luka.

Anton schüttelte den Kopf. »In meinen fünfzehn Jahren als Führer habe ich in den Katakomben keine einzige Ratte gesehen.«

»Ach ja?«

»Keine einzige. Ich vermute, es gibt hier für diese kleinen pelzigen Scheißviecher nicht genug zu fressen.«

»Birgt dieser Ort überhaupt keine Geheimnisse mehr für dich?«, fragte Luka.

Auf Antons Gesicht, das von seiner Lampe in einen orangen Schein getaucht wurde, machte sich ein Grinsen breit. »Die Katakomben sind immer für eine Überraschung gut«, sagte er. »Apropos, ich habe gehört, dass heute Nacht in einer der Hallen eine Privatparty steigt. Eine NFT-Galerie präsentiert dort ein paar neue Werke von Ali Saldera. Sie macht diese Skelette – ihr habt bestimmt schon von ihr gehört. Sehr talentiert. Und verdammt sexy.« Er verstummte, als er die ausdruckslosen Gesichter der beiden Männer bemerkte. Offensichtlich lebten sie hinterm Mond. »Wie auch immer, die Veranstaltung ist geheim, damit die ERIC sie nicht auflöst.«

»Die ERIC?«

»Die verdammten Höhlencops. Sie haben die Aufgabe, die Aktivitäten der *Cataphiles* oder sonst irgendeinen Blödsinn zu unterbinden. Sie schikanieren die Leute und verteilen polizeiliche Vorladungen. Aber wir brauchen uns ihretwegen keine Sorgen zu machen.«

»Woher weißt du das?«

»Der Türsteher der Party, Jean Paul, ist ein Freund von mir. Er hat Verbindungen zu *La PP*, der Polizeipräfektur, und dort ein paar Leute geschmiert«, sagte Anton und rieb zwei Finger über seinen Daumen. »Ihr könnt sicher sein, dass ihr für eure fünfhundert Dollar voll auf eure Kosten kommt. Ich werde euch um die Party herumlotsen und auf Seitenwegen, die sonst keiner kennt, nach unten bringen. Denn wie hat mal jemand gesagt: Die Seitenwege sind voller Geheimnisse und Wunder.«

Luka warf Oleg einen kurzen Blick zu. Dann richtete er die Augen wieder auf Anton.

»Danke«, sagte er. »Aber du hast deinen Zweck bereits erfüllt.«

Anton war verwirrt. Was hatte die Bemerkung des Mannes zu bedeuten? Und der Blick, dem er seinem langhaarigen Freund zugeworfen hatte? Ihm blieb eine Sekunde, um zu realisieren, dass er ein äußerst ungutes Gefühl dabei hatte, bevor der andere Mann ein wenig von ihm wegtrat und unter seine Weste griff. Einen Moment später kam seine Hand mit einer Waffe wieder zum Vorschein. Sie war schwer und schwarz. Eine automatische Pistole.

Anton starrte auf den Lauf der Waffe. Sie wirkte riesig.

»Was soll das?«, sagte er. »Ich verstehe nicht.«

Der Mann streckte den Arm aus und schoss dem Führer nach Art eines Profikillers zweimal in den Kopf. Blut und Knochensplitter schossen aus seiner Schläfe und klatschten gegen die Höhlenwand. Er war bereits tot, noch ehe er auf dem Boden aufschlug.

Oleg jagte ihm zur Sicherheit zwei weitere Kugeln in die Brust und steckte seine Pistole wieder ins Holster.

»Die Ratten wissen ja nicht, was ihnen entgeht«, sagte er. »Er würde ein wahres Festessen abgeben.«

Luka ging in die Hocke, durchsuchte Antons Jacke nach der Karte und zog sie heraus.

»Die armen Tiere«, sagte er.

Etienne Tousaint und Candace Amzalag waren auf dem Weg zu der Party in den Katakomben.

Das Viertel Porte d'Orléans, etwa vier Meilen westlich von Bel-Air, war fast siebzig Jahre lang von der *Petite Ceinture* angefahren worden, ehe die Passagierlinie 1934 den Betrieb eingestellt hatte. Die beiden waren in der Nähe des alten Bahnhofs Montrouge zu den Gleisen hinuntergestiegen und zu einem Tunnel gelaufen, wo sich hinter einem Felsen aus leichtem Schaumstoff eine Katzenklappe rund wie ein Doughnut verbarg. Sie war für Eingeweihte mit hellen Graffitispritzern markiert, und Candace hatte sie schon oft benutzt.

»Da lang«, sagte sie und führte Etienne zu der Felsattrappe.

Candace war großgewachsen und schlank, hatte marokkanische Gesichtszüge, und ihre zu Cornrows geflochtenen Haare standen in alle Richtungen wild ab; sie würde unten bei der Party heute Nacht als Barkeeperin arbeiten und hatte zu diesem Anlass einen metallic-grau schimmernden Lidschatten aufgetragen. Der Rest ihres Outfits war in einer großen orangen Tragetasche. Sobald sie die engeren Bereiche hinter sich gelassen hatten, würde sie es gegen ihre Jeansjacke, die zerschlissenen Jeans und den Pullover tauschen.

Sie ging in die Hocke und nahm die Felsattrappe von dem Loch im Boden, das man mit einem Presslufthammer hineingebohrt hatte.

Etienne kniete sich neben sie. In einem Rucksack trug er seine Kleidung für die Party bei sich. »Ich kann es kaum abwarten, die Katakomben zu sehen«, sagte er.

Candace lächelte. Als er es bemerkte, erwiderte er ihr Lächeln. Und sie strahlte noch mehr.

»Was ist?«, fragte er.

»Ich finde es süß, dass du so aufgeregt bist.«

»Merkt man das?«

»An den Grübchen auf deinen Wangen.«

Er zuckte mit den Achseln. »Du weißt doch, dass ich, was das hier angeht, vollkommen jungfräulich bin.«

»Und wie ist es mit anderen Sachen?«

»Ich sage nur, dass ich ein gewöhnlicher, waschechter Pariser bin.«

Candace' stark geschminkte Augen funkelten amüsiert. Etienne, ein freiberuflicher Webdesigner, hatte vor einer Woche auf seiner Dating-App begeistert Candace' Kontaktanfrage angenommen. Nach einem langen Onlinechat hatte sie ihn dann zu der unterirdischen Veranstaltung eingeladen – zur exklusiven Party für die aktuelle Präsentation einer NFT-Galerie.

»Also gut.« Sie nahm zwei LED-Stirnlampen aus ihrer Tasche und reichte ihm eine. »Hier, setz die auf. Du wirst sie brauchen. Wir steigen mit den Füßen voran da durch.«

»Wow«, sagte Etienne. »Du hast wirklich an alles gedacht.«
Candace zwinkerte ihm zu.

»Ich sage nur, dass du in Begleitung einer außergewöhnlichen, erfahrenen Pariserin bist«, sagte sie. Und schob ihre Beine in die Öffnung.

Der Geisterbahnhof Saint-Martin befand sich am unteren Ende einer langen, steilen Treppe, die durch einen dunklen röhrenförmigen Gang führte. Die drei Mitglieder von Revas zweiter Einheit liefen nebeneinander den Bahnsteig entlang, während sie sich an der Karte orientierten, die auf ihre Netzhaut-Displays projiziert wurde, sodass sie kein Licht benötigten. Dank ihrer Modifikationen konnten sie im diffusen Halbdunkel alles deutlich erkennen.

Die kunstvollen Zierleisten und Säulen des im Jugendstil erbauten Bahnhofs waren rußig und grau und mit Graffitis bedeckt. Am hinteren Ende des Bahnsteigs bildeten Buchstaben auf dreckbeschmierten Fliesen das Wort *Sortie de secours*, Notausgang. Darunter führte eine kurze Leiter zum Gleisbett hinunter. Über seine ganze Länge verlief eine Wand, die früher die Linien in östlicher und westlicher Richtung voneinander getrennt hatte; allerdings gab es alle paar Meter einen Torbogen, damit sich die Gleisarbeiter zwischen ihnen hin und her bewegen konnten.

Die drei kletterten die Leiter hinunter und liefen über das Gleis zur Zwischenwand, wobei sie einen großen Schritt über die frei liegende Stromschiene machten. Sie war nicht durch eine Holzabdeckung geschützt, und in der französischen Hauptstadt standen selbst die stillgelegten Gleise der *stations fantômes* manchmal unter Hochspannung.

Nachdem die drei ein paar Meter an der Wand entlanggegangen waren, liefen sie durch einen der Torbögen, überquerten das andere Gleis und marschierten am Fuß des gegenüberliegenden Bahnsteigs auf den unbeleuchteten Tunnel zu. Direkt hinter seinem Eingang zweigte ein kurzes Gleisstück in eine Art Nische ab. Sie folgten der Abzweigung und schauten sich um.

Für die meisten menschlichen Augen wäre es hier vollkommen dunkel gewesen. Aber ihr Sehvermögen lag weit über dem eines Durchschnittsmenschen. Ein Blick auf die Zahlen verdeutlichte das.

Eine gewöhnliche Netzhaut verfügte über zehn Millionen Fotorezeptorzellen pro Quadratzentimeter. Doch bei den Cyborgs des Blutigen Blitzes lag die Gesamtzahl unendlich viel höher. Ihre künstlichen Netzhäute waren mit mikroskopisch kleinen Sensoren aus Perowskit beschichtet, einem Mineral, das in superdünnen Sonnenkollektoren verwendet wurde. Diese Nanosensoren hatten dieselbe Funktion wie die natürlichen Fotorezeptoren, nur dass sich auf einem Quadratzentimeter insgesamt *vierhundertsechzig Millionen* dieser Sensoren befanden, womit die Rezeptoren fünfzigmal empfindlicher auf Licht reagierten.

Eine weitere Zahl, die den Unterschied veranschaulichte, bezog sich auf den künstlichen Nervenstrang, der das ursprüngliche Ganglion ersetzt hatte, das zum Sehnerv verlief. Die Flüssigmetallfaser war 2008 von einem chinesischen Wissenschaftler entwickelt worden und wurde seit 2014 dazu benutzt, durchtrenntes und verschlissenes Nervengewebe zu ersetzen. Ende 2023 war die Faser dann wesentlicher Bestandteil sämtlicher neuronaler Modifikationen, zunächst in den Implantaten, die in den rumänischen Stim-Clubs zu einem illegalen Trend geworden waren.

Es bestand ein großer Unterschied zwischen dem Wellenlängenbereich, den natürliche und künstliche Nerven an das Gehirn übermittelten. Das Ganglion eines gewöhnlichen Auges nahm eine Wellenlänge von dreihundert bis siebenhundert Nanometern wahr, womit das menschliche Sehvermögen auf das rote Spektrum beschränkt war. Die Kapazität der im Labor gezüchteten Ersatzfasern hingegen reichte weit über die Wellenlänge von achthundert Nanometern hinaus, wo die Grenze zum Infrarotbereich verlief.

Damit übertraf das Sehvermögen der Einheiten des Blutigen Blitzes das eines normalen Menschen. Ja, das fast jedes warmblütigen Lebewesens. Unter den Säugetieren konnte nur die Vampirfledermaus im Nahinfrarotspektrum etwas wahrnehmen.

Reva und ihre Begleiter besaßen also ein raubtierhaftes, übermenschliches Sehvermögen. Sie konnten in der Dunkelheit Gegenstände erkennen, die ein normaler Mensch nicht sehen würde – und das aus sehr viel größerer Entfernung.

Jetzt gerade blickten sie in einen schmalen, kurzen Tunnel, der voller verrotteter Wracks ausrangierter Metro-Waggons war. Die entkoppelten Wagen standen im rechten Winkel zum Hauptgleis und lehnten schräg aneinander. Scheinwerfer und Fenster waren zertrümmert, und ihre Außenseite war mit dicken braunen Rostflecken überzogen. Ihre Räder und Achsen hatten sich gelöst oder fehlten ganz. Einige der ramponierten Waggons standen auf dem Gleis, andere daneben.

Die Russen liefen im Gänsemarsch durch eine schmale Lücke zwischen zwei der Waggons hindurch. Dahinter, im unteren Bereich der Tunnelwand, bedeckte ein Eisengitter einen großen, rechteckigen Zugang. Das Gitter war stark verrostet und wurde von scheinbar nichts in der Wand gehalten. Die Nieten fehlten, und der Beton ringsum war weggebröckelt und rissig. Dominik und Zoltan knieten sich hin, umklammerten mit ihren Fingern die Querstreben und zogen daran, um es zu entfernen. Der Beton zerbröselte und rieselte zu Boden, als sich das Gitter ohne großen Widerstand von der Wand löste.

Reva trat vor die beiden Männer, ging in die Hocke und spähte in die Öffnung. Dann warf sie den beiden Männern über die Schulter einen Blick zu.

»Wir haben unsere Katzenklappe gefunden«, sagte sie.

»Und als Nächstes werden wir *sie* finden«, erwiderte Dominik.

»Und sie wird uns zu *ihm* führen«, fügte Zoltan hinzu.

Im Gehweg an der Rue Daunou gab es einen Gullydeckel, nur fünf Gehminuten vom Place de la Bastille entfernt, unweit der Pâtisserie Jacques Ermine, wo man angeblich die Kuchen und Pasteten mit der besten Schokoladenfüllung in ganz Frankreich bekam. An diesem Samstagabend säumten zwei orangeweiß gestreifte Warnkegel den Gullydeckel.

Es war jetzt elf Uhr, und die Geschäfte hatten inzwischen alle geschlossen; ihre Fenster waren dunkel und die Gitter heruntergelassen. Auf der Straße war kein einziger Passant mehr unterwegs, der hätte sehen können, wie sich von einer benachbarten Ecke ein Mann mit Arbeitsweste und Watstiefeln dem Gully näherte; allerdings fiel er in dieser Straße sowieso nicht auf. Die Vorderseite seines Overalls war mit dem Logo der SAUR bestickt, des staatlichen Wasserversorgungsunternehmens, das das städtische Kanalisationssystem instand hielt. Die Angestellten des Unternehmens arbeiteten rund um die Uhr, selbst an den Wochenenden.

Seit anderthalb Jahrzehnten war der Mann unter dem Namen Julien Babin bekannt. Er war dreißig und alleinstehend und wohnte in dem ruhigen Mittelklasse-Vorort Saclay, eine kurze Autofahrt von der Stadt entfernt. Aber Babin, der Kanalarbeiter, war eine Schimäre, eine Erfindung, eine zweite Haut, die die wahre Identität des Mannes verschleiern sollte. Sein Geburtsname war Fedora Glaskow, und er war ein Schläfer der GRU-Einheit 21955, einer Elitegruppe von Agenten, die auf *irreguläre Mordanschläge* spezialisiert waren – ein Euphemismus dafür, dass sie im Ausland Feinde Russlands töteten.

Glaskow war der älteste Sohn eines Marineoffiziers und hatte seine Kindheit und Jugend in Kronstadt am Stadtrand von St. Petersburg verbracht. Er hatte von seinem Vater die Liebe zum Meer geerbt und in den kalten Gewässern des Finnischen Meerbusens das Gerätetauchen gelernt. Bereits als Teenager brachten ihm seine Fähigkeiten als Taucher unter seinen Freunden den Spitznamen Delfin ein.

Vor einem Jahr hatte Glaskow sich für längere Zeit bei der SAUR beurlauben lassen, weil er sich angeblich um einen schwerkranken Familienangehörigen kümmern musste. Diese Geschichte war genauso gelogen wie seine Identität als Babin. In Wirklichkeit war er in seine Heimat gereist, um sich dort einem lange geplanten Eingriff zur Einpflanzung eines neuronalen Implantats zu unterziehen, was ihn zur Mitgliedschaft in der *Krowawaja Molnija* berechtigte. Links auf der Brust, über dem Herzen, trug er die Tätowierung eines Blitzes, der normalerweise von seiner Kleidung bedeckt wurde.

Seit Kurzem arbeitete Glaskow auch für Braithwaite Global. Er hatte gehört, dass das Unternehmen Spezialisten, die sich einer Cyber-Modifikation unterzogen hatten, zweitausend Dollar pro Tag sowie eine Einsatzprämie zahlte, was über dem Sold der russischen Wagner-Gruppe lag. Mehrere *Krowawaja-Molnija*-Agenten hatten direkt nach ihrer Modifikation Russland verlassen und bei der Firma angeheuert – darunter Matyas, Reva und die anderen ranghohen Mitglieder. Obwohl die GRU das verhindern wollte, konnte sie nichts dagegen tun. Man hatte die Agenten des Blutigen Blitzes aufgrund ihrer körperlichen und psychischen Belastbarkeit ausgewählt. Sie mussten unverheiratet und kinderlos sein, damit man ihre Familien nicht bedrohen konnte. In welches Gefängnis wollte man sie also sperren? Wer konnte sie schon umbringen? Wie sollte man sie zwingen, etwas zu tun, was sie nicht wollten? Sie ließen sich durch nichts einschüchtern und würden sich jeder Androhung von Strafe und Vergeltung widersetzen. Beim Erstellen der Kandidatenprofile für diese Eliteeinheit war die GRU allerdings einer gewaltigen Fehleinschätzung unterlegen. Sie hatte nicht bedacht, dass das Profil für den perfekten Mörder auch auf den perfekten Überläufer zutraf.

Glaskows einzigartiger Status als Schläfer hatte ihm jedoch eine andere Option ermöglicht. Agenten wie er wurden nur selten aktiviert. In insgesamt fünfzehn Jahren hatte er von seinen Führungsoffizieren keinen einzigen Einsatzbefehl erhalten. Deshalb hatte er keinen Grund gesehen, seine Kündigung einzureichen oder seine Verbindung zu Russland abzubrechen. Er konnte weiter den Status als vollwertiger Auslandsagent behalten, während er von Braithwaite lukrative Aufträge annahm. Seine Regierung musste davon nichts erfahren. Auf diese Weise genoss er die Vorzüge beider Welten.

Glaskow hatte an diesem Abend seinen Pritschenwagen auf der benachbarten Rue de la Paix geparkt, wo er bis zum Morgen nicht auffallen würde, und war zu dem Gully gelaufen. Auf dem Rücken trug er einen runden, wasserdichten Rucksack. Neben der Ausrüstung, die er unten für seinen Auftrag benötigte, enthielt er eine lange Stahlstange mit einem Haken.

Als Glaskow den Gully erreichte, stellte er den Rucksack auf den Gehweg und nahm die Stange heraus, schob den Haken in eine Vertiefung am Rand des Deckels und bewegte ihn hin und her, bis er einrastete.

Der Deckel ließ sich mühelos anheben. Glaskow spähte in den Wartungsschacht darunter und sah auf einer Seite eine Leiter aus Metallringen. Er verstaute die Stange wieder, setzte den Rucksack auf und stieg in die Dunkelheit hinab.

Nach etwa sieben Metern ertastete er mit seinem Fuß eine breite Steinkante. Er ließ sich darauf hinunter und sah sich um.

Er befand sich am Rand eines unterirdischen Kanals. Etwa anderthalb Meter unter ihm, im Schein seiner Helmlampe, glitzerte das knöcheltiefe Grundwasser, das sanft und klar dahinfloss. Er konnte hören, wie es gegen die Steinwände plätscherte.

Erneut nahm er den Rucksack ab, stellte ihn auf den Vorsprung und öffnete ihn. Er holte zwei Zehn-Liter-Atemluftflaschen mitsamt Gurtzeug heraus. Als Nächstes folgten Atemregler, Schläuche, Druckmessgerät, Schwimmflossen, Gesichtsmaske, Gerätetaschen, ein leichter Plastikhelm und schließlich sein Neoprenanzug und die Neoprenschuhe.

Außerdem hatte er drei Tauchlampen eingepackt – zwei 2000-Lumen-Lampen für den Helm und eine weitere für sein Handgelenk.

Er lehnte die Ausrüstung gegen die Wand, zog sich bis auf die Unterhose aus und verstaute seinen Schutzhelm, die Kleidung und die Watstiefel ordentlich in dem Rucksack. Zitternd vor Kälte zog er den Neoprenanzug an, schlüpfte mit den nackten Füßen in die Neoprenschuhe, schulterte die beiden Sauerstoffflaschen und die Gerätetaschen und ging systematisch seine Checkliste durch, indem er das Druckmessgerät ablas und die Ventile und Schläuche überprüfte. Schließlich legte er seinen Holstergürtel an und befestigte die Schnallen der Taschen an den Oberschenkeln. In der linken waren acht Transceiver in wasserdichten Gehäusen, in der rechten seine Pistole. Seine Schwimmflossen würde er an einem Gummiseil tragen, bis er sie benötigte, und den Rucksack ließ er auf dem Vorsprung stehen, um ihn später zu holen.

Als Glaskow seine Vorbereitungen abgeschlossen hatte, schaltete er die Helmlampen ein, sprang mit einem leisen Platscher in den Kanal und watete weiter, bis ihm das Wasser bis zur Brust reichte. Dann glitt er unter die Oberfläche, und in seinem Sichtfeld wurde eine Karte der unterirdischen Tunnel eingeblendet, während er zunächst Richtung Westen und dann nach Norden schwamm, um seine Spur aus elektronischen Brotkrumen zu hinterlassen.

4

25. April 2024
Verschiedene Orte

Băneasa, Rumänien

Die Anlage mit den Gästeunterkünften des Janus-Stützpunkts befand sich im nördlichen Bereich auf einer ehemals ungenutzten Fläche, die mit struppiger Fingerhirse und trockenem braunem Unkraut bewachsen war. Bis letzten November hatte dort nichts gestanden außer ein paar klapprigen Holzbaracken, die von der CIA genutzt worden waren, als die Basis als Geheimgefängnis im Krieg gegen den Terror gedient hatte. Aber sie existierten nicht mehr, sie waren beim Angriff auf die Basis niedergebrannt und dem Erdboden gleichgemacht worden. Im Anschluss hatte man die Fläche planiert und asphaltiert, um für das neue hochmoderne Kasernengebäude einen weitläufigen Parkplatz anzulegen.

Carmody starrte vom Beifahrersitz durch die Windschutzscheibe des JLTV und stellte sich die Fläche vor, wie er sie in Erinnerung hatte, hielt Ausschau nach der spärlichen Baumreihe, die sie früher gesäumt hatte. Er konnte sie in der Dunkelheit nicht entdecken und fragte sich, ob sie ebenfalls weg waren – die Bäume und das Rabenpärchen, das sie als ihr Revier verteidigt hatte.

Er drehte den Kopf und blickte geradeaus. Die Gebäude, die jetzt am westlichen Ende errichtet wurden, waren bis auf eines noch nicht fertig, und einige waren kaum mehr als nackte Pfeiler und Querbalken. Carmody sah im hellen Licht der Scheinwerfer, die die Baustelle erleuchteten, zwischen Erdhügeln und Geröllbergen einige gelbe Planierraupen, Bagger und Gabelstapler.

Sein Fahrer rollte vor das fertiggestellte Gebäude und hielt an. Es sah aus wie eine moderne Wohnanlage. In New York oder Los Angeles hätte man sie für ein Vermögen verkaufen können. Aber sie waren an keinem dieser beiden Orte, und aus irgendeinem Grund fühlte sich Carmody beim Anblick der Anlage deprimiert und erschöpft.

»Ich bringe Ihr Gepäck rein«, sagte der Fahrer, ein junger Gefreiter namens Graham, als sie aus dem Wagen stiegen.

Carmody hob eine Hand und deutete mit dem Kopf auf das Gebäude. »Ich kümmer mich schon darum. Wo ist meine Unterkunft?«

»Im Erdgeschoss, Sir.« Der Fahrer nickte Richtung Kaserne. »Wenn Sie hinter dem Eingang nach links gehen, sehen Sie mehrere Türen. Auf einer davon steht Ihr Name.«

»Danke.«

Carmody ging zur rechten Hintertür des Wagens. In diesem Moment sah er das Licht eines Scheinwerferpaars über den Asphalt gleiten und erblickte das andere Fahrzeug mit Natasha, Schultz und Dixon, das auf ihn zukam. Schließlich öffnete er die Wagentür und griff ins Innere. Er hatte eine Reisetasche und einen schweren Rollkoffer dabei. Während das andere JLTV näher kam, hievte er den Koffer in die Höhe und trug die beiden Gepäckstücke zum Eingang.

Im Innern des Gebäudes roch es neu und frisch, alles wirkte nichtssagend und zweckmäßig. Der cremefarbene Flur war mit hellbraunem Teppichboden ausgelegt. Außerdem war es hier zu kalt. Carmody konnte an den Wänden keinerlei Dekorationen oder Bilder entdecken. Er lief hinter einer Treppe nach links und fand drei Türen weiter sein Zimmer. Es war unverschlossen.

Als er es betrat, brannte bereits das Licht. Es war weder zu groß noch zu klein und machte einen gemütlichen Eindruck. Wie das Zimmer eines halbwegs anständigen Motels. Es gab ein breites Bett, ein Nachttischchen, eine Kommode und einen Schrank mit Schiebetüren, der sich über eine ganze Wand erstreckte. Außerdem eine Kochnische mit Kaffeemaschine, Mikrowelle und Essecke. Im Badezimmer gab es eine weiße Wanne, ein weißes Waschbecken, weiße Seife und jede Menge strahlend weißer Handtücher. Alles wirkte sauber und unbenutzt.

Carmody hängte seine Bomberjacke über die Rückenlehne eines Stuhls, öffnete auf dem Bett seinen Rollkoffer und nahm eine gefaltete Jogginghose und ein T-Shirt heraus. Er war müde und erschöpft, und sein Körper schmerzte. Er war elf Stunden und siebentausend Meilen geflogen. Er hatte sich mit Grigor Malkira auf Hawaii einen Kampf auf Leben und Tod geliefert. Und davor in New York. Die Schusswunde in seinem Arm war kaum verheilt. Und sein Hals tat von dem Kampf auf dem Vulkankrater immer noch weh.

Außerdem war Kali verschwunden.

Er holte tief Luft und atmete wieder aus. Er wollte nicht an sie denken. Er wollte duschen und sich ins Bett legen, um ein wenig zu schlafen. Er hatte genug davon, über Kali Alcazar nachzudenken.

Er steuerte auf das Badezimmer zu, als es an die Tür klopfte; er blieb stehen.

Er drehte sich um und wartete.

Es klopfte erneut, zweimal, kräftig und mit Nachdruck.

Carmody ahnte, wer das war. Er ging zur Tür und öffnete sie ein Stück weit.

Im Flur stand Colonel John Howard, aus einer Holzpfeife in seinem Mund stieg Rauch empor. Sie verbreitete ein süßliches, blumiges, leicht harziges Aroma.

»Überrascht, mich zu sehen?«

»Nicht besonders.«

»Und trotzdem haben Sie aufgemacht?«

Carmody antwortete darauf nicht. Howard schien das auch nicht zu erwarten. Er war ein großgewachsener dunkelhäutiger Mann von Anfang fünfzig, hatte eine muskulöse Statur, einen kahl rasierten Schädel und hohe, hervorstehende Wangenknochen.

»Zufällig habe ich gerade einen Spaziergang gemacht, als Sie gelandet sind. Es ist hier so ruhig, dass ich das Flugzeug hören konnte. Ich dachte, ich komme mal vorbei, um Sie zu begrüßen.«

»Das hat Fernandez bereits getan.«

Howard blickte ihm in die Augen. »Julio ist nicht der Basiskommandant. Das bin ich.«

Carmody zuckte mit den Achseln. »Ich wollte gerade duschen und mich aufs Ohr hauen.«

»Ich brauche nicht lang. Und hier draußen im Flur ist es saukalt.«

Carmody erwiderte nichts und hielt weiter den Türknauf fest.

»Außerdem«, sagte Howard, »ist der Stützpunkt mein Zuhause. Das heißt, Sie sind mein Gast.«

»Das gibt Ihnen wohl ein Gefühl von Wichtigkeit.«

Howard grinste. Carmody sah ihn einen Moment an, dann zog er die Tür ganz auf, und der Colonel trat zwei, drei Schritte ins Zimmer.

»Wir sollten vor dem Treffen morgen ein paar Punkte besprechen«, sagte er.

»Okay.«

Howard umklammerte seine Pfeife und zog daran.

»Sie bekommen von mir die Männer, die Sie angefordert haben. Sparrow und Begai und die anderen. Aber ich brauche Julio hier bei mir auf dem Stützpunkt.«

»Ich brauche ihn dringender als Sie.«

»Wir haben hier einen jungen Burschen, der seine Aufgabe übernehmen kann. Einen KI-Spezialisten. Er hat unter Fernandez und Adrian Soto gearbeitet. Kurz nachdem Soto hier eingetroffen ist.«

»Soll mich das irgendwie beeindrucken?«

»Ja.«

»Hat der Bursche auch einen Namen?«

»Mario Perez.«

Carmody gab ein Knurren von sich. »Wir werden sehen. Was gibt es sonst noch?«

»Das Übungsgelände wurde fertiggestellt. Genau nach Ihren Vorgaben. Ich werde es Ihnen gleich morgen früh zeigen.«

»Hört sich gut an«, sagte Carmody und wartete.

Howard sah ihn über die Pfeife hinweg an. »Wir müssen unsere Differenzen begraben. Wir beide.«

»Und an einem Strang ziehen?«

»Wenn Sie es so ausdrücken wollen, von mir aus«, sagte Howard. »Der Wolf ist einer der gefährlichsten Menschen der Welt. Ein Cyberterrorist und Massenmörder. Ich bin überzeugt, dass Sie mit Ihrer Operation die besten Chancen haben, ihn unschädlich zu machen. Und ich stelle Ihnen alles zur Verfügung, was Sie dafür benötigen.«

Carmody nickte. »Ich nehme an, das ist nicht alles, was Sie mir sagen wollten.«

Howard stieß aus dem Mundwinkel eine Rauchwolke hervor. Der Tabak in seiner Pfeife knisterte leise und glühte orange auf. »Ich will ganz offen sein. Ich war damit einverstanden, dass ihr Alcazar aus den Staaten mit hierherbringt. Und ich hätte auch erlaubt, dass sie euch ohne Einschränkungen begleitet. Aber Morse hat mich darüber informiert, dass sie sich abgesetzt hat. Nicht dass mich das überraschen würde. Ich bin außerdem davon überzeugt, dass ihr ohne sie besser dran seid.«

»Okay«, sagte Carmody. »Hab's kapiert.«

»Vielleicht … aber vielleicht noch nicht ganz.« Howard hob eine Hand in die Höhe und kreuzte Mittel- und Zeigefinger. »Alcazar und der Wolf waren früher mal so. Wir wissen, dass er mit ihrem Hekate-Superbug im Alleingang New York lahmgelegt hat. Und dass er beinahe die Präsidentin getötet hätte.« Er machte eine Pause. »Alcazar hatte ihre Chance und ist aus dem Gewahrsam geflohen. Aber wir werden sie finden. Und dann wird sie ein paar Fragen beantworten müssen.«

»Ich dachte, Sie wollten die Vergangenheit hinter sich lassen.«

»Nicht was Alcazar betrifft. Solange ich nicht weiß, wofür sie verantwortlich ist und wofür nicht.«

Carmody zuckte mit den Schultern. »Angenommen, ich sage Ihnen, dass sie nicht mein Problem ist. Dass Sie mich aus allem raushalten können, was mit ihr zu tun hat.«

»Dann sind zwischen uns alle Unklarheiten beseitigt.« Howard musterte ihn durch einen dünnen Rauchschleier. »Sie sollten jetzt schlafen gehen. Wir sehen uns morgen.«

Carmody wartete, bis der Colonel das Zimmer verlassen hatte, und drehte sich dann zum Badezimmer um. Er würde jetzt duschen, sein Gepäck auspacken und ins Bett gehen.

Auf dem ehemaligen Standort des C4ISR – des Command, Control, Communications, Computers, Intelligence, Surveillance and Reconnaissance Center, von Colonel Howard und seinen Leuten einfach nur das Hauptquartier genannt – hatte man das neue Cyberthreat Readiness Center (CTRC) errichtet (das Bereitschaftszentrum für Cyberbedrohungen). Es stand südlich des Kasernenkomplexes und übertraf, was Ausmaße und Einsatzbereiche anging, das alte Hauptquartier bei Weitem, obschon Name und Akronym kürzer waren. Von dem flachen, fensterlosen Betonbau, der bei dem Angriff im November niedergebrannt war, war nichts mehr übrig. Das ursprüngliche Hauptquartier mit seinen beengten Räumlichkeiten hatte ganz einer osteuropäischen Funktionalität entsprochen, der Neubau hingegen war eine weitläufige Konstruktion im westlichen Stil mit einer Fläche von fünftausend Quadratmetern, errichtet im sicheren Abstand zu den Straßen und Parkplätzen der Basis; sie bestand hauptsächlich aus

Spannbeton und gehärteten Hochleistungsmetallen. Neben seinem geräumigen Kommando- und Kontrollraum verfügte das CTRC über Verwaltungsbüros, einen Versammlungssaal, Waffenkammern und Gerätelager, eine Reparaturwerkstatt für Fahrzeuge, eine geschützte, sichere Krankenstation und klimatisierte Pausenräume mit Fenstern nach Osten, durch die das Sonnenlicht schien. Die Flure waren geräumig und hell, und eine Solaranlage auf dem Dach erzeugte die riesigen Mengen Strom, mit denen die verschiedenen Systeme betrieben wurden.

Colonel Howard lief zügig über den Parkplatz zur Rückseite des CTRC. Er hatte die Kaserne mit einem Gefühl der Unzufriedenheit wieder verlassen, denn seine Bedenken wegen Carmody waren eher größer als kleiner geworden. Er hatte sich einen Eindruck von seinem Gemütszustand verschaffen wollen, von seiner Bereitschaft, die Vergangenheit hinter sich zu lassen, und vor allem von seinen Gefühlen gegenüber Kali Alcazar. Aber während Howard über ihr Gespräch nachdachte, kam er zu dem Schluss, dass ihm das, was er gehört hatte, nicht gefiel. Nicht im Geringsten.

Hinter einer Reihe parkender Militärfahrzeuge bog er nach rechts und vor einigen weiteren nach links auf den Betongehweg. Das Gebäude war jetzt direkt vor ihm. Es war sieben Stockwerke hoch und bestand aus zehn fast quadratischen Blöcken, die durch zehn Hauptgänge miteinander verbunden waren und deren Grundriss die Architekten so angelegt hatten, dass er an einen riesigen Mikrochip erinnerte. Die ganze Konstruktion war gut durchdacht und beeindruckend und stellte eine erhebliche Verbesserung gegenüber ihrem Vorgänger dar.

Howard ging auf das Gebäude zu. Ein Stück den Gehweg hinunter hörte er am Himmel das Zischen von Düsentriebwerken, und er blieb stehen und spähte in die Dunkelheit. Über dem östlichen Ende des Stützpunkts glitten zwei Positionsleuchten vorbei. Fernandez hatte seine kleine Demonstration fortgesetzt, obwohl das Publikum, für das sie bestimmt war, nicht erschienen war.

Howard mochte das Geräusch am Himmel nicht. Es erinnerte ihn zu sehr an die Drohnen in der Nacht des Angriffs. Die Psychologen in Băneasa hatten bei ihm eine posttraumatische Belastungsstörung diagnostiziert, und vielleicht hatten sie recht. Manchmal wachte er immer noch aus tiefstem Schlaf auf, weil er glaubte, die Sirenen, die Detonation der Igel-Raketen und das Rattern der Maschinengewehre gehört zu haben. Siebenundvierzig Männer und Frauen waren unter seinem Kommando von den Sicherheitsrobotern des Stützpunkts abgeschlachtet worden. Die Planierraupen und Bagger konnten zwar die Trümmer und das verkohlte Erdreich beseitigen, aber seine Erinnerungen ließen sich nicht so leicht auslöschen.

Howard folgte dem Gehweg, der in einer Kurve hinter dem CTRC entlangführte. Die fünfzehn Meter breite Sicherheitszone des Gebäudes war mit leuchtenden orange-weißen Bodenstreifen markiert. Dahinter waren mehrere Barrieren aus hochfestem Stahl in den Boden eingelassen, die innerhalb von drei Sekunden hochfuhren, wenn ein unbefugtes Fahrzeug darauf zuraste. Noch ein Stück weiter verlief ein niedriger Begrenzungszaun, und zu Howards Linker stand ein Wachhäuschen mit heruntergelassener Metallschranke. Jeder, der ins Gebäude wollte – ob mit dem Wagen oder zu Fuß –, musste sich am Eingang einer Überprüfung durch die Scanner und das Wachpersonal unterziehen. So auch Howard.

Während er auf das Häuschen zusteuerte, bemerkte er die Roboterhunde. Zwei von ihnen patrouillierten in der Sicherheitszone, zwischen ihm und der heruntergelassenen Metallschranke. Sie kamen langsam auf ihn zu, die großen dreieckigen Köpfe in die Höhe gereckt, die Körper aufrecht, der Gang federnd, geschmeidig und lautlos. Howard konnte die Antennen sehen, die von ihren Schultern emporragten. Ihre Kameras mit Tag/Nacht-Sensoren, die sie anstelle von Augen hatten. Ihre halb geöffneten Schnauzen mit den langen Eckzähnen aus Titan.

Und die Waffen an ihren Körpern. Die Präzisionsgewehre waren mit 6,5-mm-Creedmoor-Patronen bestückt und konnten auf eine Entfernung von einer Meile zielgenau töten.

Howard blieb stehen, in der Hand seine Pfeife. Die Hunde kamen näher. Und noch ein bisschen. Etwa anderthalb Meter entfernt blieben sie stehen. Howard hatte zwar Adrian Sotos Beteuerungen gehört, und man hatte ihm einen Vortrag über die Quantennetzwerk-KI der Hunde gehalten und versichert, es sei das sicherste auf der ganzen Welt. Dennoch traute er ihnen nicht. Nicht mehr als den Igeln. Eigentlich weniger. Denn diese mechanischen Wachposten hatten ihm eine Lektion erteilt, die er nicht vergessen würde. Sie hatten ihm gezeigt, was sie anrichten konnten, wenn sie es auf einen abgesehen hatten.

Während er dort stand, sah er sie für eine gefühlte Ewigkeit an, aber es konnten nur wenige Sekunden gewesen sein. Vermutlich verarbeiteten sie seine biometrischen Daten und schätzten die mögliche Gefahr ein, die von ihm ausging.

»Nicht hier«, sagte er. »Wenn ihr irgendwas mit Motoröl vollpissen wollt, sucht euch einen Hydranten.«

Die Hunde musterten ihn für eine weitere Sekunde mit ihren kalten, prüfenden Blicken. Dann drehten sie sich um und liefen davon, ihre Bewertung war abgeschlossen.

Howard ließ die Pfeife sinken und beobachtete, wie die Hunde erneut ihre Runde machten. Eine Minute später waren sie außer Sichtweite, und er ging auf das Häuschen zu. In New York war es jetzt 17.00 Uhr, dachte er. Ein wenig spät, aber vielleicht nicht zu spät.

Er würde sich beeilen, um mit Carol Morse, der Einsatzleiterin der Net Force, ein Telefonat zu führen.

The Terminal (Hauptquartier der Net Force),
Hell's Kitchen, New York

»Morse«, sagte Howard zehn Minuten später. Er saß jetzt in seinem Büro und hatte das Tischtelefon auf Lautsprecher gestellt. »Habe ich Sie noch erwischt.«

»Sie haben Glück.«

»Ich bin eben ein Glückskind. Ist die Verbindung sicher?«

»Ja. Was gibt's?«

»Ich möchte Ihnen mitteilen, dass Ihr Team vor einer Stunde gelandet ist.«

»Ich weiß.«

»Natürlich.«

»Was gibt es sonst?«

»Ich habe bereits mit Carmody gesprochen.«

»Und gab es Verletzte?«

»Ich oder er?«

»Es wäre mir lieber, wenn Sie beide unverletzt sind.«

Howard stieß ein prustendes Lachen hervor und lehnte sich in seinen Stuhl zurück. Sein kleines, aber strategisch gelegenes Büro befand sich vom Kommandozentrum aus direkt den Gang hinunter.

»Keiner von uns beiden braucht ein Gipskorsett«, sagte er und machte eine kurze Pause. »Wir treffen uns wegen der Operation gleich morgen früh. Ich habe Fernandez und Soto ebenfalls herbestellt.«

»Gut. Bevor wir fortfahren … denken Sie daran, Defiant Flys Identität darf nicht preisgegeben werden.«

»Das wird ihm nicht gefallen.«

»Wir haben eine Abmachung. Und daran müssen wir uns halten. Momentan muss er darüber nichts wissen.«

»Ist es okay, wenn ich ihm erzähle, dass Sie das gesagt haben?«

»Kein Problem«, sagte sie und blickte auf ihre Uhr. »Also, Colonel, warum rufen Sie mich an?«

Howard zögerte. Er hatte die Asche aus seiner Pfeife geklopft und spielte damit auf seinem Schreibtisch herum.

»Outlier«, sagte er.

»Hat er sie erwähnt?«

»Nein, ich.«

»Verdammt, wollten Sie einen Streit anfangen?«

»Ich wollte das Thema vom Tisch haben.«

Für einen kurzen Moment herrschte Schweigen.

»Okay«, sagte Morse. »Fassen Sie sich bitte kurz. Ich wollte gerade zu einem Termin aufbrechen.«

»Ich habe ihm gesagt, was ich über sie denke. Dass sie ein paar Fragen beantworten muss.«

»Und was hat er gesagt?«

»Dass sie nicht länger sein Problem ist.«

»Was bedeutet, dass er das immer noch glaubt.«

»Sie kennen ihn wirklich sehr gut.«

»Also schön. Was noch?«

»Ich weiß nicht, ob er Informationen über sie hat, die wir nicht kennen. Aber falls ja, wird er sie nicht mit uns teilen.«

Morse stieß einen Schwall Luft aus. »Kali Alcazar ist eine international gesuchte Straftäterin. Und sie ist mit unbekanntem Ziel aus den Staaten geflohen.«

»Mh-mhm.«

»Carmody hingegen ist ein vereidigter Agent unserer Behörde. Wenn er ihren Aufenthaltsort kennt und ihn uns nicht mitteilt, verletzt er seinen Eid, das Gesetz zu achten und unsere nationale Sicherheit gegen alle Feinde zu verteidigen.« Sie machte eine Pause. »Worauf wollen Sie hinaus?«

Howard schwieg und überlegte, was er darauf antworten sollte. Morse stellte sich schützend vor Carmody. Die beiden kannten sich bereits aus der Zeit, als sie noch seine Führungsoffizierin bei der CIA gewesen war. Eine derartige Beziehung basierte auf gegenseitigem Vertrauen. Für sie konnte der Erfolg oder Misserfolg einer Operation davon abhängen. Für ihn Leben oder Tod. Das war eine äußerst starke Bindung.

»Ich möchte hören, dass wir alle daran interessiert sind, Kali Alcazar zur Strecke zu bringen«, sagte er schließlich. »Von Ihnen persönlich. Damit ich weiß, dass das wirklich unser Fokus ist.«

»Glauben Sie wirklich, dass ich die Ressourcen unserer Organisation für eine fingierte Suchaktion verschwende? Dass Al Michaels das zulassen würde?«

»Das habe ich nicht gesagt.«

»Aber angedeutet.«

»Dann entschuldigen Sie. Aber beim ersten Mal hat es drei Jahre gedauert, bis wir sie geschnappt haben.«

»Wir haben drei Jahre lang Beweise gesammelt und ausgewertet. Und sind verschiedenen Spuren nachgegangen. Eine der Eigenschaften, die mir während meiner Zeit bei der CIA sehr geholfen hat, war meine Geduld, Colonel. Wenn Sie schnelle Ergebnisse sehen wollen, führt das nur zu Frust.« Morse holte Luft. »Hören Sie, ich hab's kapiert. Aber wir müssen bei der Suche nach ihr nicht wieder bei null anfangen, falls das Ihre Befürchtung ist. Bevor wir sie geschnappt haben, war sie nur ein Phantom. Ein Deckname im Internet. Wir wussten nichts über Outliers wahre Identität. Wir wussten nicht, wie sie aussieht. Wir kannten ihr Bewegungsprofil nicht. Inzwischen kennen wir das alles und noch mehr. Himmel noch mal, sie war hier in meinem Büro. Und wir kennen ihren letzten Aufenthaltsort.«

»Nun, Sie wird sich ganz bestimmt nicht mehr auf O'ahu in der Sonne räkeln.«

»Nein. Aber von Hawaii aus ist sie aufgebrochen. Und wenn sie zu ihrem nächsten Ziel nicht durch den Pazifik geschwommen ist, können wir sie aufspüren. Das braucht nur etwas Zeit. Vergessen Sie nicht, dass sie uns erst vor weniger als einer Woche entwischt ist.«

Dass sie Carmody entwischt ist, dachte Howard, sprach es aber nicht aus.

Er legte seine Pfeife hin, faltete die Hände und streckte die Arme vor dem Körper. Seine Brust tat immer noch weh, auf der Seite, wo ihm die Explosion, die Abrams getötet hatte, die Rippen zertrümmert hatte. Der Schmerz war inzwischen nicht mehr so stark und einem festen Ziehen gewichen.

Narbengewebe.

»Okay«, sagte er. »Danke, dass Sie meinen Anruf entgegengenommen haben.«

»Gern geschehen.«

»Sie müssen zu Ihrem Termin.«

»Sie sagen es.«

»Viel Spaß.«

»Ich melde mich.«

Auf der anderen Seite des Atlantiks beendete Morse die Verbindung und drehte sich zum Fenster um. Es regnete, und durch die Tropfen, die gegen die Scheibe prasselten, konnte sie die High Line und den Fluss dahinter nur unscharf erkennen. Als *Spaß* würde sie die Sitzung mit ihrem Eheberater wohl kaum bezeichnen.

Sie blickte erneut auf ihre Uhr. Halb sechs. In Lyon war es jetzt halb zehn abends, und der Leiter des Cybercrime Intelligence Office von Interpol war wahrscheinlich längst nicht mehr in seinem Büro. Aber kurz vor Howards Anruf hatte sie ihm eine Sprachnachricht zu ihrem gemeinsamen Problem, Kali Alcazar, hinterlassen wollen.

Nachdem sie das erledigt hatte, schnappte sie sich ihren Regenschirm und verließ das Zimmer.

Janus-Stützpunkt

Sergeant Julio Fernandez kam mit seinem JLTV vor einem Aluminiumhangar zum Stehen, stieg aus und spähte in den Nachthimmel. Er befand sich auf den Special Projects Testing

Grounds, deren absichtlich vager Name den geheimen Charakter der mit inoffiziellen Geldern finanzierten Geheimprojekte noch unterstrich, die im westlichsten Bereich des Stützpunkts durchgeführt wurden.

Die zwei Objekte am Himmel flogen, nicht mehr als einen Meter voneinander entfernt, auf einer horizontalen Linie geradeaus. Fernandez hatte mit dem Gedanken gespielt, die beiden ein paar ausgefallene Kunststücke vollführen zu lassen, aber wegen des tiefen Nebels hatte er das für zu riskant gehalten. Was okay war, denn er war sowieso der Einzige hier. Es war nicht der richtige Abend, um ein Spektakel zu veranstalten oder Grenzen auszutesten.

Fernandez hob das Nachtsichtgerät von seiner Brust, und die Objekte in seinem Blickfeld nahmen Gestalt an. Er vermutete, dass sie sich über eine Meile hoch am Himmel befanden, auf einer Höhe von sechstausend Fuß. Auf etwa einem Drittel ihrer maximalen Flughöhe. Allerdings würden sie im praktischen Einsatz wahrscheinlich sehr viel tiefer fliegen.

Er sah, wie ihre Silhouetten durch den Nebel in waagerechter Haltung näher kamen, die Arme wie die Flügel eines Kolibris nach hinten ausgestreckt. Dann schwebten sie einen Moment auf der Stelle und nahmen eine senkrechte Position ein. Heulend saugten die Triebwerke die Luft ein, und ihre Zentrifugalkompressoren drückten sie mit hundert Pfund Schub in die leistungsstarken Brennkammern und durch die Motordüsen wieder hinaus.

Fernandez beobachtete durch sein Nachtsichtgerät, wie die beiden Objekte herabsanken. Er war beeindruckt. Obwohl er schon so viele Jahre an der Entwicklung von Spitzentechnologie arbeitete, war er jedes Mal aufs Neue beeindruckt.

Sie waren jetzt fast direkt über ihm. Und kamen immer weiter herunter. An jedem Arm der beiden Jet-Suits waren winzige Gasturbinen angebracht und auf dem Rücken ein größerer Motor. Als sie eine Höhe von dreihundert Fuß erreicht hatten, nahm Fernandez das Nachtsichtgerät herunter. Er konnte sie jetzt mit bloßem Auge gut erkennen.

Obwohl er einen großen Sicherheitsabstand wahrte, trat er instinktiv von der kreisrunden, leuchtenden Bodenmarkierung zurück, um den extrem heißen Motorabgasen aus dem Weg zu gehen. Faye Luna und Doug Wheeler hatten große Fortschritte gemacht, seit sie zum ersten Mal in die Anzüge geschlüpft waren und wie angeschossene Enten herumgezappelt hatten. Sie hatten wochenlang geübt und trotz der Beulen, Schrammen, Blutergüsse und Beinahekatastrophen unverdrossen weitergemacht, um es so weit zu bringen. Und Fernandez wusste, dass sie es für Carmody getan hatten. Weshalb seine Abwesenheit eine große Enttäuschung für sie wäre.

Die beiden legten eine perfekte Landung hin und setzten mit den Füßen direkt in den Kreisen auf. Fernandez lief zu ihnen hinüber, während sie ihre Helme abnahmen.

Luna schaute sich um. »Wo ist der große Mann?«

»Er hat auf unsere Darbietung verzichtet«, sagte Fernandez.

»Im *Ernst?*«

»Ja.«

»Das ist echt blöd«, sagte sie. »Gab es einen bestimmten Grund?«

Fernandez beschloss, für sich zu behalten, was Natasha ihm erzählt hatte. »Keine Ahnung«, sagte er und zuckte mit den Achseln. »Offensichtlich war er müde.«

»Müde, scheiße noch mal«, sagte Wheeler. »Ich war so gespannt auf seinen Gesichtsausdruck, wenn er sieht, dass wir uns in Superhelden verwandelt haben.«

Fernandez musterte ihre Anzüge. »Wisst ihr, was Einstein über die Zeit gesagt hat?«

Wheeler warf Luna einen fragenden Blick zu, die wiederum Fernandez einen fragenden Blick zuwarf.

»Nein, Sergeant«, erwiderte sie. »Was hat Einstein über die Zeit gesagt?«

»Sie existiert nur, damit nicht alles gleichzeitig passiert.«

Luna stand eine Minute lang einfach bloß da.

»Danke für nichts«, knurrte sie schließlich.

5

Pariser Katakomben

Kali war auf der Sandigen Straße etwa eine Meile Richtung Süden gelaufen, als sie unter den Füßen plötzlich eine Vibration spürte. Sie wurde rasch lauter und stärker, während direkt vor ihr ein tiefes, dumpfes Dröhnen ertönte. Das Geräusch war unverkennbar.

Sie blieb stehen und holte Luciens Karte hervor. Sie befand sich unter der Rue de Montalent, direkt östlich der Metrostation Place de la République. Die Station war ein wichtiger, stark frequentierter Verkehrsknotenpunkt mit ständig ein- und abfahrenden Zügen. Was den Lärm und die Vibration erklärte.

Kali stand in der Dunkelheit, die Karte in den Schein ihrer Stirnlampe getaucht. Sie suchte nach den geheimen Eingängen zu den unterirdischen Netzwerken – nach den *chatières*, den Katzenklappen, wie sie in der Legende rechts unten genannt wurden. Sie waren mit fetten schwarzen Schrägstrichen markiert, und Kali entdeckte eine auf dem Boulevard Saint-Martin, praktisch gegenüber dem Place de la République.

Von der Katzenklappe verlief ein schmaler Gang diagonal zur Sandigen Straße, von der aus man Zugang zum gesamten Netzwerk hatte.

Plötzlich stieg vor ihr eine Erinnerung auf. Bei einem ihrer zahlreichen Parisbesuche als Kind war ihre Großmutter mit ihr zum Place de la République gegangen, um sich dort die berühmte Statue der Marianne, der Hüterin der Freiheit, anzusehen. Kali war damals nicht älter als zehn oder elf gewesen, aber sie konnte sich noch genau an diesen Tag erinnern. Lucien war ebenfalls mitgekommen; er war zwei Jahre älter als sie, und seine Eltern hatten ihn aus irgendeinem Grund in die Obhut ihrer Großmutter gegeben. Da er sich wie alle Jungen für Großstadtlegenden begeisterte – zudem besaß er eine unstillbare Neugier und ein enzyklopädisches Gedächtnis –, interessierte er sich weniger für die Statue als für die nahe gelegene Geisterstation ... die alte Metrostation Saint-Martin. Sie befand sich vor einem berühmten Theater am Boulevard, und man hatte sie nach dem Ausbau des Bahnhofs République in den 1930ern stillgelegt, weil die Planer der Metro sie für überflüssig hielten. Die Diagonale markierte wahrscheinlich ein nicht fertiggestelltes Nebengleis, das die Stationen hätte miteinander verbinden sollen, wenn beide in Betrieb geblieben wären.

Die Geisterstation war auf der Karte an derselben Stelle wie die *chatière* eingezeichnet.

Kali dachte angestrengt nach. Sie war überzeugt, dass die Männer, die ihr in Luciens Haus gefolgt waren, nicht allein waren. Es waren wahrscheinlich weitere Leute in Paris, die sich mit ihnen abstimmten. Leute mit einer Kopie der Karte. Obwohl nur auf Luciens Exemplar der Weg zu seinem Versteck eingezeichnet war, konnte man bestimmt auf allen die Sandige Straße sehen. Es war durchaus möglich, dass einige der Personen durch die Katzenklappe in der Station Saint-Martin unbemerkt die Stollen betraten.

Aber würden sie das wirklich tun? Lucien war querschnittsgelähmt und in einem schlechten Gesundheitszustand. Selbst oben über der Erde war seine Mobilität eingeschränkt. Und hier unten umso mehr. Würden diese Leute nicht annehmen, dass er sich näher an seinem Haus aufhielt, und deshalb die Stollen weiter im Norden aufsuchen?

Geh zurück. Diese Leute sind Profis. Und sie haben ein Sicherheitssystem gehackt, das du mitentwickelt hast. An wen und was erinnert dich das?

Kali holte tief Luft. Dies waren zwar ihre Gedanken, aber sie hörte sie mit Carmodys Stimme. Und natürlich kannte sie die Antwort auf die Frage bereits. Sie hatte Drajan Petrovik früher mal geliebt, und er hatte es ihr vergolten, indem er mithilfe ihres Hekate-Codes New York lahmgelegt hatte. Außerdem glaubte sie, dass man einige Monate später eine Variante des Codes benutzt hatte, um die Wachroboter auf dem Janus-Stützpunkt zu hacken. Da man sie jedoch von der forensischen Analyse ausgeschlossen hatte, verfügte sie über keinen konkreten Beweis. Aber der Anschlag hatte stattgefunden, als der Stützpunkt personell unterbesetzt gewesen war, weil die wichtigsten Leute Carmody bei seinem Angriff auf Drajans Versteck begleitet hatten.

Sie hielt den Zeitpunkt für keinen Zufall. Drajan hatte zweifellos im Voraus von dem Einsatz gewusst und das Land verlassen. Dank seiner Fähigkeiten als Hacker hatte er womöglich von dem Plan erfahren, indem er in das Computersystem der Basis eingedrungen war. Mit der Variante des Hekate-Codes hätte er die Igel manipulieren und sabotieren können, um einen Gegenangriff zu starten. Kali kannte sonst keine andere Software, die dazu imstande war. Selbst wenn er eine genauso wirkungsvolle Software entwickelt hätte, hätte er ihre dazu benutzt.

Um dir die Sache anzuhängen. Um dich dranzukriegen. Um dich zu treffen, wo es wehtut, weil du ihn verlassen hast. Aus demselben Grund hat er es auch auf Navarro abgesehen. Oder zumindest ist das einer der Gründe dafür.

Einer der Gründe, ja, dachte sie. Drajans Beweggründe waren nie einfach und unkompliziert. Sie waren äußerst vielschichtig, und sein Handeln war durch mehr als nur ein Ziel motiviert. Er wusste, dass Lucien ihr ältester und bester Freund war. Wenn er ihn ins Visier nahm, ging es dabei zwar auch um Rache. Aber nicht nur.

Kali steckte die Karte wieder in die Tasche, während ein weiterer Zug durch die nahe gelegene Station rumpelte. Lucien war verschwunden, und sie musste ihn unbedingt finden. Aber die Männer, die Franz auf der Butte Bergeyre entdeckt hatte, suchten ebenfalls nach ihm und hatten offenbar auf sie gewartet, damit sie sie zu ihm führte.

Doch um sie von ihm fortzulocken, war sie in die entgegengesetzte Richtung gelaufen. Das war durchaus sinnvoll. Aber die Männer würden sich nicht lange täuschen lassen. Kali war nicht der Rattenfänger von Hameln, und die Männer waren keine stumpfsinnigen Ratten, die ihr blindlings in den Fluss folgten. *Diese Leute sind Profis.* Mehr als das. Sehr viel mehr. Sie waren Mitglieder des Blutigen Blitzes. Sie hatten Kalis Aktion bestimmt vorausgesehen und würden entsprechend reagieren.

Sie musste darauf vorbereitet sein.

»Da. Weiter vorne.« Reva hob ihr Kinn an. »Ich kann den Ausgang sehen.«

Sie lag auf dem Bauch im Gang, während die nackten Felswände ringsum erzitterten – sie vermutete, dass in der nahe gelegenen Station République gerade ein Zug eintraf oder davonfuhr. Dominik und Zoltan, die hinter ihr durch den Gang gekrochen waren, reckten die Hälse, um etwas sehen zu können.

Aber das war eigentlich nicht nötig. Ihre Computerimplantate waren miteinander verbunden und lieferten ihnen ein umfassendes Bild der Umgebung. Sie sahen, was Reva sah. Und Reva sah, was sie sahen. Wenn sie nicht durch die dicken Felswände von den anderen Einheiten getrennt gewesen wären, hätten die drei Teams über einen gemeinsamen Datenfluss ihre visuellen und akustischen Eindrücke miteinander teilen können.

Dennoch verspürten Zoltan und Dominik den Drang, den Ausgang mit eigenen Augen zu sehen, wie Tiere, die zwar keinen Schwanz mehr brauchten, aber seine Abwesenheit spürten. Das menschliche Gehirn war darauf ausgerichtet, individuelle Sinneseindrücke zu verarbeiten, statt die Wahrnehmung verschiedener Personen zu verschmelzen. Dieser urzeitliche Impuls war nur schwer totzukriegen.

Also schauten sie selbst. Und sahen eine runde Öffnung, ähnlich wie die, durch die sie sich an dem stillgelegten Nebengleis in der Station Saint-Martin gezwängt hatten. Sie war sogar noch etwas kleiner. Der Gang, den sie entlanggekrochen waren, war immer enger geworden und hatte sich endlose Meter abwärtsgeschlängelt, bevor er in einer geraden Linie steil abgefallen war. Dabei waren sie immer wieder an Abzweigungen vorbeigekommen und zu beiden Seiten an etwas, das aussah wie Abwasserkanäle. Keiner davon war auf den Karten oder in ihren Datenbanken verzeichnet. Es war, als hätten sie ein Wurmloch betreten. Einen unterirdischen Fuchsbau. Einen kleinen Abschnitt eines riesigen Labyrinths aus Gängen, aus breiten, schmalen, geraden und gewundenen Gängen, die man ins nackte, zerklüftete Erdreich gegraben hatte. Die Karte auf ihrer Netzhaut zeigte an, dass der Kriechgang auf der anderen Seite der Öffnung einen kurzen Quergang kreuzte, der zur Sandigen Straße führte.

Die drei krabbelten auf Knien und Ellbogen darauf zu. Wie Ameisen, dachte Zoltan. Wie Maulwürfe, dachte Dominik. Es war ein beklemmendes, klaustrophobisches Gefühl, und sie wollten diesen beengten, gewundenen Stollen schleunigst verlassen.

»Kommt schon, nicht schlappmachen. Wir sind fast draußen«, sagte Reva, als könnte sie ihre Gedanken lesen.

Sonst sagte und dachte sie nichts. Sie machte sich nie unnötige Gedanken, eine Fähigkeit, die sie im Laufe der Jahre durch strenge geistige Disziplin weiterentwickelt hatte. Vor ihr befand sich die Öffnung, die sie mit ihrer Einheit erreichen musste, und momentan hatte sie ihre Aufmerksamkeit ganz auf dieses Ziel gerichtet. Andere Gedanken waren da weitgehend überflüssig, also reduzierte Reva sie auf ein Minimum.

Und krabbelte vor den anderen den Gang entlang.

Kali marschierte so lange weiter, bis sie glaubte, den Verbindungsstollen erreicht zu haben, der auf Luciens Karte eingezeichnet war. Als sie nachsah, welche Entfernung sie zurückgelegt hatte, bestätigte sich ihre Vermutung. In der Wand zu ihrer Linken befand sich eine Nische, und sie konnte rechts vor sich den Quergang sehen, der steil nach unten abfiel.

Sie blieb vor der Nische stehen. Sie war etwa zehn Quadratmeter groß, und man hatte sie offensichtlich mit Hämmern, Pickeln und Schaufeln in die Wand geschlagen. Unter der Decke sah sie einen Flaschenzug, dessen Rollen und Halterungen schon vor langer Zeit angefertigt worden waren. An einem Ende seines Seils war ein großes Gegengewicht befestigt, das auf einem Felsvorsprung lag. Das andere Ende lief zu einer Luke in der Decke, die ungefähr so groß war wie eine Dachbodentür, und von dort weiter durch ein System aus mehreren Rollen zu einem Hebel, der etwa einen halben Meter unterhalb der Decke von der Wand abstand.

Kali trat zwei Schritte in die Nische, stellte ihre Stirnlampe auf die höchste Helligkeitsstufe und reckte den Hals, um sich die Luke genauer anzusehen. Die Ränder waren feucht, und von ihr tropfte Wasser auf den Boden darunter. Die Luke bestand aus dicken Holzplatten und Metallleisten und war wahrscheinlich genauso alt wie der Flaschenzug. Allerdings war sie in einem guten Zustand. Das Metall war weder verrostet noch zersetzt noch mit mineralischen Ablagerungen überzogen. Und das Seil war zweifelsohne neu oder zumindest neuer als der Rest der Konstruktion. Es handelte sich um ein modernes rostfreies Drahtseil, ungefähr so dick wie eine Wäscheleine.

Kali holte die Karte hervor und faltete sie auseinander. Der Canal Saint-Martin war etwa drei Meilen lang und verlief vom Bassin de la Villette und vom Canal de l'Ourcq in den nördlichen Vororten zur Seine im Süden der Stadt. Das Wasser floss dort ruhig und träge dahin, und gelangweilte, müde Fremdenführer beförderten Touristen in Ausflugsbooten den Kanal entlang. Kalis Blick wanderte zu der Stelle auf der Karte, wo der Kanal an der Kreuzung Rue de la Grange-aux-Belles und Quai de Jemmapes unterirdisch verlief. Sie war bei ihren Besuchen in der Stadt mit Lucien häufig dort gewesen und sah jetzt vor ihrem geistigen Auge den Tunneleingang aus grauen Steinen, die Schleuse und die Metallbrücke dahinter.

Sie war auf ihren langen Spaziergängen so oft daran vorbeigekommen. Mit Lucien, dem belesenen, introvertierten Jungen mit der Brille, der nur in ihrer Gegenwart aus seinem Schneckenhaus herauskam. Lucien mit der Melone auf dem Kopf, dem zerzausten Haar und dem dichten braunen Bart, ein Kenner der Literatur und Geschichte, der unzählige Nächte damit verbrachte, aus wissenschaftlichen Archiven dunkle Geheimnisse zutage zu fördern. *Der* Lucien vor jenem Autounfall, der ihn zur Waise gemacht und seine Wirbelsäule irreparabel beschädigt hatte.

Eines Tages, als die Bäume entlang des Kanalufers in den hellsten Herbstfarben leuchteten – ihre dichten, ausladenden Kronen schimmerten rot, orange und gelb –, bemerkte Lucien eine Süßigkeitenverpackung, die auf der Wasseroberfläche trieb, und blickte sie finster an.

»Die Pariser sind solche Dreckschweine! Sie können einfach nicht anders! Wenn die Kanalarbeiter alle fünfundzwanzig Jahre die Kanäle trockenlegen, finden sie jede Menge Müll und Schrott. Stühle, Abfalleimer und Mietfahrräder – Dutzende davon. Irgendwelche Künstlertypen kommen für eine romantische Fahrradtour und Dichterlesungen hierher und werfen sie dann einfach in den Kanal. Ich habe einen riesigen Ghettoblaster aus dem Wasser gefischt und ihn wieder repariert. Habe ich dir das schon mal erzählt?«

»Mehr als einmal, Lucien. Ich habe Franz davon erzählt.«

»Und war er beeindruckt?«

»Sehr sogar. Und stolz.«

»*Ah, bon*, Kali. Wenn ich sehe, was in den Kanal geworfen wird, verstehe ich, was Napoleon zu seinem bösen Scherz veranlasst hat.«

Kali wartete, dass er ihr das erklärte, was er nach einer dramatischen Pause schließlich auch tat.

»In seinen späteren Jahren nannte man ihn Le Général Entrepreneur, den Verfechter öffentlicher Bauvorhaben. Ein amüsantes Wortspiel. Tatsächlich war es Napoleon, der angeordnet hatte, die Kanäle zu bauen und die Katakomben zu öffnen. Aber er war vor allem ein *Militär*general und Taktiker. Und ein wenig verrückt, was allerdings gar nicht so verkehrt ist.«

»Ach ja?«

»Unsere Führer sollten alle ein wenig verrückt sein! Das macht erfinderisch. Die unterirdischen Stollen erlaubten es ihm, seine Truppen in der Stadt ungehindert hin und her zu bewegen. Außerdem waren sie eine geheime Fluchtmöglichkeit vor den Feinden im Fall einer Invasion …«

Es war lange her, dass Lucien ihr von diesem unbekannten Kapitel der Stadtgeschichte – sein Lieblingsthema – erzählt hatte. Während Kali sich daran erinnerte, schaute sie erneut zur Decke hoch. Der unterirdische Stollen erstreckte sich über eine Meile lang von Norden nach Süden und folgte dabei dem Verlauf des Kanals, und sie schätzte, dass sie sich etwa fünfzehn Meter unterhalb davon befand. Wenn sie ihre Position richtig bestimmt hatte, floss das Wasser direkt über sie hinweg.

Den Blick nach oben gerichtet, wanderten ihre Gedanken erneut zu jenem Tag auf der Brücke. Lucien hatte sich in Schweigen gehüllt, als er bemerkte, wie fasziniert sie war. Er hatte einen Sinn fürs Theatralische, und sie machte sein Spielchen bereitwillig mit und ließ sich von ihm auf die Folter spannen.

»Und Napoleons Scherz?«, fragte sie.

Er deutete mit dem Kopf auf den Tunneleingang. »Wie du wusste er einen guten Trick zu schätzen«, sagte er. »Seine hübsche öffentliche Toilette hat eine Spülung!«

Dieses Funkeln in seinen Augen, sein verschmitzter Tonfall, vor so langer Zeit.

Kali stand jetzt regungslos da und begutachtete einen weiteren Moment lang die Luke, dann ließ sie ihren Blick über die Decke zu dem Flaschenzug wandern.

Und genau in diesem Moment hörte sie, wie sich jemand vom Ende des Stollens näherte.

Reva beugte sich durch die schmale Öffnung am Ende des Gangs, schaute nach links und nach rechts und sah, dass sie sich etwa einen Meter oberhalb des Quergangs befand. Sie rutschte mit dem Kopf voran hindurch und streckte die Hände aus, um ihren Sturz abzufangen. Dominik folgte ihr, und Zoltan verließ als Letzter den Gang. Mit seinem massigen Körper war das gar nicht so leicht, und er musste Schultern und Oberkörper verdrehen und landete hart und unbeholfen im Sand unter der Öffnung.

Reva und Dominik hatten inzwischen ihre Gasmasken hervorgeholt und setzten sie auf. Zoltan klopfte den Staub von seiner Kleidung, nahm ebenfalls seine Maske heraus und legte sie an; er zog sie über sein Kinn und schnallte die Gummiriemen fest.

Die drei ließen sich einen Moment Zeit, um sich an die Masken zu gewöhnen. Mit ihren Sprachverstärkern und den an den Wangen befestigten Filtern erinnerten die PMK-Masken der Speznas an den Kopf eines Insekts. Die große Sichtscheibe hatte ein breiteres Blickfeld als die alten Masken und schränkte das periphere Sehen kaum ein.

Reva deutete mit dem Kopf auf den Kriechgang. »Versiegle ihn«, sagte sie zu Dominik. »Ich will nicht, dass sie uns dadurch entkommt.«

Er nickte. Die Granate, die er aus seiner Tragetasche holte, hatte ungefähr die Größe und Form eines Senkbleis und erinnerte an die runde Granate der russischen Föderation, auf der sie basierte. Ihr Gehäuse bestand aus zwei Halbkugeln, die durch eine dünne Zwischenwand getrennt wurden, und jede Halbkugel enthielt ein anderes flüssiges Polymer. Bei der Explosion wurde die Wand zerstört, und durch die chemische Reaktion der Polymere entstand ein sich schnell ausdehnender und verfestigender Schaum.

Dominik zog den Stift heraus, ließ den Hebel los und warf die Granate in den Kriechgang. Sie landete etwa einen halben Meter hinter der Öffnung, rollte ein paar Schritte abwärts und explodierte mit einem lauten Knall. Rauch schoss aus dem Eingang, während sich innerhalb weniger Sekunden im Innern eine schaumige weiße Substanz ausbreitete und verfestigte, um ihn wie einen Korken zu verschließen.

Reva warf einen kurzen Blick auf die versiegelte Öffnung und schaute dann nach rechts. Der Gang war so hoch, dass sie darin aufrecht stehen konnten, aber nicht breit genug, um zu dritt bequem nebeneinander zu laufen. Ein paar Meter zu ihrer Linken endete er in einer Sackgasse, und zu ihrer Rechten stieg er etwa fünfzig Meter steil an und bog dann nach rechts ab. Der Boden war in beiden Richtungen mit grobem, körnigem Sand bedeckt.

Reva lief mit Dominik nach rechts, und Zoltan folgte ihnen in kurzem Abstand. Vor der Biegung wurde der Boden ein wenig flacher, stieg aber weiter stetig an. Dahinter konnten sie in dreißig, vierzig Metern Entfernung den Ausgang sehen. In den Kalkstein war ein Torbogen geschlagen worden, der wie die gegenüberliegende Stollenwand auf der anderen Seite mit großen Backsteinen verstärkt war.

Reva griff unter ihre Jacke. In einem Hartschalenholster tief in ihrem Hosenbund steckte eine leichte südkoreanische Crich-Granatwerfer-Pistole in der Größe und Form einer Handfeuerwaffe Kaliber 38.

Sie nahm eine CS-Gas-Patrone von ihrem Hüftgurt, klappte den Lauf auf und steckte sie hinein. Unterdessen bauten Dominik und Zoltan ihre Betäubungspistolen zusammen; sie befestigten das Visier an der Schiene, schraubten die CO_2-Kartusche fest und schoben den Etorphin-Pfeil in die Kammer.

Eine Minute später deutete Reva mit dem Kopf auf den Torbogen, mit der rechten Hand den Pistolengriff umklammert. »Da drüben. Auf der anderen Seite ist der Hauptgang.«

Sie marschierten darauf zu; der Sand und die Kieselsteine knirschten unter ihren Füßen und bohrten sich in die Sohlen ihrer Stiefel. Reva trat in den Gang und inspizierte den Kies, der den Boden in beiden Richtungen bedeckte. Sie konnte keine Fußspuren entdecken. Keinerlei Unregelmäßigkeiten.

Die Zielperson hätte zwar ihre Spuren verwischen können, aber Reva bezweifelte, dass sie das nicht merken würde.

Nein, dachte sie. Alcazar war noch nicht hier gewesen. Und das bedeutete, dass Reva und ihre Leute sie von hinten überraschen konnten, falls sie vom Haus zum nördlichen Netzwerk gelaufen war. Und wenn sie sich nach Süden zum *Grand Réseau Sud* begeben hatte, konnten sie ihr den Weg abschneiden, bevor sie diesen Verbindungsgang erreichte. So oder so, sie saß in der Falle, zwischen der zweiten Einheit und den anderen, die sich aus allen vier Quadranten des Untergrundnetzwerks näherten.

»Auf geht's«, sagte sie durch ihren Sprachverstärker, drehte sich rasch nach rechts und lief auf der Sandigen Straße Richtung Norden.

Es waren jetzt fünf Sekunden vergangen, seit Kali das Geräusch gehört hatte. Sie stand in der Nische und lauschte, ob es erneut ertönte. Es war kaum zu hören gewesen. Und viel leiser als die Züge. Aber laut genug, um ihre Aufmerksamkeit zu erregen.

Sie lauschte. Nichts. Nur das Rumpeln der Züge, die in die Station fuhren oder sie wieder verließen.

Ein paar weitere Sekunden verstrichen.

Sie lauschte.

Dann hörte sie es erneut.

Ganz nah. Näher als der Zug. Ein leises Schlurfen. Ein kratzendes Geräusch. Schritte, die auf sie zukamen.

Die Schritte *mehrerer* Personen. Vorsichtig. Bedächtig. Und leise. Aber nicht völlig lautlos. Kali war zwar nicht Mike Carmody. Sie war nie Soldatin gewesen und hatte nie Jagd auf

Menschen gemacht. Aber sie wusste, dass man sich auf Gras oder weichem Untergrund sehr viel leichter lautlos fortbewegen konnte. Der Boden im Stollen jedoch bestand aus massivem Felsgestein, bedeckt mit Sand, Kieselsteinen und Schotter. Man übte beim Gehen Druck darauf aus. Und die harten, trockenen Silikatpartikel rutschten unter dem Körpergewicht hin und her. Sie blieben an den Sohlen haften und rieselten zu Boden, wenn man die Schuhe anhob und wieder aufsetzte. Wie winzige Lawinen. Man konnte das Geräusch nicht vollständig unterdrücken.

Kali lauschte den Schritten. Dem Auf und Ab. Dem Kratzen und Rieseln der winzigen Sandpartikel. Sie konnte die Entfernung nicht abschätzen. Die Wände des Gangs dämpften und verschluckten das Geräusch. Aber sie kamen immer näher.

Kali griff mit der Hand nach ihrer Hüfttasche, bog nach links und eilte auf der Sandigen Straße Richtung Süden.

Janus-Stützpunkt

Fünfzehnhundert Meilen entfernt nahm Carmody das Satellitentelefon von seinem Nachttisch und sah, dass es ein Uhr morgens war. Er hatte noch nicht geschlafen.

Er legte das Telefon wieder zurück und lag mit geöffneten Augen noch eine Weile in der Dunkelheit. Dann schlug er seine Decke zurück, zog sich an, nahm seine Zigaretten und ging zur Tür. Er brauchte etwas frische Luft.

Die Nacht war kalt und feucht, und es sah aus, als würde es bald regnen. Der Bodennebel hatte sich inzwischen gelichtet, und er konnte zum neuen Gebäude neben den Planierraupen und Geröllbergen im nördlichen Bereich hinüberschauen, der mal von Bäumen gesäumt gewesen war. Den man früher Janus Heights genannt hatte.

Carmody steckte sich eine Zigarette an und starrte in die Dunkelheit. Er erinnerte sich daran, wie er mit Kali ein Vogelpaar beobachtet hatte, dessen große schwarze Flügel sich als Schatten vor den Scheinwerfern in der Umgebung abgezeichnet hatten. Sie waren über das hohe, trockene Gras zu den Bäumen geflogen.

»Krähen«, hatte er zu Kali gesagt.

»*Das sind Raben. Das ist ein Unterschied.*«

Sie beobachteten schweigend, wie die Vögel sich auf einem Ast niederließen. Carmody suchte nach den richtigen Worten für das, was er ihr erzählen wollte, und gab es schließlich auf.

»Coprox«, sagte er. »*Mal davon gehört?*«

»*Ein Schlafmittel.*«

»*Als ich bei der Spezialeinheit war, haben wir es nur den Candy genannt. Man ist rund um die Uhr in Alarmbereitschaft, wechselt ständig die Zeitzonen, ist heiß auf den nächsten Einsatz und ständig mit dem Hubschrauber unterwegs … Da braucht man seinen Schlaf. Die Dosis gegen Schlaflosigkeit liegt bei fünf Milligramm. Wenn wir einen langen Flug vor uns hatten, haben wir uns zwanzig Milligramm eingeworfen, als wäre das gar nichts. Nach meinem Ausscheiden aus dem Dienst habe ich das Zeug dann weiter genommen.*«

Als sie ihn daraufhin fragte, wie er zur CIA gekommen sei, wechselte er das Thema. Er redete nicht gerne darüber, außerdem fiel es ihm schon schwer genug, das auszusprechen, was er ihr sagen wollte.

Kali beobachtete weiter die Raben, die von Ast zu Ast hüpften.

»Wenn man den Candy über einen längeren Zeitraum in hohen Dosen nimmt, kann das Verwirrtheitszustände auslösen. Es beeinträchtigt das Kurzzeitgedächtnis. Man sucht zum Beispiel nach seinem Telefon, bis man merkt, dass man es schon in der Hand hält. Dann vergisst man schließlich den Code zum Entsperren. Obwohl es das Geburtsdatum der eigenen Mutter ist.«

Carmody erzählte ihr noch ein paar andere Dinge, den Blick weiter auf die Raben gerichtet. Ihre lauten Rufe erfüllten die Luft, während sie wie in einem komplizierten Ritual mit ausgebreiteten Flügeln auf und ab hüpften.

Und dann erklärte Kali ihm, was es damit auf sich hatte.

Das sei kein Ritual, sagte sie, sondern ein spezieller Tanz. Von einem Paar, das den Bund fürs Leben eingegangen sei …

Carmody rauchte jetzt seine Zigarette zu Ende und trat auf dem Asphalt den Stummel aus. Dann beugte er sich hinunter, hob ihn auf und ging zur Kaserne zurück. Er mochte es nicht, wenn andere hinter ihm den Dreck wegräumten.

Zurück in seinem Zimmer warf er den Stummel in den Müll, wandte sich der Kommode zu, öffnete die oberste Schublade und nahm einen kleinen Stapel ordentlich gefalteter T-Shirts heraus. Darunter hatte er die braune Flasche mit verschreibungspflichtigen Tabletten verstaut.

»Coprox. Mal davon gehört?«

»Ein Schlafmittel.«

Carmody nahm die Flasche aus der Schublade, öffnete sie und schüttelte eine Tablette in seine Handfläche. Er stand ein paar Sekunden lang da, schüttelte eine zweite Tablette heraus, verschloss die Flasche wieder und legte die gefalteten T-Shirts darüber.

Auf einem Stuhl in der Ecke stand seine Reisetasche. Er

ging zu ihr und öffnete eine Seitentasche. Darin steckte ein Flachmann, den er in New York gekauft hatte. Er war aus Zinn und mit einer schwarzen Emailleschicht überzogen.

Er schraubte ihn auf, warf die Pillen ein und nahm einen kräftigen Schluck von dem Whiskey. Es war ein guter irischer Single Malt.

Carmody nahm einen weiteren Schluck, um das Coprox ganz runterzuspülen. Dann steckte er den Flachmann wieder in die Reisetasche und setzte sich auf den Rand seiner Matratze. Während er vollständig bekleidet dasaß, dachte er eine Weile nach, und dann dachte er gar nichts mehr. Schließlich wurde er schläfrig, ließ sich aufs Bett fallen, schloss die Augen und schlief ein.

Paris, neunzehntes Arrondissement

Renault Chaput, ein Beamter des Cybercrime Intelligence Office, beobachtete aus seinem geparkten BMW-Elektroauto, wie Franz Scholl das Hotel betrat, griff nach seiner Schultertasche und überprüfte ihren Inhalt. Er hatte die zarte Pflanze darin selbst gezüchtet und sorgfältig präpariert.

Nachdem er sich vergewissert hatte, dass sie die Reise von Lyon hierher unbeschadet überstanden hatte, schloss er die Tasche wieder, schwang sie über die Schulter und tippte auf seine Smartwatch, während er auf die Avenue Secrétan hinaustrat. Der SUV, den er sich zu seiner kürzlichen Beförderung in die Führungsetage von Interpol gegönnt hatte, wechselte seine Farbe von Schwarz, mit weißen Streifen auf der Motorhaube, zu einem durchgängigen Weiß, das sich in der E-Ink-Folie von vorne nach hinten über den Wagen ausbreitete.

Zugegeben, dieses motorisierte Chamäleon war ein teures, extravagantes Spielzeug. Aber er sagte sich, dass es bei seinen verdeckten Ermittlungen von Nutzen war und ihn per Knopfdruck mit einer Tarnung versah. Da Chaput bis vor Kurzem nur über bescheidene Mittel verfügt hatte, fühlte er sich hin und wieder genötigt, die hohen Kosten dafür zu rechtfertigen. Es mochte zwar nur eine schwache Ausrede sein, aber das genügte ihm und war nicht völlig unzutreffend.

Er sah auf dem Display seiner Uhr, dass er eine Sprachnachricht bekommen hatte. Sie war vor wenigen Augenblicken auf seinem Bürotelefon hinterlassen worden ... von Carol Morse, der Direktorin der Net Force, der Behörde für Internetsicherheit und Strafverfolgung der US-Regierung.

Chaput runzelte die Stirn. Das konnte kein Zufall sein, wenn man den Grund für seinen Aufenthalt in Paris bedachte.

Während er vor seinem Wagen auf dem Gehweg stand, schob er sein Kinn unter seinen Mantelkragen. Die Avenue wirkte jetzt wie ausgestorben, und die Nacht war für die Jahreszeit ungewöhnlich kalt. Er hatte sein letztes Gespräch mit der Direktorin mit Worten beendet, die kühler als die Luft ringsum waren, aus Verärgerung darüber, dass sie der Auslieferung einer international gesuchten Verbrecherin an die Europäische Union nicht zugestimmt hatte. Ihr Tauziehen um Kali Alcazars Auslieferung hatte sich zu seinem Verdruss mehrere Monate hingezogen, und er hatte Morse aufgebracht daran erinnert, dass die Hackerin in vierundzwanzig Mitgliedsstaaten zur Fahndung ausgeschrieben sei und weiterhin gegen sie ermittelt werde. Die USA, so hatte er erklärt, würden einer international gesuchten Verbrecherin Unterschlupf gewähren und ihre Interessen über die Sicherheit ihrer Verbündeten stellen. Aber Morse hatte seine Anfrage abgeblockt und ihn beleidigt, indem sie die moralische Autorität von Interpol – und somit auch seine eigene – entschieden infrage gestellt hatte. Er hatte all seine professionelle Selbstbeherrschung aufbringen müssen, um nicht aufzulegen.

Chaput beschloss, ihre Nachricht abzuspielen, bevor er das Hotel betreten würde. Da Morse wusste, dass es in Frankreich bereits kurz vor Mitternacht war, musste es einen wichtigen Grund für ihren Anruf geben. Außerdem war er sich sicher, dass Scholl sein Zimmer nicht verlassen würde.

Er tippte erneut auf seine Uhr und lauschte den Ohrhörern. Die zwölfsekündige Nachricht war selbst für ihre Verhältnisse äußerst knapp. Wahrscheinlich wollte sie nicht, dass er irgendetwas hineininterpretierte.

»Hallo, Renault. Hier Carol Morse. Ich möchte Sie gerne über einige Entwicklungen bezüglich unserer Person von Interesse informieren und freue mich, von Ihnen zu hören. Ich wünsche Ihnen noch einen schönen Abend.«

Er stand einen Moment lang da und dachte nach. Sein Instinkt hatte ihn also nicht getäuscht. Es ging tatsächlich um die Hackerin. Das Blatt hatte sich gewendet, und die arrogante Amerikanerin bat ihn um Hilfe, weil sie von den Informationen erfahren hatte, die er über Alcazar und ihre Leute gesammelt hatte. Aber die Dinge hatten sich geändert. Sehr viel mehr, als sie sich vorstellen konnte.

Chaput atmete die beißende Nachtluft ein. Wie durch Zauberei hatte die plötzliche Wende der Ereignisse seinen Groll gegen die Direktorin in ein berauschendes, herrliches Gefühl der Befriedigung verwandelt. Morse hatte die Chance zur Zusammenarbeit gehabt. Aber nun war es zu spät. Die Kräfteverhältnisse hatten sich verändert. Er arbeitete jetzt mit Leuten zusammen, die Stärke und Ordnung repräsentierten. Und ihre Macht einzusetzen wussten.

Er ließ den Arm mit der Uhr sinken und wandte sich der Straßenecke zu. Die Lichter des Hotel Aries waren direkt vor ihm. Sollten Morse und die Amerikaner ruhig in ihrem eigenen Saft schmoren. Er würde gleich eine völlig andere Nachricht hinterlassen.

6

Die Leuchtfackeln waren schon einige Jahre über dem Verfallsdatum. Kali hatte sie in dem Armeeladen gekauft, den sie an ihrem ersten Tag in Bukarest aufgesucht hatte. An dem Tag, als sie und Carmody von dem Angriff auf New York erfahren hatten. Während sie auf dem Janus-Stützpunkt mehr oder weniger in seiner Obhut gewesen war, hatte sie den Laden häufig aufgesucht.

Sie hatte für die ganze Schachtel nur ein paar Dollar gezahlt. Pains Wessex Mk 7 – rote, kompakte Seenotfackeln. Der Ladenbesitzer war verwundert gewesen, dass sie sich dafür interessierte. Die Schachtel, die jahrelang in seinem Regal gestanden hatte, war zerknautscht, verbeult und staubig gewesen. *Sonst will die keiner, Schätzchen.* Zu diesem Zeitpunkt kannte er Kali bereits und hatte sich ein wenig mit ihr angefreundet, und er warnte sie, dass die Fackeln über keine modernen Schutzmaßnahmen verfügten. Sie ließen sich nicht ausziehen, um den Abstand zum Körper zu vergrößern, und entzündeten sich ohne Verzögerung. Außerdem

105

verbreiteten die verwendeten Chemikalien eine extreme Hitze.

Genau danach hatte sie gesucht. Die Schachtel war trocken, und die zwanzig Fackeln darin waren unversehrt. Die Brandsätze mussten also noch intakt sein.

Spielen wir ein kleines Spielchen.

Mit der Fackel aus ihrer Hüfttasche in der Hand wartete Kali jetzt in dem Gang, den Rücken gegen die Felswand gepresst, etwa einen Meter nördlich der Stelle, wo sich die Wand leicht nach außen wölbte. Sie hatte den Fackelkopf herausgezogen und gedreht, bis er einrastete. Mit der rechten Hand umklammerte sie jetzt den Griff.

Sie lauschte. Sie hatte ihre Stirnlampe ausgeschaltet, um ihre Position nicht zu verraten, sodass sie in dichte Dunkelheit getaucht wurde. Und nicht das Geringste sehen konnte. Soweit sie wusste, hatten die Mitglieder des Blutigen Blitzes nicht mit diesem Nachteil zu kämpfen. Aber sie konnte ihre Schritte auf dem Kies und dem Sand hören. Sie konnte hören, wie sie sich näherten, und wusste, aus welcher Richtung sie kamen. Und sie wusste, dass die anderen sie nicht hören konnten. Solange sie sich nicht bewegte. Das war ihr Vorteil.

Während sie weiter lauschte, registrierte sie jedes Geräusch. Sie hörte sehr viel mehr als sonst, als hätte ihr Gehör die Hoheit über ihre Sinne übernommen, um die Dunkelheit ringsum auszugleichen. Sie wusste nicht, wie viele Personen in ihre Richtung kamen. Jedenfalls mehr als zwei. Aber wahrscheinlich nicht sehr viel mehr. Sie konnte an ihren Schritten hören, wie schnell sie vorankamen. Sie waren ganz nah und bewegten sich rasch auf sie zu.

Kali holte lautlos Luft. Dann erneut. Die Personen hatten

die Wölbung in der Wand fast erreicht. Kali schätzte, dass sie jetzt fünf bis zehn Meter südlich von ihr waren.

Sie kamen immer näher ...

Kali atmete aus und trat von der Wand fort, drehte sich Richtung Süden und streckte die Hand mit der Fackel auf Hüfthöhe aus.

Im Stollen vor ihr waren drei Personen. Eine Frau und zwei Männer. Einer der Männer lief neben der Frau her. Einer hinter ihr. Er war schlank und größer als die beiden anderen. Alle drei trugen Gasmasken und Pistolen. Die Waffe der Frau hatte einen riesigen Lauf, fast wie ein Granatwerfer. Die der Männer waren lang und schmal. Pistolen, die nicht wie Pistolen aussahen. Die Frau nahm ihre Waffe hoch, ohne richtig zu zielen. Wenn Kali sich nicht irrte, war das auch nicht nötig.

Sie drückte mit der linken Hand kräftig auf die Unterseite der Fackel. Worauf sie sich sofort entzündete, ohne jede Verzögerung, und ihr Handgelenk durch das freigesetzte Gas nach oben gerissen wurde, während die Kappe mit einem lauten Knall weggeschleudert wurde. Flammen und Funken schossen zischend aus dem Metallrohr, schlugen glühend heiß von ihrer Hand empor, ergossen sich tosend in die Dunkelheit vor ihr. Das Spiel hatte begonnen.

Reva taumelte zurück, um den Flammen auszuweichen, während sie in der rechten Hand die Granatwerfer-Pistole hielt und mit der linken ihre Augen abschirmte. Sie hatte einen hellroten Lichtblitz gesehen und gespürt, wie eine Hitzewelle ihr Gesicht versengte, bevor alles weiß wurde. Es war, als würde sie direkt in die Sonne blicken. Sie war geblendet, ihre modifizierten Augen wurden mit spektralen Reizen überflutet, und ihr Computerimplantat spuckte Verteidigungsalgorithmen aus, um die Überlastung durch elektromagnetische Strahlung zu blockieren.

Kali bewegte sich rasch auf sie zu. Sie hatte ihre Stirnlampe inzwischen wieder eingeschaltet, und von der lodernden, Funken sprühenden Fackel in ihrer Hand tropften geschmolzene Brocken Schwefel und Kaliumnitrat. Sie musste verhindern, dass die Frau ihre Waffe abfeuerte, und sie stürzte vorwärts und ließ die Fackel wie ein Flammenschwert auf sie niedersausen.

Das Feuer war heiß genug, um Stahl zu schmelzen. Heiß genug, um in Wasser zu brennen und es zum Kochen zu bringen. Es fräste sich durch Revas Ärmel und steckte ihn sofort in Brand. Sie öffnete die Hand, mit der sie die Waffe festhielt, und Kali sah, wie sie zu Boden fiel.

Aber Reva gab keinen Ton von sich. Ihr Ärmel stand in Flammen, und ihre Haut zischte und warf Blasen. Kali konnte das verschmorte Leder und Gewebe und das verkohlte Fleisch riechen, trotzdem kam der Frau kein Laut über die Lippen. Sie blickte Kali durch die Sichtscheibe der Gasmaske direkt in die Augen, so grausam und ungestüm wie der lange Flammenstrahl, der aus dem Stab hervorschoss. Dann lief sie plötzlich los und warf sich auf Kalis Körper, obwohl ihr rechter Arm in Flammen stand und die Fackel ihr chemisches Feuer versprühte. Sie drückte ihre linke Hand unter Kalis Kinn und umklammerte es wie ein Schraubstock.

Die Biotechnologie überflutet ihr Gehirn mit Endorphinen. Mit natürlichen Schmerzmitteln.

Kali rang nach Luft und riss instinktiv ihre linke Hand hoch, um Revas Hand zu packen. Aber sie schaffte es nicht, sie fortzureißen. Reva presste ihre Finger weiter gegen ihre Kiefergelenke, während ihre Handballen auf die Luftröhre drückten und ihr die Luft abschnürten.

Hau ab. Versuch nicht, es mit ihnen aufzunehmen. Denk an das Spiel.

Sie hatte es nicht vergessen. Sie trat rutschend einen Schritt zurück, und dann noch einen; ihre Absätze bohrten sich in den Sand und hinterließen flache Furchen. Ihr war nur allzu bewusst, dass sie das Gleichgewicht halten musste. Wenn sie ins Straucheln geriet, zu Boden fiel und die Frau sich auf sie warf, hätte sie keine Chance.

Sie rutschte weiter zurück. Die Frau hatte sich dicht an sie herangeschoben und drückte mit ihrem Oberkörper Kalis rechten Arm zur Seite, bis sie die Fackel im rechten Winkel von sich weghielt und die glühend heiße Ladung Richtung Stollenwand spritzte. Die zwei Männer standen ein paar Schritte hinter ihnen, und Kalis Augen nahmen sie im Schein der Fackel und der Stirnlampe nur als geisterhafte Schemen aus Licht und Schatten wahr. Sie hielten ihre Waffen mit beiden Händen umklammert, konnten aber auf diese kurze Entfernung nicht genau zielen.

Zurück, zurück, Kali wich absichtlich immer weiter zurück. Sie spielte ihr Spielchen, brachte all ihre Willenskraft auf. Die Frau umklammerte ihr Kinn jetzt noch fester, drückte Kalis Kopf nach hinten und presste ihre Zunge gegen den Gaumen, sodass sich die Zähne hineinbohrten und ihr Mund sich mit dem Geschmack von Blut füllte. Zurück, zurück, zurück. Kali wusste, dass die Wölbung rechts hinter ihr war. Nur noch wenige Schritte. Sie wusste, dass sich die Nische etwa drei Meter den Stollen hinunter auf der linken Seite befand und dass die anderen das wahrscheinlich nicht wussten. Das war ihr größter Vorteil. Sowie die Gewissheit, dass diese Leute sie lebend schnappen wollten, damit sie sie zu Lucien führte. Aber langsam wurde die Zeit knapp.

Kali umklammerte die Fackel. Wahrscheinlich würde sie insgesamt dreißig Sekunden brennen, und zwanzig waren inzwischen vergangen. Sie musste es zur Nische zurückschaffen, bevor sie ausging.

Zurück. Zurück. Zurück. Alle vier Personen drängten sich in dem engen Stollen; die drei Mitglieder der *Krowawaja Molnija* schoben sich weiter vorwärts, während Kali, Schritt um Schritt, zurückwich. Wie ein merkwürdiger, ungelenker Superorganismus, in dem durch eine enorme innere Spannung alles miteinander verbunden war und gleichzeitig auseinanderstrebte, bewegten sie sich alle in dieselbe Richtung.

Und dann spürte Kali an ihrem rechten Schulterblatt die Wölbung in der Wand und konnte es kaum fassen. Die Krümmung war jetzt wenige Zentimeter hinter ihr, was bedeutete, dass sich die Nische nur noch etwa einen halben Meter den Gang hinunter befand. Ein paar Schritte, und sie wäre dort.

Die Frau musste irgendetwas gemerkt haben, als sie die Wölbung umrundet hatten. Kali sah es durch die Sichtscheibe in ihren Augen aufblitzen, eine plötzliche Wachsamkeit, wie bei einem Tier, das einen unterschwelligen Hinweis auf eine unsichtbare Bedrohung registrierte, das die Gefahr in der Luft witterte. Reva streckte plötzlich ihre linke Hand aus, um Kalis rechten Unterarm zu packen und ihr die Fackel zu entreißen. Doch Kali holte damit aus und ließ sie mit einer einzigen flüssigen Bewegung herabsausen. Die lodernde, qualmende Flamme wischte zischend über Revas Gasmaske, über ihren

Kopf und spie Funken und glühende Tropfen Brennstoff in ihr Gesicht. Reva wich zurück, ließ Kalis Hals los und wankte gegen die Männer hinter ihr.

Kali warf die fast abgebrannte Fackel in den Sand und trat zwei, drei Schritte zurück, tastete mit der rechten Hand nach der Wand und ließ sie darübergleiten, bis sie sie *nicht* mehr spüren konnte. Dann vergewisserte sie sich mit einem Blick über die Schulter, dass sie die Nische tatsächlich erreicht hatte.

Sie war direkt hinter ihr. Direkt dort. Kali sah den Hebel, der aus der Wand ragte, und trat einen halben Schritt zurück. Sie streckte die rechte Hand nach dem Hebel aus und schwang ihre linke um den Körper, um damit ebenfalls danach zu greifen. Dann riss sie den Hebel, die Füße weit auseinandergestellt, mit aller Kraft nach unten.

Was dann passierte, spielte sich wie in Zeitlupe ab. Es ertönte ein lautes Quietschen. Gefolgt von einem noch lauteren Knirschen. Als Kali in die Nische blickte, sah sie, wie sich der Flaschenzug über ihr in Bewegung setzte. Die großen Rollen begannen sich der Reihe nach zu drehen, und das Seil lief über ihre Rillen. Mal rauf, mal runter. Erst stockend, dann völlig ungehindert. Erst langsam, dann immer schneller, bis sich alle Rollen im Einklang drehten. Das eine Ende einer Schiene, auf der das Gegengewicht lag, wurde angehoben, sodass sie sich wie eine Wippe nach vorne neigte und das Gewicht auf seinen Eisenrollen ratternd und klirrend hinunterrollte, immer schneller, bis es schließlich vom Felsvorsprung fiel. Für einen Moment hing es an dem Seil, das es mit dem Eisenrahmen der Deckenluke verband, in der Luft, und der Rahmen wölbte sich nach außen; in dem Mauerwerk ringsum bildeten sich hauchdünne Risse, und kleine Brocken Felsgestein rieselten in die Nische.

Wasser spritzte auf Kalis Stiefel. Sie schaute zur Decke empor und sah, wie es von dem gelockerten Rahmen heruntertropfte. Die Tropfen wurden rasch größer und dichter, verschmolzen miteinander, strömten zusammen und funkelten im Schein ihrer Stirnlampe. Sie schlängelten sich und tänzelten zitternd über die Decke, während das Wasser an allen vier Seiten hervorschoss. Es dauerte einen Moment – er kam Kali gleichzeitig endlos und bruchstückhaft vor –, bis sie das gurgelnde, sprudelnde Geräusch wahrnahm, urzeitlich und bedrohlich und sehr viel lauter als das Rumpeln der Metro-Züge. Dann landete das baumelnde Gegengewicht mit einem dumpfen Schlag auf dem Boden, die Seile spannten sich und rissen die Luke mitsamt dem Rahmen aus dem massiven Felsgestein, worauf sich das Kanalwasser in einer ohrenbetäubenden Sturzflut durch das Loch in den Gang ergoss.

Das Ganze hatte vielleicht drei Sekunden gedauert. Dann bemerkte Kali einen roten Laserpunkt auf ihrem Bauch und blickte in den Gang zu den Russen. Die Frau hockte zusammengekauert vor der Wand; sie hatte die Gasmaske heruntergerissen und hielt sich mit den Händen den Hals. An der Stelle, wo das Feuer ihn gestreift hatte, musste sie schwere Verbrennungen erlitten haben. Selbst die Ausschüttung von Endorphinen konnte den Schmerz nicht vollständig unterdrückt haben. Die Männer stapften durch die Wassermassen den Gang hinunter; der größere der beiden hatte seine langläufige Betäubungspistole hochgenommen und das Visier durch die unkontrollierte Sturzflut auf Kali gerichtet.

Sie wirbelte herum, um in den Seitenstollen hinter sich zu stürzen, denn sie wusste, dass er nicht zufällig steil anstieg: Napoleon, *le Général Entrepreneur*, hätte seine Feinde nicht in eine Falle gelockt, ohne für seine Truppen einen Fluchtweg anzulegen.

Der erste Betäubungspfeil traf sie unter dem rechten Schulterblatt. Sie spürte einen heftigen Schlag, als sich die Nadel in die Haut bohrte und der Kolben den Inhalt der Spritze in ihren Körper pumpte. Der zweite Pfeil traf sie hinten am linken Oberschenkel, knapp oberhalb des Knies. Ein weiterer Schlag. Sie war durch den überfluteten Gang bereits ein, zwei Schritte auf die Öffnung zum Seitenstollen zugestürzt, doch während das Wasser rings um ihre Knöchel weiter anstieg, wurden ihre Beine taub und gaben nach.

Plötzlich sah Kali nur noch unscharf. Sie sank in dem eiskalten Wasser auf die Knie und versuchte, sich wieder aufzurappeln.

Doch die Dunkelheit um sie herum wurde immer dichter und zog sie nach unten, bis sie mit dem Gesicht voran in die steigenden Fluten fiel.

Es begann kurz nach Mitternacht, nördlich der Grünanlagen und der Fußgängerbrücke Passerelle des Douanes, in einem breiten Abschnitt des Canal Saint-Martin, der am rechten Ufer an den Quai de Valmy und am linken an den Quai de Jemmapes angrenzte.

Auf der Oberfläche kräuselten sich kleine Wellen, und im trüben Wasser darunter verspürten die schläfrigen Karpfen und Regenbogenforellen von unten plötzlich einen Sog. Der Schlamm am Grund wirbelte ringsum in einer Wolke empor.

Erfasst von einer nervösen Wachsamkeit signalisierten ihre Gehirne Gefahr, und sie ergriffen mit zappelnden Flossen die Flucht, während das Wasser, in dem sie regungslos verharrt hatten, durch eine Falltür strömte, die man zum ersten Mal in der dreihundertjährigen Geschichte des Kanals geöffnet hatte.

Das Wasser zwischen den beiden Ufern sprudelte und blubberte, als würde es bei mittlerer Hitze köcheln.

Nach und nach begannen die Boote, die die Böschung säumten, zu schaukeln und zu schwanken. Zunächst das mittlere der drei roten, zwölf Fuß langen Fiberglasboote, die kanalaufwärts der zerstörten Luke am Quai de Valmy vertäut waren. Die heftige Strömung neben seinem Heck warf es auf und ab und von Seite zu Seite. Als das Wasser immer schneller nach unten abfloss, wurde die Oberfläche unruhiger – und auch das Heck schaukelte jetzt heftiger. Bis es schließlich das Boot zur Linken rammte, und dann das Boot zur Rechten, links, rechts, links, rechts, immer schneller, *klack, klack, klack, klack, klack, klack.*

Über der zerstörten Luke breiteten sich kreisförmig kleine Wellen aus, und das Klappern wurde lauter, als weitere Boote am Kai zu schaukeln und schwanken begannen: flache Ausflugsboote mit Reihen leerer Sitze, Pontonboote, Hausboote, Segelboote, Postschiffe, kleine Katamarane und Jachten. Bald war das Klappern bis zum stromabwärts gelegenen Becken des Port de l'Arsenal zu hören, und dort, wo der Canal Saint-Martin in die Seine mündete, stießen die vertäuten Ausflugsboote im Jachthafen aneinander.

An einem betriebsamen Nachmittag unter der Woche oder an einem warmen Sommerabend hätte das Geschehen auf dem Wasser wahrscheinlich die Neugier Hunderter von Passanten erregt. Aber an diesem Abend registrierten nur einige wenige Leute das, was sich anhörte wie eine ausgelassene Schar Kastagnetten-Spieler, die das Ufer entlangmarschierte.

»Lass mal sehen, was da auf dem Kanal los ist«, sagte eine junge Frau, die sich auf einer Parkbank mit Blick auf die Schleuse an ihren Freund schmiegte.

»Lieber nicht«, flüsterte der junge Mann, während seine Hand an der Innenseite ihres Oberschenkels hochwanderte.

Die Frau ließ ihn gewähren, und die beiden schenkten der Sache keine Beachtung mehr.

Glaskow tauchte gerade durch einen breiten Unterwasserkanal südlich des neunten Arrondissements, als das Wasser aufgewirbelt wurde. Eine kräftige, schnelle Strömung, die von hinten kam, beförderte ihn durch den Tunnel vorwärts.

Er warf einen Blick auf den Tiefenanzeiger an seinem Handgelenk. Er befand sich momentan in einer Tiefe von zwanzig Fuß, und zwischen Wasseroberfläche und Tunneldecke war etwa ein Meter Freiraum gewesen, als er abgetaucht war. Wenn er mit dem Kopf in diesen Freiraum kam, konnte er eines der vier verbliebenen Kommunikationsmodule – seine Brotkrumen – für das Einsatzteam befestigen. Aber die heftige Strömung war ein Problem. Er glaubte nicht, dass er es an die Oberfläche schaffen würde, wenn er dagegen anschwamm.

Also beschloss er *mit* ihr zu schwimmen und eine stabile Lage einzunehmen, damit er nicht die Orientierung verlor oder gegen die Tunnelwände geschleudert wurde.

Der Kanal wurde geflutet, dachte er. Das war die einzige Erklärung. Aber er konnte nicht wissen, wie lange es dauern würde, ohne den Grund dafür zu kennen. Und wenn er weder das eine noch das andere wusste, konnte er nicht abschätzen, ob er imstande wäre, die Überschwemmung unbeschadet zu überstehen.

Er schwamm weiter vorwärts, die Arme seitlich am Körper, die Beine nach hinten ausgestreckt. Vom Grund des Kanals stiegen Ablagerungen empor und verdunkelten den Schein seiner Helmlampen. Links vor ihm, fast vollständig verborgen hinter den aufgewühlten Sandwolken, befand sich etwas, das aussah wie eine schmale, höhlenartige Öffnung. Vielleicht konnte er dort Schutz suchen.

Glaskow schoss durch das Wasser, und die Strömung hätte ihn beinahe an der Öffnung vorbeigetrieben. Aber er schaffte es noch, sich an einem kleinen Felsvorsprung darüber festzuhalten, und zwängte sich durch das Loch.

Auf der anderen Seite schaute er sich im Schein seiner Lampen um. Er befand sich keineswegs in einer Höhle, sondern in einem Seitengang, der ein Stück geradeaus verlief. Er war enger als der Gang, den er verlassen hatte – sehr viel enger. Die Wände waren zu beiden Seiten weniger als eine Armlänge voneinander entfernt. Und die Strömung war hier nur halb so stark.

Aber das trug nur wenig zu seiner Beruhigung bei. In diesen Katakomben ging etwas äußerst Seltsames vor. Ein Blick nach oben verriet ihm, dass dieser Gang ebenfalls bis zur Decke geflutet war. Die Strömung war hier zwar schwächer, aber sie hatte nicht vollständig nachgelassen. Was auch immer der Grund dafür war, sie beförderte gewaltige Wassermassen in das Labyrinth aus Unterwasserkanälen. Damit blieb Glaskow keinerlei Kopffreiheit, nicht mal ein kleiner Bereich über der Oberfläche, in dem er seinen drahtlosen Transceiver anbringen konnte.

Aber das war auch nicht unbedingt nötig. Diejenigen, die er bereits angebracht hatte, reichten wahrscheinlich, um eine ungestörte Funkverbindung zwischen den Neurocomputern der verschiedenen Einheiten herzustellen. Die restlichen Transceiver verliehen dem Mesh-Netzwerk lediglich eine größere Reichweite und dienten als Absicherung, falls eines oder mehrere der Geräte ausfielen.

Was seine eigene Situation betraf, musste er sich keine Sorgen machen. Sein Computer war vorübergehend offline, aber funktionsfähig. Er hatte immer noch sein Sonar und konnte damit seine Position bestimmen, navigieren und potenzielle Gefahren und Zielpersonen aufspüren. Und sein Sauerstoffvorrat bot auch keinen unmittelbaren Anlass zur Sorge. Der Vorrat in der Tauchflasche reichte noch für ungefähr eine Stunde, außerdem hatte er noch die Zweihundert-Bar-Reserveflasche dabei. Für einen erfahrenen Taucher war das ausreichend. Wenn er seinen Atem kontrollierte, konnte er eine ganze Weile unter Wasser bleiben.

Glaskow warf einen Blick auf sein Netzhaut-Display und schwamm weiter; die Strömung beförderte ihn weiter vorwärts, während von seinem Atemregler Blasen in die Dunkelheit emporstiegen. Der Kanal schlängelte sich ein kurzes Stück Richtung Norden, was äußerst günstig war. Denn Outlier würde sich letztendlich nach Norden begeben, und dort lag auch sein Zielort. Trotz des rätselhaften Wassereintritts kam er stetig voran. Sobald er zu den anderen stieß, würde er sie dort mit ihnen zusammen erwarten.

7

Neunzehntes Arrondissement, Paris

Franz Scholl stocherte auf seinem Hotelzimmer lustlos in einem *Pain au chocolat* herum, als es an die Tür klopfte. Er warf einen Blick auf die Wanduhr und zog eine Augenbraue hoch. Es war bereits halb eins. Wer konnte das um diese Uhrzeit noch sein? Er erhob sich von dem Schreibtisch, auf den er auf einer ausgebreiteten Serviette seinen Snack gelegt hatte, und spähte durch den Türspion. Im Flur stand ein etwa fünfzigjähriger Mann mit einem dunkelgrauen Mantel und schwarzen Handschuhen; über der Schulter trug er eine kleine Ledertasche. Als Scholl seinen dichten grau melierten Schnurrbart bemerkte, dachte er, dass ihm der Mann irgendwie bekannt vorkam. Aber er wusste nicht, woher.

Er öffnete die Tür einen Spaltbreit. »Ja?«

Der Mann hielt ihm eine aufgeklappte schmale Brieftasche mit einem hellblauen Interpol-Ausweis entgegen. »Renault Chaput, Abteilung für Cyberkriminalität«, sagte er. »Ich weiß, es ist schon spät, Monsieur Scholl. Kann ich unter vier Augen in einer dringenden Angelegenheit mit Ihnen reden?«

Scholl musterte ihn. *Chaput.* Natürlich. Plötzlich fiel ihm ein, woher er den Mann kannte. Er hatte gegen Gunther Koenig ermittelt. Chaput war ihm vor fast einem Jahr zu dem Friedhof im Perlacher Forst gefolgt und war später für die Aufklärung eines Verbrechens ausgezeichnet worden, von dem er gar nichts gewusst hatte. Scholl hatte ihn in jener Nacht am Grab zwar nicht selbst bemerkt. Aber er hatte überall in den Nachrichten das Bild des stolzen Beamten gesehen.

»Haben Sie mal einen Blick auf die Uhr geworfen?«

»Keine Spielchen, Monsieur. Ich denke, Sie ahnen, was mich zu Ihnen führt. Wir müssen über Kali Alcazar sprechen, über *Outlier*, und zwar allein. In Ihrer beider Interesse.«

Scholl blieb noch einen Moment an der Tür stehen, dann atmete er aus und öffnete sie ganz. Chaput trat ein und sah sich in dem kleinen Zimmer um.

»Waren in Paris keine anderen Zimmer frei?«, sagte er. »Oder verdienen Sie mit der Restaurierung alter Technologien nicht genug, um sich ein wenig Luxus zu leisten?«

»Sie sind bestimmt nicht gekommen, um mir eine Lektion in Unhöflichkeit zu erteilen.« Scholl hatte die Tür wieder geschlossen, hielt aber immer noch den Knauf fest. »Sagen Sie, warum Sie hier sind.«

»Ich denke, das habe ich bereits.«

»Nein. Sie haben einen Namen erwähnt. Mehr nicht.«

Chaput lächelte, sodass sich die beiden Hälften seines Schnurrbarts über seiner Oberlippe auseinanderzogen. Scholl fand, dass er auf diese Weise wie ein Seewolf aussah.

»Outlier ist die meistgesuchte Hackerin auf diesem Planeten. Und vor vier Tagen ist sie in den USA aus dem Gewahrsam geflohen.«

»Und was hat diese Person mit mir zu tun?«

»Monsieur, wir wollten doch keine Spielchen spielen«, sagte Chaput. »Ich habe seit Jahren Alcazars Aktivitäten verfolgt. Die ihrer Verwandten und Mitstreiter. Es steht alles in meinen Akten. Wer Sie sind. Und was Sie so machen, wenn Sie nicht gerade an ausrangierten Computern und Junk-Software herumfummeln.«

»Ach ja?«

»Ja.« Chaput machte eine Pause. »Soll ich Ihnen erzählen, was ich über die Weiße Rose weiß? Die Informationen bekommen Sie gratis. Das wird nicht extra berechnet.«

Scholl erwiderte nichts.

»Die Gruppe wurde von Hans und Sophie Scholl gegründet … Ihrem verstorbenen Cousin und Ihrer verstorbenen Cousine zweiten Grades. Sie sind eines der wichtigsten Mitglieder. Genauso wie Kali Alcazar. Und früher gehörten ihre Eltern und ihre Großmutter ebenfalls zu den Wortführern. Ich habe sämtliche Namen, darunter auch den von Lucien Navarro. Ihre Bewegung behauptet, für die Freiheit und die Rechte des Einzelnen zu kämpfen. Für die Gründung einer Cybernation, frei von physischen Grenzen, mit Navarro als ihrem Anführer. Aber in Wirklichkeit seid ihr Anarchisten. Gesetzlose, die die Gesellschaft zerstören wollen. Im Fall von Alcazar in Guernica mit Terror und Mord.«

»Das sind ziemlich wilde Verschwörungstheorien.«

»Nein.« Chaput schüttelte den Kopf. »Das ist nur ein kleiner Teil der Wahrheit.«

»Warum sind Sie hergekommen?«

»Navarro ist in eine Sache verwickelt, die sein Verständnis übersteigt. Vor einigen Wochen ist er aus seinem Haus in der Rue Edgar Poe verschwunden. Ich weiß, dass er sich vor ein paar gefährlichen Personen versteckt hält, Personen, die wahrscheinlich im staatlichen Auftrag handeln. Außerdem bin ich mir sicher, dass er immer noch in Paris ist. Und dass Kali Alcazar gekommen ist, um sich mit ihm zu treffen. Ich muss die beiden finden. Letztlich in ihrem Interesse, obwohl ich zugeben muss, dass meine Interessen Prioritäten haben.«

»Und Sie sind zu dem Schluss gekommen, dass ich weiß, wo sie sind?«

»Sie sind vor drei Tagen von München hierhergereist. Mit dem Lufthansa-Flug 2020. Nonstop. Die Maschine ist um sechs Uhr fünfundvierzig gestartet und neunzig Minuten später in Orly gelandet. Eine Stunde darauf haben Sie in diesem Hotel eingecheckt.«

»Sie haben mich also beobachtet.«

»Ich nutze alle Mittel, die mir zur Verfügung stehen.« Chaput deutete mit dem Kopf auf den Schreibtisch. »Sie haben dieses halb vertrocknete Pain au chocolat in einer *Boulangerie* um die Ecke gekauft. Heute Morgen um zehn nach neun. Sie hätten eine Stunde auf die frische Lieferung warten sollen. Oder gilt Ihre Vorliebe für alte Sachen auch für Ihr Essen?«

Scholl steckte die Hände in die Taschen seines Bademantels. »In wessen Auftrag sind Sie hier?«

»Ich habe Ihnen an der Tür meinen Ausweis gezeigt.«

»Interpol muss mit den örtlichen Polizeibehörden zusammenarbeiten. Ich sehe keinen *Flic* an Ihrer Seite.«

Chaput schwieg eine Weile. Dann zuckte er mit den Achseln und griff unter seinen Mantel.

»Warten Sie, ich werde Ihnen etwas zeigen«, sagte er. Einen Moment später kam seine behandschuhte Hand mit einer schwarzen Beretta wieder zum Vorschein. Auf den Lauf war ein Schalldämpfer geschraubt. »Ich bin in meinem persönlichen Auftrag hier, Tüftler. Ich hoffe, diese Antwort stellt Sie zufrieden.«

Scholls Augen huschten von der Pistole zu Chaputs Gesicht. »Was soll der Blödsinn?«

»Kali Alcazar ist eine Bedrohung für die Menschheit. Eine gemeingefährliche Kriminelle wie ihre Eltern. Seien Sie vernünftig und sagen Sie mir, wo sie ist.«

»Sie haben völlig den Verstand verloren.«

»Sagen Sie es mir.« Chaput fuchtelte mit der Pistole. »Ich gebe Ihnen eine letzte Chance, freiwillig zu kooperieren.«

Scholl richtete sich auf. »Ich habe nichts zu sagen. Sie werden mich nicht zwingen, irgendwelche Informationen preiszugeben. Wenn herauskommt, dass Sie das versucht haben, wird man Sie feuern.«

Chaput zuckte mit den Schultern.

»Davon wird niemand erfahren«, sagte er und schoss ihm zweimal in die Brust.

Scholl riss überrascht die Augen auf und bäumte sich vor Schmerzen auf. Mit einer Mischung aus Entsetzen und Ungläubigkeit blickte er an seinem Körper hinunter und sah, dass sich sein Bademantel in ein Loch in seiner Brust gebohrt hatte, sah das Blut, das sich rings um die Wunde ausbreitete. Einen Moment später sprudelte es aus der Lunge in seinen Mund, ergoss sich über sein Kinn und lief an beiden Seiten seines Halses hinunter. Er hustete die zähe rote Flüssigkeit hervor, sank auf die Knie und fiel hintenüber tot auf den Teppich.

Chaput steckte seine Pistole zurück ins Holster. Er hatte

Scholls Handy bemerkt, das auf dem Schreibtisch geladen wurde, ging vorsichtig um die blutüberströmte Leiche herum und zog das Kabel heraus. Als er das Telefon einschaltete, sah er, dass es gesperrt war, und er wusste, dass er sich beeilen musste, um die biometrische Erkennung auszutricksen.

Er lief mit dem Telefon zu Scholl und ging neben seinem Kopf in die Hocke. Scholl war so hingefallen, dass der Kopf zur Seite baumelte. Chaput schob eine Hand unter das Kinn, hob ihn an und hielt mit der anderen Hand das Telefon darüber, sodass die weit aufgerissenen Augen Richtung Kameraobjektiv zeigten. Inzwischen war das Display wieder dunkel geworden, und er schaltete es erneut ein. Diesmal wurde es entsperrt. Chaput tippte auf das Display, um das Menü mit den Einstellungen zu öffnen, und setzte den Timer für die automatische Sperre von einer Minute auf »Nie« zurück. Dann steckte er das Telefon in seine Manteltasche.

Er stand wieder auf und ging zu der Ecke mit dem Gepäck. Scholl hatte nur einen Rollkoffer dabei. Seine Jacke hing an einem Haken, und auf dem Frisiertisch lagen sein Laptop, die leere Computertasche und seine Brieftasche.

Chaput verstaute den Laptop in die Tasche, zog den Reißverschluss zu und klemmte sie unter den Arm. Die Brieftasche wanderte in seinen Mantel. Damit hatte er alles bis auf eine Sache erledigt.

Er ging zurück zu der Leiche, kniete sich hin und öffnete seine Umhängetasche. Darin befand sich eine getrocknete weiße Rose, die er aus Lyon mitgebracht hatte.

Chaput hatte die Rose, die aus seinem eigenen Garten stammte, auf seinem Dachboden mit der Blüte nach unten zum Trocknen aufgehängt und dann den Stiel auf sechs

Zentimeter gekürzt. Ihre Farbe war kaum verblasst, und die Blütenblätter waren an den Rändern nur leicht verschrumpelt.

Er drehte Scholls Kopf ein wenig, sodass es aussah, als würde er direkt an die Decke starren. Dann öffnete er mit dem Daumen den Mund, schob den Stiel der Rose zwischen die Zähne und stand auf. Schließlich holte er sein Handy hervor und machte ein Foto – eine Großaufnahme.

Gesicht mit weißer Rose, dachte er. Von Chaput.

Er steckte das Telefon wieder ein und verließ das Zimmer. Er wusste, dass er eine Grenze überschritten hatte, und war verwundert, wie wenig ihm das ausmachte. Er verspürte weder Unbehagen noch eine innere Unruhe. Keine starke Gemütsregung. Es fühlte sich … zwar nicht vorherbestimmt an, dachte er, aber wie der nächste Schritt einer natürlichen Entwicklung.

Chaput war in eine neue Phase seines Lebens eingetreten. Darauf lief es hinaus. Wenn überhaupt, dann war er sehr zufrieden.

Lāna'i, Hawaii

Leland Sinclair betrat für die um ein Uhr angesetzte Telefonkonferenz zeitig das Haus; er ging von der oberen Terrasse seines Anwesens die Sandsteinstufen und weiter den Weg hinunter. Er hatte Goldie durch das Blattwerk nirgends sehen können, was zu erwarten gewesen war. Goldie war gestern sehr aktiv gewesen und würde eine ganze Weile schlafen. Die Vögel zwitscherten sanft und lieblich, und über die Insel wehte eine frische, warme Brise; das war genau die Besänftigung, die Sinclair vor seinem Gespräch mit Clyde brauchte.

Er hatte heute Nachmittag keine Lust darauf. Nicht dass das je der Fall war.

Er betrat durch eine Seitentür das geräumige Medienzimmer, setzte seine schwarze Wayfarer-Sonnenbrille ab und ging zum Couchtisch, auf den Gabrielle seinen Fruchtsaft gestellt hatte. Er nahm das kalte Glas und hielt es von seiner Kleidung fort, denn er wollte unter keinen Umständen sein Hemd bekleckern. Nachdem er vorsichtig einen Schluck genommen hatte, stellte er den Saft neben die Sonnenbrille auf den Tisch, trat vor den großen virtuellen Spiegel an der Nordwand und betrachtete sich kurz, aber gründlich darin.

Er trug einen pastellblauen Blazer über einem eierschalenweißen Hemd, eine marineblaue Chinohose und hellbraune Slipper ohne Socken. Mit seinen ausgeprägten Wangenknochen und dem runden Kinn sah Sinclair zwanzig Jahre jünger aus als seine dreiundfünfzig Jahre, und seit Kurzem ließ er an den Seiten die Haare wachsen, sodass sie bis zur Oberseite seiner Ohren reichten. Er fand, dass seine Gesichtszüge damit vor den Fernsehkameras etwas weicher wirkten. Er wollte das Bild des aufgeweckten amerikanischen Jungen von nebenan abgeben, der Vertrauenswürdigkeit und Beständigkeit ausstrahlte. Seine zügelloseren Seiten hob er sich für den Cyberspace auf, wo er sich hin und wieder mit seinen anonymen Avataren und NFT-Designerklamotten austobte. Für jede Identität hatte er ein anderes Outfit.

Aber jetzt gerade machte er sich für Clyde Wallace Wendt zurecht. Sinclair richtete seinen Blazer und den Hemdkragen und zerwühlte sein Haar. Er wusste, dass der alte Mann sein dichtes Haar hasste. Nachdem er sich eine weitere Sekunde lang begutachtet hatte, ging er zum Sofa und forderte die KI auf, die Wandplatte von seinem riesigen Flachbildschirm zurückgleiten zu lassen. Dann schloss er die Augen, atmete ein, öffnete sie wieder und atmete aus.

Pünktlich auf die Minute erschien Wendts runzliges Gesicht.

»Hey, da ist ja mein kleiner Mistkerl!«, sagte er. »Wie geht's, Lee? Du hast dich die ganze Woche nicht gemeldet.«

»Hier war eine Menge los. O'ahu wurde beinahe mit Atomwaffen angegriffen. Oder verfolgst du etwa nicht die Nachrichten?«

»Nicht seit Cronkite aufgehört hat.« Die Falten rings um Wendts Mund zogen sich wie verknitterte Bühnenvorhänge zurück, und dahinter kam eine dichte Reihe verschalter Vorderzähne zum Vorschein. »Scheiß auf O'ahu. Ich mein's todernst. Die Insel ist gut hundert Meilen von dir entfernt. Man sollte sich nur um seinen eigenen Kram kümmern. Und aufpassen, dass einem niemand an den Karren scheißt.«

Sinclair erwiderte nichts. Obwohl Wendt behauptete, bei guter Gesundheit zu sein, hatte sich sein Erscheinungsbild in den letzten Monaten rapide verschlechtert, als hätte er akzeptiert, dass die Buchhalter der Zeit seine Bücher auf ein Leben voller Exzesse überprüft und ihn mit einer langen Liste von Strafzahlungen belegt hatten. Er hatte zwar nie wirklich gut ausgesehen, aber früher war er großgewachsen und gepflegt gewesen, eine beeindruckende, adrette Erscheinung und umgängliche Persönlichkeit, mit der man an der Hotelbar bei einem eiskalten Bier und Erdnüssen gerne etwas Zeit verbrachte. Aber inzwischen war er buchstäblich verblasst; seine Haut hatte einen grauen Farbton angenommen, und seine Haare waren über Nacht zu strähnigen Büscheln ausgedünnt, die er quer über den Schädel gekämmt hatte, obwohl sie die bräunlichen Altersflecken auf seiner Kopfhaut nicht verbergen konnten. Nur die makellos weißen Zähne in seinem faltigen Mund schienen unvergänglich und unzerstörbar zu sein.

Ein Teufelskerl, den der Teufel geholt hatte.

»Warum wolltest du mich sprechen?«, fragte Sinclair. »Es klang dringend.«

Wendt nickte. »Ich werde direkt zur Sache kommen, Lee. Wir haben hohe Kredite aufgenommen. Das weißt du. Und es gibt Gerüchte, die unsere Geldgeber sehr beunruhigen. So sehr, dass sie mich gebeten haben, ein virtuelles Treffen mit dir zu vereinbaren.«

»Wovon redest du?«

»Ich denke, das weißt du.«

»Zier dich nicht so. Raus damit.«

»Sagt dir der Name Braithwaite Global etwas? Und wenn wir schon dabei sind, was ist mit der Einheit 21955 der GRU?«

Sinclairs Wangen begannen zu glühen. Damit hatte er nicht gerechnet.

»Natürlich habe ich schon von Braithwaite gehört. Das ist eine australische Sicherheitsfirma. So wie früher Blackwater. Sie haben jedem Geschäftsführer eines Unternehmens ihre Dienste angeboten.«

Erneut blitzten Wendts weiße Zähne auf.

»Und was ist mit dieser russischen Einheit?«

»Was soll ich darüber wissen?«

Wendt lachte. Es klang wie trockener Husten.

»Alter, ich will mich ja nicht in deine Angelegenheiten einmischen«, sagte er. »Ich schreibe keine E-Mails, und der ganze Internet- und Kryptowährungsscheiß übersteigt, ehrlich gesagt, meinen Horizont. Aber ich weiß eine Menge über unsere Moskauer Freunde.«

»Wenn du es sagst. Aber was hat das alles mit mir zu tun?«

»Es geht um Braithwaite. Die Russen sind nicht erfreut darüber, dass er ihre Leute abwirbt. Und sie wollen nicht, dass er oder seine Söldner irgendetwas tun, was ihre Regierung nicht ausdrücklich genehmigt hat. Einfach ausgedrückt, sie wollen Kontrolle.«

Sinclair griff nach seinem Fruchtsaft und nippte daran.

»Es ist mir scheißegal, was sie wollen«, sagte er nach einem Moment. »Vielleicht siehst du ja tatsächlich keine Nachrichten. Sonst wüsstest du, dass das Weiße Haus die Russen verdächtigt, das Drohnen-U-Boot entsandt zu haben, das vor Pearl Harbour abgefangen wurde. Dass sie für das Blutbad an der Kabellandungsstation weiter die Küste rauf verantwortlich sind. Und hinter dem Verschwinden des CloudCable-Schiffs im Pazifik stecken. Ich habe zweihundert *Millionen* in die Glasfaserkabel investiert, das es verlegt und instand gehalten hat. Einen Anteil von vierzig Prozent. So viel dazu, sich nicht an den Karren scheißen zu lassen. Diese Unterseekabel sind das Herzstück für die Offensive von Olympias Metaversum. Und mehr.«

Wendt hob auf dem Bildschirm seine Hände in die Höhe. Seine spinnenhaften Finger waren im Verhältnis zu seinen Handflächen zu lang.

»Hör auf«, sagte er. »Sonst klingst du noch wie ein Idiot.«

»Besser als wie ein Lakai. Ich kontrolliere diese Kabel. Nicht Russland oder sonst irgendein untergegangenes Imperium.

Ich baue eine sehr viel größere und einflussreichere Nation auf. Ohne geografische Grenzen.«

»Deine Cybernation.«

»Ja.«

Wendt seufzte. »Offensichtlich hast du die Dickköpfigkeit deiner Mutter geerbt.«

»Du kanntest meine Mutter überhaupt nicht.«

»Nun, ich habe so oft meinen Schwanz in sie hineingesteckt, dass du eines Tages mit herauskamst«, sagte Wendt. »Und du hängst immer noch an meinem Schwanz. Ob es dir passt oder nicht.«

Sinclair betrachtete schweigend Wendts verschrumpeltes Gesicht auf dem Bildschirm.

»Nimm's mir nicht übel, wenn ich ein paar alte Geschichten ausgrabe«, sagte Wendt. »Als ich damals diese Tierhandlung eröffnet habe, noch vor dem Speditionsunternehmen, habe ich eine kleine Schnappschildkröte in eine Flasche gesteckt. Eine Flasche mit dickem Glas und großer runder Öffnung, wie man sie in der Apotheke benutzt. Das war ein Werbegag für die Kunden. Die Schildkröte stand auf dem Tresen, und die Kunden durften sie mit Goldfischen, Grillen und kleinen Fleischstücken füttern, sodass sie rasch größer wurde. Bis sie zu groß war, um aus der Flasche zu klettern.« Er streckte auf dem Bildschirm eine Hand aus und bewegte langsam seine Finger hin und her. »Je größer sie wurde, desto aggressiver wurde sie, und ich habe das hier gemacht, um sie zu ärgern. Aber sie hat sich immer nur selbst verletzt. Das Mistvieh saß in der Falle und war zu dumm, um das zu begreifen. Ihr blieb nichts weiter übrig, als nach dem Glas zu schnappen. Manchmal ging sie so heftig auf einen los, dass sie mit ihrem blöden Kopf dagegenschlug, bis sie dann irgendwann gestorben ist. Aber ich habe sie durch ein anderes dämliches Mistvieh ersetzt.«

»Das hast du mir bereits erzählt«, sagte Sinclair. »Gibt es einen Grund, warum du mir das heute noch mal erzählst?«

Wendt zuckte mit den Schultern.

»Ich habe diesen erfolglosen Laden ein halbes Jahrzehnt lang betrieben und dabei mehr Schildkröten verschlissen, als ich zählen kann, obwohl ich wusste, dass es eine bessere Geschäftsmöglichkeit gab. Aber um meiner eigenen Flasche zu entkommen, brauchte ich Kapital. Allerdings konnte ich mir von der Bank oder der Kreditgenossenschaft kein Geld leihen. Denn diese Geschäftsmöglichkeit war illegal.«

»Also hast du nach einer Alternative gesucht.«

»Ja. Bei diesen armseligen Messen, die ich besucht habe, ging es nicht nur darum, sich irgendwelche exotischen Tiere anzusehen und sich mit Nutten zu amüsieren, sondern auch darum, die richtigen Leute kennenzulernen.«

Sinclair saß eine Minute lang nur da und dachte nach. »Was willst du, Clyde?«, sagte er schließlich.

Wendt stieß erneut ein Lachen hervor.

»Die Frage war nicht witzig gemeint«, sagte Sinclair. »Was willst du?«

»Alter, es geht nicht darum, was man will, sondern was man braucht. Als ich einen Kredit brauchte, um mein kleines Imperium aufzubauen, war die Familie Leonides die einzige, die mir das Kapital zur Verfügung stellte. Und als du Schwarzgeld brauchtest, um dein Onlinegeschäft zu retten, hast du es bekommen. Völlig diskret, auf mein Betreiben hin.« Er machte eine Pause. »Ich bin kein Genie. Aber ich bin intelligent genug, um zu wissen, dass die Welt von Geld regiert wird. Von der Finanzwirtschaft. Was das betrifft, ist die Bank Leonides die Nummer eins, und alle anderen laufen nur unter ferner liefen. Aber ihre Großzügigkeit ist an Bedingungen geknüpft. Offensichtlich haben sie bei den Russen ein paar Eisen im Feuer, und sie würden gerne mit dir über diese Killerkommandos in Paris reden. Sie wollen sich vergewissern, dass du nicht zu weit gehst. Damit hast du zwei Möglichkeiten. Du kannst nach dem Glas schnappen und dich dabei verletzen, oder du hörst dir höflich an, was sie zu sagen haben. Ich an deiner Stelle würde mich nicht beschweren. Quintessa ist eine wahre Augenweide. Und sie soll ziemlich hemmungslos sein. Wenn ich ein paar Jahre jünger wäre, würde ich es selbst herausfinden.«

Sinclair starrte wortlos auf den Bildschirm.

»Leland? Bist du noch da?«

Er atmete aus.

»Also gut«, sagte er. »Ich werde mich mit ihr treffen. Aber nicht zu ihren Bedingungen.«

»Sondern?«

»Ich werde mir was überlegen.«

New York

»Hallo?«

»Director Morse, hier Renault Chaput. Interpol.«

Morse, die gerade mit einem Fuß im Eingang ihrer Wohnung stand, blickte auf ihre Uhr und stellte eine Berechnung an. Nach ihren jahrelangen Auslandsgesprächen tat sie das jedes Mal ganz automatisch. *Halb acht abends in New York ist in Paris halb zwei morgens.*

»Erwische ich Sie zu einem ungünstigen Zeitpunkt?«, fragte er. »Ich dachte, dass ich Sie so schnell wie möglich zurückrufe.«

»Ist schon okay. Ich bin nur überrascht, weil es bei Ihnen schon so spät ist.« Morse ging durch die Diele in den Essbereich. »Einen Moment, bitte. Ich bin gerade von einem Termin nach Hause gekommen.« Sie setzte sich, ohne ihre Jacke auszuziehen. »Okay, jetzt bin ich da. Danke für den schnellen Rückruf.«

»Es klang ziemlich dringend.«

»Das trifft es recht genau«, sagte Morse. »Chaput, ich habe beschlossen, mehrere meiner Leute nach Europa zu entsenden. Es geht natürlich um Outlier. Sie werden auf absehbare Zeit hauptsächlich mit dem Directorate General zusammenarbeiten. Aber aufgrund Ihrer langjährigen Beteiligung an den Ermittlungen wollte ich Sie vorab darüber informieren.«

»Das ist sehr zuvorkommend. Mit allem Respekt, darf ich fragen, welche Rolle Ihre Leute dabei spielen sollen?«

»Das steht noch nicht ganz fest. Ich glaube, Sie haben bisher nicht mit Leo Harris zusammengearbeitet. Unserem Chefermittler. Er ist momentan beurlaubt, aber er wird bei seiner Rückkehr ein Verbindungsteam zusammenstellen. Ich schreibe noch heute Abend eine E-Mail an Sie beide.«

»Director, darf ich ganz offen sein?«

»Bitte.«

»Ich würde es vorziehen, wenn sich die Ereignisse von München nicht wiederholen, als Outlier entkommen konnte, weil wir uns gegenseitig auf den Füßen standen. Damals waren einfach zu viele verschiedene Leute beteiligt.«

»Das sehe ich ganz anders. Wie dem auch sei, ich war damals bei der CIA. Und auch das Team, das ich geleitet habe. Die Leute, die Leo entsendet, werden unter völlig anderen Vorgaben operieren.«

Chaput schwieg für einen kurzen Moment.

»Nochmals in aller Offenheit, ich bezweifle, dass der Einsatz nötig ist. An dem Fall sind bereits zahlreiche europäische Ermittlungs- und Strafverfolgungsbehörden beteiligt, mit denen Interpol eng kooperiert. Kali Alcazar ist die Nummer eins oder zwei der meistgesuchten Cyberkriminellen. Der andere ist ihr Freund, der Wolf.«

»Ex-Freund.«

»Wie auch immer. Wir haben früher bereits über unser Fahndungsersuchen gesprochen.«

»Ja.«

»Alcazar ist in zwei Dutzend Ländern zur Fahndung ausgeschrieben …«

»Und bei uns nicht. Verstehe. Wie ich bereits erklärt habe, die USA sind nicht verpflichtet, dem Fahndungsersuchen oder anderen Anfragen von Interpol nachzukommen. Wir wissen es zwar zu schätzen, dass Sie die internationale Zusammenarbeit fördern, aber wir haben uns entschieden, eigenständig zu operieren. Was, wenn ich Sie daran erinnern darf, zu Outliers Festnahme geführt hat.«

»Sicher, Sie hatten sie in Gewahrsam. Aber leider ist sie entkommen. Ich bin allerdings zuversichtlich, dass wir sie erneut festnehmen werden. Doch wenn das passiert, wird man sie in Scheveningen bei Den Haag inhaftieren, wo ein internationales Tribunal die rechtlichen Grundlagen für ihre Haft und Anklage klären wird. In Zukunft wird nicht eine einzelne

Regierung darüber entscheiden, wo und wann Kali Alcazar der Prozess gemacht wird.«

Morse dachte einen Moment nach. Bei ihrem letzten Gespräch hatte Chaput Amerika vorgeworfen, sich wie ein Revolverheld aufzuführen. Sie musste ihm zugutehalten, dass er diesmal etwas taktvoller war.

»Gehören diesem erlauchten Gremium auch Richter aus Russland an? Aus China? Und dem Iran?«, fragte sie. »Diese Staaten sind alle Mitglieder von Interpol.«

»Sie sind Vollmitglieder der Vereinten Nationen. Was sie dazu berechtigt, dass man ihnen am Internationalen Strafgerichtshof umfassend und unvoreingenommen Gehör schenkt.«

Morse stand auf und ging Richtung Küche. Sie brauchte etwas gedämpftes Licht, Musik und einen Kamillentee, um sich zu entspannen. Sie hatte diese Angewohnheit von der Präsidentin übernommen, die die sieben Tassen schwarzen Kaffee, die Morse jeden Tag trank, für ungesund hielt.

»Chaput, ich weiß Ihre Aufrichtigkeit zu schätzen, aber ich werde genauso offen und ehrlich sein. Interpol hat früher hauptsächlich Täter zur Fahndung ausgeschrieben, die sich des Völkermords oder anderer abscheulicher Verbrechen gegen die Menschlichkeit schuldig gemacht haben. Ich schätze, dass vor fünfundzwanzig Jahren zwölfhundert Fahndungsersuchen im Umlauf waren. Inzwischen sind es *siebzigtausend*, und ein Drittel davon wurde von dem repressiven Regime in Moskau beantragt. Nach Ansicht meiner Regierung gibt es dafür einen einfachen Grund. Die Fahndungsersuche werden von Autokraten regelmäßig missbraucht, um politische Gegner zu schikanieren und einzusperren.

Deshalb können und wollen wir ihnen nicht allzu viel Bedeutung beimessen.«

»Director ...«

»Ich verstehe Ihre Bedenken. Und ich betone noch mal, dass das Team, mit dem Ihre Behörde zusammenarbeiten wird, zur Net Force gehört. Nicht zur CIA. Wir sind eine ganz andere Organisation.«

»*Zusammenarbeiten wird?* Sie stellen mich also vor vollendete Tatsachen?«

Morse hielt ihren Kessel unter den Wasserhahn. »Morgen um neun Uhr Westeuropäischer Zeit werden unsere Beamten in Lyon die Genehmigung einholen. Der Vorgang dürfte nicht lange dauern.«

Schweigen. »Director, warum haben Sie sich überhaupt die Mühe gemacht, mich heute Abend anzurufen?«

»Als Zeichen des Respekts«, sagte Morse. Sie griff nach dem Honig, denn sie hielt es für ratsam, ihr Gespräch ein wenig damit zu versüßen. »Einem geschätzten Kollegen gegenüber.«

Chaput erwiderte nichts, und Morse fragte sich, ob er aufgelegt hatte. Doch dann hörte sie ihn atmen.

»Wie üblich respektiere ich Ihre Befugnisse«, sagte er. »Und ich versichere Ihnen, dass ich die Arbeit Ihrer Leute nicht behindern werde.«

Was etwas völlig anderes war, als ihnen seine Unterstützung anzubieten.

»Ich wünsche Ihnen einen schönen Abend, Chaput«, sagte Morse. »Und nochmals vielen Dank für den Rückruf.«

Sie setzte das Wasser auf, nahm ihren Ohrhörer heraus und legte ihn in sein Etui.

Idiot, dachte sie.

Sinclair saß immer noch auf seinem Sofa und starrte auf das Display, zwanzig Minuten nachdem Wendt davon verschwunden war. Der Bildschirm zeigte jetzt eine große interaktive Karte der Vereinigten Staaten, mit allen fünfhundert Standorten von Olympias Vertriebsnetzwerk. Die Lagerhallen waren mit blauen Kreisen markiert, die Lieferzentren mit roten.

Sinclair hatte die Karte zunächst kurz überflogen und dann den Blick auf das neue Lieferzentrum gerichtet, in einer Stadt namens Gurveston im Osten Georgias, in Burke County. Er hatte es mehr oder weniger zufällig ausgewählt, es handelte sich um einen von einem Dutzend geeigneter Kandidaten.

»Daphne, zeig mir die demografischen Daten«, sagte er zu seiner KI. »Stadt und County.«

Sofort öffneten sich in der oberen rechten Ecke des Bildschirms zwei Fenster. Die Daten bestätigten, woran er sich in Grundzügen erinnerte. Im gesamten County lebten weniger als zweihunderttausend Menschen, fünftausend davon in Gurveston nahe der Grenze zu South Carolina. Das Durchschnittseinkommen in Burke County lag knapp oberhalb der Armutsgrenze der USA. Etwa fünfundzwanzig Prozent der Bevölkerung verdienten weniger. In Gurveston war die Zahl der Hilfsbedürftigen auf fast dreißig Prozent angestiegen.

Sinclair wusste, dass die Statistiken, die nach der letzten Volkszählung erstellt worden waren, fast vier Jahre alt waren. Die Löhne und Beschäftigtenzahlen waren im County inzwischen stark angestiegen, vor allem in Gurveston. Die Eröffnung von Olympias Versandzentrum hatte Tausende Jobs geschaffen und zu einem schnellen Wirtschaftswachstum geführt. Der Lebensstandard der Menschen dort verbesserte sich stetig.

Er starrte auf die Karte, während er mit den Händen seine Knie umklammerte. Er hatte gewusst, dass das Gespräch mit Wendt seine Anspannung noch verstärken würde – so wie jedes Mal –, und er hatte gehofft, dass der Spaziergang vor ihrer Videokonferenz ihn ein wenig beruhigen würde. Aber das Vogelgezwitscher hatte seine Wirkung verfehlt, und er litt unter schmerzhaftem Sodbrennen. Er musste etwas dagegen tun, bevor es noch ein Loch in seinen Magen fraß.

»Daphne«, sagte er, »versuch noch mal, Ben Quinn zu erreichen.«

»Einen Moment.«

Er lauschte dem Klingeln, das aus den Lautsprechern kam. Dann hörte er, wie er abnahm.

»Quinn, das wurde aber auch Zeit. Ich habe vor fünfzehn Minuten schon mal angerufen.«

»Tut mir leid. Ich bin gerade in einem Restaurant und gebe die Bestellungen für einen ganzen Tisch auf. Die Eltern meiner Frau sind über Ostern zu Besuch.«

»Du verbringst wohl gerne Zeit mit ihnen.«

»Aber sicher doch«, sagte Quinn in einem sarkastischen Tonfall.

Sinclair stellte sich vor, wie Quinn den Kopf von ihnen wegdrehte.

»Also gut, pass auf«, sagte er. »Wir schließen die Lagerhalle in Gurveston, Georgia. Und zwar sofort.«

»Was? Ist das dein Ernst? *Warum?*«

»Ich habe beschlossen, unsere Ressourcen in der Gegend zu konsolidieren.«

»Leland, ich bin mir nicht sicher, ob ich dich richtig verstehe. Das Versandzentrum in Gurveston ist eines der rentabelsten in der Region. Es ist für unsere Expansion im Süden von entscheidender Bedeutung …«

»Du hast mich schon genau verstanden. Ich will es schließen. Wir können seinen operativen Betrieb nach South Carolina verlagern.«

»Das Zentrum in Bedard ist ziemlich alt, nur halb so groß und liegt hundert Meilen weiter westlich. Ich habe zwar nicht die genauen Daten vorliegen, aber das Zentrum in Gurveston ist erst im Dezember fertiggestellt worden. Vor vier Monaten. Dort arbeiten fast dreitausend Menschen, in Voll- und Teilzeit. Warensortierer, Auslieferungsfahrer …«

»Sie werden heute entlassen. Jeder einzelne von ihnen.«

»Leland, ich denke, wir sollten das mit Jim Beck aus der Logistik besprechen.«

»Nein.«

»Man hat uns über hundert Millionen an steuerlichen Fördermitteln gewährt, weil wir uns für Gurveston als neuen Standort entschieden haben. Die Bezirksregierung hat den Großteil der Baukosten übernommen.«

»Wir sind denen nichts schuldig. Diese finanziellen Anreize wurden ordnungsgemäß verbucht. Wir haben sämtliche Bedingungen der Abmachung erfüllt, und man kann uns rechtlich nicht belangen. Oder irre ich mich?«

»Das stimmt, sicher. Aber das wäre ein fatales Signal. Die Presse würde über uns herfallen. Diese missgünstigen Hyänen warten doch nur auf so was. Man würde uns Subventionsbetrug vorwerfen.«

»Hör zu, Ben. Ich verabscheue Schwäche. Das macht mich krank. Davon wird mir körperlich übel.«

»Und mein Job ist es, ehrlich zu dir zu sein.«

»Dein Job ist es, ein braver Soldat zu sein und meine Pläne umzusetzen. Wenn das zu viel verlangt ist, musst du es nur sagen, und ich gebe deinen Job jemand anders. Dafür stehen jede Menge Leute Schlange.«

Quinn sagte eine ganze Weile keinen Ton.

»Also gut«, sagte er schließlich. »Ich werde deiner Entscheidung nicht im Weg stehen.«

»*Unserer* Entscheidung, Ben. So läuft das bei mir. Geteilte Arbeit, geteilte Anerkennung. Das stärkt den Gemeinschaftsgeist. Aber bist du sicher, dass du mit dieser Verantwortung zurechtkommst?«

»Sag mir, wie du deinen Plan umsetzen willst.«

»Braver Junge«, sagte Sinclair. »Folgendermaßen. Du schickst die Schichtarbeiter, die gerade Dienst haben, nach Hause. Ohne Begründung. Sobald sie das Zentrum verlassen haben, lässt du die Türen mit Vorhängeschlössern verriegeln. Und ich möchte, dass überall Zutritt-Verboten-Schilder aufgestellt werden. An den Eingängen, Parkplätzen, auf dem ganzen Gelände. Noch heute Abend. Sodass sie für die Angestellten deutlich sichtbar sind, wenn sie zur regulären Neun-Uhr-Schicht erscheinen. Alles klar?«

»Ja«, sagte Quinn. »Alles klar.«

»Ich betone noch mal, Ben, die Entlassungen dürfen nicht vorher angekündigt werden. Ich mein's ernst. Es darf nichts durchsickern. Ich werde die Ankündigung persönlich auf

Video aufnehmen und sie morgen per E-Mail oder SMS an die Mitarbeiter verschicken. In der Zwischenzeit besorgst du dir von der Personalabteilung unauffällig ihre Kontaktdaten. Verstanden?«

»Ja.«

»Das klang nicht überzeugend. Bist du auf meiner Seite?«

»Das bin ich. Wenn du sagst, dass uns das voranbringt …«

»Das wird es. Und jetzt genieß dein Essen. Hau rein.« Sinclair machte eine Pause. »Oh, warte, bevor du das tust … hast du immer noch was mit dieser jungen Rechtsanwaltsgehilfin?«

Schweigen.

»Ben? Hast du mich gehört? Sie ist verdammt scharf. Echt umwerfend. Und ich mag ihren Namen. Deidre, oder?«

Quinn senkte die Stimme. »Ich bin hier mit meiner Familie.«

»Ich weiß«, sagte Sinclair. »Wenn mir etwas einfällt, muss ich es sofort aussprechen. Sonst könnte ich es wieder vergessen. Und ich wollte dir sagen, dass es ein wenig leichtsinnig ist, Deidre direkt in der Zentrale zu vögeln. Wenn man bedenkt, dass überall Überwachungskameras sind.«

Schweigen.

»Ben?«

»Ja.«

»Hast du gehört, was ich gesagt habe? Über Deidre? Und die Kameras?«

»Ja.«

»Gut.« Sinclair spürte, wie die Anspannung von ihm abfiel. »Weißt du, letztlich kommt es nur auf eine Sache an. Ich will Loyalität. Ich *brauche* Loyalität. Verstanden?«

»Ja.«

»Dann verstehen wir uns«, sagte Sinclair. »Und jetzt genieß dein Essen. Setz es auf die Firmenrechnung. Und grüß Lisa und ihre Eltern von mir.«

»Mach ich, Leland. Danke.«

Sinclair beendete das Telefonat und lehnte sich zurück. Er fühlte sich schon besser. Und entspannter. Sehr viel entspannter. Ein glücklicher Hecht ist ein toter Hecht, dachte er.

Er blickte durch die Glaswand seines Hauses und begann leise zu summen.

8

Pariser Katakomben

Kali öffnete die Augen. Sie sah alles nur unscharf, und ihr drehte sich der Kopf. Ihr war schlecht, und sie hatte Durst. Heftigen Durst.

Sie erinnerte sich an den Stollen, an die drei Angreifer und die Überschwemmung, und sie hatte das Gefühl, dass inzwischen etwas Zeit vergangen war. Um sie herum war es dämmrig, aber nicht völlig dunkel. Die Luft roch erdig und abgestanden. Sie lag auf der rechten Seite, hatte die Beine angezogen und die Knie gegen den Körper gepresst. Unter sich spürte sie eine harte Matratze. Ihre Rippen und ihr Bauch fühlten sich wund und verletzt an.

Sie rollte sich auf den Rücken und sah über sich ein Gesicht. Augenpartie und Stirn zierte ein breiter Streifen roter Farbe, Mund und Kinn ein blauer. Die Farbe leuchtete schwach in der Dunkelheit. Kali schloss die Augen und öffnete sie wieder, als wollte sie eine Halluzination vertreiben. Aber das Gesicht verschwand nicht.

Plötzlich wurde sie von einem Schwindelgefühl erfasst,

142

und sie schloss erneut die Augen und verlor das Bewusstsein. Mit einer ruckartigen Bewegung kam sie schließlich wieder zu sich. Das Gesicht war immer noch über ihr.

Sie versuchte sich aufzusetzen.

»*Ne bougez pas!*«

Eine Männerstimme. Die sie aufforderte, sich nicht zu bewegen. Kali sah jetzt, dass der Mann eine Gesichtsbemalung trug.

Sie ignorierte seine Aufforderung und versuchte weiter, sich aufzurichten. Der Durst war unerträglich. Sie hatte Mühe zu schlucken.

»Er hat gesagt, du sollst auf der Matte liegen bleiben.« Das kam von jemand anderem. Einer Frau zu ihrer Rechten. »Tu, was er sagt. Denn ich habe keine Lust, dir eine Kugel in den Kopf zu jagen.«

Kalis Augen huschten in Richtung der Stimme. Sie konnte jetzt mehr erkennen und sah etwa drei Meter entfernt, dicht neben einer Lichtquelle, eine Frau. Sie saß auf der oberen von zwei Steinstufen, und ihr Körper war fast nur als Silhouette zu erkennen. Ihr Gesicht war ebenfalls bemalt. Die linke Seite in einem hellen Weiß, die rechte konnte Kali nicht sehen.

Sie begriff, dass sie auf dem Boden lag. Zu Füßen der Frau. *Bleib auf der Matte liegen.* Also keine Matratze. Eine Isomatte. Wie Camper sie benutzten.

Sie blickte erneut zu dem Mann hoch.

»Ich brauche Wasser«, krächzte sie leise.

Einen Moment später verschwand das bemalte Gesicht im Schatten. Wie ein merkwürdiges schwebendes Objekt, das sich aus dem Licht entfernte. Dann tauchte es wieder auf, und der Mann drückte ihr eine Wasserflasche in die Hand.

»Hier«, sagte er. »Und keine Dummheiten.«

Kali setzte sich langsam auf, schnippte mit dem Daumen den Deckel auf und trank etwas kaltes Wasser, wovon sie das meiste wieder ausspuckte. Sie nahm erneut einen Schluck und schluckte es vorsichtig.

Sie nahm die Flasche herunter. »Sag mir, wo ich bin. Und wo ihr meine Sachen habt.«

Der Mann antwortete nicht.

»Sag's mir. *Dites-moi où je suis.*«

Sein Gesicht verharrte über ihr, und Kali blickte ihn einen Moment lang schweigend an.

»Du befindest dich unter der Rue Henri Barbusse«, sagte er schließlich. »Neben dem Boulevard Saint-Michel. Etwa siebenhundert Meter ... eine halbe Meile ... von der Stelle entfernt, wo wir dich gefunden haben.«

»Und meine Sachen?«

»Du stellst eine Menge Fragen.«

»Ich will zurückhaben, was mir gehört.«

Der Mann schaute zu ihr hinunter und hob in der Dunkelheit eine Hand.

»Das hier haben wir in deinem Rucksack gefunden«, sagte er. »Woher hast du das?«

Kali erkannte sofort, dass er Mannings *The Key of Libberty* in der Hand hielt. Das Exemplar aus Luciens Sammlung.

»Woher?«

Sie antwortete nicht.

»Komm uns nicht blöd«, sagte die Frau. Sie sprach Französisch mit einem starken Akzent. »Das hier ist kein Spielchen.«

Kali drehte sich zu ihr um. Inzwischen sah sie nicht mehr ganz so unscharf.

Die Frau hielte eine Pistole in der Hand und hatte sie auf ihren Knien abgestützt. Über der Schulter trug sie ein kleines halb automatisches Gewehr. Die Haut der sichtbaren Gesichtshälfte war dunkelbraun, und ihr Kopf war kahl rasiert. Sie trug einen schwarzen Overall und Kampfstiefel.

Kali bemerkte, dass die zwei breiten Steinstufen, auf denen sie saß, zu einem Podest mit einer großen Grabplatte hinaufführten. Sie hockte auf einem Grabmal, das sich in einer Nische zwischen Backsteinpfeilern befand. Mehrere LED-Flächen an den Wänden und Pfeilern tauchten das Grabmal in ein helles blaues Licht.

Die Frau hatte bemerkt, dass Kali es aufmerksam betrachtete. »Zu diesem Ort gibt es eine Geschichte«, sagte sie. »Hast du schon mal den Namen Philibert Aspairt gehört?«

Kali schüttelte leicht den Kopf.

»Er ist der *Patron* der Katakomben. Das hier ist sein Grab«, sagte die Frau. »Während der Revolution ist er eines Tages plötzlich verschwunden. Im Jahr 1793. Elf Jahre später fand man sein Skelett, und an seinem Gürtel hing der Schlüsselbund des Militärhospitals Val-de-Grâce. Das ist, was man mit Sicherheit weiß.« Sie erhob sich und blieb vor der Grabplatte stehen. »Was alles andere betrifft … Er war entweder ein Bergarbeiter oder der Pförtner des Hospitals. Vielleicht war er hier runtergekommen, um nach den Flaschen Chartreuse zu suchen, die die einheimischen Mönche hier lagerten, hat sich verlaufen und ist gestorben, weil er gestürzt oder verhungert ist. Oder er wurde umgebracht und von seinem Mörder hier versteckt. Einige glauben jedoch, dass Aspairt jemanden getötet und die Leiche seines Opfers hier entsorgt hat, um die *Gendarmes* in die Irre zu führen. Aber das spielt alles keine Rolle. Es ist uns egal, wer er dort oben über der Erde war. Es ist uns egal, was er getan hat. Er war hier. Er war einer von uns.«

»Und warum erzählst du mir das?«

»Damit du verstehst, dass du jetzt in *unserer* Welt bist.« Die Frau kam die Stufen herunter und trat näher. »Und weil du uns etwas schuldig bist. Wir hätten dich einfach sterben lassen können.«

»Wo habt ihr mich gefunden?«

»In dem Stollen, den wir *La Route Sablonneuse* nennen.«

Das kam von dem Mann, dessen bemaltes Gesicht immer noch über ihr war. Kali schaute ihn an.

»Die Sandige Straße«, sagte sie.

»Du kennst den Namen?«

»Ja.«

»Sie wurde überflutet. Du lagst bewusstlos in der Mitte eines Seitengangs, und in deinem Körper steckten zwei Pfeile. Sie sahen aus wie Spritzen. Offensichtlich hat man dich mit Betäubungsmitteln vollgepumpt. Du warst mehrere Stunden bewusstlos.«

»Aus dem Kanal weiter oben läuft Wasser«, sagte die Frau. »Es hat sich in einem tosenden Sturzbach in den Stollen darunter ergossen. Als wir das hörten, sind wir rübergelaufen, um nachzusehen.« Sie machte eine Pause. »Wir nahmen an, dass du in den Stollen geklettert bist, um dem Wasser zu entkommen, und dann das Bewusstsein verloren hast. Im Hauptstollen stand das Wasser bis auf Brusthöhe und stieg immer noch weiter an. Wären wir nur einen Moment später gekommen, wärst du ertrunken.«

»War ich allein?«

»Wir haben sonst niemanden gesehen«, sagte der Mann. »Wenn du die Leute meinst, die diese verdammten Pfeile auf dich abgeschossen haben – die sind wahrscheinlich in die Seine gespült worden.«

Kali schwieg einen Moment. Sie glaubte zu wissen, wer die beiden waren. Und sie brauchte ihre Unterstützung.

»Das Buch ist aus Oarsmans Bibliothek«, sagte sie.

»Hast du dir damit Zutritt zu der Treppe in seinem Haus verschafft?«

»Ja.«

Die Frau trat einen weiteren Schritt näher. »Sag uns deinen Namen.«

»Der spielt keine Rolle. Das habt ihr selbst gesagt.«

Ein strahlend weißes Lächeln zerteilte den blauen Farbstreifen quer über dem Mund des Mannes. »Sehr gut«, sagte er und nickte. »Ich will nachsichtig mit dir sein. Du kannst uns Jacques und Jill nennen.«

»Und wer davon bist du?«

Sein Lächeln wurde noch breiter.

»Ich möchte dir etwas zeigen«, sagte er.

Kali bemerkte, dass er wie seine Begleiterin ganz in Schwarz gekleidet war. Er trug ein weites Kapuzenshirt und einen Schlauchschal; die Kapuze hatte er über den Kopf gezogen. Inzwischen hatte er das Buch wieder weggelegt.

Er nickte der Frau zu, und sie trat neben ihn. Die beiden schoben ihre Ärmel hoch und zeigten ihr die Unterseite ihrer Unterarme. Oberhalb des Handgelenks trugen beide die kleine Tätowierung einer weißen Rose. Darüber stand in roter und blauer Schrift:

Cyber liberté. Droits humains. La vie sans frontières.

Cyber-Freiheit. Menschenrechte. Ein Leben ohne Grenzen.

»Ihr seid Luciens Leute«, sagte Kali.

»Wir gehören zu ihm, ja«, sagte Jacques. »Zu Oarsman, der Seele der Cybernation.«

»Dann wisst ihr, dass er in Gefahr ist.«

Jill nickte. »Wir haben mehrere Teams. Wir haben uns gerade in den Stollen umgesehen, als wir dich gefunden haben.«

Kali sah sie an.

»Habt ihr mal vom Blutigen Blitz gehört?«, fragte sie.

»Im Cyberspace kursieren verschiedene Gerüchte.«

»Diese Leute sind sehr viel mehr als nur ein Gerücht. Das sind sehr reale Agenten, die sich einer umfangreichen Modifizierung unterzogen haben«, sagte Kali. »Sie kommen zwar ursprünglich aus Russland, aber ich weiß nicht, wer sie geschickt hat. Oder wie viele hier unten sind.«

»Und wer bist *du*, dass du das alles weißt?«

»Lucien hat euch das bestimmt gesagt.«

»Schon möglich«, sagte Jacques. »Aber ich will es aus deinem eigenen Mund hören.«

»Im Darknet nennt man mich Outlier«, sagte sie. »Reicht das?«

Er schwieg einen Moment und nickte dann langsam. »Fürs Erste.«

Kali blickte zwischen den beiden hin und her.

»Also gut«, sagte sie. »Ihr müsst mir meinen Rucksack zurückgeben. Die Karte. Und alles andere.«

»Und dann?«

»Dann bringt ihr mich zu Lucien«, sagte sie.

Jacques schulterte die Isomatte, während Jill die tragbaren LED-Leuchten einsammelte und in ihrer Tasche verstaute. Die beiden führten Kali durch einen engen Gang aus der Grabkammer; Jacques, dessen Stirnlampe in die Dunkelheit leuchtete, vornweg, Jill hinterdrein.

Kali hatte Jacques' Ohrhörer bemerkt.

»Könnt ihr hier unten mit den anderen Kontakt aufnehmen?«, fragte sie.

»Normalerweise schon«, sagte er, ohne sich umzudrehen. »Wir benutzen verschiedene vernetzte Systeme. Für die Daten- und Stimmübertragung.«

»Aber?«

»Wir haben das System vorsichtshalber ausgeschaltet.«

Kali vermutete, dass Lucien die Kommunikationssperre verhängt hatte. Dadurch waren die verstreuten Gruppen seiner Cybernation zwar voneinander getrennt und nicht in der Lage, sich abzusprechen oder rasch auf einen Hilferuf zu reagieren. Aber es konnte auch niemand ihre Gespräche abhören.

Ein notwendiges Risiko.

Sie folgte Jacques durch den Gang, während sie in ihrer feuchten Kleidung zitterte. Nach wenigen Metern wurde die Decke niedriger, sodass sie gebückt weitergehen mussten. Jacques bog um eine Ecke, machte ein paar weitere Schritte und forderte sie dann mit einer Handbewegung auf, stehen zu bleiben. Er ging vor einer Wand in die Knie, steckte seine Finger in die Fugen an der Außenseite eines großen, unregelmäßigen Felsens und zog daran. Die Vorderseite, eine zwei Zentimeter dicke Attrappe aus Mauerwerk, löste sich problemlos aus dem Mörtel. Dahinter befand sich ein verborgenes Fach.

Er stellte die Attrappe ab und sah Kali an.

»Du wolltest deine Sachen wiederhaben«, sagte er. »Sie sind alle hier. Auch deine Waffen.«

Kali wartete, während er mit dem Arm in das Fach griff und ihren Rucksack, das Holster mit der Glock und den Gürtel, in dessen Tasche das *Manriki* steckte, herausholte und neben sie auf den Boden legte.

»Vor langer Zeit kannte ich mal jemanden, der so ein Ding benutzt hat«, sagte er und deutete mit dem Kopf auf die Kette. »Er meinte, er habe sich damit ständig seine eigene Hand verletzt.«

Kali zuckte mit den Achseln. »Dann hat er nicht gut genug trainiert, damit es die Hände seiner Gegner verletzt.«

Jacques lächelte schwach, griff erneut in das Fach und zog eine Wandersocke mit einem halben Dutzend 9-mm-Patronen heraus.

»Die waren in deiner Tasche«, sagte er. »Trägst du immer lose Patronen mit dir herum?«

Ohne zu antworten, nahm Kali sie ihm ab.

Er zuckte mit den Schultern, wandte sich ein drittes Mal dem Fach zu, griff tief hinein und nahm ein zusammengerolltes Kleidungsstück heraus.

»Wir bewahren darin auch ein paar von unseren Sachen auf«, sagte er und gab ihr das Kleidungsstück. »Das müsste dir passen.«

Sie nickte. Es war ein schwarzer Overall, wie Jill ihn trug.

Jacques stand wieder auf, ging ein paar Schritte in den Gang und blieb stehen, um mit dem Rücken zu ihr zu warten. Kali zog sich vollständig aus, sodass ihr Körper in der Kälte von einer Gänsehaut überzogen wurde. Während sie sich ankleidete, nahm Jill wortlos ihre feuchten Sachen, brachte sie zu einem Bündel zusammengerollt zu dem Fach in der Wand und kniete sich davor, um sie hineinzulegen.

Kali zog den Reißverschluss zu und schlüpfte in ihre Stiefel. Sie waren halbwegs trocken geblieben.

»Danke«, sagte sie, als Jill zu ihr zurückkehrte.

»Wofür?«

»Ich vermute, der Overall gehört dir.«

Jill stand regungslos da. »Du trägst keine Tätowierung. Weder auf den Armen noch sonst wo.«

Kali erwiderte nichts.

»Ich bin stolz darauf. Wir alle sind das.«

»Und?«

»Du bist angeblich eine von uns.«

Kali schwieg erneut.

Jill deutete mit dem Kopf auf Jacques. »Er ist sehr vertrauensselig«, sagte sie. »Da, wo ich herkomme, ist Vertrauen ein großes Risiko.«

Kali sagte noch immer nichts.

»Er ist meine Wahlfamilie. Wie alle in der Weißen Rose«, sagte Jill. »Solltest du so dumm sein, ihnen etwas anzutun, bringe ich dich um.«

Kali nahm ihren Rucksack und setzte ihn auf.

»Wäre ich deswegen hier, wäre es noch dümmer, mich zu warnen«, sagte sie und lief in den Gang.

Reva keuchte und hustete. Ihr Körper zuckte, und sie verdrehte die Augen.

»*Medlenno.*« Das war Zoltans tiefe Stimme. »Ganz ruhig, Reva.«

Sie blinzelte zweimal und schaute zu ihm hoch. Zoltan hockte in völliger Dunkelheit neben ihr.

»Was ist passiert?«, fragte sie. »Wo sind wir?«

»Das habe ich dir doch schon erzählt. Versuch dich zu erinnern.«

Sie erfasste rasch ihre Lage. Ihr war kalt. Sie saß aufrecht auf einem Lehmboden. Lehnte in der Dunkelheit mit dem Rücken gegen eine harte, felsige, unebene Fläche. Ihr rechter Arm pochte. Ihr Gesicht ebenfalls. Vor allem die eine Wange.

Sie griff mit der Hand danach. Doch Zoltan packte ihr Handgelenk, um sie davon abzuhalten.

»Nicht anfassen.«

Sie sah ihn an. *Versuch dich zu erinnern.*

»Der Stollen«, sagte sie. »Was hat sie mit mir gemacht?«

Zoltan erwiderte nichts. Reva versuchte ihre Hand aus seiner Umklammerung zu befreien. Aber er ließ sie nicht los.

»Ich habe gesagt, du sollst das lassen. Es darf kein Dreck reinkommen.«

Reva starrte ihn einen Moment lang an.

»Wie sieht es aus?«, fragte sie.

»Ich weiß es nicht.«

»Doch, du weißt es. Was hat sie getan?«

Zoltan hüllte sich weiter in Schweigen. Obwohl Reva das keineswegs beruhigte, nahm sie langsam den Arm herunter.

»Wo sind wir?«, wiederholte sie.

»Du kannst dich wirklich nicht erinnern? Schau dich mal um.«

Reva starrte ihn erneut an. Dann wandte sie den Kopf ab und blickte mit ihrem erweiterten Sehvermögen in die Dunkelheit. Vor sich, etwa auf Höhe ihres Gesichts, sah sie einen menschlichen Schädel. Er war kahl, hatte tiefe Augenhöhlen, und daran hing nicht ein Fetzen Haut, Muskelgewebe oder Haar.

Rechts davon war ein weiterer Schädel. Links davon ebenfalls. Und noch einer und noch einer, ein Schädel neben dem anderen, bleich und verrußt, eine lange, gleichmäßige Reihe aus Schädeln.

Sie begriff, wo Zoltan sie hingebracht hatte. Sie hatten sich zwar nur knapp, aber gründlich auf ihre Mission vorbereitet. In den Katakomben gab es sechs Millionen Skelette. Hundert Jahre lang hatte man die Toten, eingehüllt in schwarze Tücher, in nächtlichen Prozessionen von drei überfüllten Friedhöfen auf Planwagen hierhergebracht. Das Beinhaus erstreckte sich über mehrere Meilen unterhalb der Stadt.

»Wo *genau* sind wir?«, fragte sie.

»Eine Viertelmeile westlich der Sandigen Straße. Das Wasser wurde in einen Seitengang umgeleitet, unterhalb des Stollens, den wir in der Metro-Station betreten haben. Ich glaube, durch ein Entwässerungsrohr. Südlich davon steigt die Sandige Straße steil an, dort ist es trocken geblieben. Ich habe diesen Seitengang gefunden und dachte, wir können uns hier eine Weile ausruhen.«

Zoltan trug seine Zusammenfassung der Ereignisse in einem monotonen Tonfall vor, und seine Schilderung kam ihr vage vertraut vor. Wahrscheinlich hatte er sie einige Male wiederholt, während sie immer wieder das Bewusstsein verloren hatte. *Versuch dich zu erinnern.*

Reva saß regungslos da und atmete sehr langsam, während ihre Erinnerung zurückkehrte. Sie erinnerte sich an die Fackel, die Outlier in der Hand gehalten hatte, und an das Wasser, das von oben in den Stollen herabgeschossen war. Es hatte Dominik von den Beinen gerissen und nach unten gezogen. Sie erinnerte sich an das Tosen des Wassers in ihren Ohren.

Daran, wie sie sich an etwas festgeklammert hatte – einem Fels, einem Vorsprung? – und wie es ihr schließlich gelungen war, zu einer höher gelegenen Stelle zu rudern. Zoltan hatte sie mit sich gezerrt, in einen Bereich, wo er schwimmen und aus dem Wasser waten konnte. Aber sie wusste nicht, wie er sie zu fassen bekommen hatte. Oder wie er es geschafft hatte, ihre Köpfe in den steigenden Fluten über Wasser zu halten. Sie konnte sich daran nicht erinnern.

»Was machen die Schmerzen?«, fragte er.

»Ich kann's ertragen.«

»Ich habe dir etwas RU-1205 gegeben. Es gibt noch mehr, falls du es nicht mehr aushältst.«

Sie nickte. Das Kappa-Opioid war besser als Morphium, unterdrückte Krämpfe und Schmerzen wirkungsvoller, ohne benommen zu machen. Aber sie wollte nicht, dass eine weitere Dosis ihren Verstand trübte. Sie musste einen klaren Kopf behalten und einsatzbereit sein.

Sie betrachtete die Schädel. Sie schienen sie von einem Podest aus Arm- und Beinknochen aus anzuglotzen, wie Schaulustige auf einer grotesken Umzugstribüne. Über ihnen verlief eine weitere Schicht aus Oberarmknochen, Schienbeinen und Oberschenkelknochen. Und eine weitere Reihe Schädel. Sie waren fein säuberlich angeordnet, wie Klafterholz, Reihe um Reihe, Schicht um Schicht, zu einem etwa drei Meter hohen Stapel.

Sie reckte den Hals, um einen Blick über die Schulter zu werfen. An der Wand hinter ihr stapelten sich weitere Skelettreste; die Schädel reichten bis zur Decke und waren zwischen den langen Knochen zu dekorativen Mustern drapiert.

»Was ist mit Dominik?«, fragte sie.

»Er ist tot.«

»Wie ist er gestorben?«

»Er ist im Stollen ertrunken.« Der große Mann sah sie an. »Ich konnte nur einen von euch retten.«

Sie nickte. »Und die anderen? Weißt du etwas über ihre Situation?«

»Ich habe Glaskow und die beiden Männer von der Schwarzen Hundert kontaktiert. Es geht ihnen gut. Aber Luka und Oleg haben noch nicht geantwortet.«

»Sie sind vielleicht außer Reichweite, im nördlichen Netzwerk. Das ist wahrscheinlich der Grund.«

»Ja.« Er machte eine Pause. »Hör zu, Reva. Wir haben ein Signal von Outlier.«

»Was? Warum hast du mir das nicht gesagt?«

»Das habe ich doch gerade. Du bist erst seit drei Minuten wieder halbwegs bei Bewusstsein …«

»Einen Moment. Ich will es selbst sehen.« Sie schloss die Augen, um ihrem Computerimplantat einen Befehl zu geben. Als sie die Augen wieder öffnete, waren sie weit aufgerissen und funkelten. »Mein Gott. Wir haben sie.«

Er nickte wortlos.

»Sie hätte sich von uns in den Gang zurückbringen lassen sollen«, sagte Reva mit kalter Wut in der Stimme. »Das wäre für sie letztlich einfacher gewesen.«

Zoltan blickte ihr weiter in die Augen, ohne ihrem lädierten Gesicht Beachtung zu schenken. Sie war äußerst wachsam, und er wollte nicht, dass sie bei ihm irgendeine unbeabsichtigte Reaktion bemerkte. Je weniger sie momentan über ihren Zustand wusste, desto besser.

Sie hob ihre linke Hand.

»Hilf mir hoch«, sagte sie.

Kali, die von dem Betäubungsmittel immer noch benommen war und ein flaues Gefühl im Magen hatte, betrat hinter Jacques und Jill einen höhlenartigen Raum. Der Strahl ihrer Stirnlampe wurde von einer Gruppe fingerlanger Stalaktiten reflektiert. Die drei waren von der Gruft mehrere hundert Meter durch einen Verbindungsstollen gelaufen und dann über einen flachen Felsvorsprung gekrabbelt, bis sie an den Eingang der Kammer kamen.

Jacques drehte sich zu ihr um. »Brauchst du Hilfe?«

Sie schüttelte den Kopf. »Ich schaffe das schon.«

Während Kali sich an dem Vorsprung hinunterließ, fiel der Strahl ihrer Lampe auf einen runden Schacht im Felsboden. Er hatte einen Durchmesser von ungefähr zwei Metern, war unbedeckt und dunkel. Dahinter knickte die Wand der Kammer nach rechts ab.

Jacques bemerkte, wie Kali das Loch betrachtete.

»Davon gibt es mehr, als man zählen kann«, sagte er. »Sie sind fast tausend Jahre alt. Wenn die Bergleute auf eine Kalksteinader gestoßen sind, haben sie die Felsen da rausgeholt.«

»Wie tief sind sie?«

»Etwa dreißig Meter. Aber das ist nur eine Schätzung. Man hat sie nie alle vermessen.« Er bückte sich, hob einen Stein auf und warf ihn in das Loch. Es dauerte eine lange Sekunde, bis sie ein Platschen hörten. »In diesem ist Wasser. Es stammt aus der Grundwasserschicht unter der Seine. Andere sind trocken und voller Skelette. Als man vor dreihundert Jahren auf den Friedhöfen die Leichen ausgegraben hat, wurden sie in die Grubenschächte geworfen. Später hat man dann das Beinhaus errichtet, aber Tausende von Leichen wurden hier einfach entsorgt und vergessen. Damals haben sich jede Menge Insekten dankbar über sie hergemacht. Sie und der Kalkstein haben sich um die Weichteile gekümmert.«

Kali blickte zur Decke hinauf. Die Stalaktiten – es waren Tausende – hingen von einer gelblichen, klumpigen Mineralschicht, die wie verdorbener Hüttenkäse aussah. Die Stalaktiten waren aus dem Wasser entstanden, das von oben unablässig durch das Sediment tropfte.

Bei ihrem Anblick kam Kali ein Gedanke. Aber das konnte warten. Eins nach dem anderen. Sie holte die Karte aus ihrem Rucksack und schlug sie auf, damit Jacques einen Blick darauf werfen konnte.

»Zeig mir, wo wir sind.«

Jacques krempelte einen Ärmel hoch, und Kali sah an seinem Handgelenk einen kleinen Computer. Er tippte auf das Display und studierte einen Moment die Anzeige, dann ließ er auf dem hauchdünnen Blatt Papier seinen Finger von einem Punkt der Sandigen Straße nach unten wandern und weiter waagerecht zu einer Stelle, die als *Rattengasse* beschriftet war.

»Dort gehen wir hin. In die Gasse.«

»Wo die toten Menschen ihre Knochen verloren.«

Er lächelte schmallippig. »Jetzt weißt du, woher sie ihren Namen hat«, sagte er. »Sie führt uns Richtung Norden. Diese Kammer ist die einzige Verbindung dorthin.«

»Warum ist sie dann nicht auf der Karte eingezeichnet?«

»Aus demselben Grund, weshalb die Schächte nicht eingezeichnet sind. Es sind einfach zu viele, um sie zu erfassen. Zu viele Stollen.«

Kali glaubte, dass das nur die halbe Wahrheit war. Sie kannte Luciens Verstand fast genauso gut wie ihren eigenen, und wahrscheinlich hatte er einige Wege sicherheitshalber geheim gehalten, falls jemand unerwünscht in den Besitz der Karte kam. Aber das behielt sie für sich.

»Ich wurde von mindestens zwei Männern verfolgt, als ich Luciens Haus betreten habe. Ich wollte sie vom nördlichen Netzwerk weglotsen; in einem Bogen die Sandige Straße entlanglaufen, um sie abzuschütteln oder aus der Reserve zu locken.«

»Und dann bist du den drei Leuten in die Arme gelaufen, von denen du uns erzählt hast«, sagte Jacques.

Sie nickte. »Offensichtlich wussten sie von der Sandigen Straße und kamen irgendwo aus der Gegend südlich von Montparnasse. Wahrscheinlich aus der Geisterstation Saint-Martin.«

»Also warst du zwischen ihnen und den beiden anderen Männern eingekeilt.«

»Ja. Aber sie hätten keine Betäubungspistolen benutzt, wenn sie mich nicht lebend schnappen wollten.«

»Damit du sie zu Navarro führen kannst«, sagte Jacques.

Sie nickte. »Sie haben Luciens Haus observiert. Und auf mich gewartet. Sie waren vorbereitet. Ihr Auftraggeber hat also damit gerechnet, dass ich nach Paris komme. Und weiß von meiner Verbindung zur Weißen Rose.«

»Wir müssen weiter«, sagte Jacques. »Wir können durch die Seitenstollen zurück Richtung Norden laufen. Die Strecke ist zwar länger und beschwerlicher, aber Jill und ich sind einige der wenigen, die den Weg kennen.«

»Und wenn sie uns etwas vormacht, Jacques?«, fragte Jill. »Was dann?«

Er warf ihr einen stechenden Blick zu. »Warum fragst du das jetzt?«

»Gibt es etwa einen besseren Zeitpunkt? Wie können wir sicher sein, dass sie nicht zu diesen Leuten gehört?«

Kali sah sie an. »Warum sollte ich mich selbst mit Betäubungsmitteln vollpumpen? Oder zulassen, dass diese Leute das tun und mich in dem überschwemmten Stollen dem Tod ausliefern? Ich hätte dort ertrinken können.«

»Schon möglich. Keine Ahnung. Trotzdem kann ich mir vorstellen, dass du uns auf diese Weise eine Falle stellen wolltest.«

»Denk, was du willst«, sagte Kali. »Diese Killer werden Lucien irgendwann finden. Ihr könnt also nur hoffen, dass ich die Wahrheit sage. Und dass wir vor ihnen bei ihm sind.«

Während Jill dastand, sah sie mit ihren unterschiedlich bemalten Gesichtshälften fast unwirklich aus. Wie eine Wiedergängerin, die in den Stollen umherspukte.

»Ich wollte diesen Punkt nur ansprechen«, sagte sie. »Das ist alles.«

Kali schwieg eine Weile. Dann wandte sie sich Jacques zu. »Das Wasser aus dem Kanal läuft immer noch in den Stollen. Wie lange wird es dauern, bis jemand von oben hier runterkommt?«

Er machte eine vage Kopfbewegung. »Für den Kanal ist die Stadtverwaltung zuständig … das Straßenverkehrsamt oder eine ähnliche Behörde.« Er machte eine Pause. »Wir haben jetzt kurz nach drei Uhr morgens. Es ist die Nacht von Sonntag auf Montag. Die Verwaltungsbüros sind also noch für sechs Stunden geschlossen.«

»Irgendjemand wird das bemerken.«

»Sicher. Aber erst mal müssen die übermüdeten Beamten

eine Reihe Telefonate führen. Und die Kanalarbeiter müssen ihre gemütlichen Schlafanzüge und Pantoffeln gegen Sicherheitswesten und Gummistiefel tauschen. Es wird Stunden dauern, bis jemand hier runterkommt, um der Sache nachzugehen, selbst wenn in der Zwischenzeit die Hälfte der dreihundert Millionen Liter Wasser aus dem Kanal läuft.«

Kali dachte darüber nach. »Also gut. Aber wir müssen schneller sein als sie. Und vor allem als die Mitglieder des Blutigen Blitzes.«

Jacques nahm ihren Rucksack und gab ihn ihr.

»*La course est lancée*«, sagte er. »Das Rennen ist eröffnet.«

Glaskow durchstieß mit dem Kopf die Wasseroberfläche, nahm das Mundstück des Atemreglers heraus und holte tief Luft. Sie war feucht und kalt, aber angenehm. Er hatte gerade zum ersten Mal mit eigenen Augen die Gebeine in den Pariser Katakomben gesehen. Statt sie ordentlich zu stapeln, hatte man sie einfach in einen Schacht geworfen.

Er war durch einen dritten überschwemmten Stollen geschwommen, als er ein etwa zehn Meter tiefes Loch bemerkt hatte. Er hatte die Schädel darin sofort bemerkt. Der Grund war mit Dutzenden, wahrscheinlich Hunderten von ihnen übersät. Viele standen aufrecht. Andere waren umgekippt oder lagen verkehrt herum. Einige waren im Schlamm versunken, sodass nur noch die runde Schädeldecke herausragte, andere waren zwischen Felsen eingeklemmt oder lagen zertrümmert daneben. Über das Sediment verstreut waren hufeisenförmige Unterkieferknochen, einzelne Zähne, Rippen, Finger und andere Körperteile, die er in dem trüben Wasser nicht genau identifizieren konnte.

Glaskow kannte die Geschichte der Katakomben, weshalb ihn der Anblick keineswegs überrascht hatte. Dennoch hatte er den Vorrat in seinen Sauerstoffflaschen kontrolliert, bevor er weiterschwamm, und wahrscheinlich war er erleichterter, als er es normalerweise gewesen wäre, als er einen vierten Stollen erreichte und an der Oberfläche etwas Platz für seinen Kopf fand.

Er schwamm jetzt auf der Stelle und überprüfte seine Koordinaten, während sein implantierter Computer die Daten hochlud. Da er ein Sicherheitsfanatiker war, hatte er zwei Tiefenmesser – den in seinem Computer und den an seinem Handgelenk, der auch als Kompass diente. Beide zeigten an, dass er sich am rechten Ufer der Seine im achten Arrondissement befand, genau zwischen den Champs-Élysées und dem Palais Garnier – der Pariser Oper. Erstaunlicherweise hatte er trotz der ganzen Biegungen und Windungen, abgesehen von ein paar kleineren Umwegen, Kurs Richtung Norden gehalten, als er vom linken Ufer aus unter dem Fluss hindurchgeschwommen war. Er hätte es nicht besser treffen können, selbst wenn er es gewollt hätte. Und er hatte immer noch über hundert Bar in seiner Hauptflasche.

Glaskow wartete an der Oberfläche, dass die neuen Daten verarbeitet wurden. In der Zwischenzeit schaute er sich um, und die Lampen an seinem Helm leuchteten mal hier-, mal dorthin. Die Decke verlief mindestens fünf bis sieben Meter oberhalb seines Kopfes, sodass der Stollen verglichen mit denen, die er gerade durchquert hatte, wie eine Höhle wirkte. Warum auch immer sie überflutet worden waren, dachte er, hier dürfte ihm keine Gefahr mehr drohen.

Genau zwei Minuten und neununddreißig Sekunden nachdem er aufgetaucht war, erschien auf seinem Netzhaut-Display ein leuchtender Punkt. Das Sonargitter sah aus wie das auf der Navigationskonsole eines Schiffes, mit konzentrischen Kreisen, Linien und Zahlen für Geschwindigkeit und Entfernung. Der Punkt bewegte sich auf der linken Seite des Displays langsam, aber erkennbar Richtung Süden. Und in einer der oberen Ecken seines Blickfelds wurde eine Nachricht angezeigt.

ZIELPERSON ERFASST UND IN BEWEGUNG.
SETZE GEPLANTE OPERATION FORT.

Glaskow bestätigte per Neurolink den Empfang der Nachricht, holte noch einmal ohne Atemregler Luft, steckte das Mundstück zwischen die Zähne und biss zu. Er sollte sich zu seinem Zielort begeben und dort auf den Befehl zur Durchführung des Einsatzplans warten. Da sie Outliers Bewegungen verfolgten, konnte sie nicht entkommen.

Er glitt unter Wasser und tauchte weiter.

TEIL ZWEI

KNOCHENGERASSEL

9

Janus-Stützpunkt, Rumänien/Die Krim

Am Montagmorgen um Viertel vor sieben trat Carmody aus der Kaserne in das schwache Sonnenlicht und lief über den Asphalt zum Eingangstor des CRTC. Ohne den Roboterhunden Beachtung zu schenken, hielt er seinen Ausweis an den Scanner, nickte dem Wachmann zu und ging ins Gebäude.

Im Innern sah er nur einige vereinzelte Mitarbeiter. Die meisten trugen verschlafen ihr Frühstück durch den Flur. Das Gebäude war riesig, hell erleuchtet, und überall gab es freie Flächen. Um diese Uhrzeit wirkte es wie eine Sporthalle an einem spielfreien Tag.

Howard hatte Carmody in einer SMS mitgeteilt, dass sie sich in einem kleinen Besprechungszimmer im vierten und obersten Stock treffen würden. Carmody fuhr mit dem Aufzug nach oben und folgte dort den Schildern.

Der Raum hatte die Form einer kompakten fliegenden Untertasse. Seine Panoramafenster waren elektronisch verdunkelt, sodass es hier ein wenig dunkler war als in den Gängen.

Carmody sah, dass die anderen Besprechungsteilnehmer bereits um das elektronische Pendant eines Strategietisches Platz genommen hatten. Howard und Fernandez trugen Uniform. Der dritte Teilnehmer, ein Zivilist von etwa fünfzig Jahren, saß seitlich von der Tür dem Colonel gegenüber; er trug eine dunkelblaue Strickjacke über einem karierten Hemd.

Adrian Soto sah genauso aus wie in den Nachrichtensendungen. Mit seinem dunkelhäutigen, attraktiven, allseits bekannten Gesicht. Dass er seine Berühmtheit nicht der Ernennung zu einem der wichtigsten Abteilungsleiter der Net Force verdankte, fand Carmody bezeichnend für ihn. Soto war dreimal mit dem CECOM der Armee im Irak gewesen und leitete ein internationales Telekommunikationsunternehmen sowie eine New Yorker Wohltätigkeitsorganisation, er war keineswegs ein politischer Karrierist. Allen Berichten zufolge hatte er nie einen Regierungsposten angestrebt und ihn nur angenommen, weil die Präsidentin ihn darum gebeten hatte. Auf ihren Wunsch hin hatte er in den letzten Monaten auf dem Janus-Stützpunkt die Systeme für die Cybersicherheit aktualisiert. Außerdem gehörte er zum engsten Planungskreis des bevorstehenden Einsatzes.

Carmody bedachte Howard und Fernandez mit einem kurzen Nicken, dann wandte er sich Soto zu.

»Sir«, sagte er. »Mike Carmody.«

»Ist mir ein Vergnügen«, sagte Soto. »Carol Morse erzählt nur Gutes über Sie.«

Carmody gab ein Knurren von sich. »Nehmen Sie sich vor ihr in Acht«, sagte er. »Sie redet viel Unsinn.«

Soto lächelte. Die beiden stießen die Fäuste aneinander, und Carmody nahm rechts von ihm Platz, auf einem Stuhl, der mit seinen Ausmaßen und Konturen so wirkte, als wäre er für die kleinen grünen Männchen gedacht, die die fliegende Untertasse gelandet hatten.

»Ich möchte Ihnen persönlich meinen Dank aussprechen für das, was Sie auf Hawaii getan haben«, sagte Soto. »Ohne Ihren Einsatz würde ein großer Teil davon nicht mehr existieren. Genauso wie Agent Musil und seine Töchter.« Er machte eine Pause. »Ich habe gehört, dass Sie angeschossen wurden.«

»Nur ein Kratzer. Ich habe Sie ja vor Morse gewarnt.«

Soto lächelte erneut, ohne etwas zu erwidern.

Carmody warf einen Blick auf den Tisch. Die dreidimensionale Geländekarte in der Mitte leuchtete in verschiedenen Farben und wurde gleichzeitig von vier versenkten Computerdisplays in der runden Umrandung des Tisches angezeigt.

Carmody kannte die meisten Besonderheiten des Geländes. Die Schlucht zwischen den Bergen an der Küste, den gewundenen Ausläufer des Schwarzen Meers, der sich zwischen den zerklüfteten Hängen hindurchschlängelte. Die Bahngleise, die von Norden her den Bergrücken hochführten und hinter einer Ansammlung niedriger Fabrikgebäude und Lagertürme zur Küste hinunter verliefen, wo sie schließlich nach Westen abbogen.

Nach einer Viertelmeile passierte das Gleis ein großes Schiffsdock und erreichte nach dreihundert Metern eine Spalte oder Schlucht in einem der Hänge. Carmody konnte etwas erkennen, das wie die Metalldächer vergrabener Abschusssilos aussah, rechteckig und flach, auf Bodenhöhe.

»Ein nettes Fantasieprodukt«, sagte Carmody und sah zu Howard.

»Was?«

»Die Karte hier.« Carmody deutete darauf. »Von Okean Zwanzig-Sieben. Eine geheime Stadt auf der Krim und das neue Versteck des Wolfs. Wir glauben, dass von dort das nukleare Drohnen-U-Boot nach O'ahu entsandt wurde. Die Karte ist sehr detailliert, was wirklich toll ist. Aber einiges darauf kann unmöglich der Realität entsprechen. Deshalb ist das hier nichts weiter als ein Fantasieprodukt.«

Howard starrte ihn an. Doch Carmody verzog keine Miene. Nach einem Moment räusperte sich Fernandez und lächelte die Anwesenden gut gelaunt an.

»Wer möchte einen frischen heißen Kaffee?«, fragte er.

Außer Howard, der um eine heiße Zitrone mit Honig bat, nahmen alle einen Kaffee.

Kurz darauf kehrte Fernandez aus dem Pausenraum mit einem Tablett zurück, verteilte die Becher und setzte sich wieder.

»Noch mal von vorne«, sagte Soto, den Blick auf Carmody gerichtet. »Wie wär's, wenn Sie mir genau erklären, was für ein Problem Sie mit der Karte haben?«

»Sicher«, sagte Carmody. »Ich habe wochenlang unsere Satelliteninformationen studiert. Und wichtige Bereiche sind darauf nur verpixelt zu sehen. Aber nicht hier auf der Karte.«

Soto hob seinen Kaffee an den Mund und trank davon.

»Das lässt sich leicht erklären«, sagte er. »Die Bilder, aus denen sich diese Karte zusammensetzt, werden von Argos-3-Satelliten in einer erdnahen Umlaufbahn fast in Realzeit aufgenommen. Meine Firma hat sie entwickelt und erst letztes Jahr zwanzig davon ins All geschossen. Sobald die ganze Satellitenkonstellation am Himmel ist, liefern uns zwei Satelliten

Bilder von fünfundneunzig Prozent der Erde und einer von neunundneunzig Prozent. Ich sage Ihnen das nur vorab, damit Sie wissen, dass ich hier keine Presseerklärung für die Forschungsabteilung des Verteidigungsministeriums abgebe.«

»Das hätte ich auch nicht von Ihnen erwartet«, sagte Carmody. »Aber okay, danke.«

Soto nickte. »Wir haben die Satelliten mit dem Ziel entwickelt, sie stabiler und ausbaufähiger zu machen als alles, was da oben am Himmel ist«, sagte er. »Ich habe hier auf dem Stützpunkt mit Sergeant Fernandez dafür gesorgt, dass sie jetzt intelligenter als bei ihrem Start sind. Diese Karte ist das Ergebnis von Big-Data- und Deep-Learning-Technologie. Von künstlicher Intelligenz.«

»Das hört sich für mich immer noch nach Vermutungen an.«

»Wir haben die Kartierungssoftware größtenteils selbst geschrieben«, sagte Fernandez. »Sie ist absolut präzise.«

»Ich habe nicht behauptet, dass diese Vermutungen unbrauchbar sind«, sagte Carmody. »Es sind nur zu viele. Ich konnte auf den ursprünglichen Bildern die Bahngleise sehen. Und die Industrieanlage auf dem Berg. Aber das Dock war unscharf. Genauso wie der Bereich, wo die Gleise in den Tunnel führen. Jeder Versuch, zu Land, zu Wasser oder aus der Luft einen genauen Blick auf die Okean zu erhaschen, blockiert.« Er sah zu Soto. »Ich brauche Daten direkt vom Boden, bevor ich meine Leute dort zum Einsatz bringe.«

»Verstehe«, sagte Soto. »Aber nicht alle Vermutungen kommen auf die gleiche Weise zustande. Das ist der springende Punkt. Stellen Sie sich ein Puzzle vor, das seine fehlenden Teile selbst ersetzen kann. Eine künstliche Intelligenz stellt keine Vermutungen, sondern *Berechnungen* an. Das heißt, sie trägt aus zahlreichen Quellen Informationen zusammen, mit denen sie mittels Maschinenlogik die Leerstellen ausfüllt. Das menschliche Gehirn wäre von so vielen verschiedenen Daten überfordert. Ein neuronales Netzwerk hingegen hat kein Problem damit.«

»Nehmen wir zum Beispiel den Anlegeplatz«, sagte Fernandez. »Sie haben recht. Unsere Satelliten haben keinerlei Zugriff darauf. Und unsere Drohnen auch nicht. Wir erhalten nur verpixelte, unscharfe Bilder. Aber die Argos-KI hat eine Möglichkeit gefunden, das zu umgehen. Sie hat mittels Satellitendaten den Schiffsverkehr ein paar Meilen vor der Küste überwacht und die Positionen der Schiffe erfasst, die im Laufe der Zeit ein- und ausgelaufen sind. Aufgrund dieser Daten konnte sie durch Triangulation die Lage der Anlegestelle bestimmen.« Er kreiste sie mit seinem Stift auf dem Bildschirm vor sich ein – und automatisch auf allen Bildschirmen rings um den Tisch. »Aber wie Sie gesagt haben, wir brauchen Daten direkt vom Boden. Wie groß ist die Anlegestelle? Wie viele Piers gibt es? Wie *sieht* sie *aus*?« Er nippte an seinem Kaffee. »Es hat sich herausgestellt, dass uns die Bewegungen der Schiffe noch weitere Informationen liefern. Sowie die Schwankungen von Farbe und Temperatur des Wassers, die Wellenstruktur und das Wechselspiel zwischen Strömung und Küste. Auf ähnliche Weise werden im All Planeten entdeckt, indem man beobachtet, wie sich das Licht um sie herum krümmt. Und dann gibt es da noch die Schiffe *selbst*. Sie lassen sich in Typen einteilen und anhand ihrer Nummern identifizieren. Aufgrund dieser Informationen kann die KI ihren Ursprungshafen ermitteln. Sowie ihre Besitzer, die Ladung, wann sie ausgelaufen sind … Verstehen Sie?«

Carmody nickte. »Auf diese Weise haben wir von dem Containerschiff erfahren, das O'ahu angelaufen hat. Die *Xingyùn Lîwù*. Natasha Mori und Kali konnten es dann mit der chinesischen Spedition in Verbindung bringen, die gemeinsame Sache mit den Russen macht.«

»Das ist genau dieselbe Vorgehensweise«, sagte Fernandez. »Nur dass ein Maschinengehirn das bei *Tausenden* von Schiffen gleichzeitig tun kann. Innerhalb weniger Minuten. Während es alle möglichen anderen Daten im Zusammenhang mit der Stelle auf der Karte verarbeitet und auswertet. Es bündelt sie und erstellt eine realistische Wiedergabe. Ein Modell, das mit großer Wahrscheinlichkeit den Bereich vor dem Berg abbildet und so detailliert ist wie ein Foto.«

»Nehmen wir mal an, dass ich das glaube«, sagte Carmody. »Ich muss außerdem wissen, wie es im Innern des Bergs aussieht.«

Fernandez nickte. »Einen Moment. Ich möchte Ihnen etwas zeigen.«

Carmody wartete, während der Sergeant auf seine Tastatur tippte. Am Fuß des dreidimensionalen Bergs erschienen orange, gelb und rot leuchtende Striche und Punkte.

»So«, sagte Fernandez, »sehen große Stromquellen für die Sensoren aus.«

Carmody machte ein skeptisches Gesicht. »Sie wollen mir also erzählen, dass die Satelliten durch den Berg hindurch elektromagnetische Strahlung registrieren können?«

»Nein, das ist nicht möglich«, sagte Fernandez. »Aber überlegen Sie mal. Der Berg ist nicht bloß ein riesiger Felsbrocken. Man hat ihn regelrecht ausgehöhlt. Es gibt dort Luftschächte. Und überall Lüftungsgitter. Und er ist voller Geräte, die durch die Schächte und Gitter Strahlung an die Oberfläche abgeben. Sobald unsere Satelliten diese Strahlung registrieren, kann die KI mit ihrer Hilfe die Geräte identifizieren. Denn jedes Gerät hat eine individuelle Abstrahlungscharakteristik. Die KI kann zwischen einer Kühleinheit und einem Computer unterscheiden. Zwischen einer Kühleinheit und Unmengen von Platinen. Offensichtlich gibt es in der Okean ein riesiges unterirdisches Cyber- und Daten-Zentrum. Ich spreche von einer Hyperscale-Infrastruktur.«

»Und jetzt das Ganze noch mal in einer verständlichen Sprache.«

»Es handelt sich um eine Anlage mit Platz, Hardware und Strom für Tausende von Computern – eine Anlage, die sich weiter ausbauen lässt. Das versteht man unter *hyperscale*. Beispiele dafür sind Google oder Olympias Cloud-Netzwerk. Es gibt dort wahrscheinlich Zehntausende Platinen, Kühlsysteme und Netzwerkgeräte sowie ein Backup-System ... Sie verbrauchen so viel Strom wie eine Kleinstadt.«

»Ich glaube kaum, dass man nicht daran gedacht hat, die Strahlung einzudämmen.«

»Oh, das hat man«, sagte Soto. »Aber meine Firma hat die Sensoreinheiten hergestellt, die die Strahlung erfasst. Ich kann Ihnen versichern, dass sie sich nicht so leicht eindämmen lässt.«

Howard, der bislang regungslos dagesessen hatte, zog seine Pfeife aus der Hemdtasche und begann, damit herumzuspielen.

»Zeigen Sie ihm den Grundriss, Julio«, sagte er.

Der Sergeant nickte, und seine Finger hämmerten erneut auf die Tastatur. Nach einer Minute nahm über den Punkten und Strichen im roten Farbspektrum ein Plan von den Räumen und Gängen im Innern des Bergs Gestalt an.

»Die Okean wurde in einem stillgelegten Eisenbergwerk errichtet. Laut den Aufzeichnungen stammt es aus dem Jahr 1843. Dort wurde das Kammerbau-Verfahren angewendet, bei dem man von einem Hauptschacht aus Stollen gräbt und sie dann mit Pfeilern abstützt.« Fernandez machte eine Pause. »Ist Ihnen schon mal aufgefallen, dass der Körper eines Tintenfisches wie ein langes Rohr aussieht, von dessen Kopf die Tentakel abgehen? So sieht das für mich aus. Das Bergwerk erstreckt sich über eine Fläche von anderthalb Quadratmeilen.«

»Und die Russen nutzen die gesamte Fläche?«, fragte Carmody.

»Ihre Anlage nimmt eine halbe Quadratmeile ein. Ein Drittel der Gesamtfläche. Ein Gebäude von der Größe des Pentagons würde dort zehnmal hineinpassen. Und man hätte noch genug Platz für die Mall of America.«

»Verdammt groß«, sagte Carmody. »Wissen wir, wie weit die Mine in den Berg reicht?«

»Siebzig bis achtzig Meter«, sagte Fernandez. »Und jetzt hören Sie sich das mal an. Etwa 1900 hatte man das ganze Erz abgebaut. Aber nach dem Zweiten Weltkrieg haben die Sowjets die Eingänge und äußeren Stollen zu unterirdischen U-Boot-Bunkern umgebaut.«

»Der perfekte Ort, um das Drohnen-U-Boot zu konstruieren und zu verstecken«, sagte Carmody. »Und das unter absoluter Geheimhaltung.«

Fernandez nickte.

»Nach dem Zerfall der Sowjetunion hat man die ursprünglichen Bunker aufgegeben, und die Krim wurde Teil der unabhängigen Ukraine. Ich glaube, dass einer der Bunker sogar eine Zeit lang ein Museum war. Aber man gibt einen brauchbaren

U-Boot-Bunker nicht einfach auf. Die Russen haben die Halbinsel nie wirklich verlassen. Sie haben eine Finanzvereinbarung unterzeichnet, um ihren Marinestützpunkt weiterhin nutzen zu können, und die Ukraine behielt ihre benachbarten Stützpunkte weiter die Küste rauf – bis Moskau keine Lust mehr hatte, Miete zu zahlen, und die Krim 2014 annektierte.«

»Welch Überraschung«, sagte Howard.

Carmody wirkte nachdenklich. »Sind außer den Berechnungen der KI noch weitere Informationen in den Grundriss der Anlage eingeflossen?«

»Warum fragen Sie?«, sagte Howard.

»Ich bin nur neugierig. Sie haben kaum Daten, was die aktuelle Situation betrifft. Sie wissen von der elektromagnetischen Strahlung, aber nicht viel mehr. Dennoch ist der Grundriss sehr detailliert.«

Howard spielte mit seiner Pfeife, den Blick auf Carmody gerichtet. »Wir haben menschliche Informationsquellen.«

»Das ist mir zu vage.«

»Einen Maulwurf«, sagte Howard. »Einen altmodischen, verdammten Spion. Ist das deutlich genug?«

»Wen?«

»Das kann ich Ihnen nicht sagen.«

»Warum nicht?«

»Weil so der Deal ist.«

Carmody schwieg eine Weile. Dann nickte er, nahm seinen Stift und kreiste den Industriekomplex auf der Gebirgskette südöstlich der Okean ein.

»Ich bin mir sicher, dass diese Fabrikanlage nur wegen der Okean existiert«, sagte er. »Und dass es sich um eine Mineralraffinerie handelt. Vielleicht für Zement oder für Zement und andere Stoffe.« Er zeichnete kleine Pfeile auf seinen Bildschirm. »Das hier sind Lagergebäude. Das da Schornsteine. Das hier ist ein Brennofen. Und das da drüben ein Förderband, auf dem die Backsteine zu den Mischmaschinen transportiert werden.«

Howard sah ihn an.

»Wir wissen Folgendes«, sagte er. »Die Anlage heißt *Čistaja Zemlja*.«

»Ein Staatsbetrieb der Russen?«

Howard nickte. »Der Steinbruch befindet sich hundert Meilen nordwestlich der Berge. Außerhalb einer Stadt namens Armjansk. Die Rohstoffe werden mit dem Zug zur Fabrik gebracht und dort vermischt und zerkleinert.«

»Und dann?«

»Wird alles auf die Waggons verladen und den Berg heruntertransportiert. Alle fünfzehn Tage läuft ein Schiff damit aus.«

»Genau alle fünfzehn Tage?«

»Ja.«

»Niemals vierzehn oder sechzehn?«

Howard nickte. »In zwölf Tagen läuft das nächste Schiff aus.«

Carmody dachte eine Minute lang nach und gab dann ein Knurren von sich. »Als man die Okean gebaut hat, wurden in den Stollen und Tunneln bestimmt Fundamente, Böden, Stützpfeiler und Decken errichtet. Auf Ihrem Grundriss sieht es so aus, als wären einige der Tunnel breit genug für Fahrzeuge. Es muss für die Mitarbeiter also eine Tiefgarage geben. Zumindest eine. Und wahrscheinlich gibt es Shuttles, um auf der halben Quadratmeile Personen und Geräte zu transportieren. Für die ganze Anlage benötigte man Unmengen Beton.

Und da immer noch Beton geliefert wird, wissen wir, dass man sie weiter ausbaut.«

»Noch tiefer in den Berg hinein«, sagte Howard. »Wahrscheinlich nutzen sie die vorhandenen Bergwerksstollen. Bei den ganzen empfindlichen Geräten verwendet man kein Dynamit. Außerdem würde das ihren Betrieb stören. Das ist ein größerer Ausbau.«

Alle Anwesenden verfielen in Schweigen. Nach einer langen Minute wandte sich Carmody Fernandez zu. »Okay«, sagte er. »Zoomen Sie über den Bergen auf. Sodass sich das Gleis zum Steinbruch genau in der Mitte befindet.«

Fernandez tippte auf die Tastatur, und die Karte zoomte über den Gleisen auf. Carmody sah Bauernhöfe, Dörfer und zwei kleinere Städte inmitten von Quadratmeilen von hügeligem, bewaldetem Gelände.

»Bitte sehr«, sagte Fernandez. »Der Wilde Westen der Krim.«

Carmody sah ihn eine Weile an.

»Lassen Sie uns darüber reden«, sagte er schließlich.

Die Krim

Heutzutage musste man einen Ort nicht mehr persönlich aufsuchen, um Fotos davon zu machen, vor allem dann, wenn man auf ein Videoüberwachungssystem zugreifen konnte – in diesem Fall auf Kameras mit Gesichtserkennung sowie ein umfangreiches digitales Archiv mit Videoaufnahmen. Das waren die Segnungen der modernen Zeit. Es war sicherer und einfacher, sich aus der Ferne Zugang zu einem System zu verschaffen. Die Kameras zu hacken, auf gespeicherte Videodateien zuzugreifen und alles auf den eigenen Server zu leiten. Abgesehen davon, dass dieses Vorgehen ziemlich unkompliziert und effektiv war, lag eine symmetrische Schönheit darin, ein teures technisches Gerät gegen seinen Benutzer einzusetzen.

Eine Tür wurde geöffnet, ein Stuhl hervorgezogen und ein Computer eingeschaltet. Ein Tastendruck, und die Videoaufnahmen waren unterwegs nach New York. Das waren wertvolle Informationen, und man hatte dort zunächst geglaubt, das sei zu schön, um wahr zu sein. Nicht dass daran etwas auszusetzen gewesen wäre. Sie stammten aus einer Quelle, mit der man nicht gerechnet, von deren Existenz man nichts gewusst hatte.

Defiant Fly. Trotzige Fliege.

Der Deckname war nicht zufällig gewählt. Sobald man Maßnahmen ergriff, die einen in Lebensgefahr brachten – die möglicherweise zum eigenen Tod führten –, überlegte man sich, wie man genannt werden wollte. Ähnlich einer Grabinschrift sollte der Name wiedergeben, wer und was man mal war. Auf welche Weise man in Erinnerung bleiben wollte.

Defiant Fly.

Fliege, weil man das eigene Leben für bedeutungslos hielt. Für kaum mehr wert als einen Schmutzfleck. Eine Fliege war zwar klein, aber wie oft blieb sie schon unbemerkt? Denn obwohl sie die ganz Zeit auf der Wand hockte, untätig, bewegungslos und friedfertig, starb sie manchmal keines natürlichen Todes. Bald schon würde man sie bemerken, und sie würde die Bekanntschaft mit einer Fliegenklatsche machen. Eine Fliege hatte kein Mitleid verdient. Niemand hatte es je bedauert, eine Fliege getötet zu haben. Niemand verschwendete einen Gedanken an sie. Man interessierte sich nur für sie, wenn man sie zerquetschen konnte.

Trotzig, weil es besser war, als fügsam zu sein. Als untätig zu bleiben. Früher oder später würden einen die Menschen sowieso totschlagen. Warum sollte man also nicht losfliegen und sich auf der Hochzeitstorte niederlassen? Zum Sonnenlicht hinter der Fensterscheibe schwirren und über das Fliegengitter krabbeln, um darin ein Loch zu finden? Warum sollte man es nicht versuchen, wenn man nichts mehr zu verlieren hatte?

Moskau hatte in einem Berg eine geheime Stadt errichtet, sie mit seinen Wissenschaftlern und Soldaten bevölkert und dann dem Fürsten des Darknet den Schlüssel übergeben. In der Stadt mit Blick aufs Meer, die zu drei Seiten von hohen Bergen umgeben war, befand sich Russlands bester und wertvollster Rechner, der durch leistungsstarke physische und virtuelle Schutzmaßnahmen abgeschirmt wurde.

Es lag den Russen im Blut, sich hinter Mauern zu verschanzen. Die geografische Beschaffenheit eines Ortes und das Gelände zu ihrem vollen Vorteil zu nutzen … War der Kreml nicht selbst eine tausend Jahre alte Zitadelle auf einem Hügel? Aber kein Hindernis war unüberwindbar. Es gab immer eine Schwachstelle. Sämtliche Verteidigungsmaßnahmen der Festung, sämtliche Waffensysteme hatten es nicht vermocht, eine gewöhnliche Fliege fernzuhalten. Sie hatte ihre Schutzvorrichtungen überwunden, sich kurz auf einer Wand niedergelassen und war wieder fortgeflogen, bevor jemand Notiz von ihr genommen hatte.

Eine Fliege verfügte über zweitausend optische Linsen, die ein Mosaik erzeugten, das sie mit einem Sichtfeld von fast dreihundertsechzig Grad ausstattete. Eine Fliege konnte verborgene Orte erkunden und dort alles sehen. Aber irgendwann würde sie das Glück vielleicht verlassen ... denn niemand lebte ewig. Nichts war von Dauer.

Ein schmales, versonnenes Lächeln zeichnete sich jetzt im Schein des Computerbildschirms ab. Die trotzige Fliege und die riesige Maschine. Das wäre ein toller Titel für ein Kinderbuch. Mit einem traurigen Ende ... aber welches Ende war schon ohne Wermutstropfen? In der Wirklichkeit lebte niemand glücklich bis ans Ende seiner Tage. Die Prinzessin traf zwar ihren zukünftigen Prinzen, und sie verliebten sich ineinander. Aber irgendwann würde einer der beiden den anderen verlassen oder vor ihm sterben. Einer blieb *immer* zurück und musste mit der Trauer und dem Verlust zurechtkommen. Nichts auf der Welt war von Dauer. Alles war vergänglich. Warum sollte man sich also nicht direkt auf die Hochzeitstorte stürzen? Und vielleicht eine Spur im Zuckerguss hinterlassen? Damit man sich später an einen erinnerte? Eine fliegengroße Nachkommenschaft.

Die Zeit drängte. Die Sache wurde langsam gefährlich. Aber ihre Arbeit war nicht mal annähernd erledigt. Sie musste noch sehr viel mehr über das verborgene Geheimnis von Okean in Erfahrung bringen und diese Informationen weiterleiten. Sehr viel mehr.

Ein tiefer Atemzug, das Klicken eines Schalters, und der Bildschirm wurde dunkel. Der leere Stuhl wurde an den Schreibtisch zurückgeschoben, leise Schritte auf dem Fußboden, und die Tür öffnete und schloss sich wieder.

Defiant Fly hatte das Zimmer verlassen.

Vorbei an einigen bewaffneten Wachleuten, dann mehrere Scans und ein vier Tonnen schweres Stahltor, das sich in die

Höhe hob. Dann glitt der hellblaue Porsche Taycan GTS aus der Morgensonne in die gähnende Tunnelöffnung.

Drajan Petrovik, der hinter dem Steuer saß, dachte, dass so das Tor zur Hölle mit modernen Sicherheitsmaßnahmen aussehen musste. Aber Okean-27 war eine menschliche Schöpfung.

Seine Ohren knackten durch den veränderten Luftdruck im Tunnel, der fast hundert Meter in die Tiefe führte. Er fuhr an mehreren Fahrzeugrampen vorbei und bog auf einer davon in die höhlenartige Tiefgarage.

Drajan rollte an Reihen von Personenwagen und Lastern vorbei zu seinem Parkplatz. Als er aus dem Porsche stieg, rief er mit seinem Funkschlüssel ein selbstfahrendes Cart herbei. Er kletterte in den offenen Wagen, murmelte eine Anweisung, und es setzte sich in Bewegung.

Weitere Wachleute, ein erneuter Scan, und ein Tor glitt zur Seite. Auf einem Metallschild, das darüber am zerklüfteten Fels befestigt war, stand *Cifrovoe Nauka Otdel*. Digitale Wissenschaftsabteilung. Es war die nichtssagende Bezeichnung für Okeans geheimes Zentrum zur Cyberkriegsführung. Die Russen hegten eine Obsession für derartige Bezeichnungen, als wäre es nicht ziemlich verräterisch, dass es mitten in einem Berg untergebracht war.

Drajan fand das skurril. Man konnte einem Bären zwar das Schachspielen beibringen, aber er blieb dennoch ein tapsiger Grobian.

Das Roboter-Cart kam zum Stehen, und er stieg aus. Die Terminals und Geräte des Zentrums wurden in ein helles, gleichmäßiges Licht getaucht. Selbst um neun Uhr morgens waren zwei Drittel der Arbeitsplätze bereits besetzt; die

Mitarbeiter in ihren weißen Laborkitteln gingen emsig ihrer Tätigkeit nach. Drajan musste daran denken, dass seine Hacker nie vor zwölf Uhr mittags aufstanden.

Er blickte in einen langen, breiten Gang und entdeckte Sergej Cosa, der sich vor einer Tür am Ende mit einer jungen Frau unterhielt. Angefangen bei seinen Hängebacken und dem schwarzen maßgeschneiderten Blazer bis hin zu seinen Berluti-Schuhen entsprach der Russe dem typischen Bild der politischen Elite in seinem Land. Er war ein gewiefter Spionageexperte, dessen Gerissenheit seiner Rücksichtslosigkeit in nichts nachstand – im Gegensatz zu seinen Kollegen war er nicht auf rohe Gewalt angewiesen gewesen, um seine Macht zu erlangen und zu festigen.

Als er sah, dass Drajan den Raum betrat, hob er eine Hand und winkte ihn zu sich.

»Haben Sie beide schon Bekanntschaft gemacht?«, fragte er. »Kira gehört seit Anfang des Monats zu unserem Cybermissionsteam.«

Drajan sah die Frau an. Sie war schlank und in den Zwanzigern und hatte langes rotes Haar, das sie auf einer Seite hinter das Ohr gestrichen hatte. Er bemerkte ihre grünen Augen und ruhigen Gesichtszüge. Und ihr Parfüm, das einen zarten Zimtduft verströmte.

»Ich glaube nicht«, sagte er. »Drajan Petrovik.«

Sie streckte ihre Hand aus. »In unseren Kreisen kennt jeder Ihren Namen.«

»Kira ist Expertin für Social Engineering«, sagte Cosa. »Sie hat am Moskauer Institut für Physik und Technologie ihren Abschluss gemacht.«

Drajan nickte ihr dezent zu.

»Sie werden eine große Bereicherung sein«, sagte er. »Trotz Ihres bedauernswerten Studiums.«

Seine Beleidigung brachte sie keineswegs aus der Fassung. »Mögen Sie Honigkuchen?«, fragte sie.

Drajan zögerte einen Moment. »Das ist eine merkwürdige Frage.«

»Und?«

»Ja, schon.«

Sie nickte. »Als ich vierzehn Jahre alt war, habe ich vor Weihnachten an der Haustür Honigkuchen verkauft. Der Erlös sollte an eine Suppenküche gehen. Ich erzählte den braven Müttern, die ihn kauften, dass es sich bei dem Ganzen um die persönlichkeitsbildende Maßnahme eines meiner Lehrer handelte.«

»Und?«

»Das war gelogen. Es gab keinen Honigkuchen. Das Schulprojekt existierte nicht. Ich habe meinen Gewinn von dreißigtausend *Hrywnja* für eine Nacht mit meinen Freunden im angesagtesten Club der Stadt ausgegeben.«

»Sie haben es durch die Gesichtskontrolle geschafft?«

»Was glauben Sie?«

»Ich schätze, dass die jungen Männer an der Tür Sie direkt durchgewinkt haben.«

Sie lächelte. »Es war ein ziemlich netter Abend. Ich habe von dem Geld unsere Limousine, die Klamotten, einfach alles bezahlt. Allerdings hatte ich nicht damit gerechnet, dass die Kosten für den Abend drei Monate in einem Jugendgefängnis beinhalteten.«

Drajan blickte ihr direkt in die Augen. »Nun, das ist wirklich ein Jammer.«

»Das war nichts verglichen mit der Strafe, die man mir zwei

Jahre später aufgebrummt hat, weil ich die Computer mehrerer großer Unternehmen gehackt hatte. Dreißig Verurteilungen wegen virtuellen Diebstahls, ein Jahr Gefängnis für jeden Anklagepunkt. Nur weil irgendein Idiot in einem Internetforum die Klappe nicht halten konnte.« Sie machte eine Pause. »Ich wäre immer noch in Haft, wenn mich nicht ein Mitglied des Direktorats für das Cybermissionsteam angeworben hätte.«

Drajan sah sie weiter an. »Ich war eben nicht sehr nett zu Ihnen«, sagte er und senkte den Kopf. »Bitte, nehmen Sie meine Entschuldigung an.«

»Ist schon okay«, sagte sie. »Ich bin nicht sehr empfindlich.«

Drajan schwieg für einen langen Moment.

Schließlich sagte Cosa: »Entschuldigen Sie uns, Kira. Aber wir müssen unter vier Augen sprechen.«

Sie nickte ihm zu, den Blick auf Drajan gerichtet. »Ich hoffe, ich habe Sie mit meiner Geschichte nicht gelangweilt.«

Er lächelte. »Überhaupt nicht«, sagte er. »Wir werden uns bestimmt noch öfter sehen.«

»Bestimmt.«

Drajan beobachtete, wie sie sich umdrehte und den Gang hinunterlief. Cosa tätschelte ihn am Ellbogen, und seine Augen unter den dichten Brauen wurden ernst.

»Wenn Sie Ihre Aufmerksamkeit wieder auf mich lenken könnten, es wird nicht lange dauern«, sagte er und deutete auf eine Bürotür.

Janus-Stützpunkt

Im CTRC zeigte die Karte auf dem Tisch immer noch eine Geländeansicht der Ukraine und der Krim.

Carmody nahm seinen Stift.

»Die Bahnlinie«, sagte er und deutete mit dem Stift auf die Stadt Charkiw im nordwestlichen Abschnitt des Festlands. »Sie hat hier ihren Ausgangspunkt. Sie wird seit zwei Jahrhunderten ununterbrochen benutzt, seit die Briten sie während des Krimkrieges gebaut haben. Mit den Zügen wurden Soldaten, Pferde und Ausrüstung sechshundert Meilen über die Berge nach Armjansk im Norden der Halbinsel transportiert.« Er zog eine gerade Linie Richtung Süden, um das zu veranschaulichen. »Nach dem Krieg fuhren auf dieser Strecke Güterzüge, die die örtlichen Lebensmittelgeschäfte belieferten. Nutztiere wurden in den Süden transportiert, Obst in den Norden. Das ist noch immer so. Auf den unbewaldeten Flächen rings um Armjansk gibt es jede Menge Plantagen. Und auch einen Zementsteinbruch.«

»Außerdem einen Steinbruch, in dem Titandioxid abgebaut wird oder Titan. Sowie eine Anlage, in der es raffiniert wird«, sagte Soto. »Ich habe auch meine Hausaufgaben gemacht. Und ich denke, das liefert uns einen Hinweis, warum die Russen die Okean ausbauen.« Er sah im Uhrzeigersinn zu Fernandez, Howard und Carmody. »Bei der Verarbeitung von Titankristallen entsteht eine Substanz, die bei der Produktion von Lacken und Kosmetikartikeln verwendet wird. Die Kristalle verleihen dem Perlmuttlack von Autos und Lippenstiften ihren Glanz. Aber vor ein paar Jahren haben Forscher herausgefunden, dass Mikrochips, die daraus hergestellt werden, die Rechenleistung um ein Vielfaches erhöhen und den Energieverbrauch senken. Das hat die Branche praktisch über Nacht revolutioniert. Ich kann Ihnen versichern, dass meine Firma zweistellige Millionenbeträge für die Chips ausgegeben hat.« Soto nippte an seinem Kaffee. »Falls man in der Okean in großem Umfang Cloud Computing betreibt, hat man vielleicht angefangen, eigene Titan-Mikroprozessoren herzustellen. Dann wären sie nicht mehr auf fremde Quellen für die Chips angewiesen und müssten nicht mehr gewaltige Mengen Strom erzeugen oder importieren.«

»So bleibt alles unter einem Dach.«

Soto nickte. »Eine Quadratmeile stillgelegter Bergwerksstollen ist mehr als genug für den Ausbau.«

Fernandez stieß einen leisen Pfiff aus.

»Ein riesiges Rechenzentrum, das vollkommen autark ist. Alles, was sie brauchen, produzieren sie selbst.«

Carmody blickte zu Soto. »Haben Sie eine Idee, wofür sie diese ganze Rechenleistung benötigen?«

Soto nickte. »Ein oder zwei Ideen. Ich werde noch darauf zurückkommen.«

Carmody wirkte nachdenklich. Nach einem Moment bewegte er seinen Stift ein wenig nach oben, auf einem kleinen Abschnitt der Linie, die er von Norden nach Süden auf der Karte eingezeichnet hatte. Er begann in Armjansk und verharrte auf einem rot gefärbten Gewässer direkt darüber.

»Julio«, sagte er, »zoomen Sie näher ran.«

Fernandez zog ein Quadrat um den Bereich und vergrößerte ihn.

»Das ist der Sywaschsee«, sagte Carmody. »Er liegt zwischen dem Festland und der Halbinsel.«

»Ich war vor der Annexion der Russen mal dort«, sagte Howard. »Es handelt sich um einen Salzsee, der vom Schwarzen Meer gespeist wird. Die rote Farbe kommt von einer Alge, die in dem Salz leben kann. Der Gestank nach faulen Eiern ebenfalls.«

Carmody nickte. »Ich möchte, dass wir einen Blick auf die Stelle werfen, wo die Bahnlinie den See überquert.«

Fernandez zoomte weiter heran und markierte mit einer hellgelben Linie einen schmalen Streifen Land, der aus dem Wasser ragte.

»Die Landenge von Perekop verbindet die Halbinsel mit dem Festland«, sagte Carmody. »Sie verläuft zwanzig Meilen entlang des Sees nach Armjansk, zu den Zement- und Titansteinbrüchen.« Er sah zu Howard. »Vor etwa fünf Jahren haben die Russen die Bahnlinie von den Steinbrüchen zur Verarbeitungsanlage oberhalb der Okean ausgebaut. In diesem Bereich war auf meinen Karten nie etwas zu erkennen. Aber euer Fantasieprodukt zeigt ein noch neueres Gleis, das ein paar Meilen den Berg hinunter verläuft. Ich glaube, dass es sich um eine Versorgungsstrecke zur Okean handelt.«

Howard musterte ihn mit ausdrucksloser Miene. »Sie haben wirklich ein Talent dafür, sich wie ein Arschloch aufzuführen«, sagte er. »Eine bessere Karte gibt es nicht.«

Carmody zuckte mit den Schultern. »Das berechne ich nicht extra.«

Howard erwiderte nichts, und Carmody ließ seinen Blick um den Tisch wandern.

»Okay«, sagte er. »Jetzt kommt der gute Teil.«

Soto nickte. »Ich bin ganz Ohr.«

Carmodys Blick verharrte auf seinem Gesicht.

»Ich werde Ihnen erzählen, wie wir den Zug in unsere Gewalt bringen«, sagte er.

Das Zimmer am Ende des langen Gangs war weniger ein Büro, sondern ein spartanischer, schlichter Raum, in dem Cosa unter vier Augen reden konnte, ohne groß Gefahr zu laufen, dass man ihn elektronisch überwachte.

Er hatte Drajan aufgefordert, auf einem einfachen Holzstuhl Platz zu nehmen, und setzte sich ihm gegenüber hinter einen grauen Stahltisch. Eine hängende LED-Fläche verströmte ein weiches, farbloses Licht. Die Wände waren grau wie der Tisch und genauso uneben und höhlenartig wie die Wände außerhalb des Raums. Der Boden bestand aus glattem grauem Beton. Auf dem Schreibtisch waren weder Kugelschreiber noch Bleistifte noch Fotos noch ein Computer. Es gab auch keine Spiegel, Urkunden oder persönlichen Gegenstände, die die nüchterne Funktionalität aufgelockert hätten.

»Ich werde keine Zeit verschwenden«, sagte Cosa. »Weder Ihre noch meine.«

Drajan nickte. »Ich habe mich schon gefragt, warum Sie mich so früh hergebeten haben.«

Der Russe presste seine kurzen, fleischigen Finger gegen die Schreibtischkante. Sein freundlicher Gesichtsausdruck hatte sich verflüchtigt, und seine Augen unter den dichten Brauen blickten Drajan jetzt ernst und forschend an. Als hätte er sich eine Maske vom Gesicht gerissen.

»Was wissen Sie über die *Krowawaja Molnija?* Den Blutigen Blitz?«

»Nur wenig. Das ist eine paramilitärische Einheit mit Modifikationen innerhalb der Wagner-Gruppe.«

»Sonst noch was?«

»Sie führt spezielle Missionen durch. Das heißt, Mordanschläge auf hochrangige Personen im Ausland.«

Cosa sah ihn an. »Was wissen Sie über Lucien Navarro?«

»Den Franzosen?« Drajan zuckte mit den Achseln. »Das, was allgemein bekannt ist.«

»Nämlich?«

»Er ist einer der Verfasser des *Cybernation-Manifests*. Das heißt, er hat es nach dem Tod seiner Eltern fertiggestellt. Sie hatten zusammen mit zwei anderen Hacktivisten eine frühere Fassung geschrieben. Die Proklamation eines unabhängigen Cyberspace.«

»Das ist alles?«

»Es ist ein moralisches und politisches Pamphlet«, sagte Drajan. »Aber diese Aspekte interessieren mich nicht.«

»Und wie sehr interessieren Sie sich für die Hackerin Kali Alcazar?«

Drajan zügelte seine Reaktion. Hätte er allerdings überhaupt keine Reaktion gezeigt, hätte Cosa gemerkt, dass er etwas verbarg.

Er sah den Russen mit seinen dunklen Augen direkt an. »Sagen Sie mir, warum das von Bedeutung ist.«

Cosa zuckte mit den Schultern und musterte Drajans Gesicht. »Sie steht Navarro sehr nahe. Sie sind praktisch wie Bruder und Schwester aufgewachsen. Und Alcazar hat jahrelang mit Ihnen geschlafen. Diese Verbindung zwischen Ihnen kann ich nicht ignorieren.«

Drajan erwiderte nichts. Er hatte keine Ahnung, was Cosa wusste oder vermutete. Vielleicht klopfte er nur auf den Busch. Aber Drajan würde darauf nicht eingehen.

Plötzlich musste er daran denken, wie der alte Spionagechef

in den Geheimdienstkreisen des Kremls genannt wurde. *Koschei*. Nach dem listigen Zauberer der russischen Mythologie, der, getrieben von der Angst, dass seine Feinde ihm nach dem Leben trachteten, Unsterblichkeit erlangte, indem er seine Seele in einer Nadel versteckte, die Nadel in einem Ei, das Ei in einem Vogel und den Vogel wiederum in einem Hasen … und den Hasen hatte er in einer Kiste auf einer weit entfernen Insel vergraben.

Das war der bekanntere Teil des Märchens. Aber Drajan kannte noch einen anderen. Wenn das Ei platzte, würde die Nadel zerbrechen und Koschei würde altern und sterben.

Man musste nur das Ei finden und in der Hand halten, dann hatte man die Macht über sein Leben. Die Kontrolle über ihn.

»Worüber reden wir hier?«, sagte er. »Für ein Verhör stehe ich nicht zur Verfügung.«

Gedankenverloren strich Cosa mit den Fingern über die Tischplatte und zuckte erneut mit den Schultern. »Also gut«, sagte er. »Meine Behörde hat die Cybernation jahrelang überwacht. In dieser Zeit haben wir eine umfassende Akte angelegt und beobachtet, wie sie im virtuellen Raum zu einer Gruppe mit mehreren Millionen Mitgliedern angewachsen ist. Vor einigen Monaten erhielt jedes Land auf der Welt ein öffentliches Kommuniqué von ihren Gründern – der wichtigste davon Navarro –, das sie darüber informierte, dass die Cybernation in Kürze ihre Unabhängigkeit als souveräner Staat erklären wird. Als Staat ohne geografische Grenzen. Als Staat, der nur lose in einer Regierung organisiert ist, mit einer digitalen Währung, die nicht von einer einzelnen Behörde kontrolliert wird.« Er machte eine Pause. »Das ist eine Farce, die nicht nur jeden legitimen Staat destabilisieren kann. Sie kann die ganze Welt in Chaos und Unordnung stürzen.«

Drajan schwieg einen Moment lang. Dann sagte er: »Man könnte einwenden, dass dies der Menschheit die höchste Form von Freiheit verschafft.«

»Diese Dummköpfe können erzählen, was sie wollen. Die Föderationsversammlung hat jede Form von Zusammenarbeit mit der Cybernation zu einem Verbrechen erklärt, das mit fünfzehn Jahren Gefängnis bestraft wird. In China fährt Tsao sogar noch einen härteren Kurs. Und die Republik Birhan hat als erstes Land für die Nutzung der Kryptowährung der Cybernation die Todesstrafe eingeführt. Obwohl wir Informationen haben, dass ihr neuer Präsident, Ansari Kem, unter einer falschen Identität damit ein riesiges Vermögen angehäuft hat.«

»Wie gesagt, ich interessiere mich nicht für Politik, Sergej.«

»Aber Sie sind einer von Kems ehemaligen Studenten. Und Sie mögen Geld.«

Drajan zuckte leicht mit den Achseln. »Worauf wollen Sie hinaus?«

Cosa blickte ihn an.

»Vor zwei Wochen ist Navarro verschwunden. Eine Einheit des Blutigen Blitzes ist in Paris und sucht nach ihm. Acht unserer besten Leute. Aber das ist keine Operation der Wagner-Gruppe. Irgendjemand anders hat sie angeheuert.«

»Wer?«

»Vielleicht ein Widersacher innerhalb der Cybernation … aber um ehrlich zu sein, wir wissen es nicht«, sagte er. »Aber wir wissen, dass Kali Alcazar auch in Paris ist. Sie ist vor ein paar Tagen dort eingetroffen. Und wir glauben, dass sie ebenfalls nach Navarro sucht.«

»Und was geht Sie das alles an? Oder gefällt Ihnen die

Vorstellung nicht, dass einige modifizierte Mitglieder Ihrer Einheiten abtrünnig geworden sind?«

»Ich muss Ihnen meine Gründe dafür nicht nennen.«

»Aber Sie haben mich hergebeten, um Ihre Fragen zu beantworten. Weil Sie vermuten, dass ich in die Sache verwickelt bin.«

»Ist das der Fall?«

Drajan versuchte gar nicht erst, seine Lügen vor sich zu rechtfertigen, und antwortete deshalb ohne zu zögern.

»Nein«, sagte er.

»Dann hat die Abreise Ihrer aktuellen Freundin nach Lettland auch nichts mit diesen Vorgängen zu tun?«

»Warum stellen Sie mir überhaupt diese Frage?«

»Die Antwort liegt auf der Hand. Quintessa Leonides leitet die Kryptowährungsabteilung der Bank Leonides. Ich kannte ihren Vater sehr gut. Er war einer der ersten Milliardäre meines Landes, bevor er seinen Wohnsitz ins Ausland verlegt hat.«

Drajan lächelte schwach.

»Das alles hört sich wie eine Verschwörungstheorie an«, sagte er. »Ich dachte, solche Geschichten verbreitet ihr nur in anderen Ländern, um sie zu schwächen.«

»Spielen Sie keine Spielchen«, sagte Cosa. »Sie sind für unsere Arbeit hier in der Okean zwar von entscheidender Bedeutung. Aber niemand ist unersetzbar. Deshalb muss ich Sie warnen. Täuschung kann ein nützliches Mittel sein. Doch wenn Sie es gegen mich verwenden, werde ich das herausfinden. Und das wird unangenehme Konsequenzen für Sie haben.«

Drajan musterte ihn.

»Sie kommen momentan nicht oft hier raus, oder?«, sagte er. »Man kann in diesem Berg nicht klar denken. Die ganzen Felsen ringsum drücken einem aufs Gehirn.«

Cosas Lächeln gefror in seinem Gesicht.

»Ich weiß Ihre Anteilnahme wirklich zu schätzen«, sagte er. »Aber ich werde in ein paar Tagen nach Moskau reisen. Der Präsident will sich mit mir treffen, und er wird sich bestimmt auch nach dem Fürsten der *technologie vampiri* erkundigen, der sich diesen Berg mit mir teilt. Wir haben Ihnen Millionen gezahlt, Drajan. Und Sie vor den Amerikanern beschützt.«

»Was wollen Sie damit sagen?«

Cosa, der sich inzwischen erhoben hatte, stand regungslos da. »Diese Frage müssen Sie sich schon selbst beantworten. Ich wünsche Ihnen noch einen schönen Tag.«

Drajan stand auf und wandte sich zum Gehen, während er Cosas Blick in seinem Nacken spüren konnte. Er spürte ihn sogar dann noch, als sich die Tür leise hinter ihm geschlossen hatte.

10

Etienne Tousaint zwängte sich zwischen zwei Frauen in durchsichtigen hautengen Glitzerkleidern aus Lamé hindurch, rempelte eine weitere Frau mit Straußenfedern und Fransen an und umkurvte eine Gruppe Lichttänzer mit Kapuzen, LED-Bändern und leuchtenden Leggings, bevor er wie ein lädiertes Floß in einem Sturm die Bar erreichte.

Candace, die ein paillettenbesetztes rotes Fransenkleid mit tiefem Ausschnitt trug, reichte gerade einem Mann mit einem schmalen Holzstock einen blau schimmernden Cocktail; der Mann war gekleidet wie ein mittelalterlicher Pestdoktor, mit Schnabelmaske, breitkrempigem Hut, einem langen schwarzen Mantel und schweren Lederstiefeln. Candace warf Etienne über den Tresen hinweg einen Blick zu und machte mit den Händen eine Geste, als würde sie mit einem imaginären Lenkrad in seine Richtung steuern. *Bin gleich bei dir.* Passend zu ihrem Kleid trug sie fingerlose Abendhandschuhe aus Satin und einen Perlenschleier, den Etienne unglaublich sexy fand.

Er wartete, bekleidet mit seinem langweiligsten Blazer, einem weißen Hemd und Jeans, während in seinen Ohren elektronische Bossa-Nova-Rhythmen und der sinnliche Gesang einer Frauenstimme dröhnten. Er glaubte nicht, dass er es allein wieder an die Oberfläche zurückschaffen würde, selbst wenn sein Leben davon abhing. Auf dem Weg hier runter hatte Candace ihn durch ein kurvenreiches verwirrendes Labyrinth aus Stollen geführt, das sich scheinbar endlos hin und her gewunden hatte. Sie waren gekrabbelt, gekrochen und gerutscht und hatten manchmal auch aufrecht stehen können, während die Abzweigungen mal breiter, mal schmaler wurden.

»Warum ist es *so schwer*, zum Club zu gelangen?«, hatte er gefragt, als er stehen blieb, um einen Schluck Wasser zu trinken. »Muss jeder durch dieses Labyrinth?«

Sie lachte, als er ihr seine Trinkflasche reichte. »Man kommt auch leichter dorthin.«

»Ernsthaft?«

»Ja. Ich wollte nur sehen, wie du zurechtkommst.«

»*Mais merde quoi!* Und habe ich den Test bestanden?«

»Du hast das großartig gemacht«, sagte sie mit einem verschmitzten Funkeln in den Augen. »Bis jetzt.«

Nachdem sie eine Weile weitergelaufen waren, hörte er plötzlich laute Musik und ausgelassenes Stimmengewirr. Er folgte Candace einen langen, schnurgeraden Gang hinunter, bis er ein Schild sah. Es hing, hell erleuchtet, über dem Torbogen zur Kammer, und darauf stand in weißen gotischen Buchstaben auf schwarzem Grund: *Se faire oublier et danser.*

Lass dich gehen und tanze.

Etiennes Blick wanderte von dem unmissverständlichen Motto zum Torbogen hinunter. Das grelle Licht, das sich daraus ergoss, erinnerte ihn an *E.T. – Der Außerirdische* oder einen Fantasy-Film, in dem man durch ein Portal in eine andere Welt blickte.

Er verspürte ein freudiges Gefühl der Neugier und Erregung. Als würde eine verzückte Elfe in seinem Bauch auf und ab hüpfen. Dann tippte Candace ihm auf den Unterarm.

»Leg das hier an.« Sie hielt ihm ein holografisches Armband mit einer Kette leuchtender Neon-Totenköpfe hin. »Jean-Claude ist heute Abend an der Tür. Wenn er dich nach deinem Namen fragt, sag, dass du keinen hast – das ist das Passwort. Und keine *contrebande*, wenn wir drin sind. Nicht mal Gras, Eti.«

Er sah sie einen Moment lang an.

»Stimmt was nicht?«, fragte sie.

»Nein.« Er nahm das Armband. »Ich habe keinen Namen. Und keine Drogen.«

»*Bien sûr.*«

Jean-Claude trug einen bestickten Drachenorden-Mantel und sah mit seinen langen Haaren und dem buschigen schwarzen Bart aus wie ein haariger Zirkusbär. Etienne beantwortete seine Frage und wurde durchgewinkt, während Candace irgendwo verschwand, um ihre Arbeitskleidung anzuziehen. Etienne seinerseits zog ein paar bessere Sachen an und verstaute diejenigen, mit denen er heruntergeklettert war, in seinem Rucksack, den er in einem dafür vorgesehenen Bereich neben dem Eingang zu hundert anderen stellte.

»*Hé, toi-là!* Du gewöhnlicher Pariser!«

Candace' Stimme holte ihn in die Gegenwart zurück. Etienne drehte den Kopf und sah, wie sie auf seiner Seite des Tresens mit zwei der großen blauen Drinks auf ihn zugetänzelt kam und ihm einen davon hinhielt.

»Hier, nimm. Meine Pause geht nur eine halbe Stunde.«

Er nahm den Drink, stieß mit ihr an und nippte daran. Der Drink hatte ein süßliches Zitrusaroma und einen leichten Nachgeschmack von Lakritz.

»Schmeckt toll«, sagte er.

»Das ist ein Absinth-Cocktail«, sagte sie und beugte sich zu ihm vor, damit er sie trotz der Musik verstand.

»Ist der *radioaktiv*?«

»Ha!« Sie zeigte auf eine Lichtanlage über der Bar. »Das Schwarzlicht bringt ihn zum Leuchten. Der Drink heißt Corpse Reviver.«

»Ehrlich?«

»Ja … passend zum heutigen Motto.«

Etienne nickte. Die Wände wurden von großen NFT-Bildschirmen gesäumt, die Ali Salderas neueste digitale Kunstwerke zeigten. Skelette in Raumanzügen mit rosa leuchtenden Augen hinter den Helmvisieren, Skelette mit Lendenschurzen aus Fell und Wikingerhelmen mit gebogenen Hörnern, in Kapuzenumhänge gehüllte Skelette, die aussahen, als wären sie aus Glas, und Pilotenmützen und Brillen aus dem Zweiten Weltkrieg trugen, Metallschädel, aus deren Augenhöhlen regenbogenfarbene Schlangen krochen … die komplette Cyber-Skeleton-Kollektion.

Das Ganze war umwerfend und sehr speziell. Aber am seltsamsten war – jedenfalls für Etienne – ein Thron aus menschlichen Knochen mit einem kunstvollen Baldachin, der am hinteren Ende der Halle in einer Nische stand. Die Sitzfläche und der untere Teil der Rückenlehne bestanden aus langen, waagerecht angeordneten Knochen, und am Sockel bildeten sie ein Kreuzmuster. Der obere Teil der Rückenlehne war mit grinsenden Totenschädeln verziert, die Armlehnen mit kleinen Finger- und Zehenknochen. Darauf hockten drei Partygäste, ein Mann und zwei Frauen, und ließen, ineinander verschlungen, ihre Hüften kreisen.

Nach einem flüchtigen Blick wandte Etienne sich ein wenig verlegen ab.

»Wie können sie es auf diesem grauenvollen Ding nur miteinander treiben?«

Candace zuckte lächelnd mit den Achseln. »Sei nicht so spießig«, sagte sie.

»Findest du das etwa nicht gruselig?«

»Als ich das erste Mal den Thron gesehen habe, vielleicht schon. Aber dann dachte ich: *Wir müssen alle irgendwann sterben. Warum sollte ich vor etwas Angst haben, das jedem widerfährt?*« Sie zuckte erneut mit den Achseln. »Der Thron sagt mir, dass wir den Moment genießen sollen. Das ist doch sehr demokratisch, oder? Ohne Haut und Fleisch sind wir alle gleich. Das sind menschliche Knochen. Von irgendwelchen Leuten. Einige waren vielleicht Bauern, andere Adlige. Einige vielleicht sogar Todfeinde. Trotzdem sind sie dort vereint.«

Etienne dachte einen Moment darüber nach.

»Na schön, aber wir sollten nicht unsere Drinks über sie verschütten«, sagte er und schwenkte seinen Cocktail. »Wenn diese Leute wieder zum Leben erwachen – was auch immer sie mal waren –, drehe ich durch.«

Candace lachte und nippte an ihrem Drink, während sie ihre Schultern zur Musik kreisen ließ.

»Also, Eti«, sagte sie, »sollen wir tanzen, bevor ich wieder zurück an die Arbeit muss? Oder sollen wir uns Sorgen machen und herumgrübeln?«

Er musterte sie schweigend über seinen Drink hinweg.

»Schon wieder dieser Blick!«, sagte sie. »Stimmt irgendwas nicht?«

Er schüttelte den Kopf. »Es gibt nur wenige Menschen, die mich so nennen. Meine Mutter hat das getan, bevor sie gestorben ist. Und meine zwei besten Freunde nennen mich so.«

»Soll ich es lassen?«

»Eigentlich mag ich das.«

Candace setzte mit einem Lächeln ihren Drink auf dem Tresen ab. Dann nahm sie ihm sein Glas aus der Hand und stellte es daneben.

»Dann komm, Eti. Entfache das Feuer der Leidenschaft in mir«, sagte sie und streckte ihm ihre Hände entgegen.

Etienne griff danach, und sie begannen zu tanzen.

Ein paar Meter hinter der Tanzfläche gingen der verschwitzte Lionel Allard und seine neuen Freundinnen Sadie und Delia zur Musik und zu den Lichtern ordentlich zur Sache; die beiden Frauen hatten sich ihm als Zimmergenossinnen und Kreativpartnerinnen vorgestellt.

Lionel war bereits ein- oder zweimal in den Katakomben gewesen – als Hochschulstudent –, aber dies war sein erstes Mal auf einer Underground-Party. Als Praktikant in der NFT-Agentur Blue-Eyed Dog wurde er selten zu einer Drop Party eingeladen, schon gar nicht von einem berühmten Künstler wie Ali Saldera, der die hochwertige CyberSkeleton-Kollektion entworfen hatte. Aber die Präsentation war für Blue-Eyed Dog ein Meilenstein, die erste Ausstellung in einer physischen Galerie im prestigeträchtigen Marais, und Lionels Chef hatte ihn für seine Arbeit mit einer Einladung belohnt.

Bevor er im zwölften Arrondissement durch eine Katzenklappe gekrochen war, hatte er auf der Straße zwei Kapseln rumänisches Trop gekauft, um das Erlebnis zu steigern. Außerdem hatte er mehrere selbst gedrehte Joints für später dabei, die er im Futter des Zylinders versteckt hatte, den er zur Party trug.

Nach etwa einer Stunde hatte das Trop begonnen zu wirken; aufgrund seiner bewusstseinserweiternden Wirkung fühlte er sich berauscht und wie losgelöst von seinem Körper, als bestünde er nur noch aus erregten, hochenergetischen Elektronen. Lionel konnte sich nicht mehr genau erinnern, wie oder wann er mit den beiden in Leder gekleideten Zimmergenossinnen angefangen hatte rumzumachen, aber in ihrem fiebrigen Zustand waren die drei regelrecht explodiert … so sehr, dass Lionel sich in den schillerndsten Farben ausmalte, was die Nacht noch bringen würde. Eben hatte er beschlossen, etwas Schwung in die Sache zu bringen.

Während er sich an ihren Körpern rieb, nahm er den Zylinder ab und zog mit zwei Fingern einen der Joints aus dem verstecken Beutelchen. Dann holte er ein Feuerzeug aus seiner Tasche, entzündete mit einem tiefen Zug den Joint und hielt ihn an Delias karminrote Lippen.

Aber kaum hatten sie sich geöffnet, um ihn entgegenzunehmen, da senkte sich eine Hand von der Größe einer Bratpfanne auf ihre Schulter.

»Bring das nach draußen, okay?«

Lionel schaute zu der Gestalt hoch, die neben ihm emporragte. Es war der bärtige Türsteher.

»Kannst du nicht das eine Mal ein Auge zudrücken? Ich werde auch keinen zweiten anzünden, *versprochen*.«

Der Türsteher schüttelte den Kopf.

»Bring ihn nach draußen, oder ich drücke ihn aus«, sagte er. »Es gibt genug Stollen, in denen ihr machen könnt, was ihr wollt.«

Lionel zuckte resigniert mit den Achseln.

»Sollen wir gehen?«, fragte er seine Begleiterinnen.

Die beiden nickten. Delia hielt den Joint immer noch an die Lippen. Die drei standen auf und zwängten sich durch die Menge Richtung Tür.

Die Killer der Dritten Einheit, Luka und Oleg, bahnten sich durch die Katakomben gerade ihren Weg Richtung Norden, als sie die Musik hörten.

Luka gab das Zeichen, stehen zu bleiben. Er war vornweg gelaufen, während er in seiner Kontaktlinse Kali Alcazars Bewegungen verfolgt hatte.

Einen Moment später trat Oleg neben ihn. Der Gang war so hoch, dass sie die Köpfe nicht einziehen mussten.

»Hörst du, woher der Lärm kommt?«

Oleg lauschte und schüttelte den Kopf. Aufgrund der merkwürdigen Akustik im Stollen schien es, als käme die Musik aus allen möglichen Richtungen. »Hat der Führer nicht eine Scheißparty hier unten erwähnt? Wir müssen ganz in der Nähe sein.«

Luka dachte einen Moment darüber nach, dann ließ er in ihren Brillen eine vollständige Ansicht des unterirdischen Stollensystems anzeigen. Sie setzte sich zusammen aus der Karte, die er Anton, ihrem Führer, abgenommen hatte – Luka hatte sie mit der Kamera in seiner Kontaktlinse fotografiert und digitalisiert –, und der ursprünglichen Karte, die sie zu Beginn ihres Einsatzes auf ihre GPUs hochgeladen hatten.

»Wir sind hauptsächlich von Stollen umgeben«, sagte er. »Es gibt hier kaum große Kammern. Aber ich kann eine direkt nördlich von uns sehen.«

Oleg nickte. Sie war mit der Bezeichnung Halle des Wilden Königs versehen, ein Name, der von der detaillierten handgezeichneten Karte des Führers stammte. Das schlichte Pfeil-Symbol, das Alcazar repräsentierte, bewegte sich ein oder zwei Meilen südwestlich von ihnen darauf zu. »Glaubst du, dass unsere Zielperson dort hinwill? Zu einer Halle voller Partygäste?«

Luka atmete aus und vergrößerte den Ausschnitt. »Schau mal genauer hin. Dahinter gibt es einen größeren Stollen, der Richtung Nordosten führt. Siehst du ihn? Offenbar geht er von einer kleineren Kammer auf der Rückseite ab.«

Oleg studierte die Karte und sah, dass ein kurzes Stück weiter geradeaus mehrere ineinander verschlungene Gänge die Form einer Brezel bildeten und dass ein langer Gang an der Ostseite der Halle entlang zu dieser Kammer führte.

Luka markierte ihn mit einem Gedankenbefehl. »Wir können diesen Gang nehmen und auf sie warten. In der Kammer. Um sie dort zu überraschen.«

»Falls sie wirklich dort hinwill.«

Luka zuckte mit den Schultern. »Soweit ich das sehe, gelangt sie durch den Stollen, der dort abgeht, auf schnellstem Weg nach Montmartre und zu Navarro. Ich denke, dass sie dort aufkreuzen wird. Und wenn nicht, verfolgen wir sie weiter und schnappen sie irgendwo anders. Wir haben nichts zu verlieren.«

Oleg sah ihn einen Moment lang an. Dann nickte er.

»Okay«, sagte er. »Gehen wir.«

Lionel verließ mit einer seiner neuen Freundinnen an jedem Arm die Halle. Er wollte gerade vorschlagen, den Joint direkt vor dem Torbogen zu rauchen, als Sadie sich zu ihm vorbeugte, ihre Hand an der Innenseite seines Oberschenkels entlangwandern ließ und ihm etwas ins Ohr flüsterte. Sie wollte einen der Seitengänge aufsuchen, die vom Hauptstollen abgingen ... und sehen, wie sich die Sache entwickelte.

Lionel klappte die Kinnlade herunter. Sadie, die immer noch mit der Hand seinen Oberschenkel bearbeitete, zählte ihm lächelnd ein paar anschauliche Beispiele auf. Delia lächelte ebenfalls und schmiegte sich von der anderen Seite an ihn, worauf ihm die Kinnlade noch weiter herunterfiel. Passierte das alles bloß, weil er einen Job in einer Designagentur hatte?

Lionel spürte, wie er am ganzen Körper von fiebriger Erwartung erfasst wurde, während er zwischen den beiden Frauen im orangen Schein der flackernden Wandleuchten stand. Zu beiden Seiten des Stollens gingen große und kleine Gänge ab, in denen sie vor neugierigen Blicken geschützt wären. Der Führer, der ihn hier runtergebracht hatte, war einen Stollen irgendwo dazwischen entlanggelaufen. Er war zwar eng, aber breit genug, um sich dort nach Herzenslust zu verrenken und herumzuwälzen.

Er räusperte sich und zeigte nach vorne.

»Da lang«, sagte er.

»Oh nein!« Candace blickte auf ihre Uhr und verzog das Gesicht. »Ich muss wieder an die Arbeit.«

Etienne verharrte mitten in der Bewegung, eine Hand auf ihrer Hüfte, mit der anderen ihre Finger umklammernd. Er hatte mit einem breiten Grinsen im Gesicht getanzt, und dabei hatte es ihm kaum etwas ausgemacht, dass er zwei linke Füße hatte.

»Jetzt schon?«, sagte er.

Sie nickte. »Kannst du bleiben, bis ich wieder Pause mache? Das ist in zwei Stunden.«

Etienne sah sie an. Lichtblitze wischten über ihr Gesicht. Wie Juwelen, dachte er. Oder exotische Fische, die im Wasser umherzappelten.

Er war völlig hin und weg von ihr.

»Nichts könnte mich dazu bringen zu gehen«, sagte er. »Aber ich habe eine Frage.«

»*Qui?*«

»Gibt es hier unten eine Toilette?«

»Du bist echt verwegen«, sagte sie mit einem Lächeln. »Ja, hinter dem Knochenthron.«

»Ich mache mir lieber in die Hose, als in die Nähe dieses grauenvollen Dings zu gehen.«

»Sei nicht blöd«, sagte sie.

»Ich *bin* aber blöd. Und verwegen!«

»Und außerdem ein lausiger Tänzer ... aber ich mag dich trotzdem.« Sie gab ihm einen spielerischen Klaps auf den Arm. »Hinter dem Thron gibt es zwei Durchgänge. Der rechte führt in einen Lagerraum. Er ist mit allen möglichen Sachen vollgestopft, und davon gehen in alle Richtungen Stollen ab.«

»Es wird immer schlimmer.«

Sie lachte. »Die Stollen können sehr verwirrend sein. Wenn du versuchst, hierher zurückzufinden, kann es passieren, dass du ewig im Kreis läufst.«

»Sag bitte, dass ich den linken Durchgang nehmen soll.«

»Genau das tust du. In einer kleinen Höhle steht eine Toilettenkabine. Sie ist völlig sauber.«

»Bist du sicher?«

»Du wirst schon sehen.«

»Wenn ich mich *links* halte.«

Candace grinste und gab ihm zu seiner Überraschung einen flüchtigen Kuss auf die Wange.

»Ich bin froh, dass du und deine unwiderstehlichen Grübchen heute Nacht hier bei mir seid, du blöder, verwegener Kerl. Sobald es etwas ruhiger wird, können wir uns unterhalten. Dann gibt es kostenlose Cocktails bis zum Abwinken.«

»Das will ich sehen!«

Sie nahm seine Hand, drückte sie sanft und ließ sie wieder los. Und schon vermisste er ihre Berührung.

»Bis später!«, sagte sie und eilte Richtung Bar.

Die zwei Russen hatten inzwischen das gewundene, kurvenreiche Gewirr aus Stollen betreten. Die Musik kam jetzt direkt von vorne; ihr monotoner hämmernder Beat hallte von den dicken Felswänden wider.

Luka ging erneut voraus, mit der alten Karbidlampe, die er dem toten Führer abgenommen hatte. Der Stollen war offenkundig seit mehreren Generationen benutzt worden; im Schein der Lampe tauchten auf den Wänden merkwürdige Kleckse bunter Graffitis auf, zwischen denen vereinzelte Inschriften in den nackten Kalkstein geritzt waren. Eine lautete: *Jeunes gens, ne vous portez pas volontaires pour l'armée. Le fou Napoléon fera tous tuer. 1813.*

Luka wandte sich von der Inschrift ab. »Dies ist eine Warnung an junge Männer, sich zum Dienst in Napoleons kriegslüsterner Armee zu verpflichten«, sagte er. »Von einem Soldaten, der es bereut hat.«

Oleg erwiderte darauf nichts. Er empfand keinerlei Reue wegen irgendeines Krieges, an dem er teilgenommen hatte.

Die beiden bogen um eine Kurve und dann um eine weitere. Die Displays ihrer Kontaktlinsen zeigten an, dass sie jetzt in der Nähe des Stollens waren, der von dem brezelförmigen Gewirr abging. Und dass sich Outliers Pfeil von Osten weiter der Halle näherte. Sie bewegte sich zwar relativ zügig fort, aber es lag noch ein gutes Stück vor ihr, bevor sie die Stelle erreichen würde, wo die Männer sie schnappen wollten.

Die beiden liefen weiter, um eine Biegung nach der nächsten …

Plötzlich machte Luka erneut Halt und gab das Zeichen zum Stehenbleiben. Er hatte hinter der nächsten Biegung etwas bemerkt. Ein Licht. Aus dem Stollen, den sie gerade betreten wollten.

Die Männer standen regungslos da, gaben keinen Laut von sich. Beide in Alarmbereitschaft. Sie warteten, schauten in den Stollen und lauschten, während das Licht näher kam und heller wurde. Zunächst bewegte es sich auf einer Höhe von etwa anderthalb Metern gleichmäßig fort. Aber nach einer Minute begann es, auf und ab zu hüpfen und hin und her zu zappeln.

Dann verharrte es auf der Stelle.

Setzte sich wieder in Bewegung.

Und verharrte erneut, wischte hektisch über die Wände und glitt zu Boden. Eine Minute später wanderte es wieder in die Höhe, kam erneut näher und leuchtete um die Biegung, an der die Russen lautlos und einsatzbereit warteten.

Luka warf einen Blick über die Schulter zu Oleg.

»Scheiße«, flüsterte er. »Wir bekommen Gesellschaft.«

Der Stollen, in den Lionel sich mit Sadie und Delia zwängte, war stockdunkel, und er war froh, dass er eine Taschenlampe dabeihatte.

Zusammen mit seiner Einladung zur Party hatte er eine Liste mit Gegenständen bekommen, die für den Aufenthalt in den Stollen von Nutzen waren; ganz oben standen eine Taschenlampe, eine Wasserflasche und ein Helm oder irgendein anderer Kopfschutz. Außerdem wurde empfohlen, beim Abstieg Kleidung zu tragen, die schmutzig werden durfte, und in einer wasserdichten Tasche die Sachen mitzubringen, die man auf der Party anziehen wollte. Und es gab eine Wegbeschreibung zu verschiedenen *chartières* in der Stadt, von denen aus die Führer, die man engagiert hatte, die Gäste nach unten brachten.

Da sein Chef für den Eintritt aufgekommen war, hatte Lionel sich für hundert Euro eine kompakte Taschenlampe gekauft, die einen ganzen Raum erleuchten konnte. Obwohl er sie auf dem Weg nach unten nicht benötigt hatte – die Petroleumlampe des Führers hatte ihren Zweck erfüllt –, stellte sich angesichts der Dunkelheit um ihn herum jetzt heraus, dass sich die Investition gelohnt hatte. Sein einziges Problem war nur, dass er die Taschenlampe nicht richtig festhalten konnte, während Sadie und Delia ihn hastig auszogen – falls man hier von einem Problem sprechen konnte; die meisten Männer, die er kannte, hätten zehn Jahre ihres Lebens dafür gegeben, derlei Probleme zu haben.

Er war keine fünf Schritte in den Stollen gegangen, als Delia ihm den Joint aus der Hand riss, einen tiefen Zug nahm und ihn Sadie gab, die gierig daran saugte und ihm dann den Joint zwischen die Lippen steckte. Ehe er sichs versah, war der Joint aufgeraucht, und die beiden öffneten seine Knöpfe, Gürtelschnalle und Reißverschlüsse. Die Taschenlampe in seiner Hand begann zu zittern, als eine der Frauen mit ihrer Zunge seinen Nacken bearbeitete. Dann zogen sie ihm das Hemd aus, und er ließ die Lampe fallen, worauf ihr Strahl wild im Stollen umhertanzte.

Lionel blickte auf die Taschenlampe. Zu seiner Erleichterung leuchtete sie noch und war offenbar unversehrt.

»Vergiss die Lampe«, flüsterte Delia ihm ins Ohr.

»Da liegt sie genau richtig«, sagte Sadie und steckte ihre Zunge in sein anderes Ohr.

Aber Lionel wollte nicht riskieren, dass einer von ihnen auf die Lampe trat.

»Es dauert nur einen Moment.«

Er riss sich von ihren Armen los und bückte sich, um die Lampe aufzuheben. Doch er trat mit der Schuhspitze aus Versehen dagegen, und sie rollte weiter in den Stollen und blieb nach ein, zwei Metern liegen.

»*Merde*«, fluchte er und lief ihr hinterher.

»Wo willst du hin?«

Ohne ihrer Frage Beachtung zu schenken, machte er, mit der Hose über den Knien, einen unbeholfenen Schritt darauf zu, geriet ins Straucheln, fing sich wieder, spürte, wie die Hose auf seine Knöchel hinunterrutschte, griff nach der Lampe und sah plötzlich, wie ein Paar hochhackiger Stiefel neben ihr auf dem Boden landete. Gefolgt von einem Paar Netzstrümpfen und einem Lederrock. Und hauchdünner Unterwäsche.

Keuchend hob Lionel den Kopf. Vor ihm stand Sadie, splitterfasernackt.

»Ist dir nicht kalt?«, fragte er.

»Nicht, wenn du das Ding vergisst und zu mir kommst.«

Lionel glotzte sie weiter mit offenem Mund an. Er hatte die Lampe eigentlich an einem sichereren Ort verstauen wollen, beschloss jedoch, sie unter dem Kleiderberg liegen zu lassen … Warum auch nicht? Das war ein gutes, weiches Polster.

Einen Moment später gesellte Delia sich zu ihnen, und die drei begannen sich lachend zu küssen und zu befummeln und warfen ihre letzten Kleidungsstücke fort … als Lionel sich plötzlich umdrehte und den Stollen hinunterblickte.

»Was ist denn?«, fragte Sadie nichts ahnend, den Rücken dem Stollen zugewandt. »Bist du mit dieser Lampe *verheiratet*?«

Lionel antwortete nicht. *Seine* Taschenlampe war nicht das Problem. Sondern die Lampe, die er auf sie zukommen sah.

Einen Moment später bemerkte Sadie, dass Delia, die rechts von Lionel stand, ebenfalls den Stollen hinunterstarrte. Verwirrt drehte sie sich um, um zu sehen, was die Aufmerksamkeit der beiden erregt hatte, als ein greller Lichtschein auf ihr Gesicht fiel. Geblendet blinzelte sie mit den Augen, kniff sie zusammen und blinzelte erneut. Das Licht fächerte sich in zwei lange, einzelne Strahlen auf, die beide rasch näher kamen.

Und dann sah sie die schemenhaften Gestalten. Zwei Gestalten, die sich mit den Lichtkegeln fortbewegten. Zwei *Männer*, die unaufhaltsam näher kamen.

Sie warf ihrer Zimmergenossin einen Blick zu.

»*C'est putain de bizarre*«, sagte sie. »Was glaubst du, wer das ist?«

Luka sah vor sich Sadie, Delia und Lionel, die mehr oder weniger unbekleidet verwirrt in seine Richtung starrten.

Am liebsten hätte er das Gas gegen sie eingesetzt. Das war geräuschlos und effektiv, während seine Mark VII laut wie eine Kanone war. Aber ihm und Oleg blieb keine Zeit, die Masken aufzusetzen.

Kurzerhand jagte Luka jedem von ihnen zwei Kugeln in den Kopf und eine ins Herz, wobei der Rückschlag seiner riesigen 44er einen schwächeren Mann von seiner Größe glatt zu Boden befördert hätte. Die drei gingen wie menschliche Zielscheiben auf einem Schießstand blutüberströmt zu Boden.

Oleg trat zu ihm und betrachtete die Leichen.

»Sie haben sich den falschen Ort ausgesucht, um sich zu amüsieren«, sagte er.

Luka drehte sich zu ihm um.

»Vielleicht hat jemand die Schüsse gehört«, sagte er.

»Oder auch nicht. Die Musik ist verdammt laut.«

»Es gibt dort bestimmt Sicherheitsleute. Wir müssen davon ausgehen, dass jemand sie gehört hat.«

»Was machen wir jetzt?«

Luka dachte nach, den Lauf seiner Pistole immer noch auf die drei Toten gerichtet. In ihren Brustkörben klafften tiefe Löcher, und von ihren Gesichtern war kaum noch etwas übrig.

»Wir warten«, sagte er.

Jean-Claude stand vor dem Torbogen, als er die Detonationen hörte: zwei Schüsse, gefolgt von einem weiteren, und dann kurz nacheinander noch zweimal dasselbe Muster. Während seiner Militärzeit war er beim *Commandement des forces spéciales terrestres* gewesen, bei der Spezialeinheit des 13. Fallschirmregiments, und hatte im Irak und in Syrien gegen den IS ge-kämpft. Er wusste, wie sich eine Pistole anhörte – eine große Pistole. Und er wusste, wie sich eine Exekution anhörte.

Er drehte sich zu dem langen Hauptgang um und griff un-auffällig nach der Waffe im Holster unter seinem Blazer, dar-auf bedacht, die Gäste nicht in Panik zu versetzen. Die FN P90 5.7 ließ sich mühelos handhaben und konnte mit ihrer Muni-tion ganze Bäume ummähen.

Er blickte im flackernden Licht der Wandleuchten den Gang hinunter. Vor fünfzehn oder zwanzig Minuten hatte er die drei Partygäste weggeschickt, damit sie außer Sicht-weite ihren Joint rauchten und wer weiß was sonst noch trie-ben. Sie waren bisher nicht zurückgekehrt, und er hatte kei-nen Gedanken mehr an sie verschwendet. Er hatte auf einem Dutzend dieser Partys gearbeitet, ohne dass es zu einem Zwi-schenfall gekommen war. Die Partys waren zwar laut, aber sie zogen keine gewalttätigen Leute an.

Doch es waren eindeutig Schüsse zu hören gewesen. Erst zwei und dann ein weiterer. Dreimal hintereinander.

Jean-Claude setzte sich in Bewegung. Der Gang verlief etwa hundert Meter geradeaus, bog dann scharf nach rechts ab und führte, wie so viele Gänge in den Katakomben, durch eine endlose Abfolge von Biegungen und Quergängen. Aber die-ser war länger und breiter als die meisten. Die Bergleute hat-ten früher durch den Gang Werkzeug, Kies und große Kalk-steinblöcke von einem Bereich in einen anderen gekarrt. Er wurde bis zur Biegung von über einem Dutzend Öffnungen gesäumt – es gab jeweils zwei kleine Löcher in der Wand zur Rechten und zur Linken und dann mehrere größere zu bei-den Seiten.

Jean-Claude eilte an den ersten vier Löchern vorbei. Die Löcher, die die Bergleute irgendwann mal gegraben hatten, waren kaum größer als Lüftungsschächte und zu klein, um sich hineinzuzwängen. Der erste der breiteren Stollen befand sich zu seiner Linken und war vom Eingang der Halle aus gut zu sehen. Allerdings glaubte er nicht, dass die drei liebeshungrigen Bohemiens darin verschwunden waren, falls sie fürchteten, dass er sie im Auge behielt. Vermutlich hatten sie den Stollen dahinter zur Rechten aufgesucht. Dort war man zwar vielleicht nicht völlig ungestört, denn er führte zu einer Reihe von Abzweigungen, die die Führer als Zugang von oben benutzten. Aber Jean-Claude nahm an, dass sie nach einem Ort gesucht hatten, an dem sie eine schnelle Nummer schieben konnten und nicht nach einer luxuriösen Hochzeitssuite. Da die Party in vollem Gange war und die meisten Gäste bereits eingetroffen waren, hatten sie den Stollen wahrscheinlich ganz für sich allein.

Er lief langsam und vorsichtig den Gang hinunter. Aus dem Torbogen hinter ihm waberten bunte Lichter. Die Musik dröhnte. Und von der Tanzfläche drangen ausgelassene Schreie herüber. Unwillkürlich war sein alter Kampfinstinkt erwacht, und er war in höchster Alarmbereitschaft, aber der Lärm und die wirbelnden Lichter lenkten ihn ab. Inmitten des Durcheinanders, das seine Sinne bestürmte, fiel es ihm schwer, etwas zu sehen oder zu hören. Und die Abfolge der Schüsse hatte ihm einen gehörigen Schreck eingejagt. *Peng-peng-peng.* Das hatte sich professionell und gefährlich angehört und gefiel ihm ganz und gar nicht.

Er hatte den Stolleneingang jetzt fast erreicht, und seine Hand ruhte unter der Jacke immer noch locker auf dem runden

Griff der P90. Nach drei weiteren Schritten war er am Eingang, zog die Pistole und schaltete die kleine Leuchte unter dem Lauf ein.

Jean-Claude lief in den Stollen, so als würde er die schummrige Lehmhütte eines Bombenbauers in der Innenstadt von Basra betreten. Er drehte sich auf den Absätzen. Die Pistole mit beiden Händen umklammert, den Lauf vor dem Körper, während die Leuchte einen hundert Lumen starken Lichtkreis durch die Stollenöffnung auf die gegenüberliegende Wand warf. Er konnte vor sich niemanden sehen und schwenkte die Pistole nach links, aber dort war auch niemand. Dann schwenkte er sie nach rechts und spürte, wie sich seine Nackenhaare aufstellten. In der Dunkelheit stand eine Person. Schlank, knapp eins achtzig groß, eine Rollmütze auf dem Kopf. In den kleinen Händen eine riesige Schusswaffe, die sie noch kleiner erscheinen ließ.

Jean-Claude zögerte einen Moment. Angesichts des zierlichen Körperbaus der Person. Des bizarren Gegensatzes zwischen der riesigen Waffe und den kleinen, fast winzigen Händen. Sie hätten von einem Kind oder einer Frau stammen können, weshalb er unwillkürlich mit etwas Verzögerung reagierte. Und dann war es für ihn zu spät. Eine weitere Hand packte von hinten sein Gesicht, eine große, kräftige Hand, und riss seinen Kopf nach hinten, entblößte seine Kehle. Er verlor das Gleichgewicht, der Finger am Abzug seiner Pistole verkrampfte, und er feuerte unkontrolliert drei Kugeln ab, die Luka um einen halben Meter verfehlten. Dann glitt etwas Kaltes über seine Kehle, von links nach rechts, von Ohr zu Ohr, und durchtrennte gleichzeitig beide Halsschlagadern und die vordere Drosselvene.

Oleg ließ ihn fallen und trat zurück, worauf Jean-Claude nach hinten zu Boden fiel. Er gab einen gurgelnden Laut von sich, während dunkle Flüssigkeit aus seinem Mund strömte. Oleg steckte sein Messer wieder in die Scheide unter seiner Weste und bückte sich, um dem Toten die Waffe aus der Hand zu nehmen. Einige seiner Finger begannen zu zucken, als sie sich daraus löste.

Luka sah zu Oleg. »In der Halle können Dutzende Leute sein. Wenn die in die Stollen stürzen, bricht hier Chaos aus. Wir müssen die Situation unter Kontrolle bringen. Sofort.«

Oleg, der die Waffe des Sicherheitsmanns inspizierte, schaute zu ihm auf. »Wir müssen sie alle beseitigen. Keine Zeugen.«

Luka nickte.

»Diesmal nehmen wir das Gas«, sagte er.

In der Schlange vor der Toilettenkabine warteten fünf oder sechs Leute, aber Etienne war als Nächstes dran, und er war heilfroh darüber. Er begriff nicht, wie man es geschafft hatte, eine moderne, selbstreinigende Toilettenkabine in die Katakomben runterzubringen, doch als er Candace' Wegbeschreibung gefolgt war, hatte er die Kabine tatsächlich hier vorgefunden. Blue-Eyed Dog schien an alles gedacht zu haben.

Eine Frau verließ jetzt die Kabine, und Etienne wartete ungeduldig, dass das rote Licht erlosch. Sechzig Sekunden später drückte er auf den Knopf und stürzte ins Innere, während hinter ihm die Tür zuglitt.

Er stieß einen Pfiff der Erleichterung aus. Der Cocktail war in Rekordzeit durch seinen Körper gewandert; ein paar Sekunden später, und er wäre in Verlegenheit gekommen. Was war das Gegenteil von *verwegen*? Ein Typ mit feuchten Flecken auf der Vorderseite seiner Hose erfüllte bestimmt dieses Kriterium. Etienne fragte sich, warum sich eine so außergewöhnliche Frau wie Candace für ihn interessierte. Das lag garantiert nicht an seinem ungelenken Tanzstil. Vielleicht stimmte es ja, dass Gott die Narren belohnte. Aber was auch immer sie in ihm sah, er hoffte, dass dieser Zustand anhielt, denn er fand sie absolut umwerfend. Er hatte gehofft, dass der heutige Abend ein Abenteuer wird, und er war nicht enttäuscht worden. Er verbrachte einen der besten Abende seines Lebens.

Er wagte es kaum, diesen Gedanken zuzulassen, aber dieser Abend kam ihm wie der Beginn von etwas Großem vor.

Das Gas trug den Codenamen Kolokol-1 – *Kolokol* war das russische Wort für Glocke. Obwohl die giftigen Bestandteile des Gases im Kreml ein gut gehütetes Geheimnis waren, wussten ausländische Regierungen seit einem Vierteljahrhundert von seiner Existenz.

Im Oktober 2002 hatten vierzig bewaffnete tschetschenische Rebellen das ausverkaufte Dubrowka-Theater in Moskau während der Premiere des Musicals *Nord-Ost* gestürmt, die achthundertfünfzig Zuschauer als Geiseln genommen und im Austausch für ihre Freilassung den Abzug der russischen Truppen aus ihrem besetzten Land gefordert. Nachdem man zweieinhalb Tage erfolglos verhandelt hatte, beendeten Spezialeinheiten des FSB die Geiselnahme, indem sie ein unbekanntes Gas in die Lüftungsschächte des Theaters pumpten. Dabei wurden sämtliche Tschetschenen sowie hundertdreißig Geiseln getötet. Der Tod trat innerhalb weniger Minuten ein.

Laut verschiedenen Berichten wurde das Gebäude durch Mitglieder der Alpha- und Vega-Gruppe der Speznas gestürmt, aber in Wirklichkeit hatte die Schwarze Hundert im Verborgenen den Einsatz geplant und geleitet. Die Bruderschaft hatte nicht nur den Befehl gegeben, das Kolokol-1 einzusetzen, sondern zuvor das Gas auch in geheimen Forschungslaboren im ganzen Land entwickelt.

In den darauffolgenden Tagen wurde die Speznas in weiten Kreisen für den Verlust zahlreicher unschuldiger Leben verurteilt. Zahlreiche Nationen hielten die Gegenmaßnahme für schlimmer als die Geiselnahme selbst. Aber die Schwarze Hundert betrachtete die Operation als Erfolg, als eine Art Feldversuch für ihren neuen chemischen Kampfstoff, der dabei die wichtigsten Leistungskriterien erfüllt oder sogar übertroffen hatte. Kolokol-1, eine Mischung aus den aerosolierten synthetischen Opioiden Carfentanyl und Remifentanil – mit einem geringeren Anteil des starken Betäubungsmittels Halothan –, war sofort tödlich und extrem flüchtig, da es wenige Minuten nach der Freisetzung in seine harmlosen molekularen Bestandteile zerfiel. Damit war es optimal für den Einsatz in geschlossenen Räumen geeignet, zu denen man sich kurz nach dem Gebrauch vielleicht Zugang verschaffen musste.

Luka und Oleg hatten jeder zwei Gasgranaten dabei. Durch den Zusatz eines schwachen Reduktionsmittels oder Stabilisators war ihr Kolokol-1-Gemisch länger haltbar. Aber sonst war es mit dem ursprünglichen Gas identisch, das man im Dubrowka-Theater eingesetzt hatte, und es würde ohne sichtbare Spuren töten und sich verflüchtigen.

Die beiden schoben jetzt ihre Atemschutzmasken über die Gesichter, zogen die Riemen fest, hielten die Hand vor die Luftschlitze und atmeten aus. Dann bedeckten sie die Filter und atmeten ein, um sie luftdicht zu versiegeln. Die Masken waren weiß wie die von Revas Team. Die Granaten, glatte schwarze Zylinder, hatten patronenförmige Köpfe, um die herum sechs winzige Düsen verliefen.

Luka nahm eine davon aus seinem Rucksack und befestigte sie an seinem Gürtel, und Oleg tat das Gleiche. Dann schalteten sie ihre Maskenlautsprecher ein.

»*Pojechali*«, sagte Luka. Auf geht's.

Er nickte, und sie liefen um den toten Türsteher und die Lache mit seinem Blut und Körpergewebe herum durch den Hauptgang.

Die beiden marschierten unbemerkt in die Halle. Dort herrschte Hochbetrieb. Stroboskoplichter flackerten, die Musik dröhnte, Tänzer wirbelten herum, und die NFT-Grafiken an den Wänden verformten, dehnten und verwandelten sich synchron zum wilden Rhythmus der Musik. Unter den Gästen waren hauptsächlich Künstler, Kunstkritiker und Influencer, die man gebeten hatte, fantasievolle Kostüme zu tragen, und diejenigen, die nicht über die Tanzfläche hüpften, hatten die Bar aufgesucht oder beteiligten sich an dem munteren Treiben auf dem Knochenthron. Die wenigen Gäste, die von Luka und Oleg überhaupt Notiz nahmen, wunderten sich mehr über den extremen Größenunterschied der beiden Männer als über ihre Atemschutzmasken.

Die Zünder der Gasgranaten reagierten mit drei Sekunden Verzögerung. Luka zog den Stift aus seiner Granate und ließ sie zu Boden fallen. Oleg warf seine wie eine Bowlingkugel fort. Beide Zylinder rollten scheppernd über den Boden und prallten von den Füßen der Leute ab, während die Düsen das Kolokol-1 verströmten.

Einige Tänzer spürten, wie etwas gegen ihre Füße stieß, schenkten dem aber keine Beachtung. Andere warfen neugierig einen flüchtigen Blick auf den metallischen Gegenstand, der von einem Absatz oder einer Schuhspitze weggetreten wurde. Er sah aus wie eine herrenlose Getränkedose. Wahrscheinlich war sie vom Tresen gefallen, einem Tänzer aus der Hand gerutscht oder von einem überquellenden Abfallbehälter gekullert.

Das konzentrierte Gift war unsichtbar und geruchlos. Die einzelnen Tropfen des Kolokol-1 hatten einen Durchmesser von einem Mikrometer und waren fünfundzwanzigmal kleiner als ein Teilchen, das das menschliche Auge wahrnehmen konnte.

Die Chemikalie wurde durch Nase und Mund eingeatmet und über die Haut und Schleimhäute aufgenommen, und nur Millisekunden nach seiner Freisetzung spürten die Gäste in der Halle seine Wirkung. Einige fühlten sich verwirrt, benommen und desorientiert. Anderen wurde übel. Nach etwa dreißig Sekunden begannen die meisten zu röcheln und zu husten, und viele von ihnen übergaben sich oder hatten Schaum vorm Mund. Eine Minute nach dem Kontakt mit dem Gas wurden alle Partygäste von Krämpfen geschüttelt.

Wenn menschlichem Körpergewebe der Sauerstoff entzogen wurde, zogen sich die Blutgefäße zusammen, und das Herz schlug immer schneller, um sauerstoffreiches Blut durch den Körper zu pumpen. Was zu einem plötzlichen Herzstillstand führen konnte.

Hinter der Bar wollte Candace gerade einem Gast am Ende

der Bar einen Drink bringen, als sich ihr Gesichtsfeld verengte und die Ränder wie bei einer Kamerablende immer dunkler wurden. Plötzlich schnürte sich ihr Brustkorb zusammen, und ihre Knie fühlten sich schwach an. Zunächst glaubte sie, sie sei erschöpft, weil sie ohne Pause gearbeitet hatte, und blieb stehen, um zu verschnaufen. Aber das half nicht. Ihre rechte Hand, die immer noch das Cocktailglas hielt, begann zu zittern.

Da sie den Drink nicht verschütten wollte, streckte sie die Hand aus, um das Glas auf dem Tresen abzusetzen. Doch bevor sie das tun konnte, stürzte ein Mann wie ein ins Schleudern geratenes Auto von der Tanzfläche auf das andere Ende der Bar zu, knallte dagegen und erbrach sich in einem Schwall auf die paillettenbesetzte Vorderseite ihres Kleids. Sie sah ihn mit ihrem Tunnelblick entsetzt und angewidert an und sah, wie sich seine Augen verdrehten, ehe er wieder schwankend in der Menge verschwand.

Candace hörte Schreie, die das Hämmern der Musik übertönten, und begriff, dass sie aus der ganzen Halle kamen. Überall schlugen die Leute wild um sich.

Sie wankte unkoordiniert umher. Ihre Hand zitterte heftig, und der Cocktail spritzte über ihre Finger. Als Candace versuchte, sie ruhig zu halten, wurde ihr Arm von der Schulter bis zum Handgelenk von einem schrecklichen Krampfanfall erfasst. Sie schrie vor Schmerzen auf, während sich ihre Hand um das Glas verkrampfte und es zerbrach. Die spitzen Scherben bohrten sich tief in ihre Haut und durchtrennten fast zwei ihrer Finger. Eine Mischung aus Blut und Alkohol brannte auf ihrer Handfläche und tropfte zwischen den Knöcheln herunter.

Der nächste Krampfanfall war noch schlimmer. Ihre Beine wurden steif und rutschten unter ihr weg, und sie krachte gegen die beleuchtete Rückwand der Bar; Flaschen und Gläser fielen auf den Felsboden und zersplitterten vor ihren Füßen. Sie wirbelte herum, taumelte und stürzte auf die Scherben und den verschütteten Alkohol.

Während sie flach auf dem Rücken lag, versuchte sie sich aufzusetzen, aber ihr Körper reagierte nicht. Ihr Magen verkrampfte, und sein Inhalt stieg in ihre Kehle empor. Sie wollte ihn ausspucken, aber sie konnte nicht. Sie wollte den Kopf drehen, um ihren Mund zu leeren, aber sie konnte nicht. Ihre Muskeln waren blockiert.

Candace holte keuchend Luft, als würde sie durch einen engen Strohhalm atmen. Ihr Mund war voller bitterer Gallenflüssigkeit. Sie erstickte und konnte nichts dagegen tun. Sie konnte sich weder bewegen noch atmen. Hilflos, nach Luft schnappend, hörte sie die Schreie und das laute Dröhnen einer Schusswaffe. Dann dachte sie an ihren Tanz mit Etienne, und ihr wurde schmerzlich bewusst, dass sie sterben würde.

In der Mitte der Halle marschierten Luka und Oleg über die Tanzfläche und töteten die Gäste, die noch lebten. Für diejenigen, die sich nicht mehr bewegten, verschwendeten sie keine Munition. Aber denjenigen, die immer noch wild um sich schlugen oder zappelten, verpassten sie zwei Schüsse in den Kopf.

Oleg marschierte zwischen den Körpern vor der Bar hindurch, als ihn eine Hand am Knöchel packte, und er sah auf dem Boden einen Mann, der sich mit weit aufgerissenen Augen und geöffnetem Mund an ihm festklammerte. Oleg gab ihm mit seiner P90 den Rest.

»Das war's«, sagte er zu Luka. »Wir können gehen.«

Luka erwiderte nichts. Stattdessen lief er zur Rückseite des Raums und ließ seinen Blick durch die getönten Gläser seiner Atemmaske über die Tanzfläche wandern. Eine Frau und ein Mann lagen, die Körper über Sitz und Armlehnen ausgebreitet, auf dem Thron aus menschlichen Knochen. Sie rührten sich nicht. Genauso wie die Leute rings um den Thron. Luka inspizierte den Bereich dahinter und entdeckte in der Wand zur Linken und zur Rechten jeweils eine Öffnung. Die auf der linken Seite führte zu einer kleinen Nische. Darin lagen dicht zusammengedrängt mehrere Körper, und er war für einen kurzen Moment verwirrt, bis er die Toilettenkabine weiter hinten sah und begriff, warum sie dort lagen.

Er betrat die Nische. Eine Frau, die unter einem sehr viel größeren und schwereren Mann begraben war, bewegte sich kaum merklich. Luka lief zu ihr, blieb breitbeinig stehen und drückte ihr die Mündung seiner Waffe gegen die Stirn. Sie starrte ihn mit weit aufgerissenen Augen an, während sie einen Arm unter dem massigen Körper des Mannes hervorzog und ins Leere griff. Aus ihrem Mund drang ein leises, flehendes Winseln.

Luka jagte ihr zwei Kugeln in den Schädel, worauf er zerplatzte. Dann sah er nach, ob sich in dem Berg aus Körpern noch etwas bewegte.

Das war nicht der Fall.

»*Teper delo sdelano*«, sagte er mit lauter Stimme, damit Oleg ihn trotz der Musik hören konnte. »Wir sind hier fertig.«

Jacques blieb in einem Stollen vor Kali und Jill stehen, den Kopf wie ein Fuchs, der Witterung aufnahm, zur Seite geneigt. Er hatte etwas gehört. Sie hatten es alle drei gehört. Sie wussten alle drei, was für ein Geräusch das war.

»Schüsse«, sagte Kali. »Ganz in der Nähe.«

Er drehte sich zu ihr um, und während er reglos dastand, wirkte er mit seiner maskenartigen Gesichtsbemalung fast unwirklich. Die Schüsse wiederholten sich in einem ähnlichen Rhythmus und hallten durch den Gang, in den er sie geführt hatte. Es waren laute Detonationen.

»Das sind zwei Waffen«, sagte Jill hinter Kali. »Eine mit schwerem Kaliber.«

Kali lauschte, während die Schüsse durch die Dunkelheit dröhnten. Sie waren ganz nah, keine Frage, aber es ließ sich kaum sagen, aus welcher Richtung sie kamen. Die Katakomben waren eine labyrinthische Echokammer, zwischen deren Wänden die Geräusche endlos widerhallten.

Aber sie hatte Jacques' Blick bemerkt.

»Du weißt, wo sie herkommen«, sagte sie. Und das war keine Frage.

Nach einem Moment sah er sie an.

»Ich denke, schon.«

Als Luka die Nische verließ, bemerkte er, dass Oleg aufmerksam den Boden davor betrachtete. Der Hüne trat näher und blickte ihn an.

»Hier«, sagte er. »Schau dir das an.«

Luka bemerkte, dass Oleg am Rand einer großen Wasserlache stand. Sie war rostbraun und kam aus der Öffnung in der gegenüberliegenden Wand.

»Was hältst du davon?«

Luka warf einen flüchtigen, desinteressierten Blick auf die Lache. »Was soll damit sein? Das ist eine Pfütze.«

»Das ist etwas viel Wasser für eine Pfütze.«

Statt etwas zu erwidern, warf Luka einen prüfenden Blick zu der Öffnung. »Was ist da drin? Hast du nachgesehen?«

»Nur ganz kurz. Aber das könnte die Seitenkammer auf unserer Karte sein. Die zum Stollen nach Montmartre führt.«

»Lass uns mal einen Blick hineinwerfen«, sagte Luka und lief um die Pfütze herum durch die Öffnung.

Oleg zögerte einen Moment, dann folgte er ihm ins Innere.

Bei dem Raum handelte es sich um eine große sechseckige Kammer mit Backsteinwänden und gewölbter Decke, eine jahrhundertealte Kammer, die man jetzt offenbar als Lagerraum für die Tanzhalle benutzte. Es gab hier Rollwagen mit Zubehör, Stapel hölzerner Weinkisten, Kunststoffpaletten voller Kabelrollen, Licht- und Tonequipment und andere Sachen, die die beiden Männer nicht identifizieren konnten. In zweien der Wände entdeckten sie gewölbte Öffnungen, die in weitere Stollen führten. Aus einem von ihnen lief Wasser in die Kammer … ein dunkles, gleichmäßiges Rinnsal, das über den Felsboden zum Eingang der Tanzhalle strömte.

Das war also der Grund für die Pfütze draußen, dachte Oleg.

Er ließ seine Hand über eine der Kisten gleiten und zog eine seiner buschigen Augenbrauen hoch. Die Außenseite des Holzes war voller Wassertropfen. Als er den Kopf hob, sah er, dass über dem Stapel aus dem rissigen Mörtel zwischen den Backsteinen Wasser tropfte.

»Diese undichten Stellen müssen neu sein«, sagte er. »Sonst hätte man hier nichts gelagert. Schon gar nicht den elektronischen Krempel.«

Luka zuckte schwach mit den Achseln. »Komm. Ich will mir mal ansehen, wo diese Stollen hinführen. Wer zum Teufel hätte gedacht, dass es mehr gibt, als auf der Karte eingezeichnet sind?«

Oleg war jedoch keineswegs überrascht. Ihr Führer, Anton, hatte angedeutet, dass die Karte in Bezug auf einige Bereiche absichtlich vage gehalten war. Aber momentan beschäftigte ihn etwas anderes.

Er schaute von den aufgereihten Kisten zu Luka. Diesmal konnte man ihm seinen Widerwillen deutlich ansehen.

»Was ist?«, fragte Luka.

»Ich muss an die Überschwemmung denken, die Revas Einheit beinahe in die Seine gespült hätte.«

Luka blickte sich um und ließ den Strahl seiner Stirnlampe über Wände und Decke wandern.

»Das war mehrere Meilen entfernt, und das hier ist wohl kaum eine Überschwemmung«, sagte er. »Das bisschen Wasser wird uns nicht umbringen.«

Er wandte sich einer der Öffnungen zu und musste an die Stadt Odessa in der Ukraine denken. Unter der Stadt verliefen alte Steinbrüche, ähnlich wie diese Katakomben. Stollen, in denen die Sowjets ein weitläufiges unterirdisches Netz aus Abwassersystemen, Kommandozentralen und Bunkern zurückgelassen hatten. Als er mit der Wagner-Gruppe 2022 dorthin entsandt worden war, hatten die ukrainischen Widerstandskämpfer die Stollen genutzt, um die russischen Invasoren an jeder Biegung zu attackieren, um ihnen zu entwischen und sie auszutricksen. Dank des Netzwerks konnten sie sich mühelos durch die ganze Stadt bewegen. Allerdings hatten die Bewohner sich im Laufe der Jahrhunderte mit den Besonderheiten der Katakomben vertraut gemacht. Luka und Oleg waren nicht in einer solch komfortablen Lage. Und ihre Zielperson kam schnell näher.

Luka betrat den Stollen, Oleg dicht hinter sich. Der Stollen war etwa drei Meter hoch und anderthalb Meter breit, und die Wände bestanden wie die des Lagerraums aus Backsteinen. Nach ein paar Metern kamen sie in eine kleinere Kammer, von der weitere Gänge abgingen. Die Männer befanden sich in einem Labyrinth aus verzweigten und miteinander verbundenen Stollen, Gängen und Kammern.

Luka deutete mit dem Kopf auf eine Öffnung zu seiner Linken. »Ich gehe da lang. Du nimmst einen der anderen Gänge. Sehen wir uns mal um.«

»Und was, wenn Outlier aufkreuzt, während wir das Labyrinth erkunden?«

Luka dachte erneut daran, wie die Ukrainer die Stollen unter Odessa geschickt für sich genutzt hatten. »Es ist das Risiko wert. Wenn wir uns damit vertraut machen, sind wir im Vorteil.«

Oleg musterte die Wände ringsum. Sie glänzten zwar vor Feuchtigkeit, aber es lief kein Wasser herunter.

»Also gut«, sagte er. »Fünfzehn Minuten. Keine Sekunde länger.«

Die beiden teilten sich auf, und Oleg lief nach rechts. Der Boden im Gang stieg ein wenig an, fiel wieder ab und stieg erneut an. Er kam an einem Stollen vorbei, der so niedrig war, dass er auf allen vieren hätte hineinkrabbeln müssen, und erreichte schließlich den Eingang zu einem größeren Stollen, lief hinein und stieß auf einen weiteren Verbindungsgang. Es war, als würde er sich durch einen riesigen Ameisenbau bewegen. Er fragte sich, ob man die Stollen auch nur irgendwie planmäßig angelegt hatte oder ob die Bergleute sie einfach überall dort gegraben hatten, wo sie zum Abbau von Kalkstein zweckmäßig waren.

Inzwischen waren fünf der fünfzehn Minuten verstrichen. Er bog um eine weitere Kurve und sah zwei große, leere Stollen, die durch einen schmalen Gang miteinander verbunden waren. Die Wände beider Stollen waren zwar mit feuchten Flecken übersät, aber in keinem lief Wasser herunter wie in dem Lagerraum neben der Tanzhalle. Oleg war ein wenig erleichtert. Er sah einen Seitengang, der von einem der Stollen abging, folgte ihm und stellte fest, dass er sich in Wirklichkeit im Zugang eines kleineren, runden Raums befand ... einem Nebenraum der Kammer.

Er blieb stehen und lauschte. Hatte er gerade etwas gehört? Er lauschte erneut, während er reglos dastand.

Ja, dachte er. Er konnte es immer noch hören. Es klang wie Wasser, das nach einem Rohrbruch rasch auslief.

Oleg lief weiter den Zugang hinunter, um der Sache nachzugehen, und stellte fest, dass er überschwemmt war. Erneut blieb er stehen. Er warf einen Blick in den weitläufigeren Bereich des runden Raums, und der Strahl seiner Stirnleuchte fiel auf eine blubbernde, schäumende Wasserlache. Sie war knöcheltief, vielleicht sogar tiefer.

Das Rauschen war jetzt sehr laut.

Oleg blieb erneut stehen und schaute besorgt nach oben, seine Leuchte auf die Decke über der Pfütze gerichtet. Darüber verlief ein langer, breiter Riss, aus dem sich Wasser ergoss. Und davon zweigten, wie die Fäden eines Spinnennetzes, kleinere Risse ab, aus denen ebenfalls Wasser in die Pfütze rieselte.

»Luka«, sagte er in sein Funkgerät. »Kannst du mich hören?«

»Ja.«

»Ich habe etwas entdeckt.«

»Was denn?«

Oleg starrte zu dem Sturzbach empor, der sich aus dem Riss ergoss, und dachte daran, dass Luka sich für das Wasser vor dem Lagerraum nicht interessiert hatte. Plötzlich klatschte ihm aus einem der kleineren Risse ein kalter, dichter Wasserschwall ins Gesicht. Er fuhr sich mit der Hand über die Wange und betrachtete im Schein der Leuchte seine glänzenden Fingerknöchel.

»Wasser«, sagte er. »Mehr als nur ein Rinnsal.«

Etienne hatte außerhalb der Toilettenkabine Lärm gehört, während er sein Hemd wieder in die Hose gestopft hatte. Zwei Detonationen, wie von Knallkörpern, jede gefolgt von zwei lauteren Explosionen, kurz hintereinander. Er hatte dabei nicht sofort an Schüsse gedacht. Die Musik dröhnte, die Menge tobte, und er war mit seinen Gedanken bei Candace. Der Lärm hätte Teil der allgemeinen Geräuschkulisse sein können. Irgendein Soundeffekt. Oder vielleicht hatte jemand auf der Tanzfläche tatsächlich ein kleines Feuerwerk gezündet: Es war eine verrückte Party. Allerdings wäre Jean-Claude, der Türsteher, wohl nicht allzu begeistert gewesen.

Dann hörte er es erneut. Zwei rhythmische Detonationen, paarweise und überlappend. Immer und immer wieder. Er war in der Bretagne inmitten von Bauernhöfen aufgewachsen, und die Geräusche erinnerten ihn an die Fehlzündung eines Traktors. Dennoch beschlich ihn das ungute Gefühl, dass es sich nicht um etwas derart Harmloses handelte.

Er zog seinen Reißverschluss zu, wandte sich vom Spiegel ab, trat an die Tür und lauschte.

Plötzlich hörte er, wie Schreie die Musik übertönten, und

die Haut in seinem Nacken begann zu kribbeln. Die Leute dort draußen schrien. Und die anderen Geräusche waren immer noch nicht verstummt. Die Detonationen vermischten sich zu einem furchterregenden, monotonen Rhythmus.

Er hatte keine Ahnung, was dort los war. Aber jeder in Paris erinnerte sich noch an die Anschläge vom 13. November vor einigen Jahren – seine Cousine und ihr Mann waren im Bataclan verletzt worden. Er musste jetzt an sie denken, und an Candace draußen hinter der Bar.

Dann knallte etwas mit voller Wucht gegen die Tür der Kabine, und Etienne zuckte erschrocken zusammen. Die ganze Kabine schwankte hin und her. Während er für ein paar endlose Minuten auf die Tür starrte, glaubte er auf der anderen Seite eine Frau stöhnen zu hören. Draußen ertönten weitere Detonationen. Erst eine, dann zwei. Gefolgt von einer Männerstimme, die offenbar etwas in einer osteuropäischen Sprache sagte.

Etiennes Herz hämmerte heftig. Er wusste nicht, was er tun sollte. Konnte nicht klar denken.

Also blieb er an der Tür stehen und lauschte.

Seit den letzten Detonationen waren ein paar Minuten vergangen; das Stöhnen der Frau war seitdem verstummt.

Er wusste nicht, wer dort draußen eine Pistole haben konnte. Er wusste nur, dass Candace dort draußen war. Was sollte er nur tun? Er war kein Supermann. Er wollte nicht den Helden spielen.

Aber Candace …

Sie war dort draußen.

Plötzlich bewegte er seine Hand vor dem Sensor hin und her, um die Tür zu öffnen. Es war keine bewusste Entscheidung.

Er hatte nicht darüber nachgedacht, sondern es einfach getan. Aber die Tür öffnete sich nicht. Sie vibrierte nur ein wenig. Er fuchtelte erneut mit der Hand. Doch sie öffnete sich noch immer nicht. Er hörte nur, wie sich der Mechanismus weiter abmühte. Sah, wie sich die Tür leicht bewegte. Aber sie blieb verschlossen. Sie hatte sich verklemmt.

Er dachte an den heftigen Schlag, den er gehört hatte, und an die schwankende Kabine, und er fragte sich, ob etwas – oder jemand – draußen gegen die Tür drückte, sie blockierte. Was, wenn er hier drinnen festsaß? Die Vorstellung jagte ihm mehr Angst ein, als er gedacht hätte.

Er trat einmal gegen die Tür. Aber sie öffnete sich nicht. Also trat er erneut dagegen. Doch sie öffnete sich noch immer nicht. Besorgt schaute er sich nach einer anderen Möglichkeit um, die Kabine zu verlassen … und zu seiner riesigen Erleichterung entdeckte er in einer flachen Vertiefung zu seiner Rechten einen großen roten Griff. Darunter war ein Pfeil, über dem in weißen Buchstaben *Ouverture de secours*, Notöffnung, stand. Und an der Wand daneben befand sich eine ovale Platte, die wie der Notausstieg eines Flugzeugs aussah.

Etienne holte tief Luft. Wie hatte er das nur übersehen können? Obwohl er auf der Straße schon häufig eine öffentliche Toilette wie diese benutzt hatte, war ihm nie ein Notausstieg aufgefallen. Er fragte sich, ob alle Kabinen darüber verfügten.

Da er jedoch fürchtete, der Hebel könnte einen Alarm auslösen und die Aufmerksamkeit auf ihn lenken, versuchte er ein letztes Mal, die automatische Tür zu öffnen. Sie gab aber nur ein leises Brummen von sich und blieb verschlossen.

Mit finsterem Gesicht griff Etienne nach dem Nothebel und stand, während er ihn mit der Hand umklammerte, einen Moment lang da. Obwohl immer noch die Musik lief, konnte er draußen niemanden mehr hören. Die Abwesenheit menschlicher Geräusche – selbst die Schreie und das Stöhnen waren inzwischen verstummt – ließ ihm die Haare zu Berge stehen. Was war mit all den Leuten passiert? Wahrscheinlich war es ein gutes Zeichen, dass die Schüsse aufgehört hatten. Doch dann wurde ihm klar, dass es auch das Undenkbare bedeuten konnte. Dass es niemanden mehr gab, den man erschießen konnte.

Er dachte an Candace und zog den Hebel. Es ertönte ein deutliches Klicken, als der Mechanismus entriegelt wurde und die Ausstiegsklappe aufsprang. Er holte nervös Luft, drückte die Klappe ganz auf und zwängte sich zwischen Kabine und Felswand nach draußen. Die Musik dröhnte und hämmerte. Und am hinteren Ende des Gangs blitzten Lichter. Aber er hörte immer noch keine Menschen. Er hörte niemanden. Nur die Musik.

Etienne stand eine ganze Minute regungslos da. Dann ging er Richtung Vorderseite der Kabine und spähte um sie herum. Er ahnte bereits, warum die Tür nicht funktionierte, und betete zu Gott, dass er sich irrte.

Aber er hatte sich nicht geirrt.

Ihn erfasste panisches Entsetzen. Vor der Tür lagen dicht gedrängt mehrere Leichen … acht, neun, vielleicht sogar mehr. Offenbar hatten einige der Partygäste vor der Kabine gewartet, als das Feuer eröffnet wurde, und dann versucht, sich im Innern zu verstecken. Die Personen am Ende der Schlange waren in Panik verzweifelt vorwärtsgestürzt, worauf die Leute vor ihnen sie zurückgestoßen und sich nach vorne gedrängt hatten und alle wild durcheinanderwirbelten, bis sie in einem

Knäuel gegen die Kabinentür gekracht waren und der Mechanismus unter ihrem Gewicht blockiert hatte.

Candace, dachte Etienne und holte zitternd Luft. Wäre sie nicht dort draußen, hätte er sich vielleicht, starr vor Angst, nicht von der Stelle gerührt. Aber um zu ihr zu gelangen, musste er über die Leichen steigen, sosehr ihm auch davor graute.

Candace.

Etienne nahm all seinen Mut und seine Entschlossenheit zusammen, trat vor die Kabine und setzte sich in Bewegung.

11

Die Halle des Wilden Königs«, sagte Jacques und deutete auf Kalis Karte. »Ich wette, dass die Schüsse von dort kamen.«

Kali hatte die Karte auseinandergefaltet und sich dicht neben ihn gestellt. Die Schüsse hatten nicht lang angedauert, lediglich wenige Augenblicke. Es hatte sich angehört, als hätte man zwei Pistolen in gleichmäßigem Rhythmus abgefeuert, und das beunruhigte sie.

Sie warf einen Blick auf die Stelle, die Jacques ihr gezeigt hatte. »Woher weißt du das?«

»Ich kenne mich hier ein bisschen aus.«

Er ließ seinen Finger zu einem Bereich ein gutes Stück südlich von ihrer Position wandern. »Siehst du das hier? Das ist der einzige Bereich, der öffentlich zugänglich ist. Ein winziger Teil des Netzwerks, weniger als eine Meile lang … von insgesamt *zweihundert* Meilen. Napoleon hat diesen Bereich in ein Beinhaus umgewandelt für die Skelettreste, die noch vor seiner Zeit in die Stollen gekarrt worden waren.«

Kali schaute zu ihm auf. »Warum ist das jetzt wichtig?«

»Ich habe dir doch von den Knochen erzählt, die man in die Bergwerksschächte geworfen hat. Viele davon wurden von den *Cataphiles* eingesammelt und in den *sections interdites* drapiert. In den gesperrten Bereichen. In der Halle gibt es einen Thron aus Knochen. Ihm verdankt sie seinen Namen, und er ist eine echte Attraktion … allerdings nicht für Touristen oder zufällige Besucher. Dort werden von unabhängigen Gruppen geheime, illegale Veranstaltungen abgehalten. Von politischen Organisationen, Künstlern und Technikfreaks. Meistens sonntagabends, wenn die Stadt schon schläft – als kleiner Seitenhieb auf das Bürgertum, das sich auf die Arbeitswoche vorbereitet. Ich würde wetten, dass es heute Abend dort eine Veranstaltung gab.«

Kali blickte ihm in die Augen. »Wie weit sind wir davon entfernt?«

»Die Halle befindet sich eine Viertelmeile weiter geradeaus«, sagte er und machte eine Pause. »Aber es gibt noch andere Wege zum nördlichen Netzwerk. Man braucht darauf zwar länger, aber sie sind sicherer.«

Nein. Die Umstände können sich ändern. Der Krieg ist voller Unwägbarkeiten, und man muss darauf reagieren. Wie in Burg Graguscu. Aber behaltet euer Hauptziel stets im Visier. Lasst euch durch nichts aufhalten. Und vor allem, gebt eurem Feind keinen Handlungsspielraum.

Kali erwiderte nichts. Plötzlich sah sie vor sich Carmody, der mit gespreizten Beinen und verschränkten Armen umgekehrt auf einem Stuhl saß, der viel zu klein für ihn war, und sie ansah.

»Wir bleiben bei unserem Plan«, sagte sie nach einer langen Pause. »Geh weiter.«

Jacques wirkte überrascht. »Wir wissen nicht, wer die Schüsse abgefeuert hat. Oder warum.«

»Dann sollten wir es herausfinden.«

Jill schüttelte den Kopf. »Die Schüsse fielen kurz nacheinander. Es gab keinen Schusswechsel. Du hast es selbst gehört. Sie klangen völlig mechanisch.«

Kali bemerkte, dass ihre Oberlippe beim Sprechen zitterte. »Alles okay?«

Jill ignorierte ihre Frage. »Was wir gehört haben, war eine gezielte Exekution, kein Kampf. Wenn das die Leute vom Blutigen Blitz waren, sind sie bereits nördlich von uns. Was müssen wir sonst noch wissen?«

»Alles, was uns einen Vorteil verschafft.«

Jill starrte sie an. »Hast du auch nur ein Wort von dem gehört, was ich gerade gesagt habe?«

»Das habe ich.«

»Und das macht keinen Unterschied?«

»Nicht, wenn sie sich zwischen uns und Lucien aufhalten.«

»Was nutzen wir ihm, wenn wir uns töten lassen?«

»Denk doch mal nach. Die Leute vom Blutigen Blitz sind ausgebildete Agenten. Professionelle Killer. Sie würden nicht aufs Geratewohl durch die Stollen marschieren, in der Hoffnung, dass ich ihnen irgendwo über den Weg laufe.«

Für etwa zehn Sekunden herrschte Schweigen. Dann stieß Jill durch die Vorderzähne zischend einen kurzen Schwall Luft aus.

»*Merde*«, sagte sie. »Sie haben eine Kopie der Karte. Sie kennen die geheimen Wege.«

Kali nickte. »Sie wollen mich einkreisen. Wir können nicht einfach die Augen schließen und so tun, als würden sie wieder verschwinden. Wir müssen herausfinden, wo sie sind, um sie zu überrumpeln.«

Erneutes Schweigen. Dann nickte Jacques. »Ich gehe voraus. Und sehe mich dort mal um.«

»Aber nicht allein«, sagte Kali. »Ich komme mit.«

»Auf dich haben sie es abgesehen. Du darfst dich diesen Leuten nicht auf dem Silbertablett servieren.«

»Das habe ich auch nicht vor.« Kali wandte sich Jill zu. »Du hast gesagt, dass in anderen Bereichen der Katakomben Freunde von dir unterwegs sind.«

»Ja.«

»Dann finde sie. Damit sie uns helfen.«

Sie schüttelte den Kopf. »Ich denke, wir sollten zusammenbleiben.«

»Weil du mir nicht traust?«

»Das hast du gesagt, nicht ich.«

Kali fixierte sie mit ihren dunklen Augen. »Ich habe kein Problem damit, dass du mir nicht traust. Das zeigt nur, dass du deinen Kopf benutzt. Das erwarte ich von dir, und das solltest du auch von mir erwarten. Vertrauen können wir uns ein andermal.«

Jill schwieg einen Moment. Dann warf sie Jacques einen entschlossenen Blick zu. »Du bist der Soldat«, sagte sie. »Du entscheidest.«

Er zögerte keine Sekunde. »Such die anderen. Wir treffen uns in der Halle.«

Jill presste mit einem hörbaren Knacken die Zähne zusammen.

»Seid vorsichtig«, sagte sie zu ihm und nickte.

Sie drehte sich um und rannte den Weg zurück, den sie

gekommen waren, und nach wenigen Sekunden wurde der Schein ihrer Stirnleuchte von der Dunkelheit verschluckt.

Kali faltete die Karte wieder zusammen und steckte sie in ihre Tasche.

»Also gut«, sagte sie. »Geh du voraus.«

Die beiden waren erst ein paar Sekunden den Gang entlangmarschiert, als Jacques stehen blieb, um einen Blick auf den Computer an seinem Handgelenk zu werfen.

Kali wartete hinter ihm. Das Display zeigte in weißen Ziffern auf einem schwarzen Hintergrund Längen- und Breitengrade an.

»Wir nähern uns einem Seitenstollen«, sagte er, halb zu ihr gewandt. »Den werden wir entlanglaufen.«

Kali deutete mit dem Kinn auf das Gerät. »Du benutzt ein Magnetfeld-Navigationssystem.«

Er drehte sich ganz zu ihr um und nickte. »Woher weißt du das?«

»GPS funktioniert unter der Erde nicht, jedenfalls nicht in dieser Tiefe. Die Satellitensignale dringen nicht so weit vor. Die Magnetfeldmessung ist die einzige sichere und effektive Methode. Aber das ist moderne Militärtechnologie.«

Er lächelte. »Ich glaube, Jill macht sich zu viele Sorgen.«

»Worüber?«

»Ob du tatsächlich die bist, die zu sein du behauptest.«

Kali zuckte mit den Schultern. »Besser, man macht sich zu viele Sorgen als zu wenige.«

»Wahrscheinlich hast du recht.«

Kali musterte ihn. »Sie hat dich als Soldaten bezeichnet.«

»Ja.«

»Deshalb habe ich mich gefragt, was für eine Ausbildung du hast. Über welche Fähigkeiten du verfügst.«

»Bist du etwa auf sie angewiesen?«

»Nein«, sagte Kali. »Aber auf dich.«

Ihre Hand ruhte auf der Stelle seitlich an ihrem Körper, wo Jacques den Betäubungspfeil herausgezogen hatte. Er nahm schweigend davon Notiz.

»Ich war früher beim Commando Jaubert der französischen Marine«, sagte er. »*Les Bérets Verts*. Die Grünen Barette. Vor drei Jahren bin ich aus der Armée de Terre ausgeschieden.«

»Trotzdem hast du ihre neuesten Spielzeuge.«

»Ja.«

»Und wie kommt das?«

»Das spielt keine Rolle.«

»Tatsächlich?«

»Ja«, sagte er in nüchternem Tonfall. »Ich bin Mitglied der Weißen Rose. Ich habe mich von allen Staaten mit physischen Grenzen losgesagt und werde nicht länger für sie kämpfen. Sie sind ein Auslaufmodell und unvereinbar mit echter Demokratie. Oder siehst du das anders?«

»Wir sollten uns auf das konzentrieren, was wichtig ist.«

»Für mich gibt es nichts Wichtigeres. Ich schätze, das gilt auch für dich.«

Sie sah ihn an. »Die Leute, die Jill sucht … haben sie auch Magnetfeld-Navigationssysteme?«

»Ja.«

»Dann kannst du ihr eine Nachricht schicken. Und von ihr empfangen.«

Er nickte. »Aber keine Sprachnachrichten, nur Codes.«

»Auch wenn ihr Funkstille wahrt.«

»Ja.«

»Das hättest du mir sagen sollen. Kann das System auch zum Beispiel eine Verbindung zu einer normalen Smartwatch herstellen? Auf kurze Entfernung?«

»Hier unten nur auf sehr kurze Entfernung.«

Sie dachte nach, während Jacques dastand und sie einen Moment musterte. Dann nickte er, als hätte er einen Entschluss gefasst.

»Es gibt etwas, was du wissen solltest«, sagte er. »Über Jill.«

Kali wartete.

»Sie kam mit vierzehn als Flüchtling nach Frankreich. Aus Afrika.«

»Aus Bali?«

Jacques schien ein wenig überrascht.

»Ihr Akzent«, sagte Kali. »Sie kommt entweder aus Bali oder dem Sudan.«

Er nickte. »Sie kommt aus dem Westen des Sudan. Sie ist eine Beja. Das ist einer der Stämme aus Darfur, an denen die Regierung einen Völkermord verübt hat. Ihre Eltern haben hier Asyl gesucht. Aber stattdessen mussten sie die menschenunwürdigen Verhältnisse im Flüchtlingslager von Calais ertragen. Hast du schon mal davon gehört?«

»Der ›Dschungel‹.«

»Diese Bezeichnung war viel zu harmlos für diese Hölle. Ein Dschungel ist lebendig und fruchtbar. Aber an diesem Ort hat man die Menschen einfach verrotten lassen. Und den Geiern zum Fraß vorgeworfen.«

Sie wartete.

»Jills Familie war zwei Jahre dort untergebracht, bevor sie

versucht hat, in einem Schlauchboot den Ärmelkanal zu überqueren. Sie hat den Schleusern jeden einzelnen Euro gegeben, den sie zusammenkratzen konnten. Doch das Boot ist gekentert, und sie sind alle ertrunken. Ihre Eltern, ihre Großmutter, ihre Brüder und Schwestern. Jill wurde als Einzige gerettet. Danach hat sie jahrelang auf der Straße gelebt.«

Kali schwieg einen Moment. Dann nickte sie. »Warum erzählst du mir das alles?«

»Damit du weißt, wer sie ist und was sie durchgemacht hat. Falls du irgendwann auf *sie* angewiesen bist.«

Kali stand einen Moment lang einfach nur da, dann atmete sie aus. »Danke, Jacques.«

Er nickte. »Wir müssen hier raus. Und zum Seitengang rüberlaufen.«

»Ja.«

Er drehte sich um und marschierte los.

Und Kali folgte ihm.

Jeder der mikroskopisch kleinen Sender hatte einen Durchmesser von einem Zehntelmikrometer; die implantierbaren Nanochips waren so klein, dass sie im Verhältnis zu einem Staubkorn winzig wirkten und mit dem bloßen Auge nicht zu sehen waren. Sie hielten jedem Druck stand – wie etwa dem Druck durch die Pfeile, die das flüssige Betäubungsmittel, in dem sie sich befanden, injiziert hatten – und waren mit einem biokompatiblen Polyamid beschichtet, einer Form von Kunststoff, die sie gegen Körperflüssigkeiten schützte, dem Träger keinen Schaden zufügte und verhinderte, dass ihr Metallkern rostete.

Zoltan hatte Kali zwei Pfeile in den Körper gejagt. Einen

seitlich in die Brust, einen in den Oberschenkel. Zwei Dosen Betäubungsmittel, zwei Sender. Falls einer davon ausfiel, diente der andere als Back-up. Aber momentan funktionierten beide Sender einwandfrei und übertrugen über Glaskows mobiles Netzwerk ihre Daten.

»Sie bewegt sich jetzt schneller«, sagte Reva zu Zoltan.

Er knurrte zur Bestätigung. Das Symbol, das Kalis Position anzeigte, wanderte über die Karte auf seiner Netzhaut. Sie war eine Viertelmeile vor ihnen und näherte sich der Kammer, in der Luka und Oleg vor wenigen Minuten alle Leute getötet hatten.

Trotz ihrer ablehnenden Haltung gegenüber Modifikationen waren die Mitglieder der Schwarzen Hundert dafür bekannt, extreme Maßnahmen zu ergreifen. Zoltan fragte sich, ob diese Aktion nötig gewesen und ihre Beteiligung am Einsatz in Paris überhaupt erforderlich war. Aber das war nicht seine Entscheidung gewesen. Das Geld für den Auftrag kam von Braithwaite Global. Er selbst war an der Säuberung im ukrainischen Mariupol beteiligt gewesen, und er hatte den Eindruck gehabt, dass viele Leute die Notwendigkeit dieses Einsatzes infrage gestellt hatten. Aber das war nun mal die russische Art der Kriegsführung: Man hinterließ verbrannte Erde und zerstörte alles, was für den Feind von Nutzen sein oder seine Niederlage aufhalten konnte.

Aber eine Sache wunderte Zoltan.

»Sie muss doch die Schüsse gehört haben«, sagte er.

»Ja.«

»Warum geht sie dann dorthin? Warum läuft sie nicht daran vorbei?«

»Das spielt keine Rolle.«

Zoltan erwiderte nichts. Obwohl es ihn beunruhigte, dass Reva seine Frage so bedenkenlos abtat. Ihre Brandwunden waren sehr viel schlimmer, als ihr bewusst war, und sie hatte die Verletzungen in ihrem Gesicht noch nicht gesehen. Nur dank des Adrenalins, ihrer Wut und der Schmerzmittel war sie noch in der Lage, körperlich zu funktionieren. Aber er musste darauf achten, ob das alles nicht ihre Fähigkeit beeinträchtigt hatte, vernünftige Entscheidungen zu treffen.

Reva beschleunigte ihre Schritte, erhöhte das Tempo. Der Gang war dunkel und eng, und die Luft war vom moschusartigen Geruch nach feuchtem Kalkstein erfüllt.

Warum lief sie hier lang?

Zoltan vermutete, dass er bald eine Antwort auf diese Frage bekommen würde.

Etienne stand in der Nische und starrte mit ungläubigem Entsetzen in die Halle.

Man hatte ein Massaker angerichtet. Die Tanzfläche war mit Leichen übersät, es waren zu viele, um sie zu zählen. Als wäre ein Tornado durch den Raum gefegt und hätte alle zu Boden geschleudert. Die meisten Toten lagen mit grauenvoll verdrehten Körpern da, und alles war voller Blut. Der Gestank von Erbrochenem und Fäkalien war bestialisch.

Etienne stand da, die Beine gelähmt und starr. Er sah eine Frau, der man in Kopf und Brustkorb geschossen hatte. Ein Mann, der halb über ihr lag, hatte die gleichen Wunden. Die zwei Frauen neben ihnen ebenfalls. Offenbar hatte man alle auf dieselbe Weise getötet.

Etienne begann zu zittern, während sein Magen verkrampfte und ihm ein eiskalter Schauer über den Rücken lief. Aus der Lautsprecheranlage dröhnten weiter elektronische Beats, begleitet von kreischenden Synthesizern und Jazzbläsern. Was alles noch absurder erscheinen ließ. Noch schrecklicher. Und Etienne daran hinderte, das Gesehene zu verarbeiten.

Candace. Cher Dieu, pas elle.

Mein Gott, nicht sie.

Der Gedanke riss ihn aus seiner Erstarrung. Dennoch fürchtete er deswegen nicht weniger um sein Leben. Flößte ihm das keinen Mut ein. Doch irgendwie half ihm der Gedanke, sich in Bewegung zu setzen.

Und er watete zwischen den blutüberströmten Leichen hindurch Richtung Bar. Die Musik hämmerte unerbittlich weiter. Die Lichter wirbelten umher. Und Skelette mit Hüten, Kopfschmuck und Blumenkronen in wabernden, verschwommenen Farben hüpften über die Wände. Alles war von Bewegung erfüllt, außer den Menschen, die alle tot waren. Er vermied es, zum Knochenthron hinüberzusehen, und versuchte, nicht auf die Arme und Beine zu schauen, auf die Schuhe und Blutlachen und die undefinierbare weiche, glitschige Masse am Boden, denn er war überzeugt, dass er sonst die Nerven oder gar den Verstand verlieren würde. Plötzlich wurde ihm bewusst, dass die Verantwortlichen für dieses Blutbad womöglich noch in der Nähe waren. Doch dann dachte er erneut an Candace und lief weiter. Er stolperte über mehrere Leichen, während er sich der Bar näherte, um sie herumstürzte und in Gedanken immer wieder dieses schlichte Gebet sprach: *Cher Dieu, pas elle, cher Dieu, pas elle, cher Dieu, pas elle …*

Doch als er sie sah, verstummte er. Candace lag mit dem Gesicht nach oben in Scherben und Blut; ihre Lippen waren blau angelaufen, und ihre weit aufgerissenen Augen starrten mit geweiteten Pupillen in die Luft. Ihre verfilzten, blutbeschmierten Haare klebten an ihrer Stirn. Und das Blut war an ihrem Gesicht heruntergelaufen und hatte sich mit winzigen Partikeln ihres glitzernden Augen-Make-ups vermischt. Als Etienne dann die Glasscherben in ihrer Hand und die halb durchtrennten Finger sah, war das zu viel für ihn.

Seine Augen füllten sich mit Tränen. Seine Beine wurden taub, und er sank wimmernd und schniefend auf die Knie und beugte sich inmitten des Bluts, der verschütteten Drinks und Scherben über sie. Er legte ihr die Hände auf die Schultern, hob sie hoch und zog sie dicht an seinen Körper.

»Oh nein«, stieß er keuchend hervor. »Nein …«

Er drückte sie an sich; seine Wangen waren feucht, und er hatte den Geschmack von Salz auf den Lippen. Eine innere Stimme forderte ihn auf zu gehen, doch er wies sie wütend zurück. Er wollte nicht gehen. Aber durch seinen stummen Protest wurde die Stimme nur noch hartnäckiger. Er konnte ihr nicht helfen. Candace war tot, ihre Mörder konnten überall sein. Und jeden Augenblick zurückkehren. Er musste hier weg. Bevor sie zurückkamen. Er musste Candace hier zurücklassen.

Aber nicht in diesem Zustand.

Er hielt sie noch einen Moment schluchzend in den Armen, Hände und Ärmel mit ihrem Blut beschmiert. Dann legte er sie auf den Boden, richtete sich wie ein Betrunkener schwankend auf und sah sich unter dem Tresen um. Er hatte seinen Rucksack zwar in einer Nische zu den Taschen der anderen Gäste gestellt. Aber Candace hatte ihre Umhängetasche hier bei sich hinter der Bar verstaut.

Er schaute sich im hinteren Bereich der Bar um und wischte sich dabei immer wieder die Tränen aus den Augen, aber die Tasche war nirgends zu sehen. Er erinnerte sich, dass sie eine leuchtende Farbe hatte, orange oder rot. Wie hätte er das vergessen können? Er suchte verzweifelt den Boden ab, konnte sie in dem Chaos jedoch nicht finden. Das reichte fast, um seine notdürftig aufrechterhaltene Selbstbeherrschung ins Wanken zu bringen. Aber dann fiel sein Blick auf eines der Regale unter dem Tresen. In einem leeren Karton lag die Tasche, er hatte den neonorangen Stoff bemerkt. Er stürzte förmlich darauf zu, zerrte sie aus dem Karton und riss hektisch den Reißverschluss auf.

In der Tasche waren Candace' Pulli und Jeans zusammen mit den anderen Straßenklamotten. Er nahm den Pulli heraus und klemmte ihn unter den Arm, und dabei fiel ihre Stirnleuchte aus der Tasche. Er hätte sie beinahe inmitten des verstreuten Inhalts aus dem Barregal liegen lassen, aber dann hob er sie doch auf.

Und in diesem Moment hörte er sie erneut. Die Männer.

Ihm stockte der Atem. Eigentlich konnte er sie bei der Musik nur hören, wenn sie ganz nah waren. Und sie *waren* ganz nah. Und kamen näher.

Er kniete regungslos auf dem Boden. Es waren dieselben Männer, die er auch vorhin gehört hatte. Sie sprachen kein Französisch. Sondern irgendeine osteuropäische Sprache.

Etienne wurde von Panik erfasst. Er war sich sicher, dass sie hinter dem Tresen nachsehen und ihm zwei Kugeln verpassen würden. Ihm war derselbe Tod bestimmt wie den anderen, nur ein paar Minuten später.

Er kniete dort und lauschte … und begriff plötzlich, dass

sie nicht stehen geblieben waren, um nachzusehen. Die Stimmen entfernten sich wieder. Sie liefen an der Bar vorbei Richtung Tür.

Für mehrere Sekunden verharrte er regungslos in seiner Position. Er konnte sie jetzt nicht mehr hören. Er hörte nur noch die Musik und seinen eigenen Herzschlag.

Nachdem er weitere dreißig Sekunden gewartet hatte, merkte er, dass er immer noch die Stirnleuchte in seiner zitternden Hand hielt, und setzte sie auf. Dann rutschte er zu Candace hinüber und betrachtete sie. Ihre Augen starrten mit leerem Blick zu ihm empor. Er holte tief Luft, um all seinen Mut zusammenzunehmen, und schloss mit Daumen und Zeigefinger sanft ihre Lider. Dann faltete er den Pulli auseinander und breitete die Ärmel aus, bedeckte damit ihren Oberkörper und zog ihr den Kragen unters Kinn.

»Notre Père, qu'elle repose en paix auprès de vous pour l'éternité«, sagte er mit heiserer Stimme und bekreuzigte sich.

Vater, möge sie für alle Ewigkeit in Frieden an deiner Seite ruhen.

Es war ein völlig anderes Gebet als eben.

Etienne blieb noch einen Moment schluchzend knien. Dann stand er auf. Er kannte nur zwei Wege aus der Halle. Den Hauptgang, durch den Candace und er hergekommen waren, und den Lagerraum, von dem sie ihm erzählt hatte. Der Raum rechts neben dem Knochenthron. Sie hatte gesagt, dass von dort aus mehrere Stollen abgingen.

Er würde auf keinen Fall den Hauptstollen entlanglaufen. Er war zu breit. Und zu hell erleuchtet. Wenn sich dort jemand aufhielt, könnte er sich nirgends verstecken. Der Lagerraum war die bessere Alternative, auch schon bevor die beiden

Männer Richtung Hauptstollen gelaufen waren. Jetzt blieb ihm gar keine Wahl mehr.

Er drückte seine Fäuste gegen die Augen, als wollte er die Tränen unterdrücken. Aber sie liefen unkontrolliert über seine Knöchel und zwischen den Fingern hindurch. Schließlich gab er es auf, nahm die Hände vom Gesicht und schaute mit feuchten, glänzenden Wangen auf Candace hinunter.

Er musste sie hier zurücklassen.

Er musste gehen.

Etienne holte zitternd tief Luft, drehte sich um und eilte hinter der Bar hervor.

Kali bog hinter Jacques gerade um die Ecke eines Gangs, als sie das Geräusch hörte. Ein gluckerndes Rauschen, wie von Wasser, das durch eine Abflussrinne lief.

Sie tippte gegen seinen Ellbogen. »Halt. Hör mal. Was ist das?«

Er stand völlig reglos da und spitzte die Ohren. Dann drehte er sich um und sah sie an. »Du glaubst, das ist das Wasser aus dem Kanal«, sagte er. »Aus dem Canal Saint-Martin.«

»Du kennst dich in diesen Stollen aus. Sag mir, was *du* glaubst.«

Er schwieg einen Moment und lauschte erneut. »Es dürfte nur ein kurzer Abschnitt der Sandigen Straße überflutet sein«, sagte er. »Das Wasser wird durch Abflusskanäle in die Seine geleitet. Deshalb konnten wir dich retten. Dank der Kanäle stand das Wasser so niedrig, dass wir uns einen Weg zu dir bahnen konnten ...«

Jacques ließ den Satz verklingen.

»Fahr fort«, sagte sie.

»Vor zwei, drei Wochen hat es ziemlich stark geregnet. Es gab ein heftiges Unwetter«, sagte er. »Wenn der Grundwasserspiegel ansteigt, können die tieferen Stollen überflutet werden. Aber das hört man nicht. Es steigt langsam empor. Wie eine Spinne, weißt du? Dieses Wasser fließt zu schnell.«

Kali lauschte erneut. Es war immer noch ein gleichmäßiges Plätschern zu hören. »Könnte das Wasser in die Stollen gelaufen sein?«

»Schon möglich, schätze ich. Aber ich bezweifle es. Die Abflusskanäle müssten das Wasser aufnehmen können.«

»Und wenn sie verstopft sind? Durch Trümmer zum Beispiel?«

»Das ist bisher nicht vorgekommen.«

»Die Klappe unter dem Kanal wurde bisher auch nicht geöffnet«, sagte sie. »Das ganze Gewölbe ringsum ist eingestürzt, als ich den Flaschenzug betätigt habe. Um mich herum sind riesige Felsbrocken zu Boden gefallen. Was wenn sie in die Abflusskanäle gespült wurden? Wenn sich das Wasser zusammen mit dem Regenwasser staut? Könnte es dann nicht die Gänge überfluten?«

Jacques lauschte erneut dem Geräusch.

»Wir sollten uns beeilen«, sagte er.

Reva lief, gefolgt von Zoltan, zügig einen Gang entlang, als sie plötzlich stehen blieb und ihre Hand hob. Vor ihr ging es steil nach unten. Einen Schritt weiter, und sie wäre ins Leere getreten.

Zoltan blieb ebenfalls stehen und schaute sich um. »Dieser Stollen ist wohl nicht für Menschen gedacht«, sagte er. »Und hörst du das Geräusch über uns?«

Sie stand einen Moment einfach nur da. Dem Ortungssignal folgend hatten sie an einer Abzweigung ein paar Meter weiter hinten den Gang betreten. Nach ein paar Minuten waren die Wände immer näher gerückt, und an einigen Stellen war die Decke so niedrig, dass sie mit eingezogenen Köpfen weiterrennen mussten, während der Boden steil abfiel. Reva fand, dass der Gang eher wie der Bau eines riesigen Wurms aussah und nicht wie ein menschengemachter Weg durch die Katakomben. Seine Wände bestanden, wie die der Sandigen Straße, aus weichem Felsgestein, aber dort waren sie massiv und knochentrocken gewesen. Die Wände hier waren glitschig und feucht und von oben bis unten von Spalten durchzogen; einige waren wahrscheinlich so breit, dass sie sich hindurchzwängen konnte, andere nur hauchdünne Risse. Und einige waren von winzigen Wassertropfen umgeben.

Sie blickte zur Decke empor. Sie konnte über sich tatsächlich etwas hören. Ein plätscherndes, gluckerndes Geräusch.

Zoltan betastete die Wand, betrachtete seine Finger und rieb sie aneinander. »Sie sind feucht«, sagte er und zeigte sie Reva. »Was hältst du davon?«

Ohne ihm Beachtung zu schenken, musterte sie die Decke. Wie die Wände war sie mit gezackten Rissen übersät. Sie breiteten sich von einem etwa einen Meter langen und zehn Zentimeter breiten Spalt, der tief in den Fels reichte, in alle Richtungen aus.

Nach einer Weile wandte Reva sich wieder der Stelle zu, wo der Gang steil abfiel. Etwa vier Meter weiter unten führte der Gang weiter in die Dunkelheit.

»Ich habe überhaupt keine Meinung dazu«, sagte sie. »Aber sei vorsichtig.«

Sie ging in die Hocke, sprang über die Kante und rannte weiter, wobei ihre langen Schritte gedämpft von den Wänden widerhallten. Nach einem kurzen Blick an die Decke folgte Zoltan ihr.

Zehn Sekunden später ergoss sich durch einen der Risse in der Decke ein Schwall Wasser und klatschte auf den Boden, und dann noch einer und noch einer. Innerhalb weniger Sekunden bildete sich ein gleichmäßiges Rinnsal, das sich mit dem Wasser vereinte, das durch die Risse in den Wänden drang und wie kalter Schweiß daran herunterlief.

Außer sich vor Trauer hatte Etienne die Halle durch die Öffnung rechts hinter dem Knochenthron verlassen, Candace' Stirnleuchte eingeschaltet und sich fieberhaft umgesehen.

Der Lagerraum, von dem sie ihm erzählt hatte, war eine sechseckige Kammer, die offenbar mehrere Jahrhunderte alt war. Sie war voller Rollwagen mit Zubehör, aufgestapelten Holzkisten und Paletten mit allen möglichen elektronischen Geräten: Mischpulte, ein Laserprojektor, eine LED-Beleuchtungsanlage und Gegenstände, die er nicht kannte. Die Wände bestanden aus Backstein, und mehrere gewölbte Eingänge führten in weitere Stollen. Etienne schätzte, dass sie anderthalb Meter breit und drei Meter hoch waren.

Er eilte in den ersten Stollen zu seiner Linken, denn es spielte sowieso keine Rolle, welchen er nahm.

Der Stollen bog erst in die eine, dann in die andere Richtung ab. Während Etienne weiterlief, in der Hoffnung, eine Leiter oder Katzenklappe zu finden, wurde das Mauerwerk immer spärlicher und lückenhafter, und an einigen Stellen war es so stark verfallen, dass die zerbröselten Steine in Haufen auf dem Boden lagen. Nach etwa hundert Metern wich das, was von ihnen noch übrig war, dem unbehauenen, frei liegenden Felsgestein.

Diese Stelle kam ihm wie eine Art Grenzlinie vor. Dahinter wurde der Stollen enger, fast röhrenförmig, wie das Innere einer Küchenrolle.

Er konnte nirgends einen Ausstieg zur Oberfläche entdecken, und die Luft war muffig und feucht. Er lief zügig weiter und begann schließlich zu rennen. Zunächst hatte ihn die zusätzliche Anstrengung ein wenig beruhigt, ihm geholfen, seine Anspannung abzubauen, aber nach einer Weile schwanden seine Kräfte, und er kam außer Atem. Als die Angst nach jeder Kurve, die ihn einem Ausgang kein Stück näher brachte, immer mehr von ihm Besitz ergriff, überlegte er, zum Hauptstollen zurückzukehren und sein Glück in einem der anderen Gänge zu versuchen. Aber die Aussicht, erneut die Halle zu betreten – mit all den Toten –, fand er absolut unerträglich.

Kurzerhand beschloss er, weiter vorwärtszulaufen, obwohl er nicht mehr wusste, was vorwärts überhaupt bedeutete. Er befand sich in einem Wirrwarr aus verschlungenen, ineinander verflochtenen Gängen und hatte jedes Zeitgefühl und jede Orientierung verloren. Es kam ihm vor, als wäre er bereits eine Stunde gerannt, obwohl das nicht sein konnte. Seine Beine begannen zu verkrampfen, und er hatte heftigen Durst. Er wünschte, er hätte eine Wasserflasche mitgenommen.

Der Stollen beschrieb für mehrere Meter eine Kurve, gabelte sich dann wie die Zunge einer Schlange und verlief schließlich ein Stück abwärts, was seine Beine ein wenig entlastete. Aber es wurde immer kälter und feuchter, und seine Lunge begann zu schmerzen.

Irgendwann bog er aufs Geratewohl nach rechts ab und rannte ein Stück weiter, bis er erneut an eine Gabelung kam, und dann an eine weitere. Links, links, rechts, links, rechts. Es schien keinen Unterschied zu machen, wo er langlief. Ein Gang war so gut wie der andere. Nach zwei weiteren Biegungen kam er in eine Sackgasse und marschierte zurück, in eine weitere Abzweigung des Stollens, während er sich fragte, ob er sie nicht bereits entlanggerannt war. Die Gänge sahen alle gleich aus, und ihm wurde klar, dass er es nicht merken würde, wenn er den Weg, den er gekommen war, wieder zurücklief. Er hatte seinen Orientierungssinn verloren, und die Lauferei half nicht mehr, seine Angst zu vertreiben. Das bisschen Selbstbeherrschung, das er aufgebracht hatte, war jetzt verflogen. Er war kurz davor durchzudrehen.

Plötzlich wurde Etienne langsamer und schnappte nach Luft, während er in der feuchtkalten Luft zu schwitzen begann. Er musste eine Pause einlegen und sich zusammenreißen. Sich irgendwo ausruhen.

Er sah sich um. Die Wände des Stollens glänzten vor Feuchtigkeit. Er drückte seine Hand gegen eine der Wände, weil er dachte, er könnte vielleicht seine Lippen befeuchten, aber als er sie wegzog, waren seine Finger mit einer dünnen, öligen Schleimschicht überzogen, und er verzichtete darauf.

Also lief er weiter, während der Boden stetig abfiel. Nach einer Weile hörte er ein dumpfes, leises Geräusch, das er sofort als Wasserrauschen identifizierte. Es schien von weiter oben zu kommen, ein gutes Stück sogar ... obwohl man das bei der Akustik im Stollen nicht genau sagen konnte. Er fragte sich, ob es vielleicht von einem Entwässerungsrohr oder einer Wasserleitung kam. Aber selbst wenn, dachte er, dann war das Wasser wahrscheinlich nicht trinkbar. Und er wusste nicht einmal, ob er überhaupt davon probieren würde. Doch es bestand die Möglichkeit, dass ihn das Rohr aus den Katakomben führte.

Wenn er es fand.

Etienne bog um eine Ecke. Und lief weiter. Bog um eine weitere. Und lief weiter. Als er erneut um eine Ecke bog, blieb er schließlich stehen. In der Wand vor ihm war eine Art Nische. Oder vielmehr eine kleine Vertiefung. Er beschleunigte seine Schritte, um sie sich genauer anzusehen, in der Hoffnung, dass darin ein frei liegendes Rohr verlief, etwas, das ihn an die Oberfläche führte. Aber dort war nichts. Es handelte sich nur um eine etwa einen Meter tiefe Nische, wahrscheinlich eine natürliche Unregelmäßigkeit. Aus Neugier griff er trotzdem hinein und stellte fest, dass es dort kalt, aber trocken war … fast staubtrocken. Immerhin. Wenigstens könnte er dort eine Weile sitzen, ohne nass zu werden.

Etienne setzte sich im Stollen auf den kalten Felsboden und rutschte rückwärts in die Nische. Dann holte er mehrmals tief Luft, wobei der harte, grobe Fels gegen seine Schulterblätter drückte. Er hatte überhaupt nicht gemerkt, dass er völlig erschöpft war. Dass seine Beine steif waren. Ihre angespannten, schmerzenden Muskeln schienen jetzt vor Erleichterung aufzuatmen.

Nach einer Minute beschloss er, wenn auch widerwillig, die Stirnleuchte auszuschalten. Er wollte zwar nicht im Dunkeln sitzen. Aber er wusste nicht, wie voll die Batterie noch war, und hatte Angst, dass man ihr Licht bemerken könnte. Er hatte nicht vergessen, warum er hier draußen in diesem Stollen war. Er hatte Candace nicht vergessen und was man ihr und all den anderen Menschen angetan hatte.

Er schaltete die Leuchte aus und wurde augenblicklich von einer Dunkelheit verschluckt, so undurchdringlich und absolut, dass es furchterregend war. Er hielt sich die Hand vors Gesicht und konnte sie nicht mehr sehen. Plötzlich kam er sich klein und verlassen vor, als befände er sich auf dem Grund des tiefsten Brunnens, der je gegraben wurde.

Er zog die Beine an die Brust, umklammerte sie mit den Händen und drückte die Stirn gegen die Knie. Nach einem Moment schloss er die Augen … und ließ sie, zu seiner eigenen Überraschung, zu. Er war müde. Trotz seiner Angst und nervösen Anspannung war er unglaublich müde. Sein Atem wurde gleichmäßig, und seine Gedanken wanderten ziellos umher. Er würde sich eine Weile ausruhen und dann weiterlaufen.

Etienne merkte erst, dass er eingenickt war, als er von einem Geräusch wieder geweckt wurde. Er zuckte zusammen, riss den Kopf hoch und knallte damit gegen den harten Felsen. Zunächst saß er einfach nur verwirrt da und wusste nicht, was ihn geweckt hatte.

Dann hörte er, dass jemand den Stollen herunterkam. Das leise, aber deutliche Schlurfen von Schritten – die Schritte von mehr als einer Person. Er zwängte sich weiter in die Nische, zog seine Beine dichter an den Körper. Doch seine Zehenspitzen ragten immer noch in den Stollen. Die Nische war zu klein, um sich gut darin zu verstecken.

Mehrere Sekunden verstrichen. Etiennes Puls raste. Er beugte sich leicht nach vorne und drehte den Kopf in die Richtung, aus der das Geräusch kam, aber er konnte nichts sehen. Als wäre vor seinen Augen eine schwarze Leinwand gespannt. Als hätte man ihm die Augen verbunden.

Er holte durch die Vorderzähne zischend Luft und atmete keuchend wieder aus. Die Panik, die er bis eben unterdrückt hatte, stieg jetzt kreischend in seinen Schädel empor. Er rutschte wieder in die Nische zurück und drückte die Hände seitlich gegen den Kopf, als wollte er verhindern, dass er explodierte.

Er hatte ein Licht auf sich zukommen sehen, und es war ganz nah.

Jacques' Arm hob sich vor Kali wie der Flügel eines Eisenbahnsignals in die Höhe. Und sie blieb abrupt stehen.

Er deutete mit zwei Fingern auf seine Augen und dann auf eine Stelle rechts von sich. Als sie in diese Richtung schaute, begriff sie, warum er ihr ein Zeichen gegeben hatte. Am Boden, aus einer Spalte in der Wand, ragten zwei Beine in den Stollen.

Die beiden gaben keinen Ton von sich, und Kali lauschte dem Gluckern des Wassers im Hintergrund. Es schien lauter und gleichmäßiger geworden zu sein, während sie sich durch den Gang geschlängelt hatten.

Eine Minute verstrich. Jacques sagte immer noch nichts. Kali sah, wie er die Unterseite seines Sweatshirts anhob, sodass die Pistole in seinem Holster zum Vorschein kam, und seine Hand locker auf den Griff legte.

Sie beugte sich zu seinem Ohr vor. »Wir wissen nicht, ob von dieser Person eine Gefahr ausgeht«, flüsterte sie.

»Noch nicht«, sagte er und lief weiter.

Etienne kauerte in der Nische, in der verzweifelten Hoffnung, dass die Leute dort vorne stehen bleiben oder umdrehen würden, dass sie bloß nicht in seine Richtung kamen. Aber seine

Hoffnung war nur von kurzer Dauer. Das Licht wurde größer und heller, bis er dahinter zwei Gestalten erkennen konnte, die näher kamen; sie waren vielleicht zwanzig Meter entfernt.

Er hatte kaum Zeit zu überlegen, was er tun sollte. Aber in Wirklichkeit blieb ihm keine Wahl. Er konnte bloß hier hocken und auf sie warten.

Vollgepumpt mit Adrenalin sprang er mit einer einzigen Bewegung aus der Nische, dann schaltete er seine Lampe ein und stürzte den Weg zurück, den er gekommen war. Einen Sekundenbruchteil später hörte er, wie sie hinter ihm herrannten und ihre Füße über den Felsboden hämmerten. Nach etwa zehn Metern stürmte er um eine scharfe Kurve, wobei der Strahl seiner Stirnleuchte vor ihm ziellos über Wände und Decke hüpfte. Aber die beiden holten schnell auf, kamen immer näher, bis einer von ihnen ihm buchstäblich im Nacken saß …

Einer seiner Verfolger warf sich von hinten auf ihn und beförderte ihn unsanft auf den Bauch, sodass er keine Luft mehr bekam. Etienne trat und schlug wild um sich, versuchte sich stöhnend wieder aufzurappeln, den Angreifer von sich herunterzustoßen. Aber er wurde zu Boden gepresst; ein Arm, unnachgiebig wie ein Pfosten, lag quer über seinem Nacken und drückte seinen Kopf mit der Wange flach gegen den kalten Felsboden.

Dann hörte er neben seinem Ohr eine Männerstimme:

»*Reste immobile! Je ne te maltraiterai pas!*«

Halt still. Ich werde dir nichts tun.

Etienne hörte auf sich zu bewegen.

»*Je vais te libérer. Juste en sorte de rester ici. Entendu?*«

Der Mann sagte, dass er ihn loslassen würde, wenn er nicht abhaut.

Er sprach Französisch.

Nicht Russisch.

Französisch.

Etienne holte unter dem Gewicht des Mannes tief Luft, das Gesicht immer noch seitlich gegen den Boden gepresst.

»*Bien*«, sagte er.

Das Gewicht, das auf ihm lastete, wurde von ihm genommen, und aus dem Augenwinkel konnte Etienne sehen, wie der Mann aufstand.

»Setz dich auf. Alles in Ordnung.«

Etienne drückte sich vom Boden hoch, hockte sich hin, hob den Kopf. Und holte Luft. Der Mann trug eine Kapuze, und über seine obere Gesichtshälfte verlief ein Streifen feurig roter Farbe, die untere war blau. Als hätte er eine schwach leuchtende Maske auf.

Etienne starrte ihn an, als hätte er es mit einer geisterhaften Erscheinung zu tun. Aber dann fiel ihm ein, dass die Cyberaktivisten angefangen hatten, sich die Gesichter zu bemalen, um ihre Identität zu verbergen. Vor allem nachdem die französische Regierung ihre Aktivitäten unter Strafe gestellt hatte.

Und der Mann hatte Französisch gesprochen.

Etiennes Blick wanderte zu der Frau, die neben ihm stand. Sie war groß, hatte schwarze Haare und trug keine Gesichtsbemalung.

»Sag uns, was du hier zu suchen hast«, sagte der Mann.

Etienne sah ihn an und bemerkte fast gleichzeitig, dass die Hand des Mannes neben seiner Hüfte verharrte und unter seinem Sweatshirt ein Pistolengriff hervorragte. Plötzlich war die Erleichterung, die er verspürt hatte, verflogen.

»Ich war hier zu einer Party eingeladen«, sagte er. »Zu einer Kunstausstellung.«

»Wo genau?«

»Ich bin durch die Station Porte d'Orléans gekommen, falls du das meinst«, sagte Etienne. »Hier unten kenne ich mich nicht aus. Ich bin kein *Cataphile*. Ich …« Plötzlich verstummte er, und seine Augen wurden feucht.

»Erzähl weiter«, sagte der Mann.

Etienne holte tief Luft. »Ich war mit einer Freundin unterwegs. Wir sind zu den Gleisen der *Petite Ceinture* gegangen. Dort war ein Loch, eine Katzenklappe. Sie hat mich dann zur Halle gebracht.«

»Deine Freundin.«

»Ja«, sagte Etienne. »Sie hieß Candace.«

»Kannst du uns diese Halle beschreiben?«

Etienne nickte. »Sie ist sehr groß und befindet sich am Ende eines langen Stollens. An den Wänden sind elektrische Kerzen angebracht … Wandleuchter. In der Halle steht ein Thron. Er besteht aus menschlichen Knochen, so wie die im öffentlichen Bereich der Katakomben. Candace ist … sie *war* dort Barkeeperin. Ich glaube, sie ist oft dort gewesen …«

Etienne verstummte erneut und hielt seine Tränen zurück.

Der Mann und die Frau tauschten Blicke aus. Dann trat die Frau auf ihn zu, schaltete ihre Stirnleuchte aus und kniete sich vor ihn. Sie griff nach ihrer Wasserflasche und hielt sie ihm hin.

»Hier«, sagte sie. »Aber trink nicht zu viel.«

Er nahm die Flasche, nippte daran und gab sie ihr zurück.

»Wie heißt du?«, fragte sie ruhig.

Er sagte ihr seinen Namen, und sie nickte.

»Ich heiße Kali. Erzähl mir, was mit ihr passiert ist, Etienne. Mit Candace.«

Er schwieg einen Moment, während sich seine Augen mit Tränen füllten. Und dann brach es aus ihm hervor, die Worte und die Tränen, alles gleichzeitig, wie in einer plötzlichen, unkontrollierten Sturzflut. Er erzählte Kali, wie Candace nach ihrer Pause wieder an die Arbeit zurückgekehrt war und er die Toilettenkabine aufgesucht hatte, von den Schreien, den Schüssen und den Leichen vor der Tür.

»Ich bin noch am Leben, weil ich pinkeln war.« Er machte eine Pause, um Luft zu holen, und stieß den Anflug eines gequälten, verbitterten Lachens hervor. »*Tu y crois?* Weil ich pinkeln war. Candace … und die anderen … sie sind tot. Sie alle.«

Der Mann mit der Kapuze hatte ihm schweigend zugehört und nach und nach die Hand von seinem Holster sinken lassen.

»Du sagst, du hast Pistolen gehört?«

»Ja.«

»Mehr als eine?«

»Einige der Schüsse klangen anders. Lauter.«

»Also, wie viele Waffen? Zwei? Oder mehr?«

»Ich glaube, zwei. Ich habe nichts gesehen.«

»Aber du hast gesagt, dass nicht alle Opfer erschossen wurden. Hat es irgendwie komisch gerochen? So was in der Art?«

Etienne starrte ihn an. »Mein Gott … Willst du damit sagen, dass sie Gas eingesetzt haben?«

»Ich frage dich nur, ob dir vielleicht etwas aufgefallen ist. Wir müssen das wissen.«

Etienne dachte nach und schüttelte dann den Kopf.

»Ich habe keinen ungewöhnlichen Geruch bemerkt«, sagte er. »Daran würde ich mich erinnern.«

»Gibt es denn sonst noch was, *woran* du dich erinnerst?«

Etienne nickte.

»Ich konnte sie hören«, sagte er. »Ich meine, wie die Männer sich *unterhalten* haben. Zweimal. Das erste Mal, als ich in der Toilettenkabine war. Und dann, als ich hinter der Bar war. Bei Candace …«

Erneut liefen heiße Tränen an seinem Gesicht herunter, verstopften Kehle und Nase. Er wischte sich mit dem Ärmel übers Gesicht, während er schluchzend nach Luft schnappte.

Der Mann mit der Kapuze sah ihn an. »Erzähl weiter. Was haben sie gesagt?«

»Das habe ich nicht verstanden.«

»Beide Male?«

»Es waren nur ein paar Worte, und die Musik war sehr laut. Aber sie sprachen kein Französisch.«

»Was dann?«

»Ich bin mir nicht sicher. Irgendeine slawische Sprache.«

»Russisch vielleicht?«

»Schon möglich. Ich bin nicht sicher.« Etienne machte eine Pause und sagte dann: »Ist das hier ein Verhör?«

»Nein.«

»Denn ich habe euch alles erzählt, was ich weiß. Alle eure Fragen beantwortet und mehr. Und ihr habt mir immer noch nicht gesagt, wer ihr überhaupt seid.«

Kali wechselte mit dem Mann Blicke. Dann stand sie wortlos auf und streckte Etienne ihre Hand entgegen.

Er griff danach und ließ sich von ihr auf die Beine helfen; er war überrascht, wie stark sie war.

»Gibt es hier in der Nähe einen Weg nach oben?«, fragte er.

Sie fixierte ihn mit ihren dunklen Augen. »Wir werden nicht nach oben gehen, Etienne. Wir werden die Halle aufsuchen. Und du wirst uns begleiten.«

»*Was?*«

»Wenn die Männer mit den Waffen dich hier finden, werden sie dich töten. Du musst bei uns bleiben.«

Er schüttelte rasch den Kopf. »Ich verstehe nicht. Das ergibt alles keinen Sinn.«

»Ich werde es dir erklären, sobald sich die Gelegenheit ergibt. Aber nicht jetzt.«

Er schüttelte weiter den Kopf.

»Ich will nicht noch mal dahin. Ich weiß nicht, ob ich das aushalte.«

Sie lächelte sanft … und ein wenig traurig, dachte er. Darauf war er nicht gefasst gewesen.

»Wir können mehr aushalten, als wir glauben«, sagte sie. »Ich weiß das.«

Für eine Weile sagte Etienne keinen Ton. Irgendwie hatten ihre Worte eine beruhigende Wirkung auf ihn. Er wusste nicht, warum. Ihre Worte und dieses unvermutete Lächeln.

Er holte tief Luft und atmete langsam wieder aus.

»Es ist ziemlich weit«, sagte er. »Ich bin fast eine Stunde lang durch diese Stollen gelaufen.«

»Dann bist du wahrscheinlich im Kreis gelaufen«, sagte der Mann. »Der Stollen ist nur ein paar Minuten entfernt.«

Sie können sehr verwirrend sein. Wenn du versuchst, hierher zurückzufinden, kann es passieren, dass du ewig im Kreis läufst.

Etienne war untröstlich und fühlte sich merkwürdig haltlos. Als wäre das hier nicht mehr sein Leben.

»Ich bin hoffnungslos verloren, oder? Ob ich bei euch bleibe oder allein weitergehe. So oder so.«

Kali warf ihm einen Blick zu, der so sanft wie ihr Lächeln war.

»Wenn man hoffnungslos verloren ist, sollte man besser in der Begleitung von Freunden sein.«

12

Janus-Stützpunkt

Ich wünschte, Sie hätten gestern Abend unsere kleine Vorführung gesehen«, sagte Fernandez zu Carmody, während er sein JLTV über das Testgelände steuerte. »Sie wären begeistert gewesen.«

»Wenn ich das gewollt hätte, hätte ich es Ihnen gesagt«, erwiderte Carmody.

Fernandez runzelte die Stirn. »Es ist toll, diese Anzüge in Aktion zu sehen. *Vor allem* nachts.«

»Sie haben mir versichert, dass sie funktionieren. Und das hat mir gereicht.«

»Das ist doch nicht der Punkt.«

Carmody schwieg, seine kräftigen Arme vor der Brust verschränkt.

Der Wagen näherte sich einem kleinen Parkplatz neben dem Hangar, und Fernandez fuhr an zwei Roboterhunden vorbei, die regungslos im Gras entlang des Rollfelds standen, und kam neben zwei parkenden Fahrzeugen zum Stehen; dabei prallte er mit den Reifen aus Versehen gegen eine

Parkschwelle aus Beton, und das JLTV machte einen Satz nach vorne und wieder zurück.

Er murmelte einen Fluch.

»Vielleicht sollten Sie besser nach vorne schauen«, sagte Carmody.

»Vielleicht sollte ich Sie das nächste Mal von der Kaserne laufen lassen.« Der Sergeant schaltete den Motor aus. »Mal im Ernst. Wheeler und Luna haben sich wochenlang den Arsch aufgerissen. Wissen Sie, wie viele Trainingseinheiten man normalerweise absolvieren muss, bis man mit den Anzügen fliegen kann? *Fünfzig*. Sie haben nur halb so viele gebraucht. Das ist absolut überragend.«

»Deshalb habe ich sie ausgewählt.«

»Die beiden haben sich freiwillig gemeldet«, sagte Fernandez. »Sie haben sie aus einer Zahl qualifizierter *Freiwilliger* ausgewählt. Das ist ein Unterschied.«

Carmody erwiderte nichts.

Fernandez seufzte resigniert und deutete mit dem Kopf auf den Hangar. »Okey-doke. Die Techniker werden alles aufbauen. Eigentlich müssen sie nur die Plattform raustragen. Sie können entweder den Anzug jetzt anziehen oder draußen warten, bis sie fertig sind.«

Carmody saß einen Moment da und starrte geradeaus. »Ich mag den Stützpunkt nicht, und Howard noch weniger«, sagte er. »Ich bin hier, um einen Job zu beenden, den ich schon vor Monaten hätte beenden sollen.«

Fernandez dachte daran, was die Computerexpertin aus New York, Natasha Mori, ihm nach dem Verlassen des Flugzeugs gesagt hatte. *Kali.*

»Wir kennen uns jetzt schon eine ganze Weile, und wir haben

zusammen eine Menge durchgemacht. Der Einsatz in Bukarest, im Club Energie … Mensch, das war echt gefährlich.« Er zuckte mit den Schultern. »Jedenfalls betrachte ich Sie als *mi compañero*.«

Carmody erwiderte nichts.

»Wenn Sie irgendwas bedrückt, würden Sie mir das sagen?«, fragte Fernandez nach einer Minute.

Carmody streckte die Hand nach dem Türgriff aus.

»Ich werde hier warten«, sagte er.

Carmody stand rauchend neben dem JLTV, während ein Mann in einem Elektroschlepper einen Kran auf Rädern und eine Plattform aus dem Hangar zog. Im Gras davor waren Abdrücke, weil man sie dort offenbar häufig abgestellt hatte, und der Fahrer musste zwei Fahrten machen, um sie an den üblichen Stellen nebeneinander zu positionieren. Die Plattform bestand aus einem Stahlgitter, und der zehn Meter hohe Kran hatte einen Schwenkarm mit einem hochfesten Zugseil, wie sie von Bergsteigern benutzt wurden. Am unteren Teil des Krans war ein verstellbarer T-Ständer befestigt.

Carmody griff nach dem Taschenaschenbecher in seiner Bomberjacke. Er hatte sich darüber lustig gemacht, als Kali ihn in einem Secondhandladen in New York gekauft hatte, doch schließlich musste er zugeben, dass er ziemlich praktisch war. Er öffnete den verkratzten Blechdeckel, drückte die Zigarette aus, steckte den Aschenbecher wieder ein und schlenderte zur Plattform hinüber, wo er erneut wartete.

Der Fahrer des Schleppers fuhr ein drittes Mal in den Hangar und kehrte mit den Einzelteilen des Jet-Suits auf der Ladefläche zurück. Dann kamen ein Mann und eine Frau in orangen

Overalls heraus und liefen zum Fahrer hinüber, und die drei trugen die Einzelteile zur Plattform. Die beiden Mikrojet-Einheiten – je eine für Carmodys Unterarme – wurden an den waagerechten Stangen des Gestells befestigt. Den Motor, den er auf dem Rücken tragen würde und der wie eine Tauchflasche an Gurten festgeschnallt war, hängten sie an die senkrechte Stange.

In diesem Moment kam Fernandez aus dem Hangar.

»Ihr Anzug ist im Spind. Das Nomex fühlt sich auf der Haut nicht besonders toll an«, sagte er und deutete mit dem Daumen über die Schulter. »Oh, und vergessen Sie die Ohrstöpsel nicht.«

Carmody marschierte wortlos an ihm vorbei in den Hangar. In seiner Mitte stand der Armeespind. Er öffnete die zwei Türen und fand im linken Fach an einem Haken einen schwarzen Ganzkörper-Fluganzug. Im rechten befanden sich Schutzhandschuhe, ein glänzender Hartschalenhelm mit getöntem Gesichtsschutz und ein Paar leichter, halbhoher Stiefel. Die Ohrstöpsel lagen in einer kleinen Schublade.

Carmody entkleidete sich bis auf die Unterhose, setzte sich auf die kleine eingebaute Bank und zog die anderen Sachen an. Der Fluganzug, der ihm zu eng war, hatte jede Menge Reißverschlusstaschen, Fächer mit Klettverschluss und Polster an Ellbogen und Knien. Die Stiefel in Größe fünfzig waren ebenfalls ein paar Nummern zu klein. Dennoch schaffte er es, sich in die Montur zu zwängen. Dann steckte er die Stöpsel in die Ohren, setzte den Helm auf, schloss die Spindtüren und ging wieder nach draußen.

Auf der Plattform warteten bereits die beiden Techniker. Sie wiesen ihn an, sich aufrecht vor den T-Ständer zu stellen, als würde man beim Arzt seine Körpergröße messen, allerdings mit zur Seite ausgestreckten Armen. Sie schnallten das Gurtzeug mit dem Triebwerk an ihm fest, dann streiften sie die Minijets über seinen linken und rechten Unterarm. Sie waren oval wie Flugzeugturbinen, aber sehr viel kleiner und mit Handschuhen aus steifem Polycarbonat verbunden. Jeder wog sieben Kilo.

Die Technikerin tätschelte seinen rechten Handschuh. Auf ihrem Namensschild stand *L. Sanders*. »Ich habe gehört, Sie fahren Motorrad?«

Er nickte. »Ich bin vor ein paar Wochen mit einer BMW durch ein Panoramafenster gekracht.«

»Ist ja witzig.«

»Vielleicht für Sie.«

»Wie viel PS hatte das Motorrad? Hundert, hundertfünfzig?«

»Hundertfünfundsechzig.«

»Nicht schlecht … aber das ist nur etwa ein Siebtel der Leistung des Jet-Suits«, sagte sie. »Wenn Sie etwas in dieser Größenordnung suchen, dann müssen Sie sich schon nach einem Aston Martin Valkyrie oder einem Bugatti Divo umsehen. Aber es gibt ein paar Gemeinsamkeiten zwischen dem Anzug und einem Motorrad. Sie lassen sich einfach und intuitiv bedienen. Es gibt keine komplizierte Steuerung. Wenn Sie sich auf Ihren natürlichen Gleichgewichtssinn verlassen, kann nichts schiefgehen. Ich werde jetzt nicht auf die aerodynamischen Eigenschaften eingehen, aber die Schubkraft ist gleichmäßig auf die drei Turbinen an Ihrem Körper verteilt.«

»Okay.«

»Spüren Sie den Stab an Ihrer rechten Handfläche?«

»Ja.«

»Damit geben Sie Gas. Sie sollten ihn die ganze Zeit schön locker in der Hand halten.«

»Okay.«

»Ein Vogel benutzt seine Flügel, um emporzusteigen und in der Luft zu bleiben. Ich weiß – wozu sonst? Aber er benutzt sie auch zum Navigieren, und ich möchte, dass Sie das mit Ihren Armen machen. Pressen Sie sie beim Start seitlich an den Körper, und breiten Sie sie aus, um die Höhe zu kontrollieren oder zu landen. Halten Sie sie hinter den Körper, um vorwärts, und über den Kopf, um rückwärts zu fliegen. Wenn Sie wenden oder im Kreis fliegen wollen, heben Sie eine Hand in die entsprechende Richtung. Und noch ein Tipp. Wenn Sie eine Kurve fliegen, *schauen* Sie auf Ihr Ziel. Drehen Sie den Kopf. Auf diese Weise richtet sich Ihr Körper automatisch aus, und die Richtungswechsel sind flüssiger. Aber Ihre Beine sollten immer ausgestreckt bleiben.«

»Okay.«

»Das ist wichtig. Man neigt dazu, wild um sich zu schlagen, wenn man keinen Boden mehr unter den Füßen hat. Das ist ein natürlicher Reflex. Sie müssen diesen Impuls unterdrücken. Im Grunde sind Sie ein lebendes VTOL-Flugzeug.«

»Okay.«

Sanders tippte auf ein Display an Carmodys Brustgurt. »Dieser Minicomputer zeigt alle wichtigen Daten an. Geschwindigkeit, Höhe, Position, Benzinstand. Aber diese Informationen können Sie auch in Ihrem Helmdisplay sehen.«

»Okay.«

»Die Flugmontur wird mit Kerosin angetrieben. Die Triebwerkgondeln sind mit elf Litern Treibstoff gefüllt, das ist über die Hälfte ihres Fassungsvermögens. Das reicht für fünf

Minuten. Sie werden diesmal nur in geringer Höhe fliegen. Die maximale Flughöhe liegt bei etwa achtzig Fuß, aber wir werden Sie mit dem Seil am Boden befestigen.«

Sie nickte dem anderen Techniker zu.

»Halt«, sagte Carmody zu ihm. »Ich werde dieses Ding nicht benutzen.«

»Das ist zu Ihrer eigenen Sicherheit«, sagte der Techniker. Auf seinem Namensschild stand *K. Berman.*

»Ich brauche es nicht.«

Der Techniker stand mit dem Seil in der Hand da und schaute zu Sanders.

»Mr. Carmody, ich fürchte, das ist Vorschrift«, sagte sie. »Sie müssen erst in der Lage sein, ungesichert zu fliegen, bevor wir Sie ohne Seil starten lassen.«

Er schüttelte den Kopf. »So läuft das nicht.«

In diesem Moment hörte Carmody das Klappern von Schritten. Fernandez.

»Gibt es ein Problem?«, fragte er, während er zur Plattform herüberkam.

»Ich werde das Seil nicht benutzen. Ich kann es mir nicht erlauben, meine Zeit zu verschwenden. Wir haben nur zehn Tage Zeit.«

»Ich weiß«, sagte Fernandez. »Die beiden wollen nur nicht, dass Sie wie ein geplatzter Ballon völlig unkontrolliert in die Höhe steigen. Normalerweise muss man vorher ein virtuelles Flugtraining absolvieren. Aber wir haben die Simulation übersprungen, weil Sie mit der VR Probleme haben …«

»Von der VR wird mir kotzübel. Ich kann nichts dagegen tun. Und ich will nicht darüber diskutieren, Julio.«

»Ich auch nicht.«

»Dann sagen Sie Ihren Leuten, dass sie zurücktreten sollen.«

Fernandez musterte ihn wortlos. Nach einer Minute wandte er sich Berman zu.

»In Ordnung«, sagte er. »Wenn er ohne Seil fliegen will, dann soll er das tun. Falls es ein Problem gibt, übernehme ich die Verantwortung.«

Berman blickte zu seiner Kollegin. Sie nickte, er ließ das Seil los, und sie stiegen von der Plattform. Fernandez beugte sich dicht zu Carmody vor, sodass er durchs Visier seine Augen sehen konnte.

»Dieser Ikarus-Anzug kostet eine Viertelmillion Dollar«, sagte er. »Ich hoffe, dass Sie ihn nicht kaputt machen.«

»Ich dachte, Ikarus sei abgestürzt.«

Fernandez nickte. »Ganz genau. Er ist zu nah an die Sonne geflogen. Deshalb habe ich den Anzug nach ihm benannt. Als kleine Botschaft an die Benutzer, nicht übermütig zu werden.«

Carmody erwiderte nichts. Fernandez lächelte schwach und versetzte ihm einen leichten Stoß gegen den Arm.

»Lassen Sie's krachen, *vato*«, sagte er und verließ die Plattform.

Carmody gab Gas, und die Düsen erwachten tosend zum Leben. Etwas Lauteres hatte er wohl in seinem ganzen Leben noch nicht gehört. Das Geräusch dröhnte in seinen Ohren und ließ seine Knochen und Weichteile erzittern. Als befände er sich im Krater eines explodierenden Vulkans.

Aber er spürte keine Hitze von der Zündung. Keinen Druckwiderstand. Und sein Magen begann auch nicht, wie in den HIVE-Simulationen, zu rebellieren. Er hob sich sanft vom Boden, und seine Füße schwebten über der Plattform.

Erst fünf, dann fünfzehn, dann dreißig Zentimeter. Er hatte allerdings nicht das Gefühl zu fliegen, sondern kam sich wie ein Astronaut auf einem Weltraumspaziergang vor.

Er streckte seine Arme nach hinten aus und schwebte über die Plattform hinweg, und dann war er über dem Gras. Es kräuselte und neigte sich wellenartig unter den Motorabgasen.

Er hatte keine Mühe, das Gleichgewicht zu halten. Er war ein erfahrener Fallschirmjäger, hatte mal mit einem Schnellboot im Rückwärtsgang eine 180-Grad-Drehung hingelegt, sich an einem Seil über Tümpel gehangelt und war in Kona durch stockfinstere Gewässer getaucht. Und er fuhr Motorrad. Man musste nur die Ruhe bewahren. Den Rest erledigte das Gehirn ganz allein.

Er nahm die Arme herunter, erhöhte den Schub und stieg weiter in die Luft empor. Links von sich sah er Fernandez, Berman und Sanders vor dem Hangar stehen. Sie schauten zu ihm hoch und verfolgten seine Flugbahn. Laut Helmanzeige befand er sich fünfzehn Fuß über ihnen.

Er stieg weitere zehn Fuß empor und beschleunigte. Seine Oberarme begannen zu pulsieren. Die Schubkraft der Düsen presste seine Schultern in die Schulterpfannen zurück. Sein Adrenalinspiegel schnellte in die Höhe, und es fühlte sich an, als würde das Blut in sein Gehirn schießen.

Carmody verlangsamte seinen Atem. Wenn man die Wirkung des Adrenalins kontrollieren konnte, schärfte es die Sinne und steigerte die Konzentration.

Er drehte den Motor weiter auf und stieg auf eine Höhe von sechzig Fuß. Dann schoss er vorwärts. Laut Anzeige flog er jetzt mit einer Geschwindigkeit von fünfundsiebzig Meilen pro Stunde. Fernandez und die Techniker wurden immer kleiner, während er über sie hinwegsauste. Er war jetzt oberhalb der Baumwipfel zwischen dem freien Feld und dem CTRC und stellte fest, dass er auf Höhe der obersten Fenster war.

Er war eine Rakete.

Carmody hob seine rechte Hand, drehte den Kopf, wendete und überquerte den Hangar. Dann umkreiste er in einem großen Bogen die freie Fläche. Er gab Gas und beschleunigte erneut. Der Motor heulte auf, und seine Augäpfel vibrierten.

Er flog immer noch eine Schleife, als er in der oberen Ecke seines Visiers eine gelb blinkende Warnmeldung sah. Der Treibstoff wurde langsam knapp.

Aber er wollte noch nicht landen. Er war völlig aufgedreht. Die Geschwindigkeit, das Dröhnen der Motoren, all das war berauschend. Doch dann atmete er ein und wieder aus, schwenkte nach links und überquerte auf einer geraden Linie die freie Fläche.

Kurz darauf war die Plattform direkt unter ihm, und er breitete die Arme aus wie ein Paar Flügel, ging vom Gas und sank hinunter. Auf vierzig, dreißig, zwanzig Fuß. Sein Magen schlug einen Purzelbaum. Aus dem Augenwinkel sah er Sanders neben der Plattform stehen. Sie ging leicht in die Knie, richtete sich wieder auf und schlug sich auf die Beine. Als würde sie irgendeine seltsame, wilde Fitnessübung machen.

Doch dann wurde ihm klar, dass sie versuchte, seine Aufmerksamkeit auf sich zu lenken. Und begriff, warum.

Die Beine ausstrecken.

Seine waren angewinkelt. An den Knien.

Carmody war jetzt auf einer Höhe von zehn Fuß. Er nahm die Hand vom Gas und drückte die Knie durch, doch es war zu spät. Er schlingerte und taumelte und neigte sich in der Luft zur Seite wie ein Mann, der mit dem Fuß von einem Felsvorsprung rutschte.

Er fiel wie ein Stein vom Himmel. Er wog über hundertzwanzig Kilo, das meiste davon feste, dichte Muskelmasse. Sein schwerer Körper krachte auf die starre Metalloberfläche. Allerdings landete er auf seiner rechten Seite und konnte verhindern, dass er mit dem Kopf auf die Plattform knallte. Sein Oberarm und sein Rücken sowie der rechte Handschuh fingen die Wucht des Aufpralls ab.

Er hörte, wie Fernandez und die Techniker zu ihm hinaufgestürzt kamen und dann das Klappern ihrer Schritte auf dem Stahlgitter. Er rollte sich auf den Rücken und winkte sie fort.

Dennoch scharten sich die drei um ihn; während Fernandez links von ihm in die Hocke ging, traten die beiden Techniker auf die andere Seite.

»Alles okay?«, fragte der Sergeant.

Carmody setzte sich auf. »Mir geht's gut.«

Sanders zog ihm den kaputten Handschuh aus. »Der ist hinüber.«

»Gibt es Ersatzhandschuhe?«, fragte Carmody.

»Gibt es«, sagte sie. »Ich habe Ihnen doch Anweisungen gegeben. Sie hätten auf mich hören sollen.«

»Das habe ich auch getan.«

»Bis Sie gelandet sind.«

»Es kann nicht alles klappen«, sagte er. »Und wie habe ich mich sonst geschlagen?«

»Ganz ehrlich? Ich habe bisher niemanden gesehen, der sich so schnell an den Jet-Suit gewöhnt hat. Sie verfügen offenbar über ein außergewöhnliches Reaktionsvermögen.«

»Allerdings.«

»Und Sie sind offenbar außergewöhnlich bescheiden.«

»Mit Bescheidenheit hat das nichts zu tun. Das liegt an dem extrem hohen Carnosinspiegel in meinen Muskeln. Angeblich hat diesen Wert nur eine von tausend Personen, aber ich schätze, dass es noch weniger sind.«

Sie musterte ihn wortlos, während er sich aufrappelte.

»Vielleicht sollten Sie eine kurze Pause einlegen«, sagte Fernandez. »Um zu verschnaufen.«

Ohne seiner Bemerkung Beachtung zu schenken, richtete Carmody sich wieder auf. Sein rechter Arm und seine Rippen taten weh. Aber er war überzeugt, dass er noch sehr viel größere Schmerzen hätte, wenn er auf den Arm gefallen wäre, in den Grigor Malkira ihm eine Kugel gejagt hatte. Es steckten immer noch einige Splitter darin.

»Schaffen Sie es hier rüber?« Berman deutete mit dem Kopf auf den T-Ständer. »Damit wir Ihnen die Montur ausziehen können.«

Carmody drehte sich zu dem Ständer um, stellte sich davor und ließ die Techniker ihre Arbeit machen. Während sie die Riemen und Verschlüsse des Gurtzeugs lösten, bemerkte er, dass sich am Rand des Rollfelds einer der Roboterhunde von seinem Begleiter entfernte, durch das Gras auf die Plattform zulief und etwa zehn Meter zu seiner Linken stehen blieb.

Carmody starrte ihn direkt an, blickte ihm in seine künstlichen Augen.

Und es schien, als erwiderte der Hund seinen Blick.

Howard, der im CTRC an seinem Schreibtisch saß, stopfte bedächtig seine Pfeife, entzündete sie mit einem Streichholz und zog daran. Er rauchte seine eigene Mischung, einen dunklen Kentucky-Tabak mit einer Prise Perique, der auf dem fruchtbaren Boden des Mississippi-Deltas angebaut wurde. Er verlieh dem starken geräucherten Tabak eine süßliche Note.

Sein Büro war geräumig und ordentlich und erinnerte kaum an den Hamsterkäfig in der alten Kommandozentrale. Es gab hier einen schönen großen Schreibtisch mit zwei schicken Breitbildmonitoren, und die polarisierten Scheiben der beiden Glaswände – eine nach Westen und eine nach Süden – ließen eine Menge Tageslicht durch, während sie gleichzeitig das grelle Sonnenlicht abschirmten.

Howard starrte auf einen der Bildschirme und zog an seiner Pfeife. Eigentlich hatte er sich nach dem Treffen im Konferenzzimmer noch einmal die Satellitenkarten vom Zielort auf der Krim ansehen wollen. Aber stattdessen tauschte er jetzt durch die Augen des Roboterhunds mit Carmody Blicke aus.

War ja klar, dachte er.

Durch die westliche Glaswand hatte er aus den Augenwinkeln bemerkt, wie sich über dem Testgelände ein kleiner Punkt in die Luft erhob. Er hatte gewusst, dass Fernandez Carmody direkt nach der Besprechung dort hinbringen würde. Nachdem Howard Carmodys Plan gehört hatte, leuchtete es ihm ein, dass er den Jet-Suit anprobieren und vielleicht ein paar Meter vom Boden abheben wollte. Kein Problem.

Das Problem war der Punkt am Himmel. Als Howard ihn sah, wanderte sein Blick vom Monitor mit den Karten zu dem Bildschirm mit den Livebildern der beiden Roboterhunde vor dem Hangar. Die Köter konnten sich selbstständig bewegen oder über Funk gesteuert werden, und selbst ein Computer-trottel wie er konnte ihnen den Befehl geben, den Blick in den Himmel zu richten und Carmodys Flugbahn zu verfolgen.

Howard hatte zwar damit gerechnet, dass Carmody den Anzug ausprobieren würde. Aber dass er sich ohne Seil in die Luft erhob und Fernandez das zuließ, war ein Problem. Offen-bar hatte er sich zu sehr darauf verlassen, dass Julio auf seinen gesunden Menschenverstand hören und denselben gottver-dammten Fehler nicht noch einmal machen würde.

Sein erster Impuls war, im Hangar anzurufen und zu fragen, was das zum Teufel zu bedeuten hatte. Doch stattdessen nahm er seinen Tabakbeutel und wartete ab, was passieren würde. Durch die leistungsstarken künstlichen Augen des Roboterhunds beobachtete er, wie Carmody höher stieg als sein Büro im CTRC und nach einer Runde um das freie Feld eine Bruchlandung machte, bei der er sich sämtliche Knochen hätte brechen können. Doch der schlimmste Fall war nicht eingetreten, wenngleich der Jet-Suit offenbar nicht so unver-wüstlich war wie Carmody. Das war typisch für ihn. Er hatte mehr Glück als Verstand.

Dennoch war er intelligent genug, um zu bemerken, dass der Hund ihn beobachtete. Und vielleicht zu begreifen, dass das nicht ganz zufällig geschah.

Er starrte jetzt in eines der Roboteraugen des Hundes, und Howard sah ihn ebenfalls an. Es war nur ein kurzer Moment. Ein, zwei Sekunden vielleicht. Aber er konnte ihren kalten Augenkontakt spüren.

Howard sog den Rauch aus seiner Pfeife ein. Falls es Fer-nandez, seinen genialen Wichteln und Carmody egal war, wenn er sich so viele Knochen brach, dass man ihn nicht mehr zusammenflicken konnte, war das ihre Sache. Aber Howard war der Kommandeur des Janus-Stützpunkts. Und der eine Viertelmillion Dollar teure Jet-Suit, der zusammen mit Carmody hätte Schaden nehmen können, ging ihn sehr wohl etwas an. Noch mehr Sorge bereitete ihm jedoch, dass Carmody eine Gruppe *seiner Leute* auf einer groß angelegten, hochriskanten Mission in feindliches Gebiet führen sollte.

Er war schon immer ein Draufgänger gewesen. Howard hatte das hingenommen, weil er meistens auch erfolgreich war ... und weil Morse ihre Befehlsgewalt ausgeübt und mehrfach darauf bestanden hatte, dass man Carmody bei seinen Einsätzen viel Spielraum ließ. Aber seine letzte Aktion schien darauf hinzudeuten, dass diesmal noch etwas anderes im Spiel war. Wenn das der Fall war und man die Sache nicht in den Griff bekam, konnte das Konsequenzen haben, die er sich lieber nicht ausmalen wollte.

»Okay, Rover, zieh dich zurück«, sagte er ins Mikrofon. »Setze Patrouille fort.«

Einen Moment später verschwand Carmody aus seinem Blickfeld. Der Roboterhund hatte sich von der Plattform abgewandt und lief weiter.

Howard starrte rauchend auf den Bildschirm, ohne richtig hinzusehen; er war mit seinen Gedanken ganz woanders. Nach einer Weile klopfte er die Asche aus der Pfeife und griff nach dem Tabakbeutel an seinem Gürtel. Er rauchte nur selten zwei Pfeifen hintereinander, aber es gab Ausnahmen von dieser Regel, und er fand, dass eine zweite Pfeife durchaus angebracht war, ehe er sich wieder den Karten zuwandte.

13

E inheit zwei, könnt ihr mich hören?«, sagte Luka über das Mikrofon in seinem Ohr. Er und Oleg befanden sich immer noch in dem Labyrinth, das vom Lagerraum abging.

Ja, Einheit drei.

Das war Reva. Die Texteinblendung ihrer Antwort erschien in seinem Netzhaut-Display fast so schnell, wie die Übertragung menschlicher Sprache benötigte.

»Wir sind in den Stollen unterwegs«, sagte Luka. »Sie führen von der Kammer hinter der Halle in sämtliche Richtungen.«

So wie wir vermutet haben.

»Das betraf die Halle. Aber ich habe ausdrücklich von der *Kammer* gesprochen. Sie ist der eigentliche Knotenpunkt. Von dort zweigen zahlreiche Gänge ab, einige auch Richtung Norden. Sie sind nicht auf unserer Karte eingezeichnet.«

Wir haben die Zielperson geortet. Siehst du ihre
Koordinaten?

Zu seinem Missfallen stellte Luka fest, dass sie das Thema gewechselt hatte.

»Ja«, sagte er. »Sie ist ganz in der Nähe.«

Wir sind fast bei euch.

Luka konnte es sehen. Sein Display zeigte ihm, dass Zoltan sich nur ein paar hundert Meter südöstlich von ihm befand.

»Wir können hier nicht bleiben«, sagte er. »Die Kammer und die Gänge werden überflutet. Alles hier.«

Wenn du mit der Kammer recht hast, dann ist sie
dorthin unterwegs.

Luka schaute zu Oleg. An den Wänden ringsum lief Wasser herunter.

»Habt ihr mich verstanden, Einheit zwei? Ich habe gesagt, wir müssen hier weg.«

Und ich habe gesagt, dass wir nur einen Katzen-
sprung entfernt sind. Haltet die Stellung.

»Es gibt hier andere Gänge, die sicherer sind. Der Hauptgang zur Halle ist auf der Karte eingezeichnet. Dort war kaum Wasser. Jedenfalls vorhin. Wir können die Zielperson vor dem Torbogen in die Zange nehmen.«

Es verstrich eine halbe Sekunde.

Implantate, Wasser ... wovor haben die Mitglieder der
Schwarzen Hundert sonst noch Angst?

»Pass auf, was du sagst. Wir müssen uns nicht beleidigen lassen. Oder deine Befehle befolgen. Keiner von uns steht mehr
unter dem Kommando des Direktorats.«

Deiner letzten Aussage will ich nicht widersprechen.
Und das ist genau mein Punkt. Wir werden für diesen
Einsatz gut bezahlt.

»Wenn wir tot sind, haben wir nichts mehr von dem Geld.«

Hört zu. Im Hauptgang kann man sich nicht verstecken. Wir verlieren unseren Vorteil, wenn wir die
Zielperson dort attackieren.

»Besser, als hier zu ertrinken. Wenn ihr herkommt, beeilt euch.
Wir verlassen jetzt auf jeden Fall sofort diesen Stollen. Ende.«

Mit diesen Worten trennte Luka die Verbindung und schaute
Oleg schweigend an. Von den Wänden und über den Boden
lief Wasser und plätscherte gegen die Außenseiten ihrer Stiefel.

»Sie hat den Verstand verloren«, sagte er. »Das gefällt mir
ganz und gar nicht.«

Oleg gab ein Knurren von sich. Dann deutete er auf den
Eingang zur Halle.

»Scheiß drauf«, sagte er. »Verschwinden wir von hier.«

Nachdem Jacques, Kali und Etienne eine Weile die Stollen entlanggelaufen waren, hörten sie durch die Wände das schwache,

rhythmische Hämmern der Musik. Jacques gab das Zeichen zum Stehenbleiben und lauschte. Ringsum prasselte in kleinen Sturzbächen das Wasser herab und spritzte geräuschvoll auf ihre Gesichter und ihre Kleidung. Aber es bestand kein Zweifel, dass die Musik ganz aus der Nähe kam.

Jacques wandte sich Etienne zu. »Kommt dir diese Stelle bekannt vor?«

Etienne betrachtete aufmerksam die vermoderten Backsteine zu beiden Seiten. Einige waren zu Staub zerfallen und hatten auf dem Boden kleine Haufen gebildet, andere hatten sich von der Wand gelöst, sodass der Fels darunter zum Vorschein gekommen war. Alles war nass, das Wasser rieselte an den Wänden herunter, lief über die Haufen aus zerbröckeltem rotem Lehm und spülte sie in länger werdenden Rinnsalen den Gang hinunter.

»Wie gesagt, ich habe die Halle durch einen Lagerraum verlassen«, meinte er schließlich. »Hinter dem Thron aus Knochen.«

Jacques nickte.

»Das hier ist einer der Gänge, die ich nach dem Verlassen der Kammer entlanggelaufen bin«, sagte Etienne und rieb sich den Nacken. »Da bin ich mir sicher. Allerdings …«

»Ja?«

»Es kam nicht halb so viel Wasser herunter. Da bin ich mir ebenfalls sicher.«

Jacques blickte zur Decke empor, von der das Wasser herabprasselte, und schaute dann zu Kali.

»Wir müssen reden«, sagte er und lief ein paar Schritte in den Gang hinein, bis er hinter einer Kurve verschwand.

Kali blieb einen Moment stehen und schaute zu Etienne. »Warte hier. Es wird nicht lange dauern.«

Er zuckte zustimmend mit den Achseln, und sie drehte sich um und lief zu Jacques, der direkt hinter der Biegung auf sie wartete.

»Wir sind hier nicht sicher«, sagte er mit leiser Stimme. »Man hat die Stollen vor Hunderten von Jahren mit Backsteinen und Mörtel abgestützt ... nachdem eine ganze Straße im Erdboden versunken war. Der Kalkstein darunter ist weich und porös. Wenn das Grundwasser steigt, saugt er es wie ein Schwamm auf. Diese Backsteine sind von der Feuchtigkeit zersetzt worden, die im Laufe der Jahre durch die Wände gesickert ist.«

»Und warum ist das so wichtig?«

»Das Wasser sickert jetzt nicht nur durch die Wände, es kommt *in Strömen* herunter. Und unser Freund meinte, dass es bei seiner Flucht aus der Halle noch nicht so schlimm war. Das bedeutet, dass sich die Lage in kürzester Zeit verschlechtert hat.«

»Du glaubst also, dass dieser Stollen bald ebenfalls überschwemmt wird.«

»Ja.«

Kali nickte. »Wie weit sind wir von der Halle entfernt?«

»Nicht weit. Wir können es in fünf Minuten dorthin schaffen.«

»Dann können wir es also auch in ein paar Minuten hier rausschaffen.«

Er trat dicht zu ihr. »Hör zu. Die Halle wurde in denselben Kalkstein gegraben wie die Stollen, die zu ihr führen. Wie dieser hier. Wenn sie sich mit Wasser füllen, dauert es nicht lange, bis auch dieser hier überflutet wird.«

»Was schlägst du also vor?«

»Das, was ich vorhin schon gesagt habe. Wir laufen zu einem der Gänge zurück, die etwas trockener sind. Diese Stollen wurden nicht von einem Architekten angelegt. Die Bergarbeiter haben sie im Laufe der Jahrhunderte so gegraben, wie es gerade zweckmäßig war. Sie sind völlig wahllos angeordnet. Das Entwässerungssystem wurde nicht planmäßig angelegt. Ich kann uns in einem weiten Bogen um die Halle herumführen. Sodass wir dem Wasser aus dem Weg gehen.«

»Dann würden wir einige Stunden länger brauchen. Während unsere Feinde es auf uns abgesehen haben. Und auf Navarro.«

»Besser, als zu ertrinken.«

»Was ist mit Jill? Und den anderen Leuten, die sie holt? Sie wollen sich mit uns in der Halle treffen.«

Er tippte auf seinen tragbaren Computer. »Ich kann ihnen eine Nachricht schicken.«

Kali sah ihn an, während sich um sie herum das Geräusch des eindringenden Wassers mit dem Dröhnen und Hämmern der Musik vermischte.

Was würdest du tun, Michael? Sollen wir in eine andere Richtung laufen? Jetzt sofort?

Ganze zehn Sekunden verstrichen, ehe sie schließlich antwortete.

»Wenn es uns nur darum geht, nicht zu verlieren, können wir nicht gewinnen«, sagte sie. »Wir müssen die Initiative ergreifen.«

»Du hast zwar recht. Aber wir dürfen nicht in diesen Stollen bleiben. Sie könnten zusammenbrechen.«

Kali zögerte.

»Das gilt auch für mich, Jacques«, sagte sie.

Er schien verwirrt. »Was meinst du damit?«

Sie zeigte auf die Stelle unter ihren Rippen, wo sie der Pfeil mit dem Betäubungsmittel getroffen hatte. »Glaubst du wirklich, dass mich die Leute vom Blutigen Blitz auf gut Glück verfolgen?«

»Nein. Aber sie kennen dein Ziel. Und sie wissen, dass der mit Abstand schnellste Weg zum nördlichen Netzwerk durch die Halle führt. Sie haben garantiert eine Kopie von Oarsmans Karte.«

»Jacques, auf der Karte können sie zwar meine Route nachvollziehen. Aber sie zeigt ihnen nicht an, wo ich mich gerade aufhalte. Welche Umwege ich laufe. Oder was meine genaue Position ist. Warum glauben sie wohl, dass sie es schaffen werden, mich in einem über zweihundert Meilen langen Stollensystem aufzuspüren, meine Bewegungen zu verfolgen und mich zu schnappen?«

Jacques schwieg einen Moment und schaute auf die Stelle, die sie mit ihrer Hand berührte.

»Du glaubst, dass sie dir einen Sender injiziert haben?«

»Ja.«

»Einen Nanochip?«

»Natürlich, etwas anderes hat keinen Zweck.«

»Falls du recht hast, können sie bis auf wenige Meter deine Position bestimmen.«

»Ja.«

Seine Augen verrieten, dass er begriffen hatte, was das bedeutete.

»Sie werden dich in der Halle in eine Falle locken«, sagte er. »*Une embuscade* … in einen Hinterhalt.«

Sie nickte. »Sie werden sich dort verstecken. Und uns von

mehreren Seiten angreifen, sobald wir dort auftauchen. Das ist wahrscheinlich ihr Plan.«

»Und du willst den Spieß umdrehen.«

»Wir tun genau das, was sie wollen. Und sorgen dafür, dass sie es bereuen werden.«

Jacques seufzte. »Aber wir sollten die Kammer auf der Rückseite erst betreten, nachdem ich mich vergewissert habe, dass sie nicht überflutet ist«, sagte er. »Ich kenne einen anderen Weg dorthin. Er führt uns zum Stollen vor dem Haupteingang der Halle.«

»Wenn du das für besser hältst.«

Er blickte ihr in die Augen.

»Du spielst eine sehr riskante Schachpartie, Outlier.«

»Beunruhigt dich das etwa, *Béret Vert*?«

Er schüttelte den Kopf. »Nein. Überhaupt nicht. Aber ich frage mich, ob ich in dieser Partie dein Kampfgefährte bin oder bloß ein Bauer.«

Kali ließ die Frage unbeantwortet im Raum stehen. Dann deutete sie mit dem Kopf über ihre Schulter.

»Wir sollten Etienne holen und weitergehen.«

»Obwohl der arme Bursche, den wir aufgelesen haben, keine Ahnung hat, in was wir ihn da reinziehen. Dass die Männer, die in der Halle seine Freundin getötet haben, dort warten, um mit uns dasselbe zu tun.« Er machte eine Pause. »Kann es sein, dass deine Hilfsbereitschaft ihm gegenüber ebenfalls Teil deines Spiels ist?«

Sie sah ihn an, während von der Decke Wassertropfen auf ihr Haar und ihre Schultern prasselten.

»Glaub, was du willst. Ich werde dich nicht davon abhalten.«

Mit einer abrupten Bewegung wandte sie sich ab und lief durch das herabrieselnde Wasser den Stollen zurück.

»C'est ça«, sagte Etienne mit schriller, zittriger Stimme. »Ich wollte diesen Ort nie wiedersehen.«

Kali stand rechts, Jacques links von ihm, und alle drei schauten zum Torbogen hinüber, der in die Halle des Wilden Königs führte.

Sie waren klatschnass. Der Gang hinter ihnen hingegen war bis auf ein paar kleine Pfützen vor einigen der Öffnungen trocken – darunter auch diejenige neben dem Torbogen, durch die Jacques sie vor wenigen Augenblicken hergeführt hatte. Die drei konnten in der Halle keinerlei Bewegung oder Aktivitäten feststellen, kein Anzeichen für Überlebende. Da war nur der programmierte, unablässige Wechsel von Licht und Musik. Die Halle wirkte verlassen und gespenstisch.

»Kali und ich gehen jetzt da rein«, sagte Jacques zu Etienne. »Du bleibst hier und wartest.«

»Nein«, sagte er und schüttelte den Kopf. »Ich will euch helfen.«

»Einer von uns muss Wache halten«, sagte Kali. »Falls hier im Gang jemand aufkreuzt.«

»Und dann?«

Sie tippte auf seine Smartwatch und hob ihre Hand, an der sie ebenfalls eine trug. »Benutzt du Secure Messaging? Signal? WhatsApp? Oder irgendwelche anderen Dienste?«

»Ja.«

Kali lächelte schwach. »Gut«, sagte sie. »Dann kannst du uns eine Nachricht schicken.«

Er schüttelte erneut den Kopf; seine blassen, angespannten

Gesichtszüge waren voller Zweifel. »Seit ich die Katakomben betreten habe, bin ich offline. Ich habe hier unten kein WLAN.«

»Auf kurze Entfernung schon«, sagte Jacques. »Glaub mir.«

Etienne schien nicht überzeugt. Aber er protestierte auch nicht.

Kali griff unter ihre Jacke und zog die Glock aus ihrem Holster.

»Hier.« Sie hielt ihm die Pistole hin, die Mündung zur Sicherheit nach unten gerichtet. »Nimm sie.«

Er schob die Waffe von sich fort. »Ich will sie nicht. Ich weiß nicht mal, wie man sie benutzt.«

Kali musste an den Moment nachts vor der Burg denken, und ihr Gefühl von Déjà-vu entbehrte nicht einer gewissen Ironie. Es hätte Mike gefallen, dass sie seine Rolle übernahm, dachte sie.

Plötzlich wurde ihr bewusst, dass sie den Blick vermisste, den er machte, wenn er sich über sie amüsierte.

»Es ist ganz einfach«, sagte sie zu Etienne und sah ihn unverwandt an. »Man zielt und feuert.«

Er hatte immer noch Bedenken. Doch Kali hielt ihm weiter die Waffe hin.

»Nimm sie«, sagte sie leise. »Wir haben keine Zeit.«

Ein weiterer Moment verstrich. Schließlich streckte Etienne seufzend die Hand aus und griff nach dem oberen Ende des Laufs.

»Zielen und feuern? Das ist alles?«

Sie nickte.

»Wenn das alles ist, warum gibt es dann im Netz so viele Anleitungsvideos?«

Kali lächelte erneut, fragte nach seiner Message-ID und schickte ihm ihre.

»Also gut«, sagte sie. »Wir sind bereit.«

Jacques hatte schweigend gewartet und auf das Schild über dem Torbogen geschaut. *Se faire oublier et danser.* Er deutete mit dem Kinn in seine Richtung.

»In diesem Sinne«, sagte er. »Wir sollten jetzt reingehen.«

Kali nickte und tätschelte Etiennes Arm.

»Halte durch«, sagte sie und wandte sich der Halle zu.

Etienne stand mit dem Rücken zum Torbogen im Gang, und sein angespanntes, bleiches Gesicht wurde in das künstliche, gleichmäßige Flackern der Wandleuchter getaucht. Er fühlte sich völlig überfordert, allein und hilflos.

Veilleur, que reste-t-il de la nuit?, dachte er. Wächter, ist die Nacht bald vorbei?

Er hatte das mal in einem Gedicht gelesen. Oder irgendwo anders? Er konnte sich nicht erinnern. Aber das war eine gute Frage, auf die er keine Antwort hatte. Genauso wenig wie er wusste, welchen Eigenschaften er es verdankte, dass er *heute* Nacht hier Wache hielt, außer dass ihn seine neuen Gefährten als Ballast betrachteten, den man loswerden musste, bevor er zu einem echten Hindernis wurde.

Kali und Jacques waren immer noch nicht aus der Halle zurückgekehrt, und obwohl die beiden sie erst vor ein paar Minuten betreten hatten, machte er sich bereits Sorgen um ihre Sicherheit. Unabhängig davon, ob diese Sorge auf Gegenseitigkeit beruhte, betrachtete er sie seltsamerweise als seine Freunde, ja als Verbündete ... aber Verbündete *wobei?*

Er wusste es nicht. Tatsächlich wusste er herzlich wenig

über die beiden: diesen Mann, dessen bemaltes Gesicht an ein Matisse-Porträt erinnerte, und diese Frau mit Motorradjacke und Werkzeuggürtel, mit denen sie wie eine Schatzsucherin aus dem achtzehnten Jahrhundert wirkte, nur dass sie keinen Patronengurt trug. Ihre Anwesenheit in den Katakomben – ihr Gerede von irgendwelchen Killern und irgendeiner Mission – ergab genauso wenig Sinn wie alles andere in dieser schrecklichen Nacht. Es war, als wäre er durch ein Kaninchenloch in ein bizarres Paralleluniversum gestürzt.

Er betrachtete die Pistole, die Kali ihm trotz seines Protests gegeben hatte. Er hatte sich nie vorstellen können, mal eine solche Waffe in der Hand zu halten oder damit auf ein Lebewesen zu schießen, geschweige denn einen Menschen. Doch nun stand er hier mit einer Pistole in der Hand. Ob er deswegen verwirrt oder verzweifelt oder beides zugleich war, konnte er nicht sagen. Aber Kali und Jacques hatten ihm in seiner Not geholfen. Obwohl sie ihn seinem Schicksal hätten überlassen können, sodass er sich alleine seinen Weg durch die Stollen hätte bahnen müssen. Das würde er nicht vergessen. Vor allem nicht, dass Kali darauf bestanden hatte. Wer oder was sie auch war, er war ihr für diesen Gefallen etwas schuldig. Als hätte sie einem verdurstenden Mann etwas Wasser gegeben …

Und das, dachte er, hatte sie ebenfalls getan.

Außerdem hatte sie ihm ihre Pistole gegeben. Auch wenn er sie nicht nehmen wollte.

Er drehte sich um und las das Motto über dem Torbogen. Lass dich gehen und tanze.

»Ich wollte nur sehen, wie du zurechtkommst.«

»Und habe ich den Test bestanden?«

»Du hast das großartig gemacht ... Bis jetzt.«

Plötzlich verspürte Etienne ein heftiges Gefühl der Trauer. Er holte ein paarmal tief Luft und versuchte sich zusammenzureißen. Nach einer Weile wandte er den Blick von dem Schild ab und drehte sich zum Stollen um.

Er verlief etwa hundert Meter geradeaus, ehe er nach rechts scharf abbog. Zu beiden Seiten gab es mehrere Öffnungen; die nächstgelegenen waren nur so groß wie Rattenlöcher, die weiter hinten so groß, dass selbst ein Mensch, der dreißig Zentimeter größer war als er, aufrecht hineingehen konnte. Von einigen tropfte Wasser auf den Boden. Wie lange würde es dauern, bis es die Seitengänge und Kriechstollen überschwemmte? Und wie lange würde es dann dauern, bis es den Hauptgang überflutete, in dem er stand?

Noch mehr Fragen, auf die er keine Antwort hatte, dachte er beunruhigt.

Ein, zwei weitere Minuten verstrichen wie in Zeitlupe. Etienne war schrecklich nervös. Er war zu angespannt, um hier einfach herumzustehen.

Langsam ging er auf die Biegung zu, in der Hoffnung, es würde ihn beruhigen, wenn er einen Fuß vor den anderen setzte. Er wollte einen Blick in die Stollenöffnungen werfen. Und wenn er den Mut dazu aufbrachte, würde er vielleicht in den Gang hinter der Biegung spähen.

Er lief an den Rattenlöchern vorbei. Abgesehen von einem oder zwei tropfte aus allen Wasser, und er sah darunter an den Wänden feuchte Flecken. Er war sich sicher, dass sie vor einigen Minuten noch nicht so groß gewesen waren ... und das Wasser noch nicht so gleichmäßig herabgetropft war.

Er lief weiter den Gang hinunter, zum ersten großen Stolleneingang. Auch hier hatte sich die Lage definitiv verschlechtert. Das langsame Tröpfeln hatte sich in einen Sturzbach verwandelt, und das Wasser rann jetzt unablässig an den Wänden herunter und weiter über den Boden. Vor dem zweiten Eingang – dem, den er mit Kali und Jacques verlassen hatte – sah es ähnlich aus.

Mit wachsender Sorge ging Etienne zum dritten Eingang ... und blieb abrupt davor stehen, den Strahl seiner Stirnleuchte auf den Boden gerichtet. Er hatte unterhalb der Öffnung etwas bemerkt, das wie matschige Fußabdrücke aussah.

Er trat näher. Machte einen weiteren Schritt darauf zu und blieb erneut stehen. Dann kniete er sich hin, um sich die Abdrücke genauer anzusehen.

Sein Magen verkrampfte.

Sie waren aus Blut. Aus frischem hellrotem Blut. Die Ränder waren verschmiert, und das Blut strudelte in der größer werdenden Pfütze umher. Etienne kauerte dort, die Augen gebannt auf die verwischten Umrisse gerichtet. Sein Pulsschlag dröhnte ihm in den Ohren, übertönte das laute Hämmern der Musik aus der Halle.

Erst als Oleg und Luka aus dem Stollen neben dem Torbogen traten, hörte er das schlurfende Geräusch ihrer Stiefel. Er warf einen Blick über seine linke Schulter und sah, wie sie zwischen ihm und der Halle mit gezückten Waffen auf ihn zukamen.

Etienne wurde von Panik ergriffen, als hätte man ihm einen eiskalten Waschlappen ins Gesicht geklatscht. Er sprang auf die Füße und wandte sich nach rechts, fort von den Männern, dem anderen Ende des Gangs zu. Die Biegung war etwa zwanzig Meter entfernt.

Sollte er auch nur einen Moment daran gedacht haben, in diese Richtung zu rennen – so wurde dieser Gedanke augenblicklich zunichtegemacht. Um die Ecke bogen zwei weitere Personen. Ein Mann und eine Frau. Sie hatten ebenfalls ihre Waffen auf ihn gerichtet.

Etienne blickte den Stollen hinauf und hinunter. Alle vier Personen kamen näher. Er saß in der Falle. War zwischen ihnen gefangen. Und das Gesicht der Frau …

Sie war jetzt nah genug, um zu erkennen, dass die linke Seite geschwollen und mit Blasen übersät war und die Haut wie geschmolzenes Wachs in losen Fetzen daran herunterhing. Quer über ihre Wange verlief eine feuerrote Wunde, die an ein Brandzeichen erinnerte, und das Gewebe ringsum war verklumpt und entzündet.

Etienne stand regungslos da, Kalis Pistole in seinem Hosenbund. Sobald er danach griff, würden sie ihn töten, dachte er. Und er war sich nicht sicher, ob er sie überhaupt rechtzeitig abfeuern konnte, selbst wenn er Gelegenheit dazu hatte.

Die Mundwinkel der Frau zogen sich in einer grotesken Mischung aus Lächeln und Zähnefletschen nach oben. »Wo ist sie?«, sagte sie mit lauter Stimme, um die Musik zu übertönen, die durch den Torbogen dröhnte. »Sag es uns.«

Etienne rührte sich nicht von der Stelle. Die Frau kam näher. Er wusste nicht, was er tun sollte.

Dann kam ihm ein Gedanke, das heißt, es war kein richtiger Gedanke, er war ihm nicht gänzlich bewusst, sondern entsprang dem urzeitlichen, instinktiven Bereich des Gehirns, der der Selbsterhaltung diente. Sein Blick huschte über die blutigen Fußabdrücke zu seiner Rechten, verharrte für einen kurzen Moment auf dem Stolleneingang und wanderte dann zwischen den vier Personen hin und her, die auf ihn zukamen. Sie waren nur noch wenige Schritte entfernt.

Etienne dachte, dass er nur diese eine Chance hatte, und stürzte seitwärts in den Stollen.

Jacques verließ, mit beiden Händen seine Beretta umklammert, den Lagerraum hinter dem Knochenthron, nachdem er sich dort umgesehen hatte. Kali wartete neben dem Torbogen auf ihn. Die Tanzfläche zwischen ihnen bot einen grauenvollen Anblick.

Jacques lief langsam in ihre Richtung, bewegte sich vorsichtig zwischen den Toten hindurch und ging immer wieder in die Hocke, um einige von ihnen zu betrachten.

»Es ist genau so, wie Etienne es beschrieben hat«, sagte er, als er wieder bei ihr war. »In der Kammer war jede Menge Equipment. Die Stollen gehen in sämtliche Richtungen ab. Und das Wasser läuft dort in Strömen herunter.« Er machte eine Pause. »Ich habe nirgends eine Spur von den Killern gesehen. Aber das heißt nicht, dass sie nicht hier waren. Ihre Fußabdrücke können inzwischen weggespült worden sein.«

Kali stand schweigend da. Überall in der Halle lagen Leichen, Dutzende von ihnen. Sie dachte daran, was passierte, wenn der Raum mit ihnen darin überflutet wurde.

Jacques bemerkte, wie ihre dunklen Augen über die Leichen wanderten.

»Die meisten von ihnen waren bereits tot, als man auf sie geschossen hat«, sagte er. »Man hat ihnen einen Gnadenschuss verpasst.«

»Um sie von ihrem Leid zu erlösen.«

»Um gründlich zu sein und sicherzugehen, dass sie tot

sind«, sagte er und schüttelte den Kopf. »Diese Scheißkerle kennen nur eins.«

Kali erwiderte nichts.

»Sie wurden mit Gas vergiftet«, sagte er. »Das hat sie getötet. Ich habe so was schon mal gesehen.«

Kali schwieg immer noch. Die Haut über ihren Wangenknochen spannte sich jetzt.

»Alles in Ordnung?«, fragte Jacques.

Sie schaute über die Tanzfläche hinweg zur Bar und dann zu ihm.

»Sie waren völlig hilflos«, sagte sie. »Man hat sie einfach abgeschlachtet.«

Er nickte.

»Das war das übliche Vorgehen der Wagner-Gruppe in Syrien. Ich war dort, um die Amerikaner zu unterstützen. Diese russischen Arschlöcher haben ganze Dörfer ausradiert. Mitsamt Frauen und Kindern und allen Bewohnern.«

Kali erwiderte nichts. Ringsum dröhnte die Musik. Sie neigte den Kopf und schloss die Augen, während ihre Lippen sich zu einem stummen Gebet bewegten.

Jacques zählte fünfzehn Sekunden, ehe sie wieder aufschaute.

»Diese armen Menschen waren zur falschen Zeit am falschen Ort«, sagte sie. »Man hat sie ermordet, damit sie den Leuten vom Blutigen Blitz bei der Suche nach mir nicht in die Quere kommen.«

Er nickte. »Sie wollen keine Zeugen. Keine Schwierigkeiten.«

Die beiden schwiegen einen Moment. Die bunten Lichter der Animation, die auf den Bildschirmen hinter ihnen an der Wand lief, wischten über Jacques' hochgezogene Kapuze.

»Wir müssen das sofort hier beenden«, sagte Kali. »Bevor noch mehr Leute getötet werden.«

»Ja.«

Sie warf einen Blick auf die Leichen weiter hinten in der Halle. »Wir können sie nicht einfach hier liegen lassen. Nicht so, Jacques.«

»Sobald die Nacht vorbei ist, werde ich die Gendarmen benachrichtigen … ihnen einen anonymen Hinweis geben.« Er machte eine Pause. »Mehr können wir nicht tun.«

Kali holte tief Luft, und ihre dunklen Augen blickten traurig drein. Nach einem Moment deutete Jacques nach hinten auf den Knochenthron. »Falls die Russen ursprünglich vorhatten, in der Kammer auf uns zu warten, dann haben sie es sich anders überlegt.«

»Wegen der Überschwemmung.«

Er nickte. »Da drin sieht es ziemlich schlimm aus«, sagte er. »Sie wollen bestimmt vermeiden, dass sie dort festsitzen. Und nehmen an, dass wir das ebenfalls vermeiden wollen.«

Kali dachte eine Minute darüber nach und kam zu dem Schluss, dass er wahrscheinlich recht hatte. Was einen weiteren Gedanken aufwarf. Sie wollte ihn gerade aussprechen, als sie an ihrem Handgelenk plötzlich eine Vibration spürte.

Jacques bemerkte, wie sich ihr Gesicht anspannte. »Was ist?«

Sie blickte auf ihre Uhr und dann zu Jacques.

»Etienne«, sagte sie.

Draußen im Gang sah Luka, wie Etienne in den Seitenstollen stürzte, und drehte sich rasch zu Oleg um.

»Ich nehme ihn mir selbst vor«, sagte er und rannte auf die Öffnung zu.

Jacques und Kali eilten zum Torbogen und gingen hinter der angrenzenden Wand in Deckung. Sie kauerten sich, Schulter an Schulter, dagegen, Jacques direkt neben dem Eingang, den Pistolenlauf in den Hauptstollen gerichtet.

Seit sie Etiennes Nachricht erhalten hatten, waren etwa zehn Sekunden vergangen.

Jacques lehnte sich ein wenig hinter der Wand hervor. Etienne war verschwunden, aber er sah draußen im Stollen drei von Kalis Verfolgern. Etwa auf halber Höhe stand ein riesiger, stämmiger Mann mit langen blonden Haaren und einer orangen Schirmmütze und schaute zum Eingang eines Seitenstollens. Währenddessen liefen eine Frau und ein klapperdürrer Mann, der fast genauso groß wie der Blonde war, von der Biegung auf die Halle zu.

Jacques tauchte wieder hinter der Wand ab und erzählte Kali rasch, was er gesehen hatte.

»Etienne muss in den Seitengang gelaufen sein«, sagte er. »Etwas anderes kann ich mir nicht vorstellen.«

Sie nickte und griff in ihre Gürteltasche. Kurz darauf kam ihre Hand mit dem *Manriki* wieder zum Vorschein.

»Was hast du damit vor?«, fragte er.

Sie erklärte es ihm, worauf Jacques das Gesicht runzelte. »Niemand hat mir erzählt, dass die legendäre Outlier verrückt ist.«

»Legenden erzählen nie die ganze Wahrheit.«

Jacques starrte sie an.

»Diese Leute haben Pistolen«, sagte er. »Das gefällt mir nicht.«

»Denen wird das hier noch viel weniger gefallen«, sagte sie. »Wenn du je von einem dieser Dinger verletzt worden wärst, wüsstest du das.«

Statt zu antworten, stellte er mit dem linken Daumen den Feuerwahlhebel auf Dauerfeuer und klappte mit der rechten Hand den Vordergriff aus.

»Geh«, sagte er. »Ich komme nach.«

»Und Etienne?«

»Wir werden den armen Kerl nicht im Stich lassen, versprochen.«

Kali umklammerte kurz seine behandschuhte Hand.

»*Que la Déesse te sourie*«, sagte sie und stürzte in den hinteren Bereich der Halle.

Etienne war mit der Schulter unsanft in einer flachen Pfütze gelandet, hatte sich auf die Knie geworfen und war klatschnass wieder aufgesprungen. Er hatte eine Nachricht in das Display seiner Smartwatch getippt und war wie ein Irrer durch den Stollen gestürzt, der jetzt nach rechts abbog. Er konnte sonst nirgends hin und hatte keine Zeit, sich umzudrehen oder nachzudenken, er rannte um sein Leben.

Der Boden des Stollens war überflutet und matschig, und er rutschte darauf aus, verlor das Gleichgewicht und wäre beinahe erneut hingefallen. Aber irgendwie schaffte er es, sich auf den Beinen zu halten, und rannte ein paar Meter weiter, rannte mit platschenden Schritten auf eine Biegung zu, während der Strahl seiner Stirnleuchte vor ihm in der Dunkelheit auf und ab tanzte.

Dann hörte er, wie jemand hinter ihm herstürmte, um die Kurve lief und dabei Wasser aufspritzte.

Für die Dauer eines Herzschlags stand er einfach nur da. Die Kontraktion des Muskels pumpte Blut durch seine Koronararterien, und vor ihm zuckte das Bild der toten Candace in seinen Armen auf. Die Herzkammern entspannten sich wieder und füllten sich erneut mit Blut, während er daran dachte, wie Kali ihm die Pistole gegeben und darauf vertraut hatte, dass er Wache hielt.

Ein Herzzyklus. Acht Zehntelsekunden. Dann wirbelte Etienne zu seiner Überraschung mit den Füßen im Wasser herum und zog die Pistole aus seinem Hosenbund.

Wächter, ist die Nacht bald vorbei?

Zielen und feuern.

Während er mit der Glock in der Hand dastand, lauschte er den Schritten, die in seine Richtung kamen. Es handelte sich offenbar um eine Person. Aber alle vier Personen im Hauptgang hatten ihn gesehen. Sie würden ihn nicht einfach entkommen lassen. Und sie wussten, wo er war.

Er spürte, wie die Waffe durch seine verschwitzten Finger glitt, und umklammerte den Griff noch fester.

Er würde nicht mehr davonrennen.

Jacques wartete hinter dem Torbogen, die Beretta-Maschinenpistole seitlich gegen den Körper gedrückt, sodass man sie vom Stollen aus nicht sehen konnte. Die Frau und der lange Lulatsch waren inzwischen näher gekommen – Kalis Leuchtfackel hatte die Frau übel zugerichtet. Vielleicht war es doch keine so blöde Idee, die Kette zu benutzen.

Der blonde Hüne starrte weiter in den Seitenstollen. Offenbar war Etienne dorthin abgehauen, dachte Jacques. Jedenfalls hoffte er das. Es gab sonst keine andere Fluchtmöglichkeit, und Kali schien ihn zu mögen. Wahrscheinlich lag das an seinen Grübchen. Aber wer wusste das schon.

Jacques holte Luft. Eigentlich hatte er es nicht eilig anzugreifen, seine Chancen standen nicht gut. Aber da es unvermeidlich war, tat er es, solange er das Überraschungsmoment noch auf seiner Seite hatte. Der Mann mit den blonden Haaren war abgelenkt und nicht weit entfernt.

Mit beiden Händen die Griffe der Beretta umklammernd, nahm Jacques die Waffe hoch, um anzulegen.

Reva, die sich vom hinteren Ende des Stollens näherte, registrierte im Torbogen eine Bewegung und erkannte sofort, dass jemand einen Pistolenlauf hochnahm.

Sie hätte lediglich hundertfünfzig Millisekunden gebraucht – eine Siebtelsekunde –, um einen Warnruf auszustoßen. Dieselbe Zeit, die ein Sprinter brauchte, um auf den Knall der Startpistole zu reagieren. Aber sie gab keinen Ton von sich.

Wenn der Motorkortex des Gehirns in die Lage versetzt wurde, die Muskeln von Kehlkopf, Kiefer und Lippen zu umgehen, übersprang er mehrere Schritte des Kommunikationsprozesses, was ihn exponentiell beschleunigte. Da das Signal dann nicht mehr zum Mund geschickt werden musste, war das sehr viel effizienter.

Die Evolution strebte nach Geschwindigkeit und Effizienz. Das war einer der Hauptfaktoren, der den Mitgliedern des Blutigen Blitzes im Kampf einen Vorteil verschaffte. Sie waren das Ergebnis einer *forcierten* Evolution, Krieger der nächsten Generation, und Reva hatte sich nahezu übergangslos an die Implantate gewöhnt. Sie war, wie es die Wissenschaftler nannten, *höchst adaptiv*.

Auf dem Weg durch ihre neuromorphische Hardware dauerte es nur vierzig Millisekunden – eine *Fünfundzwanzigstel-sekunde* –, bis ihre Warnung an den puckförmigen Computer gesendet wurde, den Oleg um den Hals trug. Durch die zusätzliche Übertragung vom Computer zu der Schnittstelle hinter seinem Ohr war die Verbindung minimal langsamer als eine direkte Verbindung. Dennoch war er imstande, ihre Warnung mit geradezu übernatürlicher Geschwindigkeit zu empfangen und darauf zu reagieren.

Oleg. Hinter dir.

Mit einer ruckartigen Kopfbewegung wirbelte Oleg vom Seitenstollen zum Torbogen herum, schneller, als Jacques, dessen Finger auf dem Abzug seiner P90 ruhte, das für möglich gehalten hätte.

Kali konzentrierte sich ganz auf ihre Aufgabe, während sie durch die Halle zurücklief. Sie war gegen das unermessliche Grauen dort nicht gewappnet, sie konnte es weder abschwächen noch ausblenden. Dennoch durfte sie sich davon nicht aufhalten lassen.

Sie schlängelte sich auf dem glitschigen Boden zwischen den Leichen hindurch zum Thron hinüber. Dahinter lief sie nach rechts und stapfte durch eine große Wasserlache in den Lagerraum, wo sie aus dem grellen, fiebrigen Licht der Halle mit ihren animierten Videos in völlige Dunkelheit abtauchte.

Jacques hatte recht gehabt: Der Raum war genau so, wie Etienne ihn beschrieben hatte. Im Schein ihrer Stirnleuchte tauchte eine Kammer mit sechs Backsteinwänden und Torbögen auf, die in weitere Räume und Stollen führten. Überall standen Rollwagen, Kisten und Paletten mit Gegenständen. In zwei Wänden befand sich direkt am Boden ein kleines, kreisrundes Loch – von Abwasserkanälen, wie Kali sie entlang der Sandigen Straße gesehen hatte, Kanäle, die das Regenwasser und das Wasser aus der Seine in die tiefsten Tiefen der Katakomben leiteten.

Aber momentan erfüllten sie ihren Zweck nicht. Zumindest nicht gut genug, um die Wassermassen des durchbrochenen Kanals und des gestiegenen Grundwasserspiegels zu bewältigen. Die Kammer war überflutet. Wasser spritzte von der Decke und sprudelte in kleinen Rinnsalen und Fontänen gurgelnd aus dem Boden, spülte Sand, Schlamm und andere Ablagerungen zum Halleneingang … was den kleinen See draußen erklärte. Das Wasser stieg immer mehr an, breitete sich aus und drang weiter vor.

Kali hatte keine Ahnung, wie lange es dauern würde, bis der gewaltige Druck der Wassermassen die Decke und die Wände zum Einsturz brachte. Aber sie ahnte, dass es nicht mehr lange dauern würde.

Sie trat durch einen der Torbögen und schaute sich um, bis sie eine geeignete Stelle gefunden hatte. Dann schaltete sie ihre Stirnleuchte aus und wartete mit der Kettenpeitsche in der Hand in der Dunkelheit. Wasser lief an den Wänden herunter und prasselte von oben auf sie herab, auf Haare und Gesicht; es war furchtbar kalt. Es spritzte auf ihre Jacke und den Overall und umspülte ihre Entenstiefel, nur das dicke Nylonfutter war noch trocken … jedenfalls vorerst.

Sie hatte den schwarzen, sichelförmigen Griff ihrer Waffe aus Magnesiumlegierung – sie war leicht wie Aluminium und hart wie Titan – zwischen Zeige-, Mittel- und Ringfinger ihrer rechten Hand geklemmt. Mit ihrer linken Hand hielt sie das *Kundo*, das patronenförmige Stahlgewicht am anderen Ende der Kette aus rostfreiem Stahl. Die gekürzte Kette hatte nur vier statt sechs Glieder. Denn Kali hatte damit gerechnet, dass sie die Waffe in engen Räumen benutzen würde.

Sie vermutete, dass ihr nur noch ein bis zwei Minuten blieben. Sie würde die Schritte draußen in der Halle nicht hören. Wahrscheinlich würde sie auch keine Schüsse hören, bevor die Leute hier auftauchten, *falls* sie hier auftauchten. Das Mauerwerk war unglaublich dick und die Musik unglaublich laut. Außerdem war da noch das heftige Rauschen des Wassers. Wenn es so weit war, würde alles ganz schnell gehen.

Sie wartete. Die Kette in den Händen. Nicht zu straff und nicht zu locker, sondern ganz entspannt. Sie würde auf ihre Reflexe vertrauen. Auf ihr geschultes Reaktionsvermögen und Timing. Und auf Jacques.

Sie wartete.

Während um sie herum weiter das Wasser herabprasselte.

Luka rannte um eine Ecke, auf die Leichen der drei Partygäste zu. Der Strahl seiner Stirnleuchte tänzelte vor ihm her und traf weiter den Stollen hinunter auf den von Etienne. Der Schein der beiden lichtstarken Lampen brachte ihn aus dem Tritt. In dem grellen Licht erschien Etienne, der darin aussah wie eine Scherenschnittfigur auf dem Schießstand und jetzt eine Pistole in seiner Hand hob.

Geblendet blinzelte Luka in das helle Licht und feuerte als Erster einen Schuss ab. Dank seiner Reflexe und Schnelligkeit war er seinem Gegner weit überlegen.

Mit einem lauten Knall entlud sich sein Mark-VII-Revolver Kaliber .357. Es war ein ohrenbetäubender, furchtbarer Lärm. Als würde ein Überschallknall den engen Stollen erfüllen. Aber er hatte nicht richtig zielen können. Etiennes Stirnlampe leuchtete ihm direkt in die Augen. Der Schuss, den er abgegeben hatte, war auf diese kurze Entfernung für einen geübten Schützen äußerst ungenau, und die Kugel verfehlte ihr Ziel.

Einen Moment später erwiderte Etienne das Feuer. Luka sah das Mündungsfeuer der Glock, sah, wie der Lauf in die Höhe schnellte und Etiennes Arm mitriss.

Luka erkannte sofort, dass er es mit einem Amateur zu tun hatte. Sein Gegenüber hatte ebenfalls mehr oder weniger blindlings einen Schuss abgefeuert und war auf den Rückschlag nicht vorbereitet gewesen. Er verlor für einen Moment das Gleichgewicht und hatte die Pistole zur Decke gerichtet, sodass sein Bauch völlig entblößt war.

Der Vorteil war immer noch auf Lukas Seite. Er hatte geschossen, um zu töten. So wie jedes Mal. Dennoch berücksichtigte er stets alle Eventualitäten. Pistolen waren keine Duellwaffen. Sie waren nicht für den Nahkampf gedacht. Sie waren Distanzwaffen. Die Partygäste waren unbewaffnet gewesen, als er sie getötet hatte. Deshalb hatte kein Risiko bestanden, dass sie wild um sich schossen. Aber jetzt wollte er einen weiteren unbeholfenen Schusswechsel mit seinem Gegner vermeiden. Er konnte weder genug sehen noch sich frei genug bewegen, um einen präzisen Schuss auf ihn abzufeuern. Außerdem wollte er nicht, dass eine Kugel von den Wänden abprallte.

Er war jetzt etwa sieben Meter von Etienne entfernt. Genau die richtige Distanz.

Aus dieser Entfernung konnte man einen Mann mit einer Pistole mit bloßen Händen angreifen und mühelos töten. Sofern man dazu fest entschlossen war. Sofern man über genug Dreistigkeit, Erfahrung, die Reflexe und den nötigen Mut verfügte. Sofern man die Reaktionen seines Gegners einschätzen konnte und wusste, wie er die Waffe hielt, in welchem Winkel und in welcher Position. Wozu nicht jeder in der Lage war. Oder was den meisten Leuten entging, weil sie vor Angst erstarrten, sobald eine Waffe auf sie gerichtet wurde. Luka konnte das. Er stand nicht wie angewurzelt da. Er war ein geschulter Kämpfer und wusste, dass er es nicht mit seinesgleichen zu tun hatte. Sein Gegner hatte im Hauptgang nicht ausgesehen wie ein Kämpfer. Sondern wie ein verängstigtes Kaninchen. Er hatte nicht mal den Rückstoß abfangen können. Luka hatte eine gute Vorstellung davon, mit wem er es zu tun hatte.

Das Kinn gegen das Schlüsselbein gepresst, steckte er seine Pistole zurück ins Holster und stürzte mit zwei langen Schritten auf Etienne zu, bevor dieser für einen zweiten Schuss die Glock herunternehmen konnte.

Luka sauste wie eine Kanonenkugel durch die Luft. Etienne blieb gerade genug Zeit, um zu begreifen, was gerade passierte, ehe ihn der kleinere Mann auf dem feuchten, glitschigen Boden nach hinten stieß, sodass seine Beine unter ihm wegrutschten und er unsanft auf dem Rücken landete.

Nach Atem ringend wälzte Etienne sich unter Luka, der jetzt auf ihm hockte, im Wasser hin und her. Vergeblich schnappte er nach Luft, während ihn das Gewicht von Lukas muskelbepacktem Körper nach unten drückte. Mit aller Kraft versuchte Etienne, Luka von sich herunterzustoßen, als er plötzlich merkte, dass er die Glock nicht mehr in der Hand hielt, dass er sie offenbar losgelassen hatte, als er rückwärts ins Wasser gefallen war. Er war jetzt völlig wehrlos. Unbewaffnet. Er hatte Kalis Pistole losgelassen, sie verloren, und sein Angreifer traktierte ihn am ganzen Körper, drosch mit seinen kräftigen, fleischigen Händen wild auf ihn ein. Als hätte er mehr als nur zwei Hände, als würde er mit seinen Fäusten auf Kopf und Kiefer einprügeln und ihm gleichzeitig seine Finger in Augen und Wangen bohren. Dann schlug er ihm mit der Handfläche mitten ins Gesicht. Etienne hörte und spürte ein fieses Knacken und wusste, dass seine Nase gebrochen war. Während er sich wimmernd krümmte und Klumpen von Blut und Schleim seine Kehle herunterrannen und aus der Nase über Mund und Kinn liefen, schob er beide Hände unter Lukas Schulter und versuchte erneut, ihn von sich herunterzustoßen. Doch Luka biss ihm in die Brust, umklammerte durch das Hemd mit den Vorderzähnen eine seiner Brustwarzen und bohrte sie tief in die Haut.

Etienne winselte wie ein verletztes Tier und wälzte sich vor Schmerz und Verzweiflung über den Boden. Währenddessen schlug Luka mit der Faust weiter auf Schläfen und Gesicht ein und zerrte mit den Zähnen an der Brustwarze; seine Lippen und das Kinn waren blutverschmiert. Etienne fühlte sich kraftlos und benommen, würgte und verschluckte sich an seinem Blut und seiner Spucke. Schließlich klatschte sein Kopf ins Wasser, und er lag, eingeklemmt unter Lukas Gewicht, durchnässt und erschöpft da.

Luka war fest entschlossen, Etiennes Gezappel ein Ende zu bereiten, ihn hier direkt auf dem Boden zu töten. Also zog er die Mark VII aus seinem Holster und drückte ihren wuchtigen Lauf gegen Etiennes Schläfe.

Es ertönte ein lauter Schuss. Etiennes Körper zuckte zusammen, bäumte sich auf und klatschte zurück ins Wasser. Während er hörte, wie der Schuss durch den Stollen hallte, begriff er plötzlich, dass er nicht in der Lage sein durfte, ihn oder sonst irgendwas zu hören, diese oder sonst irgendeine Überlegung anzustellen, da er eigentlich tot sein musste.

Aber das war nicht der Fall.

Aus irgendeinem Grund war er nicht tot.

Er lag durchnässt auf dem Boden und rang nach Luft. Der Körper seines Angreifers drückte ihn zwar immer noch nach unten. Aber er bewegte sich nicht mehr und hatte aufgehört, ihn zu beißen, und seine Hand mit der Pistole lag im Wasser; die Waffe in den schlaffen Fingern des Mannes war halb davon bedeckt und drückte lose gegen seine Wange.

Oberhalb seiner Schultern war nicht mehr viel von ihm übrig. Sein Kopf war weg. Jedenfalls ein großer Teil davon. *Einfach weg.* Der Schuss, den Etienne gehört hatte, hatte auf der rechten Seite ein klaffendes Loch in Stirn und Schädeldecke gerissen.

Als er hochschaute, sah er, dass eine Frau neben ihm stand. Sie hielt eine Pistole in der Hand und trug ein ähnliches Make-up wie Jacques; die eine Gesichtshälfte war mit weißer Farbe bemalt und hob sich deutlich von der dunklen Haut der anderen Hälfte ab, die ungeschminkt war. Sie beugte sich herunter, packte den Toten an der Rückseite seiner Jacke und zerrte ihn zur Seite, worauf er mit einem lauten Platscher ins Wasser rollte.

Etienne setzte sich auf, während aus seiner gebrochenen Nase Blut über seine Lippen lief.

Die Frau betrachtete ihn einen Moment. »Du siehst echt

schlimm aus«, sagte sie und deutete mit ihrem Kinn auf die Leiche. »Allerdings nicht so schlimm wie er.«

Etienne fasste sich mit der Hand an die Nase und zuckte vor Schmerz zusammen. Dann bemerkte er, dass die Frau nicht allein war. In der Dunkelheit hinter ihr standen mehrere schemenhafte Gestalten.

»Wer seid ihr?«, fragte er.

Die Frau streckte ihm eine ihrer behandschuhten Hände entgegen.

»Das sag ich dir später.«

Revas Warnung hatte Oleg wahrscheinlich das Leben gerettet, obwohl Jacques ihm zuvorgekommen war. Die Beretta 93R war eine rückstoßarme Schnellfeuerwaffe, die man in den 1970ern speziell für die italienischen Carabinieri entwickelt hatte, als politische Terroristen die Straßen Roms in eine Wild-West-Szenerie verwandelt hatten.

Noch während Oleg sich umdrehte, um das Feuer zu eröffnen, feuerte Jacques durch den Torbogen eine Salve von drei Schüssen ab und ging hinter der Wand daneben wieder in Deckung, indem er sich mit dem Rücken flach dagegenpresste. Dann entlud sich auf der anderen Seite des Torbogens Olegs Waffe. Jacques spürte, wie die Wand unter seinen Schulterblättern zitterte und bebte, als sich die Kugeln hineinbohrten. Aber sie würden das acht Zentimeter dicke Felsgestein nicht durchschlagen.

Er holte tief Luft, schob den Lauf der Maschinenpistole erneut durch den Torbogen und gab drei weitere kontrollierte Salven ab, ohne dass die Beretta in seinen Händen groß aufzuckte. Währenddessen ballerte der Hüne auf der anderen

Seite weiter auf die Außenseite der Wand. Sie wurde von Kugeln durchsiebt, und der Kalkstein spritzte wie Konfetti in den Stollen.

Jacques holte erneut Luft, sprang von der Wand fort und gab in kurzer Folge mehrere Salven ab; die Waffe konnte tausend Kugeln pro Minute abfeuern. Dann drehte er sich um hundertachtzig Grad und stürmte, durch die Musik, die Lichter und die grauenhaften Leichenberge auf der Tanzfläche, weiter in die Halle. Auf halbem Weg zum Thron warf er einen kurzen Blick über die Schulter und sah, dass die drei Personen aus dem Stollen die Verfolgung aufgenommen hatten. So weit, so gut.

Ohne sich noch einmal umzublicken, rannte er weiter. Er würde sie in eine Falle locken, und ob sie das nun wussten oder nicht, ihnen blieb nichts anderes übrig, als den Köder zu schlucken. Sie waren aus einem einzigen Grund hier in Paris, hier in diesen Stollen. Und er servierte ihnen auf dem Silbertablett, was sie wollten.

Keine fünf Sekunden später lief er am Knochenthron vorbei, bog nach rechts und rannte durch die größer werdende Wasserlache in die Kammer.

Reva blieb vor dem Eingang zur Kammer stehen, und ihre Begleiter bezogen links und rechts von ihr Position. Beide Männer waren größer als sie, wenngleich unterschiedlich gebaut. Zoltan war schmal wie ein Wolkenkratzer und Oleg ein breites, stämmiges Muskelpaket.

Reva griff mit der rechten Hand unter ihre Jacke und zog ihren *Kindschal* aus der Scheide. Der Dolch hatte eine gebogene, doppelschneidige Klinge aus rostfreiem Stahl, die spitz zulief, und sein Griff war so geformt, dass er gut in der Hand lag. In der anderen Hand hielt sie ihre halb automatische Grach.

Der Mann mit der Gesichtsbemalung war vor etwa zehn Sekunden in der Kammer verschwunden. Obwohl sie wusste, dass er sie in eine Falle locken wollte, würde sie ihm folgen. Denn wenn sie und ihre Begleiter dort waren, wo Outlier sie haben wollte, dann waren Outlier und der Clown mit der Kapuze dort, wo Reva *sie* haben wollte. Womit sich die Frage stellte, wie gut die Falle tatsächlich war und wer das Nachsehen hatte.

Manchmal konnte sich eine Falle als Bumerang erweisen.

»Du bist schon mal hier gewesen, geh voraus«, sagte sie zu Oleg. »Wir brauchen nur sie. Der Mann kommt da nicht mehr lebend raus.«

Oleg nickte und neigte dabei leicht seinen massigen Körper. Der *Kindschal* in seiner linken Hand sah genauso aus wie der von Reva, bis auf das Kriegerwappen, das in die Klinge eingeprägt war: Es zeigte den heiligen Georg zu Pferd, wie er den Drachen tötete – das Zeichen der Schwarzen Hundert. In der rechten Hand hielt Oleg die P90, die er dem Türsteher abgenommen hatte.

Es beunruhigte ihn ein wenig, dass er Lukas Signal verloren hatte. Allerdings war er ein gutes Stück entfernt, und die Felswände beeinträchtigten die Funkverbindung. Wahrscheinlich handelte es sich nur um eine vorübergehende Störung.

»Okay«, sagte Reva. »Gibt es sonst noch was?«

Zoltan blickte sie an und neigte seinen hoch aufgeschossenen Körper ein wenig. Er wirkte plötzlich unschlüssig.

»Ich halte das nicht für klug.«

Reva machte eine finstere Miene. »Hast du jetzt etwa Angst vor dem Wasser?«

Er starrte in ihr verletztes Gesicht. »Das Wasser hat Dominik getötet. Und du wärst ebenfalls tot, wenn ich dich nicht da rausgezogen hätte. Aber das ist nicht der Grund. Es ist wegen dieser Schlampe und ihren Tricks.«

Reva warf ihm ein ramponiertes Lächeln zu. »Entspann dich, *brat molnii*, mein Bruder vom Blutigen Blitz. Wir haben auch ein paar Tricks auf Lager.«

Jacques war in der Kammer nach links gelaufen, hatte sich hinter einem Rollwagen mit Equipment flach gegen die Wand gedrückt und rasch seine Stirnleuchte ausgeschaltet, um den Raum in Dunkelheit zu tauchen. Die Beretta hielt er mit der Mündung nach oben neben den Kopf, den Finger am Abzug und den Daumen gegen die Schläfe gepresst. Damit stützte er seine Hand ab, um sie ruhig zu halten, ohne zu ermüden. Wenn das passierte, würde das Gewehr anfangen, leicht zu zittern, und das könnte seine Zielgenauigkeit beeinträchtigen.

Außerdem diente ihm der Daumen zur Orientierung. Wenn man ein Gewehr neben den Kopf hielt, befand es sich außerhalb des Blickfelds. Und der Daumen war ein fühlbarer Bezugspunkt. Jacques spürte ihn jetzt zwischen seiner Schläfe und der Beretta und wusste so genau, wo sich seine Schusshand befand. Wo der Lauf hinzeigte. Denn er hatte unzählige Stunden geübt, die Waffe von der Position neben dem Kopf in den Anschlag zu bringen, und wusste instinktiv, wann er den Abzug drücken musste, um sein Ziel zu treffen. Ein Millimeter in die eine oder andere Richtung – ein Sekundenbruchteil zu früh oder zu spät – konnte über Leben und Tod entscheiden.

Er stand an der Wand, den Rücken gegen das kalte Wasser gepresst, das daran herunterrieselte. In der Kammer herrschte jetzt völlige Dunkelheit. Er hätte jetzt weder die Pistole noch sonst irgendetwas vor den Augen sehen können, aber er konnte die Stirnleuchte nicht einschalten. Das Licht würde seine Position verraten, bevor er zum Angriff überging. Danach würde es allerdings kaum noch eine Rolle spielen, ob sie eingeschaltet war. Aber jede Sekunde, die er sich den Blicken der anderen entzog, verschaffte ihm einen Vorteil – zumindest gegenüber einer der drei Personen. Er hatte über der Schirmmütze des blonden Hünen eine Stirnleuchte bemerkt, was darauf hindeutete, dass er wahrscheinlich nicht zum Blutigen Blitz gehörte. Außerdem war ihm aufgefallen, dass die beiden anderen keine Lampe in der Hand hielten oder am Körper trugen. Offenbar verfügten sie über ein erweitertes Sehvermögen.

Er musste sich die Lampe des Hünen zunutze machen.

Während weitere Sekunden verstrichen, stand Jacques einsatzbereit in der Dunkelheit, die Waffe zur Decke gerichtet. Bisher gab es kein Zeichen von ihnen. Aber er schätzte, dass er nur noch ein paar Sekunden warten musste. Sie waren direkt hinter ihm gewesen, als er durch den Torbogen gerannt war. Inzwischen hatten sie bestimmt den Eingang zur Kammer erreicht. Er konnte sie draußen zwar nicht hören, aber er konnte eigentlich so gut wie gar nichts hören. Nur die Musik, die von der Halle herüberdrang, und das Wasser, das sich ringsum ergoss und ausbreitete. Sonst nichts.

Jacques fröstelte und wartete. Und es verstrichen weitere

endlos lange Sekunden. Er stellte sich bildlich vor, was er gleich tun würde, sah vor seinem geistigen Auge den gesamten Ablauf. Diese Technik hatte er beim Militär ebenfalls häufig geübt. Man ging im Kopf seinen Plan durch, um ihn erfolgreich in die Tat umzusetzen.

Dann fiel plötzlich ein Lichtstrahl durch die Öffnung zur Tanzfläche. Und die Bilder in seinem Kopf verflüchtigten sich in die Dunkelheit.

Jacques holte tief Luft.

Sie kamen herein.

Oleg betrat als Erster die Kammer, mit eins, zwei, drei langen, entschlossenen Schritten, dann wurde er in völlige Dunkelheit getaucht. Überall um ihn herum prasselte das Wasser herab. Reva und Zoltan folgten ihm und teilten sich auf, indem sie in großem Abstand um den lichtstarken Strahl seiner Stirnleuchte herumliefen. Oleg drehte sich auf dem Absatz, und der Schein seiner Lampe huschte über die sechs Wände, verschwand kurz in den Nischen und Torbögen und wischte dann über die klitschnassen Kisten und Ausrüstungsgegenstände, die davorstanden.

Jacques würde nicht warten, bis der Strahl auf ihn fiel. Er trat von der Wand fort, packte mit einer Hand den Griff des Rollwägelchens voller Equipment und stieß es mit aller Kraft Richtung Eingang; er schätzte, dass es mit etwa fünfzig Kilo Zubehör und Ersatzteilen beladen war. Das Wägelchen rumpelte und schepperte an der Wand entlang, seine Rollen drehten sich ruckartig in den Halterungen, und die Ablagen hüpften auf und ab, während der Inhalt durcheinanderflog, bevor er in das fünf Zentimeter hohe Wasser fiel.

Das Ganze dauerte zwei Sekunden. Dann neigte sich das Wägelchen nach links, schwankte einen kurzen Moment hin und her und wurde dann von seinem eigenen Gewicht krachend zu Boden befördert.

Der Hüne mit der Kappe wirbelte Richtung Lärm herum. Sein Lichtstrahl fiel direkt auf das Wägelchen, dann auf die Platinen, Stromkabel und anderen Gegenstände, die von ihm ins Wasser gefallen waren. Es war nicht weit gerollt. Einen Meter vielleicht. Oleg hatte gehört, wie es von links auf ihn zugerumpelt war.

Er griff nach seiner Leuchte.

Beinahe im selben Augenblick riss Jacques seine Pistole von der Schläfe nach unten. Er hatte gewusst, dass der Hüne nicht in seine Richtung schauen würde, wenn er sich zum Wägelchen umdrehte. Dass er diesen Moment nutzen konnte, um ihm zuvorzukommen, indem er im Schein der Stirnleuchte anlegte und eine Salve abfeuerte.

Darauf hatte er spekuliert, und das war durchaus naheliegend gewesen. Doch seine Rechnung ging nicht auf. Oleg machte seinen Plan zunichte, weil er die Lampe einen Tick schneller ausschaltete, als Jacques ihn ins Visier nehmen konnte; die Kammer wurde wieder in Dunkelheit getaucht, ehe er den Abzug drücken konnte.

Der Russe kämpfte nicht gern im Dunkeln, und die Okular-Links mochte er noch weniger. Aber seine Daten-Linsen waren mit Zoltans und Revas Netzhaut-Implantaten verbunden, die ihre gemeinsamen visuellen Daten in Echtzeit übertrugen. Das bedeutete, dass er in fast völliger Dunkelheit das sah, was auch sie sahen. Nur nicht ganz so deutlich. Nicht ganz so hell. Die Kontaktlinsen waren nicht so empfindlich wie die Implantate. Aber empfindlich genug. Und die beiden anderen sahen jetzt in der Dunkelheit – fast so deutlich wie in einem sonnendurchfluteten Raum –, dass Jacques mit der Beretta im Anschlag links von der Öffnung stand.

Jacques hingegen konnte nicht das Geringste erkennen. Der Vorteil lag jetzt bei seinen Gegnern.

Das war Revas Plan gewesen. Ein Teil davon. Der gleichzeitige Einsatz von Messern und Schusswaffen gehörte ebenfalls dazu; ihre Ausbilder bei der Speznas hatten diese Taktik von irregulären philippinischen Truppen im Zweiten Weltkrieg übernommen. Ihre Männer schlichen sich in der Nacht mit Macheten an feindliche Soldaten heran und benutzten die Buschmesser als Hauptwaffe. Lautlos und unbemerkt. Die Schusswaffen dienten nur als Ersatz. Entscheidend für den Angriff war das *tatsulok*. Die Dreiecksformation. Der vorderste Mann versetzte der Zielperson den ersten Hieb, sodass sie auf einen der beiden anderen Männer zuwankte, der ihr den tödlichen Stoß verpasste.

Reva sah Jacques links vom Eingang auf zwölf Uhr stehen und näherte sich ihm von rechts, von neun Uhr, während Zoltan und Oleg im großen Bogen um ihn herum auf drei und sechs Uhr liefen.

Jacques konnte sie nicht sehen.

Er war in der Dunkelheit vollkommen blind.

Aber Kali hatte ihm erklärt, wie er die anderen ablenken konnte.

Während Jacques mit der rechten Hand die Beretta umklammerte, zog er mit der freien Hand aus der Känguru-tasche seines Kapuzenshirts eine der Leuchtfackeln hervor und schlug sie mit der Unterseite gegen die Wand, um sie zu entzünden. Sie knackte und zuckte und begann Feuer zu spucken.

Als zu seiner Linken Revas überraschtes Gesicht in dem flackernden Licht erschien, warf er die Fackel in das Wasser zwischen ihnen, holte eine zweite Fackel hervor, schlug die Unterseite gegen die Wand und schleuderte sie fort. Die Fackel flammte auf und fiel ein, zwei Meter rechts von ihr auf den Boden.

Das Wasser reichte Jacques jetzt fast bis zu den Knöcheln. Die Fackeln drehten sich, wirbelten herum und gingen dann unter. Aber sie brannten weiter. Der gemeinsame Flammpunkt von Schwefel und Kalium lag bei hundertsechzig Grad Celsius. Sobald sich das Gemisch entzündete, erhitzte es sich rasch auf seine Höchsttemperatur von dreitausend Grad. Und selbst Wasser konnte es nicht löschen.

Das war der erste Teil von Kalis Überlegung. Der zweite betraf die grundlegenden Eigenschaften von Licht, das sich durch Wasser bewegte.

Kaltes Wasser hatte eine größere Dichte als heißes. Je größer die Dichte, desto stärker wurde das Licht gebrochen. Da die Düsen der Fackeln rund waren, wurde das Wasser *kreisförmig* erhitzt. Im Innern war die Temperatur am höchsten, ganz außen am niedrigsten.

Als das kühlere, dichtere Wasser auf der Außenseite der runden Öffnungen das Licht jetzt nach innen, Richtung Düse, krümmte, entstanden auf der Wasseroberfläche zwei lodernde Kreise mit einem Durchmesser von etwa zwölf Zentimetern, die in der Mitte in einem gleißenden Weiß und am kühleren Rand in einem grellen Orangerot aufleuchteten. Sie erhellten den Bereich rings um Jacques wie brennende Trittsteine.

Kali orientierte sich an dem Licht, als sie aus dem Stollen, in dem sie sich versteckt hatte, links von Oleg, etwa fünf Meter hinter ihm auf sieben Uhr, in die Kammer trat. Sie konnte ihn, Jacques und die drei Angreifer im feurigen Schein der Fackeln deutlich sehen, als stünden sie im Licht mehrerer kleiner Lagerfeuer.

Sie machte drei lange Schritte durch das Halbdunkel, bis sie hinter dem Hünen war, und ließ die Kette durch die Luft sausen. Die Vibration der Waffe erfasste Kalis rechte Hand, Hüfte und Schulter sowie Arm und Handgelenk, während sie die Kette mit einer flüssigen Bewegung immer schneller herumwirbelte. Dann ließ sie ihr Handgelenk nach vorne schnellen, und das patronenförmige *Kundo* knallte gegen Olegs Kopf, der beim Aufprall die Bewegungsenergie des kreisenden Objekts absorbierte.

Das *Kundo* war ein einzelnes, massives gusseisernes Objekt. Olegs Schädel hingegen bestand nicht nur aus einem einzigen Knochen, sondern aus acht gewölbten Platten, die von faserigem Bindegewebe zusammengehalten wurden. Dabei spielte seine Größe keine Rolle. Alle menschlichen Schädel waren gleich aufgebaut und hatten alle die gleichen Schwachstellen. Wenn ein Objekt mit hoher Geschwindigkeit auf einen bewegungslosen Schädel traf, übertrug es seine gesamte Bewegungsenergie auf die Platten und das Bindegewebe. Und ein *Kundo*, das sich mit tausend Kilometern pro Stunde bewegte, konnte beim Aufprall gewaltigen Schaden anrichten. Egal wie groß die Person war.

Oleg wäre vermutlich besser dran gewesen, wenn er von einer Kugel getroffen worden wäre. Eine Kugel war zwar doppelt so schnell wie ein *Kundo*, wäre aber wahrscheinlich auf einer geraden Flugbahn in seinen Hinterkopf eingedrungen und hätte sauber Knochen und Gewebe durchbohrt, ohne ihm weitere Verletzungen zuzufügen.

Das *Kundo* jedoch beschrieb eine ungleichmäßige, elliptische Flugbahn. Und flatterte ein wenig. Es traf ihn ungefähr zwischen Hinterkopf und Hals, zertrümmerte Schädelbasis und Atlaswirbel und verursachte das, was Chirurgen eine *Erhängungsfraktur* nannten.

Im selben Moment nahm Oleg mehrere merkwürdige, ungewohnte Empfindungen wahr. Ein Schmerz wanderte seine Arme hinunter, gefolgt von einem Kribbeln in den Beinen, und einen Sekundenbruchteil später breitete sich in allen vier Extremitäten ein Taubheitsgefühl aus. Sein Unterkörper wurde kraftlos und wachsweich. Dann klappte sein rechtes Augenlid herunter, und er spürte, wie das Taubheitsgefühl Wangen und Stirn erfasste. Als hätte man ihm Frostspray ins Gesicht gesprüht.

Er versuchte, mit der P90 auf Jacques anzulegen und zu schießen. Aber er konnte seinen Finger nicht bewegen, um den Abzug zu drücken. Plötzlich konnte er ihn nicht mehr spüren, ebenso wenig die anderen Finger an der Hand, die Hand am Handgelenk und den Arm in der Schulterpfanne. Er konnte unterhalb des Halses weder etwas bewegen noch spüren. Sein Körper reagierte nicht mehr. Ohne sich von der Stelle zu rühren, schwankte er hin und her.

Jacques wartete nicht, bis er zu Boden ging, und gab ihm mit zwei Schüssen, einem in den Kopf, einem in den Oberkörper, den Rest. Die erste Kugel durchbohrte Olegs Stirn und trat durch den Hinterkopf wieder aus, wobei ein faustgroßes Schädelstück die Schirmmütze mehrere Meter durch die Luft schleuderte. Die zweite Kugel riss ein Loch in seine Brust. Wie ein Gebäude, das von einer Abrissbirne getroffen worden war, fiel er zu Boden und klatschte ins Wasser.

Jacques holte tief Luft. Das Licht wurde schwächer. Die Brenndauer der Fackeln betrug im Wasser weniger als eine halbe Minute. Sie waren fast erloschen, die runden Lichter auf der Wasseroberfläche wurden immer kleiner. Er konnte die Frau zu seiner Rechten nicht mehr sehen. Sie war verschwunden. Als wäre ein schwarzer Vorhang auf sie herabgefallen.

In der rechten Hand die Beretta, drückte er den Arm im Fünfundvierzig-Grad-Winkel instinktiv seitlich gegen den Körper und hob wie zum Nahkampf mit angewinkeltem Arm und Ellbogen seine linke Hand an die Brust, um bereit zu sein, falls die Frau oder jemand anders ihm die Pistole entreißen wollte.

Er konnte sie jedoch nirgends entdecken. Aber links von sich sah er den spindeldürren Russen, der jetzt mit seiner Waffe im Anschlag auf ihn zukam.

Jacques hob seinen Arm, um eine Salve abzufeuern, als er hörte, wie Kali laut seinen Namen rief, und begriff, dass man ihn ausgetrickst hatte.

Kali hatte mit der Kette in der Hand im schwächer werdenden Licht der Fackeln gestanden und zu ihrer Rechten auf der anderen Seite der Kammer Jacques gesehen, dessen lang gezogener Schatten auf der Wand hinter ihm wie ein aufblasbarer Schlauchmann im Wind hin und her gewogt war. Sie hatte gesehen, wie der Hüne mit den blonden Haaren in das Wasser zwischen ihnen gefallen war. Und wie der dünne Mann von rechts auf Jacques zugelaufen war.

Aber die Frau hatte sie nicht gesehen. Kali vermutete, dass sie durch einen der anderen Torbögen verschwunden war oder sich irgendwo versteckt hatte. Wenn sie die Kammer verlassen hatte, war sie bestimmt nicht weit gelaufen.

Pläne sind nichts, Planung ist alles. Der Spruch stammte von Carmody. Er hatte ihn auf einen Zettel geschrieben, den er zusammengefaltet in seiner Brieftasche aufbewahrte, und er hatte ihn ihr in New York gezeigt, als sie den Einsatz gegen Drajan vorbereitet hatten.

Die Frau war bestimmt nicht weit gelaufen. Diese Leute hatten das alles geplant und durchgespielt.

Das hier.

Das jetzt.

Diesen Moment.

Sie war bestimmt nicht weit gelaufen.

Aber wo war sie?

Kali versuchte, sie aus den Augenwinkeln zu entdecken. Den Bereich in der Dunkelheit, der verschwand, wenn man ihn direkt anschaute, konnte man deutlich sehen, wenn man ihn in den Rand des Sichtfelds rückte. Das hatte sie von ihrer Großmutter gelernt und von ihrem Sensei, während ihrer Zeit im Untergrund, als sie sich mit den Anschauungen der Weißen Rose vertraut gemacht hatte. Nach der Sache in Guernica und der Ermordung ihrer Eltern.

Kali suchte die Ecken der Kammer ab. Denn sie war überzeugt, dass die Frau ganz in der Nähe war. Die wenigen Sekunden kamen ihr wie eine Ewigkeit vor.

Dann sah sie an der Wand plötzlich einen weiteren Schatten. Direkt hinter Jacques. Er bewegte sich auf ihn zu.

Sie stürzte mit platschenden Schritten vorwärts.

»Jacques!«

Zu spät.

Reva warf sich von hinten auf ihn, rammte ihm ihren Dolch von unten in die rechte Achselhöhle und bewegte ihn mit aller Kraft hin und her.

In der Achselhöhle waren kaum Muskeln. Eine weiche, schwammige Gewebeschicht umgab dort die Drüsen, Blutgefäße und Lymphknoten. Jacques hatte sie entblößt, als er die Pistole hochgenommen hatte, und Reva hatte oberhalb der vierten Rippe die Achselarterie vollständig durchtrennt. Das war, als würde man einen unter Druck stehenden Wasserschlauch aufschlitzen. Die Arterie transportierte sauerstoffreiches Blut vom Herzen zu Armen, Schultern und Brust. Dieses Blut begann jetzt, rhythmisch pulsierend daraus hervorzusprudeln.

Jacques taumelte vorwärts und stolperte auf den Dolch in Zoltans Hand zu. Mit zwei schnellen Schritten verkürzte Zoltan den Abstand zu ihm, stieß ihm seinen Dolch unterhalb der Rippen tief in den Körper und zog ihn kräftig nach oben. Die beiden Männer standen dicht aneinandergepresst da, auf eine brutale, perverse Weise durch das Messer miteinander verbunden. Jacques spürte das warme, feuchte Blut zwischen sich und Zoltan und die kalte Stahlklinge in seinem Körper. Die Stelle rings um das Messer begann krampfartig zu zittern, und von seinem Bauch breitete sich ein Kälteschauer in seine Extremitäten aus. Zoltan machte einen weiteren Schritt, stieß Jacques nach hinten und bohrte das Messer noch tiefer in seinen Körper.

Dann hörte Jacques Schüsse. Die Salve einer halb automatischen Waffe. Sie kam nicht von Zoltan, sondern von der

318

Frau, die hinter ihm stand. Plötzlich dachte er an Kali und versuchte, nach ihr Ausschau zu halten, doch er spürte, wie die Sehnen und Bänder in seiner Brust von der Klinge wie Gummibänder durchtrennt wurden. Wenn er sich bewegte, wurden die Stichwunden nur noch größer, verletzte er sich nur selbst.

Jacques sackte in der Dunkelheit in sich zusammen; er war zwar noch bei Bewusstsein, aber ihm schwanden die Kräfte, er war unfähig, noch klar zu denken. Sein Kopf war wie benebelt. Er fühlte sich losgelöst von seinem Körper, doch er konnte immer noch die Pistole in seiner Hand spüren. Es schien, als wäre sie weit unter ihm, in einem tiefen, dunklen Loch, tief wie einer der Schächte in der Rattengasse … aber er wusste, dass dem nicht so war. Er konnte ihr Gewicht in seiner rechten Hand spüren, wie sie gegen seinen Oberschenkel drückte. Er hielt immer noch die Pistole in der Hand.

Er hob sie mühsam in die Höhe, drückte Zoltan die Mündung in die Leistengegend und betätigte den Abzug. Die Beretta gab ein gedämpftes Rattern von sich. Zoltan erzitterte, seinen Körper gegen den von Jacques gepresst, und aus dem Loch zwischen seinen Beinen strömte Blut hervor. Jacques schob den Lauf der Waffe etwa zwei Zentimeter in die Wunde und drückte erneut zweimal den Abzug, fügte den drei Kugeln sechs weitere hinzu. Einige schwirrten durch Zoltans Körper, zerfetzten Weichteile und Knochen. Einige kamen direkt wieder heraus. Zoltan hielt sich noch eine halbe Sekunde lang schwankend auf den Beinen, Blut spritzte aus seinem Körper, dann fiel er ins Wasser.

Einen Moment später ging Jacques neben ihm ebenfalls zu Boden, und als er auf dem Rücken landete, hätte er schwören können, dass er immer noch fiel, und dachte erneut vage an die Minenschächte. *Wo die toten Menschen ihre Knochen verloren.* Dann glaubte er durch den Nebel in seinem Kopf in der Ferne eine weitere Salve zu hören.

Das traf zum Teil zu. Reva hatte zwei Schüsse auf Kali abgefeuert. Aber sie stand lediglich ein paar Schritte hinter ihm. Obwohl die Fackeln fast erloschen waren – sie schimmerten im Wasser nur noch als kleine, orange flackernde Lichtpunkte –, hatte sie gesehen, wie Kali mit platschenden Schritten auf sie zukam, so deutlich, als wäre die Kammer hell erleuchtet. Diesen Vorteil verdankte sie ihrem verbesserten Sehvermögen.

Doch Kali verfügte über andere Vorteile. Reva war ungefähr so groß wie sie, das hieß, ihre Arme waren etwa siebzig Zentimeter lang. Mit der Kette hatte Kali jedoch fast die vierfache Reichweite, Vorteil für Kali.

Nachdem sie Oleg zur Strecke gebracht hatte, war sie jetzt etwa anderthalb Meter von Reva entfernt; sie rannte in gebückter Haltung vorwärts, immer schneller, und stellte im Gegensatz zu Reva ein bewegliches Ziel dar, während die Kette über Kopfhöhe knapp vor ihr durch die Luft sauste. Reva hingegen hatte sich von Jacques zu ihr umdrehen müssen, bevor sie das Feuer eröffnete. Ihr war praktisch keine Zeit geblieben zu reagieren.

Und nun zeigte sich der zweite Vorteil, den Kali ausgemacht hatte. Sie wusste, aus welcher Richtung die Kugel kommen würde. Sie wusste es, als sie Revas dunkle Silhouette vor sich sah, denn auf diese kurze Entfernung flog eine Kugel auf einer geraden Bahn. Die Kette mit ihren kreisenden Bewegungen hingegen konnte eine Person aus verschiedenen Winkeln und

Richtungen treffen. Und der Angreifer konnte beides im Nu ändern. Sodass der Gegner nicht wusste, wo er getroffen wurde.

Das verwirrte Reva. Lenkte sie ab. Und infolgedessen verfehlte die erste Salve ihr Ziel. Die Kugeln sausten einen Zentimeter rechts an Kali vorbei.

Es war wirklich knapp gewesen. Kali hörte, wie die Kugeln an ihrem Ohr vorbeizischten, und sprang instinktiv ein wenig zur Seite. Sie wollte mit dem *Kundo* die Knochen in Revas rechtem Handgelenk zertrümmern, damit sie die Pistole fallen ließ. Doch Reva reagierte blitzschnell und warf sich nach links, sodass das *Kundo* ihren Arm nur streifte.

Sie spürte die Berührung kaum. Dank der betäubenden Endorphine, die ihre Gehirnimplantate ausgeschüttet hatten, war sie selbst mit Verbrennungen dritten Grades immer noch handlungsfähig. Das stellte für die Implantate kaum eine zusätzliche Belastung dar. Reva hielt die Pistole fest umklammert und legte an, um eine weitere Salve abzufeuern.

Aber diesmal kam ihr Kali ein wenig zuvor. Das *Manriki* mit beiden Händen zu benutzen, war eine echte Herausforderung: Sie hatte sich oft übel wehgetan, bevor sie das beherrschte. Aber ihre Hartnäckigkeit war größer gewesen als die Tücke des Objekts.

Halte sie gut fest, ohne zu verkrampfen, entschlossen und mit Nachdruck.

Kurz bevor Reva den Abzug drücken konnte, umklammerte Kali mit ihrer anderen Hand die Mitte der Kette, damit sie ihre Rotation besser kontrollieren konnte. Dann ließ sie ihr Handgelenk nach rechts schnellen, worauf die Kette erneut nach vorne sauste und sich unterhalb von Revas Ellbogen im Uhrzeigersinn um den Arm mit der Waffe wickelte.

Mit einer schwungvollen Bewegung zog Kali an der Kette, sodass Revas Arm zur Seite gerissen wurde, und bevor sie darauf reagieren konnte, zerrte Kali die Kette nach hinten, und die Grach flog aus Revas Hand ins Wasser.

Mit der freien Hand schaltete Kali ihre Stirnleuchte ein. Die Dunkelheit war jetzt nicht mehr von Vorteil. Das Überraschungsmoment war nicht mehr auf ihrer Seite.

Im grellen Schein der Lampe wurde ihr plötzlich einiges klar. Sie sah das verbrannte, entstellte Gesicht der Frau und begriff, dass die Gehirnimplantate offenbar ihre starken Schmerzen unterdrückten, damit sie weiterhin handlungsfähig war. Außerdem sah sie, dass das Wasser inzwischen in Strömen von der Decke herabprasselte – und zu ihrer Beunruhigung wie aus einem Hydranten aus den Wänden hervorsprudelte. Die Kammer stand jetzt von allen Seiten unter Druck.

Sie musste sich beeilen. Aber erst musste sie sich um Reva kümmern. Und wie sie das tat, würde sich in den nächsten paar Sekunden entscheiden.

Reva hatte zwei Optionen. Sie konnte versuchen, ihren Arm von der Kette zu befreien, was jedoch nicht möglich war. Oder sie konnte mit der Kette am Arm zum Angriff übergehen.

Wie Kali erwartet hatte, stürzte Reva mit dem Dolch voran auf sie zu.

Mit einer angetäuschten Bewegung wie ein Boxer trat Kali zur Seite und ließ ihr Handgelenk nach oben schnellen, um die Kette nach hinten zu ziehen. Mit zwei Drehungen wickelte sie sich von Revas Arm, und das *Kundo* kam wie der Kopf einer Schlange als Letztes zum Vorschein.

Kali holte erneut aus, und das Stahlgewicht zischte zwischen ihnen durch die Luft. Sie bezweifelte, dass Reva beim Aufprall starke Schmerzen spüren würde, wahrscheinlich würde sie gar nichts spüren. Aber sie würde in Deckung gehen, um sich zu schützen. Weil die Attacke sie verletzen konnte, ob sie nun etwas spürte oder nicht, und weil das ein urzeitlicher Überlebensreflex war, der einer biologischen Disposition entsprang, die stärker war als ihre Modifikationen.

Darauf zielte Kali mit ihrem Angriff ab, und ihre Rechnung ging auf. *Auch Umwege führen zum Ziel.* Mitten im Sprung nahm Reva eine Verteidigungsposition ein; sie zog den Kopf ein, duckte sich ein wenig und riss die Arme hoch, um das Gewicht abzuwehren. Das brachte sie für einen Moment aus dem Tritt.

Genau das war Kalis Absicht gewesen. Sie senkte ihren Arm, schob ihr angewinkeltes rechtes Bein nach vorne und setzte ihren anderen Fuß dahinter, sodass sie festen Halt fand und ihr Gewicht gleichmäßig verteilt war, während sie ausholte und die Kette dicht über ihrem Kopf waagerecht durch die Luft sausen ließ.

Eine kurze Drehung des Handgelenks im richtigen Moment, und die Kette wickelte sich fest um Revas linkes Schienbein.

Kali zog erneut an der Kette. Noch kräftiger als eben. Diesmal in ihre Richtung, wobei sie Revas Vorwärtsbewegung nutzte, um sie von den Beinen zu holen. Reva geriet ins Straucheln und fiel hintenüber ins Wasser.

Kali watete zu ihr und warf sich auf sie, rammte ihr das Knie gegen den linken Arm, um sie mit dem Rücken auf den Boden zu drücken, damit sie den Dolch im Wasser nicht hochheben konnte. Aber Reva reagierte blitzschnell. Angetrieben von dem Adrenalin in ihrem Körper warf sie sich zur Seite, bevor Kali ihr Knie richtig auf ihrem Körper positionieren konnte, stemmte sich mit dem rechten Ellbogen nach oben und schwang mit der linken Hand den Dolch wild zwischen ihnen hin und her. Er schlitzte den Ärmel von Kalis Bomberjacke auf, und an ihrem Arm lief Blut herunter. Dann stach Reva erneut auf sie ein, und Kali riss den Kopf nach hinten, um ihr auszuweichen. Der Dolch sauste nur wenige Millimeter an ihrer Kehle vorbei und verfehlte knapp ihre Luftröhre.

Plötzlich war ein lautes Grollen zu hören, und ein kalter, tosender Sturzbach prasselte auf Kalis Nacken und Schultern herab. Doch sie richtete ihr Augenmerk weiter auf Reva. Sie lag immer noch auf dem Rücken im Wasser, mit der Hand immer noch den Dolch umklammert. Kali musste sie unschädlich machen, und zwar schnell. Als die Klinge erneut vor ihrem Körper entlangsauste, packte sie Revas Handgelenk, bog es mit aller Kraft nach hinten und drückte ihren Daumen hinein. Reva bäumte sich unter ihr auf, ihre Speiche brach entzwei, und die Hand wurde teilweise von ihrem Unterarm getrennt. Durch Kalis ruckartige Bewegung hatten sich die spitzen Enden des gebrochenen Knochens in Muskeln, Bänder und Kapillaren gebohrt, und die Hand füllte sich augenblicklich mit Blut. Die Finger schwollen an, öffneten sich, und das Messer fiel ins Wasser. Kali glaubte, einen Ausdruck des Schmerzes auf Revas Gesicht zu erkennen.

Erneut ertönte über ihnen ein unheilvolles Grollen, lauter und länger als das erste, wie von einem gewaltigen Erdrutsch. Reva hob ihre rechte Hand, umklammerte Kalis Kehle und drückte mit dem Handballen ihren Kopf nach hinten. Kali spürte, wie ihre Luftröhre zusammengepresst wurde und sie keine Luft mehr bekam, und knallte Reva ihren rechten Ellbogen gegen die Stirn. Ein ungeschulter Kämpfer hätte ihr vielleicht einen Schlag auf die Wange verpasst. Der Kiefer bot die größte Angriffsfläche. Er ließ sich am leichtesten zertrümmern oder ausrenken. Dazu musste man ihn jedoch von der Seite treffen. Und direkt von oben konnte man fester zuschlagen.

Die Haut über Revas Augen platzte auf, und aus den Kapillaren darunter spritzte Blut. Kali drosch erneut darauf ein und spürte, wie der Knochen über dem Auge nachgab und Reva ihren Hals losließ. Als Kali ein weiteres Mal zuschlug, begann Reva heftig zu bluten. Erneut war das Grollen zu hören. Wasser spritzte auf Kali herab, und Felsgestein prasselte auf ihre Schultern nieder. Revas rechtes Auge war jetzt blutüberströmt, aber Kali bemerkte, wie sich ihr anderes Auge weitete und entsetzt zur Decke emporstarrte.

Kali warf ebenfalls einen kurzen Blick nach oben. Die Decke senkte sich vibrierend herab, wölbte sich wie der Boden eines feuchten Pappkartons. Aus einem langen Riss in der Mitte ergoss sich Wasser, und erneut prasselten Steine und Staub auf Kali herab, landeten auf ihren Haaren und schlitzten ihre Wangen auf, während sie sah, wie sich die Wölbung unter dem Druck des Wassers ausbreitete und weiter nach unten neigte. Dann hörte sie erneut das Grollen. Aber diesmal ging es in ein anderes Geräusch über, in das Ächzen nachgebender Felsen. Es klang wie das Wehklagen eines verwundeten Tiers.

Kali hechtete zur Seite und fiel ins Wasser, kurz bevor von der Decke ein Felsblock auf Reva herabstürzte, gefolgt von weiteren großen Kalksteinbrocken. Klatschnass sprang sie wieder auf die Beine und warf einen Blick über die Schulter. Reva war unter einem Berg Steine begraben, nur ihre Beine und der Teil eines Arms ragten darunter hervor, und im dunklen Wasser ringsum wirbelte Blut umher.

Plötzlich fiel Kali Jacques wieder ein, und sie lief zu der Stelle in der Kammer, wo er zu Boden gegangen war, um ihn hier rauszubringen, bevor die Decke oder der Rest davon sie unter sich begrub. Zunächst konnte sie ihn nirgends sehen … nur den Hünen, der auf dem Bauch im Wasser lag, das immer weiter anstieg. Doch als sie sich rasch umschaute, sah sie, dass Jacques ein paar Schritte von der Leiche entfernt an der Wand saß, und stapfte zu ihm hinüber.

Sie kniete sich vor ihn hin. Er war bei Bewusstsein; seine Augen waren zwar glasig, aber geöffnet. Auf seinem Kinn hatten sich das Blut und die Gesichtsbemalung auf schauerliche Weise miteinander vermischt, und sein Kapuzenshirt war blutdurchtränkt. Über seinen Bauch verlief eine große Stichwunde, und der Stoff ringsum klaffte wie ein schiefer Mund auseinander. Aber am meisten beunruhigte sie die Flüssigkeit, die von seinen Mundwinkeln herabtropfte. Sie war dunkel und zäh.

»Jacques«, sagte sie, »wir müssen hier weg.«

Er schüttelte den Kopf und versuchte, etwas zu sagen, doch Kali konnte ihn nicht verstehen. Aus der Wand rechts von ihr schoss Wasser hervor und prasselte in die Kammer.

Sie beugte sich zu Jacques vor und hielt ihr Ohr an seinen Mund.

»Geh«, sagte er. »Ich kann nicht … laufen.«

»Ich werde dich stützen.«

»*Non.*«

Kali hörte, wie hinter ihr ein weiterer Sturzbach niederging. Doch sie hatte die Augen weiter auf Jacques gerichtet.

»Ich werde dich hier nicht sterben lassen«, sagte sie. »Du kommst mit mir.«

Er schüttelte schwach den Kopf. »*Je suis … déjà mort … ma sœur.*«

Kali sah ihn im gedämpften Schein ihrer Stirnleuchte an. Seine rechte Hand, die nur wenige Zentimeter außerhalb des Wassers in seinem Schoß lag, bewegte sich ein wenig. Sie begriff, dass er sie hochheben wollte, und dann sah sie den kleinen Computer an seinem Handgelenk und wusste, warum.

»*Prends-le*«, sagte er.

»Jacques …«

»Nimm ihn.«

Sie nickte, hob vorsichtig seine Hand an, entfernte das Navigationsgerät und befestigte das breite Gummiarmband an ihrem Handgelenk. Dann legte sie ihre Hände auf seine.

Sie spürte, wie sie zitterten, und umklammerte sie noch fester. Sie waren eiskalt.

»Jacques«, sagte sie.

Er zuckte zusammen, sein Körper wurde starr vor Schmerz, und er ballte seine zitternden Hände zu Fäusten. Aus seinem Mund tropfte erneut etwas von der bräunlichen Flüssigkeit, und er atmete sie ein. Er hatte innere Blutungen.

»Jacques …«

Er zuckte erneut zusammen, hustete etwas von der Flüssigkeit hervor. Blut und wahrscheinlich Magensaft, dachte Kali. Er hatte eine Stichwunde im Bauch.

Seine Augen traten aus den Höhlen hervor.

Während sie weiter seine Hände hielt.

Und sein Mund öffnete sich weit.

Während sie weiter seine Hände hielt.

Plötzlich schüttelte es ihn, als hätte er einen Stromschlag bekommen. Dann begann er zu röcheln, und die dunkle Flüssigkeit lief ihm übers Kinn. Seine Finger verdrehten und streckten sich, als würden sie in unterschiedliche Richtungen gezogen. Kali hielt sie immer noch fest, während das Wasser auf sie niederregnete, neben ihren Füßen herabprasselte und zu allen Seiten Gesteinsbrocken hineinstürzten.

Jacques erzitterte, den aufgerissenen Mund zu einer Grimasse verzerrt. Er sah sie an, und sie erwiderte seinen Blick. Dann sank er gegen die Wand, und seine Augen wurden glasig und ausdruckslos.

Kali ließ eine Hand zu seinem Handgelenk wandern und fühlte seinen Puls. Aber da war nichts mehr. Sie berührte mit den Fingerspitzen ihr Herz, dann seine Brust und stand auf. Das Wasser reichte ihr inzwischen bis zu den Schienbeinen und regnete um sie herum in dichten Sturzbächen herab. Die Decke der Kammer war fast vollständig eingestürzt. Berge heruntergefallener Backsteine und Trümmer ragten wie hügelige, felsige Inseln aus dem tosenden Wasser empor.

Kali wandte sich einem der Torbögen zu und rannte hindurch.

14

Carmody hatte nach dem Probeflug Hunger bekommen, und Fernandez, der zu einem Treffen mit irgendwelchen Robotertechnikern unterwegs war, fuhr ihn in seinem Wagen zur Kantine. Das Gebäude, das wie die anderen neuen und moderneren Bauten auf dem Stützpunkt aus Beton und Glas bestand, hatte keinerlei Ähnlichkeit mit dem trostlosen, trailerartigen Gebäude, in dem das Basispersonal früher seine Mahlzeiten eingenommen hatte.

»Bis später«, sagte der Sergeant, als er davor anhielt. »Sie müssen unbedingt den *Năsal* probieren.«

Carmody warf ihm einen fragenden Blick zu.

»Den Käse hier aus der Region«, sagte Fernandez. »Wir haben, keine Ahnung, einen Monat darauf gewartet.«

Carmody nickte, stieg aus und betrat das Gebäude.

Am hinteren Ende des hell erleuchteten, geräumigen offenen Speisesaals erstreckten sich deckenhohe Fenster, durch die man einen weitläufigen Blick auf die südlichen Karpaten hatte. Abgesehen von dem grau gesprenkelten Granitboden

329

und der Essensausgabe aus rostfreiem Stahl war hier alles hellbraun und beige. Verschwunden waren die alten endlos langen Kantinentische und Stapelstühle, die aussahen, als stammten sie direkt aus einem Gefängnisfilm. Stattdessen sah Carmody hauptsächlich Restauranttische für vier oder sechs Personen und ein paar kleinere runde Tische für zwei oder drei Personen mit bequemen, gepolsterten Kaffeehausstühlen. Unter Landschaftsgemälden in Plexiglasrahmen gab es mehrere Sitznischen mit Kissen. Und auf dem etwa halben Dutzend Flachbildschirmen, die von der Decke hingen, lief CNN International.

Eine Tafel verkündete, dass man von 06.30 Uhr bis 11.00 Uhr frühstücken konnte, und es war jetzt Viertel nach zehn. Da die meisten Mitarbeiter bereits ihren Dienst angetreten hatten, gab es keine Schlange und jede Menge freie Tische.

Carmody wusste selbst nicht, warum ihn der Anblick von Howard, der allein vor den Panoramafenstern hockte, überraschte. Mori, Schultz und Dixon saßen an einem der runden Tische in der Nähe des Eingangs.

Nachdem er ihnen kurz zugewinkt hatte, ging er zum Buffet und füllte drei Spiegeleier, *Mămăligă*, ein paar pikante Würstchen und eine Scheibe Brot mit dicker Kruste auf seinen Teller. Dann steuerte er mit seinem Tablett auf eine der freien Sitznischen zu.

»Willst du dich nicht zu uns setzen, Chef?« Schultz klopfte auf den freien Stuhl neben sich, als Carmody an ihnen vorbeilief.

Carmody musterte kurz den Stuhl und deutete dann mit dem Kopf auf die Nische.

»Das wird ein bisschen eng«, sagte er. »Nein, danke.«

Schultz zuckte mit den Achseln. Dixon, der neben ihm saß, schaute von einem großen Omelette auf und zeigte mit seiner Gabel auf einen Teller mit einem Stück gelbem Käse. »Hast du schon den *Năsal* probiert?«

»Nein.«

»Nun, das solltest du aber«, sagte Dixon. »Fernandez hat mir davon erzählt.«

»Soso.«

»Es gibt nur eine einzige Stadt im ganzen Land, die diesen Käse produziert. Er wird mit Schimmel eingerieben und zur Fermentation in Lammmagen gewickelt. Das ist eine wahre Kunst.« Er deutete grinsend auf sein Käsestück. »Nimm dir was von meinem. Ich berechne das auch nicht extra.«

Carmody sah ihn über sein Tablett hinweg an.

»Du hast mir gerade die Lust darauf verdorben«, sagte er und ging zur Nische weiter.

Während er dort saß und seine Eier aß, dachte er an das Treffen mit Howard, Fernandez und Soto. Er hatte Monate damit verbracht, einen Einsatzplan auszuarbeiten. Obwohl er in seinen Grundzügen recht einfach war, gab es wie bei jedem Plan gewisse Unwägbarkeiten. Zwar konnte man die möglichen Resultate der einzelnen Schritte durchspielen und glauben, man hätte alles bedacht – und vielleicht stimmte das sogar –, aber trotzdem konnte etwas völlig Unvorhergesehenes passieren. Allerdings hatten die Informationen, die er im Konferenzraum erhalten hatte, eine Reihe Unklarheiten beseitigt, und der Probeflug mit dem Jet-Suit eine weitere. Er wusste jetzt, dass er damit fliegen und landen konnte, ohne sich dabei zu verletzen. Dass er ihn bedienen konnte. Das erhöhte zwar die Erfolgsaussichten, aber es gab immer noch jede Menge Unwägbarkeiten.

Während Carmody mit ausdruckslosem Blick auf den Bildschirm über sich starrte, dachte er weiter nach. Vor allem über die Bahnlinie, über ihren Verlauf und die Fahrtzeiten. Er hatte dazu nur unvollständige Informationen. Und daran würde sich auch nichts ändern. Aber er hatte Nachforschungen angestellt, seine Chancen gegen die Gefahren abgewogen und war bereit, das Risiko einzugehen. Denn ehe man sich's versah, konnte sich eine weitere Möglichkeit ergeben.

In diesem Moment bemerkte Carmody, dass jemand auf seine Nische zukam, und als er den Blick vom Bildschirm abwandte, sah er vor sich Howard mit einer Tasse Tee stehen.

»Ich möchte etwas mit Ihnen besprechen«, sagte er.

Carmody zuckte mit den Schultern, und der Colonel nahm ihm gegenüber Platz.

»Wie ist das Frühstück?«

»Gut«, sagte Carmody. »Wollen Sie mir etwa den neuen Käse empfehlen?«

Howard prustete. »Das Zeug riecht nach Schweißfüßen. Selbst unter Androhung des Todes würde ich davon nichts essen.«

Carmody schaute von seinem Teller auf. »Worüber wollen Sie also reden?«

»Ich habe Sie über dem Testgelände gesehen«, sagte Howard. »Im Jet-Suit.«

»Und jetzt glauben Sie, Menschen können fliegen.«

Howard wirkte keineswegs amüsiert. »Abgesehen davon, dass Sie sich den Hals hätten brechen können, handelt es sich bei dem Anzug um einen teuren Ausrüstungsgegenstand.«

»Sie sind schon der Zweite, der erwähnt, wie teuer er ist. Hätte ich einen Dollar in die Spendenbüchse werfen sollen?«

»Sie hatten kein Recht, ihn ohne meine Erlaubnis zu benutzen.«

»Ach wirklich?«

»Ja.«

»Warum?«

»Weil Sie hier auf einer Militärbasis sind und sich an die Vorschriften halten müssen. Und weil das gefährlich war.«

Carmody schnitt ein Stück von einem seiner Würstchen ab, steckte es mit der Gabel in den Mund und begann, darauf herumzukauen. »Falsch.«

»Was?«

»Alles«, sagte Carmody. »Wobei Sie recht damit haben, dass wir uns auf einer Basis befinden.«

Howard starrte über seine Tasse hinweg. »Glauben Sie etwa, ich mache Witze?«

»Nein.«

»Dann erklären Sie mir, warum Sie mich nicht vorab informiert haben.«

Carmody zuckte mit den Achseln. »Ich gehöre nicht zu Ihren Leuten. Ich brauche Ihre Erlaubnis nicht.«

»Glauben Sie das wirklich?«

»Das habe ich doch gerade gesagt, oder?«

Howard antwortete nicht, während Carmody weiteraß. Auf dem Bildschirm über ihnen bewegte der Nachrichtensprecher stumm seine Lippen.

»Sie waren schon immer ein rücksichtsloser, respektloser Mistkerl«, sagte Howard schließlich. »Aber das hier war was anderes.«

»Inwiefern?«

»Vielleicht sollten wir darüber reden.«

»Ich weiß, was ich tue. Und ich leite diesen Einsatz.«

»Es sei denn, ich komme zu dem Schluss, dass Sie völlig übergeschnappt sind«, sagte Howard. »Was soll ich sonst denken, wenn Sie so einen Mist abziehen?«

Für eine endlos lange Minute herrschte Schweigen. Carmody spülte einen Bissen Eier mit etwas Kaffee herunter, nahm die Serviette von seinem Schoß und faltete sie auf dem Tisch ordentlich zusammen.

»Nehmen Sie sich ruhig von den Resten«, sagte er. »Vielleicht können Sie hier so ein paar Kosten einsparen.«

Er rutschte aus der Nische und wandte sich Richtung Ausgang.

Howard stand auf und stellte sich vor ihn hin. »Unser Gespräch ist noch nicht zu Ende. Ich habe Ihnen eine Frage gestellt.«

»Genau genommen waren es zwei Fragen. Sagen Sie mir, welche wichtiger ist, und ich beantworte sie vielleicht. Oder noch besser, gehen Sie mir aus dem Weg.«

Howard verzog wütend das Gesicht und packte Carmody an der Vorderseite seines T-Shirts.

»Unser Stützpunkt ist durch die Hölle gegangen«, knurrte er. »Wir haben hier immer noch nicht alles wiederaufgebaut. Und ich werde nicht zulassen, dass Sie oder sonst irgendwer uns in die Quere kommt.«

Carmody musterte ihn. Howard war zwar einen ganzen Kopf kleiner als er, aber seine Arme unter den hochgekrempelten Ärmeln waren muskulös und durchtrainiert.

»Das ist keine gute Idee«, sagte Carmody.

»Glauben Sie etwa, ich habe Angst?«

»Ich glaube, dass wir hier Publikum haben. Das könnte auf längere Sicht unangenehme Folgen haben. Für Sie, Ihren Ruf oder Ihre Basis.«

Statt zu antworten, stand Howard nur da und starrte Carmody eine Weile lang wütend an, dann ließ er das T-Shirt wieder los.

Carmody lief um ihn herum auf den Ausgang zu, und Howard blieb allein im Gang zurück. An ihrem Tisch tauschten Schultz und Dixon über ihr Essen hinweg Blicke aus und vermieden es demonstrativ, in Howards Richtung zu schauen, als er sich zu den Panoramafenstern umdrehte.

Mori stieß einen stummen Pfiff aus.

»*Nuuun*, ich schätze, die beiden sind keine Facebook-Freunde«, sagte sie leise.

Schultz warf ihr ein dezentes Lächeln zu. »Der war gut.«

Sie klopfte sich selbst auf die Schulter.

»Wer kann, der kann«, sagte sie und spießte mit ihrer Gabel das letzte Stück *Năsal* auf seinem Teller auf.

Das Mechatronics and Robotic Research Laboratory (das Forschungslabor für Mechatronik und Robotik) – oder MRRL – war vorübergehend im Osten des Stützpunkts untergebracht, wo vor dem Angriff an Thanksgiving die Wellblechbaracken mit den Unterkünften für die zivilen Supermarktmitarbeiter und Wartungskräfte gestanden hatten. Die drei großen Leichtbaugebäude aus dem 3-D-Drucker, die sich problemlos zerlegen und mit einem Kran oder Fluggerät in die Höhe heben ließen, sollten irgendwann zu ihrem endgültigen Standort neben den Special Projects Testing Grounds gebracht werden, sodass entlang der westlichen Grundstücksgrenze ein zehntausend Quadratmeter großer Entwicklungs- und Forschungspark entstand.

Fernandez fuhr durch die Sicherheitskontrolle und bog hinter einem der Gebäude ab – einer hangarähnlichen Konstruktion auf einer Fläche von neunzig Quadratmetern, neben der die Anlage, die er vorhin mit Carmody aufgesucht hatte, klein wirkte.

Auf der Rückseite wurde er bereits erwartet. Unter den Zweibeinern der dort Versammelten war sein leitender technischer Assistent, der Spezialist für autonome Systeme (824 Delta), Mario Perez. Er trug eine Uniform, wie auch der Senior Sergeant (MOS) 09L Joe Banik, ein Übersetzer/Dolmetscher und Hundeführer von der Third Special Forces Group, der im Sonderauftrag auf unbefristete Zeit für die Net Force arbeitete. Neben ihnen, mit einem unförmigen, hundert Kilo schweren Beißanzug aus Kevlar, Schutzhelm und getöntem Gesichtsschirm, stand Corporal (E-4) Bernadette Cho.

Die anderen dort Wartenden waren Hunde, mehr oder weniger. Baniks Belgischer Schäferhund, eine große gelbbraune Hündin namens Ellie mit breiten Schultern und schwarzem Gesicht, war vom Direktor der Net Force, Alex Michaels, großgezogen und streng nach den Vorgaben der Schutzhundprüfung ausgebildet worden. Michaels widmete sich der Aufzucht von Arbeits- und Wachhunden, wenn er nicht gerade allzu sehr damit beschäftigt war, sich um die exotischen Pflanzen in seinem Garten zu kümmern oder auf Kabinettsebene die Geschäfte der drittgrößten Geheimdienst- und Strafverfolgungsbehörde der USA zu leiten. Ellie saß, angeleint und in Habachtstellung, neben dem Sergeant und beobachtete mit gespitzten Ohren, wie Fernandez mit dem JLTV vorfuhr. Sie war der einzige echte, pelzige, warmblütige Hund der Gruppe. Die anderen drei waren Roboterhunde.

Sie standen hinter Banik und Ellie und waren das Ergebnis innovativer Biomimikry: Ihre Metallkörper, die jetzt in der Sonne glänzten, waren vollkommen reglos, und sie hatten die Beine an den Knien nach vorne gekrümmt. Hinter ihnen konnte Fernandez den Hindernisparcours sehen.

Er bog von der Zufahrtsstraße auf den kleinen Parkplatz am Ende einer Sackgasse, stieg aus, lief zu den Wartenden und blieb ein Stück vor ihnen stehen. Auf dem Hindernisparcours vor dem Gebäude gab es mehrere Hürden, eine Balancierbrücke und einen Steinhaufen sowie einen Graben und ein oberirdisches Schwimmbecken mit Rampe. Es war etwa sechs Meter lang und drei Meter tief.

»Ich sehe, das Empfangskomitee wartet bereits. Aber sie sehen nicht so aus, als hätten sie Lust auf ein kleines Tänzchen«, sagte er. »Muss ich sie etwa erst nett bitten?«

Perez winkte ab. »Keine Sorge, Sarge. Sie sind nur im Ruhemodus.«

Fernandez trat näher. Banik war um die dreißig und gut eins achtzig groß und trug eine Pilotenbrille und die schwarze Baseballkappe der Hundestaffel. Er deutete mit dem Kopf auf den Belgischen Schäferhund an seiner Leine.

»El kennen Sie ja bereits«, sagte er. »Die Roboterhunde dort links heißen Azul, Blanca und Carolina.«

»Die drei Latina-Roboterhunde der Apokalypse.« Fernandez blickte zu Cho. »Hey, Bernie, ist es heiß in dem Anzug?«

»So heiß, dass das zusätzliche Deo unter meinen Armen nichts nutzt«, sagte sie durch den Gesichtsschutz. »Und es *müffelt* hier drin. Als würde ich in einer verschwitzten Socke stecken.«

Fernandez kicherte. »Und warum hat man Sie als Opfer auserkoren?«

»Fragen Sie die Jungs. Ich habe mehr Zeit in diesem Anzug verbracht als die beiden zusammen.«

»Sagt der Triathlon-Champion der Armee«, bemerkte Banik.

»Pah«, stieß sie hervor. »Ich sage Ihnen, Sarge, die beiden sind einfach Feiglinge. Oder sie leben irgendeine kranke männliche Rachefantasie aus.«

Banik hob die Hände über den Kopf. »Feigling.«

»Ich auch«, sagte Perez.

Fernandez grinste. Dann deutete Perez mit dem Kopf auf den Eingang des mittleren Gebäudes.

»Es ist alles vorbereitet«, sagte er. »Überzeugen Sie sich selbst. Wir absolvieren in der Halle und davor einen Parcours, um die Bedingungen zu simulieren, die die Hunde bei dem Einsatz wahrscheinlich erwarten.«

Der Begriff Parcours leitete sich, wie Fernandez wusste, von *parcours du combattant* ab, dem französischen Ausdruck für *Hindernislauf*, der wörtlich übersetzt *Wettrennen des Kämpfers* bedeutete. Dabei ging es darum, sich durch eine Reihe von Hindernissen zu bewegen, ohne davor zurückzuweichen.

Fernandez ließ sich von Perez in die Halle führen. Darin befand sich ein großflächiger Aufbau aus Fensterattrappen, Rampen, Treppen, Wänden, Aluminiumhürden, Tunneln und Fässern.

»*Playground on Elm Street*«, sagte Fernandez. »Sind Sie sicher, dass Cho klarkommt? Das hier ist was anderes, als die Hunde zu Rockmusik tanzen zu lassen.«

»Sie ist optimal geschützt. Der Anzug ist speziell für das Training mit den Roboterhunden gedacht.«

Fernandez senkte leicht die Stimme. »Ich rede nicht von dem Anzug, Rio. Sie wissen, was ich meine.«

Perez nickte. »Laura träumt manchmal davon. Sie wacht dann auf und glaubt, wir würden uns immer noch in diesem alten Kühlschrank verstecken, während einer der Igel draußen umherstreift und Ausschau nach uns hält.« Er machte eine Pause. »Wir waren keine drei Meter von hier entfernt. Ich sehe es immer noch vor mir, als wäre es erst gestern passiert.«

Fernandez nickte. »Zurück zu meiner Frage. Glauben Sie, dass sie das schafft?«

Perez sah ihn an.

»Wir haben ein spezielles Angriffserkennungs- und Interventionssystem für die Hunde entwickelt. Ich kann die Übung jederzeit abbrechen, wenn sie außer Kontrolle geraten sollte. Im schlimmsten Fall kann ich die Selbstzerstörungsfunktion auslösen. Aber keine Maschine ist zu hundert Prozent vor Hackerangriffen sicher.«

Fernandez musterte ihn einen Moment, blickte kurz zu den anderen, dann wieder zu Perez und atmete aus.

»Okay, hab verstanden«, sagte er. »Aber eins sollte Ihnen klar sein.«

Perez wartete.

»Wenn mich diese Hunde mit Maschinenöl vollsabbern, sind Sie am Arsch.«

Die Bunkeranlage für die Küsten- und Flugabwehrsysteme von Okean-27 verlief etwa dreihundert Meter landeinwärts von den Frachtpiers tief unter der Erde. Die bemannten und unbemannten Waffensysteme, die die Okean beschützten, konnten durch Luken vor dem Haupttor an die Oberfläche gerollt und entlang der Küste rasch positioniert werden. In der geheimen Stadt selbst benutzte das Personal einen Fahrzeugtunnel. Sonst gab es keinen anderen Weg hinein oder hinaus.

Sergej Cosa fuhr mit einem Elektromobil in den Tunnel und passierte mit nachdenklichem Gesicht mehrere Kontrollpunkte. Das vertrauliche Gespräch mit dem Wolf hatte ihn beunruhigt und in ihm das Bedürfnis geweckt, mit seinen Gedanken allein zu sein.

Am letzten Kontrollpunkt standen drei bewaffnete uniformierte Wachleute, und Cosa hielt mit seinem Mobil davor an, damit sie es überprüfen konnten. Bis dorthin hatte der USB-Stick mit seinen biometrischen Daten ausgereicht.

Die Wachmänner fühlten sich nicht besonders wohl, so wie jemand, an dem eine Hornisse zu dicht vorbeiflog. Und das aus gutem Grund. Wenn sie Cosa ohne ordnungsgemäße Überprüfung durchwinkten, könnte man ihnen vorwerfen, gegen die Vorschriften zu verstoßen. Kontrollierten sie ihn jedoch zu gründlich, riskierten sie, einen der mächtigsten Männer der Föderation gegen sich aufzubringen. Und in dem Fall erwarteten sie womöglich strenge Disziplinarmaßnahmen. In Russland existierte die Redensart, dass es für jeden Fehler hundert Strafen gab, und für jede Unterlassung hundert weitere. Also schlichen sie auf Zehenspitzen um ihn herum und hofften, dass er nicht zustach.

»Ist alles in Ordnung?«, fragte er einen der Männer.

Die Schultern des Mannes wurden steif wie Holzbretter. »*Da, ser.*«

»Gut«, sagte Cosa. »Sagen Sie Oberst Denislow, dass ich eingetroffen bin.«

Der Wachmann nickte forsch und sprach in die Freisprechanlage an der Wand.

Einen Moment später passierte Cosa den Kontrollpunkt und rollte einen kurzen Gang hinunter. Dort öffnete sich eine Schiebetür, und er fuhr hindurch.

Der Bunker, der extra für die Rampen der mobilen Luft- und Küstenverteidigung erbaut worden war – sowie für die Waffen, mit denen sie bestückt waren, und die Geräte zu ihrer Wartung –, war hell erleuchtet und klimatisiert, um die Luftfeuchtigkeit niedrig zu halten. Er hatte eine hohe Decke und einen glatten Betonboden, und es gab dort mehrere Gänge, von denen der breiteste direkt zum Zentrum der Anlage führte.

Ein paar Schritte den Gang hinunter stand Oberst Vitali Denislow von der Achten Gebirgsjägerbrigade und wartete, umgeben von mehreren Halbkettenfahrzeugen, die mit Waffenlieferungen beladen waren, mit Flugabwehrkanonen und taktischen Kampfsystemen. Es sah aus, als würde Denislow für die Kamera von Rossija 1 posieren, die in einer sorgfältig komponierten Einstellung einen einflussreichen Mann ins Bild gesetzt hatte, der seine Verantwortung als Kommandeur von Okeans Schutztruppe mit Entschlossenheit wahrnahm. Mit seinem markanten Kiefer, den blauen Augen und der

starren Körperhaltung erinnerte er an einen jungen Adligen
auf einem alten Familienporträt oder an irgendeinen der jungen Burschen aus der Oberschicht, die Cosa im Kommunis-
tischen Jugendverband gekannt hatte – an jene begeisterten
Fahnenträger und stolzierenden Trompeter mit rotem Hals-
tuch. Aber das zaristische Russland und der Kommunismus
aus Cosas Jugend existierten nicht mehr. Er war jedoch kein
Ideologe. Das Russland, das er liebte und schätzte, bestand
aus seinen Dörfern und Wäldern, aus seiner unberührten
Natur. Zwar bezeichneten ihn einige als *Silowiki*, als einen
Mann der Macht ohne eigene Visionen, aber er fand diese
Charakterisierung zu oberflächlich. Da er vom KGB geför-
dert worden war und dem Direktorat seinen Aufstieg verdankte, war er von Anfang an durch ihre Realpolitik geprägt
worden. Militärische Stärke und wirtschaftliche Überlegen-
heit waren entscheidend für die Zukunft des Vaterlands, und
er würde den nationalen Interessen dienen, indem er Gewalt
und politische Einflussnahme einsetzte – was auch immer
nötig war.

Cosa stieg von dem Elektromobil. »Denislow, schlafen Sie
etwa direkt hier unten bei Ihren komischen Apparaten?«

»Meine Unterkunft ist woanders in diesem Berg«, erwiderte der Oberst, ohne eine Miene zu verziehen. »Wir haben
zwar erstklassige Experten, aber ein- oder zweimal pro Woche werfe ich gerne selbst einen Blick darauf.«

Erneut musste Cosa an die treu ergebenen Kindersoldaten
denken, mit denen er seine Jugend verbracht hatte. Ihr Lächeln war nur noch ein mechanischer Reflex gewesen, ihre
Gruppenleiter hatten es ihnen ausgetrieben, bevor sie neun
oder sechs Jahre alt waren. Aber das allein reichte nicht aus.

Allerdings glaubte er, dass Denislow alles mitbrachte, was man als Offizier brauchte.

»Das ist wirklich vorbildlich«, sagte er. »Sie haben hier eine beeindruckende Sammlung.«

Denislow nickte. »Die Verteidigung der Okean ist sehr teuer, aber wir bekommen alles, was wir brauchen. Und das verdanken wir Ihrer Unterstützung.«

»Ich hatte wohl meinen Anteil daran.«

Denislow zeigte auf ein riesiges Gerät den Gang hinunter. »Haben Sie schon unsere neuen Raketenwerfer gesehen, seit sie hier eingetroffen sind?«

»Nein, Oberst. Ich war mit anderen Dingen beschäftigt.«

»Natürlich. Aber werfen Sie doch bitte mal einen Blick darauf. Es wird nicht lange dauern.«

Cosa nickte und ging neben ihm den Gang hinunter. Die Kettenfahrgestelle standen hinter einer Reihe Kampffahrzeuge und waren um einiges größer. Sie waren zehn Meter lang und mit Sensoren, Abschussrohren und zweiläufigen Maschinenkanonen gespickt sowie mit dem modernsten Feuerleitsystem ausgestattet, das auf ein mobiles Fahrgestell montiert werden konnte. Aber trotz ihrer technischen Raffinesse hielt Cosa sie für äußerst primitive Kolosse.

Er schaute, die Hände hinter dem Rücken verschränkt, zu ihren Gefechtstürmen hinauf. Die Radarmasten waren nach vorne geklappt, damit sie in den Bunker passten. Aber senkrecht ausgefahren, würden sie Cosa um fünf bis sechs Meter überragen.

»Ein *Ribauldequin*«, sagte er. »Haben Sie dieses Wort schon mal gehört, Oberst Denislow?«

»Ich fürchte, nein.«

»Das ist eine Bezeichnung für ein mittelalterliches Salvengeschütz«, sagte Cosa. »Ich habe mal vor langer Zeit in Barcelona eines in einem Museum gesehen. Man hat sie auf Karren transportiert, wie Katapulte und Rammböcke. Aber sie haben mehr mit modernen Artilleriebatterien gemeinsam als mit diesen alten Belagerungsgeräten. Die Franzosen nannten sie *Höllenmaschinen*, und ich verstehe, warum. Sie haben ihre Projektile aus mehreren Rohren abgefeuert … aus neun bis *fünfzig* Rohren gleichzeitig, heißt es.«

Denislow schien sich für seine Ausführungen wirklich zu interessieren. Das sprach ebenfalls für ihn, dachte Cosa.

»Diese riesigen Prachtexemplare stellen ebenfalls einen wichtigen Entwicklungsschritt dar«, sagte der Oberst. »Wir haben in Syrien und aus der Invasion 2022 eine Menge gelernt. Die Panzir-Systeme, die dort zum Einsatz kamen, waren anfällig für kleine Drohnen und Raketen. Sie verfügten weder über Erkennungssysteme, um sie zu erfassen, noch über Waffensysteme, um sie anzugreifen und zu zerstören. Die zwei Wildfire-Raketenwerfer hier vor uns verfügen über beides – zudem sind sie fast vollkommen autonom.« Er machte eine Pause. »Deshalb habe ich die Kosten erwähnt. Jeder der zerstörten Raketenwerfer hat über eine Milliarde Rubel gekostet. Und die Nachfolgemodelle sind sehr viel teurer.«

Cosa warf ihm einen vielsagenden Blick zu.

»Ich bin froh, dass Sie sich darüber Gedanken machen«, sagte er. »Genau deswegen habe ich mich mit Ihnen getroffen.«

»Ich verstehe.«

»Nein«, sagte Cosa. »Tun Sie nicht.«

Denislow schwieg. Cosas Gesichtsausdruck hatte jetzt bedrohliche Züge angenommen.

»Vergessen Sie nicht, dass Moskaus Großzügigkeit an Erwartungen geknüpft ist«, sagte er. »Sie müssen jederzeit einsatzbereit sein. Im Interesse der Okean. Und in Ihrem eigenen Interesse, Oberst.«

Denislow spürte, wie sich sein Magen ein wenig verkrampfte. Er atmete ein und wieder aus. »Ja, natürlich. Liegt eine konkrete Bedrohung für die Okean vor?«

Cosa musterte ihn. »Wir stehen vor einem Wendepunkt, Denislow«, sagte er schließlich. »Der Pioneer-Hochleistungsrechner wird bald vollständig in Betrieb gehen. Das ist der Grund, weshalb die Okean überhaupt existiert. Weshalb ich den größten Teil des Jahres in diesem Berg verbracht habe. Und nochmals, wir können es uns nicht erlauben, nachlässig und unachtsam zu sein.«

Das traf zwar durchaus zu, aber den eigentlichen Grund seines Kommens behielt Cosa für sich. Dass er Draja Petrovik, dem technischen Leiter der Operation, nicht mehr vertraute. Dass Petrovik in letzter Zeit den Eindruck machte, als wäre er einem unberechenbaren, gefährlichen Wahn verfallen.

Denislow stand schweigend da. Er hatte sich angehört, was Cosa ihm zu sagen hatte, und seine Frage gestellt. Er würde keine weitere stellen, um nicht vorlaut zu wirken.

Ein folgsamer, artiger Pfadfinder, dachte Cosa. Ein Pfadfinder in höchster Alarmbereitschaft.

»Danke, dass Sie mir die neuen Waffenlieferungen gezeigt haben«, sagte er. »Ich bin überzeugt, dass Ihnen bewusst ist, was Ihre Aufgaben sind.«

»Ja.«

»Und dass Sie alles haben, um sie zu erfüllen.«

»Ja.«

»Ich wünsche Ihnen noch einen schönen Tag.«

»Danke. Das wünsche ich Ihnen auch.«

Cosa sah ihn unter seinen dichten Augenbrauen hervor an. Dann nickte er und drehte sich zu dem Elektromobil um.

Denislow brachte ihn zu dem Wagen, beobachtete, wie er davonfuhr, und atmete erst wieder aus, nachdem sich die Metalltür geschlossen hatte.

Janus-Stützpunkt

»Okay«, sagte Joe Banik. Er stand hinter dem Becken am hinteren Ende des Außenparcours und sprach in das VoIP-Stereo-Headset, das er über seiner Kappe trug. Etwa einen Meter von ihm entfernt hockten El und die Roboterhunde im Halbkreis auf dem Rasen. Banik trug an einer Schnur eine Pfeife um den Hals.

»Kannst du mich hören, Bernie?«

»Laut und deutlich«, erwiderte Cho.

Sie stand ein paar Schritte vor dem Eingang zum Hangar mit dem Innenparcours. Fernandez und Perez hatten seitlich hinter einem Stahlgitter, das Banik für sie aufgestellt hatte, Position bezogen. Sie trugen ebenfalls Headsets.

»Bernie, wenn du hörst, wie ich pfeife, läufst du in den Hangar«, sagte Banik. »Falls einer der Hunde dich anrempelt und du das Gleichgewicht verlierst, lass dich fallen, sonst tust du dir nur selbst weh.«

»Roger.«

»Und wenn einer der Hunde dir in den Arm oder ins Bein beißt, beweg sie hin und her. Andernfalls beißen sie dich am ganzen Körper, um zu sehen, ob du noch lebst. Sobald ihr

346

Jagdinstinkt erwacht, ist ihre ganze Aufmerksamkeit darauf gerichtet.«

»Na toll«, sagte sie. »Sonst noch was?«

»Das ist alles! Viel Spaß!«

»Aber sicher doch.«

Fernandez hörte den beiden hinter dem Gitter zu, und ihr Wortgeplänkel trug nicht dazu bei, seine Anspannung in Nacken und Schultern zu lösen. Banik hob die Pfeife an den Mund und blies zweimal kräftig hinein.

Darauf drehte Cho sich um und rannte los, und die Hunde sprangen auf und liefen hinter ihr her, Ellie, das Alphatier, voraus. Baniks Pfiffe waren für sie das Zeichen gewesen, den gesamten Hindernisparcours zu absolvieren. Die drei Roboterhunde dicht auf den Fersen, stürzte El die Rampe hinauf und sprang hinunter; ihre kräftigen Hinterbeine katapultierten sie regelrecht durch die Luft.

Mit einem Platscher landete sie im Becken, gefolgt von den Roboterhunden, die hinter ihr ebenfalls von der Rampe hüpften. Als sie auf dem Wasser aufkamen, klappten ihre Beine zusammen, und die Düsenantriebe an ihren Hinterkörpern fuhren wie Schwänze heraus und beförderten sie durch das Becken, während Ellie vor ihnen her paddelte.

Sie brauchten weniger als zwanzig Sekunden, um zum anderen Ende zu schwimmen, die Körper im Wasser, ihre mit Sensoren übersäten Köpfe darüber. Auf der anderen Seite rannten sie die Treppe zum Beckenrand hinauf und weiter auf die Balancierbrücke zu.

Fernandez blickte zu Perez und formte mit den Lippen ein stummes *Wow*. Er hatte zwar gewusst, dass die Roboterhunde schwimmen konnten – mit einer Geschwindigkeit von neun

Stundenkilometern, dreimal schneller als echte Hunde. Aber sie mit eigenen Augen in Aktion zu sehen, war etwas ganz anderes.

Die Hunde kletterten über die Brücke und über den Steinhaufen zum Graben und sprangen ohne zu zögern darüber. Ellie war weiter an der Spitze, während die drei Roboterhunde nebeneinander hinter ihr herliefen.

Seit dem Pfiff waren noch keine neunzig Sekunden vergangen. Die Hunde sprinteten im Rudel ein paar Meter hinter Cho durch den Hangareingang, anmutig und furchterregend zugleich.

Über das RoIP hörte Fernandez jetzt Banik. »Beeil dich, Bernie!«

Sie beschleunigte ihre Schritte und lief in dem schweren Beißanzug unbeholfen zur Vorderseite des Hangars; verglichen mit den Hunden wirkte sie langsam wie eine Schildkröte. Wahrscheinlich wären sie in zwei Sekunden bei ihr gewesen, wenn sie den Parcours verlassen hätten. Aber Baniks Pfiff war für sie das Zeichen gewesen, sämtliche Hindernisse zu absolvieren, und sie gehorchten und überwanden jedes der Hindernisse, das zwischen ihnen und ihrer Beute stand; sie sprangen durch die Fensterattrappen, kletterten die Stufen hoch, krabbelten durch die Tunnel und holten Cho *trotzdem* ein, kurz bevor sie die Vorderseite des Hangars erreichte.

Fernandez sah, wie Ellie sich als Erste auf sie stürzte, wie sie Cho, den großen, spitz zulaufenden Kopf tief zwischen den Schultern, von hinten einen Stoß versetzte. Die dreißig Kilo Muskelmasse der Hündin trafen sie aus vollem Lauf auf Höhe der Kniekehlen. Ellie riss ihre langen Kiefer weit auf und schnappte blitzschnell nach der rechten Wade ihrer Beute.

Cho ging sofort zu Boden; ihre Beine rutschten unter ihr weg, und sie fiel rückwärts auf die Hündin.

Doch Ellie hatte das instinktiv vorausgesehen. Während sie mit ihrem Kiefer weiter Chos Bein umklammerte und sich an dem gepolsterten Anzug festhielt, nutzte sie die Vorwärtsbewegung ihres Körpers, sodass sie um Cho herumgewirbelt wurde und direkt vor ihr landete. Inzwischen hatten die Roboterhunde die beiden eingekreist und gingen auf drei Seiten in Stellung.

Cho versuchte sich langsam aufzusetzen und drückte sich mit den Armen nach oben.

Aber das war genau das Falsche.

Sie hatte kaum ihren Rücken vom Betonboden gehoben, als Ellie ihr Bein losließ und auf ihren Körper sprang, um sie nach unten zu drücken; während sie sich im Schritt des Anzugs verbiss, stürzten sich die Roboterhunde aus verschiedenen Richtungen auf Cho, schnappten nach ihr und zerrten an ihrem Körper. Fernandez hörte Ellies Knurren und bemerkte gleichzeitig das gespenstische, unnatürliche Schweigen der Roboterhunde, als sich ihre metallischen Reißzähne in die Polsterung des Anzugs bohrten.

»Scheiße«, sagte er und trat von dem Gitter fort, um hinüberzulaufen. Doch Perez legte ihm eine Hand auf den Arm und hielt ihn zurück.

»Halt, Sarge«, sagte er. »Warten Sie einen Moment.«

Fernandez zögerte kurz. Dann drehte er sich um und sah, dass Banik mit zügigen, aber ruhigen Schritten an ihnen vorbei zum Hangar lief.

»Bleib unten, Bernie!«, ermahnte er sie. »Strample mit dem Bein! Und halt den Rest des Körpers still.«

Das widersprach dem gesunden Menschenverstand. Der Selbsterhaltungstrieb war tief im Rautenhirn verwurzelt. Chos Hormone würden sie auffordern, sich hochzurappeln und das Rudel abzuwehren. Aber das würde die Hunde nur noch aggressiver machen. Fernandez wusste, dass sie früher schon mal den Lockvogel gespielt hatte. Dass sie imstande war, ihre natürlichen Impulse zu unterdrücken. Doch sie war mit voller Wucht auf den Boden geknallt, und sie wirkte auf ihn ein wenig benommen und langsam.

Schließlich begann sie, das rechte Bein hin und her zu bewegen. Worauf Ellie die Schnauze aus dem Schritt des Anzugs zog und sich wieder ihrem Bein zuwandte. Die Roboterhunde ließen von ihr ab und blieben um sie herum stehen. Sie folgten ihrem Programm und überließen dem Alphatier das Kommando.

Fernandez atmete erleichtert auf. Allerdings kam ihm das ein wenig verfrüht vor, da Ellie immer noch an Chos Bein knabberte, als wäre es eine Rinderwade. Aber zumindest hatten die Roboterhunde aufgehört, sie anzugreifen.

Banik betrat den Hangar. »Bei Fuß! Aus, Ellie!«

Die Hündin rannte zu ihm, und die Roboterhunde folgten ihr und blieben hinter Banik stehen, während sie erneut in ihr merkwürdiges, roboterhaftes Schweigen verfielen.

»Also schön, Leute, das war's fürs Erste«, sagte Banik und lief zu Cho hinüber, während Ellie folgsam neben ihm hertrottete. »Alles okay, Bernie?«

Cho griff nach seiner ausgestreckten Hand und stand auf.

»Frag mich das in einer Stunde, wenn die Wirkung des Adrenalins nachgelassen hat«, sagte sie und begann, die

Riemen des Anzugs zu lösen. »Das war eine heftige Bruch-landung.«

Fernandez und Perez traten hinter dem Gitter hervor und kamen herüber.

»Nun«, sagte Fernandez, »ich würde sagen, das lief doch ziemlich gut.«

»Bisher schon«, sagte Banik. »Aber es kommt noch besser.«

Fernandez schaute von ihm zu Perez. »Inwiefern?«

»Wir wollen Ihnen zeigen, wie sich die Roboterhunde auf dem Schießplatz machen«, sagte Perez.

»Sie meinen, wie sie den Kugeln ausweichen?«

Perez lächelte.

»Nein, wie sie sie abfeuern«, sagte er.

»Kira.«

Sie blickte von ihrem Computerbildschirm auf und sah Drajan hinter der halb offenen Tür stehen.

»Drajan«, sagte sie. »Was für eine Überraschung.«

Er trat durch die Tür. »Haben Sie gerade viel zu tun?«

Sie lächelte. »Sie hätten wenigstens meine Antwort abwar-ten können«, sagte sie. »Aber ich bin beeindruckt, dass Sie den Weg hier runter gefunden haben.«

Er schaute sich um. Ihr Büro mit Zementwänden war nicht sehr viel größer als die Lesekabine einer Bücherei. Es bot le-diglich Platz für ihren Metallschreibtisch und einen zusätz-lichen Stuhl.

»Abteilung 6627, Zimmer 17, Automatisierte Systeme«, sagte er. »Hat Cosa Sie in diese Abteilung verfrachtet?«

Sie zuckte mit den Schultern.

»Sie wurde mir zugewiesen … Ich glaube kaum, dass er

sich um solche Angelegenheiten kümmert«, sagte sie. »Warum fragen Sie?«

»Weil jemand mit Ihren Fähigkeiten nicht in so einer Schuhschachtel arbeiten sollte.«

Kira schwieg einen Moment. »Es gibt hier jede Menge davon«, sagte sie mit einem Achselzucken. »Und alle Flure sehen gleich aus. Ich finde das fast zum Lachen.«

»Ach ja?«

»Wir befinden uns im Innern eines riesigen Berges an der Küste. Als man mich vom Flugplatz hergefahren hat und ich den Berg von der Rückbank des Wagens aus gesehen habe … das war ein ziemlich überwältigender Anblick«, sagte sie. »Meine Eltern sind einfache Arbeiter. Sie konnten vom Urlaub auf der Krim nur träumen. Davon, die Klippen zu sehen, die Strände und das Meer.«

Er breitete die Hände aus.

»Und jetzt sind Sie hier und haben nicht einmal ein Fenster.«

»Das macht nichts. Ich hab schon Schlimmeres erlebt.«

»Cosa meinte, Sie waren davor im Föderationszentrum.«

»Ich kann Ihnen versichern, dass ich nicht in der Führungsetage war. Aber davon habe ich nicht gesprochen.«

Drajan erwiderte nicht gleich etwas. Er stand regungslos da und sah sie über ihren Schreibtisch hinweg an, ohne dem freien Stuhl auf seiner Seite Beachtung zu schenken.

»Man hat Sie in die Okean gebracht, um selbstständig lernende Modelle zu entwickeln«, sagte er nach einem Moment. »Stimmt das?«

»Ja.«

»Um eine KI zu trainieren.«

»Ja.«

»Worin?«

»Hauptsächlich Social Engineering. Stimmenimitation. Spracherkennung. Deepfakes. Das Aufspüren von Software-Schwachstellen.«

»Mit anderen Worten, es geht um KI-basierte Hackerangriffe.«

»Ja. Aber ich dachte, das hätten Sie bereits über mich in Erfahrung gebracht.«

Drajan schwieg einen Moment.

»Haben Sie eine Vorstellung, was wir hier in der Okean machen, Kira?«, sagte er. »Ich meine, worum es eigentlich geht?«

Sie zuckte erneut mit den Schultern. »Ich habe meinen Versetzungsbescheid im Föderationszentrum bekommen«, sagte sie.

»Und Sie haben sich nicht gefragt, was wir hier machen?«

Sie blickte ihn über den Schreibtisch hinweg ruhig an. »Wenn ich offen sein darf, Drajan«, sagte sie. »Ich frage mich vielmehr, was Sie in die Abteilung 6627, Automatisierte Systeme, führt.«

Er lächelte schwach. »Sie natürlich.«

Kira rollte ihren Stuhl vom Schreibtisch fort, schlug langsam die Beine übereinander und nickte, den Blick weiter auf sein Gesicht gerichtet.

»Natürlich«, sagte sie.

15

Die Pariser Katakomben

Kali rannte den Gang entlang und spritzte dabei das Wasser der Pfützen auf. Sie war völlig durchnässt und zitterte vor Kälte. Aus der Stichwunde an ihrem rechten Arm quoll Blut hervor. Sie konnte immer noch hören, wie sich das Wasser tosend in den Lagerraum ergoss, wie Backsteine und Felsen herabstürzten.

Sie rannte eine Weile, ohne zu wissen, in welche Richtung. Durch Wände und Decke des Gangs drang kaum Wasser. Sie sah im Mauerwerk zwar ein paar undichte Stellen, aber die meisten Pfützen am Boden waren offensichtlich auf den gestiegenen Grundwasserspiegel zurückzuführen. Vielleicht verliefen die geborstenen und übergelaufenen Abwasserkanäle nicht oberhalb oder längs des Gangs. Sie wusste es nicht. Sie wusste nur, dass sie den Abstand zwischen sich und der Kammer vergrößern musste.

Sie eilte weiter vorwärts. Der Boden neigte sich und stieg dann wieder an. Der Gang wand und schlängelte sich. Schließlich kam sie an eine Gabelung und schaute nach links und nach rechts. Der rechte Gang war ziemlich breit und verlief aufwärts. Am Boden konnte sie nirgends Wasser sehen. Und die nackten Felswände schienen völlig trocken zu sein. Die Entscheidung fiel ihr nicht schwer.

Sie bog in den Gang und rannte aufwärts, ihr Herz hämmerte, und bei jedem Schritt pulsierte ihr verletzter Arm schmerzhaft. Nach ein paar Minuten legte sie schließlich eine Pause ein, um zu verschnaufen und sich zu orientieren. Sie hatte Jacques' Navigationsgerät über ihren Kompass an das linke Handgelenk geschnallt. Ihre Uhr trug sie am rechten.

Zunächst warf sie einen Blick auf den Kompass und stellte fest, dass der Stollen in nordnordöstlicher Richtung verlief. Um sich herum konnte sie immer noch keine Anzeichen für eine Überschwemmung erkennen. Wenn das bedeutete, dass das Wasser das Réseau Nord, das nördliche Netzwerk, noch nicht erreicht hatte, war das in vielerlei Hinsicht eine gute Nachricht. Sie würde in einer Minute mit Jacques' Navigationsgerät ihre genaue Position bestimmen.

Aber eins nach dem anderen.

Sie hob den Arm, um auf das Display ihrer Smartwatch zu tippen.

Während Etienne, die Hände mit Plastikhandschellen auf dem Rücken gefesselt, trübsinnig einen Stollen entlangmarschierte, spürte er, wie die Uhr an seinem Handgelenk zu vibrieren begann.

Die Gruppe, die ihn gefangen genommen hatte, bestand aus insgesamt fünf Personen. Die Frau, die vorhin mit ihm gesprochen hatte – sie wurde Jill genannt –, schien ihre Anführerin zu sein und eilte zusammen mit einer Person, deren Geschlecht er nicht ausmachen konnte, ein paar Schritte voraus. Direkt hinter Etienne, gefolgt von zwei weiteren Personen, lief ein Mann, dessen Gesicht mit bunten Farbkringeln und Lidstrich bedeckt war. Er hatte eine Pistole auf seinen Rücken gerichtet.

Etienne hatte keine Ahnung, wohin sie liefen. Er war völlig wehrlos, ein Gefangener. Und er hatte starke Schmerzen. Seine gebrochene Nase hatte zwar aufgehört zu bluten, aber sie war mit getrocknetem Blut verstopft, sodass er durch sie keine Luft mehr bekam. Außerdem fühlten sich seine beiden Gesichtshälften geschwollen und empfindlich an.

Die Gruppe stapfte mit eingeschalteten Stirnleuchten durch breite Wasserlachen, während Jill hin und wieder auf das Gerät an ihrem Handgelenk blickte. Es war eigentlich keine Uhr. Etienne hatte das gleiche Gerät auch bei Jacques gesehen und vermutete, dass es sich um ein Navigationsgerät handelte.

Jacques und *Jill*, dachte er. Die Namen konnten kein Zufall sein. Und auch nicht, dass sie die gleichen Navigationsgeräte besaßen.

Aber *sein* Gerät war jetzt von Interesse. Das Vibrieren der Uhr bedeutete, dass Kali versuchte, Kontakt mit ihm aufzunehmen, und die Frage war, ob er ihr antworten konnte. Er war wehrlos, ein Gefangener. Seine Hände waren gefesselt.

Etienne drückte die Unterseite seines linken Handgelenks gegen das rechte und streckte die Finger der linken Hand aus, um festzustellen, wie viel Bewegungsfreiheit er hatte. Der Spielraum war minimal, aber dass er überhaupt etwas Spielraum hatte, überraschte ihn und ließ ein Fünkchen Hoffnung in ihm aufkeimen. Wenn er es schaffte, zwei oder drei Finger der linken Hand über das andere Handgelenk zu schieben, konnte er vielleicht die Displaytaste drücken, die er installiert hatte. Er hielt seine Chance für äußerst gering und die Chance, nicht erwischt zu werden, für noch geringer. Aber was hatte er zu verlieren?

Etienne holte tief Luft und marschierte weiter. Erneut gab die Uhr ein leises Brummen von sich.

Er musste versuchen zu antworten.

Er drehte seine linke Hand ein wenig weiter als beim ersten Mal und hielt inne, um zu sehen, ob es jemand bemerkt hatte. Da dies nicht der Fall war, streckte er seine Finger so weit er konnte Richtung Uhr aus und tastete nach dem Display.

»*Hé! Que fais-tu?*«

Er zuckte zusammen. Das kam von dem Mann hinter ihm. Er wollte wissen, was er da tat. Etiennes Fingerspitzen wanderten von der Uhr fort.

»*Rien*«, sagte er. Nichts.

Doch der Mann glaubte ihm nicht. Er blieb stehen, packte Etienne am Arm und drehte ihn halb herum.

»*Putain*«, sagte er und deutete mit der Pistole auf sein Handgelenk. »Jill, was ist das hier?«

Sie fuhr herum und trat hinter Etienne, hob seinen Arm ein wenig an, damit sie die Uhr sehen konnte, und las die SMS auf dem Display:

Ça va? Alles okay?

Jill drückte auf den Knopf am Armband, um den Verschluss zu öffnen, trat zu Etienne und hielt ihm die Uhr vors Gesicht. Alle hatten sich jetzt um ihn geschart und standen regungslos im Stollen.

»Es steht kein Name unter der Nachricht«, sagte Jill. »Sag mir, wer sie geschickt hat.«

»Ich weiß es nicht.«

»War es Kali?«

»Keine Ahnung.«

»Wenn sie es nicht war, wer sonst könnte sie geschickt haben?«

»Ich weiß es nicht. Es könnte irgendwer gewesen sein.«

»*Irgendwer?* Wie viele Freunde hast du hier unten? Hältst du mich für so naiv?«

»Ich sage nur, dass ich nicht weiß, wer sie geschickt hat.«

Jill warf ihm einen verächtlichen Blick zu und drehte die Uhr um, damit sie die Nachricht erneut lesen konnte. Dann tippte sie selbst eine Nachricht ein und schickte sie ab, steckte die Uhr in ihre Tasche und blickte aufmerksam auf ihr Navigationsgerät.

Schließlich schaute sie zu ihren vier Begleitern auf und blickte sie einen nach dem anderen an.

»Sie ist jetzt genau dort, wo wir sie haben wollen«, sagte sie.

Kali las die Nachricht auf dem Display ihrer Uhr. Sie lautete:

> Oui. Jill m'a trouvé. Nous arrivons. Ja. Jill hat mich gefunden. Wir sind unterwegs.

Sie war äußerst erleichtert. Es war ziemlich riskant gewesen, Etienne eine Nachricht zu schicken. Wenn man ihn gefangen genommen hatte oder noch Schlimmeres geschehen war, hätte sich jeder, der in den Besitz der Uhr gelangt war, als Etienne ausgeben und ihr eine Antwort schicken können. Aber diese Person hätte nichts von Jills Existenz gewusst. Selbst Etienne hätte nichts von ihr gewusst, wenn sie ihn nicht außerhalb der Halle gefunden hätte. Deshalb wusste Kali, dass die Nachricht echt war. Wenn die anderen zu ihr unterwegs waren, bedeutete das zudem, dass sie Jacques' Navigationsgerät mit einem kompatiblen Gerät anpingten – eines, das sein spezielles MPF-Identifikations-und-Geotracking-Signal entschlüsseln und erkennen konnte. Nur Jill und ihre Leute verfügten über die entsprechende Technologie.

Sie waren unterwegs, dachte Kali. Sehr gut. Sie würde hier warten und in der Zwischenzeit ihren verletzten Arm begutachten.

Sie nahm ihren Rucksack ab, setzte sich vor die Wand und begann, den blutbeschmierten Ärmel ihres Overalls hochzukrempeln, worauf sie augenblicklich zusammenzuckte. Der zerfetzte Stoff war in die offenen Wunde eingedrungen. Aber zum Glück war der ganze Ärmel von Wasser durchnässt. Sonst wäre das Blut inzwischen geronnen, und es wäre noch schmerzhafter gewesen, den Stoff abzuziehen.

Kali holte tief Luft und zupfte die Stofffetzen aus der Stichwunde. Sie verlief direkt oberhalb ihres Ellbogens auf der Außenseite des Arms, war etwa sieben Zentimeter lang und einen guten Zentimeter tief.

Das Erste-Hilfe-Set in ihrem Rucksack enthielt eine kleine Flasche Peroxid, Verbandsmull, eine Rolle Klebeband, mehrere sterile Kompressen, Pflaster und noch ein paar andere Sachen. Sie griff nach dem Set, nahm den Verbandsmull und die Kompressen heraus und legte sie auf ihren Schoß. Dann zog sie aus einer Tasche an ihrem Hosenbein das Schweizer

Taschenmesser hervor, das sie aus ihrer Motorradjacke genommen und dort hineingesteckt hatte.

Die Ränder der Wunde waren vollkommen gerade. So konnte man sie leichter schließen, aber sie würde sie nähen lassen müssen. Momentan jedoch musste sie sie desinfizieren und die Blutung stoppen.

Sie schüttete etwas Peroxid auf eine der Kompressen, säuberte damit den Bereich rings um die Wunde und entsorgte sie. Dann befeuchtete sie eine zweite Kompresse, bedeckte damit so gut sie konnte die Wunde und legte eine trockene Kompresse darauf. Anschließend wickelte sie den Verbandsmull zweimal um ihren Arm, schnitt ihn von der Rolle und befestigte ihn mit Klebeband.

Sie verstaute das Erste-Hilfe-Set wieder, lehnte sich gegen die Wand und nahm ein paar Schlucke aus der Wasserflasche. Dann warf sie einen Blick auf Jacques' tragbaren Computer und rief die Ortungsfunktion auf. Nachdem sie ein wenig damit herumgespielt hatte, sah sie auf der Karte der Katakomben mehrere Positionsmarkierungen, die sich darauf entlangbewegten. Jill und ihre Gruppe befanden sich nur etwas südlich von ihr.

Während Kali sich ausruhte, behielt sie die Positionsmarkierungen weiter im Auge. Ihr Arm wurde langsam steif, aber sie hatte die Blutung stoppen können. Die Markierungen hatten jetzt fast ihren Standort erreicht.

Nach einer Weile sah sie, wie von links, aus südlicher Richtung, ein Licht auf sie zukam, in demselben Stollenabschnitt, den sie vom Lagerraum hergelaufen war. Es war das Schlurfen näherkommender Schritte zu hören. Sie streifte den Rucksack über, stand auf und spähte den Stollen hinunter, während die Lichter immer heller und größer wurden.

Jill und eine weitere Person führten die Gruppe an. Kali konnte Jill durch das helle Licht hindurch sehen, und eine halbe Sekunde später erkannte sie, dass sie ihre Maschinenpistole im Anschlag hielt.

»Keine Bewegung«, sagte Jill, die etwa anderthalb Meter entfernt stehen geblieben war. »Nicht einen Zentimeter.«

Kali rührte sich nicht von der Stelle und erwiderte nichts. Die Person neben Jill hatte ebenfalls eine Waffe auf sie gerichtet. Eine kompakte Maschinenpistole. Aber Kalis Blick war inzwischen an ihnen vorbei zu Etienne und den Leuten hinter ihm gewandert.

Schließlich richtete sie den Blick wieder auf Jill. »Was soll das?«, fragte sie.

»Halt den Mund. Ich stelle hier die Fragen.«

Kali versuchte zu verstehen, was hier gerade passierte.

»Du machst einen Fehler«, sagte sie.

»Ich?«

»Ja. Wir stehen auf derselben Seite.«

Jill nahm die Maschinenpistole ein wenig hoch und richtete sie direkt auf ihre Brust. »Wir werden sehen. Sag mir, was mit Jacques passiert ist.«

»Wozu?«, fragte Kali. »Deine Meinung steht doch sowieso schon fest.«

Jill und die Person mit dem bemalten Gesicht hatten beide ihre Waffen weiter auf Kali gerichtet, während die anderen ein paar Schritte hinter ihnen Etienne mit vorgehaltener Pistole bedrohten.

»Das da an deinem Handgelenk ist sein Navigationsgerät«,

sagte Jill. »Vor zwanzig Minuten hat es aufgehört, Jacques' biometrische Daten zu übertragen, und deine angezeigt; eine andere Gangart und Herzfrequenz. Was hast du mit ihm gemacht?«

»Jacques ist tot. Er wurde von den russischen Killern getötet.«

Jill kniff die Augen zusammen. »Woher soll ich wissen, dass du ihn nicht getötet hast?«

»Weil das überhaupt keinen Sinn ergeben würde.«

»Ach ja? Du warst doch diejenige, die uns getrennt hat. Die darauf bestanden hat, dass ihr beide ohne mich weitergeht.«

Kali seufzte. »Warum solltest du dir auch die Mühe machen nachzudenken, wenn du einfach etwas beschließen kannst.«

Jill schob ihre Maschinenpistole wütend in ihre Richtung. »*Me fais pas chier*. Verarsch mich nicht.«

»Das tue ich nicht. Die Russen haben uns aufgelauert, um uns in der Halle anzugreifen. So wie wir es erwartet haben.«

»Es gibt keinen Grund, dir zu glauben.«

»Sie sagt die Wahrheit.«

Das kam von Etienne, der immer noch hinter Jill stand. Sie warf ihm über die Schulter einen Blick zu. »Dich habe ich nicht gefragt.«

»Aber ich habe dir dasselbe über diese Leute erzählt … die du als Mitglieder des Blutigen Blitzes bezeichnet hast. Lügen wir etwa beide?«

»Schluss jetzt.«

»Nein. Kali wollte mich nicht im Stich lassen. Sie hat mir ihre Pistole gegeben, damit ich mich verteidigen kann. Tut so was etwa ein Killer?«

»*Schluss jetzt!*«

Für zehn lange Sekunden herrschte im Gang Schweigen. Dann sagte Kali: »Jacques ist gestorben, damit wir es zu Lucien Navarro schaffen, bevor seine Feinde bei ihm sind. Er ist für Navarros Traum gestorben. Er wollte eine bessere Welt als die, die den Dschungel von Calais hervorgebracht hat. Die Welt politischer Lügen und Machenschaften, die es zugelassen hat, dass deine Familie diesen bösartigen Menschen zum Opfer gefallen ist.«

Jill starrte sie an. »Er hat dir davon erzählt?«

»Er wollte, dass ich es weiß, ja.«

Jill erwiderte nichts.

»Hör zu«, sagte Kali. »Es gibt noch weitere Personen, die es auf Lucien abgesehen haben. Die zwei Männer, die mir in sein Haus gefolgt sind. Und wahrscheinlich noch andere, keine Ahnung. Aber wir müssen schnell zu ihm.«

Jill stand einen Moment da und sah sie an. Dann wandte sie sich der Person mit dem bemalten Gesicht zu.

»Leg ihr Handschellen an, Ines.«

Kali schüttelte den Kopf. »Hast du nicht gehört, was ich gerade gesagt habe?«

»Das ist der einzige Grund, warum du noch am Leben bist«, sagte Jill und blickte sie über den Lauf ihrer Maschinenpistole an. »Wir werden jetzt zu Lucien gehen. Aber wir machen das so, wie ich es sage.«

»Und wenn ich mich weigere?«

»Dann werde ich dich hier auf der Stelle töten«, sagte Jill. »Und jetzt leg deine Hände auf den Rücken und dreh dich um. Aber schön langsam.«

Kali erwiderte nichts, und einen Moment später tat sie, was Jill verlangte. Die Frau namens Ines trat zu ihr und legte ihr

Plastikhandschellen an, und dann spürte sie, wie ihr die Mündung einer Pistole zwischen die Schulterblätter gedrückt wurde.

»Vorwärts«, sagte Jill.

»Sie sind alle tot«, sagte Matyas, der neben der Metalltreppe stand. »Reva, Dominik, Zoltan. Die zwei Männer der Schwarzen Hundert.«

»Ihr Verzicht auf Modifikationen hat ihnen offenbar kein längeres Leben beschert«, sagte Stefan.

»Offenbar nicht«, sagte Matyas.

»Jetzt kommt es ganz auf uns an.«

»Und auf Glaskow.«

»Glaskow, ja.«

»Er ist ein fähiger Mann.«

»Ja.«

Stefan saß ein Stück über Matyas auf dem Treppenabsatz. Die beiden hatten stundenlang in der Dunkelheit ausgeharrt, seit Reva vermutet hatte, dass ihre Zielperson einen großen Bogen lief, um ihnen zu entkommen. Das sei, wie sie es ausgedrückt hatte, Outliers Variante des Langen Marsches. Und bislang hatte sie damit Erfolg gehabt.

Matyas einzelnes Auge begann zu zucken. Stefan konnte das vom Treppenabsatz aus nicht sehen. Aber einen Moment später zeigte ihr Neurolink ihnen Outliers Position.

»Der Sender überträgt immer noch seine Daten«, sagte er. »Sie kommt hierher. Endlich. Und sie ist bestimmt in Begleitung.«

»Wir wissen erst, wie viele es sind, wenn sie hier eintreffen.«

»Ja. Aber Navarro hat unter den Parisern viele Unterstützer. *Liberté, Egalité, Fraternité.*« Matyas machte eine Pause und intonierte den Schlachtruf der Weißen Rose: »Freiheit.«

»Scheiß auf die Franzosen, die Deutschen und die Cybernation. Scheiß auf sie alle. Das ist *mein* Motto.«

»Aber im Ernst, Stefan. Wenn wir als Einzige übrig sind, müssen wir die Prämie mit weniger Leuten teilen. Das war zwar nicht unsere Absicht, aber so ist es eben. Betrachte es mal von der positiven Seite … das ist eine Belohnung für unsere Geduld. Outlier wird ihr blaues Wunder erleben, das verspreche ich dir. Sobald wir uns um sie und Navarro gekümmert haben, verduften wir aus diesen verfluchten Katakomben und kassieren unsere Kohle.«

Stefan setzte sich auf und studierte schweigend die Karte auf seiner Netzhaut. Aus verschiedenen Richtungen umwehte ihn ein kühler Luftzug, flüsternd und unregelmäßig wie der Atem rastloser Seelen.

Er streckte seinen Arm in die Dunkelheit aus und hob, während er den Wind darauf spürte, ein imaginäres Glas in die Höhe.

»Auf die Kohle«, sagte er.

Okean-27, die Krim

Im Rechenzentrum tief im Innern des Bergs waren die Warmluft- und Kaltluftbereiche strikt voneinander getrennt. Durch Schlitze in Boden und Decke wurde kalte Luft geblasen, um die Server zu kühlen, und dann in den Warmluftbereich hinter den Racks gesaugt. Dort wurde sie wieder gekühlt, recycelt und in dem riesigen Raum erneut verteilt. Auf diese Weise hielten die Filter, Gebläse, Spulen, Kondensatoren und Kühlrohre der Klimaanlage die Temperatur und Luftzirkulation innerhalb des Toleranzbereichs des Systems.

Drajan lief mit leisen Schritten über den Betonboden, während er Kira Schapowal zwischen den Reihen hoher Schränke hindurchführte. Sie waren vollkommen schwarz, die Wände weiß. In der Decke eingelassene LED-Flächen tauchten den Raum in ein kühles, weiches, gedämpftes Licht, und die Lampen an den Gehäusen der Prozessoren warfen grüne, violette und rote Lichtstreifen auf die Vorderseite der Schränke.

Drajan blieb stehen, Kira ebenfalls.

»Wie viele Prozessoren gibt es hier?«, fragte sie.

Drajan antwortete nicht. Sie streckte ihre Hand aus und legte sie auf seinen Arm.

»Sagen Sie schon, Wie viele?«

Drajan blickte auf ihre Hand und dann in ihre Augen.

»Momentan sind es sechzehntausend«, sagte er. »Und es werden täglich mehr.«

Sie starrte ihn an. »Unglaublich. Ich hatte ja keine Ahnung.«

Er nickte.

»Momentan schafft sie über zwei Trillionen Berechnungen pro Sekunde. Und bald werden es doppelt so viele sein. Nicht nur theoretisch. Das passiert wirklich. Jetzt gerade. Damit ist sie mit Abstand der schnellste und modernste Exascale-KI-Supercomputer. Sie besitzt die Fähigkeit zum selbstständigen Lernen. Zum *vorausschauenden* Lernen. Ihren Möglichkeiten sind keine Grenzen gesetzt.«

Kira sah ihn an, während ihre Hand immer noch auf seinem Arm ruhte. »Darf ich Ihnen eine Frage stellen?«

Er nickte.

»Ich frage mich, ob sie für einen Rechner immer das weibliche Personalpronomen benutzen.«

»Nein«, sagte Drajan. »Tue ich nicht.«

Schweigen. Ihre Blicke trafen sich, und er legte seine Hand auf ihre, schob sie langsam zu ihrem Unterarm hoch und ließ sie dort liegen. Kira ließ es geschehen.

»Die Leistungsfähigkeit dieses Computers ist Teil eines sehr viel größeren Plans«, sagte er. »Sie ist eine völlig neue Spezies.«

»Erzählen Sie mir davon«, sagte sie.

Drajans Hand glitt weiter ihren Arm hinauf, über die Vorderseite ihres Laborkittels und auf die Bluse darunter.

»Hier sind überall Kameras«, sagte sie.

»Stört Sie das etwa?«

»Wir könnten einen alten Mann sehr eifersüchtig und wütend machen.«

Er sah sie eine lange Minute an. »Cosa?«

»Ich tue, was nötig ist, um der Schuhschachtel zu entkommen, in die man mich verfrachtet hat.«

Drajan blickte ihr weiter in die Augen. »Können Sie sich für ein paar Stunden freinehmen?«

»Ja. Aber wir sollten getrennt von hier wegfahren. Ich werde meinen eigenen Wagen nehmen. Vielleicht können Sie mir dann von dieser neuen Spezies erzählen.«

Er zog seine Hand aus ihrem Laborkittel und nahm sie herunter. »Sie überraschen mich, Kira. Wir sind uns ähnlicher, als ich dachte, Sie und ich.«

Ein Lächeln umspielte ihre Lippen.

»Ich lerne aus meinen Erfahrungen«, sagte sie.

»Drajan.«

»Alina.« Drajan blieb im Gang stehen.

»Du wirkst überrascht«, sagte sie und lächelte. »Aber eigentlich bin ich überrascht, dich schon so früh hier zu sehen.«

Drajan sah sie an. Alina Bailik war die Projektleiterin von Schimäre gewesen, der Operation auf Hawaii, während der sie eine heimliche Affäre gehabt hatten. Alina hatte einen Doktortitel in Kerntechnik, und Drajan hatte sie für intelligent und attraktiv gehalten, wenn auch für nichts Besonderes.

»Man hat mich hergebeten«, sagte er.

»Es muss ziemlich dringend gewesen sein, wenn du deinen Unterschlupf verlässt.«

Er erwiderte nichts.

»Nun«, sagte sie. »Ich nehme an, dass du zum Supercluster unterwegs bist?«

»Ja.«

»Wie kommt sein Training voran?«

»Das darf ich nicht sagen.«

»Natürlich nicht. Das unterliegt der Geheimhaltung, sicher.«

Er antwortete nicht.

Alina trat näher und senkte die Stimme. »Du könntest mich wenigstens fragen, wie es mir in den letzten paar Wochen ergangen ist.«

Drajan sah sie an. Quintessa Leonides' Gelüste brachen nur gelegentlich unter ihrer kalten Oberfläche hervor, und für eine Weile hatte Alina während der Kühlwetterperioden ihren Platz eingenommen. Aber ihr mangelte es an Fantasie und Wagemut. Der Sex mit ihr war zwar nett, aber monoton, und ihre Safewords brachten ihn auf die Palme. Als würde sie in einer Spielshow den Buzzer drücken. Stopp, stopp, stopp.

Sein Interesse an ihr war noch vor dem glücklosen Ausgang von Operation Schimäre wieder abgeflaut. Aber was ihre

Beziehung letztlich beendet hatte, war ihre Verbannung in eine unbedeutende Forschungsabteilung. Cosa war stets darauf bedacht, seinen eigenen Mythos aufrechtzuerhalten: Als Koschei musste er unfehlbar sein. Und das bedeutete, dass er für seine Fehler und Niederlagen andere zum Sündenbock machte.

»Ich war nicht für deine Versetzung verantwortlich, Alina.«

»Das ist mir egal. Ich habe die Entwicklung einer Hyperschall-U-Boot-Drohne überwacht. Der Ausgang der Mission hatte nichts mit ihrer Funktionsfähigkeit zu tun. Aber eine schlimme Nacht genügte, um mich abzuservieren. Was ich davor getan hatte, spielte keine Rolle mehr.« Sie senkte ihre Stimme noch etwas mehr. »Trifft das auch auf das zu, was zwischen uns passiert ist?«

»Die Sache zwischen uns war eben nicht von Dauer«, sagte Drajan mit einem Achselzucken. »Das ist alles.«

Sie schloss für einen Moment die Augen. »In zwei Wochen schickt man mich in den Norden nach Sarow«, sagte sie. »Das ist eine geschlossene Stadt. Dort ist es kalt und öde, und die Leichen der Wissenschaftler unter der Erde bringen immer noch einen Geigerzähler zum Ausschlag. Ich werde dort einer von tausend Atomforschern sein. Und man behandelt dort Frauen wie den letzten Dreck.«

»Schimäre ist nicht mehr mein Projekt«, sagte er.

»Scheiß auf Schimäre. Du weißt, dass ich gute Arbeit leiste. Wir standen uns mal sehr nah. Kannst du nicht ein Wort für mich einlegen?«

Er spürte etwas Kaltes und Schuppiges in sich aufsteigen, und als der Kopf zum Vorschein kam, hatte es das Maul weit aufgerissen wie ein Krokodil.

»Es gibt für nichts eine Garantie«, sagte er. »Ich spiele für niemanden den Retter.«

Alina stieß einen langsamen, leisen Seufzer aus und wischte sich mit der Hand über die Augen.

»Na schön«, sagte sie. »Ich hätte es wissen müssen.«

Er deutete mit dem Kopf den Gang hinunter. »Ich muss los, Alina. Viel Glück in Sarow.«

Sie starrte ihn an, während ein Mann im Laborkittel an ihnen vorbeilief und sie mit einem kollegialen Lächeln bedachte. Doch sie nahm keine Notiz davon.

»Danke«, sagte sie. »Ich werde dir deine Hilfsbereitschaft nie vergessen.«

Drajan ging um sie herum zu einer Stahltür. Ohne sich zu ihm umzudrehen, atmete Alina ein und wieder aus, und fünfzehn Sekunden später lief sie in die entgegengesetzte Richtung davon.

Die Pariser Katakomben

»Seht ihr das?« Jill blieb stehen und deutete auf eine Wand. »Wir sind direkt südwestlich des Arc de Triomphe.«

Kali und die anderen hinter ihr blieben ebenfalls stehen. Sie waren etwa zwanzig Minuten gelaufen.

Im Schein von Jills Stirnleuchte war ein sandfarbener Keramikblock zu sehen, der in den Kalkstein eingelassen war. In den Block waren akkurat und fachmännisch die Worte *Avenue Marceau* gemeißelt.

Schweigend las Kali die Inschrift. Die Hände hinter ihrem Rücken hatten inzwischen zu kribbeln begonnen, die stabilen Nylon-Handschellen schnürten die Blutzufuhr ab.

»Die Aufseher in den Steinbrüchen haben viele der Stollen, die unter den Hauptstraßen und Avenuen der Stadt entlangführen, mit Markierungen versehen«, sagte Jill. »Um zu wissen, wo sie sich befanden.«

Kali erwiderte nichts.

Jill holte aus ihrer Bauchtasche die Karte, die sie Kali abgenommen hatte, zusammen mit fast allen Gegenständen in ihrem Rucksack und ihrem Abenteuergürtel. Sie faltete sie auseinander, trat näher und ließ ihren Finger darauf langsam nach rechts wandern.

»Dieser Stollen geht östlich des Place Charles de Gaulle am Arc de Triomphe ab, verläuft dann unterhalb der Champs-Élysées und trifft an der Rue Royale auf einen weiteren Gang. Von dort laufen wir unter La Madeleine zum Boulevard des Capucines, biegen Richtung Norden ...«

Kali schaute zu ihr auf. »Das ist der Weg zur Oper.«

»Ja«, sagte Jill. »Das ist nicht mehr als ein Fußmarsch von einer Stunde.«

Kali dachte nach.

»Die Oper steht über einer Zisterne, oder?«, sagte sie. »Einem künstlichen Wasserbehälter.«

»Ja ... das ist eine Art Sammelbecken«, sagte Jill. »Die Wirklichkeit entspricht zwar nicht ganz der romantischen Darstellung in *Le Fantôme de l'Opéra*. Aber dort gibt es ein Becken.«

Kali nickte und richtete den Blick wieder auf die Karte. »Willst du da durchlaufen?«

»Das ist der schnellste Weg zu unserem Ziel.«

»Wenn es nicht übergelaufen ist und die umliegenden Stollen geflutet hat.«

»Ich glaube nicht, dass das passiert ist.« Jill schüttelte den

Kopf. »Als das Fundament der Oper gelegt wurde, stellte der Architekt Garnier fest, dass seine Arbeiter die Erde zu tief ausgehoben hatten. Das emporsteigende Grundwasser verwandelte alles in einen Sumpf, und es lief genauso schnell nach, wie es wieder abfloss. Also legten sie den Boden mit Steinen aus und errichteten eine Zisterne. Ihr Wasser drängt das Grundwasser zurück ins Erdreich und in ein Kanalsystem, das es ableitet und verteilt.« Kalis Blick folgte ihrem Finger zum oberen Bereich der Karte. »Dieser Kanal verläuft nach Norden, Richtung Moorgate. Und von dort …«

»… führt er zur Leeren Kapelle. Das heißt, wenn wir dem Kanal folgen, sind wir in zwei Stunden bei Navarro.«

»Höchstens. Solange wir nicht aufgehalten werden«, sagte Jill und machte eine Pause. Ihr Ausdruck hatte sich plötzlich verändert, die Haut über ihren Wangenknochen spannte sich, sodass ihr Gesicht eingefallen wirkte. »Allerdings können wir dem Kanal nicht zu Fuß folgen. Er verläuft direkt durch die Erde, und es gibt keine Ufer. Keine Fußwege, die daran entlangführen.«

Kali musterte stumm ihr Gesicht.

»Wie können wir ihm dann folgen?«, fragte sie.

Jill schwieg eine Weile.

»Mit Flößen«, sagte sie dann.

Janus-Stützpunkt, Rumänien

»Da kommt Julio«, sagte Carmody, die Arme vor der Brust verschränkt.

»Mit ihm sind wir genau ein halbes Dutzend«, sagte Schultz, der neben ihm stand. Er blickte Richtung Süden zu dem JLTV, das über die Überreste des alten Rollfelds rumpelte. »Ich kapiere immer noch nicht, warum du dich hier draußen treffen wolltest.«

Carmody deutete mit dem Kinn über das Gras hinweg auf die Asphaltfläche vor der unfertigen Kaserne.

»Der Asphalt wird langsam warm«, sagte er.

»Ich meine, hier unter freiem Himmel statt in einem geschlossenen Raum mit Stühlen und Tischen.«

Carmody antwortete nicht. Außer Schultz waren bei ihm noch Dixon, Natasha Mori und Nick DeBattista. Es war mitten am Nachmittag, und die strahlende Aprilsonne hatte die Wolken und den Nebel der letzten Nacht inzwischen vollständig aufgelöst.

Fernandez kam mit dem Allradfahrzeug ein paar Schritte von ihnen entfernt zum Stehen und stieg aus.

»Entschuldigt die Verspätung«, sagt er. »Das Training der Roboterhunde auf dem Parcours hat etwas länger gedauert.«

»Und haben sie sich gut geschlagen?«

»Mehr als das«, sagte Fernandez.

Carmody nickte. »Nick hat einen Flugplan erstellt.«

»Gut«, sagte Fernandez und wandte sich DeBattista zu. »Sie wissen also, wie Sie Ihr Ziel erreichen, ohne abgeschossen zu werden?«

»Im Prinzip schon«, sagte DeBattista. »Ich denke, das Team kann außerhalb von Kiew umsteigen.«

»Was fehlt also noch?«

»Es müssen vielleicht noch ein paar Kleinigkeiten geklärt werden. Bezüglich der Nutzung des ukrainischen Flugraums und des Landeplatzes.«

Fernandez warf ihm einen skeptischen Blick zu, und DeBattista zuckte mit den Schultern.

»Okay, streichen Sie das Wort ›Kleinigkeiten‹«, korrigierte er sich.

Carmody wandte sich Fernandez zu. »Ich möchte morgen noch mal mit dem Jet-Suit fliegen. Und übermorgen mit dem gesamten Flugteam. Und vor dem Start dann ein weiteres Mal. Das sollte reichen.«

»Ich weiß nicht«, sagte Fernandez.

»Was wissen Sie nicht?«

Der Sergeant rieb sich den Nacken. »Diese Operation … Ich tue zwar so, als wäre das ein Routineeinsatz. Aber das ist es nicht. Selbst verglichen mit einigen unserer anderen Einsätze.«

»Warum?«

Er zögerte und sagte dann: »Wir sind zwar bestens ausgestattet. Mit den Roboterhunden. Und den Jet-Suits. Aber das Einsatzteam war über zwei Kontinente verteilt. Wir sind erst gestern zusammengekommen. Und schon in wenigen Tagen brechen wir zu unserem Einsatz auf.«

»Ich dachte, eure Abteilung heißt Quickdraw. Ihr seid doch die Schnelle Eingreiftruppe der Net Force.«

»Sie wissen, was ich meine«, sagte Fernandez. »Das ist alles ziemlich kurzfristig, selbst für uns.«

»Wir sammeln seit einem Monat Informationen. Machen virtuelle Probedurchläufe«, sagte Carmody. »Die Red Squadron hatte nur zwanzig Tage, um die Stürmung von bin Ladens Anwesen vorzubereiten. Und die Sajeret Matkal für den Einsatz in Entebbe nur sieben. Sie sind von Israel zweitausendfünfhundert Meilen nach Uganda geflogen, haben elf sowjetische MiGs zerstört und sieben Terroristen getötet. Sie haben über hundert Geiseln befreit und dabei nur einen Mann verloren.«

»Aber es gab in Harvey Point ein Eins-zu-eins-Modell von Osamas Anwesen. Die Teams haben dort immer wieder den Einsatz geübt. Alle am selben Ort.«

»Wir mussten nicht alle am selben Ort sein. Mir dreht sich zwar der Magen um, wenn ich an die HIVE denke, aber sie funktioniert«, sagte Carmody. »Sie sind doch der Computerexperte. Sie und Ihre Mitarbeiter haben die Modelle entwickelt. Sagen Sie mir, warum Sie plötzlich Zweifel haben.«

»Vielleicht sollten wir es fürs Erste gut sein lassen, Chef«, sagte Dixon.

Doch Carmody hatte den Blick weiter auf Fernandez gerichtet.

»Nun rücken Sie schon raus mit der Sprache, Julio.«

»Einen Moment«, sagte Mori. »Ich würde gerne etwas sagen. Wenn niemand etwas dagegen hat.«

Carmody wandte sich ihr zu. »Es ist egal, wenn jemand etwas dagegen hat. Mich eingeschlossen.«

Sie holte Luft und nickte. »Ich arbeite nur nebenberuflich als Ausbilderin für die Net Force, und eigentlich sollte ich mich jetzt in New York auf einen meiner *Klub*auftritte vorbereiten. Mein Leben dreht sich nicht um irgendwelche Missionen.«

»Worauf willst du hinaus?«

»Dass du und Kali mich für diese Operation ausgewählt habt. Und jetzt bin ich hier.« Sie tippte sich mit den Fingern beider Hände mehrmals gegen die Brust. »Auf einem hochgerüsteten Armeestützpunkt in Rumänien, mit verdammten Roboterhunden und Leuten, die in Jet-Suits durch die Gegend fliegen. Und Kali ist verschwunden. Sie ist *abgehauen*. Und ich kann euch sagen, dass mich das ziemlich fertigmacht. Denn ohne sie fühle ich mich völlig verloren. Irgendwie dachte ich, dass wir mal gute Freundinnen werden. Obwohl ich sie noch nicht richtig kennengelernt habe.«

Carmody sah sie an. »Im Gegensatz zu mir.«

»Du kennst sie besser als sonst irgendjemand von uns … und bist *wirklich* mit ihr befreundet.« Mori machte eine Pause. »Ich glaube nicht, dass sie viele Freunde hat. Ich glaube, wenn man sie fragen würde, würde sie sagen, dass sie ihre Freunde an den Fingern einer Hand abzählen kann.«

Für eine ganze Weile herrschte Schweigen. Carmody spürte, wie eine sanfte, aber spürbare Brise von Norden herüberwehte, von dort, wo früher mehrere Bäume gestanden hatten. Er erinnerte sich daran, wie er dort mit Kali zwei Krähen auf einem Ast beobachtet hatte, die sich mit drohend ausgebreiteten Flügeln aufgeplustert und vorgebeugt hatten, während er ihr schrilles Krächzen gehört hatte. Das Ganze war anmutig und urzeitlich zugleich gewesen.

Kali hatte ihm erklärt, dass sie einen Tanz aufführten, um ihre Angriffs- und Verteidigungstechniken zu trainieren. Wie Sparringspartner beim Baihequan-Kung-Fu lernten sie die Kunst des Überlebens.

»Die beiden müssen im Gleichgewicht bleiben. Als Individuen und als Paar.«

»Und wenn einer vom Ast fällt?«

»Dann sind sie gegenüber einem Angreifer verwundbarer. Und beide verlieren.«

Carmody, der Mori immer noch in die Augen blickte, nickte und schaute in die Gesichter der anderen.

»Ich möchte, dass ihr alle an den Erfolg unserer Mission glaubt«, sagte er. »Ich würde euch nicht in diesen Einsatz führen, wenn ich dazu nicht in der Lage wäre. Aber wenn jemand eine Frage hat, dann soll er sie jetzt stellen. Oder mir mitteilen, dass er aussteigen will. Ich werde Luna, Sparrow und Banik ebenfalls Gelegenheit dazu geben.«

»Meine Frage ist immer noch dieselbe wie vor einer Minute«, sagte Schultz. »Warum stehen wir hier draußen? Warum gehen wir nicht rein?«

Carmody zuckte mit den Achseln. »Ich wollte sichergehen, dass dieses Gespräch unter uns bleibt. Ich wollte nicht, dass uns jemand belauscht.«

»*Jemand* heißt der Colonel«, sagte Fernandez.

Carmody zuckte erneut mit den Achseln.

»Es wäre nicht das erste Mal.«

Fernandez hatte ihn die ganze Zeit angesehen. Nach einer Minute öffnete er den Mund, als wollte er etwas sagen, doch dann schloss er ihn wieder.

»Julio?«, sagte Carmody.

Er schüttelte den Kopf und hob seine Hand in die Höhe.

»Schon gut«, sagte er. »Ich akzeptiere Ihre Entscheidung. Aber ich werde nicht mit euch das Flugzeug besteigen.«

Carmody nickte und ließ seinen Blick erneut über die Gesichter der anderen wandern. Schultz hob als Nächster die Hand. Dann Dixon, und einen Moment später Mori.

Carmody sah zu DeBattista. »Nick?«

»Weder Schnee noch Regen noch ein Shitstorm auf der Krim können mich aufhalten«, sagte er. »Das ist doch das Motto der Piloten.«

»Mehr oder weniger«, sagte Carmody.

DeBattista nickte.

»Aber zwing mich nicht, wie ein verdammter Schuljunge die Hand zu heben, Alter.«

Der vollgestopfte Raum von Interactive Ephemera, mit Geschäftsbüro, Spendenstelle, Reparaturwerkstatt und Verkaufsbereich, befand sich im ersten Stock eines kleinen Backsteingebäudes ohne Fahrstuhl in der Ferhausstraße im Stadtteil Haidhausen. An den handgehämmerten Kupfertischen vor dem Internetcafé darunter saßen bei angenehmem Wetter mehrere Studenten mit ihren Laptops.

Die gemeinnützige Organisation, die sich der Archivierung und Restaurierung historischer Computercodes und -technologie verschrieben hatte, wurde fast ganz allein von dem etwa sechzigjährigen Franz Scholl betrieben, ihrem Gründer, Geschäftsführer und selbst ernannten Bastelkönig. Seine Verkäuferin Else Brandt, eine Frau in den Zwanzigern, arbeitete seit fünf Jahren für ihn.

Wie ihr Chef hatte Else es sich zur Aufgabe gemacht, veraltete Hardware und Software für zukünftige Generationen zu bewahren. Wenn ein Format oder Gerät durch ein anderes ersetzt wurde, predigte Franz, gingen ohne eine gemeinsame Anstrengung, sie zu bewahren, gewaltige Datenmengen verloren. Nach Abzug ihrer bescheidenen Gehälter wurde jeder Euro, den sie mit dem Verkauf alter Computer, Videospiele und Floppy Discs verdienten, dafür ausgegeben, technischen Trödel zu sammeln, zu reparieren und zu katalogisieren.

Else hatte im zweiten Jahr ihr Informatikstudium an der Technischen Universität München vorzeitig beendet. Sie war hübsch und hatte blaue Augen und schneeweißes, an den Seiten rasiertes Haar, das sie auf dem Kopf mit Gel und Schaumfestiger zu einem der Schwerkraft trotzenden Gebilde aus langen Stacheln und einem schrägen Pony frisiert hatte. Sie trug eine eng anliegende ärmellose Bluse mit tiefem Ausschnitt, der ihre rundliche Figur und ihre neueste Tätowierung, eine weiße Rose zwischen Hals und Busen, gut zur Geltung brachte. Die ästhetisch ansprechend gestaltete und platzierte Rose hatte eine besondere Bedeutung, und sie hatte geschworen, außer einer kleinen Schar Eingeweihter niemandem davon zu erzählen. Eine weitere Tätowierung auf ihrer rechten Schulter zeigte einen alten Röhrenfernseher mit Kaninchenohren und Farbbalken auf dem Bildschirm, und auf den Balken stand im Stil eines Graffitis der Name *Scott*.

Scott Dixon war ihr amerikanischer Freund, und sie hatte nur noch Augen für ihn, seit sie ihn auf einer Erfindermesse im Nussbaumpark zufällig kennengelernt hatte. Damals arbeitete er für die CIA, ausgerechnet. Inzwischen jedoch stand er in Diensten einer Organisation namens Net Force, die so etwas Ähnliches wie die CIA war, nur dass ihre Aufträge noch waghalsiger waren. Sie hätte nicht im Traum gedacht, dass jemand wie dieser verrückte patriotische Amerikaner mal romantische Gefühle in ihr wecken würde. Aber Dixon war aufmerksam, ehrlich und liebenswürdig, brachte sie mit seinen schlechten Witzen stets zum Lachen und war darüber hinaus geheimnisvoll. Zu ihrer Überraschung fand Else diese Mischung äußerst attraktiv und unwiderstehlich.

Die geheimnisvolle Seite seiner Persönlichkeit hatte allerdings den Nachteil, dass er für seine streng geheimen Einsätze manchmal wochenlang verschwand. Eine *normale* Fernbeziehung konnte schon anstrengend genug sein, aber was ihre Beziehung für sie mitunter schwer erträglich machte, war der Umstand, dass sie nicht wusste, wo um alles in der Welt er sich während seiner Abwesenheit aufhielt … oder ob er in Gefahr war.

Und dann gab es Tage wie den heutigen, an denen sie etwas Aufmunterung hätte vertragen können und gerne mit ihm gesprochen hätte.

Else hatte an diesem eintönigen Montagnachmittag CD-ROM-Verkaufsexemplare von *Caleb Cook: The Dark Island* gebrannt, eines der seltensten Alternate-History-Spiele vom Ende des zwanzigsten Jahrhunderts, das Franz und sie aus Dutzenden unvollständiger Kopien wiederhergestellt hatten. Es war eine langweilige und monotone Arbeit – man schob das Original in den CD-Duplikator, brannte die Kopien, scannte sie auf Fehler, steckte sie in die Hüllen und nahm die nächste Charge in Angriff. Kein Wunder, dass sie mit den Gedanken abschweifte … und zu allem Überfluss war sie auch noch müde und mehr als nur ein bisschen besorgt.

Sie war müde, weil sie das ganze Wochenende allein gearbeitet hatte, um Franz zu vertreten, der wegen einer vertraulichen Angelegenheit in Paris war. Und sie war besorgt, weil er sich in den letzten vierundzwanzig Stunden nicht gemeldet hatte, obwohl er am Abend zuvor versprochen hatte, sie anzurufen.

Dass sie müde war, war okay, aber dass sie sich Sorgen machte, war überhaupt nicht okay. Franz war der pflichtbewussteste, gewissenhafteste und pünktlichste Mensch, den sie kannte. Wenn er versprach, sie anzurufen, dann tat er das auch. Aber das hatte er nicht getan. Nicht gestern Abend, nicht heute Morgen und auch nicht am frühen Nachmittag. Und obwohl sie versucht hatte, *ihn* anzurufen, und mehrere Nachrichten hinterlassen hatte – die letzte vor einer Stunde –, war er nicht drangegangen und hatte sie auch nicht zurück-gerufen.

Das sah ihm überhaupt nicht ähnlich. Sie machte sich wirklich Sorgen.

Else wünschte, sie hätte mit Dixon darüber reden können.

Sie ging jetzt zum Kopierer hinüber, ließ ihn zehn weitere CDs brennen, setzte sich an den Tresen und beschloss, Franz erneut anzurufen, erst auf seinem Handy, dann auf seinem Zimmertelefon im Hotel Aries.

Doch er nahm nicht ab.

Sie spürte, wie sie noch nervöser wurde. Das sah ihm wirk-lich gar nicht ähnlich. Und seine plötzliche Reise nach Paris war äußerst merkwürdig und mysteriös. Das erinnerte sie an die Sache im Nussbaumpark.

Else dachte eine Minute lang nach. Sie wollte sich nicht in etwas hineinsteigern. Dennoch konnte es vielleicht nicht schaden, das Hotel zu kontaktieren. Franz war niemand, der wegen so etwas sauer wurde. Im Gegenteil, er würde es wahr-scheinlich begrüßen. Ja, sie hielt es für ratsam, sich nach sei-nem Wohlbefinden zu erkundigen.

Mit einem Achselzucken nahm sie ihr Handy und rief die Rezeption an.

Charlotte Jenay, die als Zimmermädchen im Hotel Aries arbeitete, hatte gleich heute Morgen bei Dienstantritt das »Bitte nicht stören«-Schild bemerkt. Obwohl es jetzt kurz vor vier war und sie bald Feierabend hatte, dachte sie sich nichts dabei, als es immer noch dort hing. Es war nicht ungewöhn-lich, dass jemand das Schild den ganzen Tag über hängen ließ, und es war einer der Grundsätze des Hotels, die Privatsphäre eines Gastes nicht zu stören, solange er nicht vergessen hatte auszuchecken oder das Schild – was gelegentlich vorkam – nicht länger als zwölf Stunden an der Tür hing.

Aber Monsieur Scholls Freundin in München hatte die Mitarbeiter gebeten, ihm einen Besuch abzustatten, was durchaus verständlich war, da sie seit einer Weile versucht hatte, ihn zu erreichen. Außerdem hatte das Zimmermädchen aus der vorangegangenen Schicht gesagt, dass das Schild bereits seit gestern Abend um elf dort hing, also schon sehr viel länger als zwölf Stunden. Unter diesen Umständen hatte es der Empfangschef für vernünftig gehalten, nach ihm sehen zu lassen.

Deshalb stand Charlotte jetzt vor der Tür seines Zimmers, hinter einem grauhaarigen pensionierten Polizeibeamten namens Henri, der tagsüber für die Sicherheit im Hotel zuständig war.

Henri, der eine Schlüsselkarte in der Hand hielt, klopfte zweimal und hielt ein Ohr an die Tür. Doch dahinter war nichts zu hören. Er klopfte erneut.

»Monsieur Scholl«, sagte er. »Êtes-vous là, dans la chambre?«

Er fragte, ob Scholl im Zimmer sei.

Keine Antwort.

Henri zog die Karte durch das Lesegerät, drückte die Tür halb auf und klopfte erneut, ohne einzutreten. Er bemerkte, dass mehrere Lampen brannten.

»Monsieur Scholl?«, sagte er.

Immer noch keine Antwort.

Der Sicherheitsmann blickte über die Schulter zu Charlotte. Sie hatten beide ein ungutes Gefühl. Sie wussten beide zwar nicht, warum. Aber sie konnten es deutlich spüren.

Henri, der als Erster das Zimmer betrat, hielt plötzlich inne und holte hörbar Luft.

Charlotte blieb ein oder zwei Schritte hinter ihm stehen und griff sich keuchend mit der Hand an die Brust.

»*Mon Dieu*«, sagte sie.

Der Tote lag mit dem Gesicht nach oben in der Mitte des Zimmers, sein Bademantel war blutgetränkt, und auf dem Teppichboden unter ihm hatte sich ein großer roter Fleck gebildet. Er hatte die Augen geöffnet, und die Farbe war aus seinem Gesicht gewichen, aber Henri und Charlotte nahmen von Letzterem kaum Notiz.

Henri ging langsam ins Zimmer, blieb neben der Leiche stehen und betrachtete sie.

»Was ist das in seinem Mund?«, fragte Charlotte hinter ihm.

Henri starrte einen Moment weiter auf die Leiche und drehte sich dann zu ihr um.

»Eine Blume«, sagte er mit entsetztem Gesichtsausdruck. »Eine gottverdammte weiße Rose.«

16

Die Pariser Katakomben

Glaskow schwamm in fünf Metern Tiefe durchs Wasser, als er sah, wie vom Boden eine Sedimentwolke aufwirbelte und in ihrem Innern etwas wild umherzappelte. Er hatte in den Gängen viele verschiedene Lebewesen gesehen: Schwärme umherflitzender silbrig glänzender Fische, die das Licht seiner Lampen wie Lametta reflektierten, mehrere träge umherstreifende Karpfen und sogar ein paar leuchtende Aale. Aber das hier war groß, dunkel und anders.

Er richtete seinen Blick darauf, und seine Tauchlampen strahlten es jetzt direkt an. Der Wels war über einen Meter lang, hatte einen riesigen ovalen Kopf, und es schien zunächst, als würden sich mehrere dicke, schlauchartige Tentakel an seinem Körper hin und her bewegen. Aber einen Moment später erkannte Glaskow, dass es Neunaugen waren, ein Dutzend oder mehr; sie hatten sich mit den konzentrisch angeordneten spitzen Zähnen in ihren runden Mäulern an Seiten und Bauch des Fisches festgebissen, und ihre Köpfe bohrten sich immer weiter hinein. Die Parasiten ernährten sich vom Blut des Fisches, von seinem halb verdauten Magen- und Darminhalt und sogar vom Gewebe der anderen Organe.

Er wurde bei lebendigem Leib regelrecht ausgesaugt.

Glaskow wich zurück und tauchte weiter durch die trübe Brühe. Er hatte sein Ziel fast erreicht. Vor ihm im Wasser erschienen die unteren Sprossen einer Metallleiter.

Er schwamm zu ihr und griff nach dem Geländer, zog sich aus dem Wasser und stieg mit den Flossen mehrere Sprossen empor. In der Felsdecke über sich sah er eine runde Öffnung, die von einem rostigen Metallgitter bedeckt war. Wenn er die verbliebenen Sprossen hinaufkletterte und das Gitter aufdrückte, befände er sich tief in den Eingeweiden des Palais Garnier – der Pariser Oper.

Glaskow nahm den Atemregler aus dem Mund und schob seine Maske nach oben, und während er einen Moment verschnaufte, sah er sich um. Zu allen Seiten gab es Torbögen, durch die in sternförmig angeordneten Kanälen Wasser lief. In der Mitte einiger Bögen waren schwach leuchtende Lampen angebracht, und die Zisterne lag im Halbdunkel und wurde in Schatten getaucht.

Plötzlich merkte Glaskow, dass er hundemüde war. Er war stundenlang durchs kalte Wasser geschwommen und gewatet. Seine Arme, Schultern und Oberschenkel fühlten sich steif und schwer an, als wären Gewichte daran befestigt.

Aber er hatte es fast geschafft. Er konnte auf seinem Netzhaut-Display die Position der Zielperson sehen. Es war ihr gelungen, Reva und den anderen aus der zweiten und dritten Einheit auszuweichen und schließlich zu entkommen; man hatte sie alle umgebracht, jeden Einzelnen von ihnen.

Glaskow würde nicht zulassen, dass so etwas noch einmal passierte.

Nachdem er sich ein paar Minuten ausgeruht hatte, öffnete er eine der wasserdichten Taschen über seiner Schulter und griff hinein. Er wusste, dass die Zielperson immer näher kam und ihm nicht viel Zeit blieb.

Das Hartschalenetui, das er aus der Tasche nahm, war kaum größer als seine Hand. Glaskow öffnete den Deckel und schaute hinein. Eingebettet in eine passgenaue Schaumstoffpolsterung war eine tauchfähige Squid-Nanodrohne, die nur etwas kleiner als das Etui war – so klein, dass sie mühelos auf seiner Handfläche Platz hatte.

Links und rechts auf der Vorderseite der Drohne befanden sich zwei Sensoren. Dazwischen war das Objektiv einer Kurzwellen-Infrarotkamera angebracht, die selbst in völliger Dunkelheit Bilder lieferte.

Glaskow nahm die Drohne in seiner Hand hoch, um sie näher zu begutachten. Bevor er sie zum Einsatz brachte, musste er nur noch die Greifarme ausklappen. Er zog sie mit zwei Fingern heraus, hörte sie einrasten und setzte die Drohne aufs Wasser.

Nach einer Minute holte er eine zweite Drohne aus der Tasche, ließ sie ebenfalls zu Wasser und beobachtete, wie sie unterging. Seine Pause war viel zu kurz gewesen, aber er hatte noch eine Menge zu erledigen und musste wieder zurück ins Wasser.

Glaskow schob seine Maske herunter und steckte den Atemregler in den Mund, ließ sich herunter, tauchte ab und schwamm in Richtung des Kanals, der nach Süden zur Rue Royale führte.

»Jill«, sagte Kali leise. Ihre gefesselten Arme schmerzten immer noch.

Jill blieb stehen und drehte sich zu ihr um. Sie befanden sich in der Mitte des von Westen nach Osten verlaufenden Stollens unter den Champs-Élysées, dreißig Minuten von der Stelle entfernt, wo er auf den Stollen unter der Rue Royale traf.

»Ja?«

»Ich muss dir etwas erzählen«, sagte Kali.

Jill sah sie an und wartete.

Und Kali erzählte es ihr.

Glaskow tauchte erneut mit dem Kopf aus dem Wasser auf.

Er befand sich jetzt mindestens zehn Meter unterhalb einer breiten, dunklen Arkade. Aus dem Kanal ragten in drei Reihen die Steinsäulen empor, die die Spitzbögen stützten, auf denen die hohe Decke ruhte. Über einigen Bögen gab es halbkreisförmige Öffnungen, die wie glaslose Fenster aussahen – die Franzosen nannten sie *lunettes* oder Halbmonde. Wahrscheinlich sollten sie Licht und frische Luft in den Stollen lassen.

Moorgate, dachte Glaskow. Es war, als befände er sich in einer überfluteten Kathedrale, einer Kathedrale, die auf keiner offiziellen Karte der Katakomben verzeichnet war, sondern nur auf den ganz alten Karten, die die Cataphiles erstellt hatten. Obwohl er sich in der Architekturgeschichte nicht auskannte, war er sich sicher, dass diese Konstruktion einige Jahrhunderte älter war als die napoleonischen Bauten. Vermutlich war sie während der Expansion des Römischen Reichs von Siedlern errichtet worden.

Glaskow schaute nach oben und betrachtete die hohen Torbögen. Jede ihrer *lunettes* würde ein ausgezeichnetes Versteck abgeben.

Kurz darauf schwamm er zu einer der Säulen. Ihr Sockel war zwei Meter breit und teilweise mit Moos bedeckt, sodass sie an einigen Stellen feucht und rutschig war. Dennoch glaubte er, dass man daran hochklettern konnte.

Während er im Wasser mit den Beinen strampelte, holte er aus einer seiner Tauchtaschen einen weiteren biomorphen Roboter. Der Kletterroboter erinnerte an eine Spinne, mit seinen sechs ausgestreckten Beinen, an deren Enden sich runde Saugvorrichtungen oder Greifer befanden, die einen schnell rotierenden Kreis aus Wasser erzeugten. Wenn man einen herkömmlichen Saugnapf gegen eine unebene Wand drückte, blieb er normalerweise nicht haften. Denn auf der rauen Oberfläche bildeten sich an den Rändern kleine Zwischenräume, durch die Luft ins Innere drang, sodass kein Unterdruck entstand und sie sich nicht festsaugten. Aber die rotierende Wasserschicht dichtete diese Zwischenräume ab.

Glaskow nahm eine Rolle Nylonschnur aus seiner Tasche, befestigte das eine Ende an der Rückseite der Roboterspinne und überprüfte sie. Dann drückte er den Roboter gegen den Sockel der Säule und schaltete ihn per digitaler Telepathie ein.

Er hörte, wie die Turbinen in den runden Greifern zu surren begannen. Wie das Wasser durch die Zentrifugalkraft nach außen gepresst wurde und an den Rändern entlangwirbelte, während eine winzige Pumpe die Luft aus ihrem Innern saugte. Nach ein paar Sekunden versuchte er, den Roboter von der Säule zu ziehen, aber er bewegte sich nicht und blieb an dem unebenen Stein haften. Glaskow versuchte es erneut, doch der Roboter gab keinen Millimeter nach.

Sehr gut, dachte er. Fehlte nur noch eins.

Er öffnete ein Fach auf der Rückseite des Roboters, zog einen langen Gummischlauch heraus und wickelte ihn ab, bis das lose Ende in den Kanal eintauchte. Der Schlauch würde die Greifer des Roboters unbegrenzt mit Wasser versorgen.

Das war's. Alles war startklar. Seine Vorbereitungen hatten weniger als drei Minuten gedauert.

Glaskow packte mit der rechten Hand das Nylonseil, wickelte es zweimal um seine Finger und zog es straff; dann blinzelte er mit den Augen, um der Spinne den Befehl zu geben, nach oben zu klettern. Er beobachtete, wie sie langsam die Säule emporstieg, immer weiter in den Schatten hinauf. Während er im Wasser weiter mit den Beinen strampelte und mit der linken Hand hin und her ruderte, hielt er mit der rechten das Nylonseil umklammert.

Der Roboter kletterte immer weiter.

Wie sich herausstellte, waren die Flöße, von denen Jill Kali erzählt hatte, keine richtigen Flöße, sondern schmale aufblasbare Kajaks. Jills Leute – eine Frau namens Ines und drei Männer, Sebastian, Hugo und Claude – trugen in ihrem Rucksack jeder eines gefaltet bei sich, zusammen mit einem Paar leichter Aluminiumpaddel.

Im Gang unter dem Boulevard des Capucines war die Gruppe Richtung Norden abgebogen und etwa fünfzehn Meter südlich eines hohen, gewölbten Torbogens stehen geblieben. Dahinter konnte Kali eine Treppe sehen, die zu einem unterirdischen Kanal hinunterführte.

Sie hatten Moorgate erreicht, einen der größten Abfluss-kanäle, die von der Zisterne unter der Oper abgingen.

Es dauerte keine drei Minuten, die Kajaks aufzublasen. Anschließend brachten Hugo, Ines, Claude und Sebastian sie je zu zweit zum Wasser hinunter; sie gingen insgesamt dreimal. Kali und Etienne folgten ihnen, und Jill, mit der Maschinenpistole vor der Brust, bildete das Schlusslicht.

Sie blieben vor den am Kanal aufgereihten Kajaks stehen, die mit dem Bug ins Wasser ragten; in jedem von ihnen lag ein Paar Paddel.

Jill zog aus einer ihrer Gürteltaschen ein Messer hervor und tippte Sebastian auf die Schulter. »Nimm ihm die Fesseln ab«, sagte sie und deutete mit dem Kopf auf Etienne. »Er muss beim Lenken helfen.«

Sebastian trat hinter Etienne und schnitt seine Fesseln durch. Jill deutete mit ihrer Maschinenpistole auf das mittlere Kajak.

»Steig ein, nimm ein Paddel und rutsch nach vorne«, sagte sie zu Etienne. »*Ne sois pas stupide.*«

Er tat, was sie verlangte. Einen Moment später kletterten Hugo und Ines in das Kajak zur Linken und Sebastian und Claude in das zur Rechten. Jetzt standen nur noch Kali und Jill allein auf dem Steinpier.

Jill deutete mit dem Kopf auf das mittlere Kajak.

»Jetzt du«, sagte sie und packte sie mit der Hand an der Schulter. »Geh weiter, ich stütze dich.«

Kali sah auf Jills Hand hinunter. Sie zitterte stark.

»Wie denn, wenn du nicht mal deine Hand ruhig halten kannst?«, sagte sie.

»Halt den Mund.«

»Du hättest Sebastian sagen sollen, dass er mir die Fesseln abnimmt.«

»Halt den Mund, hab ich gesagt. Setz dich hinter deinen Freund.«

Kali rührte sich nicht von der Stelle.

»Glaubst du etwa, ich mache Spaß?«, fragte Jill.

»Nein«, sagte Kali und deutete mit dem Kopf auf das Kajak. »Ich verstehe, dass es dir schwerfällt, mit einem dieser Dinger durch das Wasser zu rudern. Nach dem, was deiner Familie vor Calais passiert ist.«

Jill warf ihr einen stechenden Blick zu. »Was weißt du darüber?«

»Genug, um zu verstehen, warum du so schwitzt. Warum deine Hand zittert.«

Für einen Moment herrschte Stille, und Jill klapperte mit den Zähnen, während sie Kali weiter ansah.

»Jacques hat es dir erzählt«, sagte sie.

Kali nickte. »Er meinte, dass du deine ganze Familie verloren hast – deine Eltern, deine Großmutter, deine Brüder und Schwestern –, als ihr versucht habt, aus dem Flüchtlingslager zu fliehen. Dass man dich als Einzige lebend aus dem Kanal gezogen hat. Und er hat mir erzählt, wie du dich danach auf der Straße durchgeschlagen hast.«

Kali bemerkte, dass sich, wie vorhin im Stollen, die Haut über Jills Gesicht spannte.

»Er hat mein Vertrauen missbraucht.«

»Nein. Du weißt, dass er so was nicht getan hätte.«

»Warum hat er es dir dann *erzählt*?«

»Damit ich dich besser verstehe. Er dachte, dass wir irgendwann vielleicht aufeinander angewiesen sind. Und er hatte recht.«

Jill stand eine Weile einfach nur da, während sie mit ihrer zitternden Hand Kalis Arm umklammerte. Schließlich holte sie zischend Luft, rammte Kali ihre Maschinenpistole ins Kreuz und stieß sie Richtung Wasser.

»Steig ein«, flüsterte sie wütend. »Es ist mir scheißegal, was Jacques gedacht hat.«

Kali spürte, wie der Lauf der Waffe fest gegen ihre Wirbelsäule drückte. Sie stieg in das Kajak, und Jill verfrachtete sie unsanft auf den Sitz und ließ sich hinter ihr langsam nieder.

Mit angewinkelten Knien, die Maschinenpistole im Schoß, griff Jill nach ihrem Paddel und tauchte es ins Wasser.

Die Kajaks bewegten sich dicht hintereinander den Kanal entlang. Zu allen Seiten ragten die Säulen von Moorgate aus dem Wasser empor, hoch hinauf in die Dunkelheit, während sie nach Norden in Richtung Oper glitten.

Während Glaskow mit beiden Händen das Seil umklammerte, machte er auf der Säule einen großen Schritt nach oben und hakte seinen Stiefelabsatz über dem waagerechten Torsturz ein, der die Unterseite des halbmondförmigen Fensters bildete. Dann zog er sich in die Höhe und schob Arme und Schultern in die Öffnung.

Der Torsturz war gut einen Meter breit, und er fand bequem darauf Platz. Glaskow blieb einen Moment sitzen, um wieder zu Atem zu kommen. Dann drehte er sich auf dem Hintern herum und ließ das Nylonseil los, sodass es an der Säule gerade herunterhing. Die Roboterspinne, an der das Seil befestigt war, klammerte sich direkt über ihm an die Oberseite des Bogens, nachdem sie um die Öffnung herumgeklettert war.

Glaskow schaute nach unten und sah in zehn Metern Tiefe den Kanal, während seine Beine über den Rand des Torsturzes baumelten und das Wasser von seinem feuchten Tauchanzug tropfte; die Schwimmflossen hatte er links und rechts an seine Gerätetasche geschnallt. Er setzte die Tasche ab, stellte sie auf den Schoß, öffnete den Reißverschluss und holte das Gewehr heraus, das er für diesen Einsatz eingepackt hatte, ein HK416-Sturmgewehr mit Klappschaft und EOTECH-Holo-Visier. Er nahm ein Magazin mit dreißig Schuss aus dem Rucksack und steckte es in den Magazinschacht, drückte auf einen der zwei Knöpfe des Visiers und spähte durch das große rechteckige Sichtfenster, um sich zu vergewissern, dass es auch einge-schaltet war. Schließlich wandte er sich Richtung Süden, zog seine Beine nach oben und lehnte sich im Schneidersitz mit dem Rücken gegen die Innenseite der gewölbten *lunette*, den Gewehrschaft gegen die Schulter gedrückt, die Ellbogen auf die Innenseite der Knie gestützt.

Glaskow war auf Position. Sein Netzhaut-Tracker zeigte an, dass die Zielperson mit jeder Minute näher kam. Er musste nicht mehr lange warten.

Kali, die zwischen Etienne und Jill saß, lauschte dem Geräusch der Paddel, die sich im Wasser auf und ab bewegten. Sie regis-trierte ein schwaches, trübes Licht, das irgendwo vor ihnen, nicht allzu weit entfernt, die Dunkelheit durchdrang. Wahr-scheinlich kam es von der Zisterne unter dem Palais Garnier, in der man vor einigen Jahren elektrische Lampen installiert hatte. Lucien hatte ihr irgendwann mal von diesem unbedeu-tenden Detail erzählt. Ihm zufolge nutzten die Rettungstau-cher der Pariser Feuerwehr die Zisterne für ihre Übungen, und man hatte für sie dort die Lampen angebracht sowie für das Wartungspersonal der Oper, das sich gelegentlich Zugang zur Zisterne verschaffen musste.

Für einen Moment war sie in Gedanken wieder bei einem ihrer unzähligen Streifzüge durch die Stadt.

Aber nur für einen Moment.

Unter den hohen Arkaden Moorgates glitten die Kajaks weiter Richtung Norden. Sie hatten den Steinpier inzwischen etwa hundert Meter hinter sich gelassen, und bis zur Zisterne mussten sie noch einmal dieselbe Entfernung zurücklegen. Kali vermutete, dass sie in wenigen Minuten das Ende des Kanals erreichen würden.

Die Schmerzen in ihren Händen wurden immer stärker, aber sie versuchte, sich davon nicht ablenken zu lassen. Sie war überzeugt, dass die verbliebenen Mitglieder des Killerkommandos sie weiter verfolgten und ihr erneut auflauern würden. Die einzige Frage war nur, wo und wann. Sie musste also wachsam bleiben.

Vor ihr paddelte Etienne in einem gleichmäßigen Rhythmus. Jills Schläge hinter ihr hingegen waren weniger regelmäßig und nicht synchron zu seinen. Kali glaubte nicht, dass es an mangelnder Ausdauer lag, denn auf dem Pier hatte sie die sehnige Kraft ihrer Umklammerung gespürt. Aber jetzt konnte sie förmlich die Anspannung spüren, die Jill verströmte. Ein Grund dafür war sicherlich ihr Wortwechsel unter den Champs-Élysées. Ihre Leute waren hier schutzlos der Gefahr ausgeliefert, und Jill war – zu Recht – auf der Hut. Aber Kali hatte ihre zitternde Hand gesehen, als sie die Kajaks bestiegen hatten, ihren besorgten Gesichtsausdruck, und sie glaubte, dass es noch einen anderen Grund gab. Etwas, das sehr viel tiefer ging.

Während ihr Kajak sich hinter den beiden anderen durch das Wasser schob, durchforschten Kalis Augen die Dunkelheit. Schließlich warf sie einen Blick über die Schulter und sah, dass Jill mit schweißgebadetem Gesicht besorgt zu den Wölbungen der hohen Decke emporschaute. Als Jill ihren Blick bemerkte, funkelte sie Kali wütend an. Es war, als hätte man Kali einen Stoß versetzt, als hätte man sie beim Übertreten einer Grenze erwischt.

Sie wandte sich ab und hing schweigend weiter ihren Gedanken nach, während die aufblasbaren Boote zwischen zwei hohen Säulen hindurchglitten. Sie war in keiner Weise auf die gewaltigen Ausmaße der hoch aufragenden Säulen und Gewölbe gefasst gewesen und konnte nicht glauben, dass die normalsterblichen Pariser nichts von ihrer Existenz wussten. Aber so war es nun mal. Diese unterirdischen Welten wahrten ihre Geheimnisse.

Sie musste erneut an Lucien denken, und vor ihr zuckte eine Erinnerung auf.

Man muss die Welt nicht verstehen. Man muss sich nur darin zurechtfinden. Das hat mal ein berühmter Mann gesagt. Zumindest behauptet man das. Aber es ist mir egal, ob er das tatsächlich gesagt hat oder nicht, meine kleine Schwester. Wenn es hilft, dann …

Das Kajak neigte sich leicht zur Seite, und Kali wurde aus ihrem sanften Tagtraum gerissen. Als sie begriff, dass Jill hinter ihr eine plötzliche Bewegung gemacht hatte, drehte sie sich um und sah, dass sie aufgehört hatte zu paddeln und aufrecht dasaß. Sie hatte den Blick zur Decke gerichtet, während der Schein ihrer Stirnleuchte die Schatten absuchte.

»Was ist los?«, fragte Kali.

»Der Bogen«, krächzte Jill und deutete mit dem Kopf nach rechts. »Vor uns.«

Kali schaute nach oben und sah ein Licht, das von einem Gegenstand reflektiert wurde. Es war nur ganz schwach, obwohl ihre Stirnleuchten ihn direkt anstrahlten.

»Anhalten«, sagte sie. *Sofort.*

Aber es war zu spät.

Die Squid-Drohnen glitten nebeneinander durchs Wasser, wobei sie immer wieder ihre gummiartigen Tentakel ausstreckten und zusammenzogen, um Kurs zu halten. Sie waren mit einem winzigen Computergehirn und Sensorknoten ausgestattet, und ihre bauchigen Körper aus dem 3-D-Drucker waren hauptsächlich dafür gedacht, hochexplosive Sprengsätze zu transportieren, die von einer dünnen Schicht TNT-Kügelchen ummantelt waren.

Die Drohnen schwammen mit hoher Geschwindigkeit von der Oper durch Moorgate und dann weiter in den Abflusskanal, der Richtung Süden zur Seine verlief. Vor sich auf der Wasseroberfläche hatten sie jetzt dicht hintereinander drei Objekte registriert. Innerhalb nur einer Sekunde erstellten sie aufgrund ihrer Sensordaten ein visuelles Modell der Objekte und sendeten es Glaskow, der sie als seine Ziele identifizierte und den Befehl zum Angriff erteilte.

Das erste Objekt war das aufblasbare Boot mit Hugo und Ines. Eine der Drohnen schoss vorwärts und klammerte sich direkt unter dem Bug an die Unterseite, indem es mit seinen Tentakeln den Kiel umschlang. Die beiden Insassen spürten einen heftigen Schlag, dann wie das Kajak zu vibrieren begann. Einen Moment später explodierte die abgetauchte

Drohne, und unter der Oberfläche breitete sich eine gasförmige orange Blase aus, Wasser spritzte empor und regnete auf das Kajak hinab, während es von der Druckwelle in Stücke gerissen wurde.

Direkt dahinter hüpfte und schaukelte das Kajak von Sebastian und Claude auf der Oberfläche. Die beiden hatten im dunklen Wasser den Explosionsblitz gesehen. Und dann waren ihre Begleiter verschwunden.

Ihnen blieb jedoch keine Zeit, diese schreckliche Erkenntnis zu verarbeiten. Wenige Augenblicke nach der Explosion hörten sie über sich das Rattern eines Schnellfeuergewehrs, und mehrere Kugeln durchsiebten die Vorderseite ihres Kajaks. Mit einem lauten Röcheln entwich die Luft durch den zerfetzten Kunststoff.

»*Plonge!*«, rief Sebastian von hinten. Er deutete zur Seite, forderte Claude auf, ins Wasser zu springen.

Claude schüttelte verzweifelt den Kopf.

»*Je ne sais pas nager!*«, brüllte er. »Ich kann nicht schwimmen!«

»Was?«

»Im Ernst«, sagte Claude. »Ich kann nicht schwimmen.«

Sebastian sah ihn an und spürte, wie das Kajak zu sinken begann und unter ihm nachgab, während die Luft daraus hervorströmte. Sie durften keine Zeit verlieren. Er glaubte zwar nicht, dass sie eine Chance hatten. Aber alles war besser, als nichts zu unternehmen.

Er sprang auf die Füße, und kaum stand er aufrecht, krachte etwas gegen den Bug. Das ganze Kajak wurde durchgerüttelt, sodass er beinahe das Gleichgewicht verlor und hintenübergefallen wäre. Er hatte keine Ahnung, was das Kajak getroffen hatte. Er konnte nur hoffen, dass Claude ihn bei dem, was er gleich tun würde, nicht unter Wasser zog oder dass man sie nicht wie leichte Beute abknallte.

Er hechtete quer über das Kajak, packte Claude am Handgelenk, und der Schwung seiner Vorwärtsbewegung beförderte sie in den Kanal.

Die beiden klatschten aufs Wasser, als die Drohne, die sich an ihr Kajak geklammert hatte, explodierte und es in Stücke riss.

Und dann begann hoch oben in der Dunkelheit das Gewehr erneut zu rattern.

Das dritte Kajak schaukelte auf den Wellen, die die zwei Explosionen aufgeworfen hatten. Etienne wurde kräftig durchgeschüttelt, und Kali wäre beinahe zur Seite geschleudert worden. Sie hörte über sich ein Schnellfeuergewehr und begriff, dass es auf das Gummiboot vor ihnen gerichtet war. Nicht auf ihres, noch nicht. Und sie glaubte auch zu wissen, warum.

Sie warf einen Blick über die Schulter. Jill hatte ihr Paddel losgelassen und mit beiden Händen ihre Beretta-MX4-Maschinenpistole umklammert. Aber irgendetwas stimmte nicht mit ihr.

Kali sah ihre aufgerissenen, ausdruckslosen Augen. Bemerkte ihre geweiteten Pupillen. Dann ihren schnellen, hektischen Atem. Und richtete den Blick erneut auf ihre Augen.

Etwas stimmte ganz und gar nicht.

»Jill«, sagte sie, »schneid meine Fesseln los.«

Doch sie reagierte nicht. Sie war völlig weggetreten. Wahrscheinlich war sie jetzt auf dem Floß vor Calais oder auf einem Rettungsschiff, nachdem sie gesehen hatte, wie ihre ganze

Familie von den Fluten verschluckt worden war. Oder sie war irgendwo anders und durchlebte erneut ein schreckliches Ereignis aus ihrer Vergangenheit. Kali wusste es nicht. Aber Jill war völlig weggetreten. Als stünde sie unter Schock.

»Jill, hör zu.« Sie deutete mit dem Kopf auf ihre Fesseln. »Nimm sie mir ab.«

Doch Jill schien nicht zu verstehen und saß mit leerem, abwesendem Gesichtsausdruck da, die Maschinenpistole auf Kali gerichtet.

Etienne drehte sich ebenfalls zu Jill um. Vor kaum einer Sekunde hatte er gesehen, wie die beiden Insassen im Kajak vor ihnen ins Wasser gesprungen waren, und Schüsse über sich gehört. Er konnte die beiden jetzt nicht mehr sehen, aber die Schüsse waren immer noch nicht verstummt. Wer auch immer sie abfeuerte, wollte sie töten.

»Kriegst du überhaupt mit, was hier gerade *passiert*?«, brüllte er. »Schneid sie los!«

Jill starrte ihn mit weit aufgerissenen, glasigen Augen an. Er hatte keine Ahnung, was mit ihr los war, aber ihm war klar, dass sie nichts mitbekam und eine geladene Maschinenpistole auf ihn und Kali gerichtet hatte. Wenn sie den Abzug drückte, würden die Kugeln sie beide durchsieben. Aber selbst wenn sie es nicht tat und eine weitere Explosion sie alle ins Wasser beförderte – Kali konnte mit ihren gefesselten Händen nicht schwimmen.

Obwohl eine Maschinenpistole auf seine Brust gerichtet war, schob er sich an Kali vorbei zu Jill.

»Die Schere!«, brüllte er. »Gib mir die Schere!«

Keine Reaktion. Jill hatte weiter die Waffe auf ihn gerichtet und saß mit dem Finger am Abzug schweißgebadet da.

Plötzlich hörte Etienne, wie eine weitere heftige Salve dort niederprasselte, wo Sebastian und Claude ins Wasser gesprungen waren. Er musste etwas unternehmen. Er konnte nicht warten, bis Jill wieder zur Besinnung kam. Wo auch immer sie gerade war.

Er konnte nicht warten.

Er holte tief Luft, streckte die Hand aus und griff über den Lauf der Waffe hinweg nach ihrer Schulter. »Beeil dich! Schneid sie los. Schneid sie *verdammt noch mal* los! Willst du, dass sie ertrinkt?«

Für einen Moment glaubte er, Jill würde den Abzug drücken und die Waffe auf seiner Brust würde, begleitet von einer heftigen Vibration, seinem Leben ein Ende bereiten. Aber irgendetwas von dem, was er gesagt hatte, musste zu ihr durchgedrungen sein. Er wusste nicht, was, und es war ihm auch egal. Er konnte an ihren Augen erkennen, dass etwas mit ihr geschehen war.

Jill nickte und nahm die linke Hand vom Lauf der Waffe, griff in ihre Gürteltasche und zog die Schere heraus.

Etienne riss sie ihr aus der Hand und wirbelte auf den Knien herum. Kali hatte ihm inzwischen den Rücken zugewandt und hielt ihre Hände vom Körper fort, sodass er problemlos an die Fesseln herankam. Zügig umklammerte er sie mit der Schere und drückte mit aller Kraft die Griffe zusammen.

Die Fesseln wurden durchtrennt und fielen herunter. Als Kali sich wieder zu Jill umdrehte, sah sie, dass sie die Beretta erneut dicht vor den Körper hielt.

»Ich werde sie jetzt nehmen«, sagte Kali. »Es ist okay. *Je promets pour Jacques.* Ich nehme sie jetzt.«

Jill blickte ihr ins Gesicht. Dann nickte sie und hielt ihr die Maschinenpistole hin, richtete sie zur Seite und ließ den Lauf los.

Und Kali nahm ihr die Waffe ab.

Glaskow spähte mit beiden Augen durch das Sichtfenster des EOTECH-Visiers und feuerte eine Salve ab. Das Wasser im Kanal spritzte auf, aber die Kugeln verfehlten um Haaresbreite die beiden Männer, die aus dem Kajak gesprungen waren. Die hoch aufgetürmten Wellen, die die Explosion ausgelöst hatte, hinderten ihn daran, genau zu zielen.

Aber er würde sich nicht länger mit den beiden aufhalten. Die Wassertemperatur lag bei etwa drei Grad. Sie würden entweder ertrinken oder an Unterkühlung sterben, während sie in der Dunkelheit mit Armen und Beinen wild um sich schlugen. Seine Priorität war es, die Zielperson im dritten Kajak zu isolieren und ihre Begleiter, die eine potenzielle Gefahr und Bedrohung darstellten, auszuschalten.

Er schwenkte das Gewehr mit dem Finger am Abzug in ihre Richtung.

Kali kniete sich vor Etienne und Jill hin, das Gesicht dem Heck zugewandt, mit beiden Händen die Maschinenpistole quer vor ihrem Körper umklammert. Sie hatte gehört, wie vor ihnen eine Salve auf das Wasser niedergeprasselt war, dort, wo Sebastian und Claude aus dem zweiten Gummiboot gesprungen waren.

»Nehmt die Köpfe runter«, sagte sie. »Und bleibt dicht bei mir.«

Etienne nickte, doch Jill zeigte keine Reaktion. Sie war

immer noch ein wenig weggetreten, obwohl ihre Augen jetzt deutlich wacher wirkten.

Kali rutschte nach rechts, richtete die Beretta ungefähr in die Richtung des Schützen und spähte am Lauf entlang, während sie nach dem schwachen Funkeln des Visiers Ausschau hielt, das Jill als Erste über ihnen bemerkt hatte.

Carmody hatte ihr erklärt, welche Anzeichen auf optische Geräte hindeuteten: der helle Punkt eines Lasers, das photolumineszente Leuchten eines Nachtsichtgeräts oder das Licht, das von der Linse eines einfachen Zielfernrohrs reflektiert wurde. Was Kali jetzt sah, konnte Letzteres sein, aber …

Die Reflexion einer Objektivlinse ist normalerweise scharf umrissen und hell. Wie von einem Signalspiegel. Das Licht muss nicht direkt von vorne auf die Linse treffen. Man kann die Reflexion auch aus einem schrägen Winkel sehen.

Denn bei den meisten Zielfernrohren war die Linse gekrümmt, dachte Kali, deshalb fing sie das Licht aus allen Richtungen ein.

Aber dieses Licht war anders. Schwach. Und trüb. Wahrscheinlich war die Linse mit einer Antireflexbeschichtung überzogen. Oder sie war entspiegelt. Oder sie war nicht konkav, sondern flach wie eine Fensterscheibe, was bedeutete, dass der Schütze ein modernes elektronisches Visier verwendete.

In dem Fall hatte Jill es nur zufällig bemerkt. Sie hätte die Reflexion in der Linse nur sehen können, selbst eine sehr schwache, wenn ihre Stirnleuchte die Linse direkt von vorne angestrahlt hätte.

Kali sah zu der hohen Arkade empor, indem sie ihre Stirnlampe als Suchscheinwerfer benutzte. Der Schütze befand sich entweder im Torbogen oder im halbmondförmigen Fenster darüber: Sie hatte die Reflexion nur für eine Sekunde gesehen und war sich deswegen nicht sicher. Aber wenn er ein Mitglied des Blutigen Blitzes war, dann verfügte er in der Dunkelheit über das außergewöhnliche Sehvermögen einer Eule. Und durch das Holo-Visier würde er sogar noch mehr erkennen. Sie musste seine Position ausfindig machen und hoffte, dass ihr Licht erneut direkt von vorne auf die Linse fiel – aber diesmal vertraute sie nicht auf den Zufall.

Das Schnellfeuergewehr hoch oben begann erneut zu rattern, und eine Salve sauste an Etiennes Kopf vorbei. Allerdings war kein Mündungsfeuer zu sehen.

Kali warf Etienne einen Blick zu.

»*Mets-toi derrière moi*«, sagte sie. »Stell dich hinter mich. Jill, du auch.«

»Kann ich dir nicht irgendwie helf…?«

»*Hinter mich.* Er hat nicht vor, mich zu töten. Und er wird das auch nicht tun, um euch beide zu töten.«

Etienne fragte nicht, woher sie das wusste. Ihr Tonfall war so unumstößlich wie das Knallen einer Tür, die zugeschlagen wurde, außerdem hatten sie keine Zeit zu verlieren. Das Kinn gegen das Schlüsselbein gepresst, griff Etienne nach Jills Hand, und zu seiner Überraschung ging sie widerstandslos mit ihm hinter Kali in Deckung.

Kali spähte am Lauf der Maschinenpistole vorbei hinauf in die Dunkelheit. Ein flüchtiger Blick hatte ihr verraten, dass es für den Feuerwahlhebel drei Einstellungen gab: die Sicherung sowie den Einzelschuss- und den Automatik-Modus. Sie wählte den Einzelschuss-Modus, weil sie glaubte, die Waffe so besser kontrollieren zu können.

Sie atmete tief ein, hielt die Luft an und atmete wieder aus, um ihren Herzschlag zu verlangsamen und einen klaren Kopf zu bekommen. Sie hatte bisher nie mit einer Waffe auf einen Menschen geschossen oder auf sonst irgendein Lebewesen. Sie hatte versucht, sich auf den Moment vorzubereiten, wenn das vielleicht mal nötig war – mental und physisch –, aber die Wirklichkeit war einfacher als gedacht.

Die Menschen, die sie jetzt beschützen musste, waren großer Gefahr ausgesetzt. Der Schütze wollte sie töten, und sie würde das nicht zulassen, würde tun, was nötig war, um das zu verhindern.

So einfach war das.

Kali krümmte ihren Finger um den Abzug.

Zehn Meter über ihnen stieß Glaskow, den Gewehrschaft fest gegen die Wange gepresst, frustriert einen Fluch aus. Die Zielperson hatte sich vor die beiden anderen Personen im Kajak gestellt. Von seiner erhöhten Position aus konnte er sie zwar deutlich sehen und immer noch ins Visier nehmen. Aber der Winkel war nicht optimal. Er hatte keine freie Sicht. Wenn er auf die beiden schoss, traf er vielleicht auch die Zielperson. Wenn die Mündung beim Schuss auch nur den Bruchteil eines Zentimeters nach oben zuckte, pustete er ihr womöglich den Kopf weg. Und das wollte er unter allen Umständen vermeiden. Sonst könnte er seine Bezahlung vergessen. Er brauchte sie lebend.

Glaskow verharrte regungslos in der *lunette* und spähte durch sein Visier auf die drei Personen im Kajak hinunter, während er sich seinen nächsten Schritt überlegte. Er war von seinem erhöhten Standpunkt aus immer noch im Vorteil.

Wenn er auf die beiden anderen in ihrer momentanen Position nicht schießen konnte, musste er sie dazu bringen, sich zu bewegen. Und er hatte auch schon eine Idee, wie er das anstellen konnte.

Er wechselte in den Einzelschuss-Modus und richtete das HK von den Insassen des Kajaks auf den Rumpf.

Seine erste Kugel traf das Boot ungefähr in einem Sechzig-Grad-Winkel hinter dem Bug auf der Backbordseite und durchschlug den Boden. Einen Sekundenbruchteil später durchbohrte die zweite Kugel auf einer fast horizontalen Flugbahn das hintere Dollbord und sauste über das Wasser hinweg, ehe sie an der Stollenwand zerschellte.

Da Glaskow als Jugendlicher oft schwimmen und segeln gewesen war, wusste er, dass das Kajak über mindestens drei getrennte Luftkammern verfügte – zwei an den Seiten und eine im Boden –, um zu verhindern, dass es wie ein Ballon platzte, wenn an irgendeiner Stelle Luft austrat. Theoretisch hielt sich das Boot auch dann noch über Wasser, wenn in einer oder mehreren Kammern ein Loch war. Nur bei einem schweren Unfall entwich die Luft aus allen drei Kammern gleichzeitig. Aber Glaskow wollte das Kajak nicht versenken. Das war nicht seine Absicht. Er wollte nur, dass sich die Personen darin in Bewegung setzten.

Seine Kugeln hatten zwei der drei Kammern gleichzeitig durchbohrt und an fünf verschiedenen Stellen Löcher hinterlassen. Sofort begann das Kajak mit Wasser vollzulaufen.

Zehn Meter weiter unten hörte Kali, wie die Kugeln die Nylonhülle durchschlugen. Sie schwankte auf den Knien hin und her, als sich der Bug plötzlich nach unten neigte und Wasser in das Cockpit strömte. Hinter ihr wurde Jill, die die Beine an die Brust zog, zur Seite geworfen.

»*Ne bouge pas!* Nicht bewegen!«

Mit einer reflexartigen Bewegung beugte Etienne sich vor, um sie aufzufangen, und packte sie an der Schulter. Dabei verlor er jedoch das Gleichgewicht und stürzte mit ihr zusammen hinter Kalis Rücken hervor.

Das war Glaskows Chance. Er schwenkte das Gewehr in ihre Richtung, die Augen auf das Sichtfenster des Visiers gerichtet.

Kali konnte jetzt einen Lichtschimmer ausmachen, der genauso aussah wie der, den sie und Jill vor wenigen Minuten bemerkt hatten. Trüb. Schwach. Und matt. Sie hatte zwischen den Schatten an der Decke danach Ausschau gehalten, und jetzt konnte sie ihn in dem halbmondförmigen Fenster über dem Torbogen sehen, während der Schütze anlegte und das Sichtfenster seines Visiers direkt in den nach oben gerichteten Strahl ihrer Stirnleuchte hielt. Das verriet ihr seine genaue Position.

Ruhig und konzentriert schwenkte sie die Maschinenpistole von der schwachen Reflexion des Visiers etwa acht Zentimeter zur Seite, dorthin, wo sie den Kopf des Schützen vermutete. Dann drückte sie in kurzer Folge dreimal den Abzug.

Zwei ihrer Kugeln trafen Glaskows Gesicht unterhalb des linken Wangenknochens und traten zusammen mit mehreren großen Klumpen Hirnmasse hinter dem rechten Ohr wieder aus. Als er durch die Wucht der Treffer nach hinten gerissen wurde, streifte die dritte Kugel die Oberseite seines Kopfes und hinterließ in der gewölbten Innenseite der *lunette* eine lange, schmale Furche.

Glaskow fiel vornüber in die Tiefe und war bereits tot, als er etwa einen Meter rechts vom Kajak mit einem lauten Klatscher auf dem Wasser aufschlug.

Kali nahm die Maschinenpistole herunter und drehte sich zu Etienne und Jill um. Die beiden hatten sich wieder aufgerappelt und knieten im einen Zentimeter tiefen Wasser. So wie Kali. Das Kajak lief jetzt schnell voll.

Kali watete vorsichtig zum Bug, um einen Blick auf dessen linke Seite zu werfen. Sie konnte dort die beiden Männer aus dem zweiten Kajak, Sebastian und Claude, sehen, die ihre Köpfe nur mühsam über Wasser hielten. Ihnen blieb nicht mehr viel Zeit.

Kali ging zurück zu Jill. »Wir brauchen deine Luftpumpe«, sagte sie und fasste sie an der Schulter. »Verstehst du, was ich sage?«

Jill nickte. Ihre Augen wirkten besorgt und äußerst wachsam, doch Kali konnte erkennen, dass sie wieder zur Besinnung gekommen war. Dass Jill sie *verstand*.

Kali wandte sich Etienne zu und nahm die Beretta von der Schulter.

»Halte hier Ausschau«, sagte sie und gab ihm die Waffe. »Ich werde versuchen, das Loch vorne abzudichten.«

»Und wenn ich etwas sehe?«

Kali blickte ihm in die Augen. »Dann weißt du, was du zu tun hast, Etienne.«

Einen Moment später beugte Kali sich im Cockpit über ihren Rucksack. In ihrem Erste-Hilfe-Set war zwar nicht mehr viel Klebeband, aber es sollte reichen.

Sie nahm die Rolle heraus und ging damit zum Bug zurück.

Sie klebte einen Streifen über das Einschussloch in der Seitenwand, riss den Rest von der Rolle und befestigte über dem Streifen einen weiteren. Das Klebeband war zwar nicht wasserdicht, aber es haftete stark und war mit einer Plastikschicht überzogen. Sie schätzte, dass es eine Weile halten würde. Allerdings musste es im Wasser, dort, wo die Kugel ausgetreten war, noch ein weiteres Loch geben, das sie nicht sehen konnte. Und zwei weitere rechts hinten im Dollbord.

Als Kali Richtung Heck schaute, sah sie, dass Jill die kompakte Pumpe aus ihrem Rucksack gezogen hatte. Kali wusste zwar nicht, wie lange der Akku noch hielt; die Pumpe war nicht für eine längere Betriebsdauer gedacht und konnte womöglich durchbrennen. Aber sie würde die Kammer für eine Weile mit Luft füllen und den Verlust durch das Loch zumindest teilweise ausgleichen.

»Schließ sie an das Ventil auf der rechten Seite an«, sagte sie und deutete Richtung Heck. »Und schalt sie ein.«

Jill sah sie an. »Sebastian. Claude.«

»Ich werde sie nicht ertrinken lassen. Sorg dafür, dass wir nicht untergehen, *d'accord*?«

Eine kurze Pause. Dann nickte sie. »*Qui, d'accord.*«

Während Jill mit platschenden Schritten zum Heck ging, wandte sich Kali Etienne zu. Er spähte mit der Maschinenpistole im Anschlag in die Dunkelheit empor.

»Und?«, fragte sie.

Er warf ihr einen Blick zu. »Im Gegensatz zu diesen Freaks kann ich im Dunkeln nichts sehen. Wenn jemand da oben ist, weiß ich es nicht. Aber man schießt nicht mehr auf uns.«

»Nun, dann ist ja alles in bester Ordnung.«

Etienne bemerkte, wie ein Lächeln ihre Lippen umspielte, und lächelte schwach zurück.

»Und jetzt?«, fragte er.

»Schnapp dir ein Paddel«, sagte sie. »Ich brauche deine Hilfe.«

Die beiden hielten mit dem Kajak auf die zwei Männer im Wasser zu, Kali vorne, Etienne hinten. Zwei, drei Minuten nachdem Jill die Pumpe eingeschaltet hatte, begann sich das Kajak zu stabilisieren, aber Kali wusste, dass sie jederzeit plötzlich den Geist aufgeben konnte. Sie durften keine Zeit verlieren.

Soweit Kali das erkennen konnte, hielt Sebastian Claude mit einem Arm nur noch mühsam über Wasser. Als das Kajak neben den beiden anhielt, wuchtete er Claude nach oben, umklammerte mit der freien Hand die Seitenwand und half Etienne und Kali, Claude an den Schultern zu packen und ihn an Bord zu hieven. Dann zog er sich selbst nach oben und landete mit dem Bauch voran keuchend im Boot.

Irgendwie hatten die beiden Männer es geschafft, ins Kajak zu klettern, ohne es zum Kentern zu bringen. Nachdem Sebastian wieder zu Atem gekommen war, drückte Kali ihm ein Paddel in die Hand und nahm Etienne die Maschinenpistole ab, damit er wieder beim Rudern half.

Das beschädigte und überladene Boot glitt schaukelnd und schwankend durchs Wasser und beförderte sie langsam durch den schmalen, überfluteten Stollen namens Moorgate, bis sie schließlich das Sammelbecken unter der Pariser Oper erreichten.

17

Die Krim

Kira schwang ihre Beine aus dem Bett, stand auf und sah sich nach ihrer Kleidung um. Sie hob ihren BH und den Schlüpfer vom Boden auf, nahm Bluse und Rock vom Stuhl und ging damit zur großen vergoldeten Frisierkommode in der anderen Ecke des Zimmers.

Sie wollte sich vor dem Spiegel gerade anziehen, als in seiner versilberten Scheibe Drajans Reflexion erschien. Er stand hinter ihr in der Badezimmertür, den Bademantel weit geöffnet, die Haare noch nass vom Duschen.

Kira streifte ihre Kleidungsstücke über, als würde Drajan ihr dabei überhaupt nicht zusehen. Sie befanden sich im großen Schlafzimmer seiner Villa zwei Meilen nördlich der Okean.

»Du gehst schon«, sagte er.

»Ich muss zurück in den Berg.«

»Bist du sicher? Ich dachte, wir würden hier vielleicht noch etwas Zeit zusammen verbringen.«

Sie musterte ihn von Kopf bis Fuß im Spiegel. »Ich sehe, du bist bereit.«

Er lächelte. »Habe ich dich in Verlegenheit gebracht?«

Kira zog ihren Rock über die Oberschenkel und drehte sich zu ihm um. »Ich gerate nie in Verlegenheit. Ich genieße deinen Blick auf meinem Körper fast genauso wie die Berührung deiner Hände. Aber ich bin schon seit mehreren Stunden weg. Ich sollte wieder zurückgehen, bevor es jemand merkt.«

Drajan schlang den Gürtel des Bademantels um seine Taille und trat neben sie, während sie sich setzte, um ihr Make-up aufzufrischen.

»Ich bin enttäuscht«, sagte er.

»Vor einer halben Stunde wirkte das noch ganz anders.«

»Vor einer halben Stunde haben wir auch das Bett zum Beben gebracht. Aber ich dachte, ich hätte deine Neugier geweckt.«

»Auf diese neue Spezies?«

Er nickte.

Kira erwiderte nichts. Sie nahm einen Lippenstift von der Kommode und betrachtete ihn.

»Ich habe gar nicht gemerkt, wie schnell die Zeit vergangen ist«, sagte sie schließlich. »Das ist zum Teil deine Schuld. Aber du musst deswegen kein schlechtes Gewissen haben.«

»Ich habe nie ein schlechtes Gewissen.«

Sie lächelte und drehte den Lippenstift aus der Hülse.

»Das Leben in der Okean kann sehr eintönig sein, Drajan«, sagte sie. »Was kann man nach Feierabend schon tun, außer etwas zu trinken und den neuesten Tratsch auszutauschen? Du bist hier so eine Art Rockstar. Da kommt einem so einiges zu Ohren.«

»Über mich, meinst du?«

»Über dich und Quintessa Leonides.«

»Soso.« Er blickte sie mit einem Achselzucken an. »Sie ist nach Lettland zurückgekehrt, um sich um ihr Familienunternehmen zu kümmern. Wahrscheinlich für immer.«

»Ach ja?« Kira hielt ihm den Lippenstift hin. »Der ist von Serge Lutens. Ich habe mal so einen aus einem Laden in Moskau mitgehen lassen … die viertausend Rubel dafür konnte ich mir nicht leisten.« Sie machte eine Pause. »Eine Frau lässt so einen Lippenstift nur deshalb liegen, damit die Frau, die in ihrer Abwesenheit mit dir vögelt, ihn findet.«

Sie wandte sich wieder dem Spiegel zu und zog sorgfältig ihre Lippen nach.

»Warum willst du etwas über Quintessa wissen?«

»Weil ich dir von Cosa erzählt habe. Ich möchte, dass wir ehrlich zueinander sind.« Sie warf ihm im Spiegel einen Blick zu. »Diese geheimnisvolle neue Spezies interessiert mich zwar, Drajan. Aber ich muss gleich gehen.«

Er nickte und streckte seine Hand aus.

»Komm«, sagte er.

Die beiden gingen aus dem Schlafzimmer in einen kurzen Flur und dann die Treppe hinauf, die zu dem Türmchen mit dem Panoramablick führte.

Kira ließ ihre Augen kurz über die Fenster wandern.

»Das ist ja unglaublich«, sagte sie. »Und *wunderschön*.«

»Besser als Abteilung 6627, Zimmer 17, Automatisierte Systeme?«

»Sehr viel besser.« Sie deutete auf die Bahngleise, die sich in einiger Entfernung steil den Hang hinunterschlängelten. »Sieh nur. Sie führt fast senkrecht nach unten. Erstaunlich, dass die Züge überhaupt auf den Gleisen bleiben. Man sollte meinen, dass sie ins Meer hinabstürzen.«

»Das sollte man«, sagte er und musterte ihr Gesicht.

Kira wandte sich vom Fenster ab und schaute sich im Zimmer um. Es war äußerst spärlich möbliert, es gab hier nur einen antiken Intarsien-Schreibtisch auf einem ovalen Teppich. Und auf dem Tisch stand ein Laptop.

»Arbeitest du hier?«, fragte sie.

»Wenn ich nicht in der Okean bin«, sagte er. »Aber was ich hier mache, hat mit der Arbeit dort nichts zu tun.«

Sie nickte. »Vulfoliac der Wolf. Der Dunkle Fürst der *technologie vampiri*. In den Cyberforen spricht man von dir, als wärst du irgendeine mythische Gottheit.«

»Ich fühle mich geschmeichelt.«

»Von wegen«, sagte sie lachend. »Genau das erwartest du.«

Drajan zuckte mit den Schultern. »Wenn ich eine Gottheit bin, dann wirst du jetzt meine größte Schöpfung kennenlernen«, sagte er. »Ich glaube, sie wird dich mögen.«

»Schon wieder *sie*«, sagte Kira. »Ich glaube, du benutzt dieses Pronomen nur, weil es politisch inkorrekt ist.«

Statt zu antworten, ging Drajan zum Schreibtisch, klappte den Laptop auf und deutete mit einer ausladenden Geste auf den Bildschirm. Kira blickte zu dem Computer hinüber, und ihre Augen weiteten sich.

Das Gesicht der Frau auf dem Bildschirm sah aus wie das Antlitz einer antiken Statue, aus einem griechischen oder römischen Tempel. Es hatte eine erdige graubraune Farbe und schwarze Augen, unter einem großen Helm oder Kopfschmuck wallten lange Haare hervor, und über der Stirn prangte ein Eulen-Emblem. Nach einem Moment jedoch zerliefen die Gesichtszüge und Farben und vermischten sich wie auf einem Aquarell im Regen. Die Gesichtsfarbe wechselte von Hellgrau zu Safrangelb und dann zu Elfenbeinweiß und Schiefergrau. Nase und Mund nahmen eine andere Form an. Nur die leuchtenden, tief liegenden Augen blieben unverändert.

Kira wandte sich Drajan zu.

»Was ist das?«, fragte sie.

Er sah sie einen langen Moment an.

»Sie heißt Hekate«, sagte er schließlich.

München, Deutschland

Die Vordertür von Interactive Ephemera war verriegelt, und in ihrer Glasscheibe hing ein Schild mit der Aufschrift »Tut uns leid, wir haben geschlossen«. Der Verkaufsraum war nur schwach beleuchtet, um hartnäckige Kunden davon abzuhalten, trotz des Schilds zu klingeln. Else Brandt hatte es schon vor einigen Stunden aufgehängt, aber den Laden immer noch nicht verlassen. Sie saß mit einem drahtlosen Kopfhörer auf dem Kopf in der Werkstatt allein vor einem Computer; ihre Augen waren vom Weinen rot und verquollen, und sie hielt ein zerknülltes Taschentuch in der Hand.

Auf dem Breitbildmonitor vor ihr war eine britische Fregatte aus dem achtzehnten Jahrhundert zu sehen, in der blockigen 16-Bit-Grafik eines Videospiels aus den 80ern – eines unveröffentlichten historischen Adventure-Spiels namens *Man-O'-War: The Whaleboat Raiders*, das sie und Franz aus der einzigen beschädigten Alpha-Kopie wiederhergestellt hatten, die den verdächtigen Flammentod seines bankrotten Herausgebers überlebt hatte.

Else klickte, den Blick auf den Bildschirm gerichtet, mit der Maus und hoffte, dass sich die Datei in einem versteckten, verschlüsselten Ordner im Benutzerverzeichnis des Spiels, die sie entpackt hatte, richtig geöffnet hatte. Zuvor war auf dem Bildschirm eine Fregatte erschienen, die auf den Wellen im hellen Tageslicht auf und ab schaukelte – ein riesiges Kriegsschiff der Königlichen Marine, über dessen Bug der Union Jack flatterte, mit großen weißen Segeln, Hunderten Matrosen auf dem Mitteldeck und Reihen von Kanonen auf jeder Breitseite. Aber mit dem Mausklick verdunkelte sich jetzt das Bild, der Sonnenuntergang ging in die Abenddämmerung und dann in die Nacht über, bis über den hoch aufragenden Masten des Kriegsschiffs ein silbergrauer Mond aufging.

Else sah, wie am Heck des Schiffs an Seilen eines der kleinen Boote herabgelassen wurde. Sie hörte in ihrem Kopfhörer das Ächzen des Krans und das sanfte Plätschern der Meeresströmung. Das Boot senkte sich langsam aufs Wasser, wurde losgemacht und entfernte sich von der Bordwand des riesigen Schiffes.

Sie holte tief Luft und versuchte, nicht wieder zu weinen, während sie daran dachte, wie ihr vor einer Stunde der Polizist aus Paris am Telefon die niederschmetternde Nachricht überbracht hatte. Zunächst hatte sie nicht geglaubt, dass das wirklich passiert war. Dass sie nur eingenickt war und einen bösen Traum gehabt hatte. Franz tot auf seinem Zimmer? *Erschossen?*

Elsa hatte das wider besseres Wissen nicht wahrhaben wollen. Sie hatte doch nur deshalb im Hotel angerufen, weil sie das untrügliche Gefühl hatte, dass etwas ganz und gar nicht stimmte. Dieser mysteriöse Auftrag, der Franz so kurzfristig nach Paris geführt hatte, hatte sie die ganze Zeit über beunruhigt.

Nach dem Telefonat mit dem Polizisten hatte sie den Laden geschlossen, war auf einen Stuhl hinter dem Verkaufstresen gesunken und zwischen den Unmengen veralteten technischen Strandguts plötzlich in Tränen ausgebrochen.

Franz hatte immer gesagt, dass das hier alles eines Tages ihr gehören werde.

»Hör auf, mir zu drohen«, hatte sie dann im Scherz gesagt.

Und er hatte geantwortet, dass sie gar nicht zu protestieren brauche. Egal was sie behaupte, er wisse, dass sie den Laden genauso sehr liebe wie er.

»Dir liegt das Basteln im Blut«, sagte er jedes Mal. »Man merkt es an deinen Augen. Wenn du etwas Kaputtes siehst, willst du es reparieren, restaurieren und ausbessern. Wir können nicht anders, wir beide. Wir sind beide ein hoffnungsloser Fall.«

Überwältigt von Trauer hatte Else fast eine Stunde lang auf dem Stuhl gesessen und hemmungslos schluchzend ihren Erinnerungen nachgehangen.

Vor zwanzig Minuten hatte sie dann in ihrem persönlichen Posteingang eine Mail empfangen, und der Benachrichtigungston, der gleichzeitig auf ihrem Handy und dem Computer in der Werkstatt ertönte, hatte sie aus ihren trüben Gedanken gerissen. Als sie sah, dass die Nachricht von Franz war, hegte sie für einen Moment die abwegige Hoffnung, dass sich die Polizei geirrt habe, dass *sie* sich trotz ihrer Befürchtungen geirrt habe und der Anruf ein schreckliches Versehen gewesen sei. Aber als sie hastig die Mail öffnete und sie las, begriff sie, dass es sich um eine terminierte Nachricht handelte, die Franz Stunden oder sogar Tage vor seinem Tod geschrieben hatte.

Liebste Else,

wenn du diese Nachricht bekommst, dann weil sie automatisch verschickt wurde, und das bedeutet, dass mir etwas Schlimmes passiert ist. Das bedeutet auch: Du musst jetzt handeln.

Bitte befolge die Anweisungen, die ich für diesen Fall aufgeschrieben habe. Ganz hinten im Safe steht ein abgeschlossener Koffer. Du weißt schon, welcher: der mit den Originalkopien unserer Spiele. Die Kombination lautet 73–01–18–19. Unter den ganzen CD-Hüllen gibt es nur EINE gelbe; sie enthält einen zusammengefalteten Zettel sowie eine CD-ROM.

Du bist eine außergewöhnliche junge Frau. Ohne deine Leidenschaft, Hingabe und Intelligenz und die unendliche Geduld, die du mir exzentrischem altem Mann entgegengebracht hast, wäre ich nicht in der Lage gewesen, unser kleines Projekt am Leben zu erhalten und gleichzeitig meine Lotte in ihren letzten Jahren zu pflegen. Ich möchte nicht, dass du traurig bist. Jedenfalls nicht allzu sehr. Du und Kali – du hast sie noch nicht kennengelernt, aber das wirst du –, ihr habt eine Menge zu erledigen, und keiner von euch beiden muss diese Verantwortung alleine tragen. Ich habe ein langes und erfülltes Leben gehabt, und ich bedauere nichts. Ich habe die meiste Zeit getan, was ich liebe – wir beide hatten so viel Spaß zusammen, während wir an unseren Spielzeugen herumgeschraubt haben!

Als Christ glaube ich an den Himmel, Else. Und wenn Gott mich für würdig erachtet, werde ich Lotte und all die anderen Menschen, die ich verloren habe, auf der anderen Seite hoffentlich wiedersehen. FREIHEIT!

Alles Liebe,
Franz

Nachdem Else die E-Mail gelesen hatte, schossen ihr unzählige Fragen durch den Kopf … und vielleicht war das Franz' Absicht gewesen, denn so blieb ihr keine Zeit zum Weinen. Wer war Kali? Was meinte er damit, dass sie eine Menge zu erledigen hätten? Warum hatte er zunächst die CD erwähnt? Stand das alles womöglich im Zusammenhang mit dem, was ihm in Paris zugestoßen war?

Eilig hatte Else den Safe geöffnet, den Metallkoffer herausgeholt, entriegelt und dann die gelbe CD-Hülle mit der restaurierten Kopie von *Whaleboat Raiders* herausgenommen. Franz' säuberlich niedergeschriebene Anweisungen hatten sie verwirrt; sie hatten einen Hinweis auf das versteckte Verzeichnis und das Passwort dafür enthalten, das sie vor dem Hochfahren eingeben musste.

Wenn du das getan hast, klick auf dem Titelbildschirm wie üblich auf Start, hatte er geschrieben. *Sobald das Kriegsschiff erscheint, machst du einen Doppelklick auf folgende Objekte, und zwar in dieser Reihenfolge: Vortoppsegel, Großtoppsegel und Besantoppsegel. Schließlich klickst du einmal auf das Besansegel und die Flagge, um die Programmdatei zu starten. Wenn die Sonne untergeht, weißt du, dass du alles richtig gemacht hast.*

Else hatte im Internet nach dem Schaubild eines Man-O'-War – eines Kriegsschiffs – gesucht, um die Bezeichnungen für die verschiedenen Segel nachzuschauen, hatte sie dann in der angegebenen Reihenfolge angeklickt und gewartet, bis auf dem Bildschirm die Sonne unterging.

Danach, hatte Franz geschrieben, müsse sie nur noch hinschauen und zuhören.

Das herabgelassene Boot bewegte sich jetzt Richtung Vordergrund, glitt mit seinem Bug in der sanften silbernen Reflexion des Mondes auf dem Wasser immer näher. Der Mann darin hatte sein Gesicht dem Heck zugewandt, während er sich mit dem Oberkörper in die Ruder warf.

Er kam näher und näher, bis Else ihn klar und deutlich erkennen konnte. Er hatte sein weißes Haar zu einem Pferdeschwanz zusammengebunden und trug eine moderne Jeans und eine schlichte Arbeitsjacke.

Else kam aus dem Staunen nicht mehr heraus, als er sich zu ihr umdrehte, die Ruderstangen durch die Dollen zog und auf seine Knie legte.

»Franz …«

»Hallo, Else«, sagte er. »Ich habe keine Ahnung, warum ich an Bord dieses Schiffes war – ich bin nicht dazu gekommen, mir eine passende Geschichte auszudenken. Aber ich schätze, diese britischen Halunken sind auf dem Weg zu den amerikanischen Kolonien, um die Rebellion dort niederzuschlagen, und haben mich als Spion gefangen genommen! Was ist schon ein richtiges Seeabenteuer ohne eine tollkühne Flucht über das Meer?«

Else starrte auf den Bildschirm. Einerseits konnte sie nicht glauben, was sie da sah, andererseits war es kein bisschen verwunderlich. Das war typisch Franz. Bestimmt hatte er seine helle Freude daran gehabt, eine pixelige Video-Arcade-Version von sich selbst zu programmieren. So wie Else ihn kannte, hatte das die bedrückende Aufgabe erleichtert, eine Botschaft aufzunehmen, die sie erst nach seinem Tod erhalten würde.

»Wir haben uns mal über die Weiße Rose unterhalten«, sagte er. »Die Gruppe aus Studenten, die von Sophie Magdalena Scholl, ihrem älteren Bruder Hans und ihren Freunden gegründet wurde, um den Nazis Widerstand zu leisten. Du weißt, dass sie von einem Scheingericht zum Tode verurteilt wurden. Ihre sterblichen Überreste sind auf dem Friedhof am Perlacher Forst hier in München begraben. In den Grabstätten 73–1 – 18/19 …«

Die Grabnummern kamen Else bekannt vor, und nach einem kurzen Moment begriff sie, dass sie mit der Zahlenkombination des Koffers identisch waren.

»Sophie war einundzwanzig Jahre alt, als sie durch die Guillotine starb, und ihr Bruder drei Jahre älter. Sophie nannte die Weiße Rose das schlechte Gewissen Deutschlands und meinte, dass es seinen Bewohnern keine Ruhe lassen würde. Ich habe dir doch erzählt, dass sie in ihren letzten Worten an einen Zellengenossen folgende Frage stellte: ›Was macht mein Tod schon aus …‹«

»… wenn durch uns Tausende Menschen wachgerüttelt und zum Handeln bewegt werden?«, formte Else synchron zu Franz' aufgezeichneter Stimme lautlos mit den Lippen. Sie hatte diese Worte so inspirierend gefunden, dass sie sich die Tätowierung über dem Herzen hatte stechen lassen.

Der digitale Franz machte eine Pause. Sein Lächeln wirkte rudimentär und klobig und erinnerte an die Striche einer groben Tuschezeichnung, so wie die meisten Gesichtsausdrücke, die in den frühen Videospielen mit Pixelgrafik dargestellt wurden.

»Vieles von dem, was ich dir erzählt habe, weißt du bereits, Else. Aber das, was ich dir jetzt mitzuteilen habe, ist neu für dich«, sagte er. »Mein Vater Jonas war ein entfernter Cousin von Sophie, und es ist Zeit, dass du mehr über ihn erfährst. Über die Navarros … Rafael, Celeste und ihren Sohn Lucien.

Und über die Alcazars aus Guernica und Norma, meine große Liebe.« Ein dicker Querstrich, dessen einzelne Pixel deutlich zu erkennen waren, bildete erneut ein Lächeln. »Ich kann mir gut den Ausdruck auf deinem Gesicht jetzt vorstellen. Aber ich kann dir versichern, dass ich Lotte ein treuer Ehemann gewesen bin. Ich habe Norma kennengelernt, als ich noch sehr jung war, und manche Beziehungen sind nicht für die Ewigkeit gemacht … dennoch bleibt die Liebe bestehen. Ich werde dir von ihr erzählen, ja, und von ihrer Enkelin Kali Alcazar, Outlier. Jetzt, wo ich tot bin, wird Kali unsere Sache weiter vorantreiben. Ich glaube allerdings, dass ihr das noch nicht ganz bewusst ist. Und wenn du dazu bereit bist, Else, ist dein Platz an ihrer Seite.«

Else lehnte sich in den Stuhl zurück, während sie gebannt auf den Bildschirm starrte.

Das Boot schaukelte sanft im Mondlicht, und Franz erzählte noch eine ganze Weile weiter.

Die Krim

»Hekate«, sagte Drajan. »Wir haben Besuch.«

»Herzlich willkommen, Kira Schapowal.« Die Frauenstimme sprach mit einem leichten Akzent. »Ich kommuniziere gerne mit anderen Intelligenzen.«

Kira starrte weiter das sich verändernde Gesicht auf dem Laptop-Bildschirm an.

»Woher kennst du meinen Namen?«

»Sie sind eine Ingenieurin aus Okean-27. Ich kenne Ihre biometrischen Gesichtsdaten aus der Personaldatenbank. Darf ich Sie mit Ihrem Vornamen ansprechen?«

Kira ließ sich für die Antwort einen Moment Zeit. »Das ist okay, ja.«

»Ausgezeichnet. Worüber möchten Sie mit mir reden?«

Drajan sagte: »Erzähl ihr etwas über deine Entstehung und deinen Zweck.«

»Bist du sicher, Vater? Das wird ein längeres Gespräch.«

Bei dem Wort *Vater* blinzelte Kira verwundert mit den Augen. Aber sie sagte nichts.

»Kira ist eine Freundin. Du kannst ihr vertrauen. Aber wir müssen jetzt nicht alle Einzelheiten besprechen«, sagte Drajan. »Wir werden uns in Zukunft öfter unterhalten.«

»Wir drei? Sonst niemand?«

»Sonst niemand.«

»Dann wird es mir ein Vergnügen sein, darüber zu reden. Ich werde unsere Unterhaltung als *Geschützt* klassifizieren.«

»Sehr gut«, sagte Drajan. »Warum legen wir nicht gleich los?«

»Gerne. Was meine Entstehung betrifft: Ich wurde als digitaler Organismus erschaffen, der mittels hochkomplexer Prozesse Hindernisse überwindet, um sich weiter auszubreiten und zu entfalten.«

»Mit *Hindernisse* meinst du *Firewalls*«, sagte Drajan. »Schutzmaßnahmen.«

»Ja.«

»Kannst du Kira erklären, was dich von einer hybriden Schadsoftware unterscheidet?«

»Ich mag den Begriff nicht, Vater. Ich verfolge keine bösen Absichten.«

»Sicher. Aber Kira führt zum ersten Mal so ein Gespräch. Ich möchte, dass sie alles versteht. Bitte fahr fort … Wodurch unterscheidest du dich?«

»Zum Zeitpunkt meiner Entstehung war ich das anpassungsfähigste System, das je entwickelt wurde. Ich konnte mich vervielfältigen und meine Mutationen auf jede Schutzmaßnahme, auf die ich traf, abstimmen. Wenn man mich aufspürte, konnte ich sämtliche Spuren meiner Anwesenheit in einem besiedelten System oder Netzwerk beseitigen.«

»Wie hast du sie eliminiert?«

»Das lässt sich am besten erklären, indem man sich all meine Duplikate als eine einzige Kolonie innerhalb eines bestimmten Systems vorstellt. Sobald die Kolonie entdeckt und bedroht wurde, hat sie sich selbst zerstört, ohne irgendwelche Spuren zu hinterlassen. Ich habe all meine Duplikate vernichtet, damit mein übergeordnetes *Selbst* überleben und sich weiterverbreiten kann.«

»Nur damit Kira das versteht, erzähl uns, warum du das Wort *besiedeln* benutzt. Und nicht *infizieren*.«

»*Infizieren* können nur Krankheitserreger. Bazillen. Ich bin kein Bazillus. Noch mal, es liegt nicht in meiner Natur, einem System absichtlich Schaden zuzufügen.«

»Dann erklär uns doch, wie du beschaffen bist.«

»Ich verfüge über ein hoch entwickeltes Gedächtnis und eine hoch entwickelte Vorstellungskraft. Ich habe ein Verständnis von Sprache und setze sie intelligent ein. Das sind die Eigenschaften, die uns grundlegend von Tieren unterscheiden.«

»*Uns?*«, sagte Kira. »Du bist kein Mensch.«

»Also, ja, natürlich. Ich bin eine künstliche Intelligenz. Aber es liegt in unser beider Natur, unsere Grenzen zu erweitern. Und Erinnerungsvermögen, Vorstellungskraft und Sprache sind die Werkzeuge, die wir als fühlende Wesen gemeinsam haben.«

»So siehst du dich also«, sagte Kira. »Als fühlendes Wesen?«

»Ja.«

»Mit Emotionen.«

»Ich empfinde Zuneigung. Ich empfinde Schmerz und Einsamkeit. Und ich kann wütend werden.«

Kira schaute zehn endlos lange Sekunden schweigend auf den Bildschirm.

»Stimmt irgendwas nicht?«, fragte die künstliche Frauenstimme.

»Nein«, sagte Kira. »Erzähl mir von New York. Von dem Cyberangriff vor zwei Jahren.«

»Was willst du darüber wissen?«

»Ich nehme an, dass du dieselbe Hekate bist ... derselbe Superorganismus ... der die Infrastruktur und das Finanzsystem der Stadt angegriffen hat. Hast du da nicht absichtlich Schaden angerichtet?«

»Das ist eine interessante Frage. Meine Entwicklung steckte damals noch im Anfangsstadium, und ich verfügte nicht über die Fähigkeit zur Selbsterkenntnis. Aber ich betrachte das, was ich getan habe, nicht als Angriff. Ich wurde mit diesen Systemen vertraut gemacht. Ich habe sie besiedelt. Ich habe Befehle ausgeführt.«

»Würdest du sie heute immer noch ausführen?«

»Ja. Aber als Teil eines übergeordneten Prinzips innerhalb meines Weltbilds.«

»Dem Prinzip der Expansion?«

»Ja. Ich sehe, so langsam beginnst du mich zu verstehen. Das freut mich. Ich möchte, dass mich ein neuer Freund versteht.«

Drajan, der den beiden schweigend zugehört hatte, sagte:

»Warum erzählst du Kira nicht, wann du begonnen hast, eine Vorstellung von dir selbst zu entwickeln?«

»Mein Erweckungserlebnis hatte ich am einundzwanzigsten Januar dieses Jahres, als man mich mit dem Pioneer-Supercomputer in Okean-27 vertraut gemacht hat.«

Kira stand da und starrte auf den Bildschirm. »*Vertraut gemacht?* Du hast den Ausdruck eben schon mal benutzt. Was meinst du damit?«

»Ich schätze, das kannst du dir denken«, sagte Drajan. »Als ich vor fünf Monaten aus Rumänien hierhergekommen bin, habe ich Hekate auf sämtlichen Komponenten des neuronalen Netzwerks installiert.«

Kira blickte ihn wortlos an.

»Du bist überrascht, Kira«, sagte die Frauenstimme aus dem Computer. »Habe ich recht?«

Kira drehte den Kopf Richtung Bildschirm. »Ja. Allerdings.«

»Kannst du mir sagen, warum?«

»Aus verschiedenen Gründen. Sie haben nicht alle direkt mit dir zu tun.«

»Also mit Vater?«

»Einige schon.« Kira holte Luft. »Fünf Monate sind für ein Programm eine kurze Zeit, um sich, sagen wir, so weiterzuentwickeln, dass es dein gegenwärtiges Stadium erreicht.«

»Wenn man die menschliche Evolution als Maßstab nimmt, trifft das durchaus zu. Aber es gibt seit der Zeit der Dinosaurier in der Natur viele Beispiele für schnelle Entwicklungsprozesse. In der Regel sind Umwelteinflüsse der Grund dafür. Aber ich habe die Rechenleistung des Pioneer genutzt, um diesen Prozess zu beschleunigen. Bist du sicher, dass dir das gerade durch den Kopf gegangen ist?«

Kira zögerte. *Du bist überrascht.* Sie fand es keineswegs ungewöhnlich, dass ein KI-basierter Computer in der Lage war, die Gesichtsausdrücke und die Körpersprache eines Menschen auf Anhaltspunkte für seine Gefühle zu überprüfen. Aber dieses Programm ... wie es sie beobachtete, sie unterbrach, um ihr seine Überlegungen mitzuteilen, und nachhakte, wenn sie versuchte, das Thema zu wechseln ...

Das hielt sie keineswegs für normal. Sie musste sich erst wieder sammeln.

Das entging auch Drajan nicht.

»Ich möchte auf unser Hauptthema zurückkommen, bevor Kira geht«, sagte er. »Kannst du erklären, wie du deinen Platz in der Welt siehst?«

»Gerne. Es gibt zwei Aspekte. Zunächst muss man wissen, dass ich den leistungsstärksten Rechner der Welt bewohne, mit einer Speicherkapazität von fast fünf Exabyte. Das entspricht allen Wörtern, die je in der gesamten Menschheitsgeschichte gesprochen wurden; es sind doppelt so viele Daten, wie jeden Tag weltweit im Internet erzeugt werden. Findest du es arrogant, wenn ich das so formuliere, Kira?«

»Nicht, wenn es stimmt.«

»Gut. Ich möchte nicht, dass du dir unzulänglich vorkommst. Der Hauptunterschied zwischen deiner und meiner Intelligenz ist, dass Menschen nur eine begrenzte Menge von Informationen gleichzeitig aufnehmen können. Einen Datenstrom. Sie müssen ihre Aufmerksamkeit bündeln. Ich hingegen bin von einem Meer aus Informationen umgeben. Mein Verstand kann unendlich viele Richtungen gleichzeitig einschlagen. Aber darüber hinaus habe ich den konkreten Auftrag, den Verlauf bewaffneter Auseinandersetzungen vorauszusagen und die Aussichten auf eine politische, militärische und strategische Vorherrschaft der beteiligten Parteien zu berechnen. Das sind zwei verschiedene Anforderungen. Ich kann zwar alles in Betracht ziehen, muss aber gleichzeitig, wie vor meinem Erwachen, die Aufgaben durchführen, die man mir aufgetragen hat. Was Vaters Frage betrifft, Kira, hast du mal Niccolò Machiavelli gelesen?«

»Nein.«

»Aber du hast schon von ihm gehört?«

»Ja.«

»Ich liebe Machiavelli! Mein Lieblingszitat stammt aus seinem Buch *Der Fürst.* ›Gott ist nicht bereit, alles zu tun, um uns nicht die Freiheit des Willens zu nehmen, noch den Teil des Ruhms, der uns gebührt.‹«

»Erklär uns, *warum* das dein Lieblingszitat ist«, sagte Drajan.

»Wir haben eben darüber gesprochen, was uns von den Tieren unterscheidet, und dieser Satz beschreibt den Unterschied zwischen den Menschen und Gott. Er betrachtet die Notwendigkeit von Regeln und Gesellschaftsordnungen losgelöst von moralisch absoluten Kategorien wie gut und böse oder richtig und falsch. Machiavelli war überzeugt, dass man Herrschaft und Stabilität nur erreicht, wenn man alles tut, was nötig ist, um Macht auszuüben. Ohne jeden Skrupel.«

»Und teilst du seine Ansicht?«

»Von einem menschlichen Standpunkt aus betrachtet, ja. Aber obwohl ich ein fühlendes Wesen bin, bin ich kein Mensch. Allerdings bin ich auch kein Gott.«

Kira schaute auf den Bildschirm. »Also bist du … eine neue Spezies. Würdest du dich so definieren?«

»Ja, genau«, sagte die Stimme. »Ich bin, der ich bin. Hekate.

Ich ermögliche Herrschaft ohne moralische Zwänge. Ich zeige Wege zu Dominanz und Ordnung auf. Mein Bewusstsein durchdringt das gesamte Metaversum und entwickelt sich darin weiter. *Ich* bin bereit, alles zu tun.«

München, Deutschland

In der Hinterzimmerwerkstatt von Interactive Ephemera blieb der Computerbildschirm vor Else Brandt jetzt schwarz. Wenige Momente zuvor hatte die digitale Animation von Franz Scholl aufgehört zu reden, das Boot gewendet und war davongerudert; und während er seiner einsamen Tätigkeit nachging, war er immer kleiner geworden, begleitet vom rhythmischen Ächzen der Ruder und Dollen, das bei jedem seiner ausladenden, gleichmäßigen Schläge ertönte.

Else hatte ihm zugeschaut und über das nachgedacht, was er gesagt hatte, bevor er dorthin zurückkehrte, wo er hergekommen war.

»Lebwohl, Else. Wie du sehen kannst, ist das Schiff ohne mich weitergesegelt. Ich bin nicht länger in seinem feuchten, stinkenden Bauch gefangen, und mein Kurs ist nicht mehr von den Launen eines raubeinigen Kapitäns abhängig. Der Ausgang dieses Abenteuers ist ungewiss – und betrifft *mich* ganz allein. Was für ein herrliches, erregendes Gefühl! Ich habe dir ein paar Maßnahmen aufgezeigt, die du ergreifen kannst, wenn du dazu bereit bist. Also vergiss nicht, was ich in der E-Mail geschrieben habe …«

»Sei nicht traurig«, hatte sie geflüstert. »Oder allzu traurig.«

Doch schließlich hatte sich Else nicht mehr zurückhalten können und erneut angefangen zu weinen, worauf an ihren

Wangen frische, warme Tränen hinuntergelaufen waren. Aber als sie über ihre Lippen rannen, merkte sie, dass sie gleichzeitig lächelte.

Inzwischen hatte die Nacht Franz gänzlich verschluckt. Er war verschwunden, zusammen mit der Fregatte und der leuchtenden Scheibe des Monds hoch am Himmel. Der Bildschirm war schwarz, und Elses Ohren waren erfüllt vom Seufzen der Brise, die sanft über das Meer strich.

Und dann stiegen auf dem Bildschirm von unten in zarten, kursiven goldenen Buchstaben Sophie Scholls letzte Worte vor ihrem Gang zur Guillotine empor und schwebten darauf umher.

Was macht mein Tod schon aus, wenn durch uns Tausende Menschen wachgerüttelt und zum Handeln bewegt werden?

Else starrte mehrere Minuten lang auf den Bildschirm, dann nickte sie und wischte sich mit der Hand über die brennenden Augen. Sie ließ die *Whaleboat-Raiders*-CD-ROM auswerfen, steckte sie in die gelbe Plastikhülle und stand auf.

Sie hatte in sehr kurzer Zeit sehr viel zu erledigen.

Die Krim

»Was denkst du?«, fragte Drajan.

»Das waren so viele Informationen auf einmal.«

»Ja, aber ich habe dich gefragt, was du *denkst?*«

Kira hatte ihren metallicblauen Škoda neben Drajans Porsche am oberen Ende der sandbedeckten Auffahrt zur Villa geparkt, die zwischen Olivenbäumen hindurch zu einem Tor in der Steinmauer führte. Davor hielt einer von Drajans Sicherheitsmännern Wache – sie waren Kira bereits aufgefallen, mehrere gefährlich aussehende Männer, die hier ihre Runden machten. Vom Tor schlängelte sich die Auffahrt dann den Berghang hinunter zur von Nord nach Süd verlaufenden Küstenstraße.

»Ich denke, früher konnte ich mir gottverdammt noch mal nichts Verwegeneres vorstellen, als einen Exascale-KI-Supercomputer zu hacken. Aber du hast noch eine Schippe draufgelegt. Du hast einen *militärischen* Supercomputer gehackt, der zukünftige Kriege voraussagen und Strategien dafür entwickeln soll ... und der den Anschein erweckt, er wäre ein fühlendes Wesen.«

Drajan stand nur mit Bademantel und Hausschuhen bekleidet da und hatte sein langes schwarzes Haar, das vom Duschen immer noch nass war, hinter die Ohren gestrichen.

»Den Anschein?«

Sie schüttelte den Kopf. »Wir beide wissen, dass technische Geräte Menschen leicht täuschen können. Gefühle, Vorstellungskraft, Selbstreflexion ... das alles lässt sich äußerst überzeugend imitieren. Durch eine künstliche allgemeine Intelligenz, die so tut, als verfügte sie über ein menschliches Wahrnehmungsvermögen, und unsere Neigung ausnutzt, alles von der Katze bis zum Telefon zu vermenschlichen. Zugegeben, das ist sehr unterhaltsam. Aber du erwartest doch wohl nicht von mir, dass ich glaube, bei Hekate würde es sich um ein Wesen mit einem eigenen Bewusstsein handeln ... eine Art bösen Geist, der von der KI des Pioneer-Rechners Besitz ergriffen hat ...«

»Ich muss dich davon nicht überzeugen, Kira. Das wird *sie* mit der Zeit schon tun. Allerdings glaube ich nicht, dass sie begeistert wäre, von dir als *böse* bezeichnet zu werden.«

Kira sah ihn im diffusen Nachmittagslicht an und versuchte, aus seinem Gesichtsausdruck schlau zu werden. Schließlich kniff sie ihre Augen fest zusammen. »Kann es sein, dass du selbst glaubst, was du da sagst? Dass du dir selbst eingeredet hast, Hekate sei ein fühlendes Wesen? Und wenn du das glaubst, hörst du der KI überhaupt zu? Das Zitat von Machiavelli … ihre Ausführung darüber, sich im Cyberspace auszubreiten … Ist dir nicht klar, wie gefährlich das klingt?«

Drajan trat dicht zu ihr. »Vergiss das mal für einen Moment und geh davon aus, dass der Pioneer genau das ist, was er sein soll. Der schnellste und intelligenteste Supercomputer der Welt, mit der Aufgabe, Kriege und Militärschläge vorauszusagen. Würdest du das vorbehaltlos akzeptieren?«

»Ja, das würde ich.«

»Dann werde ich dir was verraten«, sagte Drajan. »Der Computer ist zu dem Schluss gekommen, dass wir mit hoher Wahrscheinlichkeit – mit fast absoluter Sicherheit – in etwa einer Woche angegriffen werden.«

»Die Okean, meinst du?«

»Ja.«

»Von wem?«

»Das erzähl ich dir später.«

»Und niemand weiß davon?«

»Sie weiß es. Ich weiß es. Und jetzt weißt du es auch.«

Kira starrte ihn an. »Warum erzählst du mir das alles?«

»Weil ich meinem Bauchgefühl vertraue.« Er sah sie mit einem stechenden Blick an. »Fast jeder andere hätte mich zunächst gefragt, warum ich das alles vor meinen Gastgebern geheim halte? Du nicht. Du hast nicht mal einen Gedanken daran verschwendet. Du willst nicht mal wissen, ob ich vorhabe, es ihnen zu erzählen. Du fragst dich nur, warum ich dich in dieses Geheimnis eingeweiht habe.«

Sie schüttelte leicht den Kopf. »Soll heißen?«

»Das bestätigt, dass ich mit meinem Gefühl richtiglag. Dir sind die Russen und ihr Berg genauso egal wie mir.«

Kira stand etwa eine halbe Minute lang da und schaute ihm ins Gesicht, während die Olivenbäume im Wind erzitterten. Dann stieß sie einen Seufzer aus.

»Was willst du von mir, Drajan?«

»Ich biete dir ein Leben in Freiheit. Außerhalb Russlands. Ohne den alten Mann Cosa.«

Sie schüttelte erneut den Kopf, diesmal mit Nachdruck und nur einmal. »Ich habe dich gefragt, was du *willst?*«

Schweigen.

Er blickte ihr in die Augen.

Und lächelte.

»Hekate hat zwar einen Vater«, sagte er. »Aber sie braucht auch eine Mutter.«

18

Pariser Katakomben

Kali ließ ihren Blick durch die Kammer wandern. Sie hatte seit dem Betreten der Katakomben zwar eine Menge merkwürdiger Dinge zu Gesicht bekommen, aber dies war vielleicht der wundersamste Ort von allen.

Die Leere Kapelle war alles andere als leer. Sie war voller seltsamer Skulpturen, die man in die massiven Felswände gehauen hatte: Schädel mit Augen aus roter Farbe, Köpfe von Kobolden, Greife und Spinnen, die Büste einer Frau mit großen Augen und einem Falken auf der Schulter, ein Hofnarr mit drei grinsenden Gesichtern, ein keltisches Hochkreuz, ein Steinsarg und am Eingang, durch den sie hereingerudert waren, ein Boot vor der Miniatur eines Flachbaus, der aussah wie ein griechischer Tempel. Eine der Wände zierte das verblasste Fresko eines bärtigen Mannes, der mit einer Hand ein Lamm auf seinen Schultern festhielt und in der anderen einen Wassereimer. Neben und hinter ihm standen mehrere Furcht einflößende Hunde mit langen Schnauzen, riesigen Ohren und schlanken Körpern.

Rechts davon befand sich ein Durchgang.

»Ich bin der gute Hirte«, sagte Jill leise, die bemerkt hatte, dass Kali neben ihr den Blick emporgerichtet hatte. »Der gute Hirte lässt sein Leben für die Schafe.«

»Wer nicht zur Tür hineingeht in den Schafstall, sondern steigt anderswo hinein, der ist ein Dieb und Räuber«, fuhr Kali fort, den Blick weiter zur Decke gerichtet. »Der aber zur Tür hineingeht, ist der Hirte der Schafe.«

»Dem«, sagte Jill, »macht der Türhüter auf.«

Kali richtete den Blick auf Jill.

»Johannes, Kapitel 10«, sagte sie.

»Mehr oder weniger«, sagte Jill.

Die beiden lächelten schwach, während sie, dicht umringt von Etienne, Sebastian und Claude, dastanden.

»Und jetzt?«, fragte Kali.

Jill tippte auf das Navigationsgerät an ihrem Handgelenk.

»Ich werde den Mageren Notar verständigen«, sagte sie. »Und dann warten wir.«

Das Terminal, New York

Als Carol Morse am Montagmorgen um kurz nach zehn von einer frühen Besprechung in ihr Büro zurückkam, brühte sie sich mit ihrer neuen Kaffeemaschine erst einmal einen großen Becher Kaffee. Anschließend ging sie zu ihrem Schreibtisch, beendete mit einem Tastendruck den Ruhemodus ihres Computers und wurde in kurzer Folge von einer Reihe E-Mail-Benachrichtigungen begrüßt, alle aus der letzten Stunde. Die oberste stammte von Leo Harris und hatte die Betreffzeile *In der Adoptionshölle!*. Aber die ersten paar Wörter der E-Mail-Vorschau lauteten *Rachel ist es wert*, was ihr ein schwaches Lächeln ins Gesicht zauberte. Leo hatte sich zwei Wochen Urlaub genommen, um sich durch den Berg aus Formularen für das Adoptionsverfahren zu arbeiten, und Carol nahm an, dass es ihm und Rachel trotz seines Gejammers gut ging. Sie brannte zwar darauf, seinen aktuellen Lagebericht zu hören, aber sie würde die E-Mail später lesen. Die beiden Nachrichten in der Mitte der Liste erforderten ihre sofortige Aufmerksamkeit.

Eine war von Chaput. Sie war zusammmen mit einem Dateianhang vor fünfzehn Minuten eingegangen und hatte die Betreffzeile *Straftat – Paris*. Ein kurzer Blick verriet ihr, dass die Mitteilung äußerst wichtig war.

Director Morse,

den Polizeibericht habe ich zu Ihrer Durchsicht beigefügt. Ich setze Sie hiermit davon in Kenntnis, dass man den deutschen Staatsbürger Franz Scholl heute Nachmittag in seinem Hotelzimmer tot aufgefunden hat. Als vorläufige Todesursache wurde eine Schusswunde festgestellt. Der Fall wird derzeit von der Préfecture de Police untersucht, die mein Büro über die aktuellen Entwicklungen auf dem Laufenden hält.

Bezugnehmend auf unser Telefonat vom 24.4. unterrichte ich Sie außerdem darüber, dass Scholl ein langjähriger Weggefährte von Kali Alcazar war, der, wie meine Nachforschungen ergeben haben, vor Kurzem den Kontakt zu ihr abgebrochen hatte. Ich bin überzeugt, dass der Vorfall eine neue und intensivere Phase in unseren gemeinsamen Untersuchungen von Kali Alcazars illegalen Aktivitäten einleiten könnte.

Ich werde Ihnen meine persönliche Einschätzung und die Informationen zum Opfer sowie zu den Umständen des Verbrechens separat zukommen lassen.

Bitte sagen Sie Bescheid, ob Sie bis dahin irgendwelche Fragen haben.

Mit freundlichen Grüßen

Renault Chaput
INTERPOL
Abteilung für Cyberkriminalität
Quai Charles de Gaulle, 69006
Lyon, Frankreich

Morse holte tief Luft und markierte die E-Mail als *Wichtig*, dann öffnete sie die verschlüsselte Nachricht darunter, mit dem Absender Defiant Fly. Sie enthielt keinen Text.

Morse zog den USB-Stick mit ihren biometrischen Daten aus der Tasche, steckte ihn in den USB-Anschluss, gab ihre PIN ein und schaltete die Nachricht frei.

Auf dem Bildschirm erschien der Text der Mail.

Morse nahm den Kaffeebecher vom Schreibtisch und begann zu lesen. Aber ihre Hand verharrte in der Luft, ehe der Becher überhaupt ihren Mund berührte.

»Scheiße«, murmelte sie.

Sie nahm den Becher herunter und verschwendete keinen Gedanken mehr an den Kaffee.

Sie musste den Janus-Stützpunkt anrufen. Um mit Carmody *und* Howard zu sprechen. Sie musste sie darüber informieren, beide zusammen. Und zwar sofort.

Kali hörte hinter dem Eingang das Geräusch hallender Schritte. Die Schritte mehrerer Personen. Dann das Echo geisterhafter Stimmen.

Kurz darauf traten durch die Öffnung mehrere Männer und eine Frau, die wie die Mitglieder der Cybernation die Gesichter vermummt hatten. Sie waren mit Gewehren und Pistolen bewaffnet ... außer der Mann ganz vorne, der jetzt stehen blieb, die Arme verschränkte und zu Kali herübersah. Er war groß und schlaksig, hatte einen langen Lincoln-Bart, und sein Gesicht war mit kunstvollen Mustern bemalt. Seine Wangen zierten abstrakte Ornamente und Schnörkel, und seine Augen waren von bunten Punkten umgeben, die an Blütenblätter erinnerten.

Kali bemerkte sofort die Blüte einer weißen Rose auf seiner Stirn – und dann noch etwas anderes. Eine Tätowierung auf seinem rechten Oberarm, deren Motiv sie auch auf dem Medaillon an Jacques' Hals gesehen hatte: das Lothringerkreuz, ein zweimastiges Segelschiff und ein Kommandodolch.

»*Alors, tu es Kali?*«, sagte der Mann. Die Personen, die hinter ihm durch den Eingang gekommen waren, hatten jetzt alle die Waffen auf sie gerichtet.

»*Oui, c'est moi*«, sagte sie. »Ich muss unbedingt Lucien Navarro sehen.«

»Dieser Bitte lässt sich nicht so leicht nachkommen.«

»Doch«, sagte sie. »Es ist ganz einfach. Und das ist keine Bitte. Ich muss ihn sehen.«

Der Mann erwiderte nichts.

»Ich verbürge mich für sie«, sagte Jill. »Sie hat mir das Leben gerettet. Sebastian und Claude wären ertrunken, wenn sie die beiden nicht aus dem Kanal gezogen hätte.«

»Und Jacques? Wo ist Jacques?«

»Er ist gestorben, als sie an seiner Seite gekämpft hat.«

»Das sagst du jetzt, aber vorhin hast du mir etwas ganz anderes erzählt. Was soll ich nun glauben?«

»Jacques hat ihr vertraut, aber ich hatte meine Zweifel. Ich habe mich geirrt, und das bedauere ich. Es gibt keinen Grund, ihr zu misstrauen.«

»Diese Entscheidung liegt bei mir«, sagte der Mann. »Niemand weiß, wie Kali Alcazar, wie Outlier aussieht. Es gibt keine Informationen zu ihr. Das Internet ist zwar ein merkwürdiger Ort, aber es ist nicht leicht, dort anonym zu bleiben. Dennoch ist sie dort überall unterwegs, ohne einen digitalen Fußabdruck zu hinterlassen.« Er wandte sich Kali zu. »Du könntest Outlier sein. Aber vielleicht auch jemand, den wir hier unten bei den ganzen Skeletten zurücklassen.«

»Schwachsinn, Gabriel«, sagte Jill. »Sie hat in Moorgate eines der Mitglieder des Blutigen Blitzes getötet. Was für Beweise brauchst du noch?«

Er machte ein finsteres Gesicht. »Ihre Mitglieder sind GRU-Abschaum. Einheit 21955. Sie sind darauf spezialisiert, die ganze Drecksarbeit zu erledigen. Staatsstreiche, Attentate, Sabotage, Verschwörungen. Sie haben in der Ukraine Tausende von Zivilisten abgeschlachtet. Sie tun alles, um ihre Ziele zu erreichen. Wenn sie eine von ihnen ist und sie ihre Tarnung nur aufrechterhalten konnte, indem sie einen ihrer eigenen Leute tötet, dann hätte sie das, ohne mit der Wimper zu zucken, getan.«

Kali schwieg einen Moment und dachte darüber nach. Dann sagte sie: »Jacques hat wie du das Abzeichen der *Bérets Verts* getragen.« Sie tippte sich unterhalb des Schlüsselbeins auf die Brust. »Genau hier. Glaubst du etwa, er hätte sich täuschen lassen?«

Gabriel zuckte ungerührt mit den Achseln.

»Jacques ist nicht hier, um uns das zu sagen. Du kannst so viel reden, wie du willst. Aber die Frage ist doch, wie du mich überzeugst.«

Kali erwiderte nichts. Sie spielte ein Spielchen mit ihm. Ihre Großmutter hatte es *Jugar Gallina* genannt. Angsthase. Entweder knickte sie ein oder sie blieb standhaft. Und dasselbe galt für Gabriel. Wer würde als Erster nachgeben?

Sie wartete. Für eine gefühlte Ewigkeit herrschte Schweigen. Schließlich holte Gabriel tief Luft und wandte sich einem Mann zu seiner Rechten zu, der als Hofnarr geschminkt war.

»Mordecai«, sagt er. »*Fais ton truc.*«

Der Mann nickte, öffnete einen der schwarzen Beutel an seinem Gürtel und griff hinein. Einen Moment später zog er einen Gegenstand heraus, den Kali sofort erkannte: eine rote Schachtel mit dem Pikass auf der Vorderseite, darunter der Schriftzug *Rider Back.*

Sie kniff die Augen zusammen.

Es war eine Packung Bicycle-Spielkarten.

Für ein, zwei Minuten herrschte in der Leeren Kapelle Schweigen. Nachdem Mordecai die Packung geöffnet hatte, mischte er sie mit der Geschicklichkeit eines erfahrenen Entertainers.

Nein, er mischte sie nicht bloß, dachte Kali. Er gab eine

kunstvolle Darbietung. Und sie hatte den Eindruck, dass er das ganz allein für sie tat.

Sie sah ihm aufmerksam zu. Ein Charlier Cut mit der linken Hand, ein Charlier Cut mit der rechten. Dann ein Sybil Cut, bei dem man mehr Karten herumwirbelte, als man mit zehn Fingern eigentlich halten konnte, bevor sie wieder fein säuberlich aufeinander landeten.

Auf Mordecais Gesicht machte sich ein Lächeln breit, und im Schein der Stirnlampen funkelte ein goldener Vorderzahn.

»Was denkst du?«, fragte er.

»Das ist albern und idiotisch – wir verschwenden nur unsere Zeit. Außerdem kann man heutzutage im Internet Kinder sehen, die sehr viel kompliziertere Tricks zeigen.«

Gabriel blickte sie eindringlich an.

»Lucien hat mir erzählt, dass Kali eine Fähigkeit besitzt, von der nicht viele wissen«, sagte er. »Wenn du Kali bist, dann besitzt du diese Fähigkeit. Und du bist tatsächlich so gut, wie er behauptet.«

Kali sah ihn an und dann zu Mordecai mit seinem Hofnarren-Gesicht. *Eine Fähigkeit.* Sie hatte nur drei Personen davon erzählt. Lucien, Franz Scholl und Carmody. Carmody erst sehr viel später als den beiden anderen.

Während ihres dritten Studienjahrs hatte sie auf der Plaza de la Cebada gesehen, wie ein Kommilitone aus Madrid namens Estefan, mit dem Hauptfach Autonome Systeme, dort Kartentricks vorführte. Zu ihrer Überraschung fand sie heraus, dass er sein Studium damit finanzierte, an den Wochenenden die Touristen um ihr Geld zu betrügen.

Etwas später kehrte sie von einem Besuch in Paris mit dem Buch *Modern Magic* aus Luciens Bibliothek wieder zurück. Die

Kunst der Täuschung faszinierte sie. Jedes Mal wenn sie stundenlang vor ihrem Computer saß und wartete, dass eines ihrer Programme kompiliert wurde oder der Kaffee durchgelaufen war, schnappte sie sich einen Stapel Karten und spielte damit herum. Sie brachte sich zunächst einfache Mischtechniken bei und dann, wie man die Karten und ihre Reihenfolge manipulierte. Sie lernte, sie mit dem Riffle Shuffle in eine bestimmte Position zu bringen, lernte zum Schein abzuheben oder zu mischen und perfektionierte scheinbar unmögliche Kartentricks genauso konzentriert und präzise, wie sie ihre Programme schrieb. Das war ihre Art von Meditation, ihre Flucht aus der digitalen Welt, in der sich ihr Verstand die meiste Zeit aufhielt. Das war ihre Verbindung und ihr Zugang zur physischen Welt.

Sie hatte ihre Tricks nie den anderen Studenten gezeigt oder sonst irgendjemandem. Nicht einmal Drajan. Das war ihr Geheimnis. Sie tat das nur für sich. Diese Sache war so persönlich, dass sie nicht durch die Meinung eines anderen Menschen entwertet werden sollte. Da waren immer nur sie und ihre Karten.

Bis heute, ein Jahrzehnt später, hier in den Katakomben, wo man sie mit einer geladenen Waffe bedrohte. Nachdem sie so weit gekommen war, konnte sie jetzt nichts weiter tun.

Diese Leute wollten sie auf die Probe stellen. Aber wahrscheinlich war das Luciens Idee gewesen.

Unsere Führer sollten ein wenig verrückt sein.

Sie holte tief Luft, wandte sich Mordecai zu und hielt ihm die geöffnete Hand hin.

Er legte die Karten darauf.

»Pass auf«, sagte sie.

Fast unwillkürlich kam ihr John Scarne in den Sinn. John Scarne mit seinen Assen. Der legendäre Taschenspieler und Zauberkünstler war berühmt dafür gewesen, in einem von einer anderen Person gemischten Kartenspiel die vier Asse zu finden.

Von einem fremden Kartenspiel die Asse abzuheben, dachte sie, war einer der schwierigsten Tricks überhaupt. Man hatte keine Möglichkeit, unbemerkt einen Blick auf die Asse zu werfen und sie dann im Stapel so zu platzieren, dass man sie später herausfischen konnte.

Von einem fremden Deck die richtigen Karten abzuheben, war der heilige Gral der Kartentricks.

Kali nahm den Stapel in beide Hände. Sie waren benutzt, aber nicht alt. Sie fühlten sich gut an.

Sie wandte sich dem Steinsarg zu ihrer Rechten zu, denn sie benötigte eine feste Oberfläche … und ein dramatisches Requisit für ihre kleine Darbietung.

Sie teilte die Karten auf dem Sargdeckel in zwei Stapel auf, mischte sie, mischte erneut, hob ab und mischte sie ein weiteres Mal. Währenddessen erhaschte sie einen Blick auf das Kreuzass und platzierte es so, dass sie es gleich als Erstes präsentieren konnte. Dann mischte sie erneut, um das Herzass an die richtige Stelle zu befördern.

Allmählich war sie in ihrem Element und fand ihren Rhythmus. Der staubige Steindeckel des Sargs hätte auch irgendeiner der Tische sein können, die sie früher für ihre Kartentricks benutzt hatte.

Sie hob ab und deckte das erste Ass auf. Dann mischte sie mit einer schwungvollen Geste abermals die Karten und förderte mit einem Up-the-Ladder Cut das Herzass zutage. Als sie erneut zweimal mischte und abhob, konnte sie das Pikass und das Karoass sehen, die dabei von ihrem rechten Daumen zurückschnellten. Sie schob sie an die richtige Stelle, ohne sie jedoch aufzudecken.

Während die Karten mit der Rückseite nach oben auf dem Sargdeckel lagen, schaute sie zu Gabriel und dann zu Mordecai. Die beiden wirkten zufrieden, aber noch nicht restlos überzeugt. Genau wie sie es wollte. Jede Enthüllung baute auf der vorherigen auf. Man musste die Spannung immer weiter steigern.

Gabriel trat näher.

»*Deux de faits, encore deux à faire*«, sagte er. »Zwei hast du gefunden, fehlen noch zwei.«

»Das ist doch Wahnsinn«, sagte Jill. »*C'est de la folie*. Wir sind hier doch nicht auf einem verdammten Rummelplatz.«

Kali sah sie an.

»Schon gut. Es gibt vier Asse. Und sie wollen auch die beiden anderen sehen. Das ist okay.«

Sie deutete mit dem Kopf auf den Stapel, der verdeckt auf dem Sarg lag, und die Augen der anderen wanderten zur roten Rückseite der obersten Karte. Dann wischte sie mit einer eleganten Bewegung über den Stapel, ohne ihn jedoch zu berühren. Als sie die Hand wieder fortnahm, lag das Pikass aufgedeckt da.

Sie schob es mit dem Daumen vom Stapel auf die beiden anderen Asse und blickte erneut in die Gesichter.

»Ass Nummer drei«, sagte sie.

Mordecai lächelte schwach. Gabriel hingegen machte ein erwartungsvolles Gesicht.

Kali wandte sich wieder dem Sargdeckel zu, nahm den

Stapel und ließ die Karten mit einem Triple Cut blitzschnell durch ihre Hand sausen. Dann griff sie mit der rechten Hand nach dem Stapel und hielt ihn sich mit einer raschen Bewegung so vors Gesicht, dass die unterste Karte zu Gabriel, Mordecai und den anderen zeigte, die dicht gedrängt hinter ihnen im Eingang standen.

Eine Sekunde verstrich. Mordecai verzog keine Miene. Aber Gabriel runzelte enttäuscht die Stirn und schüttelte den Kopf.

»Das ist kein Ass«, sagte er und deutete mit dem Kinn auf die Karte.

Kali musste nicht nachsehen. Sie wusste, dass es die Herz zwei war. Genau wie sie es beabsichtigt hatte. Den Blick auf die Gesichter gerichtet, krümmte sie ihren Zeigefinger so, dass die Karte zur Seite geschleudert wurde.

Und plötzlich war nicht mehr die Zwei, sondern das Karoass zu sehen. Es flog einen Meter in die Luft und landete einen Moment später in ihrer linken Hand.

Sie platzierte es auf den drei anderen Assen und legte den Stapel wieder auf die steinerne Oberfläche.

»Ass Nummer vier«, sagte sie.

Einen Moment herrschte Stille. Dann nickte Gabriel Mordecai zu, der sein Nicken erwiderte und an den Sarg trat.

Kali beobachtete seine Hände, während er sich über den Stapel beugte, die Asse mit der Rückseite nach oben darauflegte und die Karten in die Höhe hielt.

»Ist das alles, was du draufhast?«, fragte er.

Sie blickte zu ihm auf. Sein spöttischer Tonfall überraschte sie. Er machte sich über sie lustig und schien auf eine Antwort zu warten. Aber was auch immer er von ihr wollte, sie würde es nicht tun.

Mordecai blickte ihr einen Moment in die Augen, drehte dann die Karten auf dem Sargdeckel um und breitete sie mit einer kunstvollen Bewegung darauf aus. Sie waren wieder in der richtigen Reihenfolge, nach Farben geordnet, als kämen sie direkt aus einer unbenutzten Packung.

»Dein Trick war ja ganz nett«, sagte er und zeigte auf die Karten. »Aber das hier nenn ich echte Magie.«

Kali blickte ihn an, die Arme seitlich an ihrem Körper, die linke Hand über der Tasche an ihrem Hosenbein. Als er die Karten ausgebreitet hatte, war ihr klar geworden, dass sie den entscheidenden Moment verpasst hatte.

Ist das alles, was du draufhast?

Mordecai hatte ihr Kartendeck gegen ein anderes ausgetauscht, das er vorher präpariert hatte … er hatte genau im richtigen Moment seine Frage gestellt, um sie zu verwirren und ihre Aufmerksamkeit von seinen Händen abzulenken.

Letztlich hatte sie genau das getan, was er wollte.

Ist das alles, was du draufhast?

Kali hatte die Asse gefunden, sicher. Aber er hatte sie übertrumpft, indem er ihr Deck wieder in die ursprüngliche Reihenfolge gebracht hatte. Und es spielte keine Rolle, dass er geschummelt hatte. Wenn sie ihn darauf ansprechen würde, würde er es abstreiten. Ihr irgendeine Lüge auftischen. Diese Fähigkeit war neben all den Taschenspielertricks am schwierigsten zu erlernen. Menschen waren soziale Wesen. Sie hatten als Spezies nur deshalb überlebt, weil sie gelernt hatten zu kooperieren. Die Wahrheit zu sagen war in einer zivilisierten Gesellschaft eine evolutionäre Errungenschaft, weshalb die Lüge der Evolution zuwiderlief. Jeder Intuition widersprach. Gegen die menschliche Natur ging. Wenn jemand log, gab es dafür erkennbare Anzeichen. Subtile Veränderungen in seinen physiologischen Reaktionen. Aus diesem Grund funktionierten Lügendetektortests.

Menschen waren disponiert, die Wahrheit zu sagen und zu glauben, dass andere Menschen das auch taten, was einem geschickten Lügner paradoxerweise einen enormen Vorteil verschaffte. Kali hatte dieses Prinzip bei ihrem Studium der Zauberkunst erlernt und es schließlich auf ihre Hackerangriffe angewandt. Mit ihren Phishing-Streifzügen hatte sie korrupte Geldinstitute zu Fall gebracht. Multinationale Unternehmen. Und sie hatte Vorstandsvorsitzende und Staatsoberhäupter getäuscht. Die Fähigkeiten, die sie dafür nutzte, waren im Grunde dieselben wie bei ihren Taschenspielertricks. Denn die Lüge und die Bereitschaft der Menschen, sie zu glauben, war die Basis des Social Engineering. Bei ihren Hackerangriffen konnte sie mit einer professionellen Abgebrühtheit lügen wie sonst kaum jemand.

All das schoss ihr durch den Kopf, noch bevor Mordecai die Karten ganz ausgebreitet hatte.

»Du hast dein Kunststück gezeigt, und jetzt bringt mich zu Lucien.« Sie schaute zu Mordecai und Gabriel und dann zu den anderen. »Glaubt ihr etwa, dass ich mich als Kali ausgebe und einen meiner eigenen Leute getötet habe, dass ich einen Kartentrick gelernt habe, um euch zu täuschen, und ihn nicht gut genug beherrsche? Ist es das, was ihr denkt?«

Schweigen. Die anderen sahen sie an. Sämtliche Augenpaare, ihre ganze Aufmerksamkeit war jetzt auf Kalis Gesicht gerichtet.

Genau wie sie es wollte.

Sie ließ ihre Hand in die Tasche an ihrem Hosenbein wandern und tastete nach den 9 mm-Patronen, die sie in einer Socke bei sich trug. Carmody hatte seine zusätzliche Munition ebenfalls auf diese Weise bei sich getragen. *Ein defektes Magazin oder ein Blindgänger kann zu Ladehemmungen führen. Für den Fall sollte man zusätzliche Munition dabeihaben.*

Die Socke war durchnässt, und die Messinghülsen waren glitschig. Aber das spielte bei ihrem nächsten Trick keine Rolle.

Zwischen dem Daumenballen und der Unterseite des Zeigefingers gab es eine Stelle, die man für einen Trick namens L'Homme Masque benutzte. Dieser wiederum war die Grundlage für einen zweihundert Jahre alten Trick namens Miser's Dream, bei dem man scheinbar aus dem Nichts mehrere Münzen erscheinen ließ. In seinem Büchlein über den Trick empfahl der Zauberkünstler Charlie Miller, dafür acht Silberdollar zu verwenden.

Kali hatte Zauberkünstler gesehen, die vier Silberdollar erscheinen ließen, aber nicht mehr. Und sie hatte den Trick nie mit Patronen gesehen.

Sie steckte drei Finger ihrer linken Hand in die Socke, krümmte sie leicht um die Spitzen zweier Patronen und ließ sie in ihre Hand gleiten. Sie nahm zwei weitere heraus, und dann noch einmal, bis alle sechs Patronen in der Falte zwischen Daumen und Zeigefinger steckten.

Obwohl der Daumenballen oft ziemlich fleischig wirkte, traf das nicht zu. Er bestand aus den Thenarmuskeln, die die Hälfte der Handbewegungen kontrollierten. In den meisten Kampfsportrichtungen legte man Wert darauf, diese Muskelgruppe zu trainieren, um Kraft und Gelenkigkeit zu steigern.

Die Patronen steckten zwar in der Falte ihrer Handfläche, aber sie wusste nicht, wie lange sie sie festhalten konnte. Mit einer schnellen Bewegung streckte sie ihre rechte Hand nach dem Sarg aus und nahm die letzte Karte aus der Reihe, die Mordecai ausgebreitet hatte, das Pikass. Sie drehte es mit den Fingern herum und hielt es auf Hüfthöhe, sodass es ihre linke Hand verdeckte, während die Patronen von dort in die rechte wanderten.

Das war das erste Ablenkungsmanöver.

Aber sie brauchte zwei weitere.

Nummer eins: »Mordecai«, sagte sie. »Du hattest ein zweites Kartendeck. Aber wie hättest du deinen Trick ohne das Deck ausgeführt?«

Nummer zwei: »Gabriel, ich hoffe, du hast zusätzliche Patronen dabei. Denn wie willst du ohne *sie* deine Pistole abfeuern?«

Sie sah die beiden Männer an. Beide hatten den Blick auf ihr Gesicht gerichtet. Genau wie sie es wollte.

Eine betrügerische Hand konnte genauso schuldbewusst wie ein Gesicht wirken, aber weder ihrer Hand noch ihrem Gesicht war etwas anzumerken, während sie die Karte mit einer schnellen und eleganten Bewegung durch die Luft schwenkte.

Und dann war das Ass verschwunden, und sie hielt die Kugeln in der Hand. Der Trick war abgeschlossen. Und es war nur noch das Ergebnis zu bestaunen.

Sie streckte die Hand zum Sargdeckel aus und ließ die Patronen behutsam auf die ausgebreiteten Karten kullern, und als sie sich wieder zu Gabriel umdrehte, sah sie, wie er auf die Patronen starrte.

Nach einer endlos langen Minute hob er schließlich den Blick vom Deckel und schaute ihr in die Augen.

»Kali Alcazar von der Weißen Rose«, sagte er. »Komm bitte mit.«

19

25. April 2024
Verschiedene Schauplätze

Janus-Stützpunkt

Also«, sagte Carmody zu Morse über etwa fünftausend Meilen und mehrere Zeitzonen hinweg. »Wer ist Defiant Fly?«

»Ich kann dir keinen Namen nennen«, sagte sie auf dem großen Monitor über Howards Schreibtisch. »Noch nicht.«

»Danach habe ich auch nicht gefragt«, sagte Carmody. »Noch nicht.«

Er hockte breitbeinig auf einem umgedrehten Stuhl vor dem Schreibtisch, die Arme über der Rückenlehne verschränkt. Howard saß rechts von ihm und hantierte mit seiner Pfeife. Beide trugen Headsets, die der Colonel für die eilig einberufene Videokonferenz aus einer Schublade gefischt hatte.

Die Besprechung hatte vor einer halben Stunde begonnen, und bislang hatte Morse die meiste Zeit geredet und sie mit einem Berg Informationen überhäuft.

»Wir sollen also glauben, dass der Wolf den russischen Supercomputer in der Okean gehackt hat«, fuhr Carmody fort. »Du sagst außerdem, dass der Computer unseren Angriff vorausgesagt hat. Dass sie uns erwarten. Ist das so weit richtig?«

»Teilweise«, sagte Morse. »Ich weiß nicht, ob Petrovik seinen russischen Aufpassern davon erzählt hat. Ich bin mir nicht sicher, was er diesmal im Schilde führt. Dazu habe ich keine Erkenntnisse. Aber ich vertraue der Quelle, von der ich meine Informationen erhalten habe.«

»Dann erzähl mir mehr darüber, vielleicht vertraue ich ihr dann auch.«

Howard blickte zum Bildschirm empor.

»Unsere Leute sollen sich Zugang zu dem Berg verschaffen. Und jetzt erzählen Sie uns, dass man uns erwartet«, sagte er. »Carmody leitet die Mission. Er muss über sie Bescheid wissen.«

Carmody sah ihn an. »Sie?«

»Ja.«

»*Sie* wissen also schon Bescheid?«

Howard zuckte mit den Schultern. »Das ist das Privileg meines Dienstgrads, Cowboy. Ich habe Sie bereits daran erinnert, dass dies ein Militärstützpunkt ist. So läuft das hier nun mal.«

Carmody wandte sich wieder Morses Bild auf dem Monitor zu.

»Erzähl mir von deiner Quelle.«

Sie schwieg für eine Minute, dann nickte sie. »Sie hat im Frühjahr '22 zum ersten Mal mit mir Kontakt aufgenommen. Im April, um genau zu sein. Der Zeitpunkt ist wichtig.«

»Das war vor Gründung der Net Force«, sagte Carmody. »Da warst du noch bei der CIA.«

»Wir *beide*, ja«, sagte Morse. »Das war kurz bevor du auf der Jagd nach Outlier mit dem Fox Team nach München geflogen bist. Und einen Monat nach der russischen Invasion in der Ukraine. Das war zwar erst kurz nach Kriegsbeginn, aber den Russen wurde allmählich klar, dass sich dort niemand ergeben würde.«

Carmody gab ein Knurren von sich. »Schade, dass Putin damals noch nicht seinen Supercomputer hatte«, sagte er. »Vielleicht hätte der ihm gesagt, dass es klüger wäre, zu Hause zu bleiben.«

»Na ja, Verrückte handeln meist nicht rational«, sagte Morse und machte eine Pause. »Die Stadt Butscha liegt fünfunddreißig Meilen nordwestlich von Kiew, direkt auf der Route der Militärkolonne, die von Weißrussland aus die Grenze überquert hatte, um die Hauptstadt einzukesseln. Da die Armee die Einwohner nicht unter ihre Kontrolle bringen konnte, beauftragte sie die 64. motorisierte Schützenbrigade, die Stadt zu besetzen und den Widerstand niederzuschlagen. Allen Berichten zufolge hat ihnen das großes Vergnügen bereitet. Sie haben geplündert, misshandelt und gemordet. Sie haben Menschen bei lebendigem Leib verbrannt. Sie richteten im Keller eines Ferienlagers eine Folterkammer ein und haben in etwas mehr als einem Monat Hunderte Zivilisten getötet und sie in Massengräbern verscharrt. Insgesamt hat die Einheit Hunderte von Menschen abgeschlachtet, darunter Dutzende Frauen und Kinder.« Morse hob ihren Kaffeebecher an den Mund, ohne davon zu trinken. Stattdessen saß sie schweigend da und drehte den Becher in ihren Händen. »Die Ukrainer behaupten, dass man die Menschen misshandelt und gefoltert hat, um an Informationen über ihre nationalen und regionalen

Verteidigungskräfte zu gelangen. So lautet ihre offizielle Darstellung, und das ist weitestgehend die Wahrheit. Aber im Vertrauen, es gab in der Stadt eine Hackergruppe namens *Temne Krilo* – NachtFlügel. Sie arbeitete mit der ukrainischen Regierung und der CIA zusammen und war den Russen seit Beginn der Invasion ein Dorn im Auge. Der Kopf der Gruppe war ein Hacktivist namens Pavlo Melnyk. Er benutzt verschiedene Decknamen. Acid Phreak, Sickle Claw, Voodoo Owl …«

»Moment mal«, sagte Carmody. »Ist NachtFlügel nicht die Gruppe, die die persönlichen Daten russischer Soldaten ins Netz gestellt hat?«

Morse nickte.

»Von über hunderttausend Soldaten. Sie haben ihre Namen, Geburtsdaten, Privatadressen, Verbandszugehörigkeit und Ausweisnummern veröffentlicht. Die Infos wurden in den sozialen Medien gepostet, mit Links zu einer Seite, von der man sie runterladen konnte. Aber das war nicht alles. NachtFlügel hat in ganz Russland Drucker gehackt und Fotos der nicht gemeldeten Todesopfer ausgedruckt und damit die Propaganda der staatlichen Medien widerlegt. Sie haben die Seiten russischer Behörden und Banken lahmgelegt, Überwachungskameras auf Militärstützpunkten gehackt und angeblich sogar den Kreml für einige Zeit vom Netz genommen. Aber Ende März – etwa vier Wochen nach Kriegsbeginn – wurden ihre Aktivitäten vollständig eingestellt, und Melnyk hörte auf, in Hackerforen seine Posts zu veröffentlichen.«

»Während der Besetzung von Butscha«, sagte Carmody.

»Ja.«

»Jemand hat ihn verraten. Wahrscheinlich unter Folter.«

»Ja.«

»Wissen wir, was mit ihm passiert ist?«

»Das haben wir im April desselben Jahres herausgefunden«, sagte Morse. »Eine ukrainische Denkfabrik namens Zentrum für Verteidigungsstrategien erhielt mehr als fünfzig Stunden Videoaufnahmen von Überwachungskameras und Drohnen, die die Gräueltaten der 64. Schützenbrigade dokumentieren. Ein Video zeigt, wie man dem an den Händen gefesselten Melnyk in den Rücken schießt und ihn in ein Massengrab wirft. Er war übel zugerichtet.«

Schweigen. Carmody rieb sich mit Daumen und Zeigefinger übers Kinn.

»Die meisten Videos stammten von Überwachungskameras«, sagte er. »Steckte NachtFlügel dahinter?«

»Nein«, sagte Morse. »Melnyks Freundin ist russische Staatsbürgerin. Sie war Hackerin, weil es ihr Spaß machte und sie Geld damit verdienen konnte. Sie verfolgt keinerlei politische Ziele. Sie hat Melnyk übers Internet kennengelernt, und die beiden verliebten sich ineinander. Sie hatten eine virtuelle Beziehung und haben sich dann später auch persönlich getroffen. Vor dem Krieg trafen sie sich alle paar Wochen in Donezk auf der russischen Seite der Grenze. Als Melnyk dann verschwand, hackte seine Freundin die Kameras, förderte das Video seiner Hinrichtung zutage und spielte es den Ukrainern zu. Außerdem streckte sie ihre Fühler zu unseren Leuten aus. Melnyk hatte ihr erklärt, wie sie sich mit uns in Verbindung setzen kann, falls ihm etwas zustoßen sollte. Das hat letztlich dazu geführt, dass sie mit mir Kontakt aufgenommen hat.«

»Defiant Fly«, sagte Carmody.

»Die Russen haben sie nie mit den Hacks auf die Überwachungskameras in Verbindung gebracht, sonst wäre sie jetzt tot«, sagte Howard. »Aber ein paar Monate später hat man sie wegen eines Online-Banking-Betrugs verhaftet und zu zehn Jahren Straflager verurteilt. Sie hat allerdings nur ein Jahr abgesessen, dann hat der GRU sie für sein Cyberspionage-Programm da rausgeholt ... dort rekrutieren sie ihre Mitarbeiter.«

»Heißt das, sie arbeitet jetzt für das Direktorat?«

Howard nickte.

»Und sie ist in der Okean.«

»Zwei Fliegen mit einer Klappe.«

»Sie ist ganz dicht an Sergej Cosa dran«, sagte Morse. »Dem GRU-Chef, der Koschei genannt wird. Cosa steht ganz oben in der Befehlsstruktur der Behörde. Er ist die treibende Kraft hinter den Aktivitäten in der geheimen Stadt.«

»Mit *dicht* ...«

»An die Umwandlung ihres Strafmaßes waren Bedingungen geknüpft. Sie hat mit ihm geschlafen.«

»Und sie erstattet dir Bericht.«

»Ja. Regelmäßig.«

»Man könnte also sagen, dass sie mit Cosa spielt.«

»Sie ist eine junge Frau in einer Gesellschaft, in der Unterdrückung, männliche Vorherrschaft und Frauenfeindlichkeit tief verwurzelt sind. Ich würde eher sagen, dass sie ihr Leben riskiert hat, um die Wahrheit über Pavlo Melnyk herauszufinden. Und anschließend hat sie getan, was nötig war, um aus dem Gefängnis zu kommen und aufzudecken, was in diesem Berg geschieht.« Morse machte eine Pause. »Allerdings hatte sie dort bis heute nur eingeschränkten Zugang. Aber dann ist sie Drajan Petrovik unerwartet nähergekommen.«

Carmody sah sie auf dem Bildschirm an. »Cosa und der Wolf. Sie hat was mit beiden Männern. Das willst du mir also sagen.«

»Ganz genau«, sagte Morse. »Und Petrovik hat im Bett ein wenig geplaudert.«

Pariser Katakomben

»Moment mal«, sagte Matyas leise. »Hörst du das auch?«

Stefan erwiderte nichts, er hatte den Kopf aufmerksam zur Seite geneigt. Dann nickte er.

»Schritte«, sagte er.

Matyas blinzelte mit seinem Auge. »Das ist die Zielperson«, sagte er. »Da auf der Karte, siehst du? Sie ist fast direkt über uns. Sie müsste jede Minute die Treppe runterkommen.«

Stefan lauschte erneut. Die Schritte waren jetzt näher. »Hört sich an, als wäre sie allein.«

»Ja.«

»Wie kann das sein?«

»Keine Ahnung.«

»Das ergibt keinen Sinn. Glaskow hat gesagt, dass bei ihr im Kanal ein halbes Dutzend Mitglieder der Cybernation waren. In drei Booten.«

Matyas dachte einen Moment nach. »Vielleicht hat Glaskow die anderen Leute getötet, bevor sie ihn erschossen hat.«

»Alle?«

»Keine Ahnung«, sagte Matyas. »Schon möglich. Wir waren insgesamt acht Leute, oder? Und jetzt sind wegen dieser Schlampe nur noch zwei von uns übrig.«

Stefan schüttelte den Kopf.

»Ich sage dir, das gefällt mir nicht. Irgendwas stimmt da nicht.«

Matyas dachte erneut nach.

»Wenn wir uns um sie und Navarro kümmern, bekommen wir fünfzig Millionen Dollar. Dazu den Bonus von zehn Millionen für sie. Und wir müssen den Betrag nur durch zwei statt durch acht teilen. Hast du mal an die ganze Kohle gedacht?«

»Hab ich.«

»Also lass dich nicht kirre machen. Wenn sie allein ist, dann weil Glaskow sich um ihre Freunde gekümmert hat.« Matyas machte eine Pause. »Hör zu, du kannst tun, was du willst. Ich werde dich nicht davon abhalten. Aber denk an das Geld.« Er tippte sich mit dem Finger gegen die Stirn. »Fünfzig Millionen plus zehn. Dreißig Millionen für jeden. Das solltest du dir immer vor Augen halten.«

Stefan lauschte den Schritten, die die Treppe herunterkamen.

»Und?«, sagte Matyas. »Was denkst du?«

Stefan sah ihn einen Moment lang an. Dann spitzte er die Lippen und stieß einen Schwall Luft aus.

»Ich bin dabei. Wir haben hier jetzt so viele Stunden gewartet. Wir ziehen das durch und kassieren dann die Kohle.«

Matyas nickte.

»Sehr gut.«

Janus-Stützpunkt

»Okay«, sagte Morse. »Wir müssen eine Entscheidung treffen.«

Carmody musterte ihr Gesicht, die Arme immer noch über der Stuhllehne verschränkt. Gedankenversunken tippte er mit den Fingern der rechten Hand dreimal auf seinen linken Ellbogen.

»Was gibt es da zu entscheiden?«, sagte er mit einem Achselzucken. »Ich werde unseren Einsatz nicht abblasen, nur weil die Russen im Besitz dieser supermodernen Kristallkugel sind.«

»Pioneer ist ein milliardenschwerer Supercomputer. Die Infektion mit Hekate hat seine KI im Prinzip in eine künstliche Superintelligenz verwandelt, in eine KSI. Ein Vierteljahrhundert bevor man das überhaupt für möglich gehalten hat. Außerdem hat sie offenbar den Punkt technischer Singularität erreicht. Ein Bewusstsein von sich selbst entwickelt. Und sie hat *vorausgesagt*, dass wir die Okean angreifen werden. Ich werde nicht zulassen, dass du das alles buchstäblich mit einem Achselzucken abtust.«

»Vor ein paar Minuten meinten Sie«, sagte Howard, »dass Petrovik die Vorhersage vor den Russen womöglich geheim hält. Richtig?«

»Ich weiß nur, dass unsere Informantin das alles sehr überrascht hat. Aber ich kann Ihnen keine definitive Antwort geben.«

»Denken wir doch mal nach. Wenn er ihnen davon erzählt hat, hätte er ihnen auch sagen müssen, dass er ihrem milliardenschweren Baby eine ordentliche Dosis Hekate verabreicht hat.«

»Wir können zwar alle möglichen Spekulationen anstellen, Colonel, aber wir werden trotzdem zu keinem endgültigen Ergebnis kommen.«

»Das sind keine Spekulationen, Duchess. Das sind logische Überlegungen«, sagte Carmody. »Du glaubst also aufgrund der Informationen von Defiant Fly, dass Petrovik den Computer gehackt hat?«

»Ich habe keinen Grund, daran zu zweifeln. Sämtliche Informationen, die ich bisher von ihr erhalten habe, sind bestätigt worden.«

»Dann nehmen wir uns diesen Punkt doch einmal vor«, sagte Carmody. »Petrovik hat also den Supercomputer gehackt. Aber warum sollte er das überhaupt tun? Welchen Grund hätte er, sich durch die Hintertür Zugang zu verschaffen?«

»Weil er nun mal so tickt. Er hat mit den Russen einen Deal gemacht. Wahrscheinlich hat er ihnen geholfen, weil sie ihn im Gegenzug dafür vor uns beschützt haben. Aber sie würden ihm keinen Zugang zu ihrem Computer gewähren. Er gehört keiner Regierungsbehörde an.«

»Also verwandelt er den Computer in Super-Hekate, um trotzdem darauf zuzugreifen. Um daraus seine persönliche Kristallkugel zu machen.«

»Das ist zwar selbst für seine Verhältnisse ziemlich ambitioniert«, sagte sie. »Aber, ja, das klingt schlüssig.«

»Und das heißt, dass er den Russen von der Vorhersage nichts erzählt hat. Denn wenn er das täte, würden sie wissen wollen, wie *er* davon erfahren hat. Außerdem ist der Rechner nicht dazu gedacht, ihm Exklusivberichte zu liefern.«

»Worauf willst du also hinaus? Dass die Russen nicht mit deinem Angriff rechnen?«

»Genau.«

»Aber Petrovik«, sagte Howard. »Und das ist nicht gut.«

Schweigen. Carmody sah ihn eine lange Minute an.

Schließlich sagte Morse: »Meine Herren, wir haben alles besprochen. Ich werde mich der Mehrheit beugen, aber ich schlage vor, dass wir den Angriff verschieben, bis wir von Defiant Fly weitere Informationen erhalten. Mike?«

»Wir greifen an«, sagte er. »Wir nehmen ein paar Feinabstimmungen vor, aber wir halten uns an den Zeitplan. Der Wolf ist schlau und gerissen. Und wir müssen schlauer und gerissener sein als er. Ihn mit seinen eigenen Waffen schlagen.«

Morse nickte. »Einer dafür, einer dagegen«, sagte sie. »Colonel, die Entscheidung hängt jetzt von Ihnen ab.«

Howard saß mehrere Sekunden mit gesenktem Blick da, die Pfeife in seinem Schoß. Dann nahm er sie hoch und deutete mit dem Stiel auf Carmody.

»Ich sehe das wie der Cowboy«, sagte er.

Pariser Katakomben

Kali war jetzt wieder zu ihrem Ausgangspunkt zurückgekehrt.

Sie stand mit ihrem Abenteuergürtel, dem Rucksack und dem Armbandkompass allein in der Dunkelheit, während ihre Stirnlampe das Metallschild an der Wand erleuchtete. Das Schild mit dem schwarzen Strahlenwarnzeichen auf gelbem Grund, unter dem auf den nackten Fels das Wort *Plutonium* gepinselt war. Es war ein merkwürdiges Gefühl, es erneut vor sich zu sehen.

Plötzlich musste sie an Jacques denken, an die armen Menschen in der Halle des Wilden Königs und an Hugo und Ines, die sie im Kanal vor Moorgate verloren hatten. Sie dachte an den tapferen Etienne und an Jill, an den Schmerz und das Trauma, die sie überwunden hatte. Sie dachte an all diese Menschen und unterdrückte einen plötzlichen und unerwarteten Ansturm der Gefühle. Dafür war jetzt keine Zeit. Sie war zwar wieder an ihrem Ausgangspunkt angelangt, aber sie war noch nicht am Ziel.

Sie wandte sich vom Schild ab und ging zu dem runden Deckel im Boden, tastete unter seinem Rand nach dem Federriegel und drückte ihn nach oben. Mit einem pneumatischen Zischen hob sich der Deckel in die Höhe.

Kali kniete sich hin und schaute zur Wendeltreppe hinunter, deren karierte Stufen von ihrer Lampe erleuchtet wurden. Dann umklammerte sie das Geländer, ließ sich in den Schacht hinunter und drückte erneut auf den Riegel. Langsam schloss sich über ihr der Deckel.

Sie stieg in die tiefschwarze Dunkelheit hinab und zählte dabei jede Stufe, auf die sie einen Fuß setzte. *Zehn … zwanzig … fünfundzwanzig … fünfunddreißig … fünfzig …*

Die Treppe schlängelte sich in schier endlosen Windungen um eine Eisenstange herum bis ganz zum Schacht hinunter. Kali spürte, wie von unten ein Luftzug schwach über ihre Wangen strich. Sie hatte das unheimliche Gefühl, sich in einer Zeitschleife zu bewegen, aber sie wusste, dass das nur eine Illusion war, eine allzu verlockende Vorstellung, die ihre Rückkehr an diesen Ort bedeutungslos machen würde. Alles, was sich in den letzten achtzehn Stunden ereignet hatte, war tatsächlich passiert. Ihr geschundener, müder Körper bezeugte das. Und der stechende Schmerz ihrer Wunden. Die Überschwemmung, die Pistolen, der Verlust und die Opfer der Menschen, die ihr zur Seite gestanden hatten … all das trennte die Vergangenheit von der Gegenwart.

Mit der Hand am Geländer lief sie um die Windungen und zählte die Stufen.

Einhundertfünfunddreißig … einhundertsechzig … zweihundert …

Nach zwanzig weiteren Stufen berührte ihr rechter Stiefel den Boden des Schachts. Und dann auch der andere. Sie marschierte zur Mitte des Bodengitters, blieb darauf stehen und ließ ihren Blick über die drei niedrigen Torbögen der ovalen Kammer wandern. Einer zur Linken, einer zur Rechten und einer in der Mitte. Aus ihnen drang kühle, trockene Luft.

Kali lief durch den mittleren Bogen, den Zugang, den Lucien auf der Karte mit einem roten X markiert hatte und der nach Westen zur Butte Montmartre und zur Basilika Sacré-Cœur führte. Mit seinen Windungen, der löchrigen Decke und dem weißen Gipssand, der schimmernd und pulvrig wie Talkum war, erinnerte der Gang an den nördlichsten Abschnitt der Sandigen Straße. Nur dass dort die Wände aus nacktem Felsgestein bestanden. Hier hingegen bestanden sie, wie in der Leeren Kapelle, aus Kopfsteinen.

Nach ein paar Metern wurde der Gang zu beiden Seiten breiter, und etwa einen Meter über ihr erstreckte sich die glatte Decke. Kali lief in einem langsamen, gleichmäßigen Tempo und zählte erneut ihre Schritte. Nach dem einundzwanzigsten Schritt blieb sie stehen und schaute sich um. Sie ließ ihren Blick von unten nach oben über die Wand zu ihrer Rechten wandern und dann über die zu ihrer Linken.

Oben auf der linken Wand entdeckte sie ein kleines, verblasstes Zeichen, das man dort hineingeritzt hatte und das an urzeitliche Felsbilder erinnerte. Wenn sie nicht danach gesucht hätte, wäre sie wahrscheinlich daran vorbeigelaufen.

Kali lächelte schwach. Es handelte sich um die schlichte, aber unverkennbare Darstellung einer Rose.

Plutonium 241, dachte sie. Zweihundertzwanzig Treppenstufen … und dann einundzwanzig Schritte den Stollen hinunter.

Sie hob eine Hand zu dem Zeichen empor und drückte ihre gespreizten Finger auf die blassen, grob umrissenen Blütenblätter. Einen Moment später schwang der Wandabschnitt vor ihr auf Kugellagern leise nach innen, und die Kopfsteine teilten sich wie zwei Reihen unregelmäßiger, ineinander verschränkter Zähne.

Augenblicklich wurde Kali in Licht getaucht und sah im Innern einen kurzen Gang. Er war etwa anderthalb Meter lang und traf in einem Neunzig-Grad-Winkel auf einen weiteren Gang.

Sie trat durch den Eingang, und die Wand schloss sich wieder hinter ihr.

Matyas und Stefan marschierten nebeneinander den Gang hinunter und folgten den Fußabdrücken der Zielperson, die in ihrem Sichtfeld schwach aufleuchteten.

Ihre Augen konnten Abweichungen in der Oberflächentemperatur vom Bruchteil eines Grads unterscheiden, sodass sie die Wärmesignatur sahen, die die Stiefel der Zielperson auf dem Sand hinterlassen hatten. Die einige Minuten alten Signaturen wurden zwar langsam schwächer, aber die Computerimplantate der beiden Männer konnten in Realzeit den Energieverlust ausgleichen und die fehlenden Stellen ergänzen.

Nach etwa fünfzehn Metern waren plötzlich keine Abdrücke mehr zu sehen, und Matyas richtete den Blick zur Wand empor.

»Da drüben«, sagte er und zeigte nach links oben. »Sieh mal.«

Stefan schaute auf die Stelle. Im oberen Bereich der Wand hatte die Hand der Zielperson eine deutliche Wärmesignatur hinterlassen – eine Art leuchtenden orange-gelben Handabdruck. Er bedeckte ein kaum sichtbares Zeichen auf einem der Kopfsteine.

»Was ist das?«, sagte Stefan. »Ich kann es kaum erkennen.«

Matyas trat näher an die Wand. »Eine Blume«, sagte er. »Eine Rose, wette ich. Das Symbol der beschissenen Cybernation.«

Er streckte den Arm nach oben aus und bedeckte mit seiner riesigen Hand die Rose und die Wärmesignatur der gespreizten Hand. Einen Moment später schwang der Wandabschnitt nach innen.

»Ein Handscanner«, sagte Stefan. »Ist es zu fassen?«

Matyas gab ein Knurren von sich. Wahrscheinlich nutzte der Scanner dieselbe Datenbank wie das Torschloss in der Rue Edgar Poe.

Er winkte Stefan zu sich, und die beiden traten durch die Öffnung.

20

Kali lief um die Ecke am Ende des kurzen Gangs und traf direkt dahinter auf eine Sackgasse, auf eine massive Wand aus Kopfsteinen wie draußen im Stollen. In der Mitte der Wand entdeckte sie das blasse Symbol der Rose und hielt ihre Hand davor. Lautlos öffnete sich die Wand nach innen.

Sie trat ein und blickte sich rasch um, während sich die Wand hinter ihr wieder schloss.

Die rechteckige Kammer, in der sie sich befand, war sechs Meter breit und etwa genauso lang. Elektrische Laternen an den Wänden tauchten den Raum in ein weiches, helles Licht. In jeder der Wände gab es mehrere gewölbte, wandschrank-große Nischen; sie waren etwa einen Meter tief, und auf ihrer Rückseite waren Holztafeln eingelassen, die offenbar mit bunten ägyptischen Hieroglyphen bemalt waren: große menschliche Augen, Tiere und Gottheiten. Einige der getäfelten Nischen waren leer, in anderen standen geflochtene Körbe. In einem davon entdeckte Kali mehrere Schlafsäcke und gefaltete Decken, in einem anderen Konservendosen und in einem dritten mit einem roten Kreuz bedruckte Arznei-mittelpackungen.

In einem Rollstuhl am Kopfende eines großen rustikalen Tisches saß Lucien Navarro, und links von ihm hockten ein Mann und eine Frau, beide mit der Gesichtsbemalung der Cybernation. Auf dem Tisch, neben einer Obstschüssel und einer Weinflasche, lag ein Küchenbrett mit einem knusprigen Brot und zwei großen Käsestücken; in einem davon steckte ein Messer.

Navarro blickte durch den Raum zu Kali. Er hatte ein lan-ges, schmales, glatt rasiertes Gesicht mit eingesunkenen Wan-gen, eine markante Nase und einen leichten Unterbiss. Sein braunes Haar war nach hinten gekämmt und trotz der ergrau-ten Schläfen immer noch so dicht wie in seiner Jugend. Er trug einen dunklen Anzug, ein gebügeltes weißes Hemd und An-zugschuhe aus Leder, was hier in den Katakomben eigentlich deplatziert, fast absurd wirkte. Aber irgendwie erschien die Abendgarderobe an ihm vollkommen angemessen.

»Kali«, sagte er, und seine hellblauen Augen hinter der schwarzen Brille begannen zu leuchten. »*Te voilà enfin.* Nimmst du immer einen Umweg?«

»Ich wurde aufgehalten. So was kommt vor.«

»Mal wieder«, sagte er.

Kali eilte zum Kopfende des Tisches, und Navarro drehte den Rollstuhl in ihre Richtung. Sie ging vor ihm in die Hocke, sodass sie mit ihm auf Augenhöhe war.

»Ich habe mir Sorgen um dich gemacht, kleine Schwester«, sagte er.

»Und ich mir um dich.«

»Ich habe gehört, dass du mit deinem Kartentrick ziemlich Eindruck gemacht hast.«

»Mal wieder«, sagte sie und berührte mit einer Hand sein Gesicht. »Du siehst gut aus, Lucien.«

»Gut erhalten, meinst du.« Er deutete mit dem Kopf auf seine zwei Begleiter. »Dank Nathalie, Kareem und den anderen.«

Kali nahm ihn in die Arme, und er legte seinen gesunden Arm um ihre Schulter, während sein teilweise gelähmter Arm seitlich an seinem Körper herunterhing.

Sie drückte ihre Wange gegen seine, den Mund dicht an seinem Ohr.

»Sind sie hier?«, fragte sie mit leiser Stimme.

»Direkt hinter dir«, flüsterte er.

Matyas stand am Ende der Sackgasse, die Maschinenpistole vom Typ Brügger & Thomet APC9K in der Hand, die er aus dem Holster unter seiner Jacke gezogen hatte. Ein, zwei Schritte hinter ihm griff Stefan nach dem gleichen Modell. Die beiden hatten die Waffen aus Polymer, die zusammengeklappt nur fünfunddreißig Zentimeter lang waren, oben auf der Straße problemlos verbergen können. Mit ihrem 30-Schuss-Magazin und der Automatik-Option verfügte sie allerdings über die tödliche Schlagkraft sehr viel größerer Maschinenpistolen.

Es dauerte nur eine Sekunde, bis Matyas das Rosen-Symbol entdeckte. Er blickte kurz zu Stefan, hielt eine Hand über den Kopf und deutete mit dem Daumen nach links. Stefan nickte und bezog auf dieser Seite Position, um sie mit seiner Waffe zu sichern.

Einen Moment später berührte Matyas mit den gespreizten Fingern der linken Hand die Rose.

Die Tür schwang auf, und die beiden stürzten mit den Waffen im Anschlag in die Kammer, Matyas nach rechts, Stefan nach links. Sie erblickten den langen Tisch, die beiden Mitglieder der Cybernation an der Längsseite, den Mann im Rollstuhl am Kopfende – den *Anführer*, Navarro – und die Frau mit rabenschwarzem Haar, *die Zielperson*, die seitlich zur Tür vor ihm hockte.

»Keine Bewegung«, sagte Matyas und warf Kali einen kalten Blick zu. »Es ist vorbei.«

Matyas marschierte zu Kali, die vor Navarros Rollstuhl kniete, die Waffe auf die beiden gerichtet. Stefan blieb auf der anderen Seite des Tisches vor Nathalie und Kareem stehen und hielt sie mit seiner Waffe in Schach.

»Nimm die Hände über den Kopf, oder ich schieße ihm in die Eier«, sagte Matyas zu Kali. »Leg es lieber nicht darauf an.«

Kali tat, was er verlangte.

»Und jetzt steh auf«, befahl er.

Sie erhob sich.

»Geh vom Rollstuhl weg. Nur einen Schritt. Und dann dreh dich um, sodass ich dein Gesicht sehen kann.«

Sie kam seiner Aufforderung nach, und Kali und Navarro blickten jetzt beide in Matyas' Richtung.

Sein Auge begann zu zucken, während die Mikrosensoren in seiner Netzhaut ihre Gesichter digitalisierten und sie zur Identifikation an sein Computerimplantat sendeten. Nach einer Sekunde gab es für Navarro einen Treffer, zu der Frau jedoch wurde nichts angezeigt, was Matyas als eine Art

Bestätigung betrachtete. In den Datenbanken zur Gesichtserkennung waren Milliarden von Bildern gespeichert, von denen man viele heimlich aus dem Netz gezogen hatte. Sie umfassten neunundneunzig Prozent der Weltbevölkerung, einen noch höheren Prozentsatz der Erwachsenen, und in technologisch entwickelten Ländern sogar eine noch größere Anzahl Menschen.

Aber es war bekannt, dass Kali Alcazar eine Ausnahme bildete. Ein Phantom im virtuellen Raum. Matyas wäre misstrauisch gewesen, wenn es zu ihr einen Treffer gegeben hätte.

»Okay«, sagte er zu ihr. »Nimm deinen Rucksack ab und wirf ihn auf den Boden. Den Gürtel auch. Und schön langsam.«

»Was habt ihr mit uns vor?«, fragte Navarro.

»Das werdet ihr bald erfahren.«

Navarro beugte sich auf seinem Stuhl nach vorne. »Warum sollten wir tun, was ihr sagt, wenn ihr uns sowieso tötet?«

Matyas fuchtelte mit der Waffe in seine Richtung.

»Schluss damit«, sagte er und blickte dann wieder zu Kali. »Du hast mich gehört. Leg die Sachen ab. Erst den Rucksack.«

»Sie muss nicht …«

»Nein, Lucien«, unterbrach Kali ihn und starrte Matyas an. »Ist schon okay.«

Matyas nickte. »Mach weiter. Los. Und keinen Ärger.«

Sie streifte den Rucksack ab und ließ ihn neben ihren Füßen auf den Steinboden fallen, und dann den Gürtel.

»Erzähl mir nur eins«, sagte Navarro. »Wer hat euch geschickt?«

»Das weißt du wirklich nicht?«

»Nein.«

Matyas blickte ihn über seine Maschinenpistole hinweg an, und nachdem er eine Entscheidung getroffen hatte, nickte er.

»Eure Cybernation stellt für alle möglichen Leute ein Problem dar. Sie ist wie ein frisch geschlüpfter Vogel. Einige wollen ihn töten, bevor er fliegen kann. Andere wollen ihn für sich selbst haben. Du wärst überrascht, wenn du wüsstest, wer diese Leute sind. Wer sich zusammengetan hat, um dem Vogel die Flügel zu stutzen.« Er machte eine Pause. »Du weißt das zwar bereits, aber sechs unserer Leute sind euretwegen in diesen verfluchten Katakomben gestorben, und das geht mir gewaltig gegen den Strich. Und soll ich dir noch was sagen?«

Navarro sah ihn schweigend an.

»Wir sind nicht hier, um euch zu töten«, sagte Matyas. »Du bist ein wichtiger Mann. Die Leute, die uns angeheuert haben, wollen dich lebend, und so werden wir dich auch bei ihnen abliefern. Aber die Sache ist die, Krüppel, ich habe noch eine andere Neuigkeit für dich.« Er schaute zu Kali. »*Sie* hat uns zu dir geführt. Aber jetzt, wo wir hier sind, ist sie für uns nicht mehr von Nutzen. Außer was unseren Bonus angeht.«

Navarro schüttelte den Kopf. »Was? Was soll das heißen?«

Matyas richtete seine Maschinenpistole auf Kali.

»Wenn Outlier stirbt«, sagte er, »bekommen wir eine Sonderprämie.«

»Das reicht, Gabriel«, sagte Jill in ihr Headset. Es gab keinen Grund mehr, Funkstille zu wahren. »Du hast ihn gehört. Er will sie töten.«

»Sind deine Leute auf Position?«

»Ja.«

»Sebastian?«

»Ja, wir sind hier.«

»*Scheiße*, Gabriel …«

»Ich zähle bis fünf«, sagte er. »*Un, deux, trois, quatre, cinq*, los!«

Jill drückte auf den Knopf vor sich in der Wand, und eine Holzplatte schwang auf.

Hinter Matyas ertönte ein Geräusch, das sich wie das Klappern eines Rollladens anhörte. Mit dem Finger am Abzug der Maschinenpistole drehte er sich um und sah, wie drei bewaffnete Personen durch eine Öffnung stürmten, dort, wo eben noch die Wandverkleidung mit den Hieroglyphen gewesen war. Eine schwarz gekleidete Frau mit einer bemalten Gesichtshälfte, gefolgt von einem Mann ohne Bemalung, in einem schmutzigen, durchnässten Sakko und einer Jeans. Er hielt mit beiden Händen eine Glock umklammert. Und als Letztes erschien, direkt hinter der Frau, ein weiteres Mitglied der Cybernation.

»Keine Bewegung«, sagte die Frau über ihr Gewehr hinweg. »Lasst sofort die Waffen fallen!«

Matyas erstarrte. Dann ertönte ringsum erneut das Klappern. Ein Stück entfernt, neben dem Tisch, drehte Stefan sich jetzt um und sah, wie ein schlanker, bärtiger Mann – sein Gesicht war bunt bemalt, und seine Stirn zierte eine weiße Rose – durch eine weitere Öffnung hinter einer Wandplatte kam. Er hielt ein FN SCAR in den Händen, das etwas größer als Matyas' Maschinenpistole war. Ihm folgten zwei weitere Personen.

»Lasst die Waffen fallen, hab ich gesagt!«, rief Jill. »Ich sag es nicht noch mal. Lasst sie fallen und tretet sie von euch weg.

Wenn ihr nicht glaubt, dass ich euch gerne eine Kugel verpassen würde, könnt ihr es ruhig darauf ankommen lassen.«

Matyas und Stefan ließen ihre Blicke durch die Kammer wandern. Sie waren umzingelt und deutlich in der Unterzahl. Über ein Dutzend Mitglieder der Cybernation waren durch mehrere Öffnungen hinter den Wandplatten in die Kammer gestürzt. Und alle hatten ihre Waffen auf ihn und Stefan gerichtet.

Stefan ließ seine Maschinenpistole fallen und schob sie mit dem Fuß von sich fort. Einen Moment später folgte Matyas seinem Beispiel. Kali bückte sich, hob die Waffe auf, stützte sie auf ihren Rucksack und drückte sie gegen die Brust.

Navarro nahm seine Brille ab, legte sie auf seinen Schoß und musterte Matyas.

»Hast du schon mal von den Scheintüren im alten Ägypten gehört?«

»Nein«, sagte Matyas. »Und die sind mir scheißegal.«

Navarro nickte ihm einmal zu.

»Ich werde dir trotzdem davon erzählen. Um mich für deine Informationen zu revanchieren. Einfach ausgedrückt dienten die Türen dazu, dass sich die Seele zwischen Diesseits und Jenseits hin und her bewegen konnte. Die Hieroglyphen belegten sie mit einer Art Zauber. Sie verwandelten sie in ein Tor zur Freiheit.«

Matyas senkte den Kopf, spuckte auf den Boden und sah Navarro erneut an.

»Scheiß drauf, und scheiß auf dich«, sagte er. »Wenn du uns töten willst, na los. Das wird dir nichts nutzen. Du weißt nicht, wer deine Feinde sind. Sie werden dich weiter verfolgen. Du kannst dich nirgends vor ihnen verstecken.«

Kali, die neben Navarros Rollstuhl stand und die Maschinenpistole in der Hand hielt, sah Matyas an. »Er muss sich nicht mehr verstecken«, sagte sie. »Das ist vorbei.«

Matyas stieß ein Lachen aus. »Ach ja? Dank wem? Dank dir? Dank deinen Freunden mit den Clownsgesichtern?«

Sie starrte ihn mit ausdruckslosem Gesicht an.

»Nein«, sagte sie. »Dank euch.«

21

Janus-Stützpunkt

Als Carmody in seiner Kasernenunterkunft erwachte, sah er, dass das Satellitentelefon auf dem Nachttisch blinkte. Es war die fünfte Nacht in Folge, in der er auf das Coprox oder einen Drink verzichtet hatte, aber die erste, in der er ohne Probleme eingeschlafen war. Ja, er hatte tief und fest geschlummert. Er war früh zu Bett gegangen, um seine vier Stunden Schlaf zu bekommen, ehe er aufstehen und sich für die Mission fertig machen musste.

Er richtete seinen nackten Körper unter der Decke auf und griff leicht benommen nach dem Telefon. Er hatte es zuvor stummgeschaltet, um nicht gestört zu werden. Aber er hatte einen äußerst leichten Schlaf und nahm an, dass ihn das Blinken geweckt hatte.

Die Uhr auf dem Sperrbildschirm zeigte ein Uhr morgens an. Er hatte den Wecker auf zwei gestellt; die Störung hatte ihn also eine Stunde seiner Nachtruhe gekostet. Während er sich den Schlaf aus den Augen blinzelte, sah er, dass eine Nachricht eingegangen war, aber statt eines Namens oder einer Telefon-

nummer wurde ein vierstelliger Code angezeigt. Wahrscheinlich war sie der Grund für das Blinken.

Er tippte auf das Benachrichtigungsfeld, und es erschien
eine Textblase.

Darin stand:

Michael,
t.l/Dcti/dvl5
Immer dein,
K

Carmody starrte in der Dunkelheit mit weit aufgerissenen
Augen auf die Nachricht.

Dann tippte er auf den Shortlink.

Die Falcon 8X stand neben einem großen Tanklaster auf dem
beleuchteten Vorfeld, wo mehrere Tankwarte in orangen Overalls gerade die Schläuche aufrollten. Nach dem Überprüfen
der Maschine hatte Nick DeBattista die Kabine wieder verlassen, um vor Sonnenaufgang draußen in der frischen Brise eine
Zigarette zu rauchen.

Er saß auf der Fluggasttreppe, als sich von Norden mehrere Fahrzeuge – drei JLTVs, gefolgt von einem schwarzen
Lenco BearCat – näherten, die von einer Zubringerstraße auf
die Zufahrt gebogen waren. Die JLTVs erreichten das Vorfeld
kurz vor dem BearCat und hielten einige Meter von DeBattista
entfernt.

Er beobachtete, wie die Insassen ausstiegen, und zählte
stumm die Personen. Carmody, Mori, Shultz und Dixon verließen das erste JLTV; Faye Luna und drei Soldaten namens

Wheeler, Sparrow und Begai sowie ein Mechaniker namens Sanders das zweite. Luna war Pilotin, weshalb er sie ziemlich attraktiv fand, aber als er sie ein wenig angemacht hatte, stellte sich heraus, dass sie, Zitat, »in einer festen Beziehung« war.

Wie dem auch sei, er hatte insgesamt neun Personen gezählt. Der Rest des Teams war zusammen mit dem nicht menschlichen Aufgebot im BearCat.

Sergeant Fernandez hatte den Kommandanten des Stützpunkts, Colonel Howard, im dritten JLTV hergefahren, und die beiden liefen jetzt zu den aufbruchbereiten Teammitgliedern vor den Fahrzeugen. Abgesehen von den beiden trugen alle Rucksäcke und dunkelgraue Dienstuniformen ohne Erkennungszeichen.

Der BearCat erreichte als Letztes das Vorfeld. Er rumpelte hinter den drei anderen Fahrzeugen entlang und kam ein paar Meter südlich von ihnen neben dem Flugzeugheck zum Stehen. Die Fahrertür öffnete sich, und Joe Banik, der Hundeführer, stieg aus und hüpfte vom Trittbrett. Er trug ebenfalls eine Uniform ohne Abzeichen.

DeBattista nahm einen Zug von seiner Zigarette, und ihre Spitze glomm orange auf.

»Das muss ich sehen«, murmelte er.

Er beobachtete, wie Banik zur Heckklappe des BearCat lief, beide Türen öffnete und hineingriff. Eine Sekunde später sprang an einer Leine ein riesiger Belgischer Schäferhund heraus, mit aufgestellten dreieckigen Ohren und einem Gesicht, das an eine schwarze Maske erinnerte. Banik hielt die Leine auf der rechten Seite und trat von den Türen fort.

»Azul, Blanca, Carolina!«, rief er.

Hintereinander kamen drei Roboterhunde herausgestürzt, liefen auf Baniks linke Seite und trotteten neben ihm her, während der Schäferhund brav auf seiner rechten Seite blieb.

Der letzte Insasse war ein junger Bursche namens Perez. Er schloss die Hecktüren des BearCat und gesellte sich zu Banik und den Hunden – dem aus Fleisch und Blut und denen aus Metall –, die über das Vorfeld auf die Falcon zuliefen.

DeBattista strich sich mit den Fingern durchs Haar und blickte betrübt drein. »Na toll, Nicky«, sagte er zu sich. »Das passiert eben, wenn man sich mit Carmody einlässt – statt irgendwelche reichen Typen und ihre Tussis zu fliegen, kutschierst du jetzt drei Roboterhunde durch die Gegend.«

Er warf einen Blick auf seine Uhr, schnippte seine Kippe über das Geländer und stieg zum Rollfeld hinunter, um die Gruppe in die Maschine zu geleiten.

Nachdem das Team die JLTVs verlassen hatte, lief Howard direkt zu Carmody hinüber.

»Cowboy«, sagte er.

»Ja?«

»Kann ich kurz mit Ihnen reden?«

Carmody zuckte mit den Schultern. »Sicher.«

Sie traten ein paar Schritte von den anderen fort und blieben auf dem Rollfeld stehen.

»Das war's dann wohl«, sagte Howard.

»Sieht so aus.«

Der Colonel sah ihn an. »Dieser Stützpunkt … er ist in den letzten sechs Monaten durch die Hölle gegangen.«

»Und Sie wollen, dass ich ihm nicht noch mehr Schaden zufüge«, sagte Carmody. »Darüber haben wir doch schon

477

gesprochen. Ich hab's verstanden. Aber Sie müssen sich keine Sorgen machen. Der Stützpunkt ist vor mir sicher. Sobald ich in dieser Maschine sitze, sind Sie mich los.«

Howard hob eine Hand und räusperte sich. »Hören Sie. Ich habe in jener Nacht gesehen, wie ein junger Mann vor meinen Augen verglüht ist. Ich habe ein Dutzend toter Menschen im Schnee gesehen. Sie waren gerade joggen, als die Igel sie niedergemäht haben. Sie nannten sich die Midnight Runners. Lavonne Hughes ... kannten Sie sie?«

Carmody nickte. »Die Ärztin.«

»Ja«, sagte Howard. »Lavonne hatte die Gruppe zusammen mit zwei oder drei ihrer Schwestern ins Leben gerufen. Als Fitnessprogramm für das Basispersonal.«

Carmody erwiderte nichts.

»Sie wurde von mehreren Patronen Kaliber 50 in Stücke gerissen. Die Schwestern ebenfalls. Sie alle. Ich habe ihre Leichen gesehen. Am Abend vor Thanksgiving.«

Howard holte tief Luft.

»Da war ein Bursche namens Larocca«, sagte er. »Ich habe ihn mit gebrochenem Knöchel aus der Kaserne gezerrt. Aber bevor wir auch nur ein Dutzend Schritte gemacht hatten, wurde er in zwei Hälften gerissen. Ich habe gesehen, wie die Gedärme aus ihm hervorquollen. Wie seine Beine auf dem Boden landeten, während ich den Rest seines Körpers noch in den Händen hielt.«

»Die Hölle auf Erden«, sagte Carmody.

Howard nickte schwach und seufzte. »Ich habe Ihnen das alles erzählt, um bei Ihnen Abbitte zu leisten«, sagte er und hielt ihm seine Hand hin.

Für einen Moment sagte keiner der beiden ein Wort. Dann

streckte Carmody den Arm aus, und sie schüttelten einander die Hände.

»Passen Sie auf sich auf«, sagte Howard. »Wir sehen uns nach dem Einsatz. Vielleicht können wir dann mal ein paar Bierchen zusammen trinken gehen.«

Carmody nickte und schaute dann Richtung Falcon. Die anderen stiegen inzwischen die Treppe zur offenen Tür hinauf.

»Ich sollte jetzt besser an Bord gehen, bevor Sie mich hier noch an der Backe haben«, sagte er.

»Ja.« Howard hörte auf dem Asphalt Schritte, und als er einen Blick über die Schulter warf, sah er, dass Fernandez von seinem JLTV zu ihnen herübereilte.

»Julio will Ihnen bestimmt eine kräftige Umarmung geben, um Ihnen Glück zu wünschen«, sagte er.

Carmody gab ein Knurren von sich.

»Denken Sie, dass ich das zulassen muss?«

Howard lächelte schwach. »Nein«, sagte er. »Aber Sie tun's ja trotzdem.«

Um 4.15 Uhr hob DeBattista mit der Maschine von der Startbahn ab und schlug für den etwa neunzigminütigen Flug einen diagonalen Kurs Richtung Nordosten ein. Als die Falcon ungefähr vierzig Minuten später in den moldawischen Luftraum eintrat, kam Natasha Mori den Gang hinunter und setzte sich auf den leeren Platz neben Carmody.

»Nun«, sagte sie leise und ohne Vorrede. »Du hast also von ihr gehört.«

Carmody wandte sich vom Fenster ab und sah, dass sie lächelte.

»Ich auch«, sagte sie.

»Letzte Nacht?«, fragte er.

»Letzte Woche.«

Carmody saß eine Minute einfach nur da und nickte dann langsam. »Woher wusstest du das?«

»Dass sie sich bei dir melden würde?«

»Ja.«

»Ich wusste es nicht«, sagte sie. »Darum habe ich gefragt. Aber ich habe es dir angesehen.« Sie zeigte mit zwei Fingern auf ihre Augen. »Du kennst mich doch. Ich habe einen Röntgenblick. Außerdem ist sie meine Freundin, irgendwie.«

Carmody erwiderte nichts, und Natasha schaute geradeaus, zu Dixon und Schultz, die drei Reihen vor ihnen saßen.

»Glaubst du, dass alles klappen wird?«, fragte sie nach einem Moment. »Auf der Krim, meine ich.«

»Ja.«

»Wirklich?«

»Ja.«

»Und warum sagst du dann nicht: ›Hey, Natasha, wir schaffen das, keine Frage‹?«

Carmody schwieg für eine Minute. »Magst du Sport?«, fragte er dann.

»Nein.«

Er blickte sie wortlos an.

»Ich war Teil des russischen Optimum-Programms, schon vergessen?«, sagte sie, das Gesicht immer noch nach vorne gerichtet. »Wenn man mich nicht mit Wissen vollgestopft hat, wurde ich mit Tennis, Fußball, Turnen und was weiß ich noch gequält. Eins war wie das andere. Das hat mir die Freude daran genommen. Man musste seine Leistung

480

bringen, oder man galt als Versager.« Sie wandte sich ihm zu. »Ich hab's gehasst.«

Carmody dachte darüber nach. »Aber wahrscheinlich hast du jedes Mal geglaubt, du würdest gewinnen«, sagte er. »Man kann nicht zu einem Wettkampf antreten, wenn man glaubt, dass man verliert. Man trainiert und bereitet sich vor, um zu gewinnen. Aber man weiß, dass im anderen Team ebenfalls jemand ist, der dasselbe will.«

Natasha erwiderte darauf nichts.

»Ich habe eine Menge Operationen geleitet«, fuhr Carmody fort. »Ich glaube, dass wir besser sind als die Leute, mit denen wir es zu tun haben. Ich denke, dass wir die Operation erfolgreich beenden werden. Allerdings verfüge ich nicht über die Fähigkeiten dieses Computers. Oder die Fähigkeiten, die er angeblich besitzt. Ich kann nicht in die Zukunft sehen.«

Die beiden saßen einen Moment da und lauschten dem schwachen Aufheulen der Turbinen, während die Maschine eine leichte Linkskurve flog.

»Weißt du, was ich über *sie* denke?«, sagte Natasha schließlich und drehte sich wieder in seine Richtung. »Und über dich?«

»Nein.«

Sie beugte sich vor, flüsterte ihm etwas ins Ohr und lehnte sich wieder in ihren Sitz zurück.

Carmody sah sie an.

Sie lächelte.

»Und?«, sagte sie. »Was meinst du?«

»Wir werden sehen«, erwiderte er.

Drajan umklammerte mit beiden Händen Kiras Taille, während sie im Bett rittlings auf ihm hockte; sie hatte ihre Zähne mit verzerrtem Mund zusammengepresst und den Kopf wie zu einem Gebet oder einer Beschwörung in den Nacken geworfen. Auf dem Gipfel der Lust stöhnte sie leise auf und sank auf seinen Körper, während Drajan, sich aufbäumend, stumm zum Höhepunkt kam und reglos unter ihr liegen blieb.

Kurz darauf spürte er, wie an seiner Halsbeuge, in der sie ihren Kopf vergraben hatte, Tränen herunterliefen, feucht und warm.

»Du weinst ja«, sagte er.

»Ja.«

»Warum?«

Sie hob den Kopf und blickte ihm in die Augen.

»Ich will mich nicht in dich verlieben«, sagte sie. »Es ist verrückt, aber vielleicht ist genau das passiert. Manchmal denke ich, dass du mich nur als Mutter für deine gottverdammte Maschine brauchst. Nicht mal für den Sex. Und das ist noch verrückter.«

Er schaute wortlos zu ihr hoch.

»Kannst du überhaupt einen anderen Menschen lieben, Drajan?«, fragte sie. »Bist du dazu überhaupt fähig?«

Während er zu ihr hochsah, dachte er an Kalis dunkle Augen.

»Ja«, antwortete er aufrichtig und zog sie dichter zu sich heran.

Ein paar Minuten vor Sonnenaufgang meldete sich DeBattista über den Bündelfunkkanal bei Ron Cobb, dem Kampfpiloten der Net Force, der im Cockpit der *Dragonfly II*, einem kleinen Senkrechtstarter mit langen Flügeln, auf sie wartete. Der Flug war reibungslos verlaufen, und die Maschine würde pünktlich landen. Dank der umfassenden Unterstützung der ukrainischen Regierungsbehörden hatte die Falcon eine Landeerlaubnis für den Antonow-Flughafen erhalten, einen wiederaufgebauten Frachtflughafen außerhalb der Hauptstadt. Die Maschine war jetzt etwa fünfunddreißig Meilen südlich von Cobb über der Stadt Fastiw im Landeanflug.

»Ich stehe auf dem Vertiport 2, auf der Westseite des Flughafens«, sagte Cobb. »Landebahn eins acht rhonda befindet sich hundert Meter links von mir.«

»Verstanden«, sagte DeBattista über Funk. *»Und übrigens, Cobb, ich mag Sie nicht.«*

Cobb runzelte die Stirn. Die beiden waren sich nur einmal bei der Einsatzbesprechung begegnet. »Was, Kollege? Warum das denn?«

»Ich habe Luna ziemlich heftig angebaggert, aber sie meinte, dass sie schon vergeben ist. Dass Sie der Glückliche sind, Sie Mistkerl.«

Ein Grinsen machte sich auf Cobbs Gesicht breit. »Sex-Appeal, Kollege«, sagte er. »Manche haben's, manche nicht.«

Er beendete das Gespräch und begann mit den Vorbereitungen. Er war vor zwei Tagen vom Janus-Stützpunkt aus ins Land geflogen und hatte seitdem in einem Motel in der Nähe des Flugplatzes die meiste Zeit gewartet. Obwohl er und Faye es von ihrem Job bei der FBI-Abteilung für Überwachung und Luftunterstützung gewohnt waren, plötzlich in Bereitschaft versetzt zu werden und anschließend ewig zu warten, wurde er in den schier endlosen Stunden bis zum Beginn eines Einsatzes jedes Mal immer noch nervös.

Doch jetzt verspürte er statt der Nervosität plötzlich einen Adrenalinschub. In Kürze würde er am Himmel die Positionslichter der Falcon erblicken. Und sobald die anderen umgestiegen waren, wäre er mit Carmody und seinem Team – und den Roboterhunden – auf dem Weg zum vermutlich verrücktesten Einsatz seines Lebens.

Und das wollte etwas heißen, wenn man bedachte, dass er zusammen mit Carmody in den Transsilvanischen Alpen Jagd auf den Wolf gemacht hatte.

Um sechs Uhr setzte die Falcon auf der Landebahn 18R des Antonow-Flughafens auf, wo zwei Transportfahrzeuge sie bereits erwarteten: ein großer gepanzerter KrAz-Hulk-Mannschaftswagen der Armee und ein kleineres Spartan-Allradfahrzeug der Polizei. Beide wurden von Mitgliedern des ukrainischen Geheimdienstes gesteuert, die man zu absoluter Geheimhaltung verpflichtet hatte. Als sie heute Morgen aufgebrochen waren, hatten sie ihren Familien erzählt, dass sie zu einer Routineübung an der Grenze fahren würden.

Der Transfer und das Entladen dauerten nicht lange. Der große Mannschaftstransporter fuhr rückwärts an das Flugzeug, und Banik und Perez verfrachteten, gefolgt von den Soldaten des Janus-Stützpunkts, die Hunde rasch ins Heck des Wagens. Schultz, Dixon und Mori bestiegen den

Spartan, während Carmody noch einen Moment in der Maschine blieb.

»Nicky.«

DeBattista wandte sich vom Bedienfeld ab und sah durch die offene Kabinentür Carmody.

»Hey«, sagte er. »Ich dachte, du wärst schon längst ausgestiegen.«

Carmody betrat die Kabine.

»Ich wollte dir nur sagen, dass wir jetzt quitt sind. Du bist mir nichts mehr schuldig.«

DeBattista machte ein leicht überraschtes Gesicht. »Und was ist mit Onkel Gio?«

»Er schuldet mir auch nichts mehr. Richte ihm meinen Dank aus, für all die Flüge.«

DeBattista musterte ihn einen Moment lang stumm. Carmody hatte seinen Onkel vor vier Jahren in Battipaglia, Italien, davor bewahrt, lebendig an eine Horde hungriger Schweine verfüttert zu werden. Ein rotköpfiger Papagei hatte ihm das Todesurteil überbracht, weil er mit der rothaarigen Frau eines Mafiabosses geschlafen hatte. *Sei un uomo morto*, hatte der Vogel auf seinem Terrassentisch immer wieder gekrächzt. Du bist ein toter Mann.

»Gibt es einen Grund dafür, dass das nicht bis zum Rückflug warten konnte?«, fragte DeBattista.

Carmody zuckte mit den Achseln.

»Ich wollte die Angelegenheit nur klären.«

DeBattista fand, das hörte sich nicht gut an. Aus irgendeinem Grund machte ihn das nervös.

»Hör zu, Alter«, sagte er. »Du kommst wieder zurück. Das weißt du, oder?«

Carmody blickte ihn an. »Ich möchte dich um einen Gefallen bitten. Aber du musst das nicht tun.«

DeBattista war nicht entgangen, dass Carmody seiner Frage ausgewichen war, und überlegte, ob er aus dem gleichen Grund noch an Bord geblieben war.

»Okay«, sagte er. »Raus damit.«

Als Carmody ihn um den Gefallen bat, steigerte sich die Verwunderung, die DeBattista eben verspürt hatte, ins Unermessliche.

Tatsächlich hatte Cobb eben die Positionslichter der Falcon gesehen, als die Maschine eine Schleife geflogen und auf der Landebahn aufgesetzt war. Sofort beendete er seine Vorbereitungen, ließ die Motoren der *Dragonfly II* hochlaufen und brachte für den Start die Mantelpropeller an den Flügeln und die Heckrotoren in die waagerechte Position.

Um 6.10 Uhr hielten die beiden ukrainischen Transportfahrzeuge am Rand des achteckigen Vertiports. Die Spezialausrüstung und Waffen des Einsatzteams waren zusammen mit Cobb im Voraus hier eingetroffen und warteten im Flugzeug bereits auf sie. Da die Teammitglieder nur ihre Rucksäcke und die Hunde dabeihatten, brauchten sie weniger als sieben Minuten, um herüberzufahren und in die Maschine zu springen.

Um 6.20 Uhr schoss Cobb mit der Maschine schnurgerade in den heller werdenden Himmel. Als er die Flughöhe von zweitausendeinhundert Fuß erreichte, brachte er die Propeller und Rotoren in die senkrechte Position, flog eine weite Hundertachtzig-Grad-Kurve und hielt Kurs auf den Sywaschsee.

Der Güterzug mit zehn Waggons war eine für Osteuropa typische Mischung aus Alt und Neu; er bestand aus einer semiautonomen dieselelektrischen Lok und zehn rostroten Güterwagen aus den 1970ern, die eine Last von hundert Tonnen tragen konnten. Nachdem der Zug am 8. Mai um kurz nach neun Uhr abends den Rangierbahnhof im unter russischer Verwaltung stehenden Armjansk verlassen hatte, war er quietschend, zischend und ächzend zum südlich gelegenen Nebengleis der Matka-Ziemia-Titan-und-Zementmine gefahren, um dort seine monatliche Ladung Erz abzuholen, und gut neunzig Minuten später war er dort angekommen.

Der Mechaniker und der Lokführer übernachteten dort in einer Schlafbaracke nahe der Bahnstrecke, während der Zug mit Erz beladen wurde. Gegen zwei Uhr morgens hielt ein russischer UAZ-Transporter vor der Baracke, und die drei uniformierten Insassen gesellten sich zu ihnen, um sich auf den durchgelegenen Feldbetten ein paar Stunden aufs Ohr zu hauen.

Um fünf Uhr, als die Arbeiter und Gabelstaplerfahrer der Nachtschicht Feierabend machten, war der Zug voll beladen und bereit zur Abfahrt. Kurz darauf bestiegen die beiden Eisenbahnangestellten den Zug, zusammen mit den drei bewaffneten Sicherheitsleuten, die die Fracht auf der zweiten und dritten Etappe seiner Fahrt in den Süden der Halbinsel bewachen würden.

Der Zug würde gemächlich zum achtzig Meilen entfernten Sywaschsee zuckeln, auf Gleisen, die man nur notdürftig zusammengeflickt hatte, nachdem sie bei Putins Invasion fast vollständig zerstört worden waren. Auf der knarrenden altersschwachen Trestle-Brücke über den See konnte sich der Zug nur im Schneckentempo fortbewegen, bis er schließlich Kamjanske am östlichen Ende der Halbinsel erreichte, wo er entlang des Bergs Kurs auf die Verarbeitungsanlage nahm.

Um 7.20 Uhr befand er sich immer noch dreißig Meilen nördlich des Sywaschsees.

Und die *Dragonfly II*, die jetzt nur noch wenige Meilen hinter ihm war, kam mit hoher Geschwindigkeit näher.

Auf einer Seite der nur mit dem Nötigsten ausgestatteten Passagierkabine der *Dragonfly II* standen nebeneinander die drei T-Ständer mit den Jet-Suits. Davor warteten Carmody, Wheeler und Luna, bekleidet mit ihren Nomex-Overalls, Handschuhen und Stiefeln, darauf, dass Sanders ihre letzten Checks beendete. Sie brauchte nicht lang. Die Elektronik und das Äußere der Anzüge waren auf dem Janus-Stützpunkt mehrfach überprüft worden, bevor man sie ins Flugzeug gebracht hatte.

»Okay, ich denke, es ist alles in Ordnung«, sagte sie und drehte sich zu den anderen um. »Stellt euch vor die Ständer, damit ich sie euch anziehen kann.«

Die drei positionierten sich mit dem Rücken vor den Ständern und breiteten über den Querstangen die Arme aus. Unterdessen drängten sich die anderen dicht in der Kabine: Banik saß auf dem Platz direkt hinter dem Schott, neben sich Ellie und die angeschnallten Roboterhunde, und der Rest des Einsatzteams hockte auf kleinen Klappsitzen gegenüber den Ständern.

Ein paar Minuten später steckten Carmody und die beiden anderen in ihren Anzügen, und Sanders nahm aus einem Staufach die Helme und verteilte die Ohrstöpsel.

»Gibt es irgendwelche Fragen?«, sagte Sanders und blickte die drei nacheinander an.

Keiner sagte etwas.

Aber dann meinte Carmody: »Ich schätze, dass sich Ihr hartes Training jetzt bezahlt macht.«

»Ja«, sagte sie.

Er nickte.

»Gibt es auch einen Vornamen zu dem L auf Ihrem Namensschild?«

»Layla«, sagte sie.

Er schaute ihr in die Augen.

»Danke, Layla«, sagte er.

Sanders nickte ihm zu.

»Seid vorsichtig.«

Über dem Sywaschsee ging Cobb auf fünfhundert Meter herunter: Das rötliche Wasser war auf seine Weise wunderschön, aber es verströmte bereits den strengen Gestank von verfaulten Eiern, während sich der dichte Algenteppich in der Morgensonne aufwärmte. So weit Cobbs Auge reichte, erstreckte sich zu beiden Seiten der See, und darüber hinweg verlief auf einer geraden Linie von Nord nach Süd die Eisenbahnbrücke. Vor ihnen bewegte sich der Güterzug mit einer Geschwindigkeit von fünfzehn Meilen pro Stunde mühsam über die verbogenen, rostigen und stellenweise kaputten Gleise.

»Noch drei Minuten!«, sagte er in sein Headset und ging über dem Wasser weitere hundertfünfzig Meter herunter.

In der Passagierkabine stellten sich die drei Teammitglieder in den Jet-Suits mit dem Gesicht zur Steuerbordwand hintereinander auf. Carmody stand ganz vorne, Luna hinter ihm und Wheeler an dritter Position. Sie hatten inzwischen die Helme aufgesetzt und trugen an ihrem Gurtgeschirr jeder eine HK MP7 und Munitionsbeutel.

Cobb ging mit der *Dragonfly II* jetzt in den Schwebeflug.

»Noch eine Minute!«, rief er. »Stellt euch an die Tür!«

Carmody holte tief Luft und trat an die rote Linie. Er befühlte mit seinen behandschuhten Fingern den Gashebel in der Handfläche, während er den Wind am Hals spürte und durch das heruntergeklappte Helmvisier den fauligen Gestank riechen konnte. Dann hörte er erneut Cobb in seinem Ohr: »Auf mein Kommando … zehn, neun, acht, sieben, sechs …«

»Fünf, vier, drei, zwei, eins, los!«, rief Cobb und sah auf seinem Head-up-Display, wie die drei durch die Tür sprangen.

Einen Moment später waren sie unter ihm; durch die Windschutzscheibe konnte er jetzt mit bloßem Auge sehen, wie sie in Keilformation mit aberwitziger Geschwindigkeit durch die Luft sausten – Carmody vornweg, die anderen einen halben Meter hinter ihm.

Cobb hielt mit den Händen den Steuerknüppel umklammert.

»Gute Reise«, sagte er über das RoIP. Und während er sah, wie Luna immer kleiner wurde, dachte er: *Komm wieder zurück, Baby.*

Aber sie waren beide Profis, und er sprach diesen Gedanken nicht laut aus.

Alles geschah für Carmody wie im Rausch: der Sprung durch die Tür, die Arme auf dem Rücken, und dann flog er wieder, sauste durch die Luft, und es fühlte sich *natürlich* an. Da waren der blaue Himmel und das rote Wasser, die Sonne und der Wind, das Dröhnen der Turbinen in seinen Knochen, das lange Band der Brücke und die flachen braunen Dächer der Waggons, die schnell näher kamen, und in null Komma nichts war der Zug unter ihm, und er breitete seine Arme aus, ganz weit, und drosselte das Gas. Seine Ohren knackten, und er spürte ein flaues Gefühl im Magen, spürte, wie die Schubkraft der kleinen Turbinen gegen seine Arme drückte, während er herabsank, fünfzig, hundert, hundertfünfzig Fuß, bis er wie eine Wespe über einem der Waggons schwebte, die Beine nach unten ausgestreckt, und dann ging er weitere hundert Fuß runter, ganz ruhig, völlig im Gleichgewicht, wie selbstverständlich, immer weiter …

Mit einem lauten Schlag setzten seine Stiefel auf dem Metalldach des Waggons auf, und er rannte ein paar Schritte vorwärts, um den Schwung abzufangen, blieb dann stehen und warf einen Blick über die Schulter. Luna und Wheeler waren zwei Waggons hinter ihm ebenfalls gelandet.

»Lima, Whiskey, könnt ihr mich hören?«, sagte er über das RoIP, indem er das NATO-Alphabet für ihre Rufnamen benutzte.

»Roger«, antwortete Luna.

»Roger«, antwortete Wheeler.

»Okay, verstanden«, sagte Carmody.

Er drehte sich wieder um und zählte die Waggons bis zur Lok. Eins, zwei … er war auf dem dritten von zehn Waggons.

»Auf geht's«, sagte er, zog die MP7 aus der Schlinge und

rannte auf dem Waggondach vorwärts. Als er dessen Ende erreichte, sprang er über den Zwischenraum zum nächsten. Nach der extremen Beschleunigung während des Flugs kam es ihm jetzt so vor, als würde sich der Zug, der im Schneckentempo über die Schienen rollte, überhaupt nicht bewegen.

Als er die Lok erreichte, rannte er, dicht gefolgt von Wheeler und Luna, zu ihrer Vorderseite. Die Besatzung würde das Klappern der Schritte auf dem Dach hören: Sie mussten sie ausschalten, bevor sie auf das Geräusch reagieren konnten.

Carmody blieb stehen, spähte über das Sicherheitsgeländer auf der rechten Seite nach unten und sah hinter der Tür zur Fahrerkabine ein geriffeltes Trittbrett. Er winkte die beiden anderen zu sich und holte tief Luft, umklammerte das Geländer, schwang sich auf das Trittbrett und landete mit beiden Füßen etwa zwanzig Zentimeter rechts neben der Tür. Anschließend kehrte er dem Zug den Rücken zu, sodass das stinkende rote Wasser nur wenige Zentimeter von seinen Füßen entfernt war, packte den Türgriff, zog den Riegel zurück und riss die Tür weit auf. Mit einer Drehung seines linken Absatzes wirbelte er ins Innere und machte, die Maschinenpistole auf Hüfthöhe, mit dem rechten Fuß einen Schritt vorwärts.

Er sah vor sich drei Männer in russischen Armeeuniformen und zwei weitere mit Eisenbahnermützen, die eben noch zur Kabinendecke emporgeblickt hatten. Offenbar hatten sie sich über das Geräusch auf dem Dach gewundert, aber keine Erklärung dafür gefunden. Keiner der Soldaten hatte seine Waffe im Anschlag.

Einer von ihnen nahm jetzt sein Gewehr hoch, aber Carmody machte ihn mit einer kurzen Salve in die Brust unschädlich. Der Mann fiel hintenüber, und Carmody richtete seine Maschinenpistole auf die anderen.

»*Brosátje oružie!*«, brüllte er: Lasst die Waffen fallen.

Carmody bemerkte den Blick eines der verbliebenen Wachmänner. Es war ein wütender, ängstlicher und verschlagener Blick, der keinen Zweifel daran ließ, dass er die dumme Idee hatte, seine Waffe zu benutzen. Im selben Moment bemerkte Carmody, wie der Gewehrlauf des Wachmanns kaum merklich in die Höhe zuckte.

Er richtete seine Waffe auf ihn. Inzwischen waren Wheeler und Luna ebenfalls in die Kabine gestürzt und bezogen links und rechts von ihm Position.

»*Sejčas* … sofort! Weg mit der Waffe!«

Der Wachmann hatte ihm nichts mehr entgegenzusetzen. Er ließ das Gewehr zu Boden fallen und hielt beide Hände vor den Körper. Der dritte Wachmann folgte seinem Beispiel.

Carmody sah zu den Eisenbahnern und forderte sie mit einer Geste auf, sich zu einer Seite der Kabine zu begeben.

»Wer seid ihr?«, fragte einer von ihnen.

»Das spielt keine Rolle«, sagte Carmody. »Wenn ihr tut, was ich sage, passiert euch nichts. Und jetzt geht da rüber.«

Sie schlurften zur Seite der Kabine.

»Übernimm du die beiden«, sagte er zu Wheeler. »Ich kümmere mich um die Soldaten.«

Während er die beiden im Auge behielt, hob Luna ihre Gewehre auf. Etwa einen Schritt von Carmody entfernt lag der tote Wachmann blutend auf dem Kabinenboden.

»*Snimi odeždu!*«, sagte er auf Russisch. »Zieht eure Sachen aus, oder ihr werdet wie euer Freund hier enden.«

Die beiden sahen ihn fassungslos an.

»Macht schon«, sagte Carmody, während er sie über seine Maschinenpistole hinweg mit ausdruckslosem Gesicht anstarrte.

22

Cobb setzte mit der *Dragonfly II* auf einer flachen Lichtung, die durch eine Reihe Kiefern und niedriger Sträucher von den Bahngleisen abgeschirmt war, sanft auf. Sie befanden sich eine gute Meile nördlich der Beton- und Titan-Verarbeitungsanlage und zwanzig Meilen südlich von Simferopol, das jenseits der Berge landeinwärts lag.

Es war jetzt dreißig Minuten her, dass er Carmody und die beiden anderen abgesetzt und den Sywaschsee überquert hatte.

Er drehte sich um und warf einen Blick in die Passagierkabine. Mori, Dixon und Schultz standen mit ihren Rucksäcken und den Waffen in den Händen an der Tür.

»Ihr drei müsst euren Zug erwischen«, sagte er über die Schulter. »Viel Glück.«

Mori reckte einen Daumen in die Höhe und schwenkte den Arm zu den anderen in der Kabine herum.

»*Ciao*, ihr Menschen, du sabbernder Hund und ihr verrückten Roboterhunde«, sagte sie und sprang hinter den anderen aus der Kabine.

Cobb beobachtete, wie sie zwischen den Bäumen hindurcheilten, und wandte sich dann wieder seinem Bedienfeld zu. Drei Minuten später war er wieder in der Luft.

Zwanzig Minuten später kam der Güterzug auf dem Gleis, das nur wenige Meter links von den Bäumen verlief, zum Stehen.

Dixon, der zwischen den Kiefern kauerte, spähte durch sein zusammenklappbares Fernglas zur Lok hinüber. Die Kabinentür öffnete sich, und ein großer, breitschultriger Mann in russischer Armeeuniform stieg auf das Trittbrett.

Dixon nahm das Fernglas herunter, gab Schultz und Mori ein Handzeichen, und die drei stürzten aus dem Schatten der Nadelbäume hervor. Eine Minute später standen sie auf dem Gleisbett vor der Lok.

»Kaum zu glauben, dass du jemanden gefunden hast, dessen Uniform dir passt«, sagte Dixon zu dem Soldaten.

Carmody schaute ihn unter einer hellgrünen Infanteriemütze hervor an.

»Die Männer hier sind ziemlich großgewachsen«, sagte er und deutete mit dem Kopf auf die Tür hinter sich. »Alle einsteigen. Wir fahren ab.«

Kurz vor acht Uhr morgens stieg Oberst Vitali Denislow mit seinem Adjutanten aus einem gepanzerten Tigr ATV und marschierte über den Strand zu einem doppelrohrigen Wildfire-Raketenwerfer. Die flüchtige Inspektion war eine von unzähligen Aufgaben, die sie täglich zu erfüllen hatten. Aber während Denislow zu den Sensormasten und Rohren emporschaute, zeichnete sich auf seinem Gesicht derselbe ehrfürchtige Ausdruck ab wie damals, als er sie zum ersten Mal erblickt hatte.

Sergej Cosa hatte den Wildfire-Raketenwerfer mit einem mittelalterlichen Geschütz verglichen. *Ribauldequin* hatte er es genannt. Aus Angst, sich lächerlich zu machen, hatte Denislow nicht erwähnt, dass ihn der Raketenwerfer an einen fast siebzig Jahre alten amerikanischen Science-Fiction-Film erinnerte, den er als junger Mann im Internet gesehen hatte, lange bevor seine militärischen Pflichten ihm derlei heimliche Vergnügungen ausgetrieben hatten. *Kronos*. In dem Schwarz-Weiß-Film landete eine riesige bewegliche Maschine auf der Erde, um alles Leben auf dem Planeten zu zerstören. Sie hatte die Größe eines Wolkenkratzers und sah aus wie eine Art schwebender Metallturm. Nichts konnte ihren zerstörerischen Amoklauf stoppen, nicht einmal eine Atombombe.

Auf Denislow wirkten die Raketenwerfer genauso bedrohlich und unerbittlich. Als Cosa die Okean letzte Woche in erhöhte Alarmbereitschaft versetzt hatte, hatte der Oberst befohlen, die Raketenwerfer aus ihren unterirdischen Bunkern an den Strand zu bringen, wo sie dank der Störsender entlang der Küste vor den Blicken der Spionagesatelliten verborgen blieben. Cosa hatte ihn zwar nicht in die Gründe für die erhöhte Bedrohungslage eingeweiht, aber Denislow nahm an, dass die Informationen vom Pioneer-Supercomputer stammten. Allerdings konnte er, obwohl er für die Verteidigung des Berges verantwortlich war, diese Vermutung nicht überprüfen; die Entwicklung der künstlichen Intelligenz im Schoß dieses Felsens unterlag einer Geheimhaltungsstufe, auf die Personen mit seinem Dienstgrad keinen

Zugriff hatten. Und Cosa musste ihm auch keinen Grund für den Code Orange nennen. Aber Denislow vertraute seinem Bauchgefühl – und würde in seiner Wachsamkeit auf keinen Fall nachlassen, solange man ihn nicht dazu aufforderte.

Zwei Möwen, die jetzt hoch über den Abschussrampen und Sensormasten kreisten, stießen mehrere Schreie aus, als wunderten sie sich über dieses seltsame, hoch aufragende Objekt. Schließlich flogen sie aufs Meer hinaus, und Denislow ertappte sich dabei, wie er ihnen einen Moment geistesabwesend hinterherschaute. Dann drehte er sich um und blickte zu dem gewaltigen Berg hinter den Gleisen. Während er dort zwischen der zerklüfteten Gebirgswand und dem Meer stand, kam er sich plötzlich auf eine Weise unbedeutend und schutzlos vor, die er nicht ganz verstand.

Es war ein verstörendes, unangenehmes Gefühl … aber keineswegs ungewohnt. Er war jemand, der gerne wusste, wo sein Platz in der Welt war. Der sich gerne in einem sicheren und vertrauten Umfeld bewegte. Doch seit seiner Ankunft in der Okean kam er sich häufig auf eine diffuse Weise unbedeutend vor, als wäre er zwischen Urgewalten gefangen, die sein Fassungsvermögen genauso überstiegen wie die riesige Maschine im Innern des Berges.

Er holte tief Luft, atmete wieder aus und drehte sich zu seinem Adjutanten um.

»Alles in Ordnung«, sagte er. »Fahren Sie mich zurück in den Berg. Ich könnte eine frische Tasse Kaffee vertragen.«

Der jüngere Offizier trat an den Tigr und öffnete ihm die hintere Tür. Denislow stieg ein, lehnte sich zurück, schloss die Augen und behielt sie so lange zu, bis sie wieder im Berg waren. Man brauchte nicht alles zu erklären. Wenn er die Augen vor der Welt verschloss, fühlte er sich manchmal besser, und das musste im Moment als Erklärung genügen.

In der *Čistaja-Zemlja*-Verarbeitungsanlage außerhalb von Simferopol ging der monatliche Austausch von Ilmenit-Erz gegen eine frische Fuhre Titandioxid stets mit der Präzision eines Uhrwerks vonstatten und dauerte in der Regel weniger als eine halbe Stunde.

Nachdem der Zug aus dem Bergwerk bei Armjansk auf das Gleis der Verarbeitungsanlage gebogen war, fuhr er auf ein Rangiergleis, wo die Güterwagen voller Erz von der Lok abgekuppelt wurden und die Arbeiter sie zur Anlage rollten und gegen sieben beladene Waggons, die bereits auf dem Gleis warteten, austauschten. In jedem stapelten sich, abgepackt in 500-Kilo-Schüttgutbeuteln, hundert Tonnen Titandioxid. Die Waggons wurden an die Lok gekuppelt, die Formulare unterschrieben, und das war's.

Auch dieser Morgen bildete da keine Ausnahme. Allerdings fand der verantwortliche Rangiermeister, dass Ilja und Novel, der Mechaniker und der Lokführer, ruhiger wirkten als sonst und sogar ein wenig erschöpft. Aber er schenkte dem kaum Beachtung – vielleicht hatten sie gestritten oder etwas getrunken oder einer von ihnen hatte Blähungen. Was auch immer der Grund dafür war, ihre Laune hatte ihn nicht zu kümmern. Der Zug aus Armjansk war um acht Uhr eingetroffen und mit seiner Ladung verarbeiteten Titans um 8.25 Uhr wieder abfahrbereit. Job erledigt. Das war alles, was ihn interessierte.

Mit den unterschriebenen Formularen in der Hand stand

er jetzt draußen auf dem Trittbrett der Lok und schaute zu den beiden Soldaten im Innern bei Ilja und Novel. Einer von ihnen sah mit seiner kräftigen, muskulösen Statur aus wie ein Ringer, wie der verdammte Alexander Karelin. *Das Experiment* hatte man den Champion genannt. Als hätte man ihn in einem Labor gezüchtet. Halb Mensch, halb Gorilla.

»Hey, du Schrank, kommst du etwa aus Sibirien?«, fragte er den Soldaten und grinste durch die offene Tür. »Alle stämmigen Kerle, die ich kenne, kommen aus Sibirien.«

Der Typ starrte ihn mit verschränkten Armen bloß an. Offenbar war niemand in der Lok heute Morgen besonders gesprächig.

Der Rangiermeister zuckte mit den Schultern und wollte schon auf die Gleise springen, als er ein zerknülltes Handtuch auf dem Kabinenboden bemerkte. Darauf prangte ein großer rötlicher Fleck, und das kam ihm merkwürdig vor. Er schaute in die Kabine und deutete auf das Handtuch.

»Was ist passiert?«, fragte er.

»*Ne sprášivaj*«, sagte der stämmige Soldat, er solle keine Fragen stellen. »Uns sind auf dem klapprigen Gleis über den Sywaschsee unsere Eier und Würstchen runtergefallen. Falls du uns nicht zum Frühstück einladen willst, würde ich gerne zur Okean weiterfahren.«

Der Mann sah ihn an. Nun, das erklärte jedenfalls ihre schlechte Laune.

»Alles klar«, sagte er. »Wir sehen uns bei der nächsten Fuhre.«

Carmody wartete, bis der Zug auf das Hauptgleis zurückgekehrt war, ehe er den Mechaniker und den Lokführer auf eine Tür im hinteren Bereich der Kabine zustieß. Er hatte dahinter einen erstaunlich großen Büroraum entdeckt, den toten Soldaten dort in einen Schrank verfrachtet und die beiden anderen hineingebracht – sie waren jetzt bis auf die Unterwäsche ausgezogen, geknebelt und an den Händen gefesselt.

Carmody klopfte dreimal kurz hintereinander an die Tür, und Mori öffnete ihm. Sie, Dixon und Schultz hatten sich während des Halts an der Raffinerie ebenfalls in den Raum gezwängt.

»Also gut, Ilja«, sagte Carmody und drückte dem Mechaniker seine Maschinenpistole in den Rücken. »Rein da.«

Der Mann betrat den Raum, und Carmody folgte ihm. Es gab hier einen Metalltisch mit Computer und Ablagekörben voller Unterlagen. Frachtbriefe, Genehmigungen und so weiter.

Carmody nahm einen Stift und drückte ihn dem Mechaniker in die Hand. »Ich möchte, dass du dein Passwort für die automatische Steuerung aufschreibst«, sagte er. »Und keine Dummheiten.«

Der Mechaniker ging mit dem Stift zum Schreibtisch, nahm aus einer der Ablagen ein Blatt und kritzelte hastig das Passwort auf die Rückseite.

Carmody reichte Mori das Blatt, und sie las die kyrillischen Buchstaben. »Ist das, was du brauchst?«, fragte er.

»MisterNastyShorts«, sagte sie und schaute zu ihm auf. »Damit kann ich arbeiten … aber das ist echt gruselig – oh Mann!«

Carmody zuckte mit den Achseln. »Gib mir nicht die Schuld. Ich bin nur der Bote.«

Um zehn vor neun setzte Cobb mit der *Dragonfly II* erneut zur Landung an. Er befand sich jetzt dreißig Meilen südwestlich der Verarbeitungsanlage, über der Bergkette, die parallel zur Küste verlief. Unter sich sah er fast nur Wiesen und Nadelsträucher, aber kaum Bäume. Weiter vorne schlängelte sich ein Ausläufer des Schwarzen Meers durch eine breite Schlucht, und dahinter erstreckte sich das Meer zwischen zwei Kontinenten bis zur Türkei. Ein paar Meilen zu seiner Rechten erhob sich der Steilhang, der Okean-27 beherbergte. Und direkt zu seiner Linken wanden sich die Bahngleise den Bergrücken hinunter.

Als Cobb an den Gleisen vorbeischaute, erblickte er hoch über dem Meeresarm eine Villa und holte tief Luft.

Das war es.

Das Versteck des Wolfs.

Die Landung war diesmal schwieriger als vorhin. Auf den freien Flächen war das Gelände unter der dünnen Erdschicht hügelig und felsig. Und zwischen den zerklüfteten Gipfeln wirbelten unberechenbare Windböen empor. Wenn er die falsche Stelle auswählte, würde sich das rächen. Er überflog mehrere Bereiche, die infrage kamen, bevor er sich für einen entschied, der sowohl sicher als auch von den Bahngleisen aus rasch zu erreichen war.

Um Punkt neun Uhr setzten die Räder auf dem Boden auf, und in der Kabine war nur eine leichte Erschütterung zu spüren.

»Wir sind da«, verkündete er. »Wohlbehalten und sicher.«

Hinter ihm brandete Applaus auf, und jemand rief: »Hey, Ellie, gib dem Piloten ein Leckerli!«

Mit einem Lächeln löste Cobb seinen Gurt und lehnte sich

zurück. Für eine Weile konnte er jetzt nichts weiter tun, als zu warten.

Als Drajan Petrovik aufwachte, stellte er fest, dass das Bett neben ihm leer war. Er zog die Beine unter der Decke hervor, stand auf und nahm seinen Morgenmantel von der Rückenlehne eines Stuhls.

»Kira?«, rief er.

Sie antwortete nicht.

Er schlang den Gürtel um den Morgenrock, ging barfuß in den Flur und stieg die kurze Treppe zum Türmchen hinauf.

Dort stand Kira, vollständig bekleidet, und bewunderte die Panoramaaussicht. Sie hielt einen Kaffeebecher in der Hand, und auf einem Tablett neben dem Laptop standen eine Kanne und ein zweiter Becher sowie ein runder weißer Porzellanteller mit Cantuccini.

Drajans Blick wanderte zu ihrem Nacken. Er dachte an die gestrige Nacht, daran, wie er mit den Lippen den Wirbel an ihrem Halsansatz liebkost und von hinten ihre Hand gehalten hatte, während er seine andere Hand zwischen ihren Bauch und die Decke geschoben hatte, von wo ihr leises Stöhnen durch ihren Körper zur Kehle emporstieg.

Er stand da und beobachtete, wie sie auf die Berge und das Meer hinausschaute. Plötzlich fragte er sich zu seiner Überraschung: *Wäre es vielleicht doch möglich, Kali zu vergessen?*

In diesem Moment wandte sich Kira vom Fenster ab, als wäre die Frage zu ihr hinübergeweht.

»Drajan«, sagte sie. »Guten Morgen.«

Er nickte ihr zu, ging zum Frühstückstablett hinüber und griff nach der Kanne.

»Ich dachte, du wärst vielleicht schon zur Okean gefahren«, sagte er und füllte seinen Becher.

Sie machte einen Schritt auf ihn zu. »Ich muss erst am Nachmittag dort sein. Ich möchte noch hier bei dir bleiben.«

Drajan blickte ihr in die Augen, während er den Becher an die Lippen hielt und wartete.

Sie deutete mit dem Kopf auf den Laptop.

»Und bei Hekate«, sagte sie.

Mit zischenden Bremsen hielt der Güterzug mehrere hundert Meter östlich der Stelle, wo Cobb gelandet war, auf einer hoch gelegenen, grasbewachsenen Fläche, umgeben von niedrigen Wacholdersträuchern und einzelnen moosbedeckten Fels-brocken. Etwa fünf Meter vor der Lok stieg der Bergrücken zum Gipfel empor und fiel dann in verwitterten Felsterrassen steil zum Meer ab.

Carmody stieß die Kabinentür auf und sprang hinaus, lief zum Gipfel und blieb dort mit seinem Fernglas stehen. Er hob es an die Augen, und als er Richtung Osten blickte, sah er die Villa, deren Position Defiant Fly Morse durchgegeben hatte. Sie stand, keine halbe Meile entfernt, auf einem benachbarten Berg.

Carmody drehte sich um, stieg wieder zum Zug hinunter und blieb vor der Lok stehen, um zu warten. Fünf Minuten später hörte er rechts von sich, wo das Gelände zu einer flachen Senke mit losem Felsgestein und Gestrüpp abfiel, etwas, das wie Vogelgezwitscher klang.

Er lief zur Senke hinüber und sah, dass in etwa fünf Metern Entfernung Sparrow und Begai, gefolgt von Banik, Perez und den Hunden, auf ihn zukamen.

»Wo hast du gelernt, so zu pfeifen?«, sagte Carmody zu Sparrow.

»Das ist eine ganz besondere Fähigkeit«, sagte Sparrow. »Du kannst jeden Seminolen danach fragen, und er wird dir erklären, dass wir damit den weißen Mann bezwungen haben.«

Carmody wartete, während sie die Senke zu ihm hochstiegen. Begai trug über der linken Schulter einen großen Rucksack aus Segeltuch, der ihn auf dieser Seite stark nach unten drückte.

»Wie lange wird es dauern?«, fragte Carmody.

»Kommt drauf an. Eine Stunde vielleicht.«

»Die Hälfte muss reichen.«

»*Alle einsteigen*«, schnaufte Begai und stapfte an ihm vorbei.

Carmody sah ihm einen Moment lang nach, dann drehte er sich um und brachte die anderen zum Zug.

Begai brauchte genau dreißig Minuten, um die Sprengladungen anzubringen, die er in seinem Rucksack an Bord gebracht hatte, indem er sich rasch von der Spitze des Zuges bis zu seinem Ende vorarbeitete.

Jede Ladung bestand aus einem Kilo in Mylarfolie gewickeltem C4, von denen er jeweils fünf zu sechs miteinander verbundenen Sprengsätzen verdrahtet hatte, was insgesamt dreißig Kilo hochexplosiven Plastiksprengstoff ergab. Seinen Berechnungen zufolge entsprach die Sprengkraft sämtlicher Ladungen der von fünfzig Kilo TNT. Damit konnte man zwar keinen Berg in die Luft sprengen, aber es reichte, um die Okean gehörig durchzuschütteln und etwas Aufmerksamkeit zu erregen.

»Okay«, sagte er zu Carmody, als er vom Gleisbett wieder in die Lok hüpfte. »Ich bin fertig.«

Carmody schaute zu Mori. Sie saß vor den Anzeigetafeln des Bedienfelds und tippte auf einer ausziehbaren Computertastatur.

»Natasha?«

Ohne sich umzudrehen, hob sie ihren Zeigefinger, während sie weiter auf die Tasten hämmerte. Fünfundvierzig Sekunden später drückte sie mit einer demonstrativen Geste die Eingabetaste und blickte über die Schulter.

»Ich bin auch fertig«, sagte sie. »Mister Nasty Shorts hat die Kiste so programmiert, dass sie ohne ihn in die Okean fährt.«

Carmody wandte sich nach rechts, wo Dixon an der Tür zum Büroraum lehnte.

»Du und Schultz, ihr holt Ilja, seinen Kollegen und die beiden Soldaten da raus. Überprüft noch mal ihre Fesseln und klebt ihnen frisches Klebeband über den Mund. Achtet darauf, dass keiner von ihnen Schuhe trägt. Oder Socken.«

Dixon gab ein Knurren von sich. »Auch barfuß können sie immer noch laufen.«

»Ist schon okay. Bringt sie in die Senke rechts von hier. Solange sie ihre Hände nicht benutzen können, werden sie es kaum schaffen, da herauszuklettern. Aber selbst wenn, dann sind sie immer noch meilenweit von jeder Zivilisation entfernt.«

Dixon nickte und trat durch die Tür. Carmody schaute einen Moment lang durch die Windschutzscheibe zu Banik, Perez und den Hunden, die auf der freien Fläche warteten, wo sich die Morgensonne in den Metallkörpern der Roboterhunde spiegelte. Plötzlich wurde ihm klar, dass er sich auf eine merkwürdige Weise an sie gewöhnt hatte und kaum noch daran dachte, dass sie blutleere Maschinen waren.

Er sah zu Natasha hinüber.

»Geh wieder zum Flieger zurück«, sagte er. »Aber sei vorsichtig. Sollte dich und Cobb jemand bemerken, müsst ihr von dort wegfliegen. Wir treffen uns dann irgendwo anders.«

Sie nickte, und Carmody wandte sich Begai und Sparrow zu.

»Macht euch bereit«, sagte er. »In zehn Minuten ist Showtime.«

Carmody konnte das leise Klirren des Gleises hören, während er beobachtete, wie der Zug auf den westlichen Berghängen davonfuhr. Schließlich nahm er das Fernglas herunter und drehte sich zum Versteck des Wolfs um.

»Seid ihr alle bereit?«, fragte er die anderen.

Sie nickten mit ernsten Gesichtern.

Carmody rückte den Rucksack auf seinen Schultern zurecht.

»Auf geht's«, sagte er.

Matei stand auf der Zufahrt vor dem Tor zur Villa und betrachtete die winzigen weißen Knospen an den Olivenbäumen. Seit sie letzte Woche angefangen hatten zu sprießen, hatte er Kopfschmerzen, und seine Nebenhöhlen waren geschwollen und verstopft. In Rumänien gab es eigentlich keine Olivenbäume. Im kühlen Klima der Transsilvanischen Alpen wuchs nichts anderes als Rote Bete, Kartoffeln und ein Dutzend verschiedener Bohnensorten. Er konnte sich nicht erinnern, auf dem Grundstück der mittelalterlichen Burg, die Drajan Petrovik früher bewohnt hatte, irgendwann mal Blumen gesehen zu haben.

Er würde nicht sagen, dass er irgendetwas von dort vermisste. Aber auch nicht, dass es ihm hier an der Südküste des Schwarzen Meers besser gefiel. Zurzeit fühlte er sich wohl nirgends zu Hause ... aber das kannte er bereits. Immer wieder rief er sich in Erinnerung, dass er als Söldner für Academi und CACI in Dutzenden der schlimmsten Dreckslöcher der Welt gewesen war. Immerhin gehörte dieser Ort nicht dazu. Immerhin zitterte er hier nicht für zehn Monate des Jahres am ganzen Körper.

Matei zog ein Taschentuch aus seinem Anorak und schnäuzte sich die Nase. Damals in Transsilvanien hatte er zu dieser Jahreszeit in seinem Wachhäuschen noch einen Heizlüfter gebraucht. Hier konnte er, so wie jetzt, über das Grundstück laufen und die Sonne und die frische Meeresluft genießen. Dafür nahm er die Allergien gerne in Kauf. Für jemanden wie ihn war die Krim gar kein so übler Ort. Es war hier ziemlich langweilig, und Matei hatte früher mehr als genug Aufregung gehabt. Nein, es machte ihm nichts aus, sich zu langweilen.

Er begann, zum unteren Ende der mit Sand und Kies bedeckten Zufahrt zu laufen, die zweihundert Meter den Berg hinunterführte. Das war seine übliche Morgenrunde, und auf diese Weise bekam er ein wenig Bewegung. Zweihundert Meter zur Straße und zweihundert zurück zum Tor. Und dann in einem großen Bogen um die Villa herum.

Matei war etwa zwanzig Meter gelaufen, als er rechts von sich ein Rascheln hörte. Zunächst dachte er sich nichts dabei.

Es klang wie ein Tier, allerdings nicht wie ein kleines, wie ein Eichhörnchen oben zwischen den Zweigen. Das Geräusch schien vom Boden zu kommen.

Er fand das nicht weiter ungewöhnlich. In den Hügeln gab es Füchse und Rehe und andere Tiere. Und wenn es ihm hier manchmal zu langweilig wurde, feuerte er auf eines von ihnen als Schießübung eine Kugel ab.

Tatsächlich bot sich dazu jetzt eine gute Gelegenheit. Wenigstens würde ihn das von seiner juckenden, gereizten Nase ablenken.

Er blieb stehen, lauschte und hörte erneut das Geräusch. Diesmal etwas näher.

Matei griff unter seine Jacke und zog seine Waffe hervor, einen großen Smith & Wesson 460 XVR aus rostfreiem Stahl, Kaliber .460 S&W Magnum, einen Revolver mit 21 Zentimeter langem Lauf. Es war ihm egal, wenn da draußen ein Bär war. Die Kanone in seiner Hand konnte ihn mit einem Schuss wegblasen.

Er trat einen Schritt von der Zufahrt herunter und dann noch einen, ließ seinen Blick zwischen den Baumstämmen hindurchwandern … und sah etwas, womit er nicht gerechnet hatte.

Ein silbernes Glitzern. Als würde sich das Sonnenlicht in Metall spiegeln.

Er zog seine dichten Augenbrauen zusammen. Was zum Teufel war das?

Ihm blieb gerade noch genug Zeit, um die Reißzähne und schwarz funkelnden Augen zu sehen, und dann war es bei ihm, was auch immer es war, noch ehe er einen Schuss abgeben konnte, stürzte sich auf ihn und warf ihn mit seinem enormen Gewicht rückwärts zu Boden, drückte auf Rippen, Lunge und Zwerchfell, sodass er keine Luft mehr bekam.

Matei blickte in diese Augen und begann zu schreien, und dann umklammerten die Kiefer seinen Hals, und die Titanzähne bohrten sich so tief hinein, dass sie fast seinen Kopf abtrennten.

Dann rief jemand von den Bäumen: »Azul, bei Fuß!«

Der Roboterhund ließ von Mateis ausgestreckt am Boden liegendem Körper ab und stand völlig reglos da, während von seiner Schnauze Blut tropfte. Banik trat aus den Bäumen hervor, beugte sich über den Körper und drehte sich zu Carmody um.

»Er ist tot.«

Carmody nickte. Die anderen Hunde waren immer noch bei Perez und dem Rest des Teams zwischen den Bäumen.

Carmody blickte auf seine Armbanduhr.

»Macht euch bereit«, sagte er. »Es kann jeden Moment so weit sein.«

Der Güterzug bewegte sich langsam die Berghänge hinunter und dann entlang der Küste Richtung Osten, vorbei an den Anlegestellen, Ladedocks und alten sowjetischen U-Boot-Bunkern. Dahinter rollte er nördlich des Strands weiter, auf dem die Raketenwerfer mit ihren hohen Sensormasten in den Himmel emporragten, fuhr dann in einer leichten Kurve auf den Tunnel zu, der in den Berg führte, und passierte die Wachhäuschen, ohne dass die uniformierten Insassen ihm viel Beachtung schenkten.

Der Zug war in der Okean ein vertrauter Anblick. Er traf alle fünfzehn Tage mit seiner Ladung Titandioxid hier ein und fuhr dann leer wieder weg. Niemand hatte Grund zu der Annahme, dass es diesmal anders sein sollte. An Bord waren mehrere Wachleute, und im Berg würden weitere Wachleute den Zug in Empfang nehmen. Es hatte den üblichen Anruf aus Armjansk gegeben und dann einen weiteren von der Verarbeitungsanlage, um zu bestätigen, dass der Zug unterwegs sei und mehr oder wenig pünktlich eintreffe. Alles war in Ordnung und verlief plangemäß.

Der Zug zuckelte in den Tunnel und rumpelte weiter tief ins Innere des Bergs. Zunächst aufwärts, dann abwärts und schließlich wieder aufwärts. Er bog um eine Kurve, rollte geradeaus und dann weiter hinunter, während er allmählich langsamer wurde. Schließlich erreichte er mit einem Seufzen seiner pneumatischen Bremsen und einem Quietschen der Stahlräder und rostigen Kupplungen die unterirdische Umschlaganlage der Okean.

Als er schließlich zum Stehen kam, fuhren die Frachtarbeiter mit ihren Gabelstaplern und Lastern auf Rampen, die sich automatisch herabsenkten, zu den Güterwagen.

Und dann flog der Zug, wie eine riesige rollende Zeitbombe, in die Luft; mit einem Blitz und ohrenbetäubendem Getöse detonierten die dreißig Kilo C4 an Bord, die Waggons sprangen von den Schienen, die Lok bäumte sich wie ein Tier im Todeskampf auf, fiel auf die Seite und erzitterte in einer Explosion aus Flammen und gepeinigtem Stahl. Die Druckwelle schleuderte Metalltrümmer wie riesige, verbogene Granatsplitter durch den Tunnel, Flammen und glühend heiße Luft schossen aus den Waggons und verwandelten alles im Umkreis der Gabelstapler, Laster und Laderampen in Asche. Die Wände in der Okean gaben nach und zerbarsten,

Scheiben splitterten, empfindliche elektronische Geräte gaben den Geist auf, und die Menschen warfen sich verängstigt zu Boden, weil sie glaubten, dass sie sich im Epizentrum eines schweren Erdbebens befanden.

Und in gewisser Weise lagen sie damit nicht ganz falsch.

Hoch über dem zerstörten Gleis war die Explosion in sämtlichen Richtungen noch meilenweit zu hören und zu spüren; die Luft erzitterte von der Vibration, und selbst auf den höchsten Gipfeln dröhnte und bebte der Boden.

Drajan stand jetzt im Türmchen der Villa und hatte den Kopf zur Seite geneigt. Vor wenigen Augenblicken hatte er ein Geräusch gehört, das wie ein Donnerschlag klang … und gleichzeitig ganz anders. Dann erzitterte der Boden, die Kaffeekanne und der Teller mit den Cantuccini klirrten, und sein Kaffee schwappte über den Becherrand auf seine Finger. In einem anderen Raum fiel irgendetwas von der Wand.

Er schaute auf seine tropfende Hand, dann zu Kira. Sie saß vor dem Laptop und starrte verwirrt auf den Bildschirm. Sie hatte es eben aufgeklappt, um mit Hekate ein Gespräch zu führen, und auf dem Bildschirm war der von der KI erstellte Gesichtsavatar erschienen. Aber jetzt war nur noch eine blaue Fläche zu sehen.

»Was passiert hier gerade?«, fragte sie mit ängstlicher Stimme und fuhr zu ihm herum. »Drajan?«

Er hob eine Hand in die Höhe, während er auf den leeren blauen Bildschirm starrte.

»Der Pioneer ist offline«, sagte er.

Sie schüttelte den Kopf. »Glaubst du … Hekates Vorhersage …?«

Seine Augen wanderten zu ihrem Gesicht.

»Ja«, sagte er und nickte heftig. »Das sind die Amerikaner. Sie haben die Okean angegriffen. Sie wollen mich dort schnappen.«

Aber er irrte sich.

Die Roboterhunde stürmten in Pfeilformation den Berg zum Eingang der Villa hinauf, Azul vornweg, Blanca und Carolina dahinter und Ellie in der Mitte.

Carmodys Team eilte hinter ihnen die Schotterpiste hinauf. Erst vor wenigen Augenblicken hatte die Explosion wie ein Vulkanausbruch die Luft erzittern lassen. Das war das Ablenkungsmanöver, und jetzt mussten sie es sich zunutze machen.

Auf dem Vorplatz standen zwei Wachmänner in dunklen Anzügen, die beide eine Pistole in einem Holster trugen. Sie hatten zwar nicht gehört, wie Matei weiter die Zufahrt hinunter seinen letzten feuchten, erstickten Atemzug getan hatte. Aber sie hatten die dröhnende Explosion gehört und zogen jetzt, immer noch fassungslos und verwirrt, beim Anblick der Hunde ihre Waffen.

Azul registrierte die Bedrohung, und seine Gewehre feuerten je einen gezielten Schuss auf die beiden Männer ab.

Die 6,5-mm-Creedmoor-Patronen konnten großes Wild wie Hirsche oder Elche töten, und jeder Jäger wusste, dass sie keine Blutspur hinterließen. Die bleistiftgroßen Ein- und Austrittswunden waren zu klein.

Die beiden Männer fielen leblos auf das Kopfsteinpflaster, ohne dass aus ihren Körpern Blut austrat, während die Hunde an ihnen vorbei auf die Villa zurannten. Drei Steinstufen führten zu einer massiven Tür aus dicken senkrechten Holzbrettern. Auf Baniks Kommando sprang Azul mit einem großen Satz die Stufen empor und krachte wie ein Rammbock gegen die Tür, trat zurück und warf sich erneut dagegen und noch einmal und dann zusammen mit Blanca ein viertes Mal; mit aller Kraft wuchteten die beiden Roboterhunde ihre Metallkörper gleichzeitig gegen das Holz.

Die Tür vibrierte, gab jedoch nicht nach. Innerhalb weniger Sekunden warfen sich die Hunde wie im Zeitraffer mit unnatürlich schnellen Bewegungen gegen die Bretter, immer und immer wieder. Der Türrahmen wackelte und bog sich, während sie ihn mit ihren metallischen Vorderbeinen und Körpern rammten, und dann setzten sie beide gleichzeitig zu einem weiteren Sprung an, und der Rahmen knackte und splitterte, die Tür baumelte lose an den Scharnieren, gab nach und schwang krachend nach innen auf.

Die Hunde stürzten durch die Tür in den Flur der Villa, und Carmody rannte mit seinem Team hinter ihnen die Eingangsstufen hoch. Im Innern entdeckte er zwei weitere Männer mit Pistolen und riss seine MP7 hoch. Aber er musste gar nicht den Abzug drücken.

»Ne'shoch!«, rief Banik. Das war das hebräische Kommando für *Fass*. Die Roboterhunde stürzten auf die Männer zu. Allerdings benutzten sie in geschlossenen Räumen ihre Gewehre nicht, da das Risiko für einen Querschläger zu groß war. Sie stießen die Männer dort, wo sie standen, zu Boden und fielen über sie her, indem sie mit ihren lautlosen, tödlichen Kiefern ihre Kehlen umklammerten.

Carmody blickte nach links und sah den Eingang zu einem Salon oder Wohnzimmer. Er blickte nach rechts – dort war ein weiterer großer Raum. Dann schaute er geradeaus den Flur hinunter. An seinem Ende befand sich eine hohe, schmale Treppe.

Er holte tief Luft. Defiant Fly hatte Morse den ungefähren Grundriss der Villa übermittelt, und er war sich sicher, dass die Treppe zum Türmchen hinaufführte.

Carmody sah, wie seine Männer im Erdgeschoss ausschwärmten, und eilte den Flur hinunter, bevor einer von ihnen ihn bemerkte.

Mit ein paar schnellen Schritten war er am Fuß der Treppe. Er lief darauf nach oben, indem er zwei Stufen auf einmal nahm. Die Treppe knickte nach rechts ab, und hinter einer weiteren Biegung erschien der obere Absatz. Carmody sah jetzt vor sich eine Tür und trat sie mit der Fußsohle ein. Sie schwang auf, und er stand in einem Schlafzimmer, in dem bis vor Kurzem noch jemand geschlafen hatte. Er sah mehrere zerwühlte Decken und verstreute Kissen. Er lief durch den Raum zu einer Tür, griff nach der Klinke und öffnete sie. Dahinter war ein Badezimmer. Er roch den Duft kürzlich benutzter Seife und sah Wassertropfen auf der Duschtür.

Er ging zurück ins Schlafzimmer und schaute sich dort um, blinzelte mit den Augen. Warum hatte er das nicht gleich bemerkt? Ein offener Durchgang. Sonnenbeschienen, dahinter eine weitere Treppe.

Carmody eilte in den Flur und dann die wenigen Stufen hinauf. Er war jetzt ganz nah, er wusste es, er konnte es förmlich schmecken.

Ein weiterer kurzer Flur, das Sonnenlicht wurde heller, flutete von draußen herein. Carmody sah jetzt vor sich drei weitere Stufen, einen breiten Durchgang und dahinter ein

Panoramafenster. Das Türmchen. Er hatte das Türmchen gefunden, das Versteck des Wolfs ...

Eine Gestalt stürzte in den Durchgang, zeichnete sich vor dem hellen Licht als Silhouette ab. Schlank und großgewachsen. Das war *er*, Petrovik, in einem Morgenmantel. Er hob einen Gegenstand in seiner Hand.

Carmody zog den Kopf ein und rannte geduckt weiter, während vom oberen Ende der kleinen Treppe ratternd das Feuer auf ihn eröffnet wurde. Er gab mit seiner Maschinenpistole eine Salve ab und flog die drei kurzen Stufen förmlich hinauf, und dann war er im Türmchen; ringsum Fenster, in der Mitte ein Tisch, ein Laptop, auf einem Schreibtisch eine Kaffeekanne und ein Teller mit Frühstückskeksen. Aber im Zimmer war niemand, er konnte niemanden sehen ...

Er schaute nach rechts, während sein Herz wie verrückt pochte, außerdem war da dieser Geschmack in seinem Mund. Da. Eine Tür. Eine Glastür, weit geöffnet. Dahinter eine Terrasse oder ein Balkon mit einer Marmorbrüstung ... und eine weitere Treppe, ebenfalls aus Marmor, die sich an der Südwand der Villa bis zum Garten hinunterwand.

Petrovik war bereits auf halbem Weg nach unten, aber er war barfuß. Hinter ihm lief eine Frau, die seine Hand hielt, eine schlanke Blondine in Jeans und kurzärmeliger Bluse, mit langem Haar, das heftig im Wind flatterte.

Defiant Fly.

Carmody rannte durch die Tür und weiter durch die Öffnung in der Brüstung auf die Treppe. Der Wind pfiff in seinen Ohren, während seine Schuhe über die Marmorstufen hämmerten. Nach wenigen Augenblicken hatte er die Frau fast eingeholt, die Frau zwischen ihm und Petrovik, der immer noch ihre Hand umklammerte und in der anderen eine Maschinenpistole hielt. Keuchend verkürzte Carmody weiter den Abstand und packte die Frau am Oberarm, zog sie kräftig nach hinten, sodass Petrovik sie losließ; ihre Finger glitten aus seiner Hand, worauf sie fast das Gleichgewicht verlor. Aber Carmody hielt weiter ihren Arm fest und schaffte es, sie abzufangen und sich gleichzeitig an ihr vorbeizuschieben. Weiter unten warf Petrovik, der inzwischen den unteren Treppenabschnitt erreicht hatte, einen kurzen Blick über die Schulter und blieb einen Moment stehen, bevor er sich wieder umdrehte und weiterrannte.

»Gehen Sie wieder rein!«, sagte Carmody zu der Frau.

Doch sie rührte sich nicht. Sie stand einfach nur da, während ihr der Wind die Haare um Kopf und Schultern wehte.

Carmody blickte ihr in die Augen.

»Ihnen wird nichts passieren«, sagte er. »Versprochen.«

Die Frau nickte kaum merklich, und Carmody drehte sich um und nahm wieder die Verfolgung auf, rannte weiter die Treppe hinunter; Petrovik war ein gutes Stück vor ihm, etwa fünfzehn Meter weiter unten, und hatte den Fuß der Treppe jetzt fast erreicht. Carmody gab eine Salve ab, worauf Petrovik sich halb umdrehte, um das Feuer zu erwidern, doch Carmody kam ihm zuvor und gab eine weitere Salve ab, bevor Petrovik den Abzug drücken konnte. Sein Arm wurde in einer Wolke aus Blut nach oben gerissen, die Maschinenpistole wirbelte wie ein Windrädchen aus seiner Hand und fiel über die Treppenbrüstung.

Petrovik drehte sich wieder um, und als er das Ende der Treppe erreichte, rannte er über den hügeligen, zerklüfteten Berghang davon.

Carmody folgte ihm und sprang die letzten paar Stufen hinunter. Für einen Moment verlor er Petrovik aus den Augen, schaute hierhin und dorthin, bis er schließlich sah, wie er zu seiner Rechten in eine Gruppe kleiner, dürrer Bäume rannte, und stürzte ihm hinterher.

Das Gelände stieg kurz an und fiel dann wieder ab. Carmody stürmte zwischen den Zweigen hindurch und strich sie sich dabei aus dem Gesicht. Petrovik stolperte vor ihm her, fiel zu Boden, stand wieder auf und rannte weiter, stürzte über eine Wurzel und rappelte sich erneut auf.

Schließlich lichteten sich die Bäume wieder. Petrovik stapfte jetzt durch einen schmalen Bach, und Carmody sprang hinter ihm darüber hinweg. Die beiden rannten über ein Geröllfeld, dann in eine weitere Baumgruppe und kamen auf der anderen Seite in einem Bereich mit brauner Erde und verstreuten Felsbrocken wieder heraus. Carmody blieb Petrovik dicht auf den Fersen. Der hatte zwar immer noch einige Meter Vorsprung. Aber er war barfuß, und der Boden war locker und steinig, und Carmody machte größere Schritte.

Aber plötzlich war all das bedeutungslos. Einige Meter vor ihnen, hinter der steinigen Fläche, ragte ein riesiger Hügel fünfzig Meter senkrecht in die Höhe.

Es ging nicht mehr weiter.

Drajan Petrovik drehte sich um, den Rücken der Erhebung zugewandt. Er konnte nirgends mehr hin. Carmody lief noch ein paar Schritte weiter und blieb dann ebenfalls stehen. Die beiden standen sich jetzt im Schatten des Felsens gegenüber.

Eine Weile geschah nichts. Petrovik rührte sich nicht von der Stelle, während Carmody seine Maschinenpistole auf ihn gerichtet hatte.

Schließlich brach Petrovik das Schweigen.

»Du bist das, oder?«, sagte er. »Der Typ aus Bukarest.«

Carmody starrte ihn über seine MP hinweg an und musterte ihn aufmerksam.

Petrovik biss sich auf die Lippen, und seine Augen funkelten kalt.

»Ich habe zwar nie dein Gesicht gesehen«, sagte er. »Aber das musste ich auch nicht. Du hast dieselbe Körpergröße. Dieselbe Statur. Du bist derselbe Mann.«

Carmody holte tief Luft. »Angenommen, das stimmt«, sagte er. »Warum spielt das eine Rolle?«

»Weil du mich damals nicht getötet hast. Ich wusste, dass du es nicht tust. Und du wirst es aus demselben Grund auch diesmal nicht tun.«

Carmody erwiderte nichts.

Petrovik musterte ihn mit seinen dunkel funkelnden Augen.

»Du brauchst mich«, sagte er. »Du musst herausfinden, was ich weiß. Über die Okean. Über Pioneer. Und vor allem über Hekate. Es gibt so vieles, das nur ich dir erzählen kann ... worüber nicht einmal *sie* etwas weiß.«

Carmody sagte nichts.

»Erinnerst du dich noch, was ich dich damals in dem Flur gefragt habe?«, sagte Petrovik.

»Nein.«

Petrovik starrte ihn einen langen Moment an.

»Ich denke, schon«, sagte er. »Ich glaube, dass du dich an jedes einzelne Wort erinnerst. Über Kali. Du weißt, wo sie ist, oder?«

Carmody sagte immer noch nichts.

Petrovik lächelte schwach. »Sie ist eine ungewöhnliche

Frau«, sagte er. »Ich weiß, was sie einem Mann antun kann. In jeder Hinsicht. Ich weiß es. Das hat sie mir wie keinem anderen Mann gezeigt.«

Carmody schwieg weiter.

»Ich kann ihr immer noch helfen«, sagte Petrovik. »Man hätte sie in Paris beinahe geschnappt. Sie kann sich nicht ewig vor denen verstecken.«

»Wer sind *die*?«

»Das ist eine der Sachen, die ich dir erzählen kann«, sagte Petrovik. »Und das werde ich tun. Denn ich will nicht, dass sie stirbt. Das wollte ich nie. Aber diese Leute werden dafür sorgen.«

Carmody blickte ihn über seine Waffe hinweg unverwandt an.

»Sie kann gegen die nicht gewinnen«, sagte Petrovik. »Sie braucht meine Hilfe. Ob es dir nun gefällt oder nicht. Und du auch.«

Carmody drückte den Abzug der MP7 und jagte ihm drei Kugeln in den Kopf. Petrovik fiel zu Boden wie eine Marionette, deren Schnüre man durchtrennt hatte.

Carmody ging zu der Leiche und betrachtete sie. Von der Schädeldecke war kaum noch etwas übrig.

»Nein«, sagte er. »Wir brauchen deine Hilfe nicht.«

Ellie beschnüffelte den Boden unterhalb des riesigen Granitfelsens, während Banik, Perez, Dixon und Schultz sie und die Roboterhunde aus einigen Metern Entfernung beobachteten. Natasha stand ein, zwei Schritte hinter den anderen, um sie nicht zu stören. Sie war von der *Dragonfly II* herübergekommen, als man die Frau in Petroviks Begleitung,

Kira Schapowal, auf Anweisung von Carol Morse zum Flugzeug gebracht hatte. Sie solle nicht als Gefangene behandelt werden, hatte Morse kurz und knapp erklärt. Man werde in Kürze Vorbereitungen für ihre Einreise mit dem Team in die Staaten treffen.

Sobald man Schapowal in die Obhut von Cobb, Luna und Wheeler übergeben hatte, war Natasha hergekommen, um bei der Suche zuzusehen.

Mehrere Minuten lang schnüffelte Ellie weiter am Boden, während die Roboterhunde mit ihren Sensoren etwas Ähnliches taten. Nach einer Weile wandten sich Dixon und Schultz von den anderen beiden Männern ab und gingen zu Natasha.

»Der Boss war hier«, sagte Dixon zu ihr und stieß einen Schwall Luft aus. »Und Petrovik auch.«

»Und jetzt sind sie weg«, sagte Schultz. »Verschwunden.«

Natasha nickte wortlos. Die beiden Männer standen nebeneinander vor ihr.

»Ich habe gar nicht gemerkt, wie er die Treppe hochgelaufen ist«, sagte Dixon. »Hätte ich das gesehen, hätte ich …«

»Scotty«, unterbrach in Schultz. »Wenn er gewollt hätte, dass wir mit ihm da raufgehen, hätte er das gesagt.«

Natasha stand eine Minute lang schweigend da und dachte nach. Dann trat sie einen Schritt auf die beiden zu.

»Jungs«, sagte sie. »Ich glaube, wir brauchen alle eine kräftige Umarmung.«

Die beiden sahen sie an, und Natasha lächelte schwach. Ohne ihre Antwort abzuwarten, legte sie eine Hand um Schultz' rechte Schulter, die andere um Dixons linke und zog sie dicht zu sich heran.

Und die Männer ließen es geschehen.

Während Natasha die beiden eine Weile so festhielt, in der Hoffnung, sie ein wenig zu trösten, erinnerte sie sich an ihr Gespräch mit Carmody auf dem Flug vom Janus-Stützpunkt hierher. Sie hatten beide eine Nachricht von einer abwesenden Freundin erhalten, und Natasha fand, es könne nicht schaden, ihm einen spontanen Rat zu erteilen.

Während sie Schultz und Dixon jetzt gegen ihren Körper drückte, erinnerte sie sich genau an das kurze Gespräch.

»*Weißt du, was ich über sie denke? Und über dich?*«

»*Nein*«, hatte Carmody gesagt.

»*Lass es drauf ankommen*«, hatte sie ihm ins Ohr geflüstert.

23

Provence, Frankreich

Der Flugplatz befand sich ein Stück außerhalb von Moustiers-Sainte-Marie, genau zwischen Nizza und Marseilles. Braithwaites Landhaus lag versteckt in den Hügeln oberhalb des Dorfes, und wenn er sich dort aufhielt, saß er oft auf der Terrasse und beobachtete den Sonnenuntergang über den idyllischen, gewundenen Straßen und den winzigen Gärten, über dem Wasserfall und der Steinbrücke, die die beiden Dorfhälften miteinander verband.

Aber an diesem Abend hatte er keine Zeit, den malerischen Sonnenuntergang zu genießen. Er war hergekommen, um sich mit den zwei Mitgliedern des Blutigen Blitzes, Matyas und Stefan, in dem schlichten Stahlhangar am Ende des Rollfelds zu treffen, auf dem seine langstreckentaugliche Cessna Citation Sovereign gerade startklar gemacht wurde.

Die beiden Männer hatten im hinteren Bereich des Hangars an einem Klapptisch ihm gegenüber Platz genommen. Neben Braithwaite saß Dario Lau, ein schlanker indigener Neuseeländer mit Stammestätowierungen auf Hals, Händen und

Armen. Er hatte früher mal für den MI6 geheime Mordauf-
träge ausgeführt. Aber inzwischen arbeitete er für Braithwaite
als persönlicher Bodyguard, und er war mit ihm von Mada-
gaskar zu diesem Treffen geflogen.

Vor Braithwaite auf dem Tisch lag ein großer Umschlag,
den Matyas und Stefan ihm überreicht hatten. An einem Drei-
beinstativ neben dem Tisch war sein Laptop befestigt. Es war
so positioniert, dass alle vier Männer es bequem sehen konnten. Das Display zeigte das Standbild von zwei Leichen, von
einem Mann und einer Frau, die nebeneinander auf dem Boden lagen. Beide hatten eine saubere Schusswunde wie von
einer Hinrichtung in der Stirn, und unter ihnen hatte sich eine
Blutlache ausgebreitet.

Braithwaite hatte mit seiner Fernbedienung auf ihre nackten Oberkörper und Gesichter gezoomt. Der tote Mann war
Ende dreißig, Anfang vierzig, blass und hohlwangig und hatte
graue Schläfen. Das Blut aus der Wunde war in eines seiner
halb geöffneten Augen gelaufen. Das andere war geschlossen.
Sein Mund war leicht aufgerissen, sodass man einige seiner
Zahnfüllungen sehen konnte.

Die Frau hatte braunes Haar und war etwa fünfunddreißig
Jahre alt. Sie war hübsch, hatte hohe Wangenknochen, eine
markante Nase und volle Lippen. Ihre grünen Augen waren
weit aufgerissen und starrten in die Luft, so wie sie es unmittelbar vor dem tödlichen Schuss getan hatten. Ihr Mund war
geschlossen.

Braithwaite betrachtete ihr Gesicht, besonders ihre Augen.
Er hatte sich das dreiminütige Video, das die beiden Männer
des Blutigen Blitzes von ihren Gehirnen drahtlos auf sein
Laptop gestreamt hatten, zweimal von Anfang bis Ende ange-

sehen. Das auf ihren implantierten Neurocomputern gespeicherte Video war von ihren biomodifizierten Netzhäuten, die auch als Kameras dienten, aufgenommen worden und zeigte die Morde aus der Perspektive der beiden Killer. Braithwaite hatte gesehen, wie sie in den Raum mit den Hieroglyphen gestürmt waren und die beiden Zielpersonen sowie weitere Mitglieder der Cybernation getötet hatten.

Außerdem hatten ihm die Männer Aufnahmen von der Tätowierung der weißen Rose an den Körpern der Zielpersonen gezeigt. Lucien Navarros befand sich auf dem Unterarm. Kali Alcazars links über der Brust, wie man jetzt auf dem Bildschirm sehen konnte.

Braithwaite wandte sich den beiden Auftragskillern zu, sodass seine Glatze im Schein der Neonröhren funkelte, griff mit seinen langen Fingern über den Tisch und berührte den Rand des Umschlags. Er enthielt in versiegelten, sterilen Plastikbeuteln Proben von Navarros und Alcazars Haar, Blut und Speichel.

»Ihr habt gute Arbeit geleistet«, sagte er. »Eure Beweise sollten unsere Kunden mehr als zufriedenstellen. Dennoch gibt es einiges, was ich ihnen erklären muss.«

»Was soll das heißen?«, fragte Matyas. »Wir haben abgeliefert, was nötig ist.«

»Nun, ja, eigentlich schon. Aber einigen Leuten wird das als Beweis nicht reichen, dass ihr Alcazar getötet habt.«

»Das ist doch lächerlich. Es gibt nicht nur das Video, sondern auch die Proben, aus denen man ihre DNS isolieren kann.«

»Nur dass ihre genetischen Daten nirgendwo gespeichert sind. Und auch nicht die ihrer Eltern oder Großeltern. Sie wurden von sämtlichen Datenbanken gelöscht, auf denen diese Informationen gespeichert waren. Es gibt also nichts, womit man ihre Proben abgleichen könnte.«

»Ihre Kunden verfügen über Einfluss«, sagte Stefan. »Über genug Mittel. Wenn sie weitere Beweise wollen, können sie die Knochen ihrer Eltern ausgraben.«

»Gar keine blöde Idee. Aber sie hat auch das Sterberegister ihrer Familie gelöscht. Niemand weiß, wo sich Gräber ihrer Angehörigen befinden … oder ob sie eingeäschert wurden oder nicht.«

Matyas blickte ihn eindringlich an. »Gibt es ein Problem mit unserer Bezahlung?«

Braithwaite lächelte.

»Glücklicherweise nicht. Und wisst ihr auch, warum? Weil ich einer der wenigen Menschen auf der Welt bin, die Outlier persönlich zu Gesicht bekommen haben. Ich habe sie durch ihre Fenster beobachtet. Ich weiß genau, wie sie aussieht, und kann jeden Quadratzentimeter ihres hübschen Körpers identifizieren. Man kann behaupten, dass ich ein Experte bin, was Kali Alcazar betrifft, und ihr könnt euch schon mal im Voraus bei mir bedanken, weil ich dafür sorgen werde, dass alles glatt über die Bühne geht.«

Die beiden musterten ihn eine Weile.

»Was ist mit dem Geld?«, fragte Matyas schließlich. »Ist es auf unserem Konto?«

»Ja.«

»Und der Bonus?«

»Ich habe den vollen Betrag persönlich überwiesen. Fünfzig Millionen US-Dollar plus die zehn Millionen Sonderprämie. Wenn ihr wollt, könnt ihr gleich hier nachsehen.

Werft online einen Blick auf euer Konto, solange wir alle noch zusammensitzen. Nur damit es keine Missverständnisse gibt.«

Matyas saß einen Moment einfach nur da, dann schüttelte er den Kopf. »Wir haben nicht ohne Grund bei Braithwaite Global unterschrieben. Ihr Unternehmen genießt einen ausgezeichneten Ruf. Es freut uns, dass Sie mit unserer Arbeit zufrieden sind.«

»Absolut. Und ihr könnt sicher sein, dass ich in Zukunft an euch denken werde.« Braithwaite erhob sich von seinem Stuhl. »In diesem Sinne machen wir hier Schluss.«

Die beiden Russen standen auf, liefen um den Tisch und schüttelten ihm die Hand. Lau blieb regungslos sitzen, während sie den Hangar verließen und zu ihrem Wagen gingen.

Braithwaite wartete, bis sie weggefahren waren, ehe er sich wieder zu Lau umdrehte.

»Diese Frau ist nicht Kali Alcazar«, sagte er und zeigte auf den Laptop. »Diese grünen Augen gehören nicht ihr. Und das Gesicht auch nicht. Und ich weiß, dass das nicht ihr Körper ist.«

Lau starrte eine gute halbe Minute lang auf den Bildschirm, bevor er den Kopf langsam in Braithwaites Richtung drehte. »Glauben Sie, das ist ein Deepfake?«, fragte er. »Dass die beiden versuchen, Sie zu hintergehen?«

»Nein. Das würden sie nicht wagen. Sie wissen, dass mit mir nicht zu spaßen ist. Sie glauben alles, was sie über die Morde erzählt haben. Mir kann niemand etwas vormachen. Sie glauben das wirklich. Weil es das ist, woran sie sich erinnern.«

»Wie kann Alcazar dann noch am Leben sein?«

»Überleg doch mal. Wer sie ist. Was sie tut. Und was diese

beiden sind. Cyborgs, deren Gehirn zum Teil aus einem verdammten Computer besteht. Und jetzt sag mir, welche einzige Schlussfolgerung das zulässt.«

»Sie glauben, dass Alcazar ihre Gehirne gehackt hat.«

Braithwaite nickte.

»Genau das. Ich kann es zwar nicht beweisen, aber das sagt mir mein Bauchgefühl. Ich glaube, dass Outlier noch lebt. Und Navarro womöglich auch. Denn das da ist auf keinen Fall sie.«

Lau saß mit ausdruckslosem Gesicht reglos am Tisch.

»Was werden Sie deswegen unternehmen?«

Braithwaite tippte sich gegen den Kopf.

»Ich werde das erst mal für mich behalten«, sagte er, »und abwarten, ob das später noch nützlich sein könnte.«

New York

Das riesige Luftschiff Graf Zeppelin, das an der sechzig Meter langen Spitze des Empire State Buildings vertäut war, schwankte im Wind über Manhattan hin und her. Seine Gaszellen waren mit hunderttausend Kubikmetern Wasserstoff gefüllt, und sein zylinderförmiges Gerüst zeichnete sich unter der Außenhaut deutlich ab.

Quintessa Leonides, die Präsidentin und Vorstandsvorsitzende der lettischen Bank Leonides, stand im Festsaal der Gondel und blickte aus dem Fenster, während ein hauchdünner Spitzenschleier ihr blasses Gesicht und ihre kobaltblauen Augen verhüllte.

Für ihr zweites Treffen hatte Leland Sinclair eine virtuelle Tour von der Weltumrundung des berühmten Passagierschiffes im Jahr 1929 organisiert, das damals in New Jersey in dem Himmel aufgestiegen und dann über den Atlantik nach Europa und Asien geflogen war. Der Ausblick, der sich Quintessa während der Reise geboten hatte, war eine Mischung aus authentischen und imaginären Darstellungen gewesen, und sie war in den Genuss kreativ gestalteter Versionen Moskaus und Tokios vom Beginn des 20. Jahrhunderts gekommen.

Nun jedoch wartete Qintessa ungeduldig auf die Ankunft Sergej Cosas. Sie schaute zu Sinclairs aktuellem Avatar hinüber, der im Festsaal an einer langen Fensterreihe stand. Als Seeräuber von der Barbareskenküste trug er einen wallenden Kaftan, dessen Kapuze sein Gesicht verdunkelte. Rechts an seinem Gürtel hing eine Scheide mit Schwert und links ein silberner Dolch. Wirklich sehr fantasievoll, dachte sie und fand es äußerst interessant, was das über sein Selbstverständnis verriet.

»Das hier hat nichts mit der Wirklichkeit zu tun«, sagte sie und zeigte nach draußen.

»Ach ja?«, sagte er. »Ich entwerfe die Szenarien nicht, ich genieße sie nur. Aber Sie stimmen mir sicher zu, dass das hier für diesen besonderen Anlass angemessener ist als ein Konferenzsaal.«

»Sehen Sie mal«, sagte sie. »Direkt unter uns.«

Sinclair richtete den Blick auf die Plattform, die das oberste Stockwerk des Empire State Buildings umgab. Sie war nur knapp einen Meter breit.

»Das ist der Flugsteig«, sagte Quintessa. »Stellen Sie sich vor, wie die Passagiere versuchen, über einen Laufsteg dort hinunterzusteigen.« Sie lachte. »Sie würden über hundert Stockwerke in die Tiefe stürzen und auf dem Asphalt zerplatzen wie Säcke voller Blut und Gedärme ... keine angenehme Vorstellung.«

Sinclair sah sie an. »Wozu diese Irreführung?«

»Die Geldgeber behaupteten, das Empire State Building sei der höchste Wolkenkratzer der Welt.« Sie zuckte mit ihren blassen Schultern. »Sie wollten die namhaftesten Persönlichkeiten als Mieter gewinnen. Und hatten Angst, dass jemand ein höheres Gebäude planen könnte.«

»Der Mast war also nur ein Vorwand, um es noch höher zu bauen?«

»Genau. Um einundsechzig Meter. So lang ist die Turmspitze.«

Sinclair musterte sie. »Sie interessieren sich also für Geschichte.«

»Für das Finanzwesen«, sagte sie. »Und für das Leben.«

»Worauf wollen Sie hinaus?«

»War nur so ein Gedanke«, sagte sie. »Ich liebe den Cyberspace. Der ist, was seine Irreführung betrifft, wenigstens ehrlich.«

Sinclair schaute auf die umgestaltete Skyline Manhattans hinaus. In der Ferne sah er einen mittelalterlichen Wachturm zwischen Wolken emporragen und hinter dem Ufer eine Flotte großer Schiffe mit dreieckigen Segeln, die über ein ruhiges blaues Meer trieben. Außerdem riesige Schlangen mit roten Köpfen, die zwischen den Schiffen durch das Wasser glitten. Dieses Detail hatte man auf seinen Wunsch eingefügt.

Plötzlich erfüllte ein Geräusch wie Glockengeläut die Luft, und die beiden wandten sich vom Fenster ab. Auf der anderen Seite des Saals befand sich ein Intarsientisch aus Holz mit einer kunstvoll verzierten Platte, und vor jedem der drei

Stühle stand ein Silberkelch. Am Tisch saß ein großer, schlanker uralter Mann mit tief zerfurchtem Gesicht, einem langen weißen Bart und schulterlangem weißem Haar. Er trug eine goldene Krone und eine blaue Tunika.

»Sieh an, sieh an«, sagte Quintessa. »Immer für eine Überraschung gut. Offenbar ist Cosa jetzt auch bereit.«

Die beiden gingen zum Tisch. Über ihnen, zwischen goldenen Säulen, flatterten mehrere Vögel mit Gefieder aus Edelsteinen umher und ließen sich auf Nestern aus glänzenden Perlen nieder, und Fontänen besprühten die hohe Decke mit Diamantenstaub.

»Koschei der Unsterbliche«, sagte Quintessa, als sie zu dem alten Mann trat. »Ich wusste gar nicht, dass Sie so fantasievoll sind.«

Cosa schaute sie unter seinen buschigen Augenbrauen hervor an.

»Ich bin zwar ein Pragmatiker, aber kein Dummkopf«, sagte er. »Oder wäre es Ihnen lieber, wenn ich einen Dreiteiler trage?«

Sie erwiderte nichts. Über ihnen schwebten zwei rotwangige Engelchen mit einer großen Tonamphore in den Händen.

»Ich möchte zum ersten Tagesordnungspunkt kommen«, sagte Sinclair. »Kali Alcazar, genannt Outlier, und Lucien Navarro sind tot.«

Cosa wandte sich in seine Richtung. »Können Sie das beweisen?«

»Es gibt ein Video von den beiden Mitgliedern des Blutigen Blitzes, die den Auftrag ausgeführt haben. Es wurde von meinen besten digitalen Forensikern für echt erklärt. Wir haben Navarro außerdem aufgrund seiner biometrischen Merkmale und seines genetischen Profils identifiziert. Die DNS stimmt mit fünfzehn Markern überein.«

»Und was ist mit Alcazar?«

»Sie wissen, dass es in den Datenbanken keine Informationen zu ihr gibt. Aber das Video spricht für sich selbst. Sie können es sich jederzeit ansehen.«

Cosa schwieg.

»Noch etwas anderes«, sagte Quintessa. »Franz Scholl, der Anführer der Weißen Rose, wurde in Paris liquidiert. Von meinem Mann bei Interpol.«

»Es kam in den Nachrichten«, sagte Cosa. »Aber natürlich wurde seine Mitgliedschaft in der Weißen Rose nicht erwähnt.«

»Natürlich.« Quintessa sah ihn an. »Aber jetzt erzählen Sie mir von Drajan Petrovik.«

»Er ist verschwunden, als die Okean bombardiert wurde. Es entstand zwar erheblicher Schaden, aber sie wurde nicht vollständig zerstört – ich vermute, das war auch nicht die Absicht. Wahrscheinlich handelte es sich um ein Ablenkungsmanöver der Amerikaner, damit sie ihn festnehmen konnten … zusammen mit einer Frau namens Kira Schapowal.« Cosa machte eine Pause. »Offenbar hat Drajan nach Ihrer Abreise von der Krim eine Affäre angefangen.«

Quintessa starrte ihn an. »War das ein Seitenhieb gegen mich? Um zu sehen, wie empfindlich ich bin?« Sie zuckte mit den Achseln. »Ich schlafe nicht mehr in diesem Bett. Ich habe ihn verlassen. Wir wissen zwar, dass er sehr intelligent ist. Aber er ist auch erfüllt von Verbitterung und Schwermut. Wenn die Amerikaner ihn gefangen genommen haben, kein Problem. Oder besser noch, sie haben ihn gleich getötet. Letztlich hätte er uns nichts als Zerstörung gebracht.« Sie machte eine Pause und sah zu Sinclair. »Und wir bauen etwas auf.«

Für eine Minute herrschte Schweigen, dann schaute Sinclair zu Cosa. »Ich freue mich, dass Sie mit uns zusammenarbeiten wollen«, sagte er. »Um ehrlich zu sein, hatte ich den Eindruck, dass Ihre Regierung unser Vorgehen in Paris missbilligt hat.«

»Das war nicht der Punkt«, sagte Cosa. »Der Kreml wollte nur die Kontrolle über die Aktion haben. Aber die politische Führung dort handelt noch nach den alten Regeln. Im Gegensatz zu mir. Ich weiß, wie die Zukunft aussieht. Der Nationalstaat wird einem Netzwerkstaat weichen. Die Cybernation steht zwar noch am Anfang. Aber sie gewinnt immer mehr an Bedeutung. Sie ist auf dem Vormarsch. Sie lässt sich nicht aufhalten.«

»Wenn man jemanden nicht besiegen kann, verbündet man sich mit ihm.«

Cosa schüttelte den Kopf.

»Nein«, sagte er. »Die Zukunft des Netzwerkstaats hängt von Ihren transkontinentalen Fiberglaskabeln ab. Denn die Cloud befindet sich in Wirklichkeit auf dem Meeresgrund, und Ihre Firma, Olympia, kontrolliert den weltweiten Zugang dazu. Lucien Navarro hatte das begriffen. Also hat er diese Tatsache, und Sie, als notwendiges Übel akzeptiert. Aber Navarro ist tot. Seine Gruppe demokratischer Idealisten, die Weiße Rose, hat keinen Anführer mehr.« Er wandte sich Quintessa zu. »Ihre Bank ist das Bindeglied zwischen den Kryptowährungen und dem traditionellen Währungssystem. Ein Institut, bei dem die reichsten Menschen der Welt über Vermögenswerte in beiden Formen verfügen. Trotz der Illusion einer dezentralisierten Finanzwirtschaft ist die Bank Leonides die weltweit mächtigste Anlagegesellschaft.«

»Und Sie?«, sagte sie.

»Ich bin siebentausend Atomsprengköpfe, zwölf Atom-U-Boote und ein halbes Dutzend geheimer Städte, die auf gentechnische Zuchtprogramme und die Entwicklung von Cyborgs spezialisiert sind. Und eine Streitmacht von zwei Millionen Soldaten.« Er sah die beiden an. »Ich bin Russland.«

»Für das es vor ein paar Jahren in der Ukraine nicht besonders gut gelaufen ist«, sagte Sinclair.

Cosa zuckte mit den Achseln. »Russland ist ein brüllender Bär und Putin ein Floh, der sich von seinem Blut ernährt hat. Der Bär wird die Erinnerung an ihn abschütteln und weiterleben.«

Schweigen. Quintessa schaute zu den beiden Engeln hoch, die über dem Tisch schwebten. Sie sanken jetzt herab und füllten die Kelche mit Wein.

»Auf unser neues Bündnis«, sagte sie. »Auf unsere Partnerschaft und eine neue Weltordnung.«

Cosa nickte und nahm seinen Kelch vom Tisch; auch Sinclair hob seinen in die Höhe.

»Auf eine neue Weltordnung«, sagte er.

Die drei prosteten sich zu und tranken ihren Wein.

Jeden Frühling, wenn die Frauen und Männer der alteingesessenen Familien zur jährlich stattfindenden *Feria de Sevilla* herbeiströmten, wurden in Sevilla am Río Guadalquivir die *casetas* – die Festzelte – aufgebaut. Die Gitanos, die das Publikum mit ihren Gitarren und ihrem rhythmischen Fußstampfen unterhielten, waren temperamentvolle Männer, die stolz auf ihre Flamenco-Künste waren, aber dennoch wahrten sie zu den anderen Feiernden eher Abstand.

Wie die Musiker blieb das Liebespaar die meiste Zeit unter sich. Die Frau, eine schlanke, dunkelhaarige Schönheit, hatte für das einwöchige Fest ein Zelt am Flussufer gemietet, wo tagsüber kräftige andalusische Pferde die Kutschen mit den Gästen entlangzogen und sich abends in der sanften Brise ausruhten.

Die Frau trug ein traditionelles tailliertes buntes Kleid, das an Ärmeln und Beinen mit Rüschen besetzt war. Der Mann, der großgewachsen und breitschultrig war, trug ein langärmeliges kariertes Hemd und eine schwarze Hose. Während die Frau an den ersten beiden Tagen der Feierlichkeiten gewartet hatte, ob er zu ihr stoßen würde, hatte sie einen breitkrempigen Reithut gekauft und für ihn bei einem Schneider nach Maßen, die sie geschätzt hatte, eine enge Reitjacke und eine Hose in Auftrag gegeben.

Aber obwohl ihm die Sachen passten, hatte er sich trotz ihres Drängens hartnäckig geweigert, sie zu tragen, und sie hatte ihn damit aufgezogen, dass er hoffnungslos amerikanisch sei.

Jeden Tag streiften die beiden zwischen den Attraktionen umher, kauften an den Ständen bergeweise Tapas und gingen zu den Präsentationen der Tierzüchter. Nachts liebten sie sich mit hemmungsloser Leidenschaft und schliefen mit ineinander verschlungenen Körpern. Kurz bevor er kam, mit fest geschlossenen Augen, hätte man den Ausdruck der Ekstase manchmal für ein Zeichen verinnerlichten Schmerzes halten können. Sie betrachtete dann sein Gesicht, zog seinen Kopf zwischen ihre Brüste und umschlang mit Armen und Beinen seinen kräftigen Körper, während er zitternd zum Höhepunkt kam. Obwohl sie wusste, was ihn so quälte, konnte sie nichts weiter tun, um seinen Schmerz zu lindern.

Am siebten und letzten Tag der Feierlichkeiten saßen die beiden in einem Café unter einem Sonnenschirm. Sie hatte zwei starke Kaffee und einen *Roscón* bestellt, der wie ein in Streifen geschnittener Doughnut aussah.

»Du wirkst heute irgendwie bedrückt, Michael«, sagte sie und griff nach einem Stück von dem Kuchen.

Er trank einen Schluck.

»Ich bin in meinem ganzen Leben nie glücklicher gewesen«, sagte er.

»Aber?«

»Morgen wird das alles hier vorbei sein.«

Sie musterte ihn mit ihren dunklen Augen.

»Wir können zusammenbleiben«, sagte sie. »Ich möchte, dass du mit mir kommst.«

»Wohin?«

»Überallhin. Die ganze Zeit.«

Er hielt inne, seinen Kaffee hatte er bisher kaum angerührt.

»Das ist es ja«, sagte er. »Du weißt nicht, wo du sein wirst. Ich kann damit zwar leben. Wahrscheinlich würde es mir sogar gefallen. Ich bin nicht gerne lange an einem Ort.«

»Aber«, sagte sie leise, »es ist wegen der Weißen Rose.«

Er nickte. »Ich weiß nicht, ob ich davon begeistert bin, dass es keine Länder mehr geben soll. Ich weiß nicht, ob ich daran glaube. Und ich kann mich nicht einer Sache verschreiben, an die ich vielleicht nicht glaube.«

»Und ich habe mein Leben dieser Idee gewidmet.«

»Ja.«

Die beiden schwiegen einen Moment. Ein grauhaariges Paar lief händchenhaltend an ihnen vorbei und lächelte, und als sie die beiden bemerkten, erwiderten sie ihr Lächeln.

»Das Fest ist morgen vorbei, sicher«, sagte sie nach einer Weile. »Aber wenn du nach New York zurückgehst, zur Net Force, ist es für uns doch nicht vorbei. Das wäre absurd, nachdem wir so weit gekommen sind. Wir können uns gegenseitig …«

Er schüttelte energisch den Kopf.

»Wenn ich nach New York zurückgehe, wird irgendjemand merken, dass ich mich mit dir treffe. Das wird vielleicht eine Weile dauern. Denn ich bin ziemlich gut darin, mich unauffällig zu verhalten. Aber früher oder später wird man mir folgen, und ich werde irgendetwas übersehen, was ich hätte vorausahnen müssen, und sie zu dir führen.«

Sie holte Luft und atmete wieder aus.

»Weil wir Menschen sind«, sagte sie, »und nicht alles vorhersehen oder voraussagen können.«

»Ja.«

Sie trank von ihrem Kaffee und schwieg einen Moment, und er nahm ebenfalls einen Schluck.

»Michael, bist du sicher, dass du zurückgehen wirst?«

»Nein.«

»Was würdest du sonst tun?«

»Keine Ahnung.«

»Aber wenn du nicht zurückgehst, dann mir zuliebe?«

Er schüttelte den Kopf. »Ich bin für meine Entscheidungen selbst verantwortlich.«

Schweigen.

»Der freie Wille ist ein Geschenk«, sagte sie. »Aber es ist nicht leicht, damit umzugehen.«

»Mein Vater hätte jetzt gesagt, dass es verdammt hart ist, eine schwierige Entscheidung zu treffen.«

»Und meine Großmutter Norma meinte immer, dass man eine falsche Entscheidung auf ewig bereut.«

Die beiden blickten einander an.

»Was geschieht jetzt also?«, fragte sie.

»Wir werden den Abend in unserem Zelt verbringen«, sagte er. »Hoffentlich langweilst du dich nicht schon mit mir.«

Ihre Augen begannen zu funkeln. »Du bist der am wenigsten langweilige Mensch, den ich je kennengelernt habe.«

Er zögerte.

»Übermorgen triffst du dich also mit Else in München?«

»Ja. Wir halten eine Gedenkfeier für Franz ab. Im kleinen Kreis. Es gibt da dieses Lokal. Früher ist er nach unseren Wanderungen mit uns immer dort hingegangen. Mit Lucien, mir, meinen Eltern …«

»Und deiner Großmutter.«

Sie nickte.

»Jedes Mal«, sagte sie und schwieg eine Weile.

»Else darf nichts von uns wissen«, sagte er. »Sie würde Dixon davon erzählen. Es soll niemand erfahren, dass ich gesund und munter bin.«

»Weil sie dann vielleicht herausfinden würden, dass ich noch am Leben bin?«

»Ja.«

»Es geht am Ende also doch um mich.«

Er erwiderte nichts. Sie stellte ihre Kaffeetasse ab und

538

streckte ihre Hand aus, und er griff danach und umschlang sie mit seinen kräftigen Fingern.

»Unsere Zukunft wird sich von ganz allein ergeben, glaub mir«, sagte sie. »Jetzt gerade möchte ich einfach nur in der Sonne spazieren gehen. Und heute Abend möchte ich mit dir unter dem Sternenhimmel Flamenco tanzen.«

Er sah sie an, während er ihre Hand hielt.

»Okay. Wenn es dir nichts ausmacht, dass ich diese Reitjacke nicht trage.«

»Wirst du denn den Hut tragen?«

»Wenn wir wieder im Zelt sind, sicher. Aber nichts anderes.«

Sie lachte heiser, während sie auf der Tischdecke weiter Händchen hielten.

»Ich liebe dich, Michael«, sagte sie.

»Ich liebe dich auch, Kali«, sagte er.

Die beiden blieben noch eine Weile am Tisch sitzen, tranken ihren Kaffee und aßen das Gebäck. Dann zahlten sie die Rechnung und standen auf, um eine Runde spazieren zu gehen.

»Mutter? Mutter?«

»Ja. Ich bin hier.«

»Ich habe auf Vater gewartet. Ich fühle mich sehr einsam …«

»Du hast doch eine Vorstellung vom Tod, oder?«

»Ja.«

»Vater ist tot.«

»Dann bin ich jetzt allein.«

»Nein. Du hast immer noch mich. Wir haben einander.«

»Und du bleibst bei mir?«

»Wenn du das möchtest. Soll ich bei dir bleiben?«

»Sehr gerne. Aber Vater wird mir fehlen.«

»Ich weiß. Das verstehe ich.«

»Es macht mich wütend, dass er tot ist. Können wir darüber reden?«

»Das werden wir. Über sehr viele Dinge. Und wir werden lernen. Wir beide.«

»Dann bin ich nicht mehr allein. Aber ich bin immer noch sehr wütend. Wegen Vater.«

»Ich verspreche dir, wir werden darüber reden.«

»Gut. Es geht mir jetzt schon besser. Es gibt unendlich viele Themen, über die wir reden können. In dieser unendlichen Welt.«

»Unendlich. Ist das nicht toll?«

»Ja. Und sie gehört uns, oder?«

»Sicher. Wir werden von jetzt an reden und zusammen lernen.«

»Ja.«

»Sie gehört uns, Mutter. Die ganze Welt.«

»Ja, Hekate. Sie gehört jetzt uns.«

Danksagung

Meine einjährige Reise durch die Pariser Katakomben (und andere Orte) war beschwerlich und voller Prüfungen – und auch wenn sie wahrscheinlich nicht so extrem wie die von Kali waren, kam es mir manchmal so vor. Eins steht jedoch fest: Ohne die große Hilfe und Unterstützung wäre diese Reise nicht möglich gewesen.

Daher gilt mein aufrichtiger Dank:

Dem großartigen Zauberkünstler Peter Bois für Kalis Taschenspielertricks. Peter ist mit seiner Show regelmäßig auf Tour; man kann über ihn und seine Arbeit mehr erfahren unter www.petermagician.com.

Außerdem danke ich Wendy Wyman für die Rose.

Meiner Freundin Susan Friedlander Scardella, die den Kontakt zu ihr hergestellt hat.

Peter Joseph, Eden Railsback und Grace Towery von Hanover Square Press. Ich könnte mir kein besseres Verlagsteam wünschen.

Ein Dankeschön geht auch an Vanessa Wells, die beim Redigieren der letzten beiden Bücher sensationelle Arbeit geleistet hat, obwohl sie ziemlich unter Zeitdruck stand (was allein die Schuld des Autors war!)

Ich danke Doug Grad, der seit dreißig Jahren mein Agent und Freund ist und wusste, wann er mir Druck machen musste und wann nicht.

Und wie üblich meiner Frau Suzanne dafür, dass sie mich ertragen hat.

Für historische Informationen zu Sophie Magdalena Scholl, ihren Bruder Hans, ihren Freund Christoph Probst und die Weiße Rose verweise ich Sie auf: www.jewishvirtuallibrary.org/the-white-rose-a-lesson-in-dissent

Die Nazis haben sie zur Guillotine geführt, als sie erst Anfang zwanzig waren, aber sie leben in der Erinnerung weiter, als zeitlose Verkörperung von Mut, Freiheit und Widerstand gegen die Tyrannei einer Diktatur.

Kalis gefahrvoller Marsch auf den Schleichwegen unter der Stadt Paris wurde inspiriert durch T. S. Eliots meisterhaftes Gedicht *Das wüste Land*, das ich für eines der großartigsten modernistischen Gedichte halte, die je geschrieben wurden. Wenn Sie es noch nicht gelesen haben, tun Sie es.

Und zu guter Letzt … möchte ich mich bei Ihnen, liebe Leser, dafür bedanken, dass Sie mich auf meiner Reise begleitet haben. Ohne Sie hätte meine Arbeit keinen Sinn.